iHuman
新民說

成为更好的人

北极梦

对遥远北方的想象与渴望

Arctic Dreams

Imagination and Desire in a Northern Landscape

[美] 巴里·洛佩兹(Barry Lopez) 著　张建国 译

GUANGXI NORMAL UNIVERSITY PRESS
广西师范大学出版社
·桂林·

BEIJI MENG DUI YAOYUAN BEIFANG DE XIANGXIANG YU KEWANG
北极梦：对遥远北方的想象与渴望

图书在版编目（CIP）数据

北极梦：对遥远北方的想象与渴望 /（美）巴里·洛佩兹著；张建国译．—桂林：广西师范大学出版社，2017.2（2017.8 重印）

书名原文：Arctic Dreams: Imagination and Desire in a Northern Landscape

ISBN 978-7-5495-8907-4

Ⅰ．①北… Ⅱ．①巴…②张… Ⅲ．①散文集—美国—现代 Ⅳ．①I712.65

中国版本图书馆 CIP 数据核字（2016）第 243304 号

广西师范大学出版社出版发行
（广西桂林市中华路 22 号　邮政编码：541001
网址：http://www.bbtpress.com）
出版人：张艺兵
全国新华书店经销
湖南省众鑫印务有限公司印刷
（长沙县榔梨镇保家村　邮政编码：410000）
开本：880 mm × 1 240 mm　1/32
印张：13.75　　字数：347 千字
2017 年 2 月第 1 版　　2017 年 8 月第 3 次印刷
定价：68.00 元

致

桑德拉

日语中有个词语“言霊（灵）”，如果我的发音正确的话，它应该读作“kotodama”，意思是“言词中存在的灵魂”。而且，如果我领会了日语中的这一观念的话，就言词来说，根本不应区分什么“虚构”与“非虚构”。我所交往过的爱斯基摩人对此持同样看法。（对言词的“虚构”和“非虚构”，他们没做那么多区分，但对言词的“可信赖”和“不可信赖”，他们的态度恰巧相反。）对于一个故事，他们关心的，是它是否有益。这个故事能给人以希望吗？这个故事有启迪作用吗？这个故事有可能使面对生活中最糟局面的人们——无论是他们自身还是作为一个集体——去改变局面，继续前进吗？

——巴里·洛佩兹

美国国家图书奖获奖致辞

北极景观给人以永恒之感。它并非对人类怀有敌意，它只是自然而然地存在着——原生态、宁静、完好。这里会让人感到非常孤寂，然而，它的杳无人迹又会让你感到，你可以理解这片土地，并在此找到归属感。

——埃德蒙·卡彭特（加拿大人类学家）

在生活中的某一段时间，一个人应该凝神于记忆中的大地。他应该对自己领略过的一片特定的景观情有独钟；他应该从尽可能多的角度观察它，琢磨它，并对它进行深思。

他应该想象，他在每个季节都能够触摸到它，并倾听它发出的声音。

他应该想象那里的生物，甚至是最轻柔的风。他应该回忆那里的明月，以及黎明和黄昏的色彩。

——纳瓦雷·斯科特·莫马迪

（美国印第安文艺复兴的代表性人物，普利策小说奖得主）

目 录

自然散文的典范，生态文学的杰作

——译者序

1986年，美国国家图书奖（非虚构类）授给了巴里·洛佩兹的《北极梦》。巴里·洛佩兹（Barry Lopez，1945—）是美国当代著名的自然散文作家。美国著名的《自然散文：英语传统》的编者罗伯特·芬奇指出："随着《北极梦》的出版，洛佩兹成了当代从伦理角度重估人类生态行为的主要代言人。"可以说，《北极梦》既是洛佩兹的代表作，又是20世纪80年代美国自然散文的代表作。而且，它蕴含着丰富的生态意识。

洛佩兹在文学上的主要成就是散文，他著有6部散文作品；除《北极梦》之外，他的另一部散文《狼与人的故事》（1978）获得美国国家图书奖提名奖和美国自然散文的最高奖项——"约翰·巴勒斯奖章"。其他4部散文作品是：《穿越开阔地》（1988）、《重新发现北美》（1991）、《生活往事》（1998）、《辩解文》（1998）。洛佩兹还著有10部虚构作品，其中4部《冬日故事》（1981）、《乌鸦与鼬鼠》（1990）、《野外笔记》（1994）、《抵制》（2004）分别获得了一些奖项。

《北极梦》是洛佩兹在其深入北极地区5年的经历的基础上写成的，不仅描绘了从白令海峡到戴维斯海峡之间的北极圈以北地区独特的自然景观和野生生物，而且讲述了土著居民爱斯基摩人的传统文化，以及西方殖民者数百年来对该地区的利用、勘查和开发。同时，它还描写了爱斯基摩人乃至开发者的存在（生活）状况。

一

在一般人的想象中，北极地区是一片严酷肃杀、了无生机的冰川雪地。而在洛佩兹的笔下，北极地区却不乏奇观，不乏美景，不乏生机。北极的冬天没有白天，终日不落的圆月普照着平静的寒冰，北斗七星在头顶正上方闪烁；北极的夏季也没有黑夜。同时，洛佩兹并不掩饰北极地区危险、严酷的一面。

在洛佩兹看来，北极地区的所有存在物相互依存，组成一个有机整体。在这部作品中，他主要使用崇尚生态整体观（西方学者多用"生态中心主义"）、倡导"大地伦理学"的利奥波德所使用的"land"（大地，土地）一词，而很少使用具有二元对立（人与自然，人优于自然）意味的"nature"（自然或大自然）一词。在洛佩兹看来，大地是有机的：景观（landscape）"不是没有知觉，正因为其有生命，它才最终能与不顺应它而强加于它的现实力量抗争"；"大地充满活力，是有生命的，它是容纳其他动物的一个庞大动物"。

洛佩兹明白，北极自然环境不仅决定相关动植物的生存方式，而且也决定人的生存方式乃至精神状态。在北极，由于光照弱，平均温度低，植物稀疏矮小，动物为了适应此环境，形成了季节性的冬眠和迁徙的生存策略。气候和动物等环境因素也影响着当地土著的生存方式。需要特别注意的是，他还强调了自然环境对人类心灵的影响。对生存于某一自然环境并与之亲近的人来说，该自然环境是其精神慰藉，与其休戚相关，密不可分。在他眼里，北极既美丽又凶险的自然环境，有时会使常到此考察的人惊奇感和敬畏心渐增，使其博取功利的动机渐弱。

洛佩兹强调，人与其他动物之间具有共通性（intercommunity）。他认识到，动物与人一样，是大地生态共同体平等的、不可或缺的居民，它们具有一定程度的智能，在一些方面可以给人以启迪，人不应歧视动物，更不应随意处置动物。他崇尚爱斯基摩人的这种观念——“人和动物的大部分关系是本地性的、人性化的。人们遇到的动物是其生存的共同体的一部分，因此应对它们负责。”在他看来，“把动物行为想象成出自本能是轻率的”。他崇尚中国古人对想象中的动物麒麟奉若神明的态度。

二

洛佩兹在描述和阐释北极生态环境的同时，也在揭露、谴责和批判西方人近四百年来在该地的僭越行为及其思想文化根源。在他看来，西方人对北极地区的利用、勘探与开发等行为，首先破坏了当地脆弱的生态环境。他揭露说，“兰开斯特海峡的独角鲸的命运，显然与在该地开发石油和天然气的计划有关”，而“在北极旅行时，不想碰见工业开发景象很难”。更有甚者，不在北极定居的人及有关当局常常把该地域视为“原始、荒芜和异教之地”，从而“轻率地（在此）存储有毒物、实验武器”。

洛佩兹认为，西方人在北极的僭越行为严重影响了爱斯基摩人的生存，并使其与大自然和谐共存、自得其乐的生活方式难以为继。爱斯基摩人被迫融入西方现代社会之后，就失去了原有的悠闲、与大自然和谐相处的生活方式，而不得不承受现代社会由于经济、政治、文化动荡所带来的困苦、不安，以及焦虑、伤害。

对洛佩兹来说，勘查、开发北极，给西方人生活带来的更多是不幸和痛苦。他描述道，四百年来，在探索穿越加拿大北部的北路航线及探测北极点的过程中，欧美相关国家的船长、船员及随行科考人员，由于所乘船舶被长期冻结在海中，在极度绝望、痛苦中死于非命的不乏其人。他说，当代长期工作在北极偏僻的采油、采矿营地的员工的生活，是他所知的生活中“最凄惨的”；其中“一些工人宿营地里的气氛，同小型国家监狱的环境几乎没什么两样”。

需要强调的是，在洛佩兹看来，西方人在北极的僭越行为和痛苦经历是由其有害的梦想——错误想象和非分欲望所致，而最终根源则是其错误的观念和认识。为此，他揭批了西方人在北极的错误行为的思想文化根源。首先，他极力消解人类中心主义（实际上是西方人中心主义）、主客二分、征服等观念。西方文化把非人类自然万物，乃至西方人之外的一切，包括爱斯基摩等其他民族，都视为低劣的对立面或客体，视为需要征服或改造的对象。对此，洛佩兹进行了深入批判。他说：“我们受亚里士多德、笛卡尔传统的影响，把动物视为客体，我们信奉的宗教把动物视为具有某种象征意义的符号，我们专注于揭示动物的结构和功能。”他进一步指出：“我们已经把自身和动物占据的世界不可改变地分隔开来。我们把自然界的所有动物和存在物都当作客体。

我们操弄着这一切，使其为我们形形色色的目的服务。”

同时，洛佩兹还批判了西方文化至上、物欲主义等观念。历史上，来到北极的西方捕鲸者蔑视爱斯基摩人的世界观和日用器械，认为爱斯基摩人只配用温和而无害的方式加以利用，像小孩子一样接受训斥。洛佩兹则强调，西方人的观念和习俗产生于特定的温带环境，爱斯基摩人的观念和习俗是适应北极特殊的寒带环境而形成的，二者没有高下之分。他认为，人与自然交往过程中的悲剧由错误认识所致，而西方人的“认知会受先入之见和欲望的影响”。在他看来，过度的物质占有欲望不仅会葬送北极地区，危及爱斯基摩人的生存，而且最终将葬送整个人类。

三

洛佩兹在批判西方文化的同时，也赞赏了爱斯基摩人的传统观念。他写道，爱斯基摩人有一种无言的智慧，懂得“如何得体地生活，如何恰当地对待他人，对待大地”。在他看来，爱斯基摩人传统上对大地有一种依恋感，从不脱离或伤害大地。对大地上的所有存在物，爱斯基摩人都以平等、尊重的态度待之，并虚心地汲取智慧。

洛佩兹认为，爱斯基摩人对大地有敬畏感和顺应心，对他们而言，即使大地共同体中存在不利于人的一面，也应坦然接受，而不应企图加以清除。他们有更多的恐惧，他们“完全接受大自然中残暴的和悲剧性的一面”。对他们来说，“生活中最大的任务是努力顺应自然而然的、不可改变的现实”。

在洛佩兹看来，爱斯基摩人满足于简朴的或基本的物质生活，不向大自然索取太多，他们既求自我生存，又允许他者的持续生存。他认为，包括爱斯基摩人在内的各地土著居民与大地一体化的梦想“还包括与大地结成打猎和采集的关系。一般认为，这种关系主要是一种互敬关系”，且意味着“保存可以使人依恋大地的故事”。他还说，爱斯基摩人“具有以活着为极乐（nuannaarpoq）的品性，也乐见他人如此”。

四

可以说，洛佩兹既认识到自然景观对人的内心景观——人的心理、观念、境界等的影响，又意识到后者对前者的反作用，因而，他表述自己的自然观，揭批西方人在北极的僭越行为及其思想根源，褒扬爱斯基摩文化，意图都在于促使西方人改变错误观念，树立生态共同体、多元共存、相互宽容、尊重他者、平等相处、关爱、负责、节俭等观念，重建顺应自然，与非人类自然万物、与他人和谐共存，注重精神健康的存在（生活）方式，以保护北极的自然生态，确保人类及非自然万物的持久生存。他强调，西方文化“必须转向”。对他来说，要改变西方文化的人类中心主义、西方文化至上、征服、占有等观念，首先要树立尊敬的态度：尊重非人类自然万物，尊重爱斯基摩人及其文化，尊重女性，等等。在作品中，他反复写自己向北极大地和相关动植物“鞠躬”，献上深深的敬意。

其次，洛佩兹倡导对他者采取宽容态度。他认为，非人类自然万物具有自身价值，西方文化以外的文化是在特定的地理、历史条件下形成的，有其合理性。他主张，西方人应使所有生物都具有尊严，这种尊严是“固有的”，“这种共同的尊严必须赋予大地及生存于其上的植物和动物”。人类不应企图消除不利于自身生存，或与自身似乎无关的自然物，西方人也不应企图清除或改造异己文化。

再次，洛佩兹强调，人类要有所不为，要确立负责的态度。他清醒地意识到，人类科技的发展，致使人类的能力大大增强，人口大规模增长，其他物种的生态位被占，生态失去平衡，人类的生存面临威胁。人类要持久生存，就“必须学会节制”。他所强调的明智生活，就是节俭的、注重精神生态（或内心景观）的生活方式，是要确保“大地的完好无损”。

五

《北极梦》显示了洛佩兹非凡的文学造诣。他用饱满的感情、奇特的想象、充满张力的叙述结构、朴实而有诗意的语言，把自己在北极地区多次游历的见闻，自己丰富的地理、生物、人类学、航海史知识，转化成了“妙趣横生”、“令人陶醉”、值得反复品读的自然散文经典。

洛佩兹的感情，主要是对包括野生动植物、传统爱斯基摩人在内的生态整体——北极大地（景观）的迷恋、尊崇之情，对近现代西方人破坏北极生态与传统爱斯基摩人的“诗意栖居”的愤恨之情，以及对近现代西方人因错误观念而对自身造成重大损失的哀怜之情。在整部作品中，洛佩兹大量关于北极地理、生物、历史等方面的知识介绍，都饱含感情，变成了文学性语言。描述动物时，他时常不用“它”（it）来指称，而用“他”（he）或“她”（she）。在洛佩兹眼里，动物乃至大地都和人一样，也是主体；他是北极大地以及北极动植物“代言人”，像创作写人散文一样，满怀激情和同情，描写出了这些自然存在主体的特征和性情。

想象在《北极梦》中体现得就更明显了。正如副标题“对遥远北方的想象与渴望”所显示的，书名中的“梦”本身就暗含着“想象”。洛佩兹在各章中大量地介绍相关生物学、人类学、航海史、绘画等方面的知识，大都是以在北极旅行途中的联想的形式插入的。除了这类“联想式”大框架，洛佩兹还想象到许多细节内容：描写北极光宽大的光幕在空中缓缓移动时，他说，那种优雅宛如“太极拳练习者的运动姿势”；描写北极熊时，他想到爱斯基摩人“多腿熊”的故事，以及北极熊与爱斯基摩少妇相恋的故事；描写独角鲸时，他联想到了中国传说中的动物“麒麟”。该作品中的许多议论段落，也是以在旅途中的联想的形式表达出来的。

《北极梦》在叙述结构方面的特征是，它兼具游记和传统小说的特色。贯穿该作品厚厚400余页的庞杂内容的线索，是洛佩兹在北美北极地区游历时的见闻、联想和感思。这一主线索使得这一由一篇篇旅行日记组合成的大部头作品的叙述有条不紊。游记结构使作者得以描绘出北极美丽与严酷并存的奇特景观。同时，犹如传统小说一样，这部长篇游记有“引子”和“尾声”。在作品的“前言”“引子”以及主体部分的9章里，作者如写小说一样，设置了不少悬念，描述了许多惊心动魄的亲身经历、动物故事和前人的探险遭遇。难怪加拿大著名生态小说家玛格丽特·阿特伍德把洛佩兹誉为“一个才华横溢的叙事作家”。

情感和想象是诗意（文学）语言的双翼。如前文所述，《北极梦》从头到尾感情与想象兼具，因而，该作品的语言虽然“像它所描写的那片土地那样清纯”、朴素，少有华丽辞藻，却诗意盎然，“令人回味”。从上文所举的简短、零散例子中，洛佩兹的语言特色已可见一斑。下面再枚举一例。他这样述说自己野营时遇到迁徙中的雪雁：

> 天还未亮，我觉得好像在下小雨。推开帐篷的侧帘，我望见受暴风驱动的天幕，迅疾掠过凸圆月亮的面孔。黎明时分，天空可能会变清澈。并未下雨，滴答声是风引起的。暴雨可能会降到其他地方。
>
> 半梦半醒中，我再次听到了声响。那尖锐刺耳的叫声，像小猎狗在吠，又像小猪在鸣不平。这尖叫声仿佛又变成了来自遥远体育馆里的高昂欢呼声，此起彼伏。
>
> 这是雪雁的夜鸣……

由于篇幅以及译者的理解力所限，以上对美国自然散文经典暨生态文学杰作《北极梦》的介绍，难免挂一漏万。该部作品究竟精彩、深刻在什么地方，有待广大读者自己去慢慢品读。

致谢

我需要向许多人表达谢意。特别得向那些和我一起在北极旅行的人表达深深的感激之情。首先感谢博学、优秀的劳埃德·罗瑞、鲍勃·尼尔森和凯西·弗罗斯特，我曾陪他们在波弗特海、楚科奇海和白令海进行海岸勘测。感谢鲍勃·史蒂芬森，我和他一起走过阿拉斯加的大部分地区，包括布鲁克斯岭、纳尔奇纳盆地、育空河上游，以及圣劳伦斯岛。感谢克里·芬利在巴芬岛北部的陪伴和帮助。感谢唐·京格伯莱德，他让我认识了白令海的春季冰凌以及弓头鲸。感谢雷·施温伯格，他让我认识了加拿大北极群岛上的北极熊。感谢我在班克斯岛上的同伴里克·维尔、贝基·科尔、舍琳·史密斯和比尔·阿伯克龙比，以及在宾格克岛上的同伴布鲁斯·蒂尼福德。

我也需对“苏德克”号（Soodoc）商船的各级船员表达感激之情，特别是皮特·施罗特船长、冰区引航员尼尔斯·乔根森、三副让-吕克·贝达德、大管轮安德烈·吉尔，他们为我提供各种方便，并耐心回答我的种种问题。我也想感谢国家海洋和大气管理局“海洋研究者”号轮船的各级船员，感谢泛北极石油公司（Panarctic Oils）“玛门角”和“白鱼”两个钻井机组的工作人员，以及该公司在梅尔维尔岛雷角的大本营的工作人员，感谢他们的帮助和热诚。

数次野外调研期间，以下机构给我提供了多方面的后勤支持：美国的机构有阿拉斯加渔猎局；加拿大的机构包括——加拿大能源矿产和资源部的极地大陆架项目部，可再生资源部的野生动物管理司，西北地区政府，加拿大环境部的大气环境署。感谢这些机构的帮助。同时，我也感谢泛北极石油公司、俄亥俄美孚石油属下的阿拉斯加石油公司以及加拿大统一采矿和冶炼有限公司的公关人员的帮助。

没有克罗斯比航运公司的科林·克罗斯比的支持，我就不能重温约翰·戴维斯和威廉·帕里航行过的航道。没有极地大陆架项目部主管乔治·霍布森的大力帮助，以及飞行员邓肯·格兰特乐意屈身为我让出空间，我不可能如此广泛地造访加拿大北极群岛。我对各位致以诚挚的谢意。

许多科学家都毫不吝惜自己的时间，欣然接受我长时间的面谈。除了以上提到的几位，我还要特别感谢安妮·冈恩、肯特·荆弗斯、托尔·拉尔森、丹尼斯·安德利亚史克、约翰·伯恩斯、米奇·泰勒、玛莎·罗布斯、克里夫·希基、彼得·施勒德尔曼、鲍勃·简斯等。克里斯蒂安·韦伯、弗兰克·米勒、默里·纽曼、瑞克·戴维斯、詹姆斯·赫尔默、黛安·里昂斯、哈里特·克里奇利、波尔·亨瑞森、格雷各·高利克、萨姆·卢西亚尼以及盖伊·帕尔默等人，也接受了访谈，并提供了重要信息，我也感谢他们。

生活在特色各异的土著村子里的居民，允许我打扰其生活，并对我的这一行为给予理解，我深感所有感谢之辞都显得很苍白。在不吝时间与我配合的土著人士中，我想特别感谢乔治·依格伍科、弗农·斯沃克、亚历克斯·阿肯亚、鲍勃·阿谷克、欧雷伍克·纳基塔瓦克和大卫·卡卢克，这几位谈及的内容和分享的经历非常宝贵。万分感谢。

在北极的旅途中，我常常为食宿犯愁。这里，我要特地向为我敞开家门的人们表达由衷的感激之情。

卡尔加里北美北极研究所的彼得·施勒德尔曼，慷慨地给予我进入图书馆的特权，并为我提供工作场所；关键时期，科林·卡博特在怀俄明州凯利的提顿科学学院为我提供了工作岗位 。马丁·安托内蒂和克里·芬利分别帮助我翻译了相关拉丁文和因纽特语。许多人宽厚地为我提供了文献资料。赫尔河畔金斯顿的瑭道克斯博物馆（Town Docks Museum）的亚瑟·克莱德兰提供了“坎布里安”号捕鲸船的纪录；斯蒂夫·阿姆斯特拉普、马尔科姆·拉姆齐和戈登·斯坦豪斯提供了北极熊的资料；大卫·格雷提供了麝牛的资料； 吉姆·莱文森提供了潜鸟的资料；布德·费伊提供了海象的资料；安瑟尼·希金斯提供了邬达克岛的数据；马蒂·格罗斯曼提供了爱德华·伊斯雷尔的信息——这几位是我尤其要表示感谢的。

我还要从个人角度和专业角度，向《哈珀斯》的路易斯·拉帕姆，《北美评论》的罗布利·威尔森，《外界》的约翰·拉斯穆斯，《奔腾》的保罗·佩里表示感谢，我写本书底稿时，他们提供了帮助。

还有些人，虽然我们交谈不多，却有助于我理清要表达的观点和意旨，因而也要表示感谢；他们包括：泰德·穆拉罗，莫里斯·海科克，乔恩·托马森，马丁·鲁斯，基斯·昆兰。

本书的一些观点源自我与很少直接关涉北极事务的朋友的交谈，虽然很难说清我从他们那儿获得哪些启发，但他们的贡献与我在北极旅行时的伙伴的贡献一样真实。这方面，我要感谢迪克·肖瓦尔特，托尼·比斯利，及奇纳·加兰德。

我特别感激给予我很大帮助的研究助手兼打字员伊莎贝尔·斯特灵。

最后，我想感谢编辑劳里·施费林和代理商皮特·舒尔茨，他们长期忠于职守，并敏锐地审阅本书不同阶段的底稿。

还有我的妻子桑德拉，她很有思想，性格贤良，鼎力相助，一直给我提供温馨港湾。

谨此献上我深深的感激之情。

作者按语

北极动植物的学名及相关地名的坐标见附录。文献注释等信息或为文中夹注，或为脚注，或为始于363页的注释，或有选择性地列为始于378页的参考书目，均从最能便捷读者的角度考虑。本书出现的爱斯基摩术语，除非另有注明，全部出自加拿大北极东区的因纽特方言。“iglu”（房子）、“kayak”（皮划艇），和“qumutiik”（雪橇）等一些爱斯基摩语，已被引进英语，成为普通单词，故没用斜体标示。

前　言

本书源自对北极景观本身的敬意，更具体地说，创作灵感源自两个瞬间。

夏天的一个傍晚，我与一个朋友在阿拉斯加布鲁克斯岭的西部露营。在山脊搭完帐篷，放眼望去，映入眼帘的是不下数十平方英里[1]的起伏苔原，与此毗邻的是西北极驯鹿群的栖息地的南部。那些天，我们不仅观察了计划要研究的驯鹿和狼，也观察了狼獾和红狐狸、地松鼠、双腿细长的杓鹬，以及好斗的贼鸥，它们鲜为人知的生活在我们面前一一展开。一天夜晚，我们怀着敬畏的心情，观察一头年轻灰熊一次次地试图从一只不满两岁、独自守护一窝幼崽的狼身边穿过。这头灰熊最终还是放弃，朝另一边走开了。我们还观察了雪鸮和毛脚鵟捕食，观察了驯鹿烟云似的在山谷中飘移。

晚上，我想到——伊凌诺拉克山脊微风轻吹，天气寒冷；但后半夜的太阳，尽管小如北方天空中的一个风筝，却倾泻出一些热能，我的双颊感到火辣辣的——就是那天晚上，我第一次漫步于苔原上的群鸟之中。这些鸟儿都把巢建在地上，因而鸟巢极易被毁坏。我低头凝视一只还没有我拳头大的角百灵。它回视着我，目光坚毅如铁。我走近时，金斑鸻歇斯底里地从巢里飞起，巧妙地假装断了一只翅膀，以便把我的注意力从用草编织的杯状物转移开，那里盛着它们的浅色暗斑孵蛋。孵蛋散发着柔和、清亮的光，犹如弗

1　平方英里，面积单位，1平方英里约等于2.59平方千米。——编者

米尔画中的窗户透过的光。广袤苔原上的那种浓郁、缜密的美令我惊叹不已。继续往前走，我发现拉普兰铁爪鹀纹丝不动地待在巢里，乌溜溜的眼睛闪闪发光。在两只雪鹀巢旁，我停了下来。它们比金斑鸻更令人发怵。我一动不动地站在那儿。它们狂野的眼神不再那么犀利。其中一只雪鹀警惕地缓缓后退，移向三颗孵蛋。另一只紧紧地盯住我，观察我的一举一动。

夜晚在苔原上漫步时，我不断鞠躬致敬。我手插在口袋中，向鸟儿及其巢中的潜在生命颔首——因为在此偏远地区，其生命力之强出人意料；还因为静谧的北极光降临该地，其脚步如空气般轻盈，如呼吸般流畅。

我难忘那一晚那些鸟儿不乏野性、甘愿献身的生活；也难忘一小群驯鹿穿越可可里克河奔向西北的那种洒脱，虽然这个小插曲转瞬即逝。这群驯鹿像野驴一样撒着欢儿过河，在夕阳中踢起一阵阵浪花，然后在对岸像巨大的落水狗一样，把身上的水抖落，水花在空中熠熠生辉，像片片云母一样晶莹剔透。

我难忘阳光照在脸上的感觉。小驯鹿像炸开了花儿似的穿梭于吃草的驯鹿群。在那些坚毅的成年鸟麾下，孵蛋温暖无比。可能是由于午夜时分依然是艳阳高照，跟我之前的习惯性认知完全不同，直到那时，我才得知阳光是多么仁慈，多么宽厚。北极这片土地连续数个世纪呈现的全是冬天的景象，阳光对此区域的同情达到了无以复加的地步。

在伊凌诺拉克山脊的那些夏日里，我没看到黑夜。黑暗从未降临。雏鸟孵出后茁壮成长，然后紧随驯鹿向南方迁徙。

我难忘的第二个小插曲更加短暂。一天夜晚，我驱车经过密歇根州卡拉马祖的一块墓地。其中的一块墓碑上刻着爱德华·伊斯雷尔的名字——这位腼腆的年轻人1881年与阿道弗斯·格里利中尉一道，向北极进发。格里利及其属下在距北极点450英里[1]的埃尔斯米尔岛建立了大本营，并于1882年春天勘察了周边地区。当年夏季，救援队没能按计划把他们救出，第二年也未能成功。绝望之中，格里利一行25人被迫南下，希望1884年能碰上一支营救队。他们在埃尔斯米尔岛的萨宾角过冬，其中16人死于饥饿和坏血病，一人自杀，另有一人因偷吃东西被处死。伊斯雷尔是远征队的天文学家，死于1884年5月27日。三周之后，其余的人获救。那些幸存下来的人说，伊斯雷尔是他们当中最易相处的人。

我难忘那晚自己坐在车上透过后窗望去，在暮光中看到了伊斯雷尔的墓碑。我在想，这个年轻人希望探寻什么呢？1881年6月那个明媚的早晨，“普罗透斯”号在纽芬兰的圣约翰斯港启航时，在他心里，北极是一片什么样的土地呢？

当然，这些问题无人能答。他被对那片土地的固定想象驱使。之前的约翰·戴维斯和威廉·巴芬，之后的罗伯特·皮尔和维尔加尔默·斯蒂芬森也是如此。也许他打算成为著名科学家——先在北极高纬度地区劳其筋骨，然后像达尔文那样回归故里，在自己家乡密歇根州南部农场，过一种安静和沉思的生活。也许他只不过是渴望不同凡响。我们只能想象，他期望实现某种个人或私人的梦想，因此搭上自家性命。

伊斯雷尔的墓地弥漫着因公殉职的情操和爱国主义的色彩。墓碑上刻着：

> 生为上帝之子
>
> 死为鬼雄

在北极旅行的四五年里，我经常会想起那两个短暂的小插曲。

---

1 英里，长度单位，1英里约等于1.609千米。——编者

一个充满永恒与光芒，让我想到天然的壮丽，想到未被打扰的与生俱来的美。另一个如同被扭曲的梦，让我想到人类身心长期挣扎，最终还是与遥远的北极和解。旅行途中，我逐渐意识到，人们的渴望与抱负，同风、孤独的动物以及一片片皑皑石头和苔原一样，也是北极景观的一部分。同时也意识到，这片土地独立地存在着，根本就无视人们的愿望。

自然景观可阻遏我们领悟其奥妙的所有企图。其讯息如飘忽的思绪一样不可捉摸，很难被领会，但仍是可认识的。人类大脑充满好奇，也喜欢分析，先拆分整个景观，然后再组合诸如此类的碎片——花朵的摇曳，夜空的颜色，动物的低吟，努力去探究这一区域的地理。同时，人心也努力找寻它在这片土地上的位置，找寻一种途径去排遣自己内心的疏离感。

我特别关注的北极地区，西起白令海峡，东到戴维斯海峡。那里弥漫的是白茫茫的冰雪，到了夏季，冰雪融化成大片的无冰水域和苔原，后者从高处望去，俨然像一个黄褐色的岛屿。但那儿也有出人意料、引人入胜的风景：胡德河上的威尔伯福斯瀑布突然坠下160英尺[1]，扎进加拿大苔原中部的偏远峡谷里，其咆哮声数百英里外就能听到。洪堡冰川是格陵兰大冰盖一高耸的、长达50英里的滨海部分，崩解形成的流冰以无比巨大的威力冲进凯恩湾。梅尔维尔岛中东部是一片侵蚀地带，充斥着沙漠般的橙色，以及柔和的黄色和红色，让旅人想起犹他州南部的峡谷和河谷。那里也有更具异域风情之地，比如拉格尔斯河，冬季从埃尔斯米尔岛的哈森湖流出，蜿蜒2 000英尺穿过地狱般的黑暗及霜雾，最终消失在苔原里。在西北疆域的巴瑟斯特角南部和霍顿河西岸，沥青页岩火在地下燃烧了数百年，使这些滨海小山酷似闷燃着的巨大工业矿渣堆。科伯克河中游南岸，高达一百英尺的沙丘在几百平方英里的流沙中拔地而起。

---

1 英尺，长度单位，1英尺约等于0.305米。——编者

格陵兰岛的东部，有一个被称作路易莎女王地的极地绿洲，那是一处谷地，长着野草，夏季野花盛开，周围是凸起的格陵兰冰盖。

总体来看，北极地区有沙漠景观的经典型轮廓：简陋、平衡、广袤、静谧。伊丽莎白女王群岛南部较常见的，是排水良好的苔原和低洼沼泽地，其他地方则是大片已经风化的石头和碎石，看起来更像是一片沙漠。在巴芬岛和埃尔斯米尔岛以及阿拉斯加北部，异常陡峭的极地群山葆有偏远氛围，即使身在其中，旅行者仍深感其高冷巍峻。然而，天气变化及动物活动，特别是鸟类及驯鹿的活动，使这片土地变得不再那么单调。由于此地的大部分景观一览无遗，再加上空气清澈无尘，阳光照耀下，自然万物的棱角异常分明，各种动物似乎就在眼前徘徊，其一举一动历历在目，无比清晰。

像其他乍一看还挺荒芜的景观一样，你若去亲近它，极地苔原的美景会像花冠一样，突然绽放在你眼前。比如，你会开始注意到，在单调的棕色苔原草丛中，出现了斑驳而鲜艳的红色、橘色和绿色。一只狼蛛向闪亮的甲壳虫扑去。少许麝牛绒毛静静地躺在淡紫色的虎耳草花丛中。阿尔文·彼得森是丹麦博物学家，他初到格陵兰东北部海岸时写道："我不得不承认，看到这片石头遍野的荒漠之地时，我内心泛起种种奇怪感觉。"然而，彼得森离开此地时写道，在詹姆森地，麝牛在高过头顶的葱翠草丛中吃草；他还写到苔原岛峰的苍凉之美，无冰雪覆盖的尖顶石峰刺破了格陵兰冰盖自更新世以来就有的宁静。我像彼得森一样，弯腰去捡北极兔的细长肋骨，突然不经意地看到了北极毛毛虫的茧。

苔原上生物如此丰富，让你不再觉得此地了无生机；它和舞台相似，预示着将有精彩剧目上演。有一次，夏季散步时，大风过后的空气异常清澈。你不时会看到稀有而简约的生命迹象——动物路径，猫头鹰捕食过的雷鸟遗骸，被野兔吃得几乎光秃秃的柳树残株。你会成为鸟儿的伙伴，它们跟在你身后（知道你是一种动物；早晚你会弄出一些食物)。鹬鸟“啾啾”(tuituek)地叫着,在你面前散开——“tuituek”是该鸟在爱斯基摩语中的名称。你从风化石灰岩碎石斜坡笨拙地走下来,踩出像玻璃撞击似的清脆声音——远处,一只苔原灰熊后腿直立,在仔细观察你;它的凹形前爪一动不动,姿态酷似人类,让人紧张不安。

在北极,特别是在北极西部,朝着小溪决口处走,你可能会碰见猛犸象的獠牙。在北极东部,你会发现完好的环形石头,那是1 500年前猎人用来固定毛皮帐篷的边儿的。这些古老的多塞特人营地多位于海岸,在这里北极人已游猎了4 000年,它们是人类自古以来毅力坚强的明证。旅行者偶尔会遇见一座大房子壮观的石头地基,这是12世纪图勒文化的遗迹。(寒冷干燥的北极空气,可能对保存800年前被图勒人吃剩下的环斑海豹的遗骸起了作用,甚至还保存了它们原有的味道。)更多情况下,你会偶遇20世纪野营地的遗物,这些人工制品远远没有多塞特文化或图勒文化遗址加工过的驯鹿骨片、有雕饰的木头或连缀起来的兽皮让人着迷。但这些人工制品分解得也很慢——包括“阿尔伯特亲王”卷曲烟丝红色铁盒,“宝贝”炼乳金属盒,及“小木屋”枫糖浆的易拉罐。在新近的野营地,你会发现,一簇簇手电筒电池犹如动物粪便,许多废弃步枪和猎枪弹药令人眼花缭乱。

把目光从不管是哪一世纪的遗物上移开,向远方望。你眼光所及的土地,回荡着压倒一切的和谐之音,充溢着自然史恒久的力量,而人类的营地只是其中的一部分。但是,新近的证据却让人隐隐感到有些不安。它与这片土地没有一点儿明显的和谐之处。它声称是这一区域自然史的一部分,但这似乎有些虚伪。

现在去北极地区,你一定会为那儿最近发生的变化而震惊。在滨海现代化野营地,你会发现许多外来技术似乎从天而降——当地人已开始使用新工具,开始过一种新生活。刚开始时,适应这些变化还相当容易，然而，变化在持续加速。现在，巨大变化让人困惑不已。新工具带来了种种更为复杂的信仰体系。从圣劳伦斯岛到格陵兰岛，本土文化处于这样的状态：经济迅速重组，社会内部结构分崩离析。例如，最近一位科学家写了一篇有关努尼瓦克岛居民生活的文章，指出从野生食物到店购食物的转变（伴随着营养成分和社会关系的高度复杂化）太迅速了，以至于很难抑制。他写道："本文发表之日，其中的大部分信息就只具历史价值了。"

自1968年在阿拉斯加州普拉德霍湾发现石油之后，北极地区因工业开发发生了许多变化：800英里长的跨阿拉斯加石油管道建成后，最近沿库帕鲁克河又有延伸；在加拿大的梅尔维尔岛和图克托亚图克半岛，建立了石油勘探基地；在巴芬岛北部及小康沃利斯岛，进行着大规模的铅锌矿开采作业；数百英里的新道路已铺设；海运、空运和卡车运输不断增加。该区域本属正常的恶劣多变天气，极寒条件和漫长黑夜、遥远的供应补给站、解决永冻土层（以奇特方式融化和移动）上基建稳固问题，这一切使相关建设的耗资都成了天文数字——真的，在加拿大，如果没有联邦政府的鼎力相助，这些建设项目人们甚至想都不敢想。

近期的这些巨大变化在地图上看只是稀疏的点和线，好像无足轻重。但它们在北极地区的定居点和村庄产生的连锁反应——经济、心理、社会影响，都是巨大而严重的。取得的成功尽管很小，有些还是捏造的，却鼓励了对此地区的进一步开发。[1]当地居民特别关注的问题是，权利越来越集中在这些人手中：他们拥有大量经济资源，对该区域的地理归属感却很差。马更些河河口附近的图克托亚图克村的一位村民，给我讲了一个很有代表性的故事。20世纪50年代，他经常坐狗拉雪橇在滨海地区随意穿行。自从远程预警雷达站设立在他习惯经过的路线上，他决定停下来看看那是什么东西。

1　有关北极地区出现的具体问题的概要，参阅本书正文后的注释1。

驻扎在那里的军人欢迎他，并不是因为他是当地居民，而是因为，在他们眼里，他好像是北极童话里的人物。他们热衷于给他的狗喂生牛排。每次他一来，他们朝他的背上重拍几下，然后给他的狗喂大量的牛排。他们的慷慨对他来说很古怪，他跟那些军人也不可能融洽，因此他就不再去那里了。而此后的数个月，每次从雷达站附近经过，他需要费九牛二虎之力，才能控制得住狗。

穿过村庄，即使通过无人居住区，也不难发现剧变迹象，也不能不让人感到难受。其中，如此多似乎都是漫不经心地强加给这片土地、强加给人的，是一种野蛮的入侵，因而，它所引发的沮丧，可能会使人绝望。我像其他到此地的游客一样，思索了这些事情；但这片土地的存在，单是它对各个感官的影响，就常使我远离当代的问题。我在想，究竟是什么，竟让我对一只角百灵折腰？人们如何想象自己置身其中的景观？这片土地如何影响栖居者的想象？欲望本身，想去领会的欲望，对知识有何影响？对我来说，这些问题比时事问题似乎更有意义，更值得深思。

为了寻求答案，我和不同性情的人一起，去了很多地方。和爱斯基摩人在巴芬岛北部海岸附近捕独角鲸，在白令海峡捕海象；和海洋生态学家勘察数百英里的海岸及近海海域；和风景画家周游加拿大列岛；与钻井工人一起，在零下30多度的气温里，顶着寒风，在冬天的冰层上钻油；也和来自五湖四海的货船上的船员一起，向北驶过格陵兰岛西海岸，进入西北航道。这些形形色色的人对北极的评说各不相同——辽阔的苔原像闪烁的海市蜃楼一般，一直延伸到北冰洋，显然空无一物；冬日天空犹如深蓝色的拱顶，又像一位满身缀满闪烁星星的冷美人；一群麝牛在小山顶上围成一圈以防御外敌，它们长长的针毛像是黑水旋起的一波大浪；在小康沃利斯岛表层之下潮湿的中生代岩壁上，一脉铅锌矿石闪闪发光，像是一面小镜子；冬季空气清澈，海洋冰层扭曲碎裂，发出呻吟悲鸣之声。所有这一切，这片土地本身及其所激发的，就是说，它实际上的意义，以及它隐喻性的派生意义，从古到今都是因人而异的。

这些不同的看法使人类在北极地区的未来充满了各种可能性，就是在这儿，人们拥有了梦想，寄予了希望。个人的梦想，无论是小小的私下愿望——希望在北极筑巢的鸟儿的坚毅与乐观，能鼓舞来自远方的心神疲惫的朋友，还是宽宏的愿望——希望从此地得到的一些科学信息，能造福自己的社区；在这些个人梦想中，寄托着这样的希望：人们要生活得有意义。一个民族非常宏大的梦想，蕴含在已传承了上千年的故事中。这是一个体现了决心和希望的叙事，它实际上在回答这样一个问题：在前人智慧的启迪下，我们将来应该如何做？这个故事包含着永恒的对话，不仅有我们之间有关自己的意图和未来行动的对话，而且有我们与大地进行的对话——比如，在草原上的大雷雨中，在一形成不久的山脉的锯齿形轮廓线前，或是发现一个偏远的湖面突然浮现一群鸭子，我们有何思索，有何诧异。我们讲给自己的故事，一直都是四万年来有我们人类参与的大地的故事。我想，该故事的核心是告诉我们一个简要而永恒的信念：明智地生活在大地上，并且过好的生活，都是可能的。如果我们切实尊重大地上的一切，可以想象得到，极度的无知就会远离我们而去。

穿过林木线到达北极，就不会再看到北方猫头鹰抓着上冻的猎物，紧贴胸前羽毛，来使它解冻。前方是开阔的荒野景观，相对应的地图上，稀疏地标着有趣而古怪的地名：约翰兄弟冰川，白手帕角；海军局湾，泰迪熊岛，斑马崖；敏捷峡湾，圣帕特里克峡谷，饿死湾。在广阔的牧师之子海湾及皇家天文会列岛，仍有爱斯基摩人在捕猎环斑海豹。

北极是这样一片土地——飞机可发现有克利夫兰市那样大的冰山，北极熊是从星星上飞下来的。犹如沙漠一样，这是一个多用隐喻、极富预示性的区域。通过在角百灵巢前深深鞠躬这一简单动作，你又一次把你的人生托付到你的梦想上去了。

引 子
巴芬岛之庞德斯海湾

1823年夏季的一天，排水量为360吨的英国“坎布里安”号捕鲸船，驶入巴芬岛北部庞德斯海湾（现名庞德因莱特）附近水域，由此航行不久进入北边的水域——兰开斯特海峡。这儿被认为是一片有希望的“新水域”，但“坎布里安”号在此搜寻两周，也没遇见鲸鱼。其他四十多艘捕鲸船选择待在庞德斯海湾一带作业；使“坎布里安”号船长更沮丧的是，他驶离的日子里，其他船看似在海湾出口一带闲逛，捕获却颇丰。“有好几艘船，”“坎布里安”号船长约翰逊在航海日志中哀叹道，“捕有12余头鲸，有一两艘竟捕了15头，还有一艘装得满满的……”

但“坎布里安”号捕鲸船也没有等太久。西部水域——巴芬岛西部新发现的水域，不乏捕鲸人的特殊猎物——格陵兰鲸鱼。就在第二天，也就是7月28日，该捕鲸船捕杀了3头鲸。在接下来的几天里，又捕获了12头，该捕鲸季共捕获23头。8月20日，“坎布里安”号驶向格陵兰海岸线外没有结冰的海域，然后折回法韦尔角，驶回英格兰。该船装载的鲸脂能炼成236吨油，来点亮大不列颠街道上的路灯，并为纺织厂加工粗毛提供能源。它还载回4.5余吨鲸骨，用来做成雨伞的支架和软百叶窗，以及可移动的羊圈、窗户隔栅、家具里的弹性装置。

9月26日，“坎布里安”号在赫尔市靠岸，受到欢迎。来自城区的男孩们涌到船的缆索处，找寻主上桅杆已经晒白的传统布制花环。船主人满脸喜悦。在前一年，“坎布里安”号捕获的鲸鱼，只有这次数量的一半，当时，没有船能破冰穿过戴维斯海峡。1821年，“坎布里安”号返回后带来了不幸消息——来自赫尔市的三艘船，以及来自英国其他港口的至少三艘船，毁于寒冰之中。

1823年的捕鲸季淡化了上述那些可怕记忆。庞德斯海湾西部水域似乎最有希望。“坎布里安”船还带回来了海象皮和象牙，这是从格陵兰岛西部和巴芬岛北部的爱斯基摩人那里换来的。此外，还带回了独角鲸的长牙。如果油价及鲸骨价格能保持下去，如果连续几年海上冰灾不重，如果伦敦没有停止对工业产品价格的支持，或废除保护性贸易关税的话……

“坎布里安”号上的人们却没有过多地想这些问题。在西部水域，他们会额外多干几个小时，因为他们知道，这里只有白天没有黑夜，而且， 他们只要一看到鲸鱼，就会跳到捕鲸船吊艇架上。困了就躺到甲板上睡，饮食也无规律。这些天，天气非常好，他们在海冰中兴奋度日。空气宛如杜松子酒一样清澈，日光格外明亮，从庞德斯海湾望去，远处的拜洛特岛和巴芬岛上的景观蚀刻得分外妖娆——这一童话般的奇异景色让他们既满腹狐疑，又异常欢欣。他们在这无尽的白天里感到很兴奋，内心有种满足感和价值感，这些感觉部分是由繁重的工作带来的。

拿破仑战争结束给欧洲带来了和平，1823年夏季，是英国在太平日子里的极地捕鲸季的顶峰。发现西部水域之时正值鲸产品市场复苏，商人和投资者们，无论来自赫尔和彼得黑德，还是来自敦提、亚伯丁和惠特比，都在1818年到1824年间大赚了一笔。1825年，行情开始下行——技术进步和英国经济政策削弱了对国内外鲸油市场和鲸骨市场的依赖；由于捕鲸船没上保险，太过频繁的严重损失耗尽了投资市场的支持。仅1823年一年，就有2 000头鲸鱼被捕杀，过度捕捞也开始成了问题。

这一时期被特别关注的对象就是鲸。英国人的商业捕鲸史至此已有212年，捕鲸区最初是在斯匹次卑尔根岛的海湾，以及格陵兰海松散的浮冰区，然后是在戴维斯海峡南段，最终到达巴芬湾北部水域和西部水域。有一种鲸，其过滤浮游生物的长条形深蓝色鲸须，像U型帘子一样，从像屋顶一样的大嘴上半垂下，其中一些近15英尺长，巨大的头部占去了健硕身体的三分之一，躯体覆以20英寸[1]厚的鲸脂——这类鲸的鲸脂所占总重量的比例要比其他的鲸都大。体格较大的鲸的鲸脂会产出25吨油；300多根鲸须板可产出一吨多鲸骨。除去鲸须、鲸尾（可用来做胶水）及鲸脂，45英尺长的遗骸成了在海上漂浮的环形“克朗”（crang，即鲸鱼遗骸），上面总是蜂拥着簇簇海鸟。

由于这种鲸游得很慢，杀死后也会浮起来，加上其产出鲸骨和油的量很大，因而成为捕杀的合适目标——它就是格陵兰露脊鲸。也就是北极鲸，简称鲸鱼。后来，在北极西部，由于其下颚的轮廓，它也被称为“弓头鲸”。

弓头鲸的皮凹凸不平，摸起来就像糙纸一样，颜色浅黑偏灰；下巴和肚子颜色偏白；眼睛呈深棕色，大小与公牛眼睛差不多，在其巨大的头部上很不显眼。它的呼吸孔高高凸起，呈火山状，以便在海洋浮冰狭窄的缝隙处出水呼吸。它的触觉极其敏感，在水面休眠时一旦有海鸟附体，就会马上做出剧烈反应。因而，鱼叉刺进它身体时的剧痛简直不可想象。（1856年，“真爱”号捕鲸船的一个鱼叉手称，一头中鱼叉的鲸鱼猛烈下潜，三分半钟内冲开1 200码[2]鱼叉绳，一头扎进海底，撞断胫骨，头扎进8英尺厚的深蓝色海泥。）

弓头鲸的力量大得惊人。在格陵兰海域被鱼叉叉着的弓头鲸，在被彻底制服之前，冲开10 440码长（7 000英磅重）的鱼叉绳，拉断了两根2.25英寸粗（长度分别为1 560码和3 360码）的大麻纤绳，同时把28英尺长的捕鲸艇拖入水中。1817年5月27日，被鱼叉叉中30个小时后，另一头格陵兰露脊鲸仍以2节／小时的速度，把一艘捕鲸艇

1 英寸，长度单位，1英寸约等于2.54厘米。——编者

2 码，长度单位，1码约等于0.914米。——编者

拖进“和缓的海风中”。

人类对鲸鱼的追杀没有任何限制。1823年，“坎布里安”号在驶入兰开斯特海峡一个月前，在戴维斯海峡捕杀一头57英尺长的巨型雌性格陵兰露脊鲸。它在薄冰里睡眠时，被水手们发现。被水手的靠近动作惊醒后，它一度绕着船缓慢地游来游去，然后冷静地用弓形头扣住船首，开始往后推船。推了两分钟后，惊恐的水手才用鱼叉叉住了它。这一幕让船员很不安。作业时他们偶尔被这种怪诞的情况搞懵。

就在他们当时所处的格陵兰岛西部偏北海岸外的戴维斯海峡，捕鲸船有时会在此类平和天气里，听到奇怪的哨声——声音起先很大，然后变弱。这是大风来临的前兆，它从那个季度最恐怖的西南方向吹来。哨声越大，风力就会越强。那一年，他们在冰流中艰难行进时，没听到这种哨声——但他们不喜欢鲸鱼把他们往后推，因为这好像是在敦促他们返航。

许多人在北极捕鲸时心里很不自在，因为不可预测的海冰会给他们的生命带来巨大威胁；与此同时，正如他们在航海日志中所写的，他们在捕鲸区域看到的美景，比他们知道的任何景色都要摄人心魄，都要壮丽。他们看到，跟多佛悬崖一样高，宛如大理石悬崖的冰川，在他们眼前突然崩塌，沉入深绿色的海里。冰山顶部融化形成水塘，风把其中的水吹入空中，形成一道道五彩缤纷的薄雾。群群白鲸像鬼魂一样从船底滑过。成千上万的小海雀在船帆与索具间穿梭，鸣叫声如潮。牙与须闪闪发光的海象，缓缓游过平静海湾。夕阳下，湾中之水犹如燃烧的锰一样闪耀着。船员以诚挚、质朴的散行文字写道，他们被那种“美丽和壮观”震慑了。

他们看到的景观使其捕猎行为显得很不适宜；但那也是他们的工作，是家人生计的保障，因而他们能很快把同情心和懊悔感抛诸脑后。“冒险的目的，”一位船长写道，“战利品的价值，捕获的乐趣，不能仅仅因为我们的同情心而被舍弃。”

7月27日，“坎布里安”捕鲸船还在懊悔在兰开斯特海峡浪费掉的日子时，它也在沿着拜洛特岛东部附着海岸的浮冰向南推进，目睹了其他捕鲸船捕获成功那令人毛骨悚然的证据。“远远近近，”航海日志中这样写道，“沿着浮冰边缘，布满了数百头油脂被挖的鲸鱼尸体……周围数英里的空气中充斥着堆堆尸体腐烂了的恶臭味。傍晚时分，遇见的残体越来越多，恶臭让人几乎难以忍受。”

在众多残余鲸尸上空，北部管鼻藿和蓝绿色海鸥盘旋着，尖叫着。这简直是暴殄天物。

那年，当地的爱斯基摩人，即图努尼尔缪特人，已经在拜洛特岛东南角建立了独角鲸捕杀营地。他们与英国捕鲸人，也就是其所说的“upirnaagiit”（“春天人”），进行着非正式的交易——用北极熊的皮、海象皮、象牙及海豹皮手套，来换锡罐、针、钢刀，以及其他有用的及装饰性的物件。后来几年，因为仅靠捕鲸入不敷出，这种交易对船主来说是种弥补。船长把业务转向换取毛皮、兽皮、象牙，以及为动物园捕获动物，来确保收支平衡。那时，对爱斯基摩人来说，资源开发和社会变迁还未开始。图努尼尔缪特人仍是土著打猎者，由于拥有大量的交易货物，其生活方式还未改变。他们追随动物行踪，游猎于海冰和陆地上，用捕获的猎物制造食物、衣服、工具及器皿。

如果非要概括这种早期的贸易关系，可以说，爱斯基摩人在以一种谨慎、有限的方式，努力适应陌生的文化，这种文化可以在很短时间里轻松获得大量鲸肉，可以获得诸如帆布和铁锯等大量有用物件。欧洲人在很大程度上只顾自己利益，非常喜欢所碰到的原始、奇异的东西。他们渴望得到纪念品，渴望跟女人交欢，并希望从贸易中获利。庞德斯海湾夏季凉爽的下午，当地的年轻女人从捕鲸船上回来后告诉自己的丈夫，白人生活在一层层像海洋岩壁上的鸽舍（appaliarsuit）一样的吊床上。丈夫用雷鸟翅膀擦掉了手指上的海豹油，等着吸自己妻子可能带回的烟草。爱斯基摩人非常看重长期生存。他们对人和船几乎不感兴趣，这出乎欧洲人的预料。

和爱斯基摩人相比，捕鲸人认为的精明其实不是真正的精明，而是一种自负。欧洲人并不看重爱斯基摩人对世界的看法。而且，无论其象牙器具以及防水衣做得多好，欧洲人认为，爱斯基摩人的技术跟他们的相比，早已过时，且很怪诞。当时，船上的一位高级船员这样概述：爱斯基摩人的“体型、智力及激情都很猥琐”。在欧洲人眼里，爱斯基摩人应被温和而无害地加以利用，应像孩子一样被责罚，而不应被认真对待。欧洲人把他们称作牦牛。

对爱斯基摩人来说，捕鲸人缺少女人的技能和陪伴的行事方式很奇怪。对捕鲸人能够造出“有价值的、实用的物件和工具”，他们很赞赏，但对捕鲸人解决衣食问题的能力，以及保护自己的能力，他们不以为然。他们对捕鲸人既敬畏（ilira）又惧怕（kappia）——到庞德因莱特的现代村庄的访客也有同样的感觉。ilira是与敬畏相伴的那种恐惧，kappia是面对不可预测的危险时的恐惧。观察北极熊，心存敬畏；不得不穿越薄薄的海冰，心里惧怕。

到1832年夏天，在该区域从事商业活动还没几年，捕鲸人就开始目睹了春天的寂静村庄——在那些村子里，所有人在冬季都死于欧洲人带过去的白喉和天花。他们发现，看似永恒的北极，事实上是不断变化的。爱斯基摩人数百年来通过探索北极这片大地积累的广博、特殊知识，从此开始湮没。

与庞德斯海湾东北部遥遥相望，在格陵兰岛海岸约克角的西部，出现了一种奇特景象，当时的捕鲸人把它称作绯红悬崖；那是颜色发红的雪墙，对此，当时的人们有各种解释，有认为是真菌生长所致，还有认为是海雀吃小虾的红色遗矢所致。[1]在悬崖东部，有

1 绯红色由雪中所含的一种淡水藻类植物细胞壁上的血红色素所致。

一处爱斯基摩人称作萨维西维克（Savissivik）的不出名的地方，该地陨石很多，英国人第一次得知此处是在1818年。（北极爱斯基摩人从这些陨石上凿下小块铁镍合金，做鱼叉尖儿和刀刃，或者用它与其他爱斯基摩人做交易。在他们的语言中，savik兼具“刀”和“钢”二义。）在1823年，即使英国捕鲸船的高级船员也不清楚陨石从哪里来；也不确定格陵兰岛是否是一个真正的岛屿。当时，没有人到过北极点500英里内的区域。就他们所知，北极点500英里内区域，就像亨利·哈得孙1607年向那个方向航行时所认为的那样，是一个黑色玄武岩巨砾坐落在一片平静的汪洋大海之中。他们也没有意识到，就像他们前往极地渔场途中，在北大西洋听到驼背鲸能唱一样——格陵兰鲸其实也会“低吟浅唱”。丹麦人想在格陵兰岛建立第一个商业渔场，因为此地有“有毒性的懒洋洋的兽类”——格陵兰鲨鱼（鲨鱼的肝脏可以提取油脂），而捕鲸人对鲨鱼的生命史一无所知。毋庸置疑，在爱斯基摩人之前，北极就有人类文化存在；捕鲸人换取其手工艺品，对北极早期文化却不知情。

1823年，北美北极地区仍是像童话世界一样的遥远区域，是地球上最后发现的复杂生态系统，居住者是奇异的动物和与世隔绝的人类。这片土地神秘莫测，有时白天充裕得似乎没有尽头，有时尽是漫漫黑夜，几乎使人发疯；其严寒能使醋凝固，能冻裂包括石头在内的所有东西。这是一片地图上没有标记、无人宣称主权的区域；自挪威人涉足此地以来，不少欧洲人在此悲惨死去——他们死于冻疮引发的坏疽病，或死于北极熊肝脏的毒性，或缓慢地死于坏血病；或是轮船毁于坚冰，船冰面以上的残骸全被烧掉，用以取暖，却最终还是冻死于灰烬旁。

庞德斯海湾的捕鲸者的信心和锐气，在他们了解相关骇人情况后有所收敛；他们怀疑，自己对此地其实很不了解，甚至他们当中一些人，虽然对鲸鱼的生态以及洋流中浮游生物的颜色做了大量的描述，对此地也是不甚了解。然而，他们既没有被恐惧吓倒，也没有因无知而畏缩。他们当时认为，他们的船“像救生艇一样安全，像瓶子一样密封牢固”。两个月后，他们将带着一年的收入回到家里，可能还会风光地穿着用北极熊的毛皮做的裤子，或者给儿子带回一把火石刀。他们还可能会给邻居带回一些饶有兴味的故事，比如：如何惊险地逃过被淹死的命运；或是，一天早晨，在海滩上收取了6 000个绒鸭蛋；甚至还会有跟一个爱斯基摩女人睡觉的故事。

不难想象他们的野外历险体验。庞德斯海湾7月一个阳光明媚的下午，正值礼拜天，信奉基督教的严厉船长允许中断捕鲸作业，船员们懒洋洋地坐在甲板上，比较着从北极地区各地获得的纪念品。比如，当时尚属未知生物的麝牛的头盖骨，牛角极大，眼眶凸起——“这来自极地牛。”爱斯基摩人这样告诉他们；这些爱斯基摩人生活在庞德斯海湾西部和北部很远的地方。或是一片锁子甲，有人说，这是北欧海盗几百年前航行到格陵兰岛北部居民点的证据。或是一个刻着极其痛苦的扭曲人面的小小象牙饰品，它是已经湮没的多塞特遗物。这些船员的内心可能会感受到一种张力：一边是这些纪念品的陌生特质，另一边是其日常生活中常见的东西——比如，他们所坐的被长筒靴磨光的甲板，或是头上方帆和帆桅相纠结却很熟悉的索具等装置。

也许，一些捕鲸人会记起曾看到北极熊在离岸很远的海洋风暴中，有节奏地游过深色的大洋——这透露了此地具有另一种独特的张力：美丽与暴力并存。也许，捕鲸人还会说起爱斯基摩人——他们能在此地生存是多么令人惊叹，他们是多么精力充沛而又友好；但他们的原始生活习惯多么不可思议：妈妈竟用自己的头发擦孩子的粪便，男人会用力挤压捕到的鸟的心脏来杀鸟，以免损坏其羽毛。

在隔开的简朴居处，捕鲸船的长官可能正在读威廉·斯科斯比的《北极地区述记》，或威廉·帕里刚出版的北极发现故事，后者

1818年与约翰·罗斯一起开辟了通往西部水域的航线。他们很钦佩帕里；然而，总的来说，他们认为英国的探险远征是国家政治的浮夸之举，实际意义不大，甚至没什么实际意义——乘的是完善的加强冰级船，配备的是没经验的水手，负责指挥的是追求“不朽名声”的长官。

船员和长官都会更多地默想甲板下的鲸脂和鲸骨，因为那是实实在在的财富。一头鲸鱼的鲸脂和鲸骨在赫尔市码头卖的价钱，就是一个男人在岸上干一年的工钱的10到15倍。

假日阳光下在甲板上打盹的这些水手，可能从未想到，他们的生活方式，对爱斯基摩人和弓头鲸造成了多大的破坏。相反，他们觉得自己很幸运。同时，他们也渴望回家。

加拿大历史学家W.吉利斯·罗斯慎重提出，多达38 000头格陵兰露脊鲸在戴维斯渔场被捕杀，杀手主要是英国捕鱼船队。据可靠估计，如今露脊鲸仅存200头。该区域死于欧洲人带来的白喉、天花、肺结核、小儿麻痹及其他疾病的土著人数，还没有准确数字——历史学家提出，土著人损失90%的人口，不失为合理的估计。但爱斯基摩人口也一直在恢复。[1]

在北极捕鲸的全盛时期，庞德斯海湾周围发生的事情是西方文化大规模挺进北极地区的缩影。它提供了一个令人不安的警示：包括石油、天然气及矿产资源的开采等现代工业的进程，可能像捕鲸业一样，既是灾难性的，又是短命的。这一进程也是幼稚的——150年之后，我们对这一区域自然史的了解仍然是粗疏的、不完整的。然而，当前这一区域生态系统中最濒危的要素不是弓头鲸，而是土著居民一脉相承的洞见。我们没有任何东西可以替代他们蕴含不朽

1　“爱斯基摩人”是一个包容性很强的名称，包括当今加拿大的图勒文化的后裔，以及当今阿拉斯加的普努克和比尔尼克文化的后裔。

智慧的叙事，我们所有关于人与那一片景观的故事，都不能不受西方科学以及所有控制和占有欲望的影响。我们对该区域的熟悉缺乏历史深度，这一所谓熟悉的实质是，我们在很大程度上对那儿隐匿和微妙的东西仍是无知的。

不同人对其最高价值的想法大不相同。北极地区未来的发展规划，在致力解决因纽特人领土所有权的蒙特尔律师心中，与在设计能在鹿特丹市与横滨之间来回行驶的破冰游轮的瑞典海军建筑师心中，是不一样的。北极地区的生命史——大黄蜂给花授粉，多塞特人的起源和思想，狼獾的习性——对于在海斯河口拉渔网的因努特人来说是一种意义，对于观察北美驯鹿群遭遇阿拉斯加输油管的生物学家来说，意义就不同了；对于在北极点吃鱼子酱加香槟午餐的现代游客来说，又另当别论。

人们对于新发现之地的观点和兴趣如此大相径庭，这不足为奇；让我们觉得新奇和不安的，是这片土地的独特性，因为它有可以改变人们想法的性质。在温带地区，我们习惯了可包容对立观点的景观。温带地区生长季节长，气候温和，生物众多，降雨量适度，这可以补偿人们对此地的诸多过度利用。极地生态系统的生物特性和温带地区不同——其生态系统要脆弱得多，无法承受“折中”的企图。这样，对北极的担忧，就是人们正在急切地寻求和解与妥协。

我们对这些事情的看法的分歧，就是说，对在北极地区发展工商业的分歧，以及对该地区针对外来经济体系所立规矩的分歧，根源在于这一片景观的奇异性和微妙性，这一微妙性就像我们在温带地区，莫名其妙地偏爱某一时段和某一种类的光照那样。或者，就像我们莫名其妙地偏爱温带土地上特定的时间模式——太阳在夏季的黄昏要落山，暮光中蟋蟀叫声代替蝉鸣，人们坐在门廊里——这些在北极都不会有。

评价甚至理解一片特定景观的难度，与景观主体文化和其文化发源地之间的距离有关。作为生活在温带地区的人，我们对沙漠及广阔的冻原和苔原总是存有偏见。在我们眼里，它们是废弃之地，在历史上，我们根本没关心过那里发生了什么，或那里遭受过何种命运。然而，我私下以为，总有一天，我们会认识到它们不可估量的价值。正因为北极的光照和时间模式是如此不同，这片景观可以警示我们，我们对整个大地的看法纯属夜郎自大。仅仅通过改变确立一日长度的基础，北极不同寻常的节律就表明了西方时间划分标准的武断性。北冰洋定期结冰，目前是航运业不可逾越的一道障碍。在一些人眼里，这片土地反常态的不合作着实令人气恼。

如果我们要想对人类在北极的活动设计出一个开明的计划，我们需要对这片土地本身有更深刻具体的理解——不是更为精确的数字式的了解，而是更深刻地理解它的本质，就好像它本身是另一种文明，我们不得不与其达成某种默契。因而，我想让你重新关注这片土地上的具体事物，以及沉淀下来的文化。你无非需要穿过冻原；观看风拂动低矮的桦树叶和柳树叶；聆听迁徙驯鹿的蹄子发出的噼里啪啦声。想象你耳朵紧贴波弗特海爱斯基摩小艇的船桨，听髯海豹悠长的颤音。或是用手指轻抚爱斯基摩人用黑曜石做的工具，来感受它的锋利。

有一年冬天，我远行到北极高纬度地区梅尔维尔岛北部的海冰上，与一群钻探船员在一起。我看到一只海豹在某日的某一刻浮出月池——这是钻探平台正下方冰窟中的露天水面，该冰窟让钻柱穿过冰层抵达海床。海豹和我都纹丝不动地凝视着对方，我身穿派克大衣，沉浸在所做的事情中，海豹待在平静的水里，头形与猫相似，呈灰色，深棕色的眼睛闪闪发光。我们之所以在此偶遇，它是出于好奇，我是想探个究竟——离世界之极到底还有多远。我大衣的帽子随头稍微动了一下，海豹就猛然钻入海中，荡起堆堆浪花。它的眼睛大得出奇。我走到月池边上，盯着深色海水看。难以想象当我看到海豹时有多惊讶，好像它是从头顶上方冬日的天空坠下，落入钻机和我们孤零营房所处的光圈中。

仅仅思考人们在此偏远之地的作为，而无视海豹的生存环境，仅仅考虑人类的追求和处境，而不了解这片土地，在我看来，就是不去聆听这片大地，这似乎是致命的。如果你回顾我们顽强进化的漫漫长路，搞清我们之所以能进化到目前这种状态的奥妙，你就会明白，这种致命性也许不是在明天或明年才显现，而是就在当下。

本书的叙事主要蕴含三重主题：北极景观——对人类想象——的影响。利用此景观的欲望如何影响我们对它的评价。还有，面对一片陌生景观，我们对财富是如何理解的。变得富有究竟意味着什么？是意味着促使捕鲸人和其他创业者来到此地的那种血气方刚的冒险和发财梦？还是意味着，有很好的家庭生活，并对自己家乡有深远和详尽的了解？后者是图努尼尔缪特人在庞德斯海湾告诉捕鲸人的他们对财富的理解。是意味着在生活中保持敬畏和好奇之心，并持续渴求本真的东西和有价值的东西？还是意味着，以伦理原则为指导，与天地万物和平共处？

对财富的含义这一问题，不可能有明确的答案；但通过逐渐了解一个地方，在此地对生活的共同要素的理解有所不同，我们看问题的视野就会有所改变。有了这种转变，就有可能重新想象使灵魂和心灵有恒久安顿之所的途径，重新想象在我们称之为历史的时间之流中，能兼顾我们人类和自然界的利益的途径。

这一梦想，正如以下各章所显示的，是伟人和普通人都拥有的梦。

一

大熊的国度

冬天的一个下午——当天太阳一直没有升起，月亮已连续六天没有落下——我站在离马更些王岛的玛门角20英里的海冰上。哈森海峡的海冰并非毫无特色，但其表面没有严重扭曲的迹象，这和在林肯海等区域看到的景象不同。这里的水流相对平缓。在海水结冰的九到十个月里，我脚下的海冰几乎不会晃动。

往南看，会看到泛出一缕缕紫色和深蓝色的薄薄天幕与地平线交成80度角。但冰雪几乎没有反射这些颜色。月色下四周全是浅淡的蓝色。可视距离为两三英里；但暗淡光线使万物看上去都朦朦胧胧的。除了南面紫青色的地平线，天地间只剩洒满月光的海冰和乌黑的天空。

月圆之时，天空缺乏深度，星光灿烂。我为星星吸引，停下了脚步。北极星就在头顶。以前，我每次都是望着天空北部寻找，先找到北斗七星，然后根据其想象形状的指引，找到北极星。今天下午，我直接朝头顶仰视。

巧合的是，天象上北极星位于地球地理北极点的正上方（不存在和它相对的“南极星”）。它似乎正好位于地轴的延长线上；在人类较短的时段里，北极星几乎很少变换位置，因而我们会把它看作恒星。大致便是如此；有历史记载以来，北极星的位置相当恒定，北半球的人一直把它作为确定航向的参照物。天文学家把天空中北极点正上方非常精确的一个点称作北天极，准确地说，北极星与北天极间还有少许偏差。

我仰视这一航向参照物，一颗淡黄色的，大小是地球一百倍的星体，它就是北极星，看起来似乎是唯一不动的星星。围着它转的是七颗很亮的星星，以及七颗看起来不亮的星星，它们合起来可构成我们熟悉的杯子外加一个把手，或是组成一头大熊（大熊星座）的臀部和尾巴。在西方文明的早期历史中，位于地球最北端的一些地区，被认为位于这些星星的正下方。希腊人把这个地区称作Arktikós——大熊的国度。

旧大陆的人们认为，北极地区是不可接近之地。然而，在他们的想象中，除了存在某一个阴暗的、荒凉的边疆，整个北极并非荒芜之地。事实上，在希腊神话里，北极最偏远的部分是这样一个地区：有丰富的湖积土，天空淡蓝，微风轻拂，动物繁衍力强，树木冬天也结果实，这是一个比北风之神玻瑞阿斯的出生地更靠北的区域。这一北方乐土的居民，被认为是世界上最古老的民族，与北极大地一样古老；他们富有同情心，无欲无求，喜欢沉思默想。在北方乐土的一些传说里，有关此地区的蒙福氛围有一些意象令人印象深刻——比如，白色羽毛自天而降。（此典故可能是为了描述雪的纹理，但其所指意义却不完全是隐喻性的。夏季的一天，在阿拉斯加海岸，一大群正在换羽的野鸭从我头顶飞过，数百片羽毛从空中飘落地面。在19世纪的北极勘探史中，可发现一封信件，其中描述说，一种白霜在船的索具上堆积，像飘落的羽毛。）

也许，一些旅行者把远北的夏季描述得非常宜人，这样的故事传到了希腊人那里，使他们相信了北方乐土居民健康的生存状况。然而，这一片遥远景观不好的一面，也更为经常地进入人们的想象。偏南部的土著文化认为，北方是一片布满封冻群山的废弃之地，终日狂风四起，是万恶之源。在公元7世纪的神学作家眼里，此地是精神浩劫之地，反基督教者的老巢。历史上，欧洲南部的文化受到哥特人、汪达尔人及其他北方部落（包括后来的北欧海盗）的威胁，就在这一时期，《旧约全书》中邪恶力量的两个代表人物歌革和玛各出现了，他们本是传说中的一个游牧部落的象征性统领，而这一游牧部落欺压着文明国家。他们是黑暗力量，跟光明力量作对。在英国的传说中，北方军队战败，歌革和玛各被捕，被戴上锁链押往伦敦。（他们的雕像在市中心市政厅外矗立了500年，直到在二战的空袭中被炸毁。）

这两个人物还有一个不太残酷的结局——成为剑桥外的一座歌革玛各山。故事是这样，来自野蛮部队里的一个北方巨人，爱上了南方的一位年轻姑娘。这位姑娘因其生性粗野拒绝了他。这位巨人懊悔地倒下，从此岿然不动，化为一座山。

为了更为实事求是地说明北极，我们需要确定好几个极点。[1]这些北极点的精确位置，其实有（小幅度的）变化。地质构造活动，月球引力作用，河流把沉积物输往异地，这些因素都导致地球轻微晃动，于是地轴也会随之变化。如果北极点是一支画线笔的话，随着北极点位置的不断变化，它每隔428天就能画出一个直径为25到30英寸之间的不规则的圆形。过去这些年，这些不规则圆形的范围保持在65英尺之内，这个不规则的圆被称作钱德勒圈（Chandler Circle）；这个圈的平均中心点叫地理北极点。

其他北极点的精确位置也同样难以确定。1985年，磁北极点位于北纬77°，西经120°，在埃德蒙·沃克岛东约30英里处，芬德利群岛最南端；地球的磁场和磁层（在地球大气圈之上很远处）以此为轴心。与詹姆斯·克拉克·罗斯1831年发现的磁极点相比，它更靠北400英里，也更靠西，位于布西亚半岛的西部。

地磁北极点位于磁北极点东500英里处，在格陵兰北部英格尔菲

1 北极最南端尚无广为接受的界限。例如，北极圈还包括斯堪的纳维亚半岛的一部分，此地受墨西哥湾流余波影响，很温暖，有胎生蜥蜴、猪鼻蛇、极北蝰、青蛙和林蛙。但北极圈不包括北极熊的主要栖息地——加拿大的詹姆斯湾一带。永冻层的南部界限，林木线的北部界限，一些动物的地理分布，7月份50华氏度等温线的南部界限，都被提议作为北极的南部界限，但全被科学家否决了。[华氏度（℉），温度计量单位，与摄氏度（℃）的换算公式为:℃=（℉−32）×5÷9，50华氏度等于10摄氏度。——编者]

尔德地附近；地球磁场及磁层，理论上（用数学推算）以此点为轴心。

第五个北极点，几乎不再被注意，已经废弃了。19世纪，人们认为，地球上没有哪个点，比位于阿拉斯加北部海洋冰面的那个地方更难到达，该地位于北纬84°，西经160°。北冰洋浮冰被认为绕着这个点缓慢旋转，这就使乘船不可能到达此地，而徒步或坐狗拉雪橇又太危险。这一“难达极点”没有地理北极点易于看到，但现在人们已从高空中“看了”无数次，甚至很可能俄罗斯破冰船已经“造访”过。[1]

认识北极地区，最有用的轨迹也许是太阳每年在极地天空移动的轨迹。在温带地区看，太阳的移动没有规律。白天时段和夜晚时段的界限很模糊，在不同季节，白天和夜晚要么时间很长，要么时间很短。

我们很难想象出太阳在北极的移动轨迹，因为我们迁入北温带已经数万年了，这么长时间对太阳移动轨迹的想象一直固定不变。因为我们生活在陆地上，而不是生活在空中或水里，所以不习惯从三个维度上想象。记得有一年冬天，我乘飞机到阿拉斯加北海岸的巴罗市，在空中，对太阳移动轨迹印象深刻。中午时分，我们仍在往北飞。伸出脖子把脸贴在机舱窗户上，我看到太阳低垂在南部地平线上。两小时的航程中，太阳似乎一动不动。抵达巴罗后，太阳似乎还是在原地落下。穿过村庄，我意识到此前从未明白：在极北地区的冬天，太阳在南方缓缓露面，几乎又在同一地点消失，就像鲸鱼跃出水面，迅疾又落入水中。“太阳从东方升起，在西方落下”的观念在这里并不适用。由上午、中午、下午和晚上组成一天的想法成了常规，且如此根深蒂固，以至我们很少三思；这也成了

1 苏联破冰船，排水量达23 000吨，轴马力为75 000，1977年8月抵达地理北极点。

我们的文学和艺术的常规。而这里的时间模式却不同。[1]

要领会太阳在北极的移动轨迹很不容易。想象一下6月21日，也就是夏至，你正好站在北极点上，双脚站在一层雪上，雪层下是被风吹皱的冰面。如果把雪凿去，你会发现海冰呈灰白色，并且不透明。六七英尺之下就是深色的北冰洋，大约29华氏度，13 000英尺深。离你站的地方最近的陆地，是440英里以外格陵兰北部海岸附近非常小的邬达克岛。站在北极点上，你就站在世界24个时区的每一时区，并且位于地球上任意一点的北边。夏至当天，太阳与地平线的夹角恰好为23.5度，并一直保持那个高度在天空中转了个圆圈。

如果你能处于24小时都是白天的范围内，沿着西经100° 子午线，朝墨西哥城的方向往南走，起初，你几乎注意不到太阳转过天空的路线的不同。然而，不久之后，你会感觉到，太阳的运行轨道开始倾斜，太阳移动的圆形轨迹在南方的天空高，在北方的天空低。越往南走，你会发现太阳轨迹的倾斜度越来越大。当你到达加拿大西北地区的加里湖附近，也就是西经100° 与北纬66° 33′（北极圈）相交的地方，太阳会首次落入你身后的地平线下。到那时你已走到一个有实质意义的时区，太阳触及地平线的时刻是“子夜”。12小时后，在同一地点，太阳与南边的地平线呈47度的夹角，在当地是中午。现在你会说，太阳看起来是穿过天空，而不是在天空中转圈。从此地它开始滑到北方的地平线下面，从这里开始一直向南走，还是在6月21日，你会开始体验“夜晚”。起初，只是延长的暮光那种短夜。但渐渐地，暮光在夜晚时段颜色开始加深，在黎明时段夜色开始变浅。在加拿大马尼托巴省平原的某地，你最终会体验到真正的“午夜时分”——黑暗时间足够长，以至你不敢继续走，

1　北极所有居民，包括加拿大的爱斯基摩人、苏联的雅库特人、斯堪的纳维亚半岛的萨米人等，近几年来，重新安排了自己的生活模式，使其与南部国家白天/夜晚式的生活节奏同步，因为他们日益依赖南部国家的作息时间日程和信息服务模式。

因为你害怕跌倒。

如果我们能让6月21日像这般静止不动，如果你继续往南走，你就会注意到三件事情：夜晚明显变长，中午时太阳在南部天空越来越高（“从东方升起，在西方落下”这一现象似乎更明显），黎明时分的曙光和黄昏时的暮光会变短，直到曙光和暮光都转瞬即逝。在墨西哥城，日出和日落显得都很仓促。阳光照射是每日都有的现象，而不像在北极那样，是季节性的现象。

如果六个月后，12月21日，也就是冬至，或极夜之中点，你站在北极点，你不会看到任何一个星星落下——你感觉到它们在你面前左右移动。如果星星能像曝光的胶卷那样留下痕迹，它们就会在暗淡天空中留下一个个颜色各异的堆起来的圆圈，全部与地平线平行，逐渐变小，直到最上方由北极星留下的最小光圈，围绕着北极点正上方的一个点——该点处于地轴延长线上，与北极星之间不再有星星；北极星与地轴延长线的夹角为2度。

如果你在12月21日，从北极点往南走，你会发现与六个月前完全相反的现象。冬至日全天，北极点一直是黑夜。如果你对温带地区冬季短短的白天非常熟悉，你会觉得马尼托巴省的平原昼短夜长的现象很正常。在热带，一天当中昼夜一样长，曙光和暮光持续时间很短。[1]

12月21日，你将不得不一直往南走1 611法定英里才能到达北极圈，在此才能真正看得到太阳。然而，冬季也不是一片漆黑。北极的漫漫长夜夹杂着一次次时段较长的暮光；微弱的星光被冰雪表面反射，增加了一丝光明。并且，这里没有树冠遮盖，除了少数地方，也没有山脉的影子遮挡。北极就像一片开阔的、没有任何遮拦的沙漠，在满月下有足够的亮度，夜晚也可以旅行。

在偏南的地方，考虑暮光的意义似乎不大；但在北极地区，考

1　北极地区的光照模式变化很大，这是地球绕倾斜地轴自转以及绕太阳公转引起的。

虑暮光就有意义了，因为这一柔和光线逗留的时间很长，天文学家把暮光分为数类。[1]在温带地区，早晨和傍晚出现曙光和暮光，是每天的现象。在北极，曙光和暮光（也）是季节性的现象，随着日照在秋季渐弱，在春季渐强，它们可持续一天，甚至数天。在温带地区，冬季明显昼短，而夏季昼长，但每天都会有黎明时分，都有持续时间较长的曙光，昭示一天的开始。在极北地区，白天不是每天都重复出现。

1597年，由于船困于海冰并被摧毁，荷兰探险家威廉·巴伦支及其船员被迫在新地岛的北端，在恶劣的条件下过冬。他们极其焦虑地等待太阳再现。跟酷寒相比，他们更忍受不了黑暗。无论暮光持续时间有多长，都不能弥补他们看不到太阳那一灿烂恒星的损失。他们引用所罗门的话表达心情："光亮能给人带来甜蜜；双眼看到太阳让人愉悦。"当太阳终于露面时，比他们的期望早了12天。他们认为这一定是上帝的恩赐。他们对太阳顶礼膜拜，既高兴，又不相信自己的眼睛；太阳的出现使他们更有勇气去面对遇到的困难。

现在我们明白，他们1月份那天看到的实际上不是太阳，而是太阳的蜃景——那时，太阳仍在地平线5度以下，太阳蜃景由大气中光线的折射形成。如今，这类景象被称为新地岛蜃景，在北极地区经常出现。对宇宙万物可以精确地描述与预测这一观念是一种警示，它提醒我们，宇宙的机理非常奇妙。

想象你南下旅行，冬至或夏至从北极点穿越北半球的特定地域；旅行结束后，如果返回的话，你会注意到，周围的生物都发生

1 民用曙暮光从太阳落下的时刻起，持续到太阳在地平线以下6度角。太阳在地平线下6度到12度角之间的曙暮光，叫作航海曙暮光。太阳在地平线下12度到18度角之间的曙暮光是天文曙暮光，这段时间夜晚足够暗，而当太阳在地平线下18度角以上，天文学家才开始工作，这才是真正夜晚的开始。

了许多变化。动植物种类（生物多样性）减少——到北极地区更为明显；生物的总生产力（每一物种每年繁育的后代数量）下降；繁育后代的时间点与季节循环的联系越来越密切；动物用以生存、繁殖、觅食和保护自己免受气候损害的各种策略随之改变；生态系统长期的生物稳定性也会降低。你会从这样一个地方开始返回，那里没有四季变化，有高高的硬木丛林、潺潺的流水，动物种类丰富，而且仍会增加。你最终会抵达一个动物需要冬眠的地方，那里的水会季节性地结冰，低矮的树木匍匐在地，哺乳动物的种类很少，其名称你瞬间便能全部记住。

从南部回到北极的总体印象，是自然界从非常复杂变得相当简单——其中会有这样一个时刻，你穿过南部的混合林，那儿没有哪种树木引人注目，然后进入只有一两种树木的松柏林，这些树木在山腰上投下单一的绿荫。但这种简单感在一定程度上是种错觉。极地生态系统也有热带生态系统那样的优雅和拜占庭式的复杂，那样的野性美；在这里，只不过是动态的东西较少——而且，在平坦的、辽阔的苔原上，动态东西更清晰，更易接近，也更好计算。在热带地区，1英亩[1]土地上生活着100种步甲虫，它们各有奇特的饮食偏好；北极生态系统的复杂性与此不同，它是适应北极极端的光照和气温条件的有节律的反应模式，是大量迁徙动物季节性的迁徙，亦是迁徙动物要适应的种群数量剧烈而自然的上下浮动。

然而，从热带地区向北行进的过程中，我们仍会发现，显而易见的大幅度变化表明，北极是一个未经开发的地区。在没有科学知识的人看来，这片土地似乎缺乏生命赖以存在的各种资源——流水、光照、温度似乎达到了绝对极限。它几乎没有给动物提供合适的生态位。对人类来说，似乎根本就没有生存之地。但这儿确实是有生态位的；动物对其进行了利用，生活得很惬意，很舒服。（碰到

1 英亩，面积单位，1英亩约等于0.405公顷。——编者

北极熊，人们心中产生的敬畏之情，从某种程度上来讲，只不过是对其惯常运用的持续生存办法的钦佩，因为在同样的环境下，我们是撑不了几天的。这种敬畏也是与爱斯基摩人一块儿在北极旅行的一些人所深深体验的东西。爱斯基摩人的足智多谋和高效的行动，表明他们对此地的环境是多么的熟悉。当然，那是因为他们是当地居民。）

在向北的旅程中，我们会注意到脚下土壤的显著变化。土壤是一个有生命的系统，是泥土（沙砾、黏土、淤泥）和腐烂的、降解的有机物的混合。其形成要素包括：地表侵蚀，碎裂，有机酸分泌物；甲虫（腐生物）和蘑菇（腐生菌）之类的动植物降解死的物质，蚯蚓排泄物。土壤通过蚂蚁、啮齿动物、蠕虫等开凿的各种通道，像动物一样吸进氧气。土壤中住满了生物，种类多达数百种，包括线虫、螨、跳虫、土壤细菌和真菌。

在热带，腐生物和腐生菌可迅速分解有机物。营养素（磷、钠、钾）的循环是如此之快，以至于几乎没有土壤处于休眠状态。在温带地区，有机物的流转及营养物的循环要慢得多，尤其在冬季，土壤中冷血有机物毫无生气，也不活跃。结果，丰富、深厚的腐殖质层就积淀在热带地区常见的浅红、贫瘠的黏土上。越往北去，肥沃的腐殖质被比较坚硬的、相对不肥沃的棕色土壤代替，原因是，腐生物和腐生菌的数量和种类都减少了，能够适应较少阳光的可松土和优化土壤的有机物也减少了。北方森林及大草原的酸性灰壤在林木线终结，由此往北，遇到的都是苔原极为贫瘠的土壤。

在广袤的苔原上漫步，几乎在任何一个地方都会发现完整的败叶、没腐烂的碎花和小树枝，这都是数年没有降解的有机物积存。在北极，物质分解过程极其缓慢，即使只要有较少有机物在较短时间内发挥作用，这一过程即可完成——此地生物生产总量与温带地区相差很远，腐殖质积存极少。北极的土层很薄，呈酸性，排水性和通风性都不好，对植物生长起关键作用的氮和磷的含量也不丰富。（狐狸洞里及苔原上雪鸮和贼鸥吃猎物的凸起地，那里的土壤是个例外。这些“有机物残留场”集中了丰富的营养物，使此地有时绿草茂盛，夏季野花盛开）。

总之，往北极走，你会发现脚下土壤的厚度和质量都在变化。生长在土壤之中和之上的动植物，因越来越不能适应光照的减少，种类不断缩减。在此生存的少数生物，在又黑又冷的时候，运动速度很慢，或干脆休眠。如果我们继续朝北走，最终会走到没有生命、布满沙砾的北极荒漠，那里没有蚯蚓和埋葬虫，几乎不存在土壤和生物分解现象。

从赤道往北走，你也一定会注意到，逐渐出现了可识别的季节。在不同时段，光照或多或少，或是相对稳定，气温也随之变化。当你进入温带，你会发现四季分明，很容易区分。再往北走，春季和夏季似乎越来越短暂，短到只有区区几周。你最终会发现，冬季明显要比夏季长很多。而且，你最终达到的这个地方只有冬季和夏季。

在我们脑海中，季节与植被的生长联系在一起。除了基本的四季（对我们来说是季节恒常的指称对象，是一种现成的和貌似自然的组织思想的框架），我们也说生长季节和休眠季节，后者意指大地处于休眠的时期。然而，北极的冬天给人一种石头被大铁块压碎的感觉，很难想象有哪种有机物，甚至是一粒种子，还能活着，更别说在休眠了。夏季7月份，有时光照充足，人们脑子里想的不是正在抽穗的小麦及逐渐变黄的桃子的生长，而是万物停止了生长，好像生命不是长在土里似的。在此区域，冬季和夏季之间似乎缺乏较长的过渡时间，因为我们预期的是，此地有像四月份那样的温暖早晨，有像印度那样的干燥的夏季下午；在此地，只有两个季节，万物像在其他地方一样也生生死死，但受季节的影响比其他任何地方的生物所受的影响都大。

树木也不例外。如果你想了解林木线的话，北美大陆森林的北部界限似乎不合常规。从拉布拉多到詹姆斯湾，林木线先是向西南部延伸，然后转向西北，穿过加拿大的前寒武纪地盾，并与马更些河谷平行，几乎延伸到北冰洋，而后曲折西行，穿过布鲁克斯岭的谷地和科伯克河，最后到达诺顿湾。此林木线的不规则性的原因在于季节性的气候——此线即夏季北极气团向南推进的南部界线。

最北端的树木，像动物一样，种类稀少——包括生长在河谷免受寒风袭击的柳树，以及低矮的桦树。沿着林木线，成功生存下来的只有松科和桦木科。每隔几英里，树木数量就会减少，在更靠北的地方坚强地生长的树木，呈相互隔离的片状分布——在每一片小区域内，碰巧天气温和，湿度适宜，土壤含有养分。可以说，苔原的汪洋大海中点缀着树林之岛。

北极地区树木的生长，受到很多因素限制。光合作用所需的光照缺乏，当然是限制因素之一，温度不够是另一因素。树木像动物一样，需要热量来维持生命。太阳辐射提供热度，但在北极，热度与其离地面的距离密切相关。在夏季，离地面约1英尺的高度，温度会比地面低15华氏度，因为高处的凉风会让温度降低，而地面黑色的土壤也会增强太阳辐射。为了满足生存和生长所需的热量，树木必须贴近地面——因此北极的树木很矮。柳树是善于随机应变的树种，它有时可以长高，是因为其所处的地形屏蔽了干燥寒冷的风。

缺水是制约树木生长的另一因素。北极的年降水（包括雪）量跟莫哈韦沙漠差不多；液态水是北极植物可利用的唯一水源，而北极只有在夏季才会有液态水。

永冻土位于苔原下层，给北极树木生长带来了额外困难。树根可以穿透这一像石头一样坚硬的物质，深的树根可以使高树在风中屹立不倒，并从深蓄水层吸收水分，但深根在北极不中用。由于气温太低，树木不能长高；而且只在土壤的浅层才含有液态水，因为只有土壤表层的冻土才会在夏季融化。（具有讽刺意味的是，冻土层不能渗水，夏季冻土融化这几周里，融水不能下渗，树木有时必须适应沼泽似的环境。）

北极树木的生命力极其顽强。一棵还没有手指头粗的理查森柳树的树干横切面，在放大镜下看有200个年轮。当然，大部分苔原上似乎没有树，实际上，许多地方是有树覆盖的——被一层厚垫子似的低矮的古老柳树林或桦树林覆盖。你会猛然意识到，你正漫步于林梢。

地球上几乎所有生物系统的活动都受太阳辐射影响。光照减弱时，动植物必须调整生长进程和日常活动。奇怪的是，北极地区一年接收的光照时间与热带地区一样多，但它接受光照的时间非常集中，而且太阳入射角低，结果导致热度不足。热带地区有规律的光照，每日定时提供热量，加上太阳的高入射角，是其生态系统稳定的主要原因。除雨季之外，5月份的气温和湿度，与12月大同小异。当然，热带动植物适应该区域几乎没有中断的光照特点，逐渐形成了独特的繁衍和生长策略 。

在温带地区，一年中各天的光照时长不均衡，动植物必须适应季节性的生存方式。在北极，这种情形就更极端了。光照时段不是每天都有；平均气温也不是每天都有变化，而是按一年中的不同时段变化的；水冻成了冰；光照独特的节律本身就增加了困难，昏暗的光线又给动物觅食增加了负担。大部分动物的生物钟与地球的自转一致。显然，它们既没耐力也没变通性，去适应北极夏季的极昼和冬季的极夜那独特的光照模式。[1]

北极动物对光照缩减、气温降低采取的应对策略各不相同。一般来说，为了生存，它们要么培养抵御寒冷的防护机体，要么减慢

1　一些极地动物，比如说海鸟及其他非雀形目鸟类，其生物钟与24小时的昼夜交替“不同步”。其他动物的生物钟以24小时为一周期，虽然该地区有时并没有日出或日落。显然，一些动物的生命节奏周期与太阳运动到某一地标上空的周期一致，或对太阳光的光谱组成成分(色温)的变化做出反应，因为北极地区午夜时分与中午时分的光谱成分不一样。

或暂停新陈代谢过程。除了恒温动物和有花植物（它们会在夏季迅速开花结果），北极生物最显著的适应性策略是，气温骤降时，它们能够使自己进入冻僵状态，或是新陈代谢速度减缓状态，而足够温暖时，它们又恢复正常的新陈代谢。北极的许多蜘蛛、昆虫，以及地衣、阙类植物、藓类植物冬季都保持着冰冻状态。北极的树木，以及灰熊、地松鼠，冬季继续生命进程，但新陈代谢速率很慢。在冰冻天气，鱼和各种甲虫能用细胞内的防冻物质（糖蛋白）来延长自己的活动时期。其他适应策略酷似沙漠植物的适应策略。例如，虎耳草像皮革一样坚韧的叶子，以及拉布拉多茶树毛发形的叶子，能在稍纵即逝的夏季减少宝贵水分的蒸发。

减慢生长速度是冷血动物使用的又一策略。一个短短夏季的太阳能，不足以使它们从幼体长到成年，因此必须做好“计划”，以免在冬季来临时正好处于脆弱的过渡期。利用短暂的光照时段来生长并维持生存的策略还包括：常绿植物，例如低矮的桦树，叶子常年不落（这样来年春天就不必再重新长出新叶子进行光合作用）；春季光照渐增，浮游生物开始迅速生长，而北极鳕鱼主要以浮游生物为食，它的卵的卵黄非常大，给这类卵提供了大量营养，使其能在浮游生物开始生长之前孵化。由于抢占了先机，鳕鱼长得大而强壮，这样，在秋季北极开始结冰时，它就能更好地生存下来。

科学家认为，热带地区的生态系统在地球上是最古老的。冰川周期性地向南推进阻断或破坏了偏北地区生态系统的发展，与此相比，热带地区的生态系统，其生物不受干扰的进化时间要长得多。它们也有北极生态系统所不具备的稳定性，热带地区所有生物物种的数量，几乎不会随时间而改变。生物的稳定性与气候的稳定性有关，并通过高度复杂的食物链和高繁殖的生物生产率保持下去。许多物种能够繁殖大量后代，利用大量生物生境。面对自然灾害，比如，可以使一种树死光的疾病，热带地区生态系统往往安然无恙。原因是，它的生物多样性程度太高了。

一些生物学家认为，所有生态系统都朝着稳定性方向发展，即朝着动物多样性发展（物种多样性），而小的种群极不稳定并趋于衰落。按照这一观点，温带和北极的生态系统，缓缓地向热带那样的生物多样性和稳定性发展。但在我们一般能想象到的时间长度里，它们不可能形成热带那样复杂的食物链以及有弹性的多样性。远北的生态系统必须与接收波动极大的太阳能抗争；因此，其生物进化速度很缓慢。此外，远北的生态系统，总是定期地出现与非正常天气模式（即被认为造成佛罗里达柑橘作物歉收，以及蒙大拿处于冬眠期的熊过早暴露的“不合常理天气”）相关的严重生物行为异常。北极气候模式还有不可预测和极其恶劣的特征。

远北地区动植物的共同体群落——我们称之为生态系统——跟偏南地区生态系统的不同之处在于，它有较大的生物量和较小的总产出量。其他地区是物种多样，但每个物种的个体数量相对较少，而北极地区是物种相对稀少，但每个物种数量偏多——比如说，群体很大的北美驯鹿，以及大群的蚊子。但总体来说，这些较多的单种群数量，并不意味着每年有较多的个体幸存下来，以保持种群稳定。种群规模经常剧烈变动，这是自然而然的事情；北极初夏或夏末特有的恶劣天气经常使此地一些种群的数量锐减，尤其是那些恒温动物种群。例如，西伯利亚北极的弗兰格尔岛上，连续十年的春末暴风雪让较小的雪雁一直不能产卵。1965年到1975年，雪雁的数量从40万只锐减到5万只。在格陵兰海，好几年里，风暴把浮冰上数万只格陵兰海豹幼崽卷入海中溺死。1973年秋，10月的一场暴雨让地面结冰，此后，麝牛不能破冰觅食，这年冬天，加拿大群岛几乎有75%的麝牛丧命。

由于这些气候方面的原因，生物学家把北极生态系统描述为“有压力的”及“易出意外的”，强调了它与温带和热带生态系统的差异。由于温带和热带地区气候温和，生长季长，其生态系统更为宽容。在偏南的地区，春季时间长，鸟类如果第一次下的蛋被掠走，或者被恶劣的天气毁坏，可以第二次下蛋，甚至可以第三次。而北极光照时间短，鸟类必须迅速、高效地利用它来养育后代，储存脂肪，为向南方迁徙储备体能，完成换毛过程，这一过程是如此紧张艰辛；偏南地区的鸟类可以在数月内从容地从事这一系列活动。（北极鸟类所依赖的太阳能，不仅能产生光和热，还能把冰融为可饮水源，使为鸟类提供食物的植物能进行光合作用，还能给为鸟类提供蛋白质的昆虫带来新生。）

由于北极鸟类必须面对不可预测的天气，加上光照时间短，它们对到达筑巢地域、产卵和离开北极等时间点的选择，就非常关键。6月份的一场雪雨暴，或是8月份一场突如其来的冰冻，能摧毁鸟类的下一代，一万只海豹，或数百只幼年驯鹿——这类意外可昭示世人，北极自然灾难多发，生态系统易受损是其固有特征。然而，我们所说的北极生态系统所承受的压力，不是北极生态系统有任何软弱性或易毁性的标志。事实上，北极生态系统展现了非同寻常的恢复能力。1973年和1974年间的冬天过后，加拿大麝牛的数量显著增加。当今格陵兰海里的格陵兰海豹很兴旺。截止1982年，弗兰格尔岛的雪雁数量恢复到了30万只左右。[1]

我们最终站在北行旅程的终点，手里拿着北极生物的简短名单，望着苔原，思索着该地区物种数量为何如此之少——要弄清这一问题，我们只需看夏季蓝色天空中在仁慈地燃烧着的那颗发黄的恒星。日光，一直在倾泻的日光，对万物来说至关重要。作为制约生命的因素，阳光甚至比温度还重要。北极物种稀少的最主要原因是，大多数生物的新陈代谢过程或生长模式，都适应不了光照少的自然条件。（其次，许多恒温动物不能储存足够热量，以确保能在极

1　北极物种种群数量恢复的生态机制仍不是很清楚。然而，目前的研究表明，与温带动物不同，北极动物显然既不能忍受它们在进化过程中业已习惯的固有压力，也不能忍受人为压力，例如漏油、尾矿污染、北极航运噪音，以及破冰船非自然的破冰模式。因此，跟我们之前涉及的动物相比，北极动物的种群数量很可能更易受人为侵扰活动的影响。

度寒冷的情况下生存。）从热带向北极走的过程中，我们可能遇到的3 200种哺乳动物中，约有23种生长在林木线以北寒冷的、光照少的荒凉地带。[1]在大约8 600种鸟类中，只有六七种——乌鸦、雪鸮、岩雷鸟、灰白朱顶雀、矛隼、楔尾鸥及象牙鸥——在北极高纬度地区过冬，只有约70种鸟来北极繁殖。在不计其数的昆虫中，在北极发现的仅有600种左右。[2]约30 000种鱼类中，只有不到50种能适应此地的生活。

在北极一些地区——兰开斯特海峡、毛德皇后湾海岸、马更些河三角洲、白令海峡北部、育卡（育空河-卡斯科奎姆河）三角洲——存在着大量野生动植物，这似乎表明，说北极生态系统极不稳定是错误的。北极似乎看起来生机勃勃。但只有在夏季才是如此，而且是在陆地上彼此相距很远的著名绿洲；况且，这些绿洲的大部分野生动物还是迁徙动物——比如大雁、海雀科鸟、海洋哺乳动物。9月份河流和海洋开始封冻时，它们都会离开这些区域。冬季北极能见到的动物只有北美驯鹿和麝牛，偶尔还会有野兔，其数量或多或少，而且只能在很少一些地方见到。

当然，不是所有动物都能飞到、游到或走到气候温和的区域。冬季到来时，这些动物必须分散到既有找到食物的机会，又能避开恶劣天气的地方。少数动物会冬眠七八个月。田鼠和旅鼠也到地下潜伏，但整个冬天一直葆有生机。狼把家搬到北美驯鹿和驼鹿容易出没的地方。北极狐尾随北极熊到海冰上，在那儿捡食北极熊吃剩下的东西。北极野兔寻找风吹的坡地，因为那里的植被露在冰层之

1　分别是：灰熊、北极熊、短尾黄鼠狼、伶鼬、水貂、狼獾、郊狼、狼、红狐、北极狐、灰白旱獭、北极地松鼠、环颈旅鼠、西伯利亚旅鼠、苔原红背田鼠、苔原田鼠、阿拉斯加田鼠、箭猪、北极野兔、苔原野兔、驼鹿、北美驯鹿、麝牛。

2　包括约175种寄生蜂、25种锯蜂、40种蛾、100种根蛆、150种蠓，还有种群数量较少的黑蝇、大蚊、绿头苍蝇、食蚜虻、大黄蜂、蚊子、跳虫、跳蚤、蝴蝶，以及约60种甲虫。

外。这里的常驻动物都有某种程度的忍耐力。如果你第二年春天到此地旅行，它们还是期待在那个时候能再碰见你，尽管这种可能性似乎不大。

在北极季节性的旅行期间，环颈旅鼠作为冬季有耐力和有韧性的生物的代表，给我留下了很深的印象。夏季，你会在苔原上碰到它，看到它在寻食地衣和羊胡子草草根，这时，它会以后腿直立，摆出警惕的御敌姿态，警告你不可轻举妄动。它身躯虽小，却勇气十足，展示了良好的心理素质，是粗犷苔原上一道非常亮丽的风景。

旅鼠一般不迁徙，常年生活在苔原上。它们在约8 000年前的更新世末期，横渡大片开阔水域，穿越广袤、坎坷不平、了无生机的海冰，来到北极中部，抵达目前生活的地方。冬季，旅鼠生活在隔冷雪层下安静的洞穴和无风通道里，那是一个黑暗、阴凉、潮湿的世界。春季，旅鼠会从地下钻出，来到更为明亮、暖和、广阔无垠的冰面上，时常会成为饥饿的雪鸮、短尾贼鸥捕猎的对象，或是身手敏捷的狐狸和短尾黄鼠狼的猎物。多数年份里，在大部分地方，没有人觉察到旅鼠这一环在数个北极食物链中有什么复杂之处。然而，在有些地方，每过三四年，旅鼠的数量就会激增。它们从雪下栖息地大量涌出，盲目地（这只是猜测）在苔原上四处乱窜。

旅鼠数量周期性增多，显然与旅鼠的食物可用量息息相关。类似的情况是，北美野兔与猞猁、北美驯鹿和狼的数量的此消彼长，也呈现出周期性特征，尽管这一特征不太明显。某地丰盛的草料被吃完后，只要春天里行动条件允许，旅鼠就会机灵地四处奔走，移向其他有草的地方。偶尔会有数千只旅鼠成群结队地跑到海崖边，或是湍急的河边，靠后的旅鼠向前拥，结果前面的旅鼠一个个掉进水里毙命。

研究北极的科学家劳伦斯·欧文，曾经在阿拉斯加海岸的沙滩上野营。他这样写道：“一年春季，万物兴盛，一只活泼好斗的旅鼠跑进我的营帐……在离海岸线几公里远的海冰上，发现了不少旅鼠的行进路径及一具旅鼠尸体。向海边靠近这一疯狂的举动毫无意义，但这表明旅鼠有很强的耐力，使它们能迁移到很远的地方。”当然，欧文的看法只是对一只动物本身的敬意，而不是对生物种群的抽象机制的敬意，且具体动物只是种群的一部分。旅鼠在苔原上貌似简单的生活表明，旅鼠可以被理解，但它们疯狂的迁移举动似乎很愚蠢。最后，旅鼠的行为是复杂的，这些行为以复杂的方式适应其生活的世界，而且其行为也是神秘的。

每当在夏季碰到环颈旅鼠并凝视着它时，我总会想：这是一只坚韧不拔的动物；这是一个有价值的生命。数年后的任何时刻，我是否会把它看作是一台机器，而不是有心智的存在？如果它能告诉我它的求生欲，我想到的会是生化机制，还是与人类同样的愿望？如果它向我讲述冰川开始消退以来的事情，我有耐心听下去吗？

有一次，在离营帐几英里处，我在苔原上睡着了。温暖的阳光和纹丝不动的空气使我昏昏欲睡。我偎依在欧石楠丛里，裹着派克大衣，不一会儿就睡着了。醒来时，我没有起身，而是缓缓探出头环视周围的一切。在远处，我看到一只地松鼠蜷缩在一块石灰岩后面，岩石高6到8英寸，看起来像一堵墙。从它的姿势看，我猜它正在倾听，确认了石头的另一侧有危险后，身体稍稍后退一点。过一会儿，它小心翼翼地把爪子放到石头上，然后慢慢地伸出头四处张望——头的上半部改变了岩石的轮廓。接着，它的前爪仍放在石头的边缘，却伏下身子，把前额放在前爪之间，趴在石头上。它的姿势让我愈发觉得，它正在等待可怕的怪物走开。我心里暗想：哦，在那边有只狐狸，或者是狼獾，也可能是只熊；你最好要小心点。

我继续从遮蔽我的欧石楠丛的缝隙里凝视着它。我心想，如果真的是只熊，我也要小心点儿，直到地松鼠不再紧张，放松地离开了，我才能动。

我躺在那儿，心里明白，某种难以名状的东西把我们与动物界紧密联系到了一起。有时，动物使我们恢复了这种感觉。就像血液里都含有盐分一样，我们与动物都会有饥饿感和恐惧感。

地松鼠终于离开了。我走到岩石那边查看，却并未发现任何踪迹。痕迹全无。我回到营帐，开始思索动物们是如何在时间上和空间上做出安排的——如何确定迁徙时间，保持耐力，选择巢穴地址。它们也有勇气、谨慎意识，乃至有行事目的吗？

很少有什么东西能像野生动物的存在那样，激发我们思考。野生动物像浪潮一样，推动我们思考意志问题、伦理范围问题和起源问题。

出于一些原因，我常常思索动物的行为及北极物种的进化线索。我不知道是不是出于这些原因：空间的封闭性，该区域生物的简单性，其短暂的生物史，与孤单动物的偶遇，以及认识到人类能毁掉这里的生命。我在想，动物从哪里来，我们又是从哪里来，我们都将去往何处。从威斯康星冰川消退时算起，这儿的生态系统只存在了一万年。北极生态系统在地球上是最年轻的，这一事实使其具有某种程度的新鲜感和紧迫感。（奇怪的是，历史学家把这十个千年看作人类文明期，从其在美索不达米亚平原北部原始的起源，算到现在。北极生态系统和人类文明属于同一短暂时期——全新世。事实上，如果把4万年前欧洲的克鲁马努人也包括在内，人类文明甚至比北极生态系统发展的时间还长。）

人类和其他生物栖息在共同的生物系统中，但客观地说，它们遵从的进化法则不同。随着各种技术的发展，包括狩猎工具、御寒衣服、生火工具，以及农业和畜牧业的发展，人类不仅能占领其他动物的独特生态位，还能到先前不能到达之地生活。如果人类到其他地方后，发现生态位已被其他动物占领，人类要么把它们赶走，要么将它们消灭。其他生物没有选择。它们被限制在特定的生境中——也就是有食物（太阳能的储存形式）、水源和藏身处的地方；如果不能进化成新物种，或是能利用工具的话，它们不能离开此地。总之，类似的技术进步和食物来源的大规模增加等因素，在很大程度上使人类摆脱了自然对人口规模的控制。除了某些病毒性疾病，又一冰期的到来，或是自身的武器技术，唯一从根本上确保人类能在人口持续增长的同时又能扩大其食物来源（当今包括石油、矿石、地下水、大片森林，等等，这将招致物种的持续减少）的，是人类的智慧。

横穿苔原，碰到一只旅鼠正盯着你看，或是偶遇一只狼獾的路径，我为人类智慧的缺乏而感到惊恐。我们利用北极地区的模式，我们越来越多地利用其自然资源，我们想“把其利用起来”的欲望，这一切都是清楚的。这儿有叽喳叫着的鸟儿，冷漠的北美驯鹿，以及令人敬畏的旅鼠——我在想，我们身上到底缺失什么，或有什么不确定的，以至当我来到这一地区漫步时，感到如此不舒服？我明白了：是人类自身缺乏限制。

进化生物学家说，由于人类可以规避进化法则，所以要义不容辞地形成另外一个要遵循的法则，以便生存下去，不超出其自身的食物可用量。人类必须学会节制；必须获得更为明智的对待大地的方式；必须更加注意以太阳能为能源的原生质系统的生物规则，因为人类仍依赖于这一系统。原因不在于人类必须依赖这一系统，不在于人类缺乏创造性，而在于原生质系统中集中着人类几百年来一直追求的智慧之大成。接受了自己的宿命之后，人类从现在起就必须要批判性地思考：我们到底应该在何处缓行？

圣劳伦斯岛上的一位尤皮克猎人告诉我，传统的爱斯基摩人觉得我们最让他们害怕的，是我们改变这片土地的能力的限度，即我们能力的层级，以及我们能在遥远的城市里，通过电子设备就可轻易地控制变化的程度。爱斯基摩人有时认为自己还没有完全与动物界分离，因而认为我们西方人与动物界分离得太彻底了。他们充满怀疑和忧虑地把我们称作“改变自然的人”。

我记得一个夏季的傍晚，在阿德默勒尔蒂湾入口处的海冰上，我躺在帐篷里北美驯鹿皮上养伤，伤口是在屠杀独角鲸时所致。我们一行共有八人，其中有两个白人，我又是白人之一，也是唯一一个不会讲因纽特语的人，这使我远在海洋冰面上备感孤独。然而，躺着的时候，我依稀记起与贝都因人结伴游历的威尔弗雷德·塞西格的话；详细内容我后来查到了："在有他们陪伴的日子里，我很开心，他们愿意与我一起游历。我从内心喜欢他们，也同情他们的生活方式。但是，虽然我很满足于我们之间自如的关系，我也从没有奢望过我能成为他们中的一员。他们是贝都因人，而我不是；他们是穆斯林，而我是基督徒。尽管如此，我还是被接纳为他们的伙伴，并且我们之间有条神圣的纽带，把我们团结在一起。"

躺在帐篷里，我意识到，爱斯基摩人并不是过着田园生活的人，也不是上帝眼中的无错之人。与爱斯基摩人一起打过猎的每个人都能认识到这一点。但是，爱斯基摩人中的一些人仍然选择靠近大地，坚守着已被我们摒弃的、与大地和解的古代哲学的基本原则。我们人类作为一种物种的最初智慧，那种使我们区别于其他物种的独特隐喻性知识，源自古时我们与地球的亲密关系。那晚，我意识到，从那时起，无论我们走了多远，再回归原始时代去寻找这种智慧是不可能的。我想在土著人当中找寻这样的智慧，因为我们当今在北极所做的事情有着可怕的、不可挽回的后果。

我也想在沉迷于这片土地的游客中找寻。在我看来，每一种文化都包含着一些对宇宙的有益认识，我们相互之间的价值就在于此。躺在那里，我想到了自己的文化：亚历山大图书馆的藏书，达尔文和孟德尔在各自花园里的沉思，沙特尔大教堂的建筑理念，巴赫的无伴奏大提琴组曲，史怀哲的哲学，普朗克和狄拉克的洞见。我在想，我们一路走来就是为了被自己的技术所瓦解吗？是为了被政治纵容的贪婪或大公司没有人性的贪婪所背叛吗？

那晚，我躺在北美驯鹿皮上思绪万千，却想不明白我们人类的智慧到底在何处。我懂得量子力学，因而明白：世界在些许程度上，不可更正地，永远具有不确定性；所有问题没有绝对精准的答案。我明白，无论我们找到什么智慧，其起源都是大地。对此我确信无疑，而且我也确信，在其认为是好的伙伴面前，智慧才会显现。

我朝帐篷外观望。此刻已经过了凌晨一点。南风在吹，但只是微风习习。19世纪的水手将其称为“平静风”。纳基塔瓦克四肢伸开，躺在大雪橇里铺着北美驯鹿皮的棉质睡袋上，望着两块巨大的浮冰之间的浅黑色海水——那一冰间通道迟早会游来独角鲸。他的兄弟大卫双手捧着一杯茶，望着西方，他认为那是独角鲸前来的方向。他的嘴唇探向热气腾腾的热茶，在凉飕飕的空气里，我听到了他啜茶的声音。

这两位是图努尼亚鲁西尔缪特人（Tununiarusirmiut men），与在此地东面居住的图努尼尔缪特人有亲族联系，后者160年前曾碰到其居地附近的捕鲸船。这些图努尼亚鲁西尔缪特人非常清楚，什么能让他们幸福，让他们有满足感和富有感。那就是大量动物的归来。

所以，我们在等。

二
班克斯岛：麝牛

时值6月中旬，汤姆森河显然是条真正意义上的河流，12月黑暗、冰冻的日子里，它绝不会如此。它是发源于班克斯岛中东部一条不知名的小溪，在夏季阳光照耀下，黑色的水面波光粼粼，向北流入麦克卢尔海峡的卡斯特湾。这条河流是营养物的走廊，班克斯岛西北部因之成为北极的一块绿洲，动植物的庇护地。

青翠、肥沃的汤姆森河谷是个引人瞩目的地方，部分原因在于，这个岛屿其他大多数地方或是布满碎石的荒漠，或是地表裸露，只长着一些单一、分布广泛的植物——比如说，长着一大片黄色委陵菜花，或是铺着一层软垫似的翠绿色无茎麦瓶草。在汤姆森河西岸，我扎营于埃布尔小溪和贝克小溪之间，那里的景观荒凉：侵蚀性冲沟切入很高的高原，直到西边某一地方。即使是这儿也显示了汤姆森河谷的庇护地特征，因为这些沙漠色海岸从来没有被更新世冰川触碰过。像阿拉斯加西部和中部的大部分地区一样，班克斯岛的许多地方在冰川期都没被刻蚀过。事实上，这里可能是2万年前无冰北冰洋的海岸。

我来到这里是为了观看麝牛。除北美野牛外，麝牛是北美冰期幸存下来的少数动物之一。其大部分同伴，像猛犸象、惧狼、北美骆驼和短面熊，都灭绝了。而麝牛繁衍了下来，它们显然孤单却还悠然自得地生活在苔原上，完全适应了北极的生存方式。

带着一副高性能双筒望远镜，我坐在汤姆森河之上几百英尺高的险峻岸边。河流蜿蜒穿过一大片长满渗流草甸的平原和苔原，呈牛轭形，一路流到我的左侧；在我的右侧，贝克小溪切出了一条岸很陡峭的河沟，直到西边某个地方。在南侧，远远望到的是许多簇黑色小点；在两英里以外，我的肉眼就被奇妙又模糊的反光吸引住了。黑点儿缓缓飘过开阔山坡上棕褐色的草地，我意识到，那里肯定有生物。但来自远处的这些长毛体两侧的闪光，使我更古老、更深的潜意识有所警觉。我还以为是食肉动物的眼睛在闪。

麝牛吃草的那个辽阔山谷，与西藏山谷的颜色和轮廓相似。我用望远镜拉近看。透过镜头，动物们看起来更黑了，棕褐色的山丘颜色更深了，山谷尽头上方的天空呈暗蓝色。大地承载的万物在阳光下闪烁。我想起加拿大一位研究麝牛的生物学家的话："在北极景观中，麝牛看上去特别赏心悦目。在冬季的白色和夏季苔原颜色的背景中，它们显得尤为突出，其他动物则不然。"

我把望远镜放回大腿上。这是一个无时间标志的下午。我的左侧，是巨碗形寂静河谷，谷底河流蜿蜒着，数十平方英里的棕色苔原以及绿色莎草草甸历历在目，就像看我笔记本上的字迹一样清晰，这是无尘空气中无散光现象所致。大地似乎毫无掩饰。河谷里的动物走上几步，然后停下来四下张望。两只沙丘鹤静静地站在河边。三只身材细长的皮尔利驯鹿，呈月亮似的银白色，以鹿那样的浮躁方式在陡岸上吃草。苔原融化形成的池塘，鲜亮的深蓝色水面在太阳斜照下，在平地上格外显眼。在大一些池塘的中央，水面下碧绿色的冰核（冰块残余）在闪光，它们犹如冬天收缩了的心脏。

在汤姆森河对岸，也有三四群麝牛在小山坡上吃草。每一群有10到12头的样子。我在笔记本上画这些麝牛群分布略图。最能引起我注意的是小麝牛的数目，即使在两三英里之外，仍一清二楚，因为精神饱满、用角互顶的小牛跟其他平和、缓行的麝牛形成了鲜明对比。49头麝牛中，有12头小牛。这儿没有荒凉的山丘和冲蚀的高原，缺少了对比，莎草草甸的丰茂就难以在脑海中留下印象。大脑只注意到了麝牛的繁殖力和小麝牛嬉闹的景象。然而，在河的对岸，麝牛能吃的草较多，包括款冬、酸浆菜、罗丝草、吊坠草以及莎草。太阳照耀着这些生物，也照耀着融冰池塘。高远的天空一副遗世独立的模样。这里有些许鸿蒙之初的氛围。

我又拿起望远镜细察南面远处河谷里的麝牛。在50到60头麝牛组成的牛群中，有10到15头小牛。我继续观察它们，不久就听到沙丘鹤发出咔咔嚓的警报声。西南方有只北极兔机警、迅速地探起身子。东南方有只雪鸮坐在草丛中，一身白色，与北极野兔一样醒目，前伸的脑袋转来转去，左顾右盼。北极野兔发现了我，眼睛直勾勾地盯着我，显得很焦虑，好像听到有人吹了口哨一样。那一刻，我感觉地面弯曲得像弓一样，体验到我们之间的空间的张力，似乎野兔、雪鸮和我都站在干涸的没有水的湖底一样。这样的时刻持续了好大一会，直到北极野兔挺起的前身落地，开始津津有味地吃柳树叶，雪鸮凝视的方向又转向低处的河谷。

沙丘鹤的抗议声仍在继续；我换了坐的位置，避开它们的视线，沙丘鹤的叫声戛然而止。

在我身后，也就是北面，我的四个同伴在山坡上忙碌，其着装的颜色样式从远处看，也能暴露有人在活动。他们是考古学家，正在一丝不苟地勘查19世纪爱斯基摩人科珀部落营地遗址的具体位置，该遗址被称作皮拉18号，俗称古巴塔娜遗址。像该地区其他遗址一样，此营地坐落在有风吹拂的小山顶，俯瞰茂盛的莎草草甸，优良的麝牛草场。营地周围27 000多平方码[1]的范围，散落着27 000块骨头，这是大约250只麝牛的骨骼残骸。生物学家称此为“死亡集合”。这里也发现了河石环，这是用来固定北美驯鹿皮做的营帐，以抵御风雨；还发现用页岩和铁矿石板建的藏肉地窖废墟，以及燃烧柳枝和北极白石楠留下的炭灰遗迹。一百年前被当作食物吃掉的红点鲑的下颚，上面的油迹仍闪闪发光。此地人类猎杀动物果腹的

---

1 平方码，英制面积单位，1平方码约等于0.836平方码。——编者

原始证据，使人体验到一种永恒的生命意识。

无论在南面山丘上，还是在东面莎草草甸上，麝牛都是如此平静地吃草，它们是如此生机勃勃；爱斯基摩人营地遗址上，歪歪扭扭地散落着头角发黑的白色头盖骨。也许，正在吃草的麝牛就是这些头盖骨载体的后代。

这一营地的故事始于上一世纪。

1851年9月，罗伯特·麦克卢尔上尉引领英国皇家海军"调查者"舰，沿班克斯群岛的北海岸航行，在后来以他名字命名的海峡被困于海冰中，急待救援。向该岛东端推进时，麦克卢尔发现了一个水较浅、可避难的海湾，他把它称为"上帝仁慈湾"（Bay of God' s Mercy，即默西湾，Mercy Bay）。他和船员们在此地度过了冬天。来年夏季，冰仍没解冻，他们不得不又在此地过冬。1853年春，来自皇家海军"坚毅"舰的救援队抵达，该舰是冬季停在梅尔维尔岛的姊妹舰艇。（两艘舰艇均隶属于英国搜寻队，寻找失联的富兰克林远征队）。麦克卢尔极不情愿地接受了"调查者"舰已无法救出的事实，被迫放弃排水量450吨、装有铜甲的舰艇，随救援队回到梅尔维尔岛。

住在200多英里外的维多利亚岛上的科珀爱斯基摩人，不知怎么获知了弃船一事。[来自明托湾和阿尔伯特王子湾一带的这些康希利瓦克缪特人和康希利瓦冶克缪特人，从没有见过白人。1906年美国捕鲸船到访，他们才开始和白人接触。此后不久，他们被称作科珀（Copper，铜）爱斯基摩人，因为他们用当地铜矿制造工具。]维多利亚岛上的土著人，到底在哪一年春季第一次穿过威尔士亲王海峡的冰面抵达班克斯岛，这点已无从知晓，但他们曾从汤姆森河谷北上，直到默西湾，并留下了清晰的踪迹。

具有讽刺意义的是，班克斯岛的财富会落到维多利亚岛土著人的手里。直到那时，他们发现自己处于北极两条贸易通道的终端，而不是一条。第一条通道始于西方的西伯利亚，经过阿拉斯加北海岸；另一条始于南方，向北经过发源于加拿大内地的马更些河。现在他们可以扭转贸易商品的流向了。[1]他们很少见过像在默西湾发现的那类物品，也从没见过这么多物品。对他们来说，海岸边弃置舰船上的储藏物以及舰船本身特别不可思议，这就像发现了来自太空的储备丰富的运输工具。

爱斯基摩人每年向默西湾的远足旅程，总是尽可能轻装上阵，为狭小的雪橇和狗的驮包节省空间，以便从弃置船运回有用物品。最受青睐的是铁条、帆布片，还有软木材板，这种木板比驯鹿角更容易用来雕刻。受青睐的还有舰船的铜甲、纺织布、麻绳、毛纱、皮靴（在北极，皮革完全不适合用来做皮鞋，这一点英国人花了很长时间才意识到）。

在北行旅程中，除了吃从维多利亚岛带的少量海豹肉及鲸脂，爱斯基摩人还会食用沿途捕杀的动物——偶尔是驯鹿，但也包括换毛的鹅（因为不能飞，所以很容易抓到）、鱼和大量麝牛。他们把麝牛赶出河沿岸的莎草地，赶上小山顶，在那儿麝牛不出所料地转头对抗，爱斯基摩犬则冲过去牵制麝牛。猎人们用铜头箭或铁头箭射死它们；箭杆是用精选柳枝做的，用少许肌腱捆在一起。（如今发现，这些麝牛肩胛骨处都有小而圆的箭孔，箭的射角直指猎物心脏。当时，他们对麝牛的身体结构了如指掌。）

麝牛在倒下的地方被屠宰，一座营地也建了起来。整个夏天，一些小分队很可能就在营地和弃置的“调查者”舰之间来回穿梭，去搜寻有用物品。初秋，最初几场雪为雪橇铺就通道后，这些人就能乘雪橇回到南方老家，在那里以猎到的海豹为食过冬。显然，同样的营地他们用了很多年；其中一些营地，上百头麝牛的骨骼逐渐

1 货易商品流向的扭转起初让人类学家很困惑，他们试图去弄明白北极贸易模式的发展过程。人类学家没有注意到“调查者”舰对维多利亚岛上的土著人生活的影响，数年来错误地认为，这些部落是原始土著文化的一部分。

堆积起来，留下了古巴塔娜遗址之类的遗址。到1981年为止，科学家们沿着汤姆森河共发现了150个大大小小的营地遗址，以及约3 000头麝牛零乱的骨骼。

一些人认为，在弃置船舶及其贮藏物被完全利用之前，由于遭受这样大量的猎杀，麝牛的数量就已急剧下降。（人们发现了弃置船的一些残留贮藏物，但船舶或是沉到海里了，或是漂走了，至今都没找到。）大约1890年以后，维多利亚岛的爱斯基摩人不再来班克斯岛。

1914年到1918年期间，探险家维尔加尔默·斯蒂芬森多次穿过班克群岛，但从未看见过麝牛。事实上，从那以后再也没有人在该岛见过麝牛，直到1952年夏，加拿大一位生物学家在汤姆森河流域看到一头公麝牛。该头公牛可能是此前未被发现的少数原有麝牛群残余的一分子，也可能是来自维多利亚岛的外来麝牛群，后者走的是与北行的爱斯基摩人一样的路线。20世纪50年代到60年代期间，班克斯岛北部偶尔可看到麝牛，20世纪70年代的调查也证实，该岛的麝牛在1 200头到1 800头之间。1975年的调查表明，该岛麝牛数量又增多了，20世纪80年代的调查则显示，数量达到了惊人的16 000头到18 000头之间。

班克斯岛麝牛数量惊人的恢复，其原因生物学家还解释不清。在麝牛的繁殖生物学和营养，以及其他因素的影响方面，生物学家尚未掌握足够信息；这些因素可能包括有利天气时段延长，以及没有驯鹿与麝牛争夺同类食物。然而，有这样一个初步共识：汤姆森河谷丰茂的莎草草甸和草地，对麝牛种群数量在班克斯岛北端的恢复，及其生存范围向该岛南部的扩展，起着至关重要的作用。

如今到汤姆森河地区游览，马上就可以从以下几方面感受到其强劲的生态恢复能力：鸟的数量和种类、北极狐的数量、旅鼠洞穴都很多；北极野兔成群，北美驯鹿在山坡吃草；麝牛群中幼崽的数量惊人。由于这些生命的存在，该河谷既活力四射，又一片祥和。

如果故事只讲到这儿，说麝牛的数量恢复了，说科珀爱斯基摩人过度捕杀麝牛已成为历史，这会给人留下北极生态可恢复这样一种错觉。我们可以想象，麝牛被粗鲁轻率的人杀光，他们脑子里只想着要取回默西湾的财富。这只是一个孤立事件。然而，庞德斯海湾发生的另一些类似事件更能说明问题；有关人类、大自然和灭绝这类主题的更为古老的故事，就以此地为背景展开。

人类对野生动物的严重干扰，从生物学和经济视角来看，都极其复杂。20世纪40年代到50年代，班克斯岛上的爱斯基摩人几乎杀光了该岛南部所有的狼，以保护他们设的捕捉北极狐的排钩线不被破坏。1981年和1982年，他们大肆猎杀该岛南部的麝牛，以保护他们的食物之源——驯鹿，因为麝牛与驯鹿争食同样的草料，后者在他们看来又不占上风。（爱斯基摩人把岛东北端的汤姆森河流域视为绿洲，认为那里永远是应受保护区域，那儿的动物不断为人类提供丰富资源，满足其对肉和兽皮、骨、肌腱以及毛皮的需求。他们在那里既不狩猎，也不设陷阱。）

把野生动物猎杀到灭绝的程度始于很久以前。例如，2 500年前，阿留申猎人明显地把阿留申群岛阿姆奇特卡岛附近的海獭杀光了。800年前，新西兰的恐鸟被毛利猎人捕杀光了。在夏威夷群岛工作的动物地理学家近期发现，1778年第一批欧洲人到来之前，超过半数的本地鸟类已被土著居民杀光。（猎杀者的动机我们无从知晓。我们也不知道他们是否明白自己行为的后果。如果他们明白的话，不知道是否会不这样做。而且，一些人类学家提醒说，在有历史记载的时期与史前时期，北美土著居民在野牛跳崖处对北美野牛的大屠杀，以及在河流跨越处对北美驯鹿的大屠杀，是符合当时的伦理观的，也符合土著人对自然史和保护原则的理解。）

然而，人类具有消灭野生动物种群的能力可以追溯到更早时期。古生物学家亚瑟·耶利内克，用非常严厉的措辞评说北美早期居民，把他们视为“没有任何[自然]进化来的防卫方法能够抵御的”

肉食动物，视为全新世之初北美生态系统发生“深刻变化的一个根源”。这是“一个效率极高又迅速膨胀的肉食群体”，具有“可怕的破坏潜力”。耶利内克这样写道。

耶利内克的上述判断基于一些具体事件——始于约18 000年前的北美大型哺乳动物的灾难性灭绝，他相信，在这些事件中，人类起了决定性作用。这些事件被统称为更新世灭绝事件。

我们习惯于认为，在欧洲人到达之前，北美平原生机勃勃，有6 000万头野牛，有以数百万计的叉角羚、麋鹿和其他鹿类，以及灰熊和狼。然而，奇怪的是，这只是幸存下来的，原来的数量大得真的是令人难以置信。跟更新世后期相比，18世纪的北美是一个资源枯竭的地方，一个“最巨大的、最凶猛的、最奇特的生物形式不久前已消失”的地方。大犰狳，后腿站立高如长颈鹿的地懒、北美猎豹、剑齿虎、猛犸象、快马、骆驼，以及麝牛的同科动物——这一切，无论是整个物种还是所有个体，都没了。这片土地本身也彻底变了。18世纪到此地的旅行者看到的沙漠，曾经是郁郁葱葱的草原，曾经生长着大群大群的食草动物、食肉动物及食腐动物。

所有这些动物为何在更新世行将结束或结束时灭绝，人们对此有截然不同的解释，但一个较为普遍的共识是，灭绝是由以下两种原因之一导致的。要么是气候发生了迅速和巨大的变化，这些动物不能适应；要么是人类狩猎导致灭绝。一些科学家很怀疑人类猎杀致其灭绝的说法。他们认为，说人类这一“聪明的”食肉动物食肉时很浪费，这种观点站不住脚（尽管可支持相反观点的证据，在现代乃至过去都占压倒性多数）。他们怀疑当时的相关武器和狩猎技巧在导致灭绝方面的效能。他们还认为，那时的人口不足以将所有动物全部杀光。他们提出，仅气候因素就足以解释那时的动物灭绝。根据这一观点，气候变化导致土地干涸，植物构成和分布发生根本改变。以这些植物为主食的大型食草性哺乳动物灭绝，进而导致以其为食的食肉动物和食腐动物的灭绝。在这种模式里，人类的捕食效率在极端的环境压力下，有时被认为是对生态系统的最后一击。

人们做了错综复杂、难以反驳、强而有力的论证来捍卫以上两种观点。然而，人类如果不是起决定作用，也起关键作用的观点，似乎是不容忽视的。人类显然有这样的潜力，而且从平原野牛、候鸽、海雀及北极露脊鲸的命运来看，人类的捕食效能极具威胁，波及范围很广。有人会认为，人类这种生活模式当今仍然存在，灭绝问题会加剧，因为人口的膨胀必然会导致对自然栖息地的大规模破坏。

我们痛惜爱斯基摩麻鹬、海生水貂、拉布拉多野海鸭、帕拉斯鸬鹚和斯特勒大海牛的消亡。它们的生活我们如今无从探究。然而，我们不愿意对此类物种的灭绝承担直接责任，是出于情理之中的，也的确有些复杂的生物本能性思维，这种思维基于这样的信念：作为一种也要生存的物种，我们的行为没错；对每一种物种的灭绝，我们不是唯一的责任者。（例如，加利福尼亚秃鹰的消亡，可能只能从其生态适应性方面解释。）我们最近的本能感觉一直就是如此：无论何时有需要或有欲求，我们可以大规模减少其他物种的种群数量，或把它们完全清除，然后占据它们在食物链中的生态位。这样来理解我们自己，不是在诋毁我们自己，甚至也不是从某一角度批评我们自己。关于我们的未来，一个冷酷的观点是，处在一个由无情的化学、物理和生物规律支配的宇宙，我们自己也在走向灭亡。另一个更有建设性、更吸引人的观点是，我们的聪颖使自己能够领会正在发生的事情，能沉着应对，而不是被其复杂性吓倒，我们有勇气去采取措施，即使这些措施在我们有生之年不会有什么结果。

6月的一个黄昏，蹲在古巴塔娜遗址的遗迹上，用麝牛肋骨拨弄着柳木制的雪橇的两个滑板之间的土，我想我们不能责备猎杀了此地麝牛的科珀爱斯基摩人。也许他们甚至认为，即使他们似乎已把麝牛捕杀光，麝牛也会有再现的时候；他们当时就是基于人类这样的理解层次思考的，这一层次我们再也不会有了。我们也不能责备岛上的现代爱斯基摩猎人，他们为了使所设的陷阱能套住北极狐赚钱，而杀绝可能干扰陷阱的狼，或是为了确保自己有足够的食物来源——驯鹿肉，而清除麝牛。他们在努力适应对他们来说是非正统的经济学。但是我们之间可以相互帮助。他们的传统哲学观是坚持用伦理的态度对待动物。在这一传统精神以及欧洲人相互同情式的尊重观念中，也许蕴含着现代人如何重建与动物的关系的思路。我们需要一种开明的尊重态度，使不同种族的人都能以伦理的态度与动物更为和谐地共处，使我们都更为坚定地在未来的岁月里，在动物对我们仍缺乏防卫能力时，遵循一种高尚的做事方式。

手拿麝牛肋骨，拨开麝牛冬季拉的已经干了的粪便，拨开北极野兔刚拉不久的粪便，拨开风吹落在地的北美驯鹿脱落的毛，以及一层卷曲的干柳树叶和虎耳草叶，我终于发现一处潮湿、珍贵的淤泥。这是遗址的根基。不管他们的道德倾向是什么，当时的康希利瓦克缪特人和康希利瓦冶克缪特人是以吃这些柳树叶的麝牛为食的。他们用麝牛角制作长柄勺，用其骨头制作工具，在厚实、保温的麝牛皮上度过了秋季的最初几场寒冷的风暴。他们就是靠这些生存了下来。在人类历史长河中，不管是冰川侵入北美之前还是之后，麝牛发挥的作用远比人们认为的要大。

我站起身眺望河谷，感受到时间的久远：我身处一个已有一百年历史的营地遗址，面对历史学家声称从未被冰川侵蚀过的河谷；现代爱斯基摩人说，这一带过去和现在都是一块圣地。麝牛在那儿吃草，在它们眼里，似乎我还没有一块石头重要。麝牛祖先的头盖骨在我脚旁，沐浴着阳光，阵阵凉风从古巴塔娜坡吹上来，拂过我没戴帽子的头。

我第一次看见麝牛是在阿拉斯加费尔班克斯市外的一个实验农场。那是个宜人的夏日，轻拂的微风，远处空旷的田野，周围的群山，似乎都是那么单纯。我站在一个斜坡上，一只孤单的动物从坡底部的高高枯草中往外走。它身后的枯草来回摇摆，最终，它漠然地停在一块开阔的地方，身后的枯草不再摇摆，侧腹的长长鬓毛也停止晃动。那一刻，我被面前待得最久的动物的特质震惊了：它的一举一动颇具东方格调，姿态呈沉思状。这只动物似乎意识到了什么，全身抖动一下，然后低下巨大的头，从容走开了，其步态是我见过的大型动物中最悠闲镇定的。一个杠子似的深色牛角闯入我的视野，然后是高高的肩膀，以及耸立的醒目鬃毛。麝牛像一个和尚，也像个日本武士，定格在我的脑海里。随后几个月，我发现自己对麝牛特征归纳得太过草率；但像许多油然而生的看法一样，我觉得这些归纳也还可以，于是一直记在心中。

我与动物看管者一起走进六英亩大的围栏，该看管者名叫波尔·亨瑞森，是在阿拉斯加大学就读的丹麦学生。麝牛钻进了一片云杉树林，亨瑞森提醒我要提高警惕，沿着篱笆墙走，并随时做好爬出去的准备。我们在一小山头下碰见了麝牛，只望见了它们的后背；其肩部隆起，肩隆部鬃毛后是黄褐色的脊峰。给我留下深刻印象的是，从我们所处的视角看，它与灰熊非常相似。我们向麝牛靠近。我惊奇地发现，原来麝牛这么小。我们又靠近了些，我还吃惊地发现，麝牛在小树林中行动敏捷，而且，即使是在空间狭小的云杉树林中，它们敏捷走动时，相互之间距离却很近，臀部挨着臀部，肋部挨着肋部。

我们不再追随它们，而是回到围栏边，默默观察。我偶尔低声问一些问题，亨瑞森都做回答。麝牛警惕地看着我们，用宽大黑鼻子的喇叭形鼻孔来探探树下的空气有多凉，金黄色的大眼珠在眼眶里打转，好像我们是它们很难琢磨透的两个怪物。

随后，穿越一片有驯鹿吃草的草场时，（跟麝牛相比，它们的行动看起来好像更紧张，更迷茫。）我告诉亨瑞森，我对麝牛的印象是——它具有东方特质。

"你知道它们是从哪儿来的吗？"

"知道，"我笑着答道，"但忘了。"

它们来自中国北面的高原，在那里它们的远祖像绵羊和牛一样适应了高山和苔原生活。加拿大脊椎动物古生物学家理查德·哈灵顿认为，麝牛属动物约200万年前出现于西伯利亚中部的草原，进化成不同的物种。一种是欧亚麝牛，曾被克鲁马努人猎杀，当今俄罗斯的泰梅尔半岛可能还有幸存者。另一种是北美现代麝牛，约125 000年前伊利诺冰期末期或更早，穿过白令陆桥迁徙到北美。这种麝牛的祖先和同科动物很可能先于它到达北美，包括：西姆博斯麝牛（Symbos cavifrons），其身材更高更瘦，是更新世北美洲主要的麝牛科动物；普拉伊欧维博斯麝牛（Praeovibus），它也较大，腿长，较瘦；林地麝牛（Bootherium），一种生活在林地里的小型麝牛；高山麝牛（Euceratherium），适应高山环境。这四种麝牛连同麝牛属本身的几种麝牛——如芋扣恁西斯麝牛（O. yukonensis）和普罗柯西莫斯麝牛（O. proximus）——在更新世末期都灭绝了。北美现代麝牛（O. moschatus）是这一麝牛科中唯一幸存到现代的，其生活区域南至美国新泽西州及内布拉斯加州这样非常偏南的地区；北美最后一个冰期——威斯康星冰期最强盛时，这种麝牛就生活在这一地区。

一种流行理论认为，约18 000年前，威斯康星冰川开始消退时，生活在今天美国中东部地区的麝牛开始向北迁徙。它们的遥远后代，目前生活在毛德皇后湾的南部、大熊湖的北部及塞隆河沿岸，被称为荒漠麝牛或加拿大本土麝牛。另一批麝牛在冰期结束后，从北极冰期生物种遗区开始南移，沿格陵兰岛东海岸，直抵埃尔斯米尔岛、德文岛和梅尔维尔岛，这种麝牛被称作高纬北极麝牛或格陵兰麝牛。[1]

1　阿拉斯加的麝牛在19世纪时被猎杀光，迄今为止，阿拉斯加数个区域成功引进的，就是来自这一种群的麝牛。

麝牛存活至今的唯一近亲，是生活在西藏北部的羚牛，其身材像小牛一样笨重，鼻子像高鼻羚羊一样凸起，腿短而强健，角不大而后拐，像如今的麝牛一样，在体型和举动上能看出和山区的羊有相同远祖。（伊阿宋航行要找寻的，就是羚牛厚厚的金色羊毛。）

早期观察者对麝牛的承袭关系感到很困惑。因为它的头和肩部相对很大，欧内斯特·汤普森·西顿认为，它跟野牛有亲缘关系；斯蒂芬森认为，它跟欧洲的高地牛有亲缘关系；挪威探险家奥托·斯弗德鲁普将其称为“极地牛”。这些都是麝牛的远亲。除羚牛外，麝牛的近亲还包括日本鬣羚、岩羚羊、落基山山羊和大角野绵羊。

结果，它的俗名麝牛(muskox)乃至学名O.moschatus——意为“有麝香味的像羊一样的牛”——全都名不副实。这种动物根本没有麝香腺。处于发情期的公麝牛在尿液里分泌一种物质，以至其呼出的气息，甚至精心宰杀的麝牛肉都有麝香味。已故的美国麝牛研究者约翰·蒂尔，称此气味“刺鼻，微甜”。另一位生物学家说，它“有种麝香的甜味，跟大猩猩的气味相似”。在蒂尔看来，因为此气味没有其他反刍动物的明显，“麝牛”这个名称能沿用下来就有些怪异。一种解释是，17世纪，欧洲人首次在哈得孙湾的西海岸发现了这些生物，其奇异的外形及处于发情期的公牛身上的气味，让这些贸易商认为此动物也许与东方的麝香鹿有关系。那时，欧洲人常常一厢情愿地把东方的丰富物产与北美的相混淆，因而，17世纪的欧洲贸易商会助长了北美是良好贸易基地的幻想。

最初，有光泽的长长针毛是麝牛最显著的特征，特别是它走动的时候。（爱斯基摩语中，麝牛的称谓是Oomingmaq，意思是“长有像长胡须一样鬓毛的动物”。）它的鬓毛也不像尼古拉斯·杰里在其《哈得孙海峡散记》（1720）一书中认为的那么杂乱——杰里写道，人们“在近处无法判断动物的头在哪端”。麝牛的皮毛由几层毛有条理地组成，但在杰里及其他人眼里，其皮毛很杂乱，因为他们是在夏季看到的，而这时麝牛正在脱毛。麝牛的下层绒毛很密，有2英寸长，紧贴皮肤，覆盖全身，蹄子、角及鼻孔和嘴唇之间的皮肤除外。它的臀部、肚子、侧腹及喉部还有一层长而粗糙的浓密针毛，像裙边一样垂下来，而颈背处有一层厚厚的但没那么粗糙的毛，从脖子较低的地方一直到肩背处，形成鬃毛。在肩隆的后面，这些毛逐渐融入一片下层绒毛，没有针毛，这里被称为脊峰。

麝牛最长的针毛长达25英寸，甚至更长，是从喉部往下长的。下垂针毛不断被更新代替，随年龄增长更加茂盛；发情期公牛的下垂针毛最有光泽。自5月到7月中旬，底层绒毛一块块、一缕缕地脱落，使麝牛看起来恢复了朝气，但直到8月，强劲、极轻的绒毛才会不断地从针毛中间长出。麝牛无弹性的下层绒毛，保暖效果是同等重量绵羊毛的8倍，和克什米尔山羊绒毛或小羊驼毛一样柔软。据一个勤奋的观察者估计，一头麝牛身上的绒毛可达10磅，足以纺成一根40股的150英里长的绒线。

小麝牛出生时就带有短短的下层绒毛，并且有很好的一层肉桂色上层软毛。第一年夏末，下层绒毛长得更厚，上层软毛长得更长。粗糙的针毛到来年才长出来。

脊背处的下层绒毛，从白色过渡到黄褐色，其他地方则是浅棕色泛出些许肉桂色。高出绒毛的针毛在臀部和侧腹部呈黑色，在两侧前部渐变为黑棕色并透出一些赤褐色。“膝盖”（实际上是踵部）下面的腿呈白色。一些种群（或个别）的麝牛，在脸上、鼻口部、头的后部、双角后面（雌麝牛在双角间），毛明显是白的。居住在毛德皇后湾的爱斯基摩人，还知晓一种很特别的麝牛，其针毛呈奶油色，最近，科学家首次描述了这种现象。（英国一个海员称，1853年6月在梅尔维尔岛的史密斯角附近，看到了一头白色麝牛领着一头浅黑色小麝牛。）

麝牛的毛非常厚，短而圆的尖耳朵几乎被掩藏在脖子前边的环状长毛里，短尾巴的状况也是如此，因而麝牛看起来比实际上要大。它们的体重差别很大，取决于性别、季节和饮食情况。公麝牛的体重“平均”为650磅，母麝则为400磅。一头成年公麝牛肩背处高度可达55英寸，从鼻子到尾部长90英寸，成年母麝牛的尺度分别为48英寸和75英寸。

公麝牛和母麝牛长得都慢。公牛需6到7年才能长到最大，母麝牛需要5到6年。按加拿大动物学家本·休伯特的说法，麝牛重量变化很大的原因是，公牛一年只有2个月——7月和8月，处于“好的营养状态”（增重）。他发现，公麝牛一年有4个月处于“适中状态”，其他6个月——秋季发情期和冬季大部分时间都在缓慢掉膘。母麝牛一年中有5个月增重，冬季以及生小牛时和哺乳期掉膘（小牛需要哺乳15周）。

麝牛独有的、有辨识特征的双角让人想起非洲水牛的角，但前者是先向下朝双颊弯曲，然后向外向上弯曲。母麝牛的角跟公麝牛比起来，显得更短也更细，而且由粗变细更明显；双角在头顶长角处周围，也没有像公牛那样长出类似头盔那样的聚拢型角质。年迈麝牛的角会变成深棕色，角尖颜色很浅，并且会一直缓慢生长下去。母麝牛的角需要长4年左右才定型，公麝牛的角需6年。牛角是最主要的防御武器，用来对抗肉食性动物。但也可以用它来刨植物；在交往场合，还会以重要而复杂的方式展示它；在发情期，公麝牛还用它去争夺配偶。

麝牛的大眼睛向外凸出，使其不被厚厚的毛挡住，侧视范围较广，这是适应性进化的典范。它的双层视网膜，使其在黑暗中或冬季光线很弱的情况下也能看清东西；它的水平式瞳孔，使其不至于雪盲。（传统的爱斯基摩雪地护目镜模仿了这一结构。）其瞳孔也含有大量黑体，以保护视网膜免受头顶的阳光及地上的冰雪反射光的损害。

麝牛块头虽大，动作却出人意料的敏捷、稳健。这部分地是由其蹄脚的形状和结构决定的。其蹄宽而圆，底边锐利，中间凹了进去，宽大的蹄掌在岩石、坚硬地表及各种冰雪上可以产生很大的摩擦力。它的前蹄较大，冬季可用以挖开和破开风吹集的坚硬雪层，以及地面的冰层。麝牛也用其下巴来破开雪层和冰层。

麝牛好像只有两种步法，行走和奔跑。它跑起来快捷有力，与缓慢、几乎是漂移的走法形成鲜明对比。麝牛可以持续跑数英里，中间不会慢下来跨步走，并且能够非常平稳地迅速停下，以惊人的速度上陡峭的岩坡，显示了非凡的爬山能力传承。它有个奇异习惯，从卧着休息的体位站起来的过程中，偶尔会先用臀部坐着休息片刻，这给人一种在沉思的感觉。成年麝牛还会翻转成懒洋洋的平躺体位，四条腿悬在空中。

总的来看成年麝牛行为迟钝，小麝牛在它们中间任性地腾跃嬉戏，北极狐在麝牛群中来回穿梭佯攻，它们也似乎无动于衷。然而，夏季，麝牛同样有在小溪或河里嬉戏的兴趣，它们似乎乐于荡得水花四溅，并撒着欢儿从浅水中冲过去。（一位在班克斯岛作业的美国考古学家告诉我，有一次，他看到一群十七八头的麝牛，臀部着地，从一座沙砾小山丘上滑进一条小溪，然后像马一样弓背跃起，向四处奔去。）在北极，流水只能在短暂的夏季见到；苏格兰生物学家安妮·冈恩回忆起自己看到小牛们第一次接触流水的情景："小麝牛惊呆了。它们有七八只，只两个月大。它们互相推挤，发现自己的蹄湿了，甚是惊恐，然后互相冲撞着、腾跃着，跑回水边的麝牛群。"幼崽们经常在吃草的麝牛群中追逐嬉戏，玩"山中王"游戏——四只小脚像山羊那样缩到一起，像貘一样的身体高悬在草丛之上。

在反刍动物中，麝牛的身体接触频率是独一无二的。即使逃跑时，它们也是肩蹭肩、侧腹蹭侧腹地腾跃向前。我目睹的最吸引眼球的类似情景之一，出现在苏厄德半岛：当时，在一座小山上，看到一个飞得很低、正在靠近的飞机，一群麝牛狼狈地绕弯逃跑。它们动作极其整齐，像一只动物在行动；在一个急转弯处转向时，需往上走，它们长长的下垂针毛同时剧烈向上摆动，看上去就像冲上海崖还未落下的黑色海浪。长期研究麝牛的人经常评论它们行动同步的特征，比如，有人指出，无论冬夏，在进食和休息方面，一群麝牛大约都是150分钟一个循环。

在人和狗等有威胁的动物靠近时，麝牛相互之间开始靠拢，有时是很快靠拢，偶尔是领头公麝牛突然吼叫时才靠拢。（然而，在这种情况下，领头公牛表现突出，它是最后一个做靠拢反应，而后第一个放松下来。）一群麝牛起初可能会肩并肩挤到一块儿，呈横队状，领头公牛处于队伍中间，位置前凸，较年轻的公牛处于两侧。如果靠近的危险动物改变方向，或危险对象不止一个，麝牛横队就会向后弯曲，臀部对臀部围成一个玫瑰花状的圈，小麝牛和幼崽处于成年麝牛身后，即圆圈内部。

这种防御队形不一定是对称的，麝牛受到挑战时，也并非总是列成这类队形——有时他们只是逃离。但从进化的角度来看，这一队形用以对抗主要天敌——狼格外有效。公牛和母牛从队列中冲出，低着头用角向狼发起短促攻击。狼群要想成功，只有迂回到一头正在出击的麝牛身后，把它从队列中隔离出来，或是从队列的暂时缺口冲进去，捞出一头小麝牛。在类似情形下，狼很有耐心，也很会抓机会，否则它们全饿死了。

这种紧紧靠拢、防卫性的队列尚未在其他动物中发现，一些人乐于推测它的起源。有研究者称，麝牛更喜欢丘陵地带而非开阔平原，他们指出，麝牛常常跑上小山丘之后才组成防卫性队列。如果一头麝牛被狼群隔离出来，它会努力后退到雪堤之类的有利地形中，甚至会缓缓后退到水流湍急的河边，来保护它们的后腿及臀部。当然，在玫瑰花状的防卫性队列中，每头麝牛在其身后和两侧互为防护墙。这一现象表明，在麝牛进化史的某个阶段，它们曾长期生活在开阔地域，在那里它们找到了一种方式，通过空间上必要的相互合作来保护自己。

一年当中，麝牛群的规模和构成总在发生变化。在夏季，麝牛群一般较小，通常由2到10头组成，而在冬天，麝牛群的总数可达60余头。在夏季，人们特别容易看到麝牛单独行动，这通常是公牛；或看到单性麝牛群——成年公牛与小公牛结伴，成年母牛与小母牛结伴而行。公牛进入发情期时，成熟的种公牛在麝牛群中会很显眼，但把这种局面说成是“公牛妻妾成群”，那就外行了。(公牛在发情期经过激烈的选择竞争，抢到了充当父亲的适者角色；母牛在这一时期的行为意向不很明确，但很有可能，它们在这场剧目中并不像表面看起来那样被动。)[1]

举个极端的例子，某一麝牛群的构成，可能连续数月不断变化或保持稳定。对在莎草地上吃草的一个庞大麝牛群进行较长时间的仔细观察后发现，它实际上是由许多分离的群体组成的。两个麝牛群可能合并成一个，一天之后，三个麝牛群也可能合并成一个。麝牛群既不是没有组合，也不是有一成不变的组合；它们是在时间上存在的紧密社会组合。生物学家推测，这些组合使麝牛在觅食、繁殖及生存策略方面具有优势，但他们不确定这些优势究竟是什么。

麝牛群的组合变化表明，无论是麝牛个体，还是麝牛群体，都有其“个性”。两性均有的麝牛群，不一定都是刚愎的公牛统领着温顺的母麝牛和年轻麝牛。不仅公牛，母牛也能影响麝牛群的行动和行为，尽管领头公牛通常更为活跃。领头麝牛不仅在食肉动物靠近时挺身而出，在出现任何障碍时也是如此，比如，遇到湍急河流、险峻陡坡或屑粒化的陡岸，它们都会冲到前面。了解其他动物的个性，也就是说真正熟悉彼此，在这些情形下也会起作用，这一

1　当人们试图去概括群体行为时，总会遇到变数和不一致性。例如，两个群体中一个年龄段的数目与另一年龄段的数目的比例，以及这些群体的性别比例，都是不同的，这就使两个群体在显然同样的环境下，有不同的行为表现。野外生物学中一个简单的事实：人们很容易忽略，并且很难弄清动物究竟在做什么。动物的行为可能比我们所描述的，或是比我们所测算的更复杂。

点在组成防御队形时表现得尤为明显。也许，彼此并不熟悉的麝牛面临危险时会恐慌地跑开，把小牛乃至自己的母亲落下；而相互之间较熟悉的麝牛群行动高效精确，年长麝牛会用头顶和蹄踢，把暂时惶惑或顽固的小牛驱赶到安全的队列内部。

在努力描述这些现象时，我们有时会很迷惑，因为我们不假思索地以为这是动物的本能。我们不相信动物有任何目的和创造力。两百万年来麝牛变化极小，这一进化历程告诉我们，无论它们的思维是灵敏还是迟钝，许多麝牛一直在做出正确选择。

处于发情期的公牛显得如此强壮，如此焦躁不安，以至于人们在观察它们时，不仅体验到兴奋感，而且体验到充满了紧张的欢愉感。麝牛之间同样的互动行为——用头相互顶撞，炫耀牛角，主动进攻——一年四季都会发生，但在发情期更频繁，强度更大。公牛之间原本是平静的、大概也有点敏感的关系，这时却增添了些许对立氛围。

加拿大麝牛生物学家大卫·格雷，在巴瑟斯特岛波拉尔贝尔帕斯（Polar Bear Pass）地区密切观察公牛行为多年，他率先全面描述了公牛间的对抗过程。他描述的对抗层级如下（由最轻微至最激烈）。

起初，在食草区的某一位置，一头公牛被另一头公牛挤走。一头公牛靠近时，另一头公牛只是被动地向一边移动，结果迫使第三头麝牛也移动位置。一头公牛可能会抬头凝视对方，这个信号传递的意思通常是：不仅发出柔性威胁示威(更直白地讲，是正在那儿撒尿的信号)，而且已经留意对方，或给对方警告。麝牛独有的更严重的示威，是弯下头，使眼睛下面的梨形腺体蹭前腿内侧；这通常要花费很大力气，暗示在“磨牛角”。麝牛更激动的举动是用牛角尖刮擦地面，或歪着头来表达正在升级的愤怒。公牛歪着头向对方靠近时，眼睛也不看对方，一侧的肩部和牛角显得异常前突。一头麝牛单独做这一动作时，看起来好像在绕着另一头麝牛转；两头麝牛同时歪着头做这一动作时，则被称作“并排同进退”。

最激烈的对抗是真正用头顶撞和冲击对方，其中的猛烈程度有所不同。两头公牛会把角缠在一起，先是温和地相互顶推对方一会儿——或是用头猛推和猛撞对方的侧前部。失去优势的麝牛侧身处于暴露状态，遭到对方牛角的戳、刺。两头麝牛进入如此状态——歪着头，并排同进退，用头顶和冲击——它们的行动就变得程式化了。它们会选择平地交战，以增强仪式感。它们惯常的做作步伐显得有点僵硬、缓慢，甚至有点夸张。每次猛冲之前，它们先是侧身对侧身摇晃脑袋，接着后退——它们之间的空气似乎顿时膨胀。它们各自后退到相互之间大约有20到30英尺，然后猛冲过去用头相撞，撞击力之大，足以把一方撞得四脚朝天，或把双方都撞得蹲在地上。那撞击声简直跟海洋冰面断裂的声音一样震耳欲聋。

公牛可能会反复冲撞对方。它们铆足了劲儿，体毛直竖往后退，景象原始壮观。其鬃毛直立，脖子涨起，使前身看起来比实际上要大。眼睛和长长的针毛闪闪发光。若有风刮起，缕缕下层绒毛拍打着身体两侧，恶意的野蛮暴露无遗，其形象看起来极其恐怖。这种对抗有时是致命的。

交配过程没那么粗暴。雄性麝牛对愿意接纳自己的雌性麝牛的殷勤，在人类眼里实在是过于谄媚了。雄性麝牛一次次兴奋谄媚地靠近雌性麝牛，嗅嗅其阴道口，慢慢向其侧腹靠近，把下巴放在它的臀部，用鼻子触碰它的脖子，有时还用一条前腿蹭蹭它的侧腹。雄性麝牛还扭着头仰视雌性麝牛——这勉强称得上是交配祈求，然后大声咆哮。大卫·格雷把这咆哮声描写为“类似圈在笼子里的非洲狮的咆哮”。

这些方式被反复试过，雌性麝牛仍很淡定，交配就开始了。公牛抬起前腿，跨在母牛身上。这一过程瞬息之间即告完成。

交配期在8月中旬到9月中旬之间。小牛240天到250天后出生，通常在来年4月中旬到5月中旬。像大多数被捕食性动物一样，刚生下来的小牛发育早熟，几乎能立即站起来，过不了多久就能奔跑。

4月中旬仍是冬季，但小牛只要不水淋淋的，似乎都可以顺利活下来。它们被很好地保护着，并且身体含有丰富脂肪，可从中摄取热量。它们刚生下来的几天里，大部分时间用来休息和吃奶。母亲轻声呼唤它们。寒冷天气里，母亲的身体就是它们的保护伞，它们蜷在用背部挡风的妈妈腿间睡觉。

生产小牛期间，麝牛群可能会持续一个月不迁移；尽管其他时间它们都不会迁移很远。夏季，它们的活动范围在6月份长出多汁的莎草和其他非禾本草本植物的地方；冬季，它们的活动范围是风把雪层吹走的干草皮地区。这两地之间仅相距几英里。很少大规模地迁移是麝牛生态学的一个突出特征。原因是，在北极恶劣的环境下，可以供养麝牛的草场相对较少，且相距很远。

研究者推测，迁移到另一地区可能是公牛发情的结果；一头公牛会强迫其他成熟的公牛离开其所在地区，后者不得不带着少量母牛去异地发展，组成新的麝牛群。关于整个麝牛群如何找到新的牧场，一种观点是，孤单的公牛夏季会漫游到很远的地方，结果发现了合适的、全年都有草料的地方，然后返回到它所脱离的麝牛群附近的另一麝牛群。秋季来临，它们带领后一麝牛群穿过植物稀疏的地区（包括海冰），去新的草场。外激素（动物产生的生化物质，一段时间后，仍可被其嗅觉系统识别）可使它们成功迁移。尤其在发情期，公牛可在草地上或其他地势较高的地点撒尿留下气味标志。它们也可在草丛上留下来自眼眶前腺的分泌物，以作标志。这些气味标志很可能在其交配时起作用，在特定区域，它们对调节麝牛的空间分布也起着重要作用。随着时间推移，在麝牛数目较多的地区，这种做气味标志的方法可“迫使”麝牛分散开来，如此可能会防止麝牛在此地过度吃草。

在本地的黑暗中及雪地里，麝牛如何辨别方向，它们又如何想象周围的空间，这些问题我们不得而知。

无论气温如何，麝牛的体温都是恒定的，即保持在101华氏度左右。由于通常要长时间地忍受零下40华氏度的极低气温，它们保持恒温的能力令人震惊；在这样的低气温环境里，连北极熊乃至北极狐都要找地方躲起来。它们所依赖的热量来自细胞的正常新陈代谢，体内储藏脂肪的消耗，以及与营养相关的其他复杂生化过程。麝牛厚厚的皮毛有极好的保温作用，故热量很少流失，这就是为何在暴风雪中，集聚在麝牛背部的雪不会融化。

生态学家有理由确信，北极动物的基础代谢率不会增加，除非温度达到特定值；这个数值因动物而异，但一般在零下50华氏度左右。（鸟类除外。）换句话说，气候因素不会使北极动物吃得更多。为了抵御严寒，动物的主要策略是保存热量，而不是产生更多热量。1847年，卡尔·伯格曼提出，由于热量产生是三维过程（热量从各个方向辐射开来），热量散失是二维现象（它只在动物体表出现），因而，栖息在寒冷环境里的动物进化出较大的身材，这样，体重（产生热量）与表面积（散失热量）的比率就会较高。

所谓伯格曼法则，是一种有些过时的观点，同一时期的另一个观点——1877年出炉的艾伦法则也是如此。艾伦认为，在寒冷环境中，动物往往进化出较短的凸出部分——耳朵，四肢，尾巴，鼻子。这两种法则都基于可靠的经验观察，但都有许多例外。使它们过时的原因是，其他适应性保存热量的方法相比之下更为有效。粗毛和下层绒毛起保温作用，是北极狐和麝牛特有的策略，这是它们在极寒环境中保暖的重要手段之一。北极熊厚厚的脂肪可以抗寒，但在最冷的天气里，它需要躲入洞穴。其他动物，特别是鸟类，来自比较暴露的身体器官的冰凉静脉血，在抵达身体中心之前，通过流经盘曲的温暖动脉血管保持温度。动物还采用级差保暖法（比如，北极狐可以把脚掌的温度降低到32华氏度左右）以及神经系统电导率的变化来保持体温。然而，没有哪一种适应环境的保温方式是自足的，是完全有效的；生理学和生化方面的研究反复表明，北极动物在极寒环境里的生存机制要复杂得多（比如，如何控制身体的水分流失，以及如何补充流失水分）。

冬季，为了保存热量，麝牛和其他动物的行动明显谨慎得多。在极寒天气里，任何运动都需消耗有限的脂肪，动物们会站着长时间不动，因此有人提出了“站着冬眠”这一术语。麝牛在寒冷天气必须行走时，会排成一列走过厚度可预估的雪地，紧跟前面同伴踏出的路径，小心翼翼地行进。碰到暴风雪时，它们甚至连续几天露宿雪原。（一位探险者在格陵兰岛遭遇暴风雪，想找个背风处躲避，误把被雪遮蔽的麝牛群当成了冰雪覆盖的土堆；当他准备翻过土堆到能避风的那一侧时，这些麝牛突然站了起来，吓了他一大跳。）阿尔文·彼得森认为，在最严酷的暴风雪天气，麝牛会选择一开阔地，那里风从一个方向吹来，麝牛群会排列成楔子状队形，领头公牛在迎风的楔子尖端，小牛和满一周岁的牛在后面。大卫·格雷是这一观点的怀疑者之一。他曾经观察了暴风雪中的一个麝牛群，当时风速为24节，雪花狂舞，温度为零下27华氏度（风寒温度低达零下90华氏度），但麝牛“仍在正常进食，或是卧下来”，背面和侧面顶着风。[1]

瑞典麝牛生物学家肯特·荆弗斯，冬季曾经在阿拉斯加萨德勒罗奇河（Sadlerochit River）流域宿营，试图了解麝牛在那儿是如何生存的。他回想起，那些“日子”里天气酷寒黑暗，他完成自己所设定的任务的意志几乎要动摇。麝牛在矮柳树间游荡，警惕地看着他。他拿着手电筒紧随其后，仔细观察它们吃什么植物。他开始敬畏这些生灵。任何试图在零下40华氏度天气里有效工作，与黑暗和刀片般锋利的风雪做长期抗争的人，都会很讶异，竟然有生物能连

1　北极大部分地区的年降雪量不多，积雪一般不会超过4到6英寸，真正的暴风雪很罕见。然而，陆地暴风雪多见于沿海地区，大多数居民点都在那儿。强风和地面积雪的狂舞可能会持续数天，这种天气在远北地区通常也称作“暴风雪”。

续数周忍受这样的天气，更别说其姿态似乎还很从容。

北极麝牛在“边缘生存期”的食物，以及进食时间和频率，极大地影响着其生存，但具体是如何影响的，则仍是个谜。它在一年中新陈代谢的节奏，像其营养的摄取一样复杂。这里有一些相关线索。它们在瘤胃合成复合维生素B。冬季，它们可能从自己肝脏里摄取所储存的维生素A。没有阳光的月份里，它们还会利用自己储存的维生素D（为摄取钙和磷时所需）。它们一天约消耗10磅的嫩树叶和草料，七八月份消耗得较多些，因为此时它们要为冬季储存脂肪。如果生物学家可以确定麝牛的最佳食谱是什么（食用对象、进食量及进食时间），它们在繁殖年和非繁殖年如何利用能找到的植物，以及它们爱吃马先蒿和棘豆意味着什么——如果他们知道这些，就很有可能回答有关麝牛最棘手的问题之一：影响麝牛繁殖和养育后代的变量有哪些？并且有可能回答另一相关问题：如何在麝牛已遗弃的地区，识别出仍可为其所用的优良栖息地？

班克斯岛麝牛数量奇迹般的恢复并非孤立事件。1973年到1974年间，一场初冬暴风雨冰封了地面，导致北极许多高纬度地区的麝牛无法获取食物，梅尔维尔岛东部48%的麝牛群被饿死，邓达斯半岛也有大部分麝牛被饿死。几年之后，加拿大野生动物署的D.C.托马斯发现，邓达斯半岛的麝牛数量又大幅上升。他认为，此地大量增加的麝牛来自附近的一个麝牛栖息地，那里是梅尔维尔岛上名曰贝利角的一处北极绿洲。

贝利角也许是北极高纬度地区的最佳麝牛栖息地。这里总降水量（积雪量）低，地面很少结冰，冬季没有暴风雪，其低地和河谷肥沃丰饶。在北极高纬地区，至少还有三个这样的区域：阿克塞尔·海伯格岛西海岸的摩卡峡湾，埃尔斯米尔岛北部的福希姆半岛，德文岛西北海岸的特鲁拉夫（Truelove）以及附近的低地。汤姆森河流域也许是第五个最佳栖息地。格陵兰岛北海岸的皮里地，以及该岛西海岸的霍赫斯泰特半岛，很可能也是优良的麝牛栖息地。

还没有研究者比较这几个区域可供麝牛利用的营养（或比较这些区域的营养与其他偶尔发现麝牛的区域的营养），但美国植物学家玛莎·罗布斯认为，营养对一个区域麝牛数量重新上升的速度，起着关键作用。她研究的区域主要是阿拉斯加西北部的萨德勒罗奇河一带，肯特·荆弗斯也是在那儿做研究生课题研究。（沿萨德勒罗奇河生活的麝牛，1969年6月左右到达此地，之前，它们当中有51头被美国鱼类及野生动植物管理局移植到巴特岛，该岛位于距此地40英里的阿拉斯加海岸。从那时起，另一些麝牛在附近的杰戈河流域生息；还有一些通过1970年的迁移，在附近的坎宁河流域繁衍。）

在荆弗斯开始研究萨德勒罗奇河麝牛群之前，有关麝牛性成熟的传统观点是，雌性麝牛四岁开始生育，之后每隔一年生一次，很少一次生两头小牛。尽管荆弗斯在萨德勒罗奇河一带没看到生两头小牛的母牛，但他注意到，母牛在两岁就开始生育，有些母牛甚至每年都生育，因而麝牛数量增长迅速。

萨德勒罗奇河流域草木显然很繁茂，但训练有素的人才能看出，此地植物的品种和茂盛与麝牛数量众多之间存在着联系。先看河流西岸的一座山脊。此处山脊土壤大都很贫瘠，成分是岩屑、小石子和冻腾的混合物，上面只长着很少的几种植物——山地杨梅、纹叶柳树、普通地杨梅，以及棘豆。五六月份，冰雪开始消融，河谷出现春汛，麝牛会爬上这座山脊觅食，或到山脊那边的干燥苔原觅食，那儿是一片草地，上面长着茶叶柳、低矮桦树和羊胡子草。

山脊下的雪堤为莎草和苔原草提供了水分。远处，靠河的一边是一块心形的平坦苔原，生长着矮桦树、山蔓越橘、菱叶柳树和羊胡子草。一条小溪附近长着麝牛偏爱的另一种柳树——理查森柳树。夏季，麝牛常在这一带进食。

过了平坦苔原就是萨德勒罗奇河，河边生长着蓝色灌木丛、绒叶柳、荒地柳，还有大片大片的草丛，以及氮含量丰富的豆科非禾本草本植物，包括野甘草、羽扇豆、高山紫云英和矮柳兰。

如果你是麝牛的话，你一定会觉得，此地如此丰富多样的可食用植物真是一种恩赐。萨德勒罗奇麝牛主要以柳树嫩枝叶为食；罗布斯认为，这些植物的高营养价值，使萨德勒罗奇麝牛比边缘地带的麝牛，更长久地保持有利的能量平衡。这就使此地的麝牛群有可能维持高繁殖率。

北极其他地方，柳树没有这么充足，麝牛主要以莎草和其他草类为食。很长一段时间，人们认为，麝牛的食谱很简单。现在，人们了解到，它们食用大量的开花植物、稻科植物、莎草、藓类植物以及非禾本草本植物——早熟禾草植物和柳叶菜属植物、白玉草和狐尾草、越橘、酸酱菜以及拉布拉多茶树。它们的食谱随季节、所处地域及各自的需要和口味而改变。它们喜欢的一些食物，北美驯鹿也很喜欢，但与其他反刍动物相比，麝牛能靠较为粗糙的食物生存。

除了食物链关系，我们通常想不到，一个生态群落里的各种动物之间还有其他关系。有一些观察者曾在苔原上长距离徒步跟随麝牛，与麝牛之间有过难忘的、不一定是愉快的遭遇，这些观察者常常谈及麝牛与鸟类的关系。雪鹀和拉普兰铁爪鹀用麝牛毛在苔原上筑巢。珩科鸟和贼鸥等其他鸟类也把巢筑在地面上。当体态庞大的麝牛经过，要踩到这些鸟的巢时，它们会从鸟巢飞起，以此表达愤怒。冬季，麝牛用蹄刨食物时，会无意中给北极野兔扒出一些食物，给雷鸟扒出柳芽。北极狐也莫名其妙地喜欢与麝牛群为伴。麝牛游荡时，也会为鸟儿荡出一些可食昆虫。

麝牛死后，尸体会成为食腐动物的食物，在夏季短暂的阳光下蚕食麝牛肉的昆虫，又会成为雪鹀的美餐。

麝牛寿命接近二十岁，有的会更长寿。它们有些死于环境因素，比如，为肉食动物所捕，在河中淹死——尤其溺水于早春河冰解冻之时。它们还可能死于饥饿和冻伤，或从山脊上跌落扭断脖子而死。其他致死因素还包括发情期被牛角严重戳伤，牛角撞断严重感染。麝牛体表没有寄生虫，因此很少看到它们剐蹭体毛。蚊子或苍蝇偶尔会在它们眼睛和耳朵周围骚扰。

麝牛是安静的动物，但其平静绝不是温顺。约翰·蒂尔曾观察到，一头发情期的公牛，跳起来试图戳一架低飞飞机的浮囊。玛莎·罗布斯则看到，麝牛赶走一只踏入其进食领地的灰熊。在威尔士亲王岛上，安妮·冈恩曾遇到一头恼怒的公牛，这头公牛刚刚被另一头公牛击败。尽管安妮有武器，她还是被迫退入身后的河中；她不得不把枪、笔记本和相机高高举过头顶。她回忆说，当时她啜泣着站在水里，痛苦地等待公牛离去。

冈恩的克制，乃至所有麝牛研究者的忍耐和谦卑态度，在某种程度上弥补了过去的愚蠢行为。曾经有一个到北极的旅行者，对公牛角根部凸起部位的弹性很感兴趣，用直径为9.3毫米的穿甲弹射向一头麝牛头部，来看实情究竟如何。另外一个亦有好奇心的家伙，竟把一头一个月大的牛崽绑在狗拉雪橇的挽具上（射杀完母牛之后），来研究它“对绑在侧面的狼的本能抵抗模式”。他接着还把一只死狼和小牛绑在一起，以记录小牛试图采用的逃脱方法。这样愚蠢的娱乐行为曾被看作是科研，并且有大量的统计数据基础，这样的行为将来在一些地区也许仍会继续。

历史上，麝牛遭遇了两个大灾难期。一个是在19世纪：亚北极地区东部的麝牛被印第安人和爱斯基摩人杀光了，捕杀目的或是为美国捕鲸人提供食物，或是用于与哈得孙湾公司进行交易。另一灾难期在20世纪早期：整个麝牛群被射杀，或是为动物园提供一两头小牛，或为格陵兰岛的毛皮猎人和他们的狗提供食物。正如对北美东部河狸的猎杀、利用，或对美洲野牛的大屠杀那样，人们大都知悉第一次灾难，相比之下，第二次灾难很少为人所知。

19、20世纪之交，格陵兰岛的麝牛数量还较多（大概有2 000头），主要栖息在该岛东北海岸一带，比如，在期望半岛（Hold With Hope）和霍赫斯泰特半岛、克拉弗灵岛，以及斯科斯比湾的詹姆森地。在这一带沿海作业的捕鲸人和捕海豹人习惯登岸捕杀麝牛，以其鲜肉为食。他们轻易地用狗把麝牛群赶到绝地，然后把它们全部射杀。“我们进入麝牛领地后，”一艘捕猎船上的博物学家说，“捕获的每头麝牛都被屠杀吃掉，必须得在好多年后，这一区域才会再有麝牛。”

此后，居住在这些相同沿海区域的挪威毛皮猎人，射杀麝牛做捕猎诱饵，并用麝牛肉喂他们的雪橇犬，或者为动物园捕捉野生动物。他们射杀了数百头麝牛；在短期内，他们的猎杀严重威胁了格陵兰岛东北部麝牛的未来。面对对其做法的尖锐批评，这些挪威人气急败坏地控告说，其实，丹麦毛皮猎人中为数不多的一些人更应受到指责，因为在驾驭越野雪橇方面，他们不像挪威人那样，“整个种族的水平都很高”，因而速度较慢，在返回营地之前，沿途不得不猎杀更多麝牛以维持生存。

对麝牛来说更糟的是，动物园对它们也产生了兴趣。捕猎麝牛的企业家发现，捕获小牛崽唯一可行的方法，就是成年麝牛形成抵御阵形时，把它们全部杀死。一群麝牛都阵亡了，最后一头麝牛在其同伴都倒下后，仍在用牛角奋力抵抗，这一定是文明人造就的最悲怆的场面之一。丹麦历史学家埃希纳·米克尔森与美国人伊丽莎白·霍恩合作，于1932年评估道，每捕获一头小牛，就有5头成年麝牛被杀害。霍恩得出这样一个数据：1899年到1926年期间，约有2 000头麝牛因此被杀。动物园最终签署协定终止了这种交易。以捕麝牛为主业的毛皮猎人最终不得不离开此地，因为丹麦开始严格保护格陵兰岛东海岸的麝牛。

在写此书之时，在阿拉斯加幸存的麝牛有1 000头左右，它们是当年被迁移到那儿的麝牛的后代。在加拿大的大陆北部边缘及加拿大北极群岛幸存的麝牛，数量多达40 000头。据P. C.伦特估计，格陵兰岛北部和东部幸存的麝牛，数量可达1 500头。麝牛这一残遗物种的栖息地都没有受到严格保护，假若人们破坏这些栖息地，或是栖息地遭遇冰暴，未来麝牛的种群数量也可能会大幅下降。

有一个科珀爱斯基摩人遗址，名为“皮拉18号”；在遗址南部的侵蚀丘陵，我在笔记本上写下了一条简短感言。那是我无法忘掉的思绪，但记笔记的习惯对我影响太深了，或者是，和我同行的科学家那种认真记笔记的习惯激励了我，我禁不住把当时的感思写下来。那本笔记本里满是在野外匆匆画成的草图，画的是贝克小溪一带的雪鸮和一个用骨头搭成的小屋的模型；在笔记本上，我记下了自己的感言：“自然而然。”

这一感言是我在一个漫长下午接近尾声时记下的。那天下午，我或随一个麝牛群游荡，或坐在该牛群附近；这个牛群由七头成年麝牛、一头满周岁麝牛和四头小牛组成。麝牛草场上的哪种东西引发了我的感想，我也说不清；反正我感到，麝牛是如此精于保持本色。你观察得越久，它们对周围环境和它们自己意愿的完全顺应就显得越微妙。它们的颜色，它们与那片土地的轮廓之间的比例，看起来是那么精妙绝伦。

用进化学方面的术语来讲，它们对我们以及我们的计划没有任何妨碍。

在返回“皮拉18号”遗址的漫长跋涉中，当我们一行五人穿过苔原前往河边的营地时，我想到了麝牛的脆弱性。在“皮拉18号”遗址，我自然而然的感思，面对不信奉苏格拉底哲学的两个社会的交锋之结果，顿时站不住脚了；这两个社会，一个是狡猾猎人的社会，另一个是北极哺乳动物中最引人瞩目和最不擅长离群索居的种族的社会。

吃饭时，我们当中的资深人类学家克里夫·希基，谈及科珀爱斯基摩人时这样说："如果无视人类文化的多样性，你就没有未来。"

晚餐后，我到河边洗了头，然后坐下来。两头银灰色北美驯鹿在河对面吃草。天气很暖和，我光着脚。在远处的丘陵上，黑色的小点是麝牛，白色的小点是正在吃草的北极野兔。流水声在我脑海中响彻，冰凉的水珠溅到我身上，顺着胸部流下。一位名叫萨尔塔莎的奇帕维安人向导，曾问一位法国牧师，在现世生活之后会有什么样的生活。"你对我说天堂很美，"他说，"现在回答我一个问题。它比夏天麝牛所在的原野还美吗？夏天的原野，有时风吹薄雾笼罩湖泊，有时水面湛蓝，潜鸟常鸣。这才是美。如果天堂比这还美的话，我当然高兴了。我愿意待那儿，直至老去。"

在夏季傍晚的静谧中，在一日行将终结时，整个世界不再显示三六九等，不再偏执于未来，只融入自然欲望的协奏曲。

三
力量赋予者：北极熊

灰色的天幕低垂，下边的海面几乎与其同色。四处延伸的浮冰阻抑了巨大波浪的涌动，雾气和稀疏的阵雪在静谧的空中时来时往。水面乌黑发亮，与日本黑木箱的色泽毫无二致。

我们一行三人伫立在敞露的小船上，距阿拉斯加西北海岸大约100英里，漂荡在楚科奇海极地浮冰的南部边缘。9月的一个寒冷天，我和两位海洋科学家正在捕猎环斑海豹。在海豹的胃里，我们查明了它吃什么鱼；从底层拖网中，我们弄清了海豹所吃的鱼以什么为食；通过浮游生物的采样，我们搞清了这些鱼所吃的生物又以什么为食。[1]

数周以来，我们一直在研究海洋食物链，乘船穿过阿拉斯加北海岸一直向西，从琼斯群岛的西端到巴罗角。在巴罗角，我们登上一艘300英尺长的“海洋研究者”号海洋科考船，最终进入楚科奇海。接下来的两周，每天早晨，我们的小船都会从这艘大船上的甲板上被降到海面，然后，我们一整天都会在海冰上作业，直到傍晚。

我们集中精力捕猎海豹已经三天了，但一直没能成功。有两次，我们看到了海豹，可都是转瞬即逝。我们缓慢而镇静地在浮冰之间行进，互不说话，偶尔举起望远镜观察水上的小黑点——那是

---

1 这一课题是土地管理局与外大陆架局针对阿拉斯加海岸海洋生物的研究项目的一部分，其成果将使近海石油开发所造成的损害最小化。

块浮冰？是只鸟？还是头海豹浮出水面呼吸？有人教你了解海豹的皮毛色泽、形状、活动特征，用不了几天，你很快就能学会区分这些黑点，拿脑海里的“搜寻目标意象”与海面上的这些物体相比对即可。难学的是目标专注地静静等待。

我们三双敏锐眼睛同时观察，努力搜寻，仍一无所获。一阵雪飑呼啸而来，雾气行将散去。在最有希望的浮冰区，我们关闭了小船引擎，顺流而行。尽管浮冰增添了垂直这一维度，偶尔能缓和海面风景的单调感，但也增加了海面的空旷感和无方向感。浮冰犹如大地随意的、静默的碎片。我们的指南针在清澈的穹顶下安详摇摆；若大雪纷纷，浓雾重重，看不清远处的地平线，在迷茫中，一看指南针，我们的方向即明。

我们漂流着，品着热茶，同时紧紧盯着犹如被子的棉花夹层般的灰白色浮冰和墨黑色水面。如果有一人紧张的话，其他人能立刻感受得到，并且会警觉起来。我们一直在搜寻。这特定的生态环境，水中的鳕鱼数量以及时节，都表明这儿应该有环斑海豹。但我们没看到。

夏末，在海上浮冰中，寒冷潮湿的空气，最终会穿透保暖靴子和毛料衣服，直刺你的骨头。清醒的大脑，明白你在外边已待了多久的大脑，乞求你采取一些抚慰措施。我们的小船缓缓地转了个大弯，这一转意味着我们一天的工作结束了。尽管仍在留心观察，我们想得更多的是回到科考船。此前，我们夜宿在海滩上的营帐里；此刻，我们想着去冲个热水澡，穿着轻薄衣服围着桌子吃晚餐，并把衣服烘干。一天结束时，在内心深处，憧憬着这一切，你会感到无比欣慰。

我的朋友鲍勃先看到了熊：象牙色的脑袋，在前方300英尺乌黑发亮的水面上游动，位于V型尾流的顶点。我们降低船速，小心翼翼地驶入300英尺以内。它是一只公北极熊，捕猎环斑海豹的高手。大约有3岁，鲍勃说。

熊在水里转过身，愤怒地注视着我们，然后机警地转向一大块浮冰。仅用一个优雅而有力的动作，它就从水里跃上浮冰，动作结束时，其后脚恰好抓住大冰块的边缘。然后，它跨步向前，并抖动身体。抖落的海水一片片、一团团闪着光，旋向四周。它低着头，小小的黑眼睛怒视着我们。接着，它穿过浮冰，前腿在冰块另一端先下水，然后整个身体滑入水中，没有溅起一点儿水花，向前游走了。

我们穿过浮冰，又看到了它。它好像磁铁一样吸引着我们，虽然缺乏经验，但我们根本无法放弃继续观察它。我们在场对它来说是一种干扰。我们像之前那样缓缓靠近它，它转身怒视，身体上浮，张开大嘴发出嘘声——灰白的舌头，淡紫色的嘴，白色的牙齿，历历在目。然后它突然游向一大块浮冰，迅速跳上去，抖去毛上的水，大步跨过冰面，滑入另一端的开阔水面。

我们不再跟踪它了。我们只是看着它，看它无法阻遏、傲视一切的步伐。捕鲸人把它称为“农场主”，因为它“昂首阔步、悠然自如地走在犹如布满犁沟的农田般的冰面上，姿态非常像农业经营者”。约翰·缪尔1899年造访这一水域时，曾说，北极熊走起路来“似乎整个原野永远都是属于它们的”。

北极熊是生活在北极边沿上的动物：它在冰层边缘、水面上和大陆沿岸捕食猎物。冰熊，也是它的名称。光照减少的日子里，水下世界适合它的生存，春季，这一生境就不适合它了。它潜到海底觅食蚌和海藻，然后悄无声息地浮出平静的水面，仔细猎寻沉睡的海豹。离海岸20英里处，它在鱼群聚集的水面上游弋。所以，它亦被称为海熊。冬季，灰熊冬眠了，北极熊仍在海冰上捕猎。夏季，它的踪迹会出现于距大海一百多英里的内陆，在那里以岩高兰和蓝莓为食。

几年前，这个足智多谋的猎手还被认为是自成一属的：北极熊属（Thalarctos）。如今，生物学家终于让它回归它的家族——熊属动物（Ursus），与灰熊和黑熊同属；如果它的行为方式不足以确定其归属的话，它的基因则明确显示了归属。

那天我们在楚科奇海上看到的北极熊，它的强健给我们留下了深刻的印象。在北极这一地域，3岁的北极熊也许就要开始独自度过夏季。为了自立，它不得不学习捕猎；开阔的积冰区，是北极熊最艰难的捕猎环境之一。9月份，大多数北极熊都很瘦弱，等待着海水结冰，那是它们的猎场。在我们辛勤搜寻的三天里，在离海岸这么远的这片灰白、几乎无特征的浮冰区，我们仅看到了两只海豹。一头小熊使我们着迷。我们看着它越过海冰，消逝在一片茫茫的灰白色海景中。我们冻得发抖，打开了一暖瓶热咖啡。突然下起了阵雪；天放晴后，坐在摇晃的船上，我们用望远镜在黑色的水面上也几乎看不到它的身影。年轻有为的猎手，在它的海冰家园里可以自由自在地行动了。

它已发现了海豹。

科学界最近才开始关注北极熊，许多问题还没搞清楚。了解北极熊，特别是要确定地了解不同分布区的北极熊种群的大小和活动情况，这还有难度，还要付出巨大的努力；人们已开始担心北极熊有灭绝的可能。

俄国人首先警惕起来。他们1956年颁布法令禁止捕猎北极熊；1961年，萨瓦·尤斯本斯基推测说，世界上仅有5 000头北极熊。美国生物学家认为，世界北极熊的数量更可能是17 000头到19 000头——但没有人掌握了可靠的信息；也没有什么技术能用来探明其真实数量。那时，阿拉斯加的美国人以及斯瓦尔巴群岛的挪威人，像加拿大的猎人一样，大肆捕猎北极熊。[1]20世纪60年代中期，阿拉

1　斯瓦尔巴是瑞典语中以最大的岛——斯匹次卑尔根岛为核心的北极群岛的名称，在英语中，斯匹次卑尔根有时也指这个群岛。

斯加的土著人及乘飞机猎熊的冒险家，一年内捕杀了大约300头北极熊。加拿大猎人一年捕杀400多头。格陵兰岛居民一年捕杀大约200头。在斯瓦尔巴群岛，每年超过400头北极熊被商业捕兽人和欧洲爱冒险的猎人捕杀。报道出来的捕杀量（要比实际的捕杀量少）是一年大约1 300头——如果尤斯本斯基对北极熊总量的推测是对的话，这大约占总量的25%。

幸运的是，尤斯本斯基错了；但有迹象表明，北极熊的种群生存状态很脆弱，而且事实表明，所有相关措施都缺乏科学根据，这两点促成了1965年由美国主办的费尔班克斯国际会议。此次会议在国际自然和自然资源保护联盟支持下，达成了一项北极熊管理协议。1968年，国际自然和自然资源保护联盟的北极熊专家组成立，以分享相关信息，并协调针对漫游于国家间和公海上的北极熊的各个管理方案。[1]

这批生物学家发起的研究所产生的成果，一是发现了新信息，其中一些令人惊讶，再就是终结了一些旧理论。例如，之前一直认为，北极的冰层大体上是围绕北极点顺时针运动，北极熊随着冰层的这种运动而活动。比如说，在加拿大产下幼崽，幼崽在俄罗斯北极地区长大，第二年在斯瓦尔巴群岛和格陵兰岛北部繁殖。北极熊的确喜欢四处游荡，有时甚至穿过海冰跑到很远的地方去；但北极地区北极熊的种群是相当分散的。对冬季捕猎海豹的区域，夏季的潜伏地，以及祖传的穴居区，北极熊非常依恋；其穴居区包括马尼托巴省奥威尔河沿岸，斯瓦尔巴群岛的王岛上的伯根山谷，以及弗兰格尔岛的德莱姆亥山。

相互隔离的北极熊大种群包括三个：一个似乎在斯瓦尔巴群岛、法兰士·约瑟夫地群岛和格陵兰岛东海岸间来回活动；另一个

1　国际自然和自然资源保护联盟的《北极熊保护协定》，由苏联、挪威、丹麦、加拿大和美国在1973年签署，于1976年5月26日生效。这是五个极地国家间的总协议中的唯一一条约。

似乎待在阿拉斯加北海岸和西北海岸一带；第三个在加拿大北极地区。在这些大种群中，存在一些相互隔离程度不是那么高的小种群。例如，哈得孙湾南部和詹姆斯湾的北极熊似乎是个独立群体。（它们有独特的夏季饮食习惯，有不同于其他北极熊的穴居习惯，有不同的种群动态——繁殖的幼崽数量较多，而且，与其他种群的幼崽相比，这些小熊独自谋生的年龄较小。）北极熊生性非常温顺，攻击性倾向非常不明显，与灰熊相比尤其如此。1868年，针对当时对北极熊的流行看法，英国旅行家罗伯特·布朗写道，他宁愿遇上一头北极熊，而不是灰熊。“我忍不住想，”他写道，“……我们所接受的北极熊的凶猛残忍印象，更多的是由于我们的老观念觉得它们应该是这个样子，而不是它们的本相……”

北极熊身材大小不一，一年之中体重变化巨大。（巨大的北极熊后腿直立时高达12英尺，重达2 000磅[1]。有报道说，北极熊有12到13英尺高，2 200到2 400磅重，这肯定是计量器没调好，或是熊的毛皮太厚，或是随意夸大，与实际情况不符。）北极熊春季进食最多，夏末较少，冬季进食少或丝毫不进食（穴居母熊就是如此）。成年公熊体重在550磅到1 700磅之间，从鼻端到尾尖的长度在75英寸到100英寸之间。母熊重量在350磅到750磅之间，长达70英寸到75英寸。

与公熊相比，母熊除身小体轻外，颅骨较窄，前额较低。与年轻母熊相比，年轻公熊腿较长，身材一般显得瘦削。一些长期观察北极熊的人说，母熊后背上的毛较长，而公熊前腿后部的毛比较长。年长的北极熊的毛通常较短，鼻部肤色较深。爱斯基摩人善于区分公熊和母熊的足迹，不仅是基于熊掌大小——公熊掌可能是13英寸长，9英寸宽——也是因为公熊掌周围的长毛留下模糊痕迹，而母熊留下的掌印是内八字形的。

北极熊行走的方式很独特。在面向你行走时，前腿似乎向外

1 磅，重量单位，1磅约等于0.454千克。——编者

撇，硕大的熊掌像船桨一样向内卷向身体，然后再轻快地迈出去落地。后脚好像跟着前脚迈出去，相距很近，似乎就要相碰了。从后面看，像是罗圈腿，这一特点在成年公熊身上最明显。北极熊前腿看起来很长，因为胸部较薄，两腿间的凹陷一直延长到脖子。其实，它的后腿较长。从正面看，其臀部高过肩部。从侧面、上面、前面看，北极熊都是楔形的，凸显了脖子的柔韧性。

北极熊每小时大约能走2.5英里。小跑时，它像溜蹄马一样，身体一侧的两条腿同时向前迈。短距跑——比如跨越冲向一只休息的海豹时，时速几乎可达25英里。无论长距还是短距行走，母熊和小熊的速度一般要超过公熊。

北极熊行动非常敏捷，攀越冰脊之类陡峭复杂的障碍时，似乎是飘然而过。它们力量极大，动作灵巧。同一头北极熊，既能用一只爪把小小的水竹芋从海带串里撬出来，又能用前腿一下就把别卢哈鲸击得失去知觉。它既能巧妙快捷地抓住草地上奔跑的地旅鼠，又能轻易地把一头400磅的髯海豹击飞到空中。

北极熊的毛看上去呈象牙色和珍珠色，这是由其针毛折射阳光引起的（与云朵呈白色道理相同）。它的毛本身在光学上是透明或无色的。在春季换毛期，它的毛呈亮白色，幼熊毛的亮白色最为清纯。久经阳光照射后，毛会泛出些许色泽。其臀部、身体两侧和腿部呈柔和的微黄色——类似浅柠檬、杏黄、奶油和稻草之类的色泽。随着年龄增长，色调逐渐加深。秋季太阳低照的下午，年长公熊的毛色让人想到熟透麦子的金黄色。

北极熊的皮毛与其他哺乳动物不同。早先令人不解的是，与狼或北美驯鹿的毛相比，北极熊的皮毛保温性似乎较差；而且，不像海狸的皮毛，能兜住一层空气把皮肤和水隔开，北极熊的皮毛在水中的保温功效会流失90%。后来真相大白——北极熊在水中主要依赖一层脂肪保暖（在水中从体内释放热量的速度，约是在平静空气中的速度的20倍）。在陆地上，北极熊保暖，靠的是一层厚而密的下层绒毛和6英寸长的针毛。针毛既硬又有光泽，像合成的一样。针毛是空心的，这意味着，北极熊的皮毛湿水后仍是竖直的，不会互相缠结。并且，由于针毛较稀疏，又很光滑，毛上的水还未结冰，北极熊就能轻易将其抖落。（它还会在雪上打滚儿，雪就像一张极好的吸水纸，将皮毛中的水分吸走；其动作就像意外在冰上滑倒的人的姿态。）

北极熊中空针毛的第二个功能，是理解其在陆地上保持温暖的关键，这是不经意间发现的。在白色的冰雪背景下从空中拍北极熊，效果很差。20世纪60年代末，美国一位科学家想到，哺乳动物释放的热量应该比海冰多，就尝试了红外线照相；结果却是，由于皮毛隔热性太好，北极熊没能显示在胶片上。胶片上显示的唯一一点儿黑影是北极熊的足迹，因为它经过后在冰雪上的接触点所残留的一点热量，可保留几分钟。（北极熊通过爪和掌把身上的余热排出。）接下来，这位科学家又尝试了紫外线敏感成像摄影。北极熊吸收了紫外线波段里的光，最终在白色冰面上呈黑色，因此就有了第二个发现：北极熊的针毛起了光导管的作用。针毛把阳光的紫外短波传到北极熊的黑色皮肤上，在北极熊复杂的热量调节系统中起了作用，这一作用尚未完全弄清。[1]

北极熊显然是在比较晚近的时代，大致在更新世中期或末期才进入北极地区。流行的说法是，棕熊的一个种群在西伯利亚与他处隔绝，迅速进化为北极熊。（其进化速度显然快得惊人。现在，甚

---

1 北极熊的颜色和块头均易让人产生误解，通常人们在动物园里也有此体验——北极熊中空的针毛对人们的整体错觉起了奇异作用。动物园淡水池的蓝绿色藻类植物，能钻进受损的中空针毛里，并在其中旺盛生长。北极熊深受其害，这也是游客看到动物园里的北极熊呈绿色的原因。圣地亚哥和其他地方动物园里的情况就是如此。动物园和马戏团使用的消毒剂和清洁剂，以及把北极熊的毛皮染色制成小毯子用的化学品，会使熊皮毛失去本有的微妙色泽。北极熊被迫处在不需长出厚厚的脂肪和皮毛的气候环境里时，面貌改变就更大了；暗色皮肤显露较多，看上去毛好像被剪过，而且显得瘦削。

至北极熊种群内部也出现了持续变异，典型的是，从格陵兰岛东部起，越往西，北极熊的体形越大，到白令海和楚科奇海时最大。）然而，北极熊和棕熊的基因差异并没有大到不能繁衍出可继续生育的后代（子孙也可生育）。而且，其血液的化学成分仍旧很相似。但它们明显是不同的动物。

包括灰熊的棕熊是陆生生物。它们主要以植物性物质为食，有非常清晰的领地范围概念，并尽力保卫自己的领地。北极熊基本上是肉食性动物，它的“领地”是它在冰面上所携带的东西。细察它们的牙齿就能看出，它们的食物差异明显。北极熊的牙齿是伏击类动物以及食肉性动物的牙齿——长长的犬齿，较小的切割臼齿，退化了的前臼齿，以及向前弯曲的门牙，让北极熊像使用剪刀一样用它们。棕熊的犬齿更短一些，臼齿和前臼齿更宽更平，更适合磨碎植物。

进化造成的差异在它们的身材方面也很明显。棕熊肩部很宽，扁脸；北极熊肩部窄，鹰钩鼻，脖子较长，头较小，站着要比棕熊高，但胸部没有棕熊健壮，总体来看比棕熊瘦削。北极熊的脚更大，肉趾间的毛更厚，脚趾有一部分是连在一起的，黑棕色的爪子跟棕熊相比，更锋利，也更小。棕熊有较高的肩部隆起，脸部表情更丰富，微卷的嘴唇适合剥离灌木丛上的浆果。

值得注意的是，它们在如此短的时期竟会进化得如此不同。它们都被称为“熊”，但当你看到一头北极熊在海冰通道[1]中悄无声息地浮现，棕色的小小的眼睛紧紧盯着一只熟睡的髯海豹，无声地呼吸，然后潜入水中，没荡起一丝涟漪，你会感到，我们给事物命名是多么的不求精确。

---

1 “lead”（发音同leed）是指海冰里的通道，诸如皮艇的水面航行工具可以通过。海冰中较小的缝隙被称作冰裂（crack）。

境内有北极熊的五个国家，开始在国际自然和自然资源保护联盟的合作研究项目上进行合作，根据相互间的协议，每个国家从事研究的方向略有不同。在给北极熊做标记以确定其活动踪迹的技术上，美国人和挪威人起了先驱作用，确定了不同种群的大致分界线。美国人还开始研发一种电子追踪技术。加拿大人则关注北极熊的捕猎行为，以及它与主要的猎物环斑海豹之间的关系。在加拿大人的帮助下，挪威人也开始研究北极熊的生理机能。后一研究项目由尼尔斯·克里斯兰德在马尼托巴省丘吉尔市的实验室里进行，研究从哈得孙湾南部种群中活捉的一头北极熊。

克里斯兰德很快发现了一系列引人注目的事情。由于北极熊在水中有规律地进进出出，它们有让人困惑的特殊升温、降温机能。最终，克里斯兰德发现，北极熊的基础代谢机制，使它能在各种条件下的所有季节都保持恒温。他还断定，在低达零下40华氏度、时速15英里的风中，北极熊的皮毛也能起到足够的保暖作用。（实验室的结果总会有些问题，因为它把问题过于简单化了。在野外，在零下15到20华氏度、风速为每小时15英里的天气里，北极熊就会躺在雪堆或冰脊的下风向，或是挖一个临时洞穴来保暖。）

克里斯兰德发现，北极熊唯一的“难题”是消除活动时产生的热量。克里斯兰德得知，其散热方式是增加通往脚掌、爪子以及鼻子和腿的血流量（身体最易散热部位）。最不可思议的是，增加的血流还通向两层独特的薄薄肌肉上，这两层肌肉位于肩胛骨后的后背的皮肤和一层脂肪间。血液流到这些地方，或是把热量释放到体外，或是接触已变凉的血，以对流或热交换的方式使变凉的血液变暖。在克里斯兰德的实验里，当北极熊的核心体温开始超过华氏101.6度后，其心跳会从静息时的每分钟45次攀升，最高可达每分钟148次，并且它们会从匀速呼吸转为快速浅呼吸（喘息），把更多的凉空气呼入肺部。

北极熊游泳时身体不会过热；因而为了降温，它们会跳入水中，还会吃雪。

北极熊容易感到过热的根由是它身上的一层脂肪。后腿外侧、臀部及背部靠下部位的脂肪最厚，可达4.3英寸。身体上部、前腿及脖子等部位的脂肪量较少。北极熊靠脂肪保暖，在水中时尤其如此；它还靠脂肪提供营养。母熊冬眠、产崽、哺育幼崽的五个月里，完全靠储备的脂肪提供能量。北极熊在临时洞穴里等待暴风雨结束，秋天在岸边等待结冰，体能来源也是体内脂肪。由于这样的生存规则，哈得孙湾南部的母熊，8月初上岸穴居时重750磅，4月走出洞穴时仅有350磅。与此相似，公熊夏末重回海岸时，体重会减轻30%以上，因为此前的三个月里，海洋没有结冰，公熊不能到海冰上捕食。

夏季，尤其是在哈得孙湾海岸的苔原上，北极熊会挖深坑休眠，以躲避阳光照射，有时为了消暑，甚至会挖到永久冻土层。在温暖天气里试图睡觉时，它们经常用背部来回滚动，把肚子和脚裸露在上面。寒冷天气里，它们的前后腿蜷缩在肚子上，脑袋向胸部蜷缩，呼吸温暖空气，后背对着风。

克里斯兰德的实验结果引人瞩目，因为他们把事情简单化了，并且提供了数据。然而，在野外观察北极熊，你会为其生理机能和行为的复杂性而惊叹。北极熊交替性地或栖身，或外出；或休眠，或行进；或猎寻特定食物，交配，冬眠。在休息、劳作和营养补给等过程的互补中，北极熊才能安逸地度日，因而这些行为过程不可肢解。就像滑冰者滑出的长长的、优雅的弧线，上述一系列行为是整个生命过程的呈现，只有让其全面地、不间断地、自然地展现出来，才能产生美。

如果每一季都能对新环境做出有洞见的反应，如果能在恰当的时间做恰当的事，也就是说，如果事事顺利，北极熊可以活到30岁。除了学会捕获猎物，其行为最吸引人的方面，是母熊为确保拥有更多后代所采取的策略。

母熊通常在10月末或11月初开始进洞休眠，此前，它需长出一层厚厚的脂肪，来供给自己（和熊崽）休眠时所需的能量，直到来年春天出来捕猎。如果天气好，没有暴风雪，食物充足，母熊开始休眠的时间会推迟。如果食物匮乏，它会终年不休眠。为了应对可能给它觅食造成困难的早到的暴风雪，它会挖一个临时洞穴来躲避，等待恶劣天气结束，然后再做定夺。北极熊在四五月份的三周发情期怀孕，但受精卵晚一段时间植入子宫壁——有人称，直到母熊准备好较长时间的入洞休眠时才植入，而只有体内有受精卵的母熊会这么做。

北极熊建造孕期用洞穴时，对建造地的积雪类型特别讲究，爱斯基摩人建造圆顶冰屋时也是如此，而且洞穴与冰屋的结构有许多共同之处。母熊通常所选的洞穴建造地，一般初秋就已形成厚厚积雪，接近一个山脊背风一侧的顶端。这样，所建洞穴不会被仲冬的暴风毁坏，也不会为雪崩所埋。母熊所建洞穴的结构相差很大，但有一个共同特征：入口通道有5到10英尺长，宽和高均为24到28英寸；前倾通道尽头有个小空间，仅能使北极熊自己转身；此外，还有一个通风孔。

通过对雪洞通风孔的设计，以及对雪洞上面雪体厚度的掌握——雪是很好的保暖层，母熊可以让洞穴内的空气整个冬天都保持流通，而且，不管外面有多冷，洞穴内的温度都能保持在华氏32度左右。缘由是，母熊能散发少许热量，大致相当于200瓦灯泡释放的热量；而且，洞穴通道向上倾斜，入口处又堆有雪墙，热量不易散失。母熊还能调整洞穴上面雪层的厚度。（爱斯基摩人也使用了这些技能。）

冬季，母熊实际上并未冬眠。它的心跳和呼吸速率都会大大减少，但体温只是略微降低。它能在紧急情况下醒来，并保持警惕。如果洞穴内温度过高，穴内墙壁会结冰，从而降低穴内温度，并抑制二氧化碳和氧气通过雪墙的对流。北极熊可能会抓掉墙上的冰层，并且调整通风系统，或是在洞穴附近挖一个新洞。乔恩·托马森在斯瓦尔巴群岛观察穴居北极熊数年，他推测，一些母熊在设计和保持洞穴结构方面更胜一筹；年长北极熊从失误中学到了经验，会把洞穴建得更实用，它们的洞穴空气通畅，保温好，又能使小熊出生后在出洞之前有足够的活动空间。

洞穴内非常干净。通过脂肪代谢而非蛋白质代谢，母熊产生的身体废弃物很少。除了偶尔吞吃一口雪，它们还可以从体内储存脂肪中汲取所需水分。

母熊一般会产两头幼崽，有时一头或三头，但很少产四头，大概12月或1月初生产。小熊崽刚生下时，眼睛紧闭，耳朵听不到声音，保暖不好，不能行走，嗅不到气味。出生后几周里，主要依赖三样东西生存：洞穴的保护，母熊温暖的身体，以及充足的母乳。（北极熊的乳汁跟奶油一样浓。尝过的人称它像鱼肝油，闻起来有海豹或鱼的气味。它比鲸鱼乳汁的营养丰富，比海豹乳汁的蛋白质含量高。）同样的，只有在建造良好的洞穴的保护下，母熊才能保障和调节身体的新陈代谢，产生幼崽需要的热量和乳汁。

熊崽出生时非常小，仅有1磅，母熊可以把它藏在自己的前脚趾间。熊崽出生24天左右能听到声音，1周后能看到东西。再过几周才能行走和闻嗅。3月末4月初，小熊体重可达25磅左右，母熊视天气条件和小熊的状况，会打开洞穴走出去。最初几天，它可能只是懒洋洋地坐在洞口晒天阳；或在雪地里打滚儿，清洗自己的皮毛；或漫不经心地四处闻闻，寻食草和青苔。

位置好的洞口会在背风处，并且大致朝南或朝西，可接受太阳下午的照射。几天后，小熊也会斗胆跟着妈妈来到这一有遮蔽的阳台晒太阳，接下来的几周也不会走远。母熊背靠着雪墙蹲着，边晒太阳边给熊崽喂奶。熊崽躺在母熊肚子上。它们吃奶时，母熊的头会后仰着凝视天空，或左右晃动，或者前腿抱着熊崽，像摇晃摇篮一样，轻柔地摇着它们。

打开洞穴后的最初几周，对母熊及熊崽来说都很关键。母熊要权衡两个方面的关系——一方面是外出捕食充饥，另一方面是教熊崽学习、锻炼，以及为出行做准备。大部分北极熊到海边不超过一天；而其他的，比如穴居在哈得孙湾南部海岸的北极熊，出行所需时间会较长，沿途需挖一些临时洞穴栖身。

拉斯姆斯·汉森和乔恩·托马森观察北极熊从洞穴出来的情景，可能比任何人都多，他们在斯瓦尔巴群岛一个被称为伯根山谷的北极熊传统穴居区，研究北极熊数年。那里的大部分北极熊洞穴位于雷丘斯山脊下，形成了一条线。（尽管各个洞穴相距不远，却很少见到两窝熊同时在洞穴外。母熊如何安排活动时间，以便不相互干扰，仍然是个谜。）

由于雷丘斯山西南面部分斜坡的坡度为70度，熊崽面临的第一个问题，是如何走到伯根山谷的谷底。它们学着妈妈的样子，用屁股往下滑，脸朝后看，用爪子控制下滑速度；或侧着身，四肢蹭地向下滑；或是头朝下，趴着下滑。母熊会在下面接着身体失去控制的小熊。

汉森和托马森说，在一起出洞后的最初几天，小熊精力旺盛，四处活动，母熊会趁机休息。小熊会捡起冰块或雪团，扔向对方，并追赶和撕扯冰块雪团，像猫一样咬嚼东西。小熊还站起来相互猛击对方，滚到雪地上扭打并咬对方脖子。分析小熊的行为时，两位挪威科学家总结说，小熊在培养自己三方面的素质：力量和协调性；交往习惯和交流技巧，这让小熊和母熊在随后两年里，共同生活和捕猎都很高效；战斗技能。未来，战斗技能有助于公熊长大后在交配期的相互竞争中取胜，有助于雌熊长大后保护自己的孩子。（一些研究者称，公熊会试图弄死自己遇到的任何一个熊崽儿，尤其是在母熊保护不力的情况下。）

当小熊们有一定的力量和协调性，能够很好地行走，并且能回应母熊的“停”和“来”的指令后，母熊才会离开洞穴。母子三人只能靠妈妈所储脂肪来提供能量的日子行将结束。

格陵兰岛西北部的极地爱斯基摩人，把北极熊称作pisugtooq，意为“非凡漫游者”。在做标记、再俘获研究和无线电遥测信息的基础上，科学家们断定，北极熊主要在特定区域内活动，但有些确实会出行很远。例如，在斯瓦尔巴群岛加了标记的北极熊，一年后出现在西南方2 000英里外的格陵兰岛纳诺塔利克附近。另一只母熊两天内一直向前走了205英里。在不太可能的偏远地方也发现了北极熊，比如，在斯瓦尔巴群岛海拔6 600英尺的牛顿山山顶，以及格陵兰冰盖上离海岸30英里的地方，就有过发现。1957年12月，美国一位船员在北纬84°的阿尔法冰岛上，看到了一只母熊及其熊崽。（在一架飞机降落前不久，它企图把机场上的跑道照明设备拔出来，却被缠住了。）1937年夏，俄罗斯一个冰岛上的船员称，他在离北极点一百余英里处，看到一只母熊及其熊崽。

由于我们认为北极熊是北方动物，认为“北方”不会很靠南，因而，当我们发现，北纬53°的哈得孙湾南端的阿基米斯基岛上就有北极熊穴居时，确实有点吃惊。让人有点吃惊的情况还有，北极熊偶尔会出现在纽芬兰东海岸，向南直至圣约翰。北极熊远游的一些经历，呈现了奇特的毅力和孤独氛围。比如，1938年，一只年老的母熊在魁北克省内陆圣约翰湖的佩里邦克河口被射杀，很显然，它是从圣劳伦斯湾沿萨格奈河北上，前往北面360英里外的詹姆斯湾。

有一次，加拿大北极熊生物学家雷·施温伯格，一边从海冰上仰望德文岛的海岸悬崖，一边对我说：“我过去认为，陆地会使北极熊止步；但现在认为，它们几乎可以跨越任何地形。唯一能阻挡它们的，是沿途没有食物。”

北极熊是非凡的远游者，不仅因为它能走很远，而且因为它在旅途中有很强的好奇心，且不知疲倦。格陵兰岛的爱斯基摩猎人用pisugtooq这个词时，意思是，北极熊成功而聪明地走完了旅途。

长期以来，爱斯基摩人敏锐地观察北极熊，提出了一些其他看法，但这些看法被科学界怀疑，甚至在某些方面还被蔑视和嘲弄。例如，爱斯基摩人普遍认为，大部分北极熊是左撇子，要想从发起攻击的北极熊那里死里逃生，一定要跑向它的右侧。[1]爱斯基摩人还称，跟踪海豹时，北极熊会推着面前的大冰块走，以遮挡自己；北极熊受伤时会用雪止血；它们还会把冰块和石块掷向海象，砸伤它们或转移其注意力，以便去捕捉失去保护的小海象；母熊穴居时会用肛门栓塞。

反驳上述看法中的任何一条都不容易。因为这不仅仅是对陈述者诚实性的否定，而且是对北极熊的足智多谋的否定。另外，可能因为不准确的翻译，你最终会发现，你要反驳的看法，并非人家真正的意思。最优秀的野外生物学家非常了解北极熊行为的基本特征，他们的态度是，尽管他们从未目睹，爱斯基摩人所描述的情况还是有可能发生。人类学家理查德·尼尔森对此提出了自己简明扼要的看法。他写道："爱斯基摩人在观察动物方面很值得信赖，他们的许多最不可相信的说法，经我个人证实都是正确的。"一些科学家强烈反对北极熊会使用工具的说法，直到一位加拿大生物学家1972年在德文岛北岸发现证据——携带两只熊崽的母熊用45磅重的冰块，把环斑海豹的洞穴顶部砸穿。科学家还发现，北极熊会特意跟踪旅鼠之类的小猎物，而这是爱斯基摩人长期坚持的说法；还有，北极熊会像逆戟鲸那样，潜到水上游动的一群海鸭下面捕杀它们。

有关北极熊最盛行的一个传说是，它们跟踪海豹时，会用一只

1　基于此，关于北极熊把右爪放在皇家格陵兰岛贸易公司公章上的说法，格陵兰岛上的爱斯基摩人予以反对，认为这是不准确的。

爪子或一块冰，遮住自己的深色鼻子；该传说或许也出自爱斯基摩人，但这一说法有杜撰成分。问题是，在1 000码外，很难把北极熊和冰面区分开，但可以清楚地看到北极熊的黑鼻子。海豹怎么能注意不到呢？也许，海豹真能注意到，而这正是北极熊所期望的。在平坦冰面上，北极熊径直向海豹平稳而迅疾地靠近时，身体前半部略低于后半部，后腿儿往前蹬时也没有改变臀部轮廓，几乎显示不出有庞大身躯在运动的迹象。如果海豹把注意力集中在深色鼻子上，北极熊的体形在周围海冰的背景下会变得很模糊。而且，在那段距离外，深色鼻子看起来和冰面上休息的海豹鼻子相似。由于光学效应，在海冰上，当北极熊鼻子看起来和海豹鼻子不再相似时，北极熊几乎已经踏到海豹身上了。此刻，北极熊跃起，向海豹扑去。

可能，北极熊低头前行，可以让头遮住两条前腿间的空隙，使远方的地平线不能透过这一空隙显现。但也可能，可以让黑鼻子离冰面近些，看起来像海豹鼻子。人们没有直接证据，也没有做过实验，只是猜测罢了。

当然，野外生物学家特别渴望能证实相关猜测，特别渴望能目睹动物在野外发生的、自发的、没有操控的行为。任何东西——实验室结果，或野外考察推测，都不具有发生在“外面”的一些行为的丰富复杂性和可靠性。野外工作的科学家明白，他们在野外看到的，很可能和之前读到的或听到的大相径庭。[1]一次性事件，比如，看到一头北极熊在无冰水面上跟踪并捕杀一只海豹（一些生物学家怀疑其真实性，直到1978年，生物学家唐纳德·弗内尔和同行的爱斯基摩人大卫·乌鲁耶克，看到北极熊的确如此），从统计学角度看或

1 最近的一个实验室实验结果称，北极熊“不善行走”，根据是，它们在跑步机上很容易变得过热。我向一位经验丰富的北极熊生物学家咨询此事时，他笑着说：“北极熊在跑步机上行走效果好不了……在风中行走，它的四肢有规律地摆动，身体荡漾在凉爽空气中，你看不到它在跑步机上过热的情况。在海冰上，你会看到，北极熊走很远也不会过热。”

许无足轻重。换句话说，不可能从一次性事件中就得出针对所有北极熊的判断。但这些事件彰显了个别北极熊的足智多谋，以及北极熊这个物种的能力极致；或者说，体现了北极熊特定种群普遍具备的非凡技能。这些事件也凸显了大型食肉动物生物学的一个关键课题：这些物种的能力域。无论观察多久，你也无法看到它们的全部能力。

有一次，我和雷·施温伯格乘直升机沿巴罗海峡飞行，看到一头孤单的北极熊正横穿冰面朝南行进。“我想跟踪它，”施温伯格在引擎的噪声中吼道，“我想下去，就跟踪它！”然后，他眼珠转了几下，自己先笑了，因为那不可能。

我透过飞机窗户，望着北极熊前面几百平方英里的冰面。我想，即使我们可以跟踪它，我们怎样才能合适地归纳所看到的信息呢？我们在哪儿会错过哪些信息呢？我又回想起威尔弗雷德·塞西格的沙漠散文，这位作家曾与贝都因同伴在鲁卜哈利沙漠旅行。北极使人想到沙漠，不仅因为它也缺乏水分，也有着裸露地貌，还因为它同样给人类生活造成压力。它垂青于坚毅务实的人，垂青于在荒凉环境里能意识到最模糊的生命迹象的人，这些环境在未受训练的人眼里，似乎平淡无奇，了无生机。它还垂青有着食肉动物的敏锐，能捕捉到细微迹象、捕捉到能透露真情的细节的人。来自文明世界的人丧失了“土著人的眼力”，评说这一现象的人士研究跨域很广，诸如，既有描写赫哲族土著居民德尔苏·乌扎拉的弗拉基米尔·阿尔谢尼耶夫，又有描写卡拉哈里沙漠居民的劳伦斯·凡·德·波斯特。

要弄明白动物在做什么，需要花很长一段时间去观察；学会如何观察，也需要很长一段时间。与爱斯基摩人相遇时，他们会谦恭但反复地提起这一看法。他们试图说，有人感觉不敏锐，在北极各地不能明察秋毫，对长期观察不感兴趣，这些人所做决定的不可挽回，令他们非常不安。听到这些观点时，我的本能反应是点头赞同；但我为此也思索其他问题——西方野外生物学家在场时，我们是多么依赖他们来为我们充分而准确地讲述动物在做什么。我们多么希望，这些生物学家在做研究时，能重获那近似“土著人的眼力”。

我正在观察的北极熊消失了，直升机的门框挡住了视线。

跟踪北极熊，或只是沿着它的踪迹走，就像爱斯基摩人笑着说的那样，“的的确确是在了解某些东西”。不仅要了解北极熊的去向，还要了解它是如何应对沿途出现的情况。一系列的踪迹或许表明，北极熊在哪儿跳了起来，然后落地，并转向而行——你会四处张望寻找让其受惊的证据。走在母熊身边的小熊，其踪迹在某个地点消失了，原因是，在寒冷天，从此地开始，它让妈妈驮着走。在海冰上，北极熊的踪迹会沿着冰脊延伸（海豹巢穴可能在此建立），在冰脊背风一侧，距冰脊100英尺处左右。转向峡湾的踪迹让你茫然不解，直到你看到鸟类群栖处：原来，北极熊在鸟栖息处下面找寻鸟儿尸体吃。公熊的踪迹可能跟母熊的踪迹交叉，然后转为同一方向。另一串北极熊踪迹会突然转弯，然后径直向前，直线踪迹尽头是海豹的呼吸孔，旁边有北极熊耐心等待猎物的痕迹。高耸断崖下的踪迹表明，7月的一个上午，为了避热，北极熊曾在这里捕猎。

你会发现，6月份肥胖的北极熊和10月份瘦削的北极熊，其步伐是不一样的。北极熊的足迹表明，它一直避开厚雪；春季，北极熊会避免横穿正在融化的冰面，因为上面的针冰会扎破它的脚。在薄得连人的身体都支撑不了的海冰上，会看到北极熊的踪迹，它像水黾一样从上面滑过，整个身体趴到冰面上，胸脯几乎贴到冰面了。

这些迹象显示，在这片景观中生存，北极熊靠的是嗅觉和视觉；它对热的环境很在意，尤其是夏季，因而要找凉爽的地方。

追寻并细察了数百组类似踪迹后，北极熊生物学家形成了一些确定的印象。夏季，公熊主要待在海岸附近，母熊则倾向于带着熊崽和小熊到陆地上四处活动。北极熊经常从山口、沟壑和其他有特征的地貌通过，这表明，这些路线要么是其横穿地峡的习惯性路径，要么是其遇到难走的冰面或无冰水面，绕行时偶尔经过的一次性捷径。（要想走捷径的话，动物对相关地域必须非常熟悉，好像头脑中装着该地的地图——仅凭印象是不行的。北极熊如何在头脑中形成了类似地图的认识，并加以运用，这是有关它的最有趣的问题之一。）

通过观察天象，运用风向和洋流知识，爱斯基摩人能顺利穿越崎岖不平、变幻莫测的海冰，而北极熊是如何把握行进路线的，却无人知晓。但北极熊每年都会径直前往海豹聚集区，然后返回核心穴居区繁殖后代，它们总能从离海岸几百英里外的地方准确抵达岸边。在有永久性地标的陆地上，它们能不迷路已足以让人瞠目结舌了；但在海上，每年冻结的海冰面貌都不相同，而且，每一天都会出现新的冰脊或冰间水道，洋流中浮冰还会移动，也就是说，海冰面貌每天都在发生新的变化，北极熊依然不会迷路。在一些稳固的冰面上，北极熊行走数周，都不会看到远方绵延的湛蓝地平线曾被什么东西阻断过，它面前只有“没有尽头的苔原，无尽头的、冷艳的蓝色天穹，以及冷艳的白色太阳”。

它们每天前行不辍，判断方向，带着目标云游。

北极熊的黑色大鼻子不断把凉空气吸入鼻腔，以探寻异味。母熊会爬到一大块多年积冰顶端，站起来瞭望冰块那边的苔原。它会用前爪遮挡3月刺眼的阳光，然后继续前进。行走在重新结冰的冰间水道上，它会暂停下来，一只爪抬离冰面。它的头歪向一侧，只有小耳朵在晃动。接着它把爪子放下来。在不同高度嗅了几下之后，它的头不再移动，注意力骤然集中。它找到了猎物。猎物，就在梅尔维尔子爵海峡的冰雪下面的某个地方，它或许明白，机会来了。

以前，生物学家只重视研究单个物种孤立的生命史，直到最近，他们才开始重视研究猎物和捕食者的关系。加拿大北极熊生物学家伊恩·斯特林，把他的北极熊捕猎海豹研究，与环斑海豹暨海冰动态研究相结合，大大增进了西方人对北极熊认识。1974年春，斯特林在环斑海豹生物学家汤姆·史密斯的协助下，解释了阿蒙森湾北极熊数量的一次独特骤降的原因。他解释说，1973年和1974年之交的那个冬天，该地区降雪太少——结果是，除了少数几个隔离的地方，那儿鲜有适合海豹挖雪洞的冰层。而且，冬季通常出现冰间水道的地方，那年冬天，那儿的冰层却很稳固，没有出现断裂带。或许坚固的冰面也会影响海豹食物的集中。无论如何，许多海豹迁走了（其中史密斯做了标识的一只海豹，一直迁移到远在西伯利亚的杰日尼奥夫角），只有很少的海豹在本地建造繁殖用的洞穴，这样，许多北极熊要么饿死，要么离开。根本原因是，那一地区当年的降雪量不足。

北极熊通常捕食的环斑海豹，是一种小的海洋哺乳动物，终年栖居在海冰上。它圆乎乎的头部没有耳朵，鼻部短小，眼睛大，面部与猫相像。它脖子短，肩膀宽，胸部发达，身体呈纺锤形，一如其他同科动物——比如格陵兰海豹、环海豹、斑海豹。而且，与这些近亲一样，环斑海豹离开水域就麻烦了，因为与海象或海狮不同，其鳍状后肢不能向前摆动，以帮助它在陆上前行。

环斑海豹是北极地区数量最多的哺乳动物——据俄罗斯人估计，至少有250万只——但它们性情相对孤僻，很少大量聚集。每年4月初，小海豹出生在冰面上被雪覆盖的巢穴里。出生8到10周后，它们便可自立。成年环斑海豹6岁左右，在4月末、5月初产崽。有趣的是，它们以北极海洋食物链上两个层级的东西为食，不仅吃各种鳕鱼，还吃该鱼类所吃的浮游生物。幼崽断奶时间也有差别——如果海冰开裂得早，哺乳期也会相对变短——这是环斑海豹大小不一的部分原因。成年环斑海豹身长约40到60英寸，体重80到250磅不等。在生产、哺育和换毛期，环斑海豹进食少，体重下降幅度可达30%。而且，在这一时段，其领地意识很强，有时甚至很具攻击性地守在呼吸孔附近，以至于幼年海豹如果通过错误孔道爬出冰面，就会被水中的另一只海豹挡在冰面上，不得入水，直至冻死在那里。

关于环斑海豹，人们还有许多疑问，包括：在冬季的黑暗中，它在冰下如何找寻食物；它如何“记住”呼吸孔的位置，特别是在深海洋流中潜了很久之后。

环斑海豹浮出水面呼吸时，最易遭到北极熊攻击。因此爬出冰面时，它保持着高度警惕，每隔二三十秒就会四处观察6到8秒；它打盹儿时非常靠近呼吸孔，以便随时逃入海中。产崽雪洞里的海豹，以及外部巢穴里的公海豹和不在生育期的母海豹，在积雪下创造了另一种栖居环境，相关情形随后再叙。[1]

从北极熊的视角来看，海豹是行动敏捷、警惕性高的动物，只能在它易遭攻击的时候才有机可乘——比如浮出水面呼吸，或爬出冰面。北极熊在冰面上潜近海豹，或在水中悄悄地游向它们。这些潜近行为所表现出的耐心和判断力，足以引起人类观察者的高度注意。

前文提到，一头母北极熊在梅尔维尔子爵海峡捕猎；它听到一只海豹正在上浮前往雪洞，沿着呼吸孔上浮时让海水发出了模糊声响。在靠近目标时，北极熊的脚步几乎无声无息，其脚掌中间厚厚的毛，消解了踩在海冰积雪上的吱扭声。它在头脑里定位海豹此刻的位置。离目标20英尺时——它每前行一步就要停10秒，再走一步停15秒，颤动耳朵聆听海豹的动静——然后猛冲过雪洞顶部，四肢精准地把呼吸孔紧紧扣住。海豹后路被断，彻底完了。

有时，北极熊用40磅的爪子，只需重重一击，就能不出所料地砸碎海豹雪洞的顶部。但海豹雪洞往往很坚固，这样一来，北极熊不得不着手挖掘。总的来说，五次中可能只有一次能挖成功。然

---

1 海洋生物爬出海冰层或到海岸上，被称作“外出”。海豹在海中巢穴上方冰面积雪中，挖出一个可以栖身的隐蔽雪洞，被称作外部巢穴。

而，北极熊能准确推测呼吸孔在积雪下巢穴中的准确位置，它进入海豹各种巢穴的突破口，总是落在呼吸孔上。

很可能再也没有其他食肉动物，像北极熊捕获环斑海豹那样，用了那么多捕猎策略。北极熊会花上半个小时，耐心靠近停歇在浮冰边缘的海豹，它悄无声息地浮到水面侦查一番，再潜入水中。北极熊像是浮在水面上毫无威胁的冰块，缓缓漂向猎物；在抵达海豹所在的浮冰边缘时，它猛地一下子从水中跃起，重重一击使海豹毙命。在冰面上潜近海豹时，北极熊的头伏在前腿上，用胸部和前腿缓缓向前滑行，充分利用任何可能的掩体。它把呼吸孔旁的冰刨得只剩下薄薄一层，趴在上面遮挡阳光，这样，下面的海豹就误认为，上面覆盖的厚厚冰雪还在。在呼吸孔旁等待时，它会堆出一堵雪墙掩护自己。它还会经水下从海豹自己的呼吸孔冲出，直扑待在冰面上的海豹。

斯特林在野外观察海豹捕猎超过两千小时，关于北极熊，他强调了几点。首先，北极熊只能偶尔捕猎成功。鉴于各种因素，例如，各种各样的冰面、海豹数量、季节、北极熊的年龄和性别、海豹的年龄等，在特定环境中，北极熊捕猎总的成功概率为2%到25%不等。在斯特林看来，在呼吸孔旁耐心等待海豹出现，是北极熊惯用捕猎技能中成功率最高的技能。（通过观察呼吸孔附近积冰的细枝末节，有时通过嗅到海豹的一丝气息，北极熊能推测呼吸孔最近是否常用，从而判断是否值得等待。）

年长的北极熊特别有耐心。它们会匍匐在呼吸孔的下风向一侧，躲在海豹的视线之外，连续等上三四个小时。为了舒展肌体，它会起身坐在那儿，或静静地站起来；一听到海豹的动静，又立即无声地匍匐到冰面上。

海豹浮出水面前，总是先呼气；北极熊看到气泡或听到气泡的声音就马上警惕起来。海豹先是头朝前经由纺锤形通道钻出呼吸孔；在平坦冰面上，这个孔看起来像一个低矮雪堆。海豹钻出时冲击出的少量海水，溅落到冰面上结成新冰。（海豹全靠爪子刨，使通道保持畅通，使呼吸孔不为冰所封。）北极熊必须计算精确，身手敏捷，给海豹致命一击。北极熊通常用一只或两只爪子扑击海豹，同时吻部也要迅速跟上；在熊掌没能击毙海豹时，它会用嘴把其咬死。“一切都配合得如此完美，”法兰斯·凡·德·维尔德写道，“熊掌、爪子、吻部、牙齿一起上，其攻击之迅速，让海豹几乎无回天之力。”

北极熊攻击晒太阳的海豹时，与其说是跑过去，不如说是扑上去。生物学家托尔·拉尔森在斯瓦尔巴群岛研究北极熊超过15年，当我向他询问北极熊的捕猎行为时，他说：“像猫。北极熊像身材庞大的猫。”我又问，它们动作快吗？他的回答是：“其速度快得让人简直不敢相信——哦，它们能不快吗？”再问，精明吗？答曰：“精明。每时每刻，它们都在盘算如何做，并且很有耐心。”

拉尔森、斯特林、丹尼斯·安德利亚史克、施温伯格等北极熊生物学家，拥有长期野外观察经历，他们经常对北极熊的能力做出评判。比如，它似乎能够分析不熟悉的局势，并着力应对；遇上新东西，它能很快学会；面对惯常局面，它能别出心裁。“它们很精明，”拉尔森说，“正因为如此，它们能做非同寻常的事的传说，才会经久不衰，比如，说它们使用工具，说它们推着掩蔽物前进。”

北极熊捕食猎物的种类很可观，每一种猎物的捕获方法都有所不同。它们在北极西部捕猎斑海豹和环海豹，在北极东部捕猎格陵兰海豹。在格陵兰岛海岸捕猎的髯海豹和冠海豹，更大更强壮。在冰间水道里或海上冰牢[1]里，北极熊可捕食别卢哈鲸和独角鲸。

---

1 冰牢（savssat）通常在峡湾形成，因为那里的海冰太阔了。海洋哺乳动物钻出冰面呼吸一次，很难从冰下穿过，往往回归开阔水域的后路被这大片海冰阻断。如果峡湾里的水继续结冰，那里的动物，主要是上百头的独角鲸和别卢哈鲸，可用来呼吸的水域就越来越小，如果冰面没有裂开或减少，这种冰上的“牢狱”将是致命的。

北极熊常常捕食幼年髯海豹，偶尔也会捕猎麝牛、海象、打盹儿的野兔，或者脱毛期不能飞翔的大雁。它们也吃鸟蛋、海藻、苔原浆果，还会吃腐肉。（靠吃弓头鲸尸体或搁浅的死海象，北极熊可以活上数月。）北极熊一般不把腐肉吃光，由此可见其生态化生存的一面。身体健壮的成年北极熊通常只吃环斑海豹的脂肪，把其余部分留给从不会离得太远的随行动物；这些动物包括北极狐、绿灰色海鸥和塞耶海鸥、温顺的白鸥，以及到处乱飞的乌鸦。（冬季，北极狐在离岸很远的海冰上出没，完全依赖北极熊捕杀的猎物生存。）

不同的是，带着熊崽的母熊捕猎时，母子会把猎物吃得干干净净。但它们也会吃成年公熊留下的猎物的腐肉。尽管不知道为何如此，但很明显，分享猎物对北极熊种群的兴盛至关重要。

北极熊不像狼和猎豹那样喜欢群居和交际。北极熊的身体语言和发声似乎受限，即便使用，表达的意思也主要是渴望避开对方。人们通常发现，它总是单独行动——一头公熊，或一头母熊，或一只母熊带着幼熊。然而，在特殊情况下，它们也聚到一起，有些相聚还令人难忘。

1874年，两位美国观察者看到，大约250到300头北极熊聚居在白令海峡的圣马修岛上，安详地“吃草，像公地上的猪群一样用鼻子拱来拱去”。（一位船长看到，一群北极熊在格陵兰岛东海岸一处植物茂盛的河谷里游荡，他将其比作英格兰草场上一群吃草的绵羊。）每年9月和10月份，在马尼托巴省的丘吉尔角，大量北极熊在游荡，像圣马修岛上的北极熊一样，等待着海洋结冰，以便离开海岸，不在夏季避暑地过休眠吃草的生活。

食物至少能用两种方式把北极熊聚在一起。一头北极熊发现了捕猎海豹的好地方，10到15头其他北极熊会在半天左右出现在这里。它们不知怎么得到了消息。冰牢里的和搁浅的海豹尸体也会让北极熊聚到一起。1980年，科学家在斯瓦尔巴群岛海岸发现，有56头北极熊在分享一头弓头鲸尸体。拉尔森说，科学家们搞不清北极熊如何得知相关情况。气味可能发挥了一定作用，但北极熊从四面八方赶来，有些还从很远的地方赶来。“哪儿出现了有利情况，它们就赶往那里，”拉尔森说，“而且火速抵达。”

即便在这些情况下，它们之间也很冷漠。它们只顾吃，相互之间很少互动，然后各自走开。一头领着熊崽的母熊碰到一头公熊，就是另一种完全不同的情形。它会马上跑开。两头公熊恰巧碰到一头发情期的母熊后，接下来的争斗会非常残暴和持久。（公熊间的争斗很常见，很少有6岁以上的公熊没有因此在脸上留下疤痕的。）另一方面，让人费解的是，偶尔也会看到两头年轻公熊一起出行和捕猎。

能够持久的社会单元是一头母熊及其幼崽。它们通常会在一起生活两年，其间，母熊会教小熊捕猎。它们之间的社会性互动持续不断，饱含感情。年长北极熊通常默不作声，但恼怒时会发出响亮的嘶嘶声，会咆哮以及磨牙；在非常焦躁不安时，它们会发出低沉的嚓嚓声。熊崽的发声技能倒是让人印象深刻。周围有人类观察者时，它们发出嘶嘶声，尖叫，呜咽，用双唇发出类似含着水的拍击声，或用喉部发出隆隆声。科学家猜测，母熊可能通过几种简单声音跟它们交流。母熊提醒熊崽们注意安全的一个版本是，反复发出嚓嚓声，要求熊崽“在容易找到的地方活动，但不能走远”，提醒它们远离危险——正在靠近的公熊，不结实的冰块，狂暴的狐狸。

无论如何，母熊必须管束小熊，直到它们能够自食其力，原因很可能是，它们会轻易干扰其捕猎行为，而母子却要靠此生活。（一位科学家告诉我说，母熊会带熊崽们走得很远，直到它们累得蜷缩在一起睡着。它们安宁了，它开始捕猎。）

小熊显然懂得潜近和偷袭等基本技能，只不过需要实践。或许母熊会给它们制造机会，通过实践指导它们；或许小熊通过观察和模仿学到很多本领。它们开始捕猎海豹时会很狂躁，也没耐心。

仅仅在呼吸孔旁守候10分钟，小熊就会放弃。它们会不顾一切冲过浮冰，一头扎进水里，去追海豹。和其他捕食者一样，强烈的需求感，对小熊下决心去成功捕猎，起着决定作用。母熊会给当年出生的熊崽和满周岁的小熊创造这种需求感。

相对来说，北极熊繁殖后代极少，但它们投入大量时间和精力来养育和保护熊崽，因此，大部分小熊都会存活下来。通常，小熊24个月到28个月大时，母子分开，小熊开始自食其力。母熊通常再次交配。小熊们会在一起待一段时间，但随后还是分道扬镳。此时此刻，北极熊的生存取决于是否学会了独自生活。在各个年龄段中，这一过渡期的北极熊死亡率最高。

生物学家查尔斯·琼科尔总结了小熊独自度过第一个夏季时面临的境遇。首先，小熊缺乏经验，而经验是成功猎手必备的特质。第二，由于身材娇小，它捕获猎物的能力有限（一只大的髯海豹或冠海豹可能会逃脱）；它也没有足够力量在海豹逃脱前打破其洞穴。第三，它迫切需要食物，不仅仅为了继续长身体，而且为了在体内积存一层脂肪，以便在食物缺乏时汲取能量。第四，它必须学会自己认路，领会并记住洋流之间的关系、盛行的风、特定陆块的位置，以及海岸线的走向。最后，它必须应对来自年长北极熊的竞争，以及与它们的冲突，它们可能会抢走自己捕获的海豹。

母熊的独特能力，确保它能够解决生活中的一些新问题和难题，比如挖掘洞穴，以及教会熊崽生存技能。公熊令人印象深刻的是，它有强烈的好奇心，终年都是成功猎手（它们与母熊相比，在冬季出去的次数更多）。公熊会探究海冰上看到的几乎所有东西。用进化论的术语来说，这种好奇心乃不失为一种机智。好奇心强的北极熊终将捕食更多食物。其不利的一面是，当今，北极地区建立的油田和弃置的军事设施越来越多，好奇的北极熊有时会惨死于它们探究的东西旁。

多塞特艺术（在北极地区，多塞特文化兴盛于公元前500年到公元1000年）中有种著名的工艺品，考古学家将其称为“漂浮的”熊或“飞行的”熊。最著名的例子发现于一个叫作阿勒涅尔克的遗址，该遗址位于加拿大北极地区东部梅尔维尔半岛上一个名为伊格卢利克的村庄附近。这种工艺品由象牙雕刻而成，约6英寸长，雕刻于公元500年左右。这个北极熊造型的头部和身体都是流线型，前腿后倾，后腿尾随，看起来像在滑翔或飞行。后腿形状跟人腿有些相似，造型上雕有依稀可辨的骨架、脊椎和肋骨，颈椎和肢关节显而易见。下部——胸脯和腹部横向凹陷，躯体看上去好像缺一大块；颈部下边有个小槽，用可滑动的木片盖住，不难看出，木片曾经是赭红色的。

多塞特文化，特别是其晚期，主导者可能是制作这些雕刻工艺品的、有影响力的萨满教巫师。多塞特萨满教巫师在自我诱发性入定状态，感到灵魂“飞走”，与肉身脱离，前往海底或月亮上的精神世界。他们在那里为自己或者病人咨询神灵，祈求宽恕，说尽好话。他们的精神之旅常常得到有神奇力量和能提供帮助的精灵的陪伴，而在他们眼里，北极熊是首屈一指的精灵。北极熊可以帮助这些萨满教巫师脱离肉体，使他们飞起来。（北极熊造型上雕刻的骨架，被认为是为了突出这种精神之旅没有肉身参与。）

这些雕刻品最有趣的特征之一，是它们实际上很贴近现实。起初，我觉得，它们像爱斯基摩皂石雕刻品一样被模式化了。看到冰面上的北极熊后，我才发觉，被模式化的是我的观念。在多塞特雕刻品和现代雕刻品中，现实生活中的北极熊的姿态被稍微夸大——这让人想起土著人的眼光，这种眼光是现实主义的典型，其本质基于看似夸大的当地观念。

就北极熊深入海中，在萨满教巫师陪伴下一直抵达海底的说法，我曾经问过雷·施温伯格。“有一次，”施温伯格答道，“我看到，一连串北极熊足迹一直通往冰面上一个大洞的边缘，然后消失不见了。根本看不到出来的足迹，浮冰区其他地方也不存在北极熊可返回冰面的出口。你很容易理解北极熊在海底到处活动的说法。”

如果你曾经看到，北极熊在清澈的水中游到30英尺以下，看过它们像海獭那样击水滑翔，旋转滚翻，你就不会对北极熊会飞这一说法感到奇怪了。

爱斯基摩文化和前爱斯基摩文化对北极熊的艺术性和哲理性再现，会让人相信，他们的洞察力源于与北极熊的特殊密切关系。在一定程度上，爱斯基摩人和北极熊很相似，二者成功适应北极环境的方式基本一致。环斑海豹是他们的食物，尽管不是有些爱斯基摩群体的主要食物。他们的捕猎方法——在呼吸孔旁耐心等待，各种潜近方式——都惊人地相似。（北极熊先于爱斯基摩人到达北极，可能，爱斯基摩人通过观察北极熊捕猎，学习了，或至少是改善了北极熊的一些捕猎技能。）像北极熊一样，一些爱斯基摩群体冬季离开陆地到冰面上生活。到一个适宜捕猎海豹之地两周后，此处的猎物被两类猎手——爱斯基摩人和北极熊——捕食殆尽，他们就换个地方。他们都在海冰边缘和海岸附近谋生。没了海豹，他们都有饿死的危险。

爱斯基摩人和北极熊还同样受到多变的严寒气候的影响，此类气候似乎也给他们增添了显著的成功忍耐的光环。人类学家和生物学家用同样的词语描述他们：“坚韧”“务实”“顽强”“有创造力”“善于学习”。同时，这些学者也注意到两者的一点不同。北极熊捕猎时似乎偶尔会发脾气。“我看到[一头北极熊]观察海豹半天，”一位旅行者写道，“用尽捕猎策略都不奏效，它就咆哮起来，叫声令人毛骨悚然，还往空中扔雪，然后跑开了。”还有观察者看到，没能捕捉到海豹的北极熊非常沮丧，马上气恼地击散凸起的雪堆，或不断用掌击水。爱斯基摩人很少发脾气，在捕猎时几乎从不发脾气。在这些情形下，他们对失败通常是一笑置之。

爱斯基摩人和北极熊的密切关系并不难理解，原因如前所述，他们身处相似的自然生态，有着类似的居所；同时，爱斯基摩人对成功猎手抱以深深的敬意。此外，北极熊蜕皮之后，看起来和人体有着令人窘迫的相似之处。但他们之间也有一些更深层次的东西——他们互为对方的猎物。

在水中，北极熊惧怕逆戟鲸和海象，因为它没有一招制胜的手段。在陆地上，它对海象和人类也很警惕，但会潜近他们；一头饥饿的北极熊会考验两者的抵抗力。所有在海冰上的人一定会觉得，他们随时都可能遭到攻击，因为他们肯定会想到，一头强壮、坚毅、狡猾的动物正在向他们悄悄靠近。在那崎岖不平的海冰上，北极熊可以神出鬼没地靠近人类。被捕猎的恐惧感还若隐若现地残留在我们的潜意识中，因为人类的祖先在非洲南部的热带稀疏草原上时常遭到捕食动物的偷袭。冬天的下午，独自在呼吸孔旁等待的人，不时地向隐晦的四周张望，下意识地警惕是否有北极熊的脚步声，随时准备自卫——对这个猎人来说，这种恐惧感是真真切切的，始终挥之不去。

北极熊向人靠近时，如同潜近一只正在休息的海豹。有些时候，北极熊会猛扑上来，给人致命一击，结果人类毙命。但也有另一种结局，一些北极熊误算，死于叉海豹用的叉子或刀子之下。后者有一些是很有男子汉气概的人刻意为之。那些时刻，他们心里不仅仅有恐惧，还有敬畏和钦佩。正是这些时刻，才使被人敬畏的一种存在物，在一种文化中能够持续保持其至高无上的地位。“Tornarssuk”是爱斯基摩人对这种存在物的称呼，意思是“力量的赋予者”。

与北极熊交手，拿整个生命去应对它，也是在和某种有个性的东西决斗。这种对决发生在一片静谧、致命而又崇高的旷野。如果你赢了，你会发现自己在提升，如雨后春笋似的，不可遏制。能走出角斗场，意味着你彻底胜了。同时，你对自己的生活充满自信。

这是种独特的生活，生活在一片严酷的土地上，在此，你的生活需要深刻的识见、非凡的耐心和良好的心境。这是与北极熊接触的结果。这是来自北极熊的礼物。

北极旅行者克努兹·拉斯姆森，曾问一位爱斯基摩人幸福及兴奋的含义，后者回答说："碰见北极熊刚留下的踪迹，追击速度比其他雪橇都快。"

相反，有些人对北极的了解只停留在地理学的抽象描述上，他们的梦想只是觊觎新大陆的巨量财富，在这些人眼里，北极熊是另一种存在。1597年冬，太阳早早升起，巴伦支及其同伴经常因北极熊而提心吊胆。前一年，北极熊咬死了他们当中的两个成员，现在，北极熊似乎不断在他们的冬季居所附近出没。他的部下不安地看着几头北极熊拖着大块的（搁浅鲸鱼）肉，在暗淡光线中走过。1597年4月15日，连续数周没看到北极熊后，他的一个部下自告奋勇，要爬到北极熊洞穴里。"但不敢深入，"格里特·德·维尔写道，"因为眼前的一切实在太可怕了。"——白色的长毛从洞穴顶部，以及白雪覆盖、有爪印的墙壁垂下。

除了德·维尔的航海日志，后来，雅克布·凡·德·布鲁日也写了航海日志，描述1643年到斯瓦尔巴群岛的探险，也写到遭遇北极熊袭击的经历。在这两本日志中，北极熊的形象都是魔鬼般的掠夺者。在整个北极探险时期，这一形象一直挥之不去，北极熊因而不得不持续背负莫须有的罪名。诸如，北极熊像北极白狼一样，突然大量聚集在雾蒙蒙的海滩；它们掘开坟墓，把尸体撒落一地，在人类眼里，此举比它们把尸体吃了更不吉利。它们迈着硕大、悄无声息的脚，大胆进入营帐；它们听惯了海冰的开裂声和爆裂声，听到枪声不会惊恐。勘探人员来到给养储藏窖，发现一片狼藉——几袋面粉被北极熊扯往一个方向，睡袋被拉往另一个方向，装备板条箱被扯成一条一条的，食品锡罐也被一爪剖开。他们有种被冒犯的感觉。吃北极熊肉的人不分青红皂白地认为，他们被北极熊戏弄了，也就是中毒了——吃了北极熊的肝脏后，会染上令人厌烦的嗜睡症，剧烈头痛，脱皮，脱发；或者，吃了北极熊肉后，会患上旋毛虫病。[1]

一旦离开熟悉环境，乘船远行数千英里外，一方面，欧洲人的确有所恐惧；另一方面，船上的恶劣条件也使其神经紧张，结果，他们看到北极熊就射杀。这一行为出于狭隘和自以为是的意识。后来，杀害北极熊成为人们到北极旅游所期待的一项娱乐活动。游客常常在甲板上枪杀北极熊，拿北极熊来练习打靶。1896年一个悠闲的下午，在阿蒙森湾，一位捕鲸船船长无事可做，为了解闷，竟射杀了35只北极熊。好奇心强且不具攻击性的北极熊，很容易被船舶吸引。在它们眼里，船舶在浮冰里漂游的方式很怪异，结果，它们屡次靠近，屡次丧命。1875年的一个大雾天，一艘捕鲸船的船员在船旁与陆地相连的海冰上踢足球。正踢得尽兴时，一只北极熊突然出现，并开始在球员中来回追逐足球。结果踢球的捕鲸人逃之夭夭。一些人写这些故事只是为了证实，他们生活在如此艰难的环境里，还要被冒犯，被戏弄。就这样，他们以殖民者的冷漠态度射杀北极熊。

19世纪，人们对待北极熊最令人不安和应受谴责的行为，是卑鄙地操弄母熊和熊崽之间的亲密感情，这是当时捕鲸和捕海豹船员的通行娱乐方式。威廉·斯科斯比讲述了海象捕猎者的故事。他们用火烧海兽脂招引北极熊，结果引来了一头母熊和两头幼熊。母熊把幼熊安置在附近，开始从火堆里往外扒海兽脂。在北极熊与烈火作战时，捕猎者躲在甲板上的安全地带观察着。他们朝母熊扔小块海兽脂，母熊拿过去给幼熊吃。当它拿着最后一块靠近幼熊时，捕

1　北极熊肝脏里富含维生素A，足以使食者中毒；食用后会患维生素A过量症。现在，约60%的北极熊携带着旋毛虫。

猎者射杀了两头熊崽。接下来的半个小时，它“用爪子先扶一头熊崽，再扶另一头，竭力要让它们站起来”。它走到一边呼唤它们，然后舔其伤口。它又走到一边，“站在那儿呻吟一段时间”，又走回来用爪子抚摸熊崽，“流露出难以言表的慈爱”。也许是看烦了，也可能是出于羞愧，海象捕猎者也射杀了母熊，使它和熊崽全都暴尸海冰上。

有时熊崽会被活捉，放到动物园里，或作为礼物送人。1876年11月，爱伦·杨爵士在汽船甲板上射杀了一头母熊和它的一头熊崽。另一头熊崽被套锁活捉，作为礼物送给威尔士亲王。[1]这头熊崽拼命挣扎，最终还是被锁链套住，并被拴在甲板的带环螺栓上。母熊被屠宰，它的毛皮被裹在熊崽身上，以平息熊崽的情绪。三四天后，熊崽成功地从螺栓上挣脱。随后的航程中，它被装进船上一个小笼子里。熊崽连续咆哮数小时，并竭尽全力拽拉仍套在脖子上的锁链。它还要受船上的狗折磨，因为狗偷它的食物，咬它的爪子。它的食物来源可想而知。汽船抵达英格兰后，熊崽平趴在笼子里，浑身抽搐，不停喘息。它一周后就死掉了。“如果它活着的话，”弗兰克·巴克兰在反省那个时代的人们对北极熊的态度时，这样写道，“毫无疑问，它一定会是自己故土和种群的佼佼者。”

当然，这些故事发生在另一个时代，但那种猥琐的戏弄，不明智的麻木，以及驱动那些人的虚伪的冒险意识，却不仅仅存在于那个时代。这一切仍在危害着我们。对那些人来说，北极熊没有任何固有价值，不具代人祈福的精神力量，也不能提升人类的生活层次。其死亡方式充分表明，它们只不过是违背人们意志的牺牲品。相比之下，在同一时期，爱斯基摩人杀害北极熊是在一种尊重的氛

1　自10世纪起，欧洲王室就开始收到探险家和冒险家赠送的活北极熊。他们后来也有重大发现，那就是，在北非和中东国家，北极熊是“极有价值并有效的外交工具”，因为那儿的王室随从相互赠送北极熊和矛隼。

围中进行，伴随着必不可少的、含蓄的精神抚慰。例如，用一些礼物来抚慰被杀害的北极熊。这种抚慰行为有时被斥为“迷信”。说一些话语以醒自己目前在干什么，被称为“自省法”，这与爱斯基摩人上述抚慰行为很相似。

欧洲人在北极地区感到很不自在。对他们来说，北极熊只不过是一片不适合居留的土地的偏执冷漠的标志。他们对自己当初残忍地对待北极熊感到懊悔，无论如何，这些懊悔最终都变成了对它的崇拜；但从北极熊的角度来看，那种意象实际上是西方人对他们自己的一种怪异的想象。德·维尔笔下潜行劫掠的、幽灵般的北极熊，先是成为西方进步的障碍，接着成了玩物、麻烦制造者，最终却变成了依稀可辨的高贵生灵——终日游荡在荒凉之地，背负着忧郁思绪。北极熊俨然成了浪漫、疏离、自恋的生灵。

直至当今，爱斯基摩人讲述的故事中，北极熊最常见的形象都是这样那样的帮手或同伴，像一个力量赋予者。 但它也以“十腿熊”或“多腿熊”（kokogiaq）著称。

> 有一年冬天，到某个方向打猎的人，好像都没回来过。原来，他们在那儿碰到了一头十条腿儿的北极熊。人们看它时，十腿熊就把腿转动一点儿。看上去好像人们在冰上绕圈子。因而，其他人也去那儿观看。这就是十腿熊把人迷住的原因。最终，一个人使北极熊跟着他走。他把北极熊引到冰上一处无法转身的地方。然后，这个人迅速绕到它的背后，用叉把它杀死。人们如今再去那里打猎，总能平安回来。

故事一般都是用这类方式讲述的。

在有关“力量赋予者”或“多腿熊”的故事里，常常包含着一些暗示，不仅暗示北极熊的生物学特征（楔形身体会卡在冰隙里，而人可以通过），还暗示它的个性。例如，一个北极爱斯基摩人的故事，就凸显了北极熊忧伤地四处漫游的原因。一头北极熊爱上了一位年轻的已婚女性，他告诫她，千万不要把他们见面的事告诉她丈夫，否则丈夫肯定会来杀他。但她可怜自己的丈夫一直捕猎不到北极熊，就告诉丈夫自己情人的住处。北极熊从远处听到了那位妇女晚上和丈夫的低语，于是在丈夫到来之前就离开了家。他径直来到妇女的雪屋外，抡起双掌把雪屋夷为平地——然后双掌黯然垂下。北极熊感到被背叛，不胜哀伤，从此踏上漫长而孤独的旅程。

在欧洲人看来，这是个令人心酸的故事。爱斯基摩人会觉得，这个故事暗含着危险。北极熊满心悲哀地离开，它将无心顾及行动方向，很可能会掉进冰窟里，或注意不到通往海豹呼吸孔的标志，从而无法维持生命。

科学告诉我们，北极熊在海洋冰面上孤独漫长的旅程，并不完全像人们一度想象的那样。如今，非常常见的是，不管它们走到哪里，总会碰到一些人。1978年到1981年期间，加拿大北极地区有84只北极熊被杀，只是因为它们危及人的生命。这种威胁其实是存在的。1973年，在波弗特海肯德尔岛附近，一名拖拉机驾驶员被北极熊咬死。1975年，还是在波弗特海，在驳船甲板上工作的一名建筑工人为北极熊所害。1975年8月，萨默塞特岛科考营地的一名工作人员，遭到北极熊的严重袭击。在马尼托巴省丘吉尔港，由于北极熊的袭击，1966年和1967年，有一些人受伤；1968年，一个男孩遇难；1983年，一个成年男子遇难。

上述北极熊致人死亡事件中，前几次和北极地区的工业开发有关。丘吉尔港的攻击人类事件则是由一系列比较独特的情况引起的。多年来，生活在哈得孙湾南端的北极熊，每年7月末8月初随南漂的浮冰上岸。母熊通常在纳尔逊河和丘吉尔河之间的原野穴居过冬，成年公熊和接近成年的北极熊，沿海岸向北漂移到距一个村子25英里的丘吉尔角附近，那里可能结冰最早。9月份和10月份，它们一直待在丘吉尔港附近，如一位科学家所说的那样，“暂时脱离了它们专门的食肉生境”。

北极熊这一非同寻常的等待结冰时段，直到20世纪60年代才被发现。那时，北极熊开始出现在丘吉尔港附近的一个村庄。科学家推断说，1957年，位于纳尔逊河口的哈得孙湾公司的一个站点停业，美国战略空军司令部的一个基地关闭，丘吉尔堡的火箭发射行动停止，这样一来，对北极熊的捕猎压力减小，北极熊数量开始增多。到60年代中期，大量北极熊在丘吉尔港的垃圾场火堆旁出现，导致人心惶惶。当地人们开始反击，用小口径武器射杀北极熊，或开车追逐它们。

近些年，尽管北极熊数量继续增多，但通过警告、教育当地人和制定相关管理、禁止措施，北极熊被杀害的数量减少，北极熊袭击人的事件也鲜有发生。丘吉尔港的居民现在对北极熊有所怜惜，把它当成了招揽游客的亮丽风景。来到此处的游客发现了不祥且独特的场景——有些北极熊身体的两侧染上了巨大的深色数字；有些北极熊在闷燃垃圾场的烟雾和火苗中搜寻食物——就在这里，一头北极熊曾因误咬汽车蓄电池被炸死。

成群的业余摄影者和专业摄影师、电影制片人、电视工作人员，不断地用蛋黄酱引诱北极熊，同时请求丘吉尔港居民帮助他们，来拍摄各种各样的场景。最重要的是，丘吉尔港代表了进化史中的这样一个时期——进化速度相对加快的一种动物，恰逢以非常快的变化速度发展的另一种生灵。当前，在加拿大北部，只因被视为“麻烦制造者”和威胁因素，每年约有30头北极熊被射杀；这一现状与目前丘吉尔港北极熊的生存状况一道，回答了北极地区的工业开发意味着什么这一问题。需要指出，附近海冰的厚度足以承载其体重时，丘吉尔港的北极熊就开始离开陆地。

对北极熊种群大小和动态的新近研究，促使斯瓦尔巴群岛中止猎杀北极熊，也促使美国局部地区禁止猎杀北极熊。[1]格陵兰岛当地人对北极熊的猎杀仍在继续，但对那儿的北极熊种群显然没有严重

1　海洋哺乳动物保护法案的条款取代了国际自然和自然资源保护联盟《北极熊保护协定》比较严厉的规定。根据这些条款，当地猎人捕猎北极熊的季节和数量都没有限制，熊崽、带熊崽的母熊、穴居母熊全都不受保护。

影响。加拿大当地人对北极熊的猎杀采取的是配额制；尽管配额取决于政治操作，而且，正如一位科学家告诉我的那样，配额在很大程度上未被人视为极限，而被看作是要努力争取的数额，但配额制迄今为止运作良好。

1965年，北极熊生物学家在阿拉斯加大学聚会，以汇总所知的相关信息。他们深深地感到，北极熊应该得到保护，以免被过度捕杀。我所问及的每一个科学家都强调，目前对北极熊的最大的威胁不是捕猎，而是工业发展和随之而来的东西，包括采集北极熊生物学和生态学数据的需求。[1]最让科学家们忧虑的有三个方面。首先，环境中毒。北极熊位于海洋食物链的顶端，这一食物链含有大量多氯联苯、重金属，以及像氧桥氯甲桥萘之类的氯化烃等物质，这些有毒物质在北极熊体内都有发现。钻探和采矿作业排放的废物，经证实对北极熊也是致命的。第二，密集的航空运输和其他运输通道的发展，以及重复的地震勘测，对穴居时的母熊造成干扰。[2]第三，工业发展会给海豹分布以及以海豹为食的北极熊带来怎样的影响。

最紧迫的问题是找到一种办法，让好奇心强的北极熊远离工业基地。不会对北极熊造成严重伤害的遏阻措施——电栅栏和短筒防爆枪射出的橡胶棒，有一定的效果，但北极熊也不易被遏阻或蒙骗。

鉴于这些潜在的问题，国际自然和自然资源保护联盟的北极熊生物学家要求建立“无工程区”，或建立俄罗斯生物学家所称的“寂静区”，在这些区域，北极熊不应受到各种人类工程的烦扰。

1　为了满足这一需求，一些动物在规划不周的研究项目中，或在考虑不周的试验中受伤或被杀。对杀害两只北极熊用来做实验的描述，参见N.A.克里斯兰德等著，《原油对北极熊的影响》，《环境研究》第24辑（渥太华：北部事务项目部，北方环境保护分局，1981）。

2　地震勘测用爆炸或震动在地壳中搜寻矿床和石油矿床。当地震测量技术有所改进时，会在同一地点进行再次测量。

5月的一个下午，我不再烦心于所有的这些关切性问题，陪同两位北极熊生物学家，在兰开斯特海峡的海冰上探寻正在生育期的母熊。我了解、信任，也喜欢这两个同伴。我也很同情他们对所做工作的矛盾心理。他们中的一位曾偶遇一头正在给熊崽喂奶的母熊。母熊没有发觉他的存在，怀抱熊崽仰靠在一堵雪堤上，平静地凝视着空旷的苔原。“看到这一幕，我自言自语，我到底为什么要来打扰这些生灵呢？”让他们感到矛盾的，还包括用来麻醉北极熊的药物。早些时候，他们用的是苯环哌啶盐（酸苯环利定，一种街头毒品，被称作“天使土”）之类的麻醉药，那些药可能诱发精神错乱并引起呼吸困难。现在，他们用的克他命（盐酸氯胺酮）和罗木芃（Rhompun，盐酸赛拉嗪)，是原有麻药的升级版。但这些麻醉药仍然存在一些问题。一位北极熊生物学家告诉我：“每当我追赶北极熊，向它发射麻醉弹时，我心里在一直做斗争，我怎么能用这种手段获取信息呢？”

在兰开斯特海峡的那个下午，我们发现了许多北极熊，给它们做了标识，记录了相关数据，并给其戴上了无线电颈圈，以便进行卫星跟踪。这些任务使人有些郁闷。我们所乘的直升机一度降落，查看一头海象残骸，它或许是北极熊捕食的，也可能北极熊只是食用了死尸。我们看到，听到直升机的声音，一些两岁大的幼熊和它们的母亲忧心地阔步走开；我们还看到，配对中的母熊跟公熊，在直升机下方转身凝视我们。此外，一些母熊带着五个月大的熊崽，在翻越一道冰脊，母熊用吻部助推熊崽。

身中麻醉弹的一头母熊，在一堆碎冰附近倒下了。其他人做测量时，我看了看它的脚。我听说，北极熊的脚掌上有模糊的环斑，每一年都会长出一圈底纹，像环斑海豹那样，可以依此可靠地推算其年龄。但我什么都没发现。我像观察博物馆的标本一样，仔细查看了它的皮毛，摸了摸它的厚耳朵。我对这一切感到很不自在，就走到冰脊旁，坐到一块碎冰上。真是个美好的日子，一层薄薄的卷云高挂在清澈的蓝天上，使天幕呈淡蓝色。大约零下5度，无风。

我坐在那儿，我的同伴把失去意识的北极熊翻过来，四脚朝上，在它后腿之间白色皮毛中有一处粉红色。它的外阴唇硕大，生殖器的大小和形状与女人的很像。我赶紧转移目光。我觉得我侵犯了它的隐私。

当天剩余的时光里，我脑海中不断浮现这一易遭侵犯者的形象。

四

兰开斯特海峡：独角鲸

我站在阿德默勒尔蒂湾入口的浮冰边缘，此处位于巴芬岛北部，离海岸三四英里。脚底下很稳固，与“出海”这个短语通常让人联想到的感觉一点都不符。几个爱斯基摩营帐屹立在白色的海冰边缘，不远处就是黑色的海水。我们所有人都来自另一个地方——努瓦，它位于乌鲁克桑半岛顶端，由此向南30英里开外。我们来这里是为了捕独角鲸。此刻，它们栖身于兰开斯特海峡开阔水域的某个地方，在等待最后一块冰障解冻，以便进入阿德默勒尔蒂湾的夏季觅食区。

我沿着浮冰边缘漫步，6月连续不断的阳光灿烂明媚，但看了数周后，我心生厌倦；我怀着一种热切的心情，凝视着海冰上的少许阴影——漫步时，我内心既惶恐又兴奋：身处偏远地区，能明显意识到，你没有任何防护措施，而天气变幻莫测，甚至生死攸关。北风轻拂，在水面激起涟漪。此刻如果南风在吹，我们背后的海冰就会开始融化。昨天，海湾入口处的海冰已出现几英寸宽的横向裂缝，如果来了南风，这些裂缝会变宽。即使我们一看到风向有变就动身离开，返回努瓦仍是困难重重。

几天前，一位冰上宿营者就因此被困。远方像炸药爆炸一样的爆裂声使他意识到，他在上面扎营的5平方英里的浮冰，正被吹离阿德默勒尔蒂湾，漂向兰开斯特海峡的开阔水域——他在博登半岛快速记下的罗盘方位角也证实了这一事实。他和同伴熟悉此地的洋流流向，立刻奋力向东游去。12个小时后，在他们几乎筋疲力尽时，终于抵达搁浅的一大片浮冰。这片浮冰缓慢地转了个大弯滞留在此，而没有漂入兰开斯特海峡。他们在破碎的冰块间跳上跳下，终于到达稳固的海岸。

然而，周围鸟类众多，以致我无心再多想上述事情。黑腿三趾鸥、北方暴风鹱、黑海鸽像表演特技似的，在漂游着成群晶莹透亮生命的水面上空轻盈地盘旋、悬停——它们一次次俯身冲入水中，捕食水中的浮游生物和北极鳕鱼。海冰上，捕杀独角鲸留下了一堆堆下水杂肉；急躁傲慢、善于推挤的绿灰色海鸥和塔耶斯海鸥，与较为沉默谨慎和罕见的象牙鸥一并飞来，前者靠粗野秉性抢到了一些杂肉。

大量鸟类飞越这一片水域，数量之多让你难以统计。有些鸟类已经结束了向北迁徙的旅程，在此筑巢。其余的继续飞翔，前往德文岛和埃尔斯米尔岛，或格陵兰岛西北部。从我现在所站的地方，可以仔细观察在本地度夏的一些鸟类；它们的巢在悬崖上绵延10英里，悬崖位于贝亚尔吉湾和埃尔温湾之间；沉积岩和火山岩形成的粗糙岩面凹凸不平，与海面呈80度夹角。5万多只北方暴风鹱在此筑巢。在兰开斯特海峡周围类似的栖息地，在短暂的夏季，有数万甚至数百万只海雀、海鸦、三趾鸥前来筑巢觅食。海鸥、北极海鸥、雪雁、绒鸭、红胸秋莎鸭和海鸠已成群飞越此地。海鸠体小结实，头部呈黑色，下侧呈亮白色；格陵兰岛西北部3 000万只小海鸟中，有三分之一每年五六月份从兰开斯特海峡飞过。

我们在乳白色的苔原宿营。东部，博登半岛呈斑驳的棕赭色，西部，布罗德半岛的浅黑色悬崖在薄雾中依稀可见。鸟儿在水面上轻盈掠过，给这片风景增添了近距的、清晰的一维：放眼远眺，只能看见淡白色的地平线，蓦然近观，是一片乌色海水，一只海雀砰的一声，潜入其中。

众鸟的喧嚣声，它们飞越时犹如子弹飞过发出的呼呼扇翅声，以及海水的飞溅声，像日光的洒落，绵绵不断。兰开斯特海峡是罕见的北极海上避风港，聚集着像南冰洋一样密集的生物，而南冰洋是世界上海洋资源最丰富的水域。兰开斯特海峡海洋生物资源如此丰富的原因，海洋生物学家还没有解开，但当地的上升流和来自德文岛的冰川径流带来的大量营养物质，似乎是关键因素。[1]

300万只迁徙海鸟，大部分是北方暴风鹱、三趾鸥和海雀，夏季在此筑巢觅食。这里不再是1万多头弓头鲸的栖息地，但是，北美30%以上的别卢哈鲸鱼，以及世界上超过四分之三的独角鲸，夏季依然在此栖息。没有人能肯定，此地到底有多少格陵兰海豹、髯海豹和环斑海豹——很可能会超过25万只。此外，这里还生活着数千头大西洋海象。夏季，沿海地区是北极熊的穴居区和数千只北极狐的家园。

然而，四处漫游时，我被眼前的景象吸引——燕鸥之类的鸟儿在海水上方轻拂、盘旋，北方暴风鹱发出小鸡一样的唧唧叫声，凉爽空气里洋溢着海洋生命的气息。这一生物群落包括水中看不到的所有生物，涵盖在陆地上以及水域、空气中活动并相互关联的种种生物。这是个特殊的交汇处，就像留有空地的森林边缘，河流淡水与含盐海潮交汇的河口，或河流岸边。来自不同生态系统的动物汇聚此地，增强了这一交界区域生物进化的潜力。飞鸟在阿德默勒尔蒂湾的冰上行走，它们扎入水下捕食；海洋哺乳动物反其道而行，浮出水面呼吸。

所有景观的边缘——地平线、山谷边沿、河流转弯处的峡谷壁岸，都会让观察者有更多期待。对交界地带和地球上朦胧之地的偏爱，是人类好奇心的一部分。我现在漫步的地方，就属于令人兴奋的边沿区，在此，我欣赏着鸟儿以各种姿态在空中嬉戏。这类边沿

---

1 兰开斯特海峡已被国际生物学规划署提名为世界生物保护区，被联合国选定为世界自然遗产基地。目前，近海石油开发和日渐增多的海运已经威胁到当地生态系统的稳定性。在北极有丰富经验的鸟类学家大卫·内特尔希普写道，此类经济开发“应该受到严格控制，以免摧毁北极地区特别丰茂的绿洲。如果任由破坏继续，这片水域将成为不再有生命存在的地区”。

区还涉及量子力学的一些概念，比如说，其核心概念是波和粒子之间的临界跨幅，以及现在是什么和正在变成其他什么之间的临界跨幅。后一跨幅涉及边缘时间概念，这一时间概念颠覆了所有几何学概念。生物学上两个不同群落之间的过渡区域，被称作群落交错区。

阿德默勒尔蒂湾浮冰边缘的群落交错区，在两个维度上延伸。为了从冰面下通过，动物必须屏住呼吸，因此，浮冰边缘是鲸鱼水平迁移的障碍。在垂直维度上，所有鸟类都不能穿过冰面；像海鸥那样的鸟类，不能像海雀那样潜入水下，去捕食成群的鱼类。阳光也在这些交界处止步。

然而，站在4英尺厚的冰层边缘，你就处在一个生物种群丰富的区域。各类海藻长在海冰底部，使其变成黄棕色。这些微小硅藻供活动在海水上层的大量浮游动物——包括水下成群的桡足动物、端足目动物和糠虾——食用。这些浮游动物又是成群鳕鱼的食物；鳕鱼则是鸟类、独角鲸和环斑海豹的食物；环斑海豹又是北极熊和北极狐的食物。这些位于海洋食物链底端的藻类被称作“表层”藻类，意即海冰表层的藻类。[环斑海豹、白鸥，以及其他生活在海洋上的鸟类和哺乳动物，被称作“海生动物”（pagophylic）。]然而，正是海冰把这些生命连接在一起。海豹与海冰息息相关，它在海滨易遭攻击，而海冰就在它们捕食区的正上方，是它们在近海的休息场所。海冰为海藻提供了赖以生长的表面。它屏蔽了北极鳕鱼，使其不被海鸟和独角鲸捕食。它保护了独角鲸，使其免遭食肉动物逆戟鲸的追杀。它是北极熊的海上大道。它也让我能够站在海洋上遐思。

我在冰面上漫步，专心观察鸟类，同时也稍微留意平静深邃的海水里的生物奥秘，无意间瞥见了转瞬即逝的银色鳕鱼。呼吸着带着咸味的空气，脸颊沐浴在温暖阳光中，我沉醉了。我回想起儿时在加利福尼亚海滩度过的夏日。我享受着生活中的特殊财富，这一财富来自毫无目的的漫游，比如现在，又如缓缓穿过森林，在大草原上漫游，沿海滨漫步。

然而，海冰边缘也不是一派祥和的天上人间。你不能——我也不能——完全忽视这儿和陆地上的差异。我对海象很警惕。雄性海象身材庞大，接近一辆小型轿车的大小。它在水中有惊人的灵敏度和速度，而近旁就是海水。海象通常只吃蛤蜊、蠕虫和螃蟹之类的底栖生物，但有一种特殊的海象——几乎总是不合群的雄性海象，蓄意猎寻捕杀海豹。它象牙色的长牙上有海豹逃生留下的爪印。（圣劳伦斯岛的爱斯基摩人熟悉其反常行为，把它称作angeyeghaq。）这种罕见的食肉动物会从浮冰上向小船发起攻击，还会主动追逐并试图攻击水中的人。我的一个朋友曾和一个爱斯基摩人站在浮冰边缘，爱斯基摩人提醒他后退。他们后撤15到20英尺，不到1分钟，紧挨他们刚站过的海冰边沿，爆出一大片水花，一头海象突然跳出水面。原来是北极熊偷袭了它。

我沿着海冰边缘漫步时想到了这个故事。我完全不具备我朋友的爱斯基摩人同伴那样训练有素的耳朵，可以靠听觉预测海象出现。本地人才有那样的耳朵，那样的经验。与所有游客一样，我在此漫步时，对陌生事物异常敏感。

我偶尔会停下来聆听。但是只听到了鸟儿的啾啾声。随后听到了另一种声音。我以前从未听过那样的声音，但当那种爆破声和汩汩声传来时，其他宿营者都惊恐不安，我却下意识地明白那是什么动物。我瞪大眼睛等它露面，看到了它呼出的气泡——略有起伏的地平线上弥漫着的一团热气；还看到露出水面的白色长牙尖儿，以及在深色的荡漾海水中隐约漂游的暗色身躯。它就在前方碎冰区的那个地方。它溜走了，现在看不见了。其他人也听到了它的呼吸声。海冰西边离我们较远的地方，也有一个宿营地，那儿的宿营者在明晃晃的冰面上站成黑压压的一排，挥起胳臂向我们打招呼。

我第一次看到独角鲸，是在离此处很远的白令海峡。看到它们的那天，我意识到，以前，地球自然史上的生物从未使我感到如此惊奇，如此突然。我当时的感觉是，好像动物寓言集里的某个形象走进了现实；也好像第一次看到长颈鹿；又好像是一个令人将信将疑的说辞，或一个太牵强的故事，顷刻之间就被活生生的事实证实了。

当时，为了进行样带研究，我和弓头鲸生物学家唐·京格伯莱德飞行在白令海峡上空。时值5月，春季第一批弓头鲸缓慢向北游，经白令海峡，前往其夏季觅食区楚科奇海和波弗特海。我们每天都在做此类科考飞行，都会看到别卢哈鲸和海象，环斑海豹、斑海豹、环海豹和髯海豹，以及往西伯利亚迁徙的群群飞鸟。据我所知，在北美其他地区都不会像在这儿一样能碰到如此多动物。白令海峡本身可能是北部海域中生物最丰富的水域，在切萨皮克湾或纽芬兰大浅滩刚被发现时，其中生物的丰富程度才能与此处媲美。该地的螃蟹、青鳕、鳕鱼、鳎目鱼、鲱鱼、蛤蜊、鲑鱼数目繁多，多得不计其数。塞伦盖蒂平原和南极辐合带的生物数目众多，对不熟悉该地生物状况的人来说，在白令海峡觅食的鸟类及海洋哺乳动物的数目，多得令人难以置信。春季迁徙高峰期，这儿的生物简直是无处不在。

在和京格伯莱德一起飞行考察的两周里，我目睹了如此众多的生物在水里和空中穿梭，这一经历令我兴奋不已。静谧的浅水区刚刚结了一层晶莹透明的薄冰，一群群别卢哈鲸从冰下滑翔而过。快速飞行的成群野鸭在飞机下面倾斜转弯，一闪而过。我们飞过上百个被海象胞衣染成红色的海冰区。然而，终日面对冰面和水面反射的明艳光线，再加上每天都能目睹如此多不可思议的景象，我有几个夜晚竟有点头昏脑涨。

北极景观在以下几个方面给我留下了深刻印象：它既有真实边界，又有暂存边界；其罕见而丰饶的生命绿洲为广袤的不毛之地所包围；它颠覆了常规时间概念；夏季仁慈的阳光使生物的脆弱性表现得更为突出。所有这一切在白令海峡都有所体现。

看到独角鲸的那天，我们在白令海峡上空往南低飞。身后楚科奇海的冰面离我们很近，因此弓头鲸似乎不可能向南迁移这么远；但我们还是仔细查看为好，因为它们能在此类厚堆积冰区前进，也能在靠近俄罗斯那边的薄堆积冰区一路北上，而不被察觉。我那时正在想当天早上看到的两头弓头鲸。在附岸大冰块和浮冰群之间，有一条宽阔冰间水道，这两头鲸当时正在水道中异常清澈的海水里并排漂浮着。我们从其上空通过时，这两头各重50吨的动物动作一致，像花样滑冰运动员一样缓慢优雅地转弯，然后悠然而去。耳机里传来京格伯莱德的叫声："[它们]在等待。"这两头鲸在等待海峡间的海冰消融。有一年，京格伯莱德看到，将近300只弓头鲸像这样平静地等待，有些仰卧着，有些下巴紧贴冰面。

我正在遐思时，独角鲸出现了。这是两头雄性独角鲸，前额各有一根螺纹象牙色长牙，历史上曾把它们和独角兽混淆。这两头鲸大小相近，肤色很浅，一动不动，并排伏在笔直悠长的冰间水道上。我还没回过神来，就被它的形象迷住，没能发出惊叹之声。其他人在惊叫时，我目瞪口呆地盯着独角鲸。我不仅仅凝视独角鲸，也在凝视白令海峡国王岛西北部几英里的这片风景。这些年来，科学家一直在观察并记录附近水域的情况，但在白令海峡没看到过一头活着的独角鲸。从周围冰层的厚度来看，独角鲸肯定是在此处过冬的。[1]它们要么是本地的常住居民——这是种奇妙的想法；要么是去年秋季从其最近的聚集地迁入，比如说，从西伯利亚北部水域过来，或从加拿大东北部过来。

独角鲸的出现非常令人振奋。我们在其上方一圈圈地盘旋，直

1　在冰面下，独角鲸不像弓头鲸那么有力量。它只能用头撞破6英寸厚的冰层。弓头鲸用额头，偶尔用更有力的下巴，可以撞破厚达18英寸的冰层。

到它们游入冰下看不见为止。我们面面相觑。没人能真正说清它们的真面目。

看到某物，并不意味着能把它解释清楚。即使阐释者不是别有用心，仍会出现大量不同的阐释。毋庸置疑的核心信息犹如空间中的一个点；出现各种不同解释的根源是，人们都渴望把这个点变成一条线，让它有个方向。至于这个点变成的直线指向什么方向，这个点如何被利用，在文化、专业和地理等方面的差异如此之大的社会里，其可能性几乎是无限的。无限的可能性让科学家们谨小慎微。在北极这样的地区，人们渴望获取财富，忧虑财富被人掠夺，这样一来，对相关事物如何阐释，往往不是科学家能左右的。人们请他们确定一些生物事件的含义时，比如，那些动物在那边干什么，它们来自何处？科学家们总是避免正面回答。他们有时不愿去详细解释看到的现象，因为他们不能解释其含义，而且，他们还会怀疑声称能解释的人。有些科学家甚至怀疑提问的动机。

我联想到与独角鲸相关的一些可能性。甚至独角鲸的存在也受到了怀疑。北半球其他大型哺乳动物还没出现类似情况。对一些人来说，独角鲸的确生存在环境已遭威胁的白令海峡，这不是个好消息，因为它会促使人们遏止即将开始的石油开采行动。对另一些拿着租赁合同，要在纳瓦林海盆和诺顿海盆勘探石油和天然气的人来说，有独角鲸在那里生存是个麻烦，因为这会让那里的环境复杂化。1982年4月16日下午，五个人在意想不到的地方看到两头独角鲸，惊喜万分；他们瞠目结舌，在其上方盘旋，惊奇地看了又看。在那个时刻，没有人会去追究独角鲸存在的意义。只为当事人当时的惊喜心情而惊异，这样的人几乎没有。

我们对独角鲸的了解还没有对土星环的了解多。冬季出现极夜，天气太冷，我们无法发现它们——它们上哪儿去？吃什么？智利诗人和散文家巴勃罗·聂鲁达在回忆录里好奇地问，为何这么大的动物一直都鲜为人知，鲜有人赞美？他认为，它的名字是“海洋动物中最漂亮动听的，是会唱歌的海洋圣者的名字，是如水晶般美丽的名字”。他还好奇地问，为什么没有人把Narwhal 作为姓氏，为什么没有人“建一栋美丽的独角鲸大厦（Narwhal Building）”？

部分原因在于，遗憾的是，独角鲸这个名字蕴含着死亡之意。独角鲸的灰白肤色曾被比作人类溺亡尸体的颜色，人们普遍认为，这一名字（narwhal）来源于古挪威语的“尸体”（nar）和“鲸鱼”（hvalr），是两个词的复合。中世纪有种说法——独角鲸肉有毒，它的角可以解毒；这个说法曾被拿来佐证其名字有“死亡”含义。18世纪的博物学家布封把独角鲸的特征描述为：“嗜好大屠杀，主动发起攻击，不必要地杀戮其他动物。”历代读过布封作品的人都接受了他的说法。下述骇人听闻的事件，就是人类在严酷的远北地区的活动与独角鲸产生联系的一个例子。1126年，冰岛第一位主教阿诺德，在冰岛海岸遭遇海难。遇难者的尸体及船上的部分物件被冲到海边沼泽地，此地后来被称作“死尸之池”。在打捞上来的东西里，最显眼的是许多独角鲸长牙，“上面用难以消掉的红色树胶饰着古北欧文字，以便使水手们在航行结束时清楚，哪些鲸牙是自己的”。

研究日耳曼语言的教授 W.P.莱曼认为，独角鲸跟死亡联系起来是语言上的巧合。他说，独角鲸的古挪威语语词narhvalr(英语是narwhal，法语是narval，德语是narwal)，是单词nahvalr的方言形式，与把hybrid corn（杂交玉米）读成high-bred corn（精心培育玉米）、把asparagus（芦笋）读成sparrowgrass（麻雀草）情况相同。莱曼称，Nabvalr是更早的西挪威语语词，意思是“有着细长突出物（长牙）的鲸鱼”。

尽管如此，有些人还是把独角鲸称为“死尸鲸”。而且，直到今天，一些地区依然盛行这一毫无根据的观念，即，独角鲸是导致人类死亡的一个原因，或者是人类死亡的凶兆或标志。在历史上，动物常被这样预先设定，根据与其真正习性毫不相干的臆想或猜测，被赋予毫无事实依据的联想。现代野外生物学家所做的较为充分的解释，从某种程度上来说，是对人们这样随意地给动物命名的倾向的弥补。但正像聂鲁达所建议的那样，就像把小饰品或最精致的手表从储藏架上拿下来一样，不断把动物从我们所安置的位置上解放出来，让其恢复固有的生机，也是文学的一个使命。

独角鲸的神秘面纱不易被科学揭开。首先，它们生活在水下。而且，它们终年生活在北极苔原中，即使是在夏季，接近它们所需的后勤保障和费用，也是野外调研必须克服的巨大障碍。在很大程度上，科学家只能从高踞海边断崖之上的观察点，观察附近没有结冰的水面上独角鲸的活动情况；只能把水听器放在它们身上，把它们与已被人类了解较多的同属动物别卢哈鲸做比较。它们与气候变化和种群规模消长有关的有规律的周期性生命活动，比如迁徙、交配和产崽等，我们几乎一无所知。[1]

对这种社会性和群居性的小型鲸鱼，科学家能说清的只是其形体特征，而说不清其生态状况或行为特征。（遗憾的是，对理解工业发展如何影响独角鲸起着关键作用的，是后者而非前者。）成年雄性独角鲸，长16英尺，重达3 300多磅，身材比雌性独角鲸大约要大四分之一。雄性独角鲸还有一个突出特征，其上唇偏左处长有一根象牙色长牙，长可达10英尺。雌性独角鲸很少有长着长牙的，上颌两侧都长有长牙的独角鲸更是凤毛麟角。

从侧面看，与其他部位相比，独角鲸头部显得小而圆。包含着生物声学脂肪的既高又圆的前额最为显眼；生物声学脂肪是一种特殊脂肪，使独角鲸能用声波来与其他鲸鱼交流，也使它能在所处的

---

1 不幸的是，爱斯基摩人在这些方面的知识和见解，几乎没有可取之处。在爱斯基摩猎人所熟知的自然史领域中，他们对迁徙动物种群动态的了解是最为欠缺的。原因很简单，大部分时间里，这些动物生活在“本地生态共同体之外”，即生活在爱斯基摩人与其共享的地理和现象景观之外。

三维世界里给自己和其他物体定位。其短短的前鳍主要起水平舵的作用。其纺锤形身体从鳍肢后开始逐渐变细，鳍肢处周长最大，可达8英尺，到尾巴处几乎呈扁平状。独角鲸没有背鳍，长约5英尺的背脊呈不规则的褶皱状。其尾部很独特，从上方看呈心形，像银杏树叶，中心凹陷，两片尾叶向前弯曲。

从正面看，独角鲸头部略呈方形，且不对称，在硕大胸部映衬下显得奇小。嘴巴在庞大的身材上也显得很小，上唇遮盖住了较短的楔形下巴边缘。它的眼睛位于上翘嘴角的后上方，使它看起来像在发呆。（博物学家皮特·沃夏尔称，独角鲸经过长期进化而面部肌肉缺失，使其前额不可能展现好像有嘲弄意味的那种褶皱，使其不可能显示有怀疑意味的扬眉表情，不可能绽露有下决心意味的撅嘴唇表情。）其头顶唯一的新月形呼吸孔呈纵向。

独角鲸幼崽几乎全是灰色。青年独角鲸肚子上有摊开的白色斑块和条纹，两侧是大理石花纹。成年独角鲸头顶和背部呈深灰色；鳍肢前端和尾叶是淡灰色，身体下部呈白色和淡黄白色；后背和两侧为灰黑色斑块。年长独角鲸，特别是雄性独角鲸，几乎全身都是白色。有些人说，雌性独角鲸身体两侧的颜色总是显得较淡些。

独角鲸皮肤看起来酷似大理石的色彩花纹，摸起来像是涂了层油的光滑石头，别有一番魅力。尤其是尾叶处，深灰色的弯弯条纹泛出些许灰白色，看上去酷似绘画作品。其身体其他部位则布满环斑。威廉·斯科斯比写道：“这些斑块近似圆形或椭圆形；在后背上，环斑直径很少超过两英寸，这里颜色最深，也最密集，斑与斑之间有纯白色的空隙。两侧的环斑颜色较浅，也较小，环状没完全封闭。肚子上的斑很少，显得很模糊，在很多地方几乎看不到。”这些斑纹已经深入皮肤，深达半英寸。

英国捕鲸史史学家巴兹尔·卢博克称，在水中，由于光照和水本身颜色的作用，独角鲸呈现“很多颜色，色调范围从深海绿色，到湖泊[蓝]色”。

独角鲸擅长游泳，它们能略微改变身体外形来减少湍流阻力。它们的速度之快和对身体良好的掌控能力，使其能够捕猎到游得很快的猎物，比如北极鳕鱼、格陵兰比目鱼；也能躲开敌人逆戟鲸和格陵兰鲨鱼。

独角鲸一般栖息在海冰边缘，有时在距无冰水域数英里的厚重积冰区纵深，也能发现它们的踪影。（它们如何确定冰间水道在它们通过后不会结冰，以确保安全返回，还无从得知。）它们在激流和强风频现的地区成功地生存了下来，那里，海面上浮冰运动剧烈；浮冰开裂形成水道，冰块聚合致水道消失，或水道封冻，其速度都非常快。（它们像海鸟一样，似乎有种神秘莫测的能力，可以感知冰间水道封闭的时间，从而确保在此前离开。）它们也不是总能准确地估计冰层移动和冻结的时间，后果就是，它们能够浮上来呼吸的水面越来越小，最终被困在冰上，这种被称作“冰牢”的现象通常很致命，也相对罕见，但的确出现过。

冰牢现象最常在格陵兰岛西海岸出现。秋末时节，独角鲸仍在海岸峡湾里觅食，峡湾口平静的水面上可能会形成一条冰带。这一冰层会向峡湾尽头扩展。在某些地方，冰层靠陆地的一边到临海一边之间的距离太远，独角鲸在峡湾里的水面呼吸一次，不能从宽阔的冰面下游到临海的无冰水域。此时，峡湾内靠岸一侧也会出现冰层，并向外扩展，与从峡湾口向内扩展的海冰对接。这样一来，成群独角鲸就挤在空间越来越小的无冰水域里。有时在很远处就能听到它们的咆哮声，像牛一样的呻吟声，以及爆破式的尖利呼吸声。

1943年3月16日，丹麦科学家克里斯蒂安·韦伯在格陵兰岛西海岸中段的一个地点，观察了一处冰牢。数百头独角鲸和别卢哈鲸被困在不到20平方英尺[1]的冰间水域。黑色的水面非常“安静，”韦伯这样写道，“但平静水面突然被黑影和白色动物激荡，它们跃出、

1 平方英尺，面积单位，1平方英尺约等于0.093平方米。——编者

下落，画出许多优美弧线——是上百头独角鲸和白鲸。它们并排跃出，靠得如此近，有些甚至是伏在其他动物的背上给带出水面的，以至翻了个跟头，漂亮的尾巴朝上，在空中摆动。先是跃出数排独角鲸，接着是白鲸，然后又是独角鲸——同一物种依次跃出水面。它们在狭小水域中翻腾着，荡起阵阵浪花。它们吸气时发出哮喘似的沉闷鸣响，好像是通过一根长长的铁管吸气一样。水面被它们荡得波浪起伏，掀起的浪花跌落在周围的冰面上。”它们呼出的湿气和溅起的浪花，全都在这一大呼吸孔边沿上结冰，进一步缩小了冰牢的开口。尽管是一片狂乱景象，韦伯看到的两种鲸鱼，没有一头被独角鲸的长牙刺伤。[1]

独角鲸与抹香鲸之类的齿鲸同属齿鲸亚目，与鼠海豚和海豚同属海豚总科，和唯一的同类别卢哈鲸同属一角鲸科。生物学家们认为，与明显适应海岸生活的别卢哈鲸不同，独角鲸是适应远洋或开阔水域的物种，更适应有冰的生活，在更靠北的地区过冬。可以通过对别卢哈鲸的了解进行推测，独角鲸在4月份受孕，14个月后，也就是来年6、7月，生下唯一一头长5英尺、重170磅的小独角鲸。独角鲸幼崽出生时，身上会带着一层1英寸厚的脂肪，用于水中御寒。它们会被哺育约2年，与母鲸待在一起3年多。基于别卢哈鲸的情况进行推测，雌性独角鲸4到7岁时性发育成熟，雄性独角鲸性成熟在8到9岁间。

独角鲸通常两到八头成一小群，一般是同性和同龄者聚在一起。夏季，包含幼独角鲸的雌性独角鲸群，跟雄性鲸群相比，有时规模更小，或更松散。春季迁徙时，独角鲸群可能由300多头组成。

独角鲸的主要食物包括：北极鳕鱼和极地鳕鱼、格陵兰比目

1　在冰层开裂前，爱斯基摩猎人一周内，就在这个冰牢捕杀了340头独角鲸和别卢哈鲸，其余的鲸鱼在冰层开裂后逃生。1915年春，在迪斯科湾，几个月内，爱斯基摩人就在两个冰牢中捕杀了一千多头独角鲸和别卢哈鲸。鸟类，特别是厚嘴海鸦和小海鸟，需要足够的无冰水面起飞，但由于疏忽大意，会突然发现自己陷于困境，没有足够的空间起飞。

鱼、红鲑鱼、杜父鱼，以及其他鱼类；乌贼及部分虾类；章鱼及甲壳类海洋动物。独角鲸有一个复杂的五腔胃，可以快速消化食物，但消化不了下列物质：乌贼、章鱼的甲壳质喙状嘴、甲壳类动物的壳、鱼类的耳骨和眼球晶状体——生物学家可据此了解独角鲸的食物结构。

有两种“鲸虱”（实际上是微型甲壳类动物）会附在独角鲸的皮肤上，准确地说，是附在长牙穿过上唇的凹陷处、尾叶的凹口以及伤口处（即独角鲸身上最不易被海浪冲刷的部位）。这些小动物在独角鲸皮肤上留下的尖利钩状爪印，有时特别明显。年长独角鲸身上有很多此类寄生虫，让观察者不寒而栗。

6月份，如果你站在巴芬岛博登半岛北岸的海崖边缘，连续数周，每天24个小时，你都能看到大群大群的独角鲸迁徙，几乎是连续不断地在阳光下的海水里穿越而过。你会惊叹于其动作的敏捷性，一起游泳潜水时动作的一致性，警惕而沉着、似乎能应对一切的品质。其部分魅力在于，它们在三维空间中运动时动作强健而优雅，就像鸟儿在无风天气里凌空滑翔。其动作协调一致性的最突出表现是，它们能成群结队地同时潜入深水。它们就像一个整体一样从水面上消逝，水面很快就由灰白色变为浅黑色。它们能潜到1 000多英尺深，目的常常是，快速地把成群北极鳕鱼从深水赶到水面上，使北极鳕鱼由于气囊迅速膨胀而失去意识。在水面上，这数以千计的丧失意识的鳕鱼成了独角鲸、格陵兰海豹以及大量喜出望外的北方暴风鹱和三趾鸥的口中餐。

从高处观察，我们还会为独角鲸间的社会性互动所震撼。这些互动很广泛，也很有秩序，似乎是基于年龄和性别而展开。雄性独角鲸进行交际时经常要发挥长牙的作用。它们把长牙像剑一样斜横在水面上；或把长牙横在其他鲸的背上，将其往下压；或与其迎面对峙，将彼此斜横的长牙贴在一起。

海伦·西尔弗曼在研究生时期所做的课题，包括独角鲸的社会组织和社会行为。她基于自己在兰开斯特海峡的观察，描述了下述典型景象："有一次，由两头成年雄鲸、一头成年雌鲸、一头[幼崽]和一头半大独角鲸组成的五头鲸群体，在雄性独角鲸的带领下往西行进。鲸群突然停下，在海面上待了约30[秒钟]。一头雄独角鲸转过身，游到[幼崽]下面，两次把它整个推出水面。母鲸没任何明显反应。于是，这头雄性鲸就用长牙尖碰了一下母鲸的侧身，然后鲸群继续西进。"

6月下旬，阳光明媚，狂风大作，坐在高高的海崖边，体验着这类天气带来的那熟悉的壮阔感和强烈的兴奋感，又有好机会观察独角鲸，这一切所产生的感受，用一个爱斯基摩词就能概括：quviannikumut——"深深的幸福感"。像这样坐在这儿，很容易引发对独角鲸的各种遐思。第一次看独角鲸的嘴，透过有褶皱的舌头，看着它泛着泰尔红紫的白色柔软口腔壁，我就觉得独角鲸和抹香鲸很相近，因为它们的口腔颜色相似。像抹香鲸一样，独角鲸也擅长潜到深处。据我们所知，鲸鱼中只有独角鲸和抹香鲸能在水面上连续睡数个小时。独角鲸浮在水面上时，也像抹香鲸那样，将喷水孔到背脊的部分露在水面之上，后背其他部位及尾巴斜插在水里。和抹香鲸一样，它也以长牙出名；其前额里的油脂也成了一些人竞相猎取的对象，尽管猎取持续的时间不长。

像所有鲸鱼一样，在进化史上，独角鲸始于白垩纪，和吃昆虫的食肉动物一同出现，我们人类就是从这种食虫的动物进化而来的。它从白垩纪到古新世的进化历程，与河马、羚羊之类的偶蹄动物相似，但随后分道扬镳。在3.8亿年之前的泥盆纪，独角鲸的远祖从海洋爬上陆地，在陆上生存了大约3.3亿年后，由于基因的变化，独角鲸远祖又回到了海洋中。最原始的鲸鱼出现于4 500万年之前的始新世，第一批齿鲸出现于1 800万年后的渐新世。到那时为止，呼吸空气的哺乳动物能在水中栖息的非凡进化历程大体完成。

从海崖上俯察一头孤单的鲸鱼平静地漂浮在蓝绿色水面上，很容易让人联想到哺乳动物的进化历程，想象独角鲸迄今为止的历史。尽管其骨骼结构显示有盆骨痕迹，它的后腿却消失了。海水给了它如此大的浮力，以至于其骨骼结构不需要浓缩型强化；因而其体型在不失灵敏的同时向大的方向进化。它离开温度波动极大的空间（我凝视海面所处的北极岬角的温度，12个月内上下波动幅度可达120华氏度），到一个温度波动幅度很小的空间。然而，它并没摈弃温血动物的生活方式；2到4英寸厚的皮下脂肪可隔绝外界的寒冷，以保持恒温。

独角鲸的身体在两个方面发生了重大变化，一个是储存和使用氧气的方式，另一个是调整了感官结构，以适应主要需要听觉而不是视觉和嗅觉刺激的环境。

此刻，我在北极呼吸，34%的氧气暂存在肺里，41%的氧气暂存在血液里，13%的氧气暂存在肌肉里，还有12%的氧气暂存在其他器官组织中。当我气喘吁吁或出现某种情绪时，才会深呼吸。在同一地方，独角鲸深呼一口气——把它相对不大的肺部填满。它以不同方式储存氧气，以便在潜于水下的15分钟里，能稳定地利用氧气：只有9%的氧气留在肺部，41%的氧气进入了血液，另有41%的氧气进入肌肉，约9%的氧气进入了其他组织。其血液里的氧气附着在血红蛋白分子（和我的相同）上，肌肉中的氧气附着于肌红蛋白分子上。（独角鲸肌肉中肌红蛋白含量很高，肌肉呈暗栗色，与其他海洋生物肌肉颜色相似。）

独角鲸循环系统的演变（血管细脉网的演化、肝静脉的增大、一些部位血液的可逆性），使其能够完全适应潜入深水中所承受的高压。

它血液中氮气含量极少，浮出水面时，不会出现潜水员出水时出现的“减压病”。呼吸作用产生的二氧化碳，奇妙地储存在肺部，直到胃部迅速收缩时被爆炸式地喷出。

只有带上精密的水中呼吸装置、减压槽、潜水服、加重带和游泳脚蹼，我们才能探索这些变化。即使这样，也难以体察以独角鲸为代表的那些哺乳动物所发生的根本变化。首先，我们所体验的主要是二维世界，我们很少往上看；我们习惯于探索事物的“长度和宽度”，而不是“高度”。而独角鲸很少有二维的体验——其皮肤表面对水的感觉就是二维的，但它为了呼吸必须上浮，这就突破了平面式的二维生存空间。

限制我们去体察独角鲸世界的另一个因素是，它们运用各个感官的优先次序和我们所习惯的次序不同。据我们所知，独角鲸的味觉和嗅觉功能几乎丧失，尽管它们很可能还有判断咸度的能力。其触觉依然很灵敏。它们对水压的敏感度提高了——在光线很暗的空间里，它们判别深度的能力极强，对前方一群鳕鱼游过产生的细微湍流，它们有猎人般的高度敏感。由于栖息在缺乏光照的环境里，它们的视力衰退了。事实上，眼睛的演变是为了适应高水压、海水盐分的刺激、水流的不断冲击，以及水下光线各个角度的折射。（独角鲸看水面上的世界时，眼睛是不动的；它的眼睛散光，改变聚焦距离的能力下降。）

对独角鲸来说，视觉只是一种次要感觉，它们的空间主要是三维的听觉空间，因而，它们所感受到的是一个完全不同的世界。对此类感受能力所能产生的普通感情和动机，或许只有音乐家才能略知一二。

夏日里，对站在高处的远眺者来说，北冰洋似乎非常寂静。然而，如果你向海水里放一个水诊器，你会发现只有频谱分析仪和磁带录音机才能分辨的“噪音”音域。比如，髯海豹颤音式的呻吟声，虾放电似的噼里啪啦声，海象发出的深沉隆隆声，环斑海豹的尖利叫声和嗷嗷叫声；纯音，嘀嗒声，鸟一般的啭鸣，别卢哈鲸和独角鲸的和声；弓头鲸发出的大象似的吼叫声。除了这些动物的声音，还有海底沉积物移动的声音，海冰挤压断裂的嘎嘎声和啪啪声，以及浅水中倾覆冰层的刮擦声。

独角鲸处在这样的嘈杂声音中仍能怡然自得；正如我们晚上漫步时可以感受到周围的一切，它们也是如此，但它们能成功地显现出“睡着”的状态；在兰开斯特海峡，在夏季的一天，它们在海面上对周围的一切充耳不闻。

独角鲸的听觉系统发生的唯一重要的改变，是两个耳道相互隔离，这使它能够生活在水中。其头部两侧能独立地接受水中的声音，然后判断声音的来源。（我们在空气中才能这样做，在水下，声音是通过头骨匀速震动而传声的。）当然，独角鲸也听到了许多种声音，我们只能猜测它关注什么声音，或从听到的所有声音中获得了什么信息。反过来，独角鲸也发出许多对其他独角鲸和其他动物很可能是重要的声音。

声学科学家把独角鲸发出的声音分为两类。一类是呼吸道发出的声音，包括喘息声、呜咽声、呼啸声及各种咯咯声，这些声音我们可以听到。另一类声音大概与回声定位机能和相互交流有关，科学家将其分为三种：每秒钟高达500次的嘀嗒声、脉冲音、纯音。（其中一些声音像水面上的冒气泡声，僻静处的小船上的人可以听到。）

人们认为，独角鲸用嘀嗒声来确定自己、同伴、猎物、浮冰边缘、冰间水道等的位置；它发出的脉冲声本质上具有社交功能，同时具有个体特征。就是说，每头独角鲸都能发出独特的脉冲音；纯音信号也具有社交或沟通功能。数位科学家在《美国声学协会会刊》上发表文章写道，独角鲸“[与别卢哈鲸相比，]似乎要安静得多，发出声音的种类好像要少一些，发出的许多种声音人类听不到”。然而，后来，一项研究发现，独角鲸“在水下酷爱弄出点儿声响”；这项研究指出，相关磁带录音中，“独角鲸发出的声音的音长和音频成分富于变化，这些变化的声学证据几乎比比皆是”。该项研究在结论中还指出，对独角鲸的大部分发声行为“依然处于推测阶段”。

我之所以啰唆这么多，就是因为存在着两种完全不同的推测。

一种推测是，鲸鱼接收和发出声音的能力表明，它是一种“有智能的”动物，这也是老生常谈；另一种推测在加拿大政府的一份报告中表露无遗，那就是，海底钻井作业的持续喧嚣，以及相关海空运输产生的噪音，“想必不会[给独角鲸]带来危害，因为本来就有这样一种推测——兰开斯特海峡水下噪音的层级很高”。

我们很难相信有人会有如此狭隘的想法，会对生命如此无情，以至于写下以上所引用的那些文字。与我们人类相比，鲸目动物很可能不是那么“有智能”，就是说，不是那么有意志力、想象力和逻辑思考能力。然而，认为独角鲸有智能，将会受人类海底钻井活动产生噪音的影响，这种看法与其说是一种推测，不如说表达了这样一种可能：对我们只能将其称为独角鲸的这种神秘动物持一种尊重态度。我高高地站在海崖边缘，静如祷告的修道士，仔细观察被海水冲刷的独角鲸后背，心中涌起想与独角鲸交流的渴望，这种渴求顿时显得非常崇高。

我放眼凝视兰开斯特海峡。这里有四到五头独角鲸浮在风平浪静的海面上休眠，就像夜空最先泛出的第一批星星一样若隐若现。在正前方，鸟儿们从远处滑过天空，身影愈来愈模糊，直至消失。在独角鲸身下的海水中，群群鱼儿在涌流中穿梭，水愈深光线愈暗，直到什么也看不到。

根据英国学者奥德尔·谢泼德的说法，克特西亚斯在著述中首次描述了独角兽。克特西亚斯是公元前15世纪生活在波斯的希腊内科医生，他从印度听说了独角兽存在的传闻。后来，由于独角兽相继出现在亚里士多德、普林尼和百科全书编纂者塞维尔大主教圣依西多尔的作品中，人们才相信了这一勇猛、外形像马、前额长有一独角的动物的存在。《圣经·旧约》的希腊译者把希伯来词语re’ em (意思很可能是现在已经灭绝的欧洲野牛-原牛) 翻译成了“独角兽”，这样一来，《圣经》无意却又具有讽刺性地为独角兽的存在提供了依据。

独角兽的传说，以及后来把独角鲸牵涉进来的故事，在很多层面上都耐人寻味。直到进入中世纪很久以后，独角兽的传说仍然只是在书本上和学者之间流传，仍不是欧洲民间文化的一部分。文艺复兴期间，科学家、学者和神学家纷纷对独角兽的存在做出了不同版本的学术“解释”。无论这些解释在怀疑论者眼里是多么牵强，独角鲸那酷似独角的长牙似乎成了无法否认的铁证；而且，哪个基督徒都不会否认独角兽的存在，否则他就要冒犯《圣经》。

学者们认为，克特西亚斯在波斯最先记载的独角兽，其实是由羚羊或犀牛的形象改造的产物。他们推测，这种做法之所以没受到质疑，是因为像克特西亚斯这样的希腊人，把波斯织锦里描绘的“印度宗教艺术的畸形怪物”当成了真实动物。在中世纪的欧洲，人们从事稀有的独角鲸长牙和海象长牙贸易，并把独角鲸与基督教传统和琐罗亚斯德教传统中的神秘动物混淆，加上有些牧人使家畜的角发生怪异变化，这些都使人们相信，传说中的独角兽是存在的。而且，富人和学者对这一高贵动物的兴趣不仅仅是迷恋，而且趋于功利化。在14世纪和15世纪，欧洲王室常常成为各种政治投毒的受害者，而独角兽的独角被认为具有最好的防毒作用。

奥德尔·谢泼德在《独角兽的传说》中写道，文艺复兴时期的人们迷信独角兽的角有多方面的功效：“[独角]无论在黑夜还是在危险地方都陪伴着他们，他们把独角置于胸前，像对待珍宝一样精心呵护。在他们眼里，独角的确奇特无比。独角使他们在白天能免遭飞箭袭击，在黑暗中能抵御瘟疫，使他们能识破投毒人的诡计，使他们能够抵御癫痫以及不便道出其名的一些不雅的肌体疾病。总之，独角是一种护身符，一种避邪物，一种武器，一种包治百病的药箱。”

中世纪时，人们把独角鲸的长牙当作独角兽的角，切分成碎片进行买卖，以赚取财富，其价值相当于黄金的20倍。谢泼德估计，在16世纪中期的欧洲，人们见到的完好的独角鲸长牙不超过50根，而且每一根的来历都不简单。这些长牙是送给王室和教堂的礼品，也是知其底细的东征十字军渴望获得的战利品。1204年，十字军从君士坦丁堡偷得两根独角鲸长牙，并运到威尼斯的圣马可大教堂。至今，人们还可以在该教堂看到那两根长牙。

欧洲的独角鲸长牙，是从格陵兰岛和冰岛贩卖过去的。奇怪的是，把长牙贩运到欧洲的，是那些对独角兽的来龙去脉及独角鲸长牙的价值一无所知的水手，与冰岛主教一起溺亡的人就包括这类水手；最终获得长牙的人则知晓其价值。但购买长牙的人，通常根本不知道有独角鲸这种动物存在。

把这些风马牛不相及的东西联系起来的第一个欧洲人，似乎是制图员歌哈德·默卡托，此人在1621年明确指出，独角兽的角其实来自独角鲸。1638年，“造诣颇高的动物学家和古玩家”丹麦教授奥勒·沃姆，在哥本哈根发表演讲，也把独角兽和独角鲸联系起来。但是，直到那时，独角兽的各种传说在欧洲社会的影响太深远了，不可能轻易消除；而且，独角兽的角在市场上也太昂贵了，不会因不利的真实信息而突然变得一文不值。另外，有人辩解说，难道长牙不是海中独角兽的角吗？为什么它不能具备陆上独角兽的角那样的威力呢？

久而久之，独角鲸的长牙在医学界失去了影响力，长牙交易日益萎缩，独角兽的传说逐渐被牧师和学者摈弃；但它被大众接受，受到浪漫主义者、艺术家和诗人青睐。然而，独角兽的形象已变得与克特西亚斯记载的世俗传说中的形象大不一样。在克特西亚斯的描述中，独角兽虽然性情温和，却是一种高贵而可畏的生物；它虽然孤单又凶猛无比，却不乏同情心。这样，独角兽就成为游侠骑士和国王的纹章标志物。1603年，詹姆斯一世使英国盾徽中出现了独角兽的形象；1671年，克里斯蒂安五世成为第一位丹麦国王时，他就是坐在一把全部用独角鲸长牙做成的加冕椅上接受王冠的。

受基督教影响，独角兽的故事演变成了被捕获和驯服的野兽的故事。独角兽失去了强健、独立、野马般超然离群的特质，俨然成了乡村庭院中可被少女驯服的、山羊似的小动物。关于独角兽最重要的传说是，它有魔力把有毒的河水变成纯洁的水，以便其他动物饮用，正如摩西用魔杖将玛拉泉的苦水变成甜水一样，但这样的故事已逐渐被人们遗忘。古罗马作家索林诺斯在《多元历史》（*Polyhistoria*）中写道："独角兽根本不可能被活捉——只有杀死才能获得。"后来它却变成了驯养而致的纯洁和谦恭的象征。

冬天的一个下午，在不列颠哥伦比亚省的温哥华市，我采访了唯一一个成功展出成年独角鲸的人。（这6头独角鲸是1970年从加拿大北部运来的，随后数月内都死于肺炎。）此人就是不列颠哥伦比亚省水族馆的负责人默里·纽曼。他解释说，捕获独角鲸本来就有很大难度，随后在馆内养独角鲸也非易事，遇上拥有巨大长牙的雄性独角鲸，尤其如此。他认为，其他水族馆也很难做到这一点。我们的目光掠过水族馆修剪平整的草坪，转而凝视温哥华海港的那一刻，我深深感到，索林诺斯在《多元历史》中对独角鲸的描述，具有不可思议的贴切性和预见性。

独角鲸长牙捏在手里坚实而有弹性。它呈圆形，如象牙般缓缓由粗变细，大部分是空心的。（活着的独角鲸，长牙空心部分充满牙髓。）一根巨大独角鲸长牙重量可达20磅，长八九英尺，直径由牙口的4英寸缓缓缩减到牙尖的0.5英寸。平滑磨光的牙尖部分长约二三英寸，呈钝头圆锥形，有时呈楔形。长牙其余部分有条纹，从右向左有规律地盘旋五六圈。通常，只有一条与盘旋条纹并行的凹槽比较显眼。许多长牙标本从头到尾都有非常模糊、浅淡的条痕。

长牙有条纹的部分摸起来很粗糙，浅槽经常被藻类覆盖。这些微小生物使该部分呈现棕绿色或酱紫色斑纹，相比之下，牙尖呈白色，通常嵌入独角鲸头颅左上方、长达10到12英寸的部分，呈较黄的象牙色。

在19世纪很长一段时间，人们仍难以断定哪种性别的独角鲸长有长牙（或者，雌雄独角鲸是否都有长牙）。虽然许多人认为，只有雄独角鲸有长牙，但是，一些雌独角鲸有长牙的报道也有真凭实据（事实上，1684年，一个德国船长把长有两根巨大长牙的雌独角鲸头颅，送给了汉堡的博物馆），这使人们感到很困惑；这样，德国科学家所罗门·瑞塞尔1700年只好宣称，一些独角鲸有“乳白色的长牙”。关于长牙的功能，有很多猜测，但始终没能达成一致，这就使相关困惑有增无减。（一个司空见惯的错误让人更加困惑——有些印刷工有时粗心地把图片的方向弄颠倒，结果，长牙看起来像长在独角鲸头部的右侧而不是左侧，条痕旋转方向也变成了从左到右。）

最终人们还是获得了一些确定无疑的信息。长牙条纹的旋转方向是从右向左。在正常情况下，雌雄独角鲸上颚的两边，都会各长出一颗“牙齿”状的初始长牙。至于雌独角鲸，两颗牙齿通常变成坚硬的象牙色杆状物，一端有节结状凸出，如同海泡石烟管（这些就是瑞塞尔所说的“乳白色长牙”）。雄独角鲸的右边的牙一直发育不全，如同“一小块生铁”，而左边的牙则通常发育成了一个活生生的器官，一颗持续生长、充满血管的长牙。无论是雌性还是雄性独角鲸，两根牙齿都长得很长的情况非常罕见。独角鲸若有两根长牙，上面条纹的盘旋方向都是从右向左（就是说，两根长牙的条纹不可能像大象或海象的那样是对称的）。从上往下看，两枚长牙小幅度地向两边分开。一些雄独角鲸左边的牙永远发育不成长牙（若是这种情况，其右边的牙也发育不成长牙）。只在上颚左边长出一根长牙的雌独角鲸只有3%。

从性别差异和生理方面探明独角鲸长牙，似乎比确定长牙的作用要简单。人们推测，长牙就像一把耙子，把海底的鱼搅动出来；或像一支矛，用以刺穿猎物；又像具有保护作用的武器。这三种推测都忽视了没有长牙的独角鲸的需要。而且，加拿大生物学家罗宾·贝斯特对此有不同看法。贝斯特对长牙的作用一直很感兴趣，他认为，作为一把耙子或一根测杆，长牙太易碎，根本无法重复使用；用长牙攻击其惯常食用的各种鱼类既困难又无必要，而且，要把大鱼从长牙上取下来也不可能；再者，也没有任何记录显示，独角鲸用长牙去攻击其他动物或保护自己。

独角鲸的长牙频繁斜横出水面，长牙根部又位于头颅的发音区域，因而有人推测，长牙可能有些许接收和传播声音的作用（这种推测还是忽略了雌独角鲸）。口腔外科医生断定，其牙髓中不含回声定位所需的生物声学脂类，但这并不意味着，独角鲸不能以某种方式去利用长牙，以接收或传播声音，或像有些人提出的，用长牙去和其他雄独角鲸进行“测发声比拼”。（口腔外科医生推测，因为长牙内富含血管，独角鲸可以以此散发身体很大一部分热量，这可使雄独角鲸捕猎时更具活力。生物学家对此并不苟同。）

威廉·斯科斯比是一位聪明机智、眼光锐利的海上观察者。他在1820年推测说，就像人类的胡子一样，长牙只是独角鲸的第二性征，可能在雌雄独角鲸需要呼吸时用来捅破薄冰。科学家说，独角鲸非常谨慎，不可能用长牙去撞击类似东西；但斯科斯比推测的前半部分是正确的。

像其他雄性动物一样，雄独角鲸只用长牙做一些比试性的炫耀动作，但它们偶尔好像也会发生某种形式的身体冲突。许多性成熟的雄独角鲸的头部，都有各种各样的伤痕，科学家甚至还在受伤独角鲸身上发现折断的长牙尖儿。（一名科学家详尽地研究了独角鲸的肌肉组织，他说，独角鲸的颈部肌肉力量，不足以使长牙能像长剑一样具有挡开和刺穿功能。事实上，雄独角鲸好像总是审慎而灵巧地移动长牙，它们被困在拥挤的冰牢中时依然如此。）独角鲸头部受伤的起因已经搞清，那就是，雄独角鲸为了确立和维持在同性群体中的地位——尤其在交配期，必须相互比拼；但独角鲸具体是怎样受的伤，以及多久受一次伤，还存在很大争议。一种似乎能讲得通的观点是，雄独角鲸面对面，把长牙排在一起，长牙较短的独角鲸的头部可能会被擦伤，或被严重捅伤。

高达20%至30%的独角鲸的长牙都有伤痕。一些长牙的受损处会覆盖着奇形怪状的填充物，将暴露的髓腔封闭起来。口腔外科医生说，这种杆状填充物只是“修复性牙质”的正常沉积体。但有些人长期坚持认为，这些填充物其实就是其他独角鲸的牙尖部分，因为填充物和牙尖部分显然相似。（其他独角鲸的这些折断牙尖里充满小石头和沉积物。）

暴露的牙髓会成为感染源，更不用说会带来疼痛。独角鲸设法填补髓腔（如果“修复性牙质”不能自动修复）的说法是有道理的。有人认为，一头独角鲸引诱另一头独角鲸牺牲长牙尖儿，来填补自己暴露的牙髓；还有人认为，雄独角鲸把长牙尖儿放到对面雄独角鲸头部对声音敏感的圆形隆起部位，以便在发声比拼时发出“信息”。这两种看法的迷惑力不分伯仲。绝对地坚持认为独角鲸不会用长牙做一些反常的事情，比如刺穿海底的比目鱼，这似乎比较武断。（赫尔曼·梅尔维尔调侃说，独角鲸可把长牙当拆信刀用。）但有一点似乎是清楚的，长牙主要的或许是唯一的作用，是社会性作用。罗宾·贝斯特进一步指出，鉴于其易碎性、长度和高受损率，长牙很可能已经到达了进化进程的终点。

还有一个问题是，为什么长牙上有螺旋纹痕？1948年去世的英国著名生物学家达西·温特沃斯·汤普森，曾给出了一个绝妙而有说服力的答案。他认为，独角鲸尾巴的推力使身体产生了微小的扭转力。牢固地而非纹丝不动地竖立在上颚牙槽里的长牙，可以稍稍抵消这种扭曲力。实际上，在独角鲸的一生中，从相对运动的角度来看，它一直在围绕着长牙缓慢地旋转，年复一年，它上颚上不规则的牙槽导致了长牙表面条痕的形成。

汤普森指出，独角鲸的牙齿本身并非呈扭曲状——它犹如表面平滑的象牙，只在表面出现一系列浅浅的纹线。自从汤普森1942年提出这一看法后，没有人反驳、也没有人证实或改进这个说法。

象牙本身易干枯，而且易碎，很难使用，而对于有着捕猎独角鲸传统的爱斯基摩人来说，独角鲸长牙的最大好处在于它和木材相似。在独角鲸被大量捕猎的一些地区，既没有树木，又没有漂流木。在这些地方，长牙被用作矛枪杆、帐篷杆、雪橇坐板、交叉杆，以及其他所有需要笔直且长的材料的替代品。

捕猎独角鲸最频繁的人是爱斯基摩人，其捕猎时机是春天独角鲸经过近岸迁徙时，或夏天独角鲸来到海港或峡湾中时。据我所知，在精神信仰上，爱斯基摩人根本不重视独角鲸。在他们眼里，独角鲸和驯鹿一样，只不过是一种会迁徙的可食用动物，其灵魂（Kirnniq）很容易被抚慰；独角鲸不像北极熊、狼、海象或乌鸦那样，拥有替人祈祷的魔力或与生俱来的威力。

除了独角鲸的长牙，格陵兰人还特别珍视独角鲸的皮。他们认为，独角鲸皮比其他任何皮革都适合做雪橇犬具，因为它在寒冷天气里依然柔韧，在潮湿情况下也不会松弛。人们也珍视独角鲸的背部肌腱，把它当细绳用，因为它不仅耐用，而且长度可观。独角鲸皮的外层富含维生素C，丰富程度堪比未加工的海豹肝脏。鲸油燃烧会冒出明亮干净的黄色火焰，可产生亮光和温暖，使土著居民冬天能在圆顶冰屋里，在鱼钩上雕刻图案或缝制连指手套。一头独角鲸足以让一群狗吃一个月。

但现在已不比以前。土著捕猎者对独角鲸的功利心态让一些人很反感；其非同寻常的捕猎手段，基于对独角鲸及其生存环境的准确和详细了解，使很多人不再体谅和赏识他们。

1982年我在兰开斯特海峡的浮冰边缘观察独角鲸时，没有一头独角鲸因为喂狗而被屠杀。狗已被雪地机械运具取代。也没有独角鲸的肌腱被取出当细绳用。只有独角鲸的长牙会被带到附近村庄卖掉换钱。可食用鲸鱼皮层——带有一薄层鲸油的鲸鱼皮——带回位于努瓦的捕猎大本营。（每年春天，人们都很期待这道佳肴，并尽情地享用它。鲸皮有榛子的味道。）

兰开斯特海峡独角鲸的命运，与该海域油气井的钻探计划明显相关。但有证据表明，目前对独角鲸的捕杀压力已成为同样重要的决定因素。近年来，巴芬岛北部的爱斯基摩猎人，春季捕猎独角鲸时显得不是那么专业，那么有节制。他们采用了草率的远射或欠考虑的射击进行捕杀，所用枪的口径和子弹类型不足以致命，只会让独角鲸受伤。而且，他们捕杀独角鲸的数量，有时超过了由加拿大渔业和海洋部规定、由国际捕鲸委员会监督的配额。[1]再说，加拿大政府一般不准许爱斯基摩人参与有关的高层次决策；在设计新捕猎方法，使其更适应现代武器的力度和射程方面，也没有人给爱斯基摩人提供任何帮助。至于爱斯基摩人，他们对自己的一举一动都非常介意，有时甚至达到了俯就一切的程度，目的就是调整他们原有的文化，以“赶上”来自南方的其他文化。这样就不难理解，为什么他们有时会失态。

海洋哺乳动物生物学家克里·芬利，非常熟悉巴芬岛独角鲸的捕猎状况，在他看来，“海洋资源管理的重要理念得到因纽特人的支持，[对独角鲸的生存]至关重要”。他相信，只有这样，其他相关问题才能得到解决。

这些天，我常常沿着浮冰边缘走来走去，既希望听到独角鲸的声音，看到它们的英姿；又希望它们不要出现。独角鲸是宁死不屈的伟大战士，看到它们搏斗的情景会让人备感痛苦。它们被杀后，我作为当地人的客人，出于对当地远祖和某种古老传统的尊重，吃

1　详情见以下文献：K.J.芬利，R.A.戴维斯，H.B.西尔弗曼：《加拿大北极地区东部独角鲸捕猎行为一览》，载《国际捕鲸委员会报告第30期》，1980年，第459—464页.；K.J.芬利，G.W.米勒：《1979年独角鲸（一角鲸）捕猎状况暨巴芬岛北部庞德因莱特附近捕鲸炮技术审视》，载《国际捕鲸委员会报告第32期》，1982年，第449—460页。

了它们的肉。

我密切注视着白鸥，它体形小，叫声如响亮的哨音。它有一种非凡能力，能出其不意地进入视野，似乎从天而降。我扫视了数十平方英里的开阔蓝天，没看到一只鸟，然后，把一小块海豹肉抛入一条冰间水道，它在那儿漂浮着。不到几分钟，一只白鸥就出现在头顶上空。甚至很难说清它来自哪个方向。它只是突然出现在那里。

就这样，我观察了单飞或双飞的白鸥。就像所有动物在自己的地盘泰然自若一样，白鸥似乎极其适应这一带的环境。为了保暖，其黑色的腿较短，与其他海鸥相比，腿长占身体的比例较小，蹼脚也没有那么明显。它的爪子长而尖，利于紧抓冰冻腐肉，也利于在冰上稳站稳行。它的巢中放有海草，以聚存太阳热量，便于鸟蛋孵化。冬季，水沾到它的腿上就会冻结在那儿，为避免这种结果，它已具备不沾水面也能把漂浮东西捡起的高超本领。冬季，它则跟随着北极熊。北极熊没有遗留任何腐肉时，它就吃北极熊粪便。它在浮冰上过冬，属于鸻形目，是嗜冰物种。

在海冰上漫步时，我也常常想到自己读到的、涉及中国传说中的一种动物的内容。这种动物的习性和独角兽相似，但饮食简单节俭，这一点像白鸥。它就是麒麟。麒麟和独角兽同样具有同情、怜悯之心，但麒麟有灵魂勇士或修道士的风度。奥德尔·谢泼德写道：“和西方的独角兽不同，麒麟从来没有商业价值；没有一种药物是用麒麟身体的一部分制成的；麒麟为自身而存在，而不是为医疗、致富、娱乐，乃至启迪人类而存在。”它体现了所有值得钦佩的、理想的东西。

我们受亚里士多德、笛卡尔传统的影响，把动物视为客体，我们信奉的宗教把动物视为具有某种象征意义的符号，我们专注于揭示动物的结构和功能，我们这类文化不会去尊崇麒麟。我们西方文化是另一种文化，其他时代的文化。现代中国人不像宋朝时那样极其尊崇麒麟。但麒麟体现的理念，它呈现了具体形体这一事实本身，还是令人欣喜的。麒麟是在具备下列条件之后出现的：人类克服了对大自然的恐惧和不信任，战胜了只为自己的利益而控制大自然的欲望。

人类文化融合的历史其实是交换、交流的历史，交换独角鲸长牙之类的物品，交流思想和宏大叙事。我们会尽可能地从这一切中汲取可发现的精华。我认为，麒麟体现了一种美好、中肯的理念——它是一种不可占有的存在物，在人类需要时贡献出自己的智慧，激励人类在行为中要有尊严和尊重意识，强调所有生物应保持最根本的神秘感，以拒斥来自外界的剖析。

我的意思不是说，独角鲸应被建构成像麒麟那样的、具有象征意义的东西，也不是说，消除我们无尽的疑虑的“灵丹妙药”，在于采用比较原始的思维方式，去欣赏一些爱斯基摩人所保留的传统生活方式。我们的疑虑包括，我们是否应该侵入与我们没有任何历史渊源的区域，是否应该把我们的观念强加给其他文化。我的意思是，以简单的方式去欣赏一个不是我们所建构的世界，即泰然自若的北极景观时，我们会发现，麒麟就在我们心中，像一束光一样，使我们的心境顿时澄明起来，这样，我们的心灵会得到一些慰藉。

五
迁徙：呼吸通道

天还未亮，我觉得好像在下小雨。推开帐篷的侧帘，我望见受暴风驱动的天幕，迅疾掠过凸圆月亮的面孔。黎明时分，天空可能会变清澈。并未下雨，滴答声是风引起的。暴雨可能会降到其他地方。

半梦半醒中，我再次听到了声响。那尖锐刺耳的叫声，像小猎狗在吠，又像小猪在鸣不平。这尖叫声仿佛又变成了来自遥远体育馆里的高昂欢呼声，此起彼伏。

这是雪雁的夜鸣。9月的一天，我忙完工作时，看见它们沿着阿拉斯加北海岸飞翔。它们坚定不移地向西飞行，那毫不畏缩的阵势令人振奋。第二年，我在班克斯岛看到它们，二三十只一小群，向北迁徙。那年秋天，我去了加州北部，在它们位于克拉马斯盆地图里湖的早冬栖息地，与其共度了几天时光。

图里湖在美国并不十分有名，但每年秋天，大量的鸭和雁聚集在这个庇护所，使这片土地呈现出一种健康而且生机无限的气氛。秋天的任何一天，游客在这里都有可能看到上百万只鸟——针尾鸭、小潜鸭、白颊鸭、桂红鸭、绿头鸭、琵嘴鸭、美洲潜鸭、澳洲斑鸭；大盆地雁和各种咯咯叫的加拿大雁，还有白额雁、细嘴雁、小雪雁和苔原天鹅。这些水鸟觅食栖息的湖泊和沼泽之间的开阔地，生活着美洲红翼鸫和稀树草鹀、布鲁尔麻雀、白肚燕，以及草地鹨；此外还栖息着那些孤单捕鸟者——沼泽鹰、红尾鹰、秃头鹰和小红隼。

克拉马斯盆地是北美最丰茂的迁徙水鸟栖息地之一，除了图里湖，还拥有其他四个国家野生动物保护区。图里湖的西边，是一个名叫下克拉马斯的大而浅的湖。它的东边，跨过湖蔗草沼泽，有一处仓鸮筑巢的低崖，早已不复存在的土著人曾在石崖上刻上的记数符号，现在仍清晰可辨。西南方向有个二战期间残留的日本俘虏收容所，与周围环境格格不入。北、东、南三个方向的庄稼地里，农民在暗黑火山土中种大麦和冬土豆。

那天夜里，我似乎听到了雨声，然后在雪雁的叫声中再次入睡。我还听到了它们夜飞的声音—— 头顶上方奋击长空的声响，和翅膀恣意发出的咯吱咯吱声。这些原生声响，使克拉马斯盆地呈现出未开垦地的奇异氛围；迁徙鸟类每年都来其自古以来的领地越冬。然而，接下来与雁群近距离接触的几天，我并未觉得自己是个入侵者。我感受到鸟类给人们带来的平静；心静以后，我在这儿清晰地体验到那些最古老的神秘感觉：空间的内涵和外延，天上洒落的光线，如水的时光，全都汇聚于当下。

图里湖有25万只小雪雁。黎明时分，我发现它们浮在水面上，彼此紧紧地靠在一起，绵延四分之三英里，约500码宽。一群雪雁从水面飞起时，其声音犹如暴风飑来临，就像波纹状锡片震动发出的噪声。（如果你试图弄清每一只雪雁发出的声音，它就好比晒衣绳上的干毛巾被风狂吹发出的啪啪声。）展翅飞翔时，其羽翼异常耀眼；迎着阳光，其身躯不透明的白色，犹如海水冲磨的贝壳的颜色，与透明羽翼和尾羽的灰白形成鲜明对比。在近处，雪雁呈现出北极狐一般的浓密完美白色。翱翔在暴风雨来临的蓝灰色天空中，雪雁的白透出一种超现实的光芒，一种无阴影的光辉。

雪雁在图里湖附近的庄稼地进食时，一般是五千到一万只一群进进出出。有时，空中一次会飞翔四万到五万只雪雁。它们像烟雾一样，从田野里大团大团扶摇而上，越升越高，越散越广，直到视野无法囊括。上万只向后弯曲的雪雁，流畅地穿过另一大群逆向飞翔的雪雁；它们一个个从对方群体的空隙穿过，这空隙就像日本式围墙上的方格一样；最后，这景象好像没了景深，你感到仿佛从海底透过鱼群向上瞭望。

这些鸟吸引我的地方，除了它们美丽的白色，惊人的数量，生命的非凡活力，还有每只鸟加入或离开庞大队伍时的机敏，以及每只鸟作为团队一员时，如何超越自己，成为类似一个动物的庞大机体的一部分。不管雪雁彼此挨得有多近，我从未见过其中一只为了配合其他同伴的降落而移位，也没见过水面上的一只雪雁被起飞的同伴所打扰。我从未见过两只鸟像画笔笔毛般紧靠着翱翔空中，当然毫无疑问它们不得不这样做。几秒之内，几千只雪雁就能像逆风一样卷在一起，不留缝隙，像落叶一样降落地面。雪雁的这些团体运动一直如此吸引人，因为它们在飞行的长长抛物线和迅疾而灵活的运动之间创造出一种张力，该抛物线状实体和运动都是三维的。

这里还有一些吸引你的东西。雪雁来自地球的北端，每年却能准确无误地找到这个小湖。它们来自加拿大大陆北部边缘的生长地，或者来自俄罗斯北极区弗兰格尔岛的河谷。它们古老的迁徙长廊——横跨白令海峡，沿太平洋海岸而行，或沿落基山脉东侧南下——历史比它们飞出的国度还要悠久。许多动物的生命被人类的计划限制，但这些生命的决心，其传统的迁徙模式，却一直提醒着人们，自然界中有一种更基本的秩序。在原野上与这些鸟儿为伴不会掺和任何私心杂念；在其领地内宿营很容易产生一种超然感。

鸟儿以奇异的方式充分发挥心智。有些鸟儿，比如雪雁，能够优雅地群集，这时个体的鸟儿成为较大的集体，它们能够准确飞越在我们看来是毫无特征的广袤空间，这一切都体现着神秘而精湛的技艺。即便是一群麻雀飞越城市广场，都让我们欣喜。在北极地区可看到大量的鸟儿，此时的敬畏欣喜之感尤为强烈。春天，俄罗斯海岸的阿纳德尔湾，水面由于一群群太平洋鲱鱼泛着银光，海雀犹如一阵飞沙走石，冲向水中的鲱鱼，然后衔着鲱鱼返回位于陡峭悬崖的巢；海风劲吹时，数以千计的雏鸟卵壳像雪片一般从悬崖落入大海。1973年8月6日，鸟类学家大卫·内特尔希普绕着德文岛北海岸的斯格路易斯角，与“遗失的”黑海鸽繁殖地近距离接触。这一繁殖地在东南方绵延14英里。如今，在巴芬岛的库克约亚克（Koukdjuak）大平原上，旅行者渡过河流，穿越池塘和辫状溪流（这一旅程即使食肉狐狸也会筋疲力尽，最终累垮），会发现从换羽雪雁身上脱落的大撮大撮羽毛；若用手抓起羽毛抛向空中，它们便如谷壳般飘落。从迪格斯岛悬崖和毗邻的哈得孙海峡的伍尔斯滕霍姆角（Cape Wolstenholme），两百万只厚嘴海鸦涉水渡过，游向大浅滩上的冬日栖息地。

我曾说过，北极地区集聚如此多的生命，是暂时的和表面性的。北极绿洲之间广布着数百英里的海岸悬崖、沼泽和河间山谷，那儿没有任何水鸟和海鸟筑巢。成群迁徙的雁、鸭来去匆匆，五六周内就完成产卵、换羽和训练幼鸟飞行等过程。人们在庞大的繁殖地目睹的是一种似是而非的现象。冰雪消失时节，那儿有生命大量繁殖，鸟儿能找到并重获食物。在岛上栖息地和洪水泛滥的海岸平原纵深，鸟儿远离了陆地食肉动物，可以立刻置换飞羽，不用担心这种安逸几周内就会消失。而且，有一阵儿，食物会远远超过鸟儿日常所需，所以能满足换羽需要的额外能量，还能为南飞积聚脂肪储量。

对鸟儿而言，这几周稍纵即逝的大好时光很关键。如果天气晴朗，它们的相关时间节点把握得又较好，它们会带着奇异而原始的成就感回到冬季栖息地。雪雁10月份飞回图里湖时，可以在此欣赏它们，因而没有必要将其数量不多又遥远的出生地——班克斯岛的艾格河，加拿大西北地区安德森河的河口，以及弗兰格尔岛的顿多法亚河河谷——的具体情况精确描绘出来。仅仅知道它们都是在那些凉爽的偏远地区孵化，第一次呼吸，知道它们是第一次、第五次或第十次飞回就足够了。它们的成功让人忍不住惊叹生命奇迹——

它们辗转数千英里，四五周便迁徙一次，一直处于迁移之中。到了秋天，食物和光线逐渐缺乏，春天又会重新丰富起来。

早晨我会看到雪雁从湖面飞起，那一簇簇白色扶摇而上，飞入加州那蔚蓝的天空，飞往那两排大麦地去觅食。我只想了解这种游动式生活的意义，了解它们的生命如何与时间的流动融为一体，如何把握地面与天空之间、图里湖与北极之间的空间距离。它们从顿多法亚河河谷和艾格河启程；每天清晨，它们怀着移动的渴望，以阿拉伯花饰般的队列，朝着预定方向翩翩翱翔，开始了飞往目的地的漫长之旅。一天中的那个时候，它们的生命似乎充满渴望。

在田野中待不多久就会觉察到，大多数动物的时间感和距离感与人类不同。它们身体的大小，运动的方法，面临阻碍的性质，穿越的介质，以及寿命的长短都有所不同。以前，由于把动物迁徙与人类移民相类比，也由于习惯于仅从人类的角度去考虑，生物学家把迁徙行为视为动物的一种特殊行动，强调动物迁徙的遥远路程或把握方向的非凡本领。当今，生物学家并未对迁徙和动（植）物的其他运动方式做很明显的区分。枫树种子旋转着落到枫林的地面上，蝴蝶迤逦飞过夏日草地，北极燕鸥开始12 000英里的秋日迁徙之旅，这些都只为一个目的:寻求一个更有利于持续生长和生存的环境。此外，科学家还从我们不熟悉的导航角度去理解动物的迁移，比如，动物能够探测电磁场，或者利用回音或气压差异，来帮助确定运动方向。

详述雪雁这样的大规模迁徙时，生物学家为每一种动物都假设了一个“熟悉区域”，然后在那个区域里审视其“家园地域”，包括冬夏栖息地、繁殖地和所有迁徙路线。熟悉区域包括动物有所了解的整个地区，这类了解大部分是动物在青少年期通过探索家园附近地区获得的。据我们所知，青少年期的频繁探索活动为所有动物所共有。科学家推断，这种探索使动物熟悉可以替代其家园的地方，以用作紧急庇护场所，从而确保一群动物的生存。

关于家园地域利用，问题是：动物们是如何找到通往自己从未见过的那些家园的道路呢？而且如何知道何时去那里对自己有益呢？我们仍无法回答这些问题，但动物还是有迁徙行为的，我们也了解一些动物成功完成迁徙旅程的方法。许多动物，甚至是海葵这样的原始生物，都拥有某种空间记忆，并利用它在海洋世界里确定移动路线。这种记忆一部分显然是来自基因，另一部分是与父母旅行和独自探索时获得的。我们知道，动物会充分使用感官去完成两地之间的旅程，去确定空间中的方位，实际上还用其去了解环境。但是，具体使用哪些感官，怎样综合运用多种感官，其脑中究竟储存了哪些信息——这些我们目前只能猜测。

在我们大多数人眼里，迁徙是一种大规模移动，是鸟儿到达冬天栖息地，是产卵的鲑鱼向上游移动，是角马、斑马、瞪羚在东非草原长途跋涉。后面这些哺乳动物的迁移，恰好与塞伦盖蒂-马拉生态系统的降雨模式相符；它们每年追随雨的脚步而进行的近乎环形的迁徙运动，显示出一个神奇而复杂的互利关系网，这个网涉及上述生态系统中所有相关有机体——食草动物、草地和食肉动物。草种发芽，拉下肥料，雨季到来，幼崽出生——这一系列事件发生的时间，似乎是充分照顾了相关需求与满足的极为完美的巧合，这就使第一次审视这些事件的人感到，这一切好像是神的安排。

燕子准时返回圣胡安-卡皮斯特拉诺教堂的燕窝，3月份灰鲸在俄勒冈海岸附近水域露面，秋季麋鹿之类的动物在怀俄明州从高处向低处迁移，这些是北美常见的迁徙现象。我第一次去北极，就是受了这些特大迁徙事件的感召。然而，这些迁徙现象促使我去充分认识动物穿越北极这惊人而多样的迁移；而且也使我认识到，这些看似简单的自然事件实际上是多么复杂。当我观察鲸鱼、鸟儿和北美驯鹿的迁移时，我觉得自己明辨了一个境界——一些人正是凭此对宇宙中的对称、节奏和和谐有了那么多隐喻式的领悟。

几种不同的迁徙活动在北极地区同时进行，但并不是所有这些迁徙都跟随着地球一年一次的公转节奏。动物仍在适应2万年前开始的更新世冰河的消退。一些温带动物正在逐渐而又坚定地北移，同时改变了一些生活习惯，或者，像环颈旅鼠和北极狐那样，根据环境需要长出了更厚的皮毛。

气候会以非常短的周期——比如说数百年——发生变化，这一变化是一些动物种群在这些时期周期性的南北迁移的原因。例如，过去五十年，鳕鱼和几种鸟类向格陵兰岛西海岸偏北的地方迁移，而红狐大量迁往北美苔原的远北地带。[1]长期居住北极的动物，会对短期内发生的生态灾难做出反应——麝牛在1973年与1974年之交的冬天就是如此；或者对其种群数量的剧变做出反应——旅鼠就是如此。它们的反应方式是——随机应变，放弃当前的栖息地，重新回到原来的栖息地。

为了应对一年一度周期性出现的问题——温度骤降，光线缺失，冰雪覆盖，食物减少——北极动物进化出了一些策略。旅鼠钻到雪地下面，大黄蜂冬眠，北极狐迁移到海冰上。其他许多动物，包括北美驯鹿、海象、鲸鱼和鸟类，则迁徙到很遥远的地方度日。比如，北极燕鸥在北极夏末飞到南极洋，通过这样的每年循环迁徙，燕鸥很可能是地球上见到黑夜时间最短的动物。其他向海洋进发的迁徙动物，则改变了自己的生态位。长尾贼鸥夏季是苔原上的啮齿类掠食性动物，冬季则成为公海上的远洋食腐动物。

比这些年度性迁徙循环时段短的，是动物在一个季度内的迁徙，比如麝牛的迁移行为。此外，一些动物按照每日的节奏在当地有规律地出没，比如，一些狼群有夜晚离开巢穴去捕猎的习惯。（正

1　近些年，北美知更鸟向北迁徙的地方远至巴芬岛。居住在庞德因莱特和北极湾村附近的爱斯基摩人，曾从白人旅行者口中了解到这种鸟，并于1942年前后第一次看到了它们。爱斯基摩人说，知更鸟向北迁徙那么远，是因为当时“南方战争频繁”。

如之前所提及的，即便是在夏季白天持续的极昼时段，北极动物也保持着每日一循环的行为模式。）

当我们思考这些动物的来来去去，想到麝牛之类的动物可能同时涉及好几种周期性迁移，想到雪鸮在旅鼠数量骤降时，朝着有食物供应的方向飞去，想到在春季动物移动到浮冰边缘，或者夏季苔原上的昆虫数量激增时，北极动物迁移的庞杂模式便开始显现了。另外值得思考的是，随着湖面和地面的冰雪融化，鱼儿和原始节肢动物开始活跃，北极熊的漫游也拉开序幕。最后还有一个奇妙景象——空中的浮游生物无处不在，它们是夏日里漂浮在北极空中的飞舞的蜘蛛和柔弱幼虫。

人们很难弄清所有这些动物的迁移范围。对任何试图及时理清迁移方面的头绪的人来讲，使问题更加复杂化的是，动物在其惯常行为的大框架之下，还一直在探测经过的区域，遇到相关预兆和警告信息时立即做出反应，而这些东西我们很难识别。

北极动物的迁移尤其紧迫，因为整个过程要在短短的、为数不多的几个月内完成。像北极露脊鲸和雪雁这样的迁徙性动物，通常在北极的冬末就到达了。它们觅食、休息、生崽，并在结冰和秋季第一场暴风雪到来之前的黄金时光，就准备接下来的南下旅程。当生命活跃在水中、苔原上和温和的空气中时，它们在短短几周时间内便以惊人的数量，穿越几百甚至几千英里来到这里。站在这片土地上，可以感觉到它们趋于丰盈，感觉到光线下一种有形的东西冉冉升起，这是一种欢迎，或欣然迎接。观看动物来了又去，感到这片土地积聚着能量来迎接它们，然后它们离去后这片土地又归于沉寂，我开始觉得，这些动物的迁徙就像是呼吸——大地的呼吸。春季，大量吸入光和动物；夏季，是长期屏住呼吸；秋季，则是促使动物南去的呼出。

身处北极某个地方，人们会发现，动物使这个地方的大部分空间具有了特色，因为这片土地如海洋一般广袤，却人烟稀少。春季，白令海北部就是极好的例子。世界的某些区域，尤其是海峡，是迁徙动物集中通过的地方。例如，博斯普鲁斯海峡（伊斯坦布尔海峡）和直布罗陀海峡就是这样的通道，那里，陆地鸟类南北迁移，海洋生物东西穿梭，就像通过沙漏的漏嘴。然而，动物在白令海峡的聚集方式是独一无二的。地球大陆板块的分布特征是，它们只在北部呈几乎相合的趋势；在白令海峡，东半球的楚科奇半岛与西半球的苏厄德半岛几乎要连到一起，两个半岛上都栖息着许多鸟类及其他动物。而且，北太平洋东西海岸在此汇合，这样一来，在近海水域迁徙的鲸和远洋海鸟，在近岸水域迁徙的海豹和海象，在沿岸地带迁徙的绒鸭类鸟儿，全都在此汇集。[1]

白令海本身对动物也有吸引力，因为它是海洋哺乳动物极为丰饶的觅食区。春秋时节正值迁徙高峰期，但进入这一海域的许多鸟类、鱼类和海洋哺乳动物都是本地种群。事实上，两块大陆相距很近，北太平洋东西海岸交汇于此，本地鸟类种群的大小和多样性，使白令海峡地区成为欧美观鸟者遥远的理想去处。

不同年份的春夏秋三季，我曾巡弋在白令海北部的水面上，也曾和海洋科学家一起乘机横穿白令海峡。那些日子里，我在想，春季，动物汇聚于此，数量又如此惊人，为什么却鲜为北美人所知。首先，在海峡东南方，5月份到9月份，约有2 400万只迁徙水鸟和滨鸟在育空河和卡斯科奎姆河之间（育卡三角洲）筑巢、捕食。这些鸟类包括黑雁，沙丘鹤，数种绒鸭和潜鸟，绿翅水鸭和斑背潜鸭之类的水面觅食鸭类，千鸟，瓣蹼鹬，翻石鹬，以及整个北美所有的皇

1　沿北美西海岸向西北迁徙的海洋哺乳动物，在乌尼马克帕斯（Unimark Pass）穿过阿留申群岛，置身乌尼马克岛萨里切夫角的观察者，可以看到十分壮观的景象。在北美北极东部，戴维斯海峡两岸分别是格陵兰岛和巴芬岛，兰开斯特海峡存在大量浮冰，使许多迁徙的海洋哺乳动物和鸟类汇集于此。置身拜洛特岛海伊角（Cape Hay）的观察者，同样可以大开眼界。

雁和白眶绒鸭。[1]

白令海有成群的鲱鱼、青鳕、大比目鱼和刺黄盖鲽，很可能也是世界最大的养蛤埕，这使该海几乎成为世界上独一无二的海域。从5月下旬起，数十万条大鳞大马哈鱼（王鲑），从这一海域向阿拉斯加西部的河流溯流而上；紧接着，数量更多的马苏大马哈鱼（狗鲑）也向那些河流进发；大约一周后，步其后尘的是数量同样多的粉鲑（驼背大马哈鱼）。最后，7月份，这些河流将迎来成群的银大马哈鱼和数量惊人的红大马哈鱼。

鸟类学家判断，除了春季栖息在育卡三角洲的2 400万只候鸟，还有500万只海鸟生活在白令海北部，主要是小海雀、海鸭、三趾鸥、少量的角嘴海雀和凤头海鹦、海鸬鹚，以及鸽海雀。此外，约有50万只长尾鸭在圣劳伦斯岛南部过冬。白令海周边地区，在咸水沼泽和泻湖有更多的鸟，成群的迁徙性小绒鸭、长嘴鹬、黑腹滨鹬和中杓鹬，都在浅滩觅食；此外还有千鸟、翻石鹬和矶鹬，以及许多种已提到过的海湾鸭和潜水鸭。观察者在海岸泻湖瞥一眼，就能看到1万只，甚至2万只鸟儿，很多鸟儿都有着缤纷多彩的婚羽。这一带鸟类数量总会减少，出现这种情况时，人们就会想到那令人着迷的景象，比如1982年5月的一天，群群沙丘鹤几乎连续两小时飞越诺姆的一个村庄，前往位于俄罗斯的栖息地；或者是那天下午，两小时内，有7.5万只王绒鸭从育卡三角洲的达尔角飞过。

这只是鸟类的情况，鱼类更是难以计数。三月份，75万多只海洋哺乳动物聚集在白令海冰层的南部边缘，亦即科学家称作冰崖的地区：有30万只髭海豹，7.5万只环海豹，22.5万只斑海豹，25万头太平洋海象，4 400头弓头鲸和1.5万头别卢哈鲸鱼。在白令海沿岸的固定冰上，在大片浮冰群的深处，栖息着100多万只环斑海豹，它们

1　这些鸟类中的许多种——比如针尾鸭、白额雁和苔原天鹅——秋季将和雪雁一同飞往克拉马斯盆地，雪雁从西伯利亚飞往目的地的路途中，在育卡三角洲停歇觅食。

是最适应海冰环境的海豹。

春天，所有这些海洋哺乳动物准备好了向北迁徙，只等着海冰开裂和融化。迁徙前，它们的活动被限制在冰崖以南的无冰水域。髭海豹、斑海豹和较喜独处的环海豹的活动区域，都在冰崖边沿同一海域（宽10到40英里，取决于北太平洋的主要风向和风暴状况）。海象在冰崖纵深处过冬，那里有完整无缺的大块浮冰来承载它沉重的身躯。（海象可用大头撞开8英寸厚的海冰，浮出冰面呼吸；如果冰上出入口迅速封冻，把它们困在冰面上，它们可以行进到自己能破冰捕食的地方，这一点北极海豹做不到。）鲸鱼冬季各月份在整个冰崖区活动。早在4月末，圣劳伦斯岛北部的海冰依然坚实时，弓头鲸已开始从白令海靠俄罗斯一侧向北挺进。如果海冰不厚，成群的别卢哈鲸会跟随或与弓头鲸一起北上。4月下旬和5月份，海冰开始解冻，海象会向北进发，几周后三种冰海豹也会北上。海冰刚开裂，冰间水道刚刚形成，成群迁徙中的王绒鸭、普通绒鸭和长尾鸭，就到狭窄水面上捕食。

四五月份，覆盖白令海的广阔冰面千姿百态。有的冰面开裂，有的冰面上又有叠冰堆积，有的冰面开裂不久再度封冻，展现出许多灰色的阴影和令人眼花缭乱的断裂结构。或者，数十平方英里的海冰上没有一条裂缝，冰面上覆盖着薄薄一层雪，除了在有的地方，两大块浮冰摩擦挤压，形成一些冰丘或环形碎冰堆，从而出现一些阴影，这广袤的冰面几乎全是茫茫一片白色。一条1英里长、20英尺宽的冰间水道会突然出现，露出墨黑的海水，水道两侧相对的垂直冰沿，如镜子般彼此辉映。过不了多久，就可看出，大多数较长、较宽的冰间水道往往是西南—东北走向。偶尔，这些水道会扩展成小湖一般大小的开阔水面。5月中旬，弓头鲸会从这些一年出现一次的冰间水道经过，朝着东北方向行进，穿越白令海峡，然后向北，前往巴罗角。它们经过后会在冰层上留下可辨认的痕迹，因为它们的脊背会摩擦冰层底面，或者，它们会突破封冻的冰间水道或较大的海豹呼吸孔，钻出冰面呼吸。（这些痕迹是弓头鲸在厚重堆积冰区，从一处敞开的冰间水道通往另一处冰间水道这一超常能力的证据。）由于它们的白色下巴和腹部标记，有时可以看到弓头鲸在透明的冰下穿梭。更多时候，可以看到成群的白色别卢哈鲸及其随行的灰色鲸崽。

如果前方的冰仍旧坚实（它们总会知道），大批弓头鲸会在较宽大的冰间水道中徘徊，分小群翻腾嬉戏，跃出水面，甚至把头抬出水面张望。交配也发生在这一时段。海象、髭海豹、环斑海豹可能同时也在这些水道中游动。新结的冰层上会出现形状不同、各具特色的洞口，原因是，不同种类的动物都需破冰呼吸。

由于大量冰间水道的出现，海洋哺乳动物会向特定方向游去，又由于前方的冰层足够厚时，某些水域会聚集很多动物，白令海峡南部的冰面上偶尔会出现引人瞩目的景观。1981年4月，一位科学家沿着一条0.75英里宽、约15英里长的冰间水道飞行，在国际日期变更线附近（靠近俄罗斯海上边境）不得不折返，在此之前，他就发现了332头弓头鲸，这个数目接近太平洋弓头鲸数量的十分之一。

弓头鲸与大部分别卢哈鲸、海象，以及大量的髭海豹、斑海豹、环斑海豹经此北去后，白令海峡便变成了其他几种鲸鱼的夏季栖息地。灰鲸来自北美海岸和朝鲜海岸，小须鲸和逆戟鲸来自太平洋。大须鲸、座头鲸，偶尔还有太平洋露脊鲸，可能来自遥远的圣劳伦斯岛。（5月份由于弓头鲸柔情的交配行为而变得温馨的水域，在6月份看起来就不那么吉祥了，因为逆戟鲸以惊人的准确率捕杀海象和灰鲸。它们把海象捕杀后有时未动一口就丢弃了；或者，它们使灰鲸溺死后可能只吃一点点儿。然而，无论这些动物在我们看来是多么残忍，这儿每年都大量出现各种各样的动物表明该地的各个物种之间存在着平衡关系。）

我们对白令海生态系统的理解仍然不完整，这从目前对该系统中一些较大动物的模糊认知便可看出。在白令海游弋着一种未命名的鲸鱼，比弓头鲸个头小，头部扁平而非弓形，肋骨和颌骨较密集，鲸须颜色较淡。把弓头鲸称为“ingitivak”的爱斯基摩人，把这种无名鲸鱼称作“ingutuk”。最迟不晚于19世纪70年代，亦即捕鲸船长暨历史学家查尔斯·斯开蒙所处的时期，科学家就知道有这种鲸鱼存在，只是从未充分地描述它。另有一种鲸鱼更为人罕知，它体型庞大，棕色，头部亦呈弓形，可能是皮毛颜色有所变异的弓头鲸。

游客在春季来到苏厄德半岛上的诺姆村，会目睹白令海一带动物季节性汇集的奇观。在村庄东部的诺姆角，可以观看鲸鱼喷水柱，可以看到经行此海域的海象和海豹，看到正在潜水捉鱼的海雀，以及在海岸线附近飞上飞下的鸭子。大马哈鱼会从诺姆河河口溯流而上。在萨弗迪湾（Safety Sound）附近，天鹅、鸭子、大雁在觅食，沙滩上会有搁浅的斑海豹。如果足够幸运，在村庄北部的苔原上，你可以碰到一种名为北方穗鹏的非同寻常的旷野鸟类，这种小小的鹟亚科鸟因其惊人的长途迁徙旅程，拥有和北极燕鸥一样的美誉。每年春天，穗鹏和蓝喉歌鸲、黄鹡鸰、极北柳莺一起从俄罗斯出发，来到此地；其中有一些可能来自遥远的沙特阿拉伯，甚至撒哈拉北部。它们到北美后还会向东飞更远，直至马更些河流域。

北方穗鹏给予我们两点启示：不是所有迁徙路线都是南北方向的；动物会进行试验，以业已熟悉的区域为基础，把活动范围的界限向前推进，以应对环境变化。第二点从穗鹏是北美的新来者这一事实可以看出。对它们而言，没有永远固定不变的东西。一天下午，诺姆的一位男士议论说，弓头鲸穿越白令海峡的迁徙“今年有点晚”。它们的迁徙时间当然不是真的“晚了”，而是每年都因具体的环境因素略有不同。动物不是按照我们的日程去迁徙；它们并非只和人类做了约定。

鱼类和海洋哺乳动物通过白令海峡迁徙，鸟类抵达它们熟悉的三角洲和海岸群栖地，在此之后，北极地区还有第三种迁徙奇观值得一看——北美驯鹿的迁移。

北美驯鹿分为三类。林地驯鹿最大，生活在亚北极的针叶林地带，迁徙距离相对较短。皮尔里驯鹿最小，栖息在格陵兰海岸和加拿大北部岛屿的部分地区，每年的迁徙距离也较短。瘠地驯鹿迁徙的距离很远。多达200万头瘠地驯鹿每年跋涉数百英里，往返于林木线附近的冬季栖息地和苔原上界限明确的产崽地之间。[1]

北美驯鹿生物学家识别出了30多种不同的北极驯鹿，每一种都居住在不同区域。每年迁徙最远的是北阿拉斯加的西北极鹿群和中北极鹿群；波丘派恩河鹿群横跨美国和加拿大边界；加拿大由西向东分别栖息着布卢诺斯鹿群、巴瑟斯特鹿群、贝弗利鹿群，以及卡米努里亚克鹿群。

科学家不能确定促使北美驯鹿向北迁徙的因素是什么——他们能确定的或许只有一点，那就是，这种动物储存了足以使其抵达目的地的脂肪。在北行旅程中，它们不畏春季暴风雪，以极大的决心和明显的耐力，跨越冰封的河流；但它们也选择阻力最小的道路，遇上深雪时，通常走前行者已经踏出的路径。领头的一般是怀孕母鹿；成年公鹿可能比母鹿晚一个月开始北行，或许根本就到达不了要去的产崽地。艰辛的北行旅程结束时，母鹿体型消瘦，外表狼狈。 它们身体衰弱时，依然会继续北行；在这一体力消耗阶段，在它们要渡河的地方，可能会有数百具淹死或重伤的母鹿残骸。生物学家乔治·卡列夫写道，北美驯鹿的产崽地看起来“荒凉贫瘠，冰封的土地上有许多融水聚成的池塘，经常大雾弥漫，风无休止地在矮小的植物和光秃的石头之上呼啸”。然而，这些阴冷的区域具有几点优势。首先，食肉动物很少，因为跟随鹿群的狼在此地以南地

1　这三种北美驯鹿都不属于角鹿种。角鹿是驯鹿的一个独立亚种，是北欧和亚洲的本地鹿种。许多角鹿被带到阿拉斯加作为家畜饲养，其中相当一部分已融入北美驯鹿群。

区找到了更适宜的穴居区。其次，有充足的可食用植物。再次，这些产崽地或是春季暴风雪较少，或是整体上比临近地区少些暴风雪和暴风雨。

大多数鹿崽的出生日期相近，产崽在大批蚊子、黑绳、牛皮绳和马绳开始烦扰驯鹿的一个月前便开始进行，这种烦扰在人类看来非常冷酷无情。如果要你说出哪些体验足以代表北极生活的特征，你会想到，北极的春季，日照时间每天会增加10到15分钟，那时，你会感到心潮澎湃，精神爽快；或者，早晨醒来发现海洋已经冰冻，你也会有同样的感觉。但你还会想到，一阵冷风把围绕驯鹿缓缓飞舞的群群蚊子吹落时，驯鹿也会为之一爽，如释重负。

产崽后，母鹿及其幼崽加入了由未成年驯鹿、不生育母鹿和公鹿组成的“产崽后”大军，这个队伍有7.5万多个成员，规模庞大，一望无际。它们以小群为单位，向南缓慢跋涉。在开阔的原野，它们遭遇了秋季的第一场暴风雪；在寒冷、飘雪的空间里，正如阿拉斯加诗人约翰·海恩斯描述的那样：“这些苔原上的灰色牧人，像烟雾般的群岛缓缓飘过。”它们在西伯利亚针叶林中的矮树下栖身过冬。

鹿群离去后，夏日其产崽地似乎变成了地球上最荒凉的地方，但你非常清楚，驯鹿们来年还会回来。它们返回时，这里几乎没什么变化。产崽地上的一堆粪便可能需要30年才能分解，被狼咬死的驯鹿尸体可能三四年都不腐烂。时光在这片寂静的土地上聚集，然后消散。这片原野上没有任何运动的痕迹。

短暂的夏季，动物的来去，赋予北极地区一种独特的韵律，但这一韵律只在某些地方才能感觉到。在大多数地方，夏季和冬季，整片土地寂静无比。北极探险家乔治·德·朗把这里称为“一片让人学会忍耐的土地”。在这儿，时间犹如疾驰而过的动物，其速度几乎接近光速。时间犹如毛脚鵟在苔原上空盘旋，或者像突发心脏病的鸟儿坠落死亡，留下一片静寂。苔原的石头上点缀着一些苔藓，苔藓上面笼罩着一层薄薄的水分；借助一个强功能放大镜，你可以观察到隐藏在这个较大的静止世界里的运动：一种叫作水熊虫的长命微生物，越过潮湿的平原和有翠绿植被的峡谷迁徙着。但即使在这儿，时间也处于消散的边缘。水分会在冬季结冰，或者，夏风可能把水熊虫吹走，使它落入秃石之中。没了水分，它们会缓慢枯萎，直至变成一个脱水颗粒物；以这样的状态，它们可以熬过三四十年，等待时机重获新生。

对北极所有动物来说，时光漫长，岁月悠悠。没有狂野的觅食潮来突显这里短暂的夏季。狼突然发起攻击，驯鹿奔逃；麝牛幼崽腾跃嬉戏；北极狐惊慌奔跑；贼鸥不时俯冲——要不是有这些景象，北极时光就更显得悠长、绵延。这里的曙光和暮色延续时间都较长。夏日的雷暴雨没有闪电。浮冰、驯鹿、麝牛在飘移。躺在埃尔斯米尔岛谷地光线充足的苔原上，你会感觉到，冰河时代似乎前几天才刚刚结束。没有当代生活的喧嚣，没有连续不断的烦扰，人们会感受到时光的倾洒，感受到与美索不达米亚文明之间的时间距离。当今，我们的行动节奏是如此之快。弹指之间，我们便勾勒出一幅地理图表，显示埃尔斯米尔岛苔原下斯弗德鲁普盆地的第三纪岩石中可能藏有石油。我们描述了地松鼠的生活史。我们列出蝴蝶的种类：粉蝶，北极蝶，铜色蝶，蓝色蝶，小彩纹蝶。一切都在弹指之间发生。我们列举出各种植物。我们为所有的事物命了名。然后，我们合上图表和万物名录，自以为除了一两处偏离事实，我们的描述已臻完美。然而这片土地不是一幅画，那些意象也不能以这种匆忙的方式来绘就。

埃尔斯米尔岛起伏不平的苔原上，没有动物和人类的踪迹，平躺于此，你会感觉到，那种绝对的寂静能一直蔓延到亚洲。你会想到麝牛经历了冰雪考验的形象，想到它冬天的容颜：它的眼睛闪闪发光，睫毛上挂着晶莹透亮的冰霜；这双无忧无虑的明眸毫不吝惜时间，久久地注视着你。

你会久久地坐在那儿，回味着人类的历史，就像手中把玩着一块儿石头。让你进入这一状态的，是那里的静谧和清纯的光。

数年来，科学家已意识到北极生命的不同节奏，尽管这些节奏不是北极特有的。孢粉专家所检验的苔原土样显示，北极植物部落的组成成分随气候变化而出现周期性变化。格陵兰冰盖上的钻探采样显示，数个世纪以来，该地平均气温有节奏地上下波动。考古学家、古植物学家、古动物学家认真研究了北极废物堆，结果发现，一系列使用不同工具的早期人类文化进入北极的时间，与当地气候的周期性变化息息相关。在这些文化遗址发现的动物骨头证实，这些早期人类捕猎的动物数量的上下波动，与气候的周期性变化吻合。

许多科学家以为，所有这些信息可能有必然联系，人类有节律的迁徙、气候的周期性变化、动物数量的周期性增减，可能存在某种形式的相互联系。足够精确的数学运算结果显示，甚至“猞猁—北美野兔的九年循环”和“北美驯鹿的七十年循环”，也可能完全遵循一种基本模式。但很少有人非常严谨地去整合相关材料，许多人甚至不相信上述现象之间存在着具体联系，若相信也只是泛泛而论。然而，20世纪30年代以来，丹麦科学家克里斯蒂安·韦伯十分认真地投入到对这种可能性的研究中；除此之外，没有人如此明确地把发现北极的循环现象的基本周期，作为其研究目的。相关研究成果似乎微不足道，却扣人心弦，对生物学家、历史学家和北极开发者而言，都具有极大吸引力。

北半球冰河冰的进退是更新世的标志，更新世则是人类开始出现的时期。[1]韦伯明白这一点，他相信，自己获得的所有信息都将有助于理解欧洲和美国未来的气候，这样，他就给自己提了几个特定

1　冰河期在地球史上较为罕见。在过去六亿年中，科学家只发现了四个冰河期，当今，地球仍处于第四冰河期。据我们所知，全新世只不过是威斯康星冰河（欧洲则为武尔姆冰河）消退和下一次冰河期之间的一个间冰期，或一个间歇期。

的问题。他的问题是：为什么19、20世纪之交，格陵兰岛东海岸昂马沙利克的海豹数量很少，而同时期该岛西南海岸的海豹数量却很多？为什么18、19两个世纪之末，格陵兰岛西部北美驯鹿的数量都突然大幅度下降？北大西洋的大西洋鲱鱼和鳕鱼又为何周期性地向北迁移？

韦伯仔细查阅了格陵兰皇家贸易公司的记录，该记录涵盖了海豹皮和狐狸皮、独角鲸的长牙以及其他业绩的指标。韦伯认为，把这些记录与海冰每年的移动以及年降水降雪量的记录进行比较，可以识别出一些规律性的模式。为了佐证他的研究发现，他还细查了加拿大哈得孙湾公司232年来的毛皮贸易记录，以及格陵兰岛西南部羊毛生产商的记录，来证实他的研究发现。

韦伯发现的第一个规律性模式，是持续了约150年的海冰形成和移动的循环模式；北极探索船的记录似乎也能佐证这一模式。韦伯认为，这一研究成果中的关键性洞见是，北极气候的周期性变化导致了陆地动物和海洋动物长久以来的南北迁移，这种变化与18.6年一个周期的月亮运行轨迹有关（也就是月亮运行轨道与地球绕太阳运行轨道，在同一点相交两次所间隔的时间）。因为月亮这一运行周期不是一个整数，在连续的18.6年里，它对地球潮汐的最大和最小影响（因此也会影响到结冰和天气）可能发生在一年的不同季节。韦伯因而提出，北极气候的变化模式体现为三个不同的循环周期：第一是698年一个循环的主周期，第二是116.3年一个循环的副周期，第三是韦伯所说的“真正的生态循环周期”，每一个循环为11.6年。

你可以说，韦伯的见地深刻且有创新性，其数学能力非凡；也可以说，他的知识体系宽泛复杂得离谱，对理解北极的相关变化没有多大帮助。事实上，如果没有以下两点，他的探索可能真的会被视为地地道道的神秘性追求和不切实际。在北极，人们时常会感觉到明显的周期性循环。对北极居民来说，这种循环既是他们所熟知的动物迁移模式，也是他们所熟悉的思维模式，就像温带居民熟悉的一年四季一样。尽管这种循环有多种表现形式，尽管明显的周期性变化不仅影响了本地动物，而且很可能也影响了当地孕育成熟的文化，但韦伯的探索是唯一一次严肃意义上的研究。第二，韦伯的理论解释了温带气候模式的周期性变化，暗示了又一冰河时代有可能到来，对于我们规划贸易模式和经济模式——尤其在北极地区，有着重要意义。

说明显的周期性变化是北极地区的特色，就像说温带的春季很宜人一样容易，但要准确地说出其原因却不易。北部地区每年最基本的变化就是冬夏两季。解冻和结冰的时段只有短短几周，而且常常充满危险，这一时期，动物及猎人获取食物的策略暂时受到干扰。长冬和短夏成了一个时间性模式，相关生物按照这一模式精心安排自己的生活。这片土地上到处都是为冬季做准备的清晰迹象。短尾鼬鼠长出了白色皮毛，环颈旅鼠长出了长长的冰爪。苔原啮齿动物从夜晚活动的夏季模式转变为白天活动的冬季模式，中间只有几天不合规律。在北极狐的冬需品储藏处，大量被捕杀的旅鼠排列得整整齐齐。

第二种模式是对以上循环模式的补充——突然的运动打破长久的寂静。连续八个月，你每周都乘坐狗拉雪橇经行的河面，在你眼里如地球上的其他地面一样坚实。一天醒来，你却发现，河上冰面隆起了许多杂乱的冰块。春天的寂静已被犹如枪声的河冰开裂声打破；不久，可以听到树枝断裂的声音和树木轰然倒下的嘎嚓声，那是倾斜的冰块在凿击河岸。一种相关但要怪诞得多的现象会发生在海岸冰上。仲冬时分，没有任何预兆，一大块海冰会突然像活物一般冲上海岸，向内陆推进几百英尺。爱斯基摩人把它叫作艾兀（ivu）。[1]悄然出现在空荡地带的北美驯鹿是另一个例子。北极熊在

1 爱斯基摩人描述的这种现象直到1982年才引起重视。当时，考古学家在位于阿拉斯加的巴罗附近一个名叫乌特恰格维克（Utqiagvik）的史前村庄遗址考察，发现一家五口在此类偶发事件中丧生。

海豹呼吸孔旁长时间等待猎物出现；它们等待着冰间水道封冻。爱斯基摩人把这种长久等待并且为突发事件做准备称为“quinuituq”，意为“极大耐心”。

我在北极地区漫游时，经常会思索这片土地固有的节奏，而不是人们强加的节奏。强加的观念，无论多么单纯，总会蒙蔽本真。尽管我说不出准确原因，但我觉得，这里的生命有种不同的节奏，这一迹象似乎必然是我遇到的动物体现出来的。要说这一种节奏无处不在则很难理喻。

甄别北极生命固有的一种（或数种）节奏很重要，这不仅仅是出于学术原因。了解一个地方独特之处的原因，对其种种神秘之处表现出最起码的尊重，就是在预防一种会扼杀想象力的偏狭观念，这种偏狭阻碍人们去想象不同的东西。

去探究哪些节奏是北极固有的，这些节奏的具体形态会是什么——探究这些问题的另一原因，也关涉人们对陌生领域的想象能力。长期以来，我们一直把动物看作一种机器，把它们活动的地域视为背景，像绘画一样的背景。近些年，这一陈旧的观念已开始转变。复杂的西学考虑生物化学和遗传学等因素，在这一语境下，人们开始认识到，动物是神秘的。它们是可变的，而不是固定的实体，其行为只在一定程度上是可预测的。动物所警觉的种种变量异常复杂，因而它们的反应有时也十分复杂。生物学家看得越仔细，具体的动物就如具体的人一样，似乎越能体现量子力学中为组成原子的粒子所预示的那种能量组织特征——不确定性。

动物栖息的环境，亦即我们所说的动物活动背景，可以理解为像动物本身那样的东西——在一定程度上是难以描述清楚的。除非进行想象，否则，脱离活动背景去理解动物，无论是动物还是其背景，哪一个也理解不了。环境之所以成为环境，动物之所以成为动物，都离不开对方的作用。

沃纳·海森堡、埃尔温·薛定谔、保罗·狄拉克、戴维·玻姆等人主要研究亚原子现象，他们对空间认知、运动的本质、物体在时间中所呈现的形状和方向这些问题的论述，很有说服力。我认为，思索动物在环境中如何活动时，我们联想到的问题会与上述科学家探究的问题相似，我们的联想因其复杂性同样具有美的特质。我们思索的动物运动包括：乌鸦从山谷中直冲天空的轨迹，北美驯鹿在草地上随意吃草时的移动轨迹，形单影只的北极熊冬天在海冰上的行动路线。我们不太明白这些动物为何要这样行动；我们选择自认为恰当的空间维度和时间段来描述它们，但不能保证这样的维度和时段是相关的。看到矛隼和雪鸮在空中迎面而过，会让人想象生命之间是如何相互影响的。坐在山坡上，观察在莎草地吃草的两群麝牛缓缓交织，如果你试图分辨其中的逻辑，那无异于蚍蜉撼树。看一群雪雁在逆风中一齐从高空飞旋而下，不禁让人思索其中一只雪雁来自何方，另一只雪雁又去往何处。动物让我们困惑，不是因为它们貌似简单，而是因为它们归根结底与生命的种种复杂性有不解之缘。正是这些微妙事实和概念构成了粒子物理学，这门学科堪称我们这个时代的自然哲学。动物比贝塔粒子移动得慢，它们经过的空间比电子云包裹的空间广阔得多，也更令人迷惑；但如果我们愿意的话，它们会促使我们考虑涉及生命根本属性的同一些问题，考虑能把能量形式变成可识别模式的那些关系。

在探究人类首次到达新大陆的路线和时间时，科学家只能凭借从古代的火坑和狩猎场中发现的零星木炭，以及从这些遗址中偶尔发现的断折工具或武器。在人类如何来到北美这一问题上，几乎没有争议——一般认为，在更新世晚期的几个不同时期，人们从亚洲跨越一个名为白令陆桥的宽阔而干燥的平原，迁徙到这里。有人试图证明，人类早在3.5万年以前，或2万年以前就来到北美，其证据尚有争议。有确定证据显示，人们在北美至少已经生活了1.4万年。

假定人们不是乘船而是徒步陆续到达了北美，时间是在3.5万年以前，也就是在白令陆桥存在时，或者不是太晚，大约在2.5万年到2.3万年以前。（白令陆桥在约2.5万年到约1.1万年以前存在，但只在2.5万年到2.3万年以前，人类才可以穿过亚洲并向南到达北美中部平原。此后，威斯康星冰期达到顶峰；北美东西部的冰盖相遇，封堵了向南的道路，也使美洲大草原与北极地区相分隔。这一时期，阿拉斯加西部并无冰盖，人们无疑能继续生活在白令陆桥的最东部，直到冰盖融化，冰融水使白令海海平面上升，淹没了陆桥，分隔了亚洲和北美。）

许多考古学家认为，人类分两波来到北美。第一波（可能在2.5万年到2.3万年前，甚至更早，跨越白令陆桥）带来的打制石器和骨制工具，可以与尼安德特人莫斯特时代的工具媲美。[1]第二波大约发生在1.3万年以后，带来了更先进的工具传统，可以与克鲁马努人后奥瑞纳时期的工具媲美。[2]这两个移民部落都属于大猎物狩猎文化，以大角野牛、地懒和猛犸象之类的动物为生。

白令陆桥东部和北部的北极地区如何成为人类栖息地，仍不得而知。阿拉斯加的早期狩猎文化，5 000年前被另一文化传统接替，这一传统在一些考古学家看来，不是那么有活力和引人瞩目，它唯一的显著特征是精雕细琢的小型工具。这些细石器文化很可能是第一批移入北美北极地区的人类文化。

考古学家知道近古有两个时期，那时候北极气候足够温暖，人们夏季乘坐皮艇可轻易穿越加拿大群岛。这两个“气候最佳期”，第一个约出现在3 500年到4 500年前，第二次约出现在900—1000年；人们在这两个时期迁徙到北极的高纬度地区。

考古学家路易斯·吉丁斯具有探明重要史前遗址的天赋，他在

1　莫斯特传统以法国多尔多涅省的勒穆斯捷附近发现的工具命名，标志着4万年至1万年前旧石器中期的尼安德特文化达到顶峰。（见附录3的图表。）

2　1万年到4万年前属旧石器时代晚期，当时尼安德特文化已经被克鲁马努文化代替，西欧出现了几大文化传统，奥瑞纳文化是其中之一。

阿拉斯加科伯克河的奥嫩波蒂奇和克鲁森施滕角发现了文化序列，为北极的文化期提供了基本年代表。由于吉丁斯的发现，以及在加拿大北部和格陵兰岛作业的考古学家的发现，最近几年已有可能较为连贯地描述北美北极地区早期人类的活动情况。

提出这一观点之前，我应该先阐明两点。第一，人类迁入北极地区是一个非常英勇的举动。在这里生存需要狩猎者尚不了解的技巧、技术，最重要的是心理素质。第二，迁入北极只是极少数人的行为。可以这样认为，考古学家迄今在加拿大西部到格陵兰北部地域发现的细石器遗址，当时的居民不超过500人。北极的资源稀缺而分散，有时很难找到。即使在公元1000年前后最辉煌鼎盛的图勒文化时期，从巴罗角直到皮里地的北极居民可能也不超过5 000人。

最早进入北美的人类很可能是古印第安人，他们定居在阿拉斯加腹地，然后向南拓展。一直生活在北极地区的史载爱斯基摩人的发源地仍不确定，但考古学家倾向于认为是白令海地区和西伯利亚东部。这些北极蒙古人种也许是现代爱斯基摩人的祖先，也许不是；无论如何，史载爱斯基摩人很可能约5 000年前乘坐皮艇，度过白令海峡的无冰水域，到达阿拉斯加北极地区。他们的文化以约一英寸长、四分之一英寸宽的精致薄片燧石和黑曜岩切削工具为代表。这种文化及其变体被称为北极小工具传统（ASTs）。

人们在东达格陵兰岛北部（这一带的文化因独立峡湾的一个遗址而被称为“独立1”）和基本上跨越了美国和加拿大北极地区的地域，发现了北极小工具传统的营地遗址。其中许多营地好像只用了一个晚上，最多几个星期。这些猎人捕猎麝牛、北极熊、北极狐、北极野兔和海鸭，他们留下的工具表明，他们过着艰难窘迫的生活。加拿大考古学家罗伯特·麦吉描述说，北极小工具传统文化的人们迁入了“人类曾居住过的最寒冷、最黑暗、最贫瘠的地区”。他推测，在食物最缺乏的冬季，这些人“很可能只蛰伏在黑暗、寒冷的栖身处”。人们如今会带着敬仰来审视他们栖身处的这些遗迹——狐狸骨头制成的锥子，石英箭头，固定皮帐篷用的石环。

由于气候逐渐变冷，北冰洋冰涯开始向南蔓延，北极小工具传统文化的居民显然退出了北极。据我们所知，约3 500年前，北极小工具传统的另一个文化出现了，这就是前多塞特文化。生活在这种文化中的人们，群体化程度更高，技术更加先进。他们凿出皂石碗，盛放并燃烧从海洋哺乳动物身上获取的油脂，用来取暖和照明；他们还制作小木雪橇来拖拉物品。（人们发现，许多前多塞特营地都在驯鹿渡河处和鱼类围捕点，这些营地被后来的文化部落沿用至现代。）

前多塞特文化的居民似乎聚居在福克斯湾周围地区，这一带陆地和海洋哺乳动物都很丰富。气候改善时，他们也可能迁居其他地区。在前多塞特文化遗址，人们发现了多种不同层次的技术的残留物。（技术涵盖工具、器皿、武器，以及为完成一项具体任务而采用的其他手段，比如为做衣服对动物皮进行处理，或为捕猎驯鹿做准备。）建造和制造需要的材料包括石头、骨头、象牙、鹿角，极罕见的情况下还包括木材。其中一些工具有专门用途，比如，为某一季节或某些情况下猎捕某一特定动物而设计工具——猎捕海豹的工具要么针对无冰水域，要么针对冬季的冰上呼吸孔。有证据表明，大约2 800年前，一种新的文化，即多塞特文化，替代了前多塞特文化。

许多考古学家推测，多塞特文化是以前多塞特文化多方面的因素为基础形成的。它也可能汲取了格陵兰岛上被称作“独立2”的同时期文化的理念和技术；或汲取了阿拉斯加文化的理念和技术；或汲取了存在于南部的古印第安文化的理念和技术。无论来自何方，多塞特人似乎首先出现在加拿大北部的福克斯湾一带。他们拥有皮艇、小雪橇，海上捕猎设备优于前人，也能建造雪屋。

多塞特雕刻是爱斯基摩史前期截至当时最成熟的艺术。（白令海地区的奥克维克和伊皮尤塔克文化的工艺品，与多塞特工艺品属同一时期，也不可小觑。）大多数考古学家一致认为，多塞特雕刻有独特之处。与其他文化不同，多塞特人的实用器物上很少有装饰，罕见的一些工艺品都是雕刻品。人们普遍感觉到，这些雕刻与萨满教的魔法有关；许多人认为，还有某种十分神秘的东西与之相联。这些用驯鹿角、骨头和海象牙雕成的整只动物都是单一动物，经常是北极熊；也有雕刻人类形象，或人和动物的形象的；此外还有多人面庞的混乱组合雕刻。这些雕刻的风格既写实又程式化，大多数雕刻品的大小都不引人瞩目。

这些雕刻者的分辨力很敏锐，雕刻手法很娴熟，观察者很容易看出哪是普通潜鸟，哪是红喉潜鸟。关于它的风格，加拿大艺术家、评论家乔治·斯温顿写道："尽管这些雕刻十分细微精致，它们还是散发着激情和力量。"在一些观赏者眼里，有些雕刻中的人面似乎有扭曲和精神错乱特征，而斯温顿拿德国表现主义与它们做比较，说这些人面造型"突显内涵、活力和参与（与式样、优雅和超然相对）"。也就是说，这些造型蕴含的原始特质更多的是野性，而不是妩媚。

也许，我们这样解读多塞特工艺品的"神秘性"有点过分；但是，多塞特艺术具有躁动不安的意蕴，多塞特时期之前之后的艺术则不然，这种看法在研究这一时期的考古学家中很普遍。伊皮尤塔克文化出现在多塞特文化中心以西的阿拉斯加，吉丁斯把该文化中与多塞特艺术相似的艺术描述为"荒诞怪异"，把紧随其后的古白令海文化中的艺术描述为"平衡愉悦，好像艺术家过着安稳，乃至宁静的生活"。发现这些雕刻的境遇有时也会增加人们的疑惧感。弗勒利希·雷尼在阿拉斯加的波因特霍普发掘一个伊皮尤塔克墓地时，发现了一具人类骨骼，骨骼骨盆处出现一根箭杆，箭杆上明显雕刻有一个小驯鹿蹄。他除去灰尘，发现这根长长的象牙箭杆穿透了整个脊柱，在头盖骨里露出来，箭杆前端弯曲的部分正好处在嘴所在位置。箭杆顶端雕刻有微型人类手掌，那张开的手掌像是在恳求。

1979年7月，在北极高纬度地区作业的一位年轻考古学家，在多塞特遗址发掘出了一个让他震惊的驯鹿肩胛骨。扁平骨头的两面，雕刻着数十个张着嘴巴的人面图。他记得，在那个阴冷的早晨，自己拿着那块肩胛骨坐在那儿，盯着那人面的痛苦表情发呆。“我都被吓住了。”他告诉我。然后他递给我那天的笔记，并说:“那就是这则笔记如此单调平凡的原因。”他夜里起来两次，打开并端详那件雕刻，心里久久不能平静。

我拿起这些雕刻时，不禁为雕刻家的技艺惊叹不已，觉得这些雕刻与其说是神秘，不如说是激荡人心。

多塞特文化曾在北极的一个冷却时期占据支配地位。在接下来的温暖时期，也就是900—1100年的气候最佳期，它被另一种截然不同的文化——图勒文化替代。考古学家搞不清，多塞特文化是被图勒文化继承了，还是被驱逐出福克斯湾，而来到南部和东部。（多塞特文化的残余部分在魁北克北部和拉布拉多的要塞幸存，直至1400年左右。）

图勒文化是一种充满活力、技术娴熟的捕鲸文化，起源于白令海峡地区，由古白令海文化发展而来。罗伯特·麦吉写道，古白令海文化时期的人们掌握的狩猎技术，“给他们提供了富足而安稳的经济生活，他们逐渐形成了一种生活方式，这种生活很可能与其他任何非农业和非工业地区的生活一样富足”。

古白令海文化被出现在圣劳伦斯岛附近的更富足的文化继承，这就是普努克文化。普努克人可能于公元900年左右向北移动，在气候温暖时期，沿阿拉斯加西北海岸捕捉鲸鱼和其他海洋哺乳动物。在那儿，普努克文化与比尔尼克文化或彼此交融，或擦肩而过。此后，一批普努克人或（疑似）比尔尼克人，乘坐大皮艇或木架皮舟，穿越波弗特海继续向东，在加拿大北部创立了图勒文化。

图勒人是现代爱斯基摩人的直系祖先，他们以非常快的速度向东拓展。事实上，可能仅仅在两三代人的时期内，他们就穿越了2 600英里，从巴罗角拓展到皮里地。由于气候变暖，来自北极东西部的弓头鲸可能在帕里海峡（包括麦克卢尔海峡、梅尔维尔子爵海峡、巴罗海峡和兰开斯特海峡）聚集；成群的独角鲸、别卢哈鲸和海象也向北渗透，直至加拿大群岛。在西部，斑海豹和环海豹会迁移到很靠北的地区去度冬夏，北极东部的灰海豹、格陵兰海豹和冠海豹也是如此。整个生态系统都向北移动。在特定季节曾一度成为阻碍东西向行进的海冰和动物的稀少已成为过去。（在气候最佳期，年平均气温上升也不过3华氏度，影响却很明显。例如，北美地区的林木线向北移动了约60公里。）

图勒人是卓越的狩猎者。他们拥有精湛的海洋哺乳动物狩猎技术；他们用这些技术在海冰上驾木架皮舟或独木舟捕猎海豹和海象。[1]他们造出了狗拉雪橇，对多塞特文化的鱼叉技术进行了精心的改进。他们的过冬住所很温暖，属于半地下结构，具体建构情况是：下部墙体，石头地板，上部墙体，屋顶用鲸鱼的肋骨和颚骨支撑，用动物皮覆盖后，再加盖一层草皮。

图勒人是一个相当成功的民族。在精神层面上，他们可与旧石器时代晚期最后阶段欧洲的马格达林驯鹿狩猎文化媲美，尽管物质层面上毫无可比性。马格达林时期的特征包括：崇尚洞窟画（比如阿尔塔米拉和拉斯科的洞窟画）；以奢侈而精湛的方式装饰狩猎工具和其他实用物品，比如雕饰漂亮、针眼精致的骨针。马格达林狩猎者生活的年代，比图勒人早了近1万年，但他们也是在气候最佳期兴盛的。气候优势，加上对其文化获得成功的潜力的了解，似乎使他们信心倍增、活力十足。他们以驯鹿为生的生活方式和高雅的艺术格调，与他们生存在其中的景观十分契合。

1　图勒人发明的木架皮舟，是一种用海象或髯海豹皮制成的敞舱小船，长约30英尺，有时配有正方形的帆和单一的桅杆。漫长航程中通常是女人划桨，而男人乘坐较短、较低的独座甲板独木舟跟随着她们，独木舟更适合航海，可以自由捕鱼。也正因如此，木架皮舟被称作“女人船”。

在欧洲，农牧文化在新石器时代已取代了狩猎文化，此后很久，一种同样精湛的狩猎文化仍在极北地区继续发挥着有利于生态的作用。“旧石器时代—中石器时代—新石器时代”这一欧洲文化序列，对人类而言曾被认为是一种自然甚至必然的进程，然而，这一文化模式在有着永久冻土和漫长冬季的土地上，表现得却不明显。农人和牧人进入北极地区是不明智的。（北斯堪的纳维亚半岛和科拉半岛的萨米人或拉普人，是在遥远的北方唯一自愿转变成半游牧民族的人。）

在气候最佳期，图勒民族很快拓展到格陵兰岛北部，挪威人同时进入格陵兰南部，这一最佳期在公元1100年结束。随之而来的气候变冷趋势迫使图勒人迁出北极高纬度地区（这对挪威人是个灾难，因为他们在一定程度上依靠农业维持生活，不能适应此类气候。）图勒文化分化成了几种清晰可辨的文化传统。代表这些文化传统的部落的分布情况是：极地爱斯基摩人居住在格陵兰岛英格尔菲尔德湾附近，中部爱斯基摩人居住在巴芬岛，卡里布（驯鹿）爱斯基摩人生活在南安普敦岛以西的大陆。这些部落在16、17世纪遭遇了第二波欧洲探险家（进入格陵兰岛的挪威人属第一波）。

气候变冷趋势在1650年至1850年之间的“小冰期”达到顶峰，这一趋势改变了在北极生存的动物的类型和数量。结果，爱斯基摩人从图勒人那里继承来的狩猎传统，包括工具和方法，不得不做一些改变或放弃，以适应不同的、相互隔离的人群的生存。因而，这些本土居民遭遇第一波欧洲探险家时，从文化上看，正值图勒文化时期和有着显著特征的爱斯基摩文化时期之间的过渡期。

考古学家把图勒人视为现代爱斯基摩人的直系祖先；他们拥有两种不同的文化，其过渡期的后一阶段尤为重要。几乎所有欧洲人都有这样的倾向：把遇到的爱斯基摩人视为过着粗鄙生活的野人。爱斯基摩人遭遇的第二波欧洲探险者，没有意识到爱斯基摩文化也拥有由低到高的过渡期，没有意识到该文化有其环境上的必然性，甚至没有意识到各种爱斯基摩文化之间也存在着差异。但这些欧洲人对爱斯基摩人的早期评判，在欧洲人的想象中形成了一种固定的印象：爱斯基摩人是一个落后的种族。如果起决定作用的第二波欧洲探险者，像被视为第一波探险者的挪威人那样，遭遇的是图勒人，而不是史载爱斯基摩人，他们对土著居民的文化可能会有不同的看法。（尽管从当年西班牙议会应对阿兹特克人的手段来看，这是不可能的。）

考古学家勾勒北极史前历史的基本框架时，通常会部分地基于不同文化阶段的物质文化，对这些文化阶段进行比较，并强调，这些文化阶段之间的过渡在不同地方出现于不同时间。因而，欧洲人最早在拉布拉多半岛海岸、格陵兰岛南部和昂加瓦半岛遇到的，是早期多塞特文化的残余，而不是图勒文化之后的爱斯基摩文化。北极小工具传统文化与后来的图勒文化或早于它们进入北美的西伯利亚狩猎文化相比，被视作“赤贫”文化，其原因是相同的。长期以来，西方社会对温带以外成熟起来的人类文化评价不高，在很大程度上，它不明白，这些文化是当地人适应当地具体环境的结果。

考古学家和许多现代北极评论家对图勒文化时期往往很怀念，认为它不仅比倾向于游牧的古爱斯基摩小部落所处的时期更有成就，而且更为连贯。这种文化是西方人到来之前最后的北极文化，而且，它与欧洲旧石器时代的高雅文化有明显的可比性，这两点使得图勒文化具有一定的魅力。图勒文化时期的工具和居所使人切切实实地体验到了活力、激情和热忱。一个学生在埃尔斯米尔岛的一处图勒文化遗址考察时，发现了一个鱼叉头；她这样告诉我：“他们只是用这猎捕海象，却把它制作得很悦目。”

人们跪在北极小工具传统文化早期营地遗址简陋的遗迹前，感到钦佩不已。那个时期人是多么坚韧，多么英勇啊。图勒文化遗址使人产生另一种感觉。人们没有任何遥远之感或隔绝之感，只会感到一种深深的敬意。人们会想象，那些人该多么强健和高贵啊。其精致、坚固的工具，正如那个学生所说——很悦目。彼得·施勒德尔曼曾在大部分加拿大北极地区发掘史前遗址，一天晚上，在卡尔加里进晚餐时，他告诉我：“我们人类存在的所有本质都体现在精神上。在考古学中，你是在审视人类存在的漫长精神史。”

我们对史载爱斯基摩人数个部落的特征的了解，大都归功于一小批独特的人种志学家，包括克努兹·拉斯姆森、卡伊·伯基特-斯密斯、戴蒙德·吉尼斯、弗朗兹·博厄斯 、汉斯·斯廷兹比；他们曾与那些爱斯基摩人一起生活了长度不同的时段。按从西向东的顺序，这些部落包括：北坡爱斯基摩人——可能是保留图勒传统最多的一支，且包括定居内陆的努纳缪特分支；马更些爱斯基摩人——居住在马更些河三角洲一带；科珀爱斯基摩人——居住在维多利亚岛和科罗内申湾地区，曾前往搁浅于默西湾的“调查者”舰的储藏室，属于最后被发现的史载爱斯基摩人；中部爱斯基摩人——居住在巴芬岛、梅尔维尔半岛和布西亚半岛；卡里布爱斯基摩人——居住在哈得孙湾西北部的苔原上；极地爱斯基摩人——居住在最偏远的格陵兰岛西北部。（最后这支小部落曾服务过许多北极探险队，包括罗伯特·皮里和弗雷德里克·库克分别率领的探险队。1949年，丹麦政府为了建立北约战略空军基地，把这个部落的中心定居地乌玛纳克向北迁移了60英里。）

中部爱斯基摩人包含更小的独特分支：以皂石雕刻闻名的奈特斯利克人；英国的捕鲸船在庞德海湾遇到的伊格卢利克人；居住在南安普敦岛的萨德勒缪特人——1900年，苏格兰“积极”号捕鲸船造访该岛，此后，这一分支爱斯基摩人全部死于瘟疫。现存的零星信息表明，萨德勒缪特人可能保留着相当多的多塞特文化传统。目前在南安普敦岛上生活的，是和卡里布爱斯基摩人有关联的埃维利克爱斯基摩人。

当然，在现代，在世界的不同地区，像萨德勒缪特这样的部落在有规律地消失，或者，它们在一定程度上被西方文化同化，以至其自身的物质和非物质文化传统隐而不彰乃至完全湮没。这些遗失似乎是种悲哀，是继发性的；它们令人懊恼，是因为，它们有时是漠视与贪婪的后果。这些遗失与图勒文化的湮没不同。我们可以意识到，图勒文化是由于自然因素湮没的，是自然环境在起作用。然而，萨德勒缪特人的消失似乎使我们威信扫地，因为我们是他们的同代人，因为我们声称通晓生命的固有价值，因为我们崇尚同情心。萨德勒缪特文化是理解南安普敦岛的一个窗口。想想该岛严酷的自然环境，再看看萨德勒缪特人的成就，我们就会得出这样的结论：随着他们的消失，我们失去了一些生活智慧。我们不能够再拿起一件他们制作的物品当面询问："为什么要制作这个东西？"或"这个东西有什么用途？"然后等待着听到不管怎样都是极其罕见的答案。那些答案能揭示人类内心永恒的东西，能使我们超越时间，超越物质性存在。

无论我走到哪儿，都能感受到萨德勒缪特传统的湮没，因而无比感激那些曾记下北极人的言论、描述其技能、确保其文化物件能保存下来的人们。即使我们说不出一件物品有何意义，我们今天仍然为它发挥的功能、为制作它的人感到惊奇。历史上的爱斯基摩人用最少的材料造出了很多实用工具，这些工具因设计精巧、目的专一、材料适切而著称。[1]

我首先想到的是衣服。冬衣几乎全都是用驯鹿皮制成的。北极狐和北极西部的戴尔羊的毛皮更保暖，但太脆弱。驯鹿皮毛不像北极熊皮毛那样中空——它包含着大而多腔的细胞，但效果相同：都是绝佳的轻盈保暖物。成年母鹿的毛皮冬季会变得过厚，若是初秋猎取，则既保暖又轻盈。（秋末的母鹿毛皮会像公鹿或麝牛毛皮一

1　当然，他们制作用的材料几乎全部来自捕获的动物。爱斯基摩人通常把这些材料视为获赐礼物，这些礼物是回报他们对动物的道德责任。人类与动物这两种平行的生命，在生物层面上息息相关。对爱斯基摩人而言，在精神层面也是密不可分。后一观念如今我们几乎无法理解。爱斯基摩人对狩猎的认识的非凡之处在于，狩猎不是去面对动物死亡，而是去领取获赐礼物。

样，太厚重而不舒服，却是极好的寝具。）小驯鹿的毛皮被用作内衣和衬里。驯鹿前腿皮因为耐磨损，被用作靴子的靠上部分和连指手套的手掌部分。大衣的皱领取自狼獾或狼的毛皮，因为这些皮毛容易抖落因呼吸而形成的冰晶。为了适应环境，细密的针脚一般都是锁边或盲边，以阻挡风雪或阻隔水分渗入。夏季的衣服，多半是用海豹皮而不是驯鹿皮制作，因为前者的防水性好。海豹皮用肌腱缝合在一起，肌腱潮湿时会轻微膨胀（针脚因而防水）。鞋底用的是和海象皮一样坚韧但更轻盈的髯海豹皮。

冬靴里面套穿的软皮鞋（拖鞋）有时用整个翻过来的鸟皮做成。防水雨具用海豹肠子制成。为了能在雪上悄无声息地行走，靴底有时用北极熊的毛皮做材质。

因为爱斯基摩人的衣服有些脆弱，所以需要日常呵护：修补、软化、干燥处理。然而，这些衣服却比西方探险家带到北极的任何衣服都要轻盈暖和；经过几次惨重教训后，探险队长开始坚持给每个队员配备爱斯基摩服装。在某些方面，爱斯基摩服装作为北极通用探险服装，优于西方现代探险服装。

爱斯基摩人能全面利用驯鹿的各个部分。他们用鹿皮制作衣服、寝具和袋子，用骨头和鹿茸制作工具和武器。察觉到驯鹿腿关节脂肪凝结的温度较低——它距驯鹿身体核心较远——爱斯基摩人便取出驯鹿脚部的脂肪，作为极低气温下弓弦的润滑剂。（西方人在牛身上有同样的发现，由此便有了牛脚油。）爱斯基摩人用驯鹿骨髓作燃料，把驯鹿血作为胶粘物的一种成分，把驯鹿肌腱用作绳索、连缀物和线。他们把没吃的东西储藏起来，以供春季食物匮乏之需。（人类学家理查德·尼尔森在现代野外考察工作中惊奇地发现，爱斯基摩女性仍通晓解剖知识，她们能迅速把大动物“分割成越来越小的碎块，不用锯，也不损坏一根骨头”。）

爱斯基摩人利用动物诸多部分的方式，给人留下最深刻印象的，是他们通晓动物相关部分的利用价值。知晓麝牛角比驯鹿角柔韧，他们便用麝牛角做鱼叉的刺插。他们选择用鲑鱼皮制作盛放修补衣服用的肌腱的不透水袋子。他们选用结实、透明的髯海豹肠子做雪屋的窗格——这样制成的窗格在旅行时便于折叠，严寒时也不会结霜。制作捕海鸭的小网需要一种在盐水里不会腐烂的弹性材料——鲸须纤维是很好的选择。一只普通绒鸭的绒毛，系在放置于呼吸孔旁雪地里的一根棍子的尾端，就能反映出悄悄上浮的海豹的呼气情况。北极熊的骨头最坚硬，所以，凡是需要一个结实、锋利的尖头时，都用得着它。

人们发现，爱斯基摩人制造的物品有许多微妙的、仿制的成分：在冰上用于把海豹拖回家的皮条的末端是一个拖拉手柄，上面雕刻着一只北极熊；鱼叉的尖端是由捕鱼潜鸟的尖喙制成的。爱斯基摩人利用动物资源时，能对其适切性做精微的区分：缝制海豹皮时，他们对别卢哈鲸鱼肌腱的偏好胜过驯鹿肌腱；比起其他动物，他们更愿意选择雪鸮或鸬鹚的羽毛作箭头上的翎。他们的足智多谋表现在：他们把新鲜的甲鱼头尾搭接，紧紧地裹在湿海豹皮中，让它结冰形成雪橇的滑板。

雪橇本身是一件不寻常的装备。雪橇的滑板是用数截驯鹿角做成的交叉支撑结构，驯鹿角用海豹皮条捆扎固定。滑板的底部用粉状苔藓和水的混合物包裹，冻结成数层。冻结体表面是一层仔细打磨修理过的薄冰层。这样制成的雪橇很柔韧，摩擦力很小，手腕一用力便能在雪地上滑动，而且可以在不规则的海冰上轻便地滑行，而不会过度倾斜。

20世纪20年代，奥托·盖斯特在圣劳伦斯岛发掘出一个普努克人遗址，列出了人们用海象牙制作出的一系列物品，每件器具都为一项特殊任务或一个特定目的而制作：一个狗具扣，一根使海豹免于流血的螺旋形叉，捕狐夹的一部分，一个帐篷绳拉紧器。类似物品有100多件。

埃德蒙·卡彭特在《爱斯基摩人的现实生活》一书中，针对一种为人熟知的现象指出，爱斯基摩人能很快明白任何机械性问题的实质，并解决这些问题。即使是以前从未见过的东西，他们也能从一堆“废弃物”或“垃圾”材料中，挑出有适当张力、耐扭曲或有弹性的东西，或是一些能耐热、耐反复冻结或耐腐蚀的东西，并使用简单的工具把它们制成可利用的，尽管不是永久性的器具。19世纪的探险家经常评说爱斯基摩人的这种能力，在他们眼里，这种能力无异于现代科学家应对出毛病的舷外发动机和手表的能力。

有人曾经说过，这些咧着嘴笑的人没有口袋，没有礼帽，没有车轮，却很敏捷。

当今，在布鲁克斯岭中段有一个名为阿纳克图乌克帕斯（Anaktuvuk Pass）的小村庄；那儿的爱斯基摩人叫作努纳缪特人，他们直到最近依然以驯鹿、戴尔羊和驼鹿为主要生活来源。他们原本过着流动生活，在布鲁克斯岭过冬，夏季则到波弗特海岸，与亲族一块谋生，用驯鹿皮交换海豹皮和鲸脂。他们最初的现代商品交换经历，是18世纪与居住在科尔维尔河口附近的爱斯基摩人交换俄罗斯烟叶，而这些东西是后者与白令海爱斯基摩人交换得来的。1850年以后，美国捕鲸者给阿拉斯加西北海岸带来了大量的面粉、茶叶、咖啡、糖和烟叶，以及枪支、弹药和酒。与靠海而居的亲族相比，努纳缪特人直接参与贸易的程度不高，却受到深刻影响。为了给捕鲸船员提供食物，努纳缪特人赖以生存的驯鹿几乎被杀光，因而他们不得不放弃山中生活。他们从依靠捕猎生活转为依靠贸易生活。其中少数人在海岸找到了一些季节性的工作，大多数人开始专门从事围猎工作以获取毛皮。

20世纪30年代，美国经济危机波及这一偏远地区，毛皮市场一落千丈，贸易行关闭，努纳缪特人的生活又一次发生变化。1934年，得知驯鹿种群数量恢复，不断在山中来回迁徙，一小部分家庭便试图回归以前那种更惬意的生活。那一年，他们在阿纳克图乌克河和科尔维尔河的交汇处搭建了一个帐篷。最初几年，他们继续定期前往海岸，在那里捕鱼和捕猎海豹；但经过这段时间的重新调整后，他们于1939年返回了位于布鲁克斯岭的故乡。

10年后，有人承诺，可以用飞机把商品运入山中，夏季有临时教师提供教学服务，这些承诺使几小批努纳缪特人聚居在一个名为图鲁伽克湖的地方。1951年，这批人数为65人的居民向南迁徙了几英里；在阿纳克图乌克帕斯，美国邮局在猎人荷玛·麦基亚纳的皮制帐篷里建了起来。1961年，这儿建立了一所永久学校，截至那时，很多努纳缪特人整年都居住在该村庄或附近地区。目前，在这个村庄，居民约有180人；有一个商店，卫星能为电话、电视提供服务；还有一所拥有桑拿房和游泳池的新学校，这是用阿拉斯加石油开采许可费修建的。

过去50年里，同样的故事在整个北极以相同顺序重现多次。流动狩猎者为了贸易被迫定居在一个地方；为了适应以贸易或金钱为基础的经济模式，当地人的生活方式发生了巨变；一些人付出很大努力，想从表面上回归原来的古朴生活，但最终结果是，大部分本地语言佚失，在传教士、官僚和境外企业家的强大压力下，当地人的社会、宗教、政治和饮食等习俗也遭到严重侵蚀。狩猎专长是当地男女维持家庭运转的一种能力，是他们基于耐心和决心而形成的生活知识——而外来者却不怎么看重这样的品质，他们极力灌输的美德是：快捷，个人卫生，自我改进，日常生活中高度的条理性和计划性。[1]

在现代社会，在外来文化圈中，能被努纳缪特人视为朋友的，

---

1 人们不难反驳这些笼统美德的价值，不难在外来者中发现腐化和自夸的人。但把此种处境中的爱斯基摩人视作无能为力，也是低估了他们。大多数爱斯基摩人并不反对改变自己的生活方式，只是希望由自己来决定改变的时机和方向。一位男性土著曾告诉我：“人们不可能死守如此艰苦的生活。”顺便指出，许多人还是给爱斯基摩人提供了真诚帮助。在加拿大北极地区，人们经常听到赞扬，比如，对天主教传教士的赞扬，因为他们长期奉献于一个村庄，学习爱斯基摩人语言和狩猎技术，重视发展良好的学校教育。

是为数不多的人类学家和生物学家，因为他们赏识努纳缪特人的广博知识，尤其是这些本地人在当地自然史方面的知识，也就是说，他们尊崇本地人的自然史知识。一些努纳缪特人面对所有这些不得不面对的变化，仍然过着平稳而有尊严的生活，在造访的科学家眼里，这些人无论男女，都成了素朴智慧的象征。当然，受到如此礼遇的，不只是阿纳克图乌克帕斯村的爱斯基摩人。许多科学家在论文、著作及私人谈话中，曾评论过其爱斯基摩同伴的特征。他们赞赏爱斯基摩人的谦卑智慧、诚实和幽默。科学家发现，有这些人在场令人倍受鼓舞，因为他们一旦开口，很少高谈阔论，而只谈实际、具体、实在的东西。[1]

1978年，我和一位朋友造访了阿纳克图乌克帕斯村。他是一个研究狼的生物学家，曾在那里建了个临时住所，因为他的机智、善于聆听，并在该村爆发流感时给予了帮助，他受到了村民的热烈欢迎。我们花了数天时间，在附近山谷观察狼和驯鹿，并走访了几户村民。村民谈了许多狩猎经历。每个晚上都有讲不完的狩猎故事。某个人讲得很有道理时，顿时一片寂静；有人能巧妙而绘声绘色地讲故事时，会引来笑声一片。一天下午，我们动身向西远行，前往乌图考科河的源头考察。

阿拉斯加鱼类和猎物局在乌图考科河河畔有一个小型野外营地，位于砾石滩着陆带的边缘。在此宿营的生物学家男性女性都有，研究对象包括驯鹿、驼鹿、苔原灰熊和狼獾；我这位同伴的到来，使狼也成了研究对象。夏季，乌图考科河和可可里克河上游附近是片宁静的野地。北极西部的部分驯鹿从产崽地返回后，在这一带的小山上游荡。太阳一直在天空的某处闪耀。一周多的时间，天空晴朗无云。金雕在苔原的高空盘旋，也是在寻觅猎物。雪鸮从多草丛的停息处远远地注视着我们。此外，我们还常常遇见短耳鸮和

1　一系列出版物源自于和努纳缪特人的合作。参见本书正文后注释4。

矛隼。

抵达几天后，我和同伴向南走了六七英里，建了一个营地，以便观察远处的一个狼窝。在那片开阔、无树、起伏不平的原野上，有时我会有一种感觉：这里什么东西都难以藏身。就是在那些日子里，我沿着伊凌诺拉克岭漫步，开始寻访在地上筑巢的鸟儿，而且，出于对其生命的奇迹和神秘的敬畏，我养成了向它们鞠躬的习惯。

我们观察的具体动物检验着周围的环境，尝试着自己以前没做过，乃至其同类可能都没做过的事情——这展示了它们具有探索新情况的潜力。保持这种适应新环境的潜力是进化的关键秘诀之一。

我们观察了狼猎捕驯鹿，猫头鹰猎捕旅鼠；也观察了北极地鼠啃食山酢浆草。有关狩猎我想了很多。1949年，罗伯特·弗莱厄蒂讲了一个令人非常惊奇的故事，后来，埃德蒙·卡彭特让这个故事得以发表。这个故事讲的是一位男士考莫克的奇遇。1902年，考莫克和家人面临饥荒，于是决定穿越海冰，到他熟悉的一个岛上，希望能在那儿找到食物（位于魁北克昂加瓦半岛北部的伍尔斯滕霍姆角外的一个小岛）。在旅途中，一天夜里，他们夜宿营帐下面的海冰突然开裂，致使他们丢失了几乎所有财物——所有的刀、矛、鱼叉，所有动物皮，石灯，以及大部分狗。他们没有狩猎设备，没有石灯融雪以获取饮用水，也没有食物和多余衣物。考莫克只剩下一个雪橇，几只狗，用来切割雪块建造雪屋的雪刀，以及生火用的燧石。

他们以自己的狗为食，并用杀死的狗来喂养留下的狗。考莫克最终把家人带到了岛上。他用不太合适的材料制造了新的狩猎工具。他营造了栖身之处，使家人免于受冻，而且成功地捕杀了猎物。靠着临时拼凑和必要时的发明，他几乎是从一无所有中重建了整个物质文化。他和家人都活下来了；他的一些狗也活了下来，并繁殖了后代。

数年中，他们留心收集稀有的漂浮木片和骨头，直到足够考莫克制作一个皮舟框架。考莫克的妻子用他们积攒的髯海豹皮制作了防水舟壳。一个夏日，他们乘皮舟离开该岛，返回昂加瓦半岛。正沿海岸探索的罗伯特·弗莱厄蒂，发现了跨海而来的考莫克一家人和他们的狗。当他们靠近时，弗莱厄蒂认出了皮舟的样式和爱斯基摩衣服的剪裁，却发现所用材料很奇怪，是临时拼凑的，就询问这个爱斯基摩人的来历。他回答说自己名叫考莫克。“你到底从何而来？”弗莱厄蒂问道。“从很远的地方，从一个大岛来，从那儿，离这儿很远。”考莫克边指方向边回答。然后，他笑着拿其皮舟的糟糕样态开玩笑，于是一家人全笑了。

我想起这个故事，是因为它从本质上体现了一个人类家庭的勤劳与能力，毅力与创造性；因为它关乎这样一些人：他们在每一个灾难和极端的时刻，都能坚定地活下去。

在伊凌诺拉克岭的日子里，我对狩猎的理解还没有达到现在的层次；但当时我已开始觉察到，在接下来的年份里，自己在这方面大概会学习哪些东西，这些东西与爱斯基摩人在一起时可以学到，被各种人引入一些具体环境中也可以学到——没有他人的引导，单靠我自己不可能进入这样的环境。在那些日子里，我所长的见识涉及狩猎的本质，人类在这片土地上的活动，以及恐惧。这些见识缘于对动物的观察。

有足够证据表明，在北方所有土著狩猎民族中，猎人认为，自己和他们捕猎的大动物之间有一种不可分割的神圣关系。这种关系关乎责任——对动物、对自己、对家人的责任。在研究土著狩猎民族方面，非常明显的一点不足，是对女性在狩猎中扮演的角色缺乏透彻理解，此时此刻，仍存在这一点不足很令人遗憾。我认为，我们可以这样理解，正如猎人感到自然与动物有种不可分割的关系，他觉得妻子也是如此，否则，他和动物的关系好像就不全面，甚至有些不正常。在所有狩猎社会，一个男人没有妻子相助不可能狩猎成功。他依靠妻子的理由很明显——妻子要准备食物和衣服，陪伴丈夫，调适其心情，无形中给予鼓励；还有一些理由我们只能推测——可能出于宗教性因素，这种因素会影响和动物之间的相互承诺和尊重，而男性正是怀着这样的承诺和尊重意识去靠近要猎捕的动物。

我体验到，狩猎是一种心境——我所说的狩猎只是指置身野外。人们的所有感官都被调动起来，从而能全面融入野地。狩猎不仅仅是聆听动物的动静，细察蹄印或天气变幻，也不仅仅是分析感官所察觉到的东西。狩猎意味着融入大地，大地就像衣服一样把你囊括其中；意味着与大地进行无声对话，其巨大魅力使你忘记与人类同伴说话。它意味着摆脱有关事物意义的理性思考，只关注事物本身的存在状态；意味着认识到事物只有和其他事物相联系才能存在。这些联系——比如，河流渡口附近岩石上的清洁露水和乌鸦遥远的声音——已成为模式，但遵从哪种模式存在着随意性。比如，你突然感到饥饿，又想到家人，从而注意到你所漫步的山谷，尤其是其中的植物和气味，这样你就想到要捕猎驯鹿。一只驯鹿出现在面前。弓箭或子弹的发射犹如一声大叫那样自然而然，发生在你心不在焉之时。

做梦时，我们对事件的把握是非理性的，也是非线性的，此时，时间和空间的凌乱属正常现象——我认为，这种思维状态是土著猎人醒着时的思维状态。正是这种心境使耐心、坚韧和期望等词具有了新的含义。

狩猎社会中猎人的注意力不是集中在猎杀动物上，而是集中在呵护他与世界的种种关系上，他明白，这些关系使他与栖息着其他动物的世界成为一体。他认真履行这些义务，因为他察觉到，这些义务关涉自己方方面面的生存。当然，这并不意味着每个人都要这样做，或者好人就不会挨饿，又或者负责向超自然的力量祷告以确保这些关系的巫师，就不会偶尔考虑个人得失或使用托词逃避责任。这仅仅意味着大多数人知道该如何做。

我们的文化与爱斯基摩文化的一个根本不同是，我们已经把自身和动物占据的世界不可改变地分隔开来，即使在当今，在某些情况下，我们仍能感受到这种不同。我们把自然界的所有动物和存在物都当作客体；我们操弄着这一切，使其为我们形形色色的目的服务。爱斯基摩人很难理解这种分隔，也难以想象自己完全脱离动物世界的情景。对他们当中许多人而言，这种分隔类似于使自己与光或水完全隔离。很难想象如何做到这一点。

第二个不同是，由于我们把动物当成了客体，我们会非人性化地对待它们。这不仅意味着动物栖息在我们周围，不是人类共同体的一部分，而且意味着动物栖息在遥远的地方，对人类无足轻重。对爱斯基摩人而言，人和动物的大部分关系是本地性的、人性化的。人们遇到的动物是其生存的共同体的一部分，因此应对它们负责任。对爱斯基摩人而言，西方文化中最令人困惑的一个方面，就是我们把与共同体中其他人的关系，以及与同一共同体中的动物的关系非人性化了。他们尝试着把动物客体化，这样使问题复杂化了，而不是简单化了。

爱斯基摩人与自然维持这种亲密关系是付出了一定代价的。我思考他们与我们产生差异的根由时，便意识到他们比我们有着更多恐惧。他们天天都有更多恐惧。不是害怕皮舟倾覆落入冷水中，也不是害怕变老衰弱。他们恐惧是因为他们完全接受了大自然中的暴力和不幸。他们有这种恐惧是因为他们认识到，正如生活中会有驻足观看美丽事物的时刻，突如其来的、如洪水般的事件也是生活——真实生活——的一部分。克努兹·拉斯姆森曾向中部爱斯基摩巫师奥亚请教信仰问题，后者答道：“我们没有信仰。我们有恐惧。”

请允许我的思绪飘得更远些。把类似爱斯基摩人这样的狩猎文化看作是与大自然完全和谐或完全平衡是不对的。他们对动物的尊重，对这片土地上细微事物的关注并非是绝对的或彻底的，实际上离理想化的和谐还有一些距离。没有人懂那么多。也没有人会说他们懂那么多。他们面对大自然时怀着恐惧，怀着敬畏（ilira）和忧惧（kappia）；还怀着热忱。他们把狩猎当成一种生活方式，包括它的暴力，尽管他们并不想遇到它。他们毫不动情，以至于大部分局外人以为他们很残忍，尤其是在对待狗这方面。爱斯基摩人也不是毫无瑕疵。其历史上也有谋杀、战争和种族仇杀；如今，在我由此出发去狩猎的一些村子里，不乏被酒精、毒品和野心毁掉的家庭。诚如我们不能墨守有关狩猎的那些浪漫观念，我们也不能无视爱斯基摩人在相关方面的瑕疵；尽管如此，他们在环境适宜的情况下，还是尽力过一种有尊严和有理智的生活，一种睿智和优雅的生活——回顾这一点是有益的。在这片土地上，岸冰突然涌上岸之类的迅速而致命的暴力是固有的，想象生活在这里的人们如何阐释生命力，也是有好处的。这片土地以一种特定的、实实在在的方式，铸造着人们的思想。

在现代社会，和爱斯基摩猎人一起旅行，会带来一些令人不快的细节问题——其食物不合我们胃口，与其交谈缺乏深度，他们做事一贯缺乏正式计划；尽管如此，与其同行却有一个明显的好处：我们会感到，懂得一些生存诀窍的人一直在身边。状态最好时，他们适应性强、务实、热心。他们非常关注自己有可能理解的领域。他们具有以活着为极乐（nuannaarpoq）的品性，也乐见他人如此。当前，我们人类面临着各种各样的大决战，了解他们这样一个民族有益无害。

和爱斯基摩人在野外同行的时间里，我一直思索着他们令我折服的缘由。我钦佩他们为他人着想的意识，钦佩他们杀戮时的轻柔声音。我从未想到，我能从他们的角度，理解那一时刻他们那异常集中的意识，以及要杀戮生命时所伴随的危险；但是由于尊重他们对待自己行为的严肃性，我接受了他们的行为。有时候，我在思索自己以外的存在时会感到困惑，此时，我会找到并使用自己文化中的部分智慧，也就是西方哲学的传统分支——形而上学、认识论、伦理学、美学和逻辑学，这样，就依次出现了以下问题：哪些是真的？哪些是我们可以理解的？我们应该怎么做？什么是美？哪些是我们能够依赖的模式？

旅行时，我会问自己：我的同伴如何看待我眼中的死亡？对他们而言，在水面闪耀的阳光是否也是一种美？对爱斯基摩猎人而言，哪些模式是值得信赖的？我明白，他们所察觉的模式，可能与我想象的就在眼前的模式不同。他们与我们可能还会有其他明显不同的见解。

在伊凌诺拉克岭的那些天，我观看苔原灰熊扒开地面寻找地鼠，看狼捕猎，看角百灵坚毅地坐窝，看驯鹿跨越河流，在夕阳中抖落钻石般的璀璨水珠——除了观看我别无所图。这就是生命精彩的漂移和停歇。正是这些秩序让大地完美无瑕。我记得，1947年，在河流下游的某个地方，有位名叫爱德华·塞布尔的科学家在旅行中停了下来，凝视福尔松文化遗址中的一个矛尖，那是用黑燧石制成的有凹槽的精美物品，放在一个砂岩岩脊上。人们也在这片土地上远行。

六
冰与光

前天晚上，收音机发布的天气预报简短而不利：北拉布拉多海发出大风预警。然而，我们忧惧的不仅仅是狂风巨浪。前方有许多冰山，而我们将要在黑暗中驶向前方海域，径直进入像哨兵一样整齐、如教堂般宏伟的巨型冰块中，这些冰块随加拿大洋流缓缓南移。这是来自格陵兰岛西部入海冰川的一些漂浮冰山，具体地说，是从格陵兰西海岸萨维西微克、托苏卡塔克（Torsukattak）和乌佩纳维克（Upernavik）一带高耸的、大理石般的冰墙上脱落而来。但我们明白，行驶在波涛汹涌的海域，即使有比我们所乘轮船大50倍的物体，船上雷达也无法把它与狂风掀起的巨大浪头分辨开来。

满载设备和一年供应物资的“苏德克”号内燃机船（MV Soodoc）[1]，在黑暗中坚定地向一个极地矿区驶去，船头荡起阵阵浪花。大风劲吹，船上的锚索不停颤抖，发出萧萧之声，甲板上的吊架也在长啸。我们处在船的中部，但浪花已开始飞溅到我们身上。船员关上上层甲板的舷窗和舱门，并做好应对船身剧烈颠簸摇晃的准备。

我们平安地进入了戴维斯海峡。狂风风向转向左边，我们的船驶出了风区。我们暂时缓了口气，但还是将信将疑，不敢掉以轻心。

1　MV 即Motor Vessel（内燃机船），Soo即Sault Sainte-Marie， Ontario（安大略省的苏圣玛丽，Sault读作“苏”，“圣玛丽”被省略），doc即dominion of Canada（加拿大自治领）。这是一种长355英尺（约118.3米），载重量为7 000吨的大型货船，能搭载23人。

早上，我站在船头，看船首平稳劈开6英尺厚的墨绿色海水前行。那些冰山在雾霭中若隐若现，不断南移，令人生畏；我们中一些人曾因此彻夜未眠。冰山的移动悄无声息，却酝酿着杀机。如果我们昨晚撞上了冰山，轮船会在一片警报声中陷入慌乱。我们会胡乱穿着衣服，踉踉跄跄地从舱梯冲上甲板，坐进小救生艇，挣扎在死亡边缘。在黑暗中，救生艇被降入20英尺下的冰水里，你惊恐万分，就像有一条野狗扑入你的怀中。

我们一切平安。我凝视着浅黑色的海涌，思索着停落在船上的雀鸟如何受到船员的款待。随后，我便去船尾吃早餐。

蒙特利尔被我们远远地甩在后面。我们的船警惕地向西北航道行进，和当年弗罗比舍、戴维斯和巴芬穿过的是同样的海域，看到的是同样的色彩、同样的动物、同样的清澈水流。这就是我请求同行的原因。我请求搭船来看使上述先行者陷入绝境的海冰。如果我被问到，在北极渴望与什么东西朝夕相处，答案就是冰山。我说不清，这一愿望是由来已久呢，还是重走西北航道的计划有望落实后，我才有了这一强烈的愿望。但当我看到冰山时，感觉就好像我已经静静地等了很久，就像信徒见到高僧时的感觉。

当天下午，我们意识到，风暴的确已经过去。我站在轮船舰楼右舷的一个窗户旁，打开厚重的玻璃窗。我的前臂倚在窗台上，双腿感到的是舰楼供热设备提供的暖气，面部却有一股股冷气拂过。我们看到的第一簇冰山位于贝尔岛海峡的北部，排成一排，被海水侵蚀出许多凹痕，看起来非常悲伤，好像已被一些莫名的苦痛折磨得筋疲力尽。我们从这些冰山一侧驶过。往北走，这些冰山就像一些掉队的士兵，在这一望无际的荒凉海面上我行我素地漂泊着。它们好像来自一个神秘的世界，那里充斥着众神的争吵声和大灾难。它们又像是月亮上掉下来的碎片。

再往北走，冰山显得更有气魄。它们体积庞大，侧壁高耸而陡峭，让人想起拉萨的布达拉宫——一座依山而建、禁欲冥思的建筑。我们将要从冰山间穿过，两侧与其相距不到半英里。我从船的一侧走到另一侧，惊诧着这些生命迹象如此明显的庞然大物怎么会显得既离我们很近，又距我们很远。那种感觉，就好像站在飞行于喜马拉雅山系中的安纳普尔纳峰和珠穆朗玛峰一侧的飞艇上一样。

冰山周围有生命迹象并不是幻觉。格陵兰海豹和一群群海鸟，被游动在营养丰富的冰山基部水域的鱼群吸引——来自冰山上的淡水径流使得鱼群上涌，涌入海水中较轻的淡水中。我用望远镜可以看到，一层蓝绿色融水犹如一张巨大面纱，从400英尺的高度垂向海面。

我间或从右舷窗口稍向后退，去画张景物素描，或拿起望远镜向外眺望。我看到光线在冰山周围产生的奇观，就像看到那些冰山在海水中赤裸、执着地漂浮前进一样，感到惊叹不已。由于太阳照射、云朵飘浮及海水映射，冰山便有了不同颜色。但由于光线原因，冰山的立体感也有所不同：光线越强，照射角度越大，冰山表面及冰本身与海水的对比会越鲜明，冰山侧壁暗淡的表层也会被蚀刻得越严重。天空越蓝，冰山在天幕上的轮廓线越清晰。

我写下了各种色彩的景象——灰色的海鸥和珍珠，还有灰色烟雾。从望远镜中看，一座冰山犹如平顶山似的，其壁垒般的高大侧壁，似乎是一块被切割的巨大湿润滑石的切面。另一座冰山上部没有棱角，呈圆形，在天幕上犹如人类的额头，表面既有许多凹凸痕迹，又有不少条形痕迹，就像抹香鲸有划痕的桶状身躯。冰山呈现出漂浮山岳的景观——它们原本就是从山脉上脱落下来的：那山脉有白雪覆盖的山脊、环形盆地、陡峭山峰。冰山陡峭的侧壁通常直达海面，看起来就像花岗沥青岩；表面不平，犹如未加工的玉石，或有更粗糙的，就像有磨损的黑曜石。

冰山没入水中的那部分侧壁，受到海浪冲蚀，形成不少冰洞、冰穴和冰桥，酷似海蚀崖。冰山与海面相接的地方，冰体闪烁着蓝宝石色，与上部的灰白色冰墙明显不同。冰山融水会注入冰山上的缝隙，或在冰山上积聚成一潭水，由于缝隙或水潭周围冰体的厚度不同，水脉和水潭会呈现淡蓝色或更亮的海蓝色。如果冰山刚刚断裂分开，那么新的断面会呈蓝绿色——稍早的、被侵蚀的断面则呈灰绿色。黎明或黄昏时分，由于阳光的作用，冰山表面会呈现多种颜色：玫瑰红、红黄色、淡紫色、浅粉色。冰面能在晶莹透亮的边沿、角落反射和捕捉光，并强化其效果。

冰山包含的岩石、砾石、泥沙和沙子，使其侧壁呈现许多条纹和斑纹。由于逐渐融化，冰山从海面渐渐上升，堆积在冰山根基部分浅水滩里的残屑，在其侧壁形成一道道吃水线痕迹。由于冰山的分裂和倾斜，吃水线痕迹会以奇异的角度交叉，并会向上倾斜。

尽管看起来几乎是没有必要，船上的三副还是拿出六分仪来测量冰山。其中一座冰山高64.7米，长465.4米（212.27英尺高，1526.88英尺长）。另一座高70.4米，长371.0米（230.97英尺高，1217.19英尺长）。但这些数字不能体现冰山的真正大小。冰山沉浸到海面以下很深的地方，并以第三维度向后延展。要想弄清冰山有多大一部分位于海平面以下是不太可能的——按照航海者的一般经验，冰山高度的五分之四、总质量的八分之七都在海面以下。随着船的行进，每座冰山的形状都在变：一会儿像刚形成的河谷，一会儿像被风吹聚在一起的雪堆，一会儿像一道壁垒和一座尖塔，一会儿又像柱状绝壁。这样，对同一座冰山进行测量，所得的数据就有所不同。

一天，层层低垂的积云向东南方向散去，西部和北部，海水与蓝天相连。在熠熠阳光下，横在前方的冰山闪闪发亮，在黑色海水的映衬下，犹如被大风吹开的片片白帆。过了一会，在海水与蓝天相接之处，一座座冰山似乎脱离海面，在低垂的淡蓝色天幕上漂浮。其中四五座像是海市蜃楼，看起来颇为虚无缥缈。我回过神来，微笑着观察近前的几座冰山，开始修改画错的素描。我记得，在新墨西哥的兰乔斯德陶斯（Ranchos de Taos）有座圣方济各教堂，数十年来，不断有摄影师前往那里，渴望拍摄有关那一处人文景观的黑白照片。类似爱德华·维斯顿、温·布洛克或者保罗·史川德这样的摄影师，会如何看待眼前这些景象呢？透过右舷窗，我凝视冰山长达数个小时，这些造物我以前从未见过。它们在清爽、美好的天气里飘然而过。它们看起来无比静谧，无比独特，无比奇妙。

在格陵兰岛的内陆地区，威斯康星冰期仍在继续。格陵兰冰盖长1 500英里，宽450英里，厚达1.1万英尺，由层层压实的积雪、滞留的空气不断堆积而成，并以不同的速率扩张。其压力巨大，以至中心部分没入海平面以下1 180英尺。有几个地方，冰盖的冰舌和冰川边缘伸进海洋，因而经常有一些巨大冰块断裂，随着洋流漂走。在那些向海洋延伸的部分当中，最壮观的一处是洪堡冰川400英尺高的冰质绝壁，在凯恩海盆的边沿向南北蔓延50英里。

北半球的大部分冰山，都是从格陵兰冰盖的西部冰川上断裂，落入迪斯科海湾和梅尔维尔海湾后漂浮来的。它们先是随西格陵兰洋流向北漂浮，然后在当年或第二年随加拿大洋流向南行进至拉布拉多海。冰山尽管壮观，但与冰岛相比则逊色许多；在格陵兰岛北部海岸和埃尔斯米尔岛西北海岸，巨大的陆架冰超出海岸，蔓延至海湾，断裂后就形成冰岛。（陆架冰的结构和动态被比作冰川和海冰，但严格说来，它与二者都不同。）这些冰岛的面积最大可达300平方英里，但只有150英尺到165英尺厚，与极地浮冰群融合，可为极地科学考察提供长期的漂浮基地。它们结构稳固，顶部大体上是平的，像白铁皮屋顶一样起伏有致，为人们提供了一个靠近水面的工作平台。（例如弗莱彻的海冰岛，面积达50平方英里，从埃尔斯米尔岛迪斯雷利峡湾的沃德·亨特冰架上断裂后产生，截至20世纪70年代中期科考工作结束，作为科考团体的基地长达25年。）一般情况下，冰岛会在阿拉斯加以北海域的浮冰群中环游数十年，最终被卷入东格陵兰洋流，然后在这片水域逐渐碎裂融化。

扁平冰山几乎与冰岛一样大，却比冰岛厚得多。这类冰山是低平海岸边沿的冰川整块断裂漂入海洋，体积大约40到50立方英里[1]，是北半球最大的漂浮物。其他类型的北极淡水冰包括：北极的河流冻结成的冰，苔原湖和水塘冻结成的冰(冬季时底部都能结冰)，以及永冻土中包含的各种形状的地下冰。地下冰会使苔原的冻土形成特殊形状的冻裂，这种冻裂被称为“定式地面”，它能使地面拱起，形成被称作冰核丘的半圆形小土丘或冻腾。（在马更些河河口东侧的托克海岬附近，有一个由150多个冰核丘组成的著名冰核丘群，这些冰核丘已有3 000年到5 000年的历史。）[2]

比起淡水冰，形成于海洋表面的海冰的相关情况则较难预测，具体体现在形成方式、变化方式及其形成时间长短等方面。海冰的物理性能非常复杂；这些性能包括力在其内部的分布、弹性和可塑性的大小，以及晶格的结构特征等。一位科学家曾写道：“地球上很少有这样一种物质，既如此温顺，又出乎意料的复杂，它的顺从是一种假象。”

淡水通常在39.2华氏度开始结晶，在这一温度淡水冰的密度最大。气温下降到28.6华氏度时，海水才开始结冰，就是说，这时海冰的密度最大。海冰刚形成时，其晶体结构包含着盐水，因而并不坚固，承重时先是弯曲，而不是立即破裂。新形成的淡水冰易碎，且更加透明，会像窗玻璃一样随时破裂。（由于海冰有弹性，即使行走在厚达4英寸的海冰上也不安全，而仅有海冰一半厚度的淡水冰，却能承载一个人的体重。）

在无风无强大洋流的情况下，海水最初冻结形成的晶体，就像一层油一样漂浮在海洋表面。这种碎冰晶不断变厚，形成一种灰色

1　立方英里，体积单位，1立方英里约等于4.168立方千米。——编者

2　作为一种独特物质的永冻土不是冰，而是冻结的土壤。然而，由于它与冰的表现形态有些相像——都是以晶体形成的模式在土壤中蔓延，人们对它的归类有一些困惑。北极有永冻土的地方从未被冰川冰覆盖；在泰梅尔半岛东部，永冻土层深达1 900英尺，这些现象表明了永冻土形成模式的复杂性。

半融冰，这就是凝脂冰；接着，它继续加厚，形成约1英寸厚的弹性冰晶层，这就是暗冰。新形成的暗冰近乎透明（如海水一样呈浅黑色），像波纹绸一样在海洋的微波之上起伏。大约4英寸厚时，暗冰开始慢慢变成灰色，这就是新冰或灰冰。灰冰最终变得不透明时，就被称作首年冰。到后面这些阶段，海冰变厚的过程比较缓慢。

到春天时，首年冰可能有4到6英尺厚。如果它在夏天没有完全融化，在秋天就会成为隔年冰，泛出蓝色光泽且更加坚硬。（冰层上部包含的盐水在夏季已经流失，新形成的冰晶填补了空隙。）隔年冰会不断变厚，直到几年后稳定在10到12英尺的厚度。如果隔年冰在下一个夏天仍没有融化，便被称为多年冰或是极地浮冰，以便与首年冰和隔年冰相区分。[1]还有一种更坚固的多年冰——陈年积冰，形成于开阔的极地海洋，可能有50英尺厚。

大量的浮冰可能会融合成广阔的崎岖冰面，形成冰原冰；或者程度不等地被一些水道（冰间水道）分隔成不同部分，形成各种类型的密集流冰群和稀疏流冰群——比如，形成“密集冰”（覆盖海洋表面积的70%到90%）。[2]

风和洋流通常会影响海冰的形成。例如，如果泥状的凝脂冰层中出现海涌，这种冰的晶体会凝结成许多又大又圆的片状冰，其边沿因相互撞击而上翘，这个阶段的冰叫作荷叶冰。如果暗冰被风吹裂，裂开的冰块经常以一种典型的相互搭接模式叠在彼此之上，这种模式叫作指状叠加。较厚的浮冰可能是一层叠在另一层之上，也可能由于自我摩擦，形成低矮的、由碎冰堆成的条状突起，或冰块堆。经过风吹来的雪的进一步堆积，碎冰堆会形成圆形小丘，这就

---

1 “浮冰”这一术语从广义来讲，包括固定冰（附着于海岸的不移动冰）以外以所有形式集聚的海冰，无论它呈何种形态或有何种动态。

2 因为海冰会对船只造成严重威胁，精确定义的术语对于精确预报至关重要。斯科特极地研究中心发布的《图解冰雪词汇表》和加拿大水文署发布的《加拿大北极区指南》，规范了涉及海冰覆盖类型和程度的术语。

是冰丘。足够厚的冰由于风、潮汐和洋流的作用发生断裂，并且因同样的力量自我堆积，形成高20到40英尺的巨大碎冰堆，该碎冰堆会延伸到冰层以下，这就是冰压脊。

风和洋流对海冰的形成影响很大，除海湾和沿岸浅海以外，北极其他海域很少有平滑冰面。春天，冰面上形成一些水潭和融洞（常在长久使用的呼吸孔），以及复杂的排水模式。融水水潭的底部隔年冰可能会产生针状冰，这种冰的顶端十分锋利，无论人类、狗还是北极熊，都会敬而远之。在排尽了盐水的首年冰的上层，有时会形成烛冰，一阵风掠过或用手触碰时，这种冰会倾倒，发出叮当声，好像枝形玻璃吊灯被叩击一样。

因为海冰受风和洋流影响，风和洋流又有着显著规律，研究人员每年都会在相同地点寻找同种海冰。在科罗内申湾，风和洋流都较弱，可能连续数英里海冰都十分平滑。在埃尔斯米尔岛与格陵兰岛之间的内尔斯海峡（肯尼迪海峡、霍尔湾以及罗伯逊海峡），风和洋流驱动多年冰从北方南下，堆成80英尺高的冰脊，这一皱裂严重的冰面向北、西两个方向延伸，直达林肯海极其崎岖的冰面。

冰有多种不同类型，其断裂和错位的模式也五花八门，这会使首次造访北极的人大吃一惊。我们本以为，在冰上行走如在土地和岩石上行走一样，是再平常不过的事，现在却发现，脚下的冰面如另一个星球的表面一样，异常奇特，难以把握。当暗冰在脚下凹陷，你顿时不知如何迈步。如果你不得不乘坐较大的雪橇翻越一个个冰压脊，或者在移动的浮冰中间不停地竭力操纵一艘小船，以免被撞得粉碎，这时候你很难想象，还会有其他什么地方能像这里让人感到如此疲惫，如此渺小。

要想大范围观赏北冰洋海冰的构造活动，更好地了解北冰洋冰面的永不稳定特征，乘飞机是一个简易办法。从空中俯视，相互搭接、巨大而透明的暗冰块，就像一片片精致、整齐的细木窗玻璃。片片新形成的暗冰相互拼接，形成松散的高层云般的样态。深色的浮冰块要么被海藻覆盖，有动物在上面活动，要么是海象在冰上活动、休息和排便的地方。有雪覆盖的辽阔冰面上穿插着长长的、条纹形的灰白冰面，后者是冰间水道新近冻结成的冰面。一条低矮的冰压脊可能会通向一个深色的洞口，以及一片淡红色的雪，那是北极熊捕杀猎物的现场。在一片片开阔水面上，如飘带似的凝脂冰随风向绽出纵列式图形。冬天，冰间水道会冒出冻烟，这是相对温暖的水面遭遇寒冷空气所致。

闪电状的冰间水道，又长又黑的水塘，曲曲折折的小溪，像蛇丘一般蜿蜒的、由碎冰堆成的冰脊，这些景象呈现的种种几何形状一直绵延至视线不能企及的地方。一条宽阔的冰间水道中，小块的浮冰顺着风向，缓缓向右侧漂移，斜角为30度左右。（受到地球自转偏向力的影响，在地球表面运动的任何一个物体都会向一边倾斜，这就是科里奥利效应；由于这种效应，北极被风吹动的冰都会出现偏移现象。）

由于冰面经常出现手风琴般的开合运动，即使在最冷的天气，北冰洋海域也常有无冰水域。沿海岸会形成稳定的附岸冰带，通常有一条细窄冰间水道把这一冰带与离岸的浮冰群分隔开，这种情况在离岸风吹拂时尤为明显。（这一冰间水道区是海洋哺乳动物的惯用通道，也是北极熊和人类捕猎最频繁的海冰区。）

除了这些细窄冰间水道和浮冰中定期开合的众多冰间水道，还有一些比较广阔的水域常年不结冰，即使冬季也是如此，这就是冰间湖。由于独特的洋流和风向模式，冰间湖得以存在，且常年出现在同样的位置。如果冰间湖的大小和位置适宜，它们就可成为大量海鸟和海洋哺乳动物的过冬场所。（捕鲸者所说的、位于巴芬湾的西部水域，实际上是北美北极地区最大冰间湖的南端，这一冰间湖总称为北部水域）。

附岸冰、内湾冰或在无明显洋流海域形成的海冰，是稳固可靠的冰面，人们可以在上面游历，即使是在晚上也无妨。细窄冰间水道外侧的浮冰群会不断移动，冰面景观多样，又有某些动物出没，因而别有一种魅力。但你要是敢徒步走上浮冰，说白一点儿，就是找死。在风的作用下，浮冰群会无规律地移动，而且每一块浮冰的移动方向都是不可预测的。一般来说，尤其是在巨大的浮冰块上，人们丝毫感觉不到其移动或变化。人们会突然发现或意识到，自己已经远离海岸或迷失方向。从英格尔菲尔德湾到圣劳伦斯岛的每个沿海村庄，都会流传这样的故事：某人由于失误被困在浮冰上，再也没能回来，原因通常是为了追捕北极熊。

移动中的浮冰群对徒步或带狗旅行的人而言，威胁不是很大。他们通常可以敏捷地在浮冰表面行走。然而，换作一叶扁舟或一艘小船，行程会变得疲惫、费神而危险。1814年5月，威廉·斯科斯比的捕鲸船困在格陵兰岛的东海岸，他步行勘察最后一英里的航路，希望成功解困。像许多遭遇这种情形的人一样，斯科斯比吓坏了。但他也被浮冰震撼，被其巨大的力量、令人生畏的规模及势不可挡的运动震撼。他写道：浮冰在风中不停地移位的声音就像“复杂的机器发出的声响”或“远处传来的雷声”。即使在寻找出路时，他仍为浮冰能让自己分心而惊奇不已。他忘却了迫使他前来探路的困顿感，忘却了他那被浮冰挤压的船壳发出的哀怨声，顿时变成了一个“漫不经心的旁观者”。他好像正行走在某个体魄巨大、行为有序的野兽的背上。

当今有了装甲破冰船，海冰对航海的威胁似乎没有木船航海时代那样致命，但无论是过去还是现在，在北极海域航行的水手都不能掉以轻心。当年，捕鲸者驾驶着装备简陋的船只勉强进入北极海域，而且还要在发挥其极限能力的情况下生存数月。要穿越一片海冰进入无冰水域，或者要在风暴卷来的重重浮冰中生存下来，19世纪的水手不得不采取多种措施。如果风向有利而且有一个加固船头，他们就可以根据桅杆瞭望台里瞭望员喊出的方向，“劈出”一条通道。但帆船没有回动装置，没有可靠的“微速”装置，也没有“难以转舵”时的紧急反应装置。更为常见的是，水手不得不用拖绳把捕鲸船系在数个捕鲸小船的后面，用人工划船的方式把捕鲸船拖过浮冰区；或者把锚固定到前方的冰面上，转动起锚机绞盘，“曳拉”着捕鲸船前进；再者，就像吊洋娃娃一样，从捕鲸船船首斜桅上向冰面吊放一只小船，小船中有三四个人，在大船船首前破冰。

如果遭遇移动的浮冰，哪怕是一艘重达250吨的轮船也会在两三分钟内被挤压成碎片——可以想象，船的橡木龙骨咔嚓、咔嚓地炸裂，船体碎片向上腾起，然后随着咕噜咕噜声响，又被巨大浮冰块压到下面，与工业压榨机压碎一架大型钢琴无异。在风暴中，面对冰崖，或在夜晚，无法找到无冰水面，为了保护好船只，船员会在浮冰间锯开一个临时停泊处。这种保护工程时常会被破坏，于是他们不得不重新开始破冰、移除冰块这类艰辛工作。天气恶劣时，浮冰像七巧板一样移动；稀疏冰不断地撞击，“猛烈得足以把船撞碎”。在暴风雪肆虐的整个过程中，甚至在他们最终脱离海冰围困之前，高级船员都在努力调动全体船员的力量。但任何一种情况都可能突然发生变化——此刻静止不动的浮冰，一刹那就可能移动了。高级船员会承受很大压力，他们时刻都要承担责任，时刻都要保持高度警惕。一位船长曾在沿岸冰间水道经历了心神不宁的17个小时。他这样写道：“那一时段是我一生中烟抽得最多的时候。我抽了22只雪茄，还有无数斗烟丝；每个小时我都会让上咖啡。我不知道，到底是烟还是咖啡，使我们顺利通过了那片海域，但无论如何，我们还是毫无损失地通过了。”

船只破损司空见惯，有时还会很严重。一位蒸汽船船长写道：“水手们轮流守候在抽水机旁，还有水手用桶不停地运水，每分钟可以排出七八吨水，[但]海水涌入速度总比排水速度快。”当时海水温度低至30华氏度。他们用团团船帆堵船壳的破洞，尽力用绳索、麻絮堵漏水的裂缝。绝望中，他们在漂移冰山的尾迹一侧找到了庇护处。[1]但冰山有时会破裂，船只也会随之沉没或被击碎。一旦风暴过去，充满威胁的浮冰静止不动了，船员们就不用再躺在吊床上，听“断裂、撞击、撕裂声响”，听船体木材受压发出的尖啸声和爆裂声。但在威胁完全消失前，瞬息万变、无法平息的环境会一直折磨他们的神经。

捕鲸季节快要结束时，天气经常会变得很冷；在类似天气里，船只周围会结冰，短短几个小时内就会出现“一条秉承上天旨意而修筑的坚实水晶通道”。周围格外寂静，这时如果有人站在甲板上，就可以听到口袋里手表的嘀嗒声。曾在抽水机旁累倒的人，或看到浮冰削掉船底铜防护甲而失去食欲的人，现在都可以走到冰上漫步，放风筝或打球，就好像在公地上活动一样。

如果船只严重受困，船员会把行李收拾好，放到甲板上，然后就是等待。船只周围冻结的冰层对船体的挤压力越来越大，这一过程可能持续数周，最终船体的龙骨才会断裂，船舱解体以致被淹。然而，如果船只遇难，也很少立即沉没——船员有足够时间登上甲板，离开船；如果幸运，还可以登上另外一艘船。1777年秋天，350多名遭遇海难的捕鲸者和捕海豹者，沿着格陵兰岛东南沿海的海冰行走，寻求救助。约有140人从当地人那里得到了食物和衣服，最终到达西海岸的丹麦村庄。其他人则不幸丧生。1830年，很多船只在梅尔维尔湾遇难（该海域被称为“毁船地”），仅在一个地点，就有近千名船员在冰面上宿营。在没得到船长准许的情况下（从法律意义上是必需的），他们把被冰摧毁的船只都付之一炬，并在附近逗留了几周，通过狂饮庆贺自己的幸存。（所有人都在那次奇异的灾难中活了下来。）

5年后，英国的一批捕鲸船由于作业时段太长，无可挽回地被困

1 冰山有很大一部分浸在水面下，所以会随着洋流移动，而海冰则随风移动。因此，冰山能够在迎面而来的海冰中辟开一条通道，在尾迹一侧为船只提供庇护处。

在巴芬湾的海冰中，与外界隔绝——这种情况还是首次出现。船员既没有合适的御寒衣物，也没有足够的食物，来保证他们度过寒冷的冬天。加拿大洋流使围困该船的浮冰群缓缓向南漂移，一直漂了4个月；在此期间，很多人因饥饿、寒冷和绝望丧生。其悲惨境遇从船上的航海日志中可见一斑。“前瞻”号捕鲸船船长1835年11月11日的航海日志是这样写的：“天气较暖。很多鱼在船的周围游来游去，其中有独角兽和白鲸。我们正向赛尔角南部漂去，那海角真壮观。一整天都能看到月亮，它一直没落下——这种事我以前从未见过。”11月13号，“简”号捕鲸船上的一位大副写道：“强风夹着雪花；浮冰的挤压力很大，‘简’面临巨大威胁，她能否承受这一切无人能晓。这负担够重了。长夜漫漫，一旦船沉没，我们也就完了。祈祷上帝保佑我们的栖身之所。”

2月份，他们的捕鲸船随浮冰群漂到冰崖前，浮冰群似开又合，每一天，他们的希望都破灭，每一天，他们都重新开始憧憬。其中一艘捕鲸船沉没了，其他捕鲸船全都脱离了浮冰群，但一些船上活下来的人太少了，连升船帆的人手都找不到。他们在恶劣天气中漫无目的地连续漂流了数日，不能测定他们所在的方位，或确定他们所在的位置。其中一些船碰上了又在出海的捕鲸船；最后，这些船都奇迹般地回到了英格兰。第二年，又有十几艘船被困在海冰中。其中有一半沉没，人员死亡惨重——“迪伊”号船上有58人，44人遇难；“建议”号船上有49人，42人遇难。

有时，灾难在瞬息之间就发生了。1832年4月26日，凌晨3点30分，英国赫尔市的“香农”号捕鲸船，在东南风的猛吹之下，迎面撞上一座冰山。冰山侧壁扫过这艘船，撕裂了船的右舷，此时，船长仍在黑暗中向前跑，他的手摸到了冰墙。船体大部分数分钟内就沉没了，16个成年人和3个男孩儿被冲走。船体的一部分由于聚有滞留空气仍在海上漂浮，上面还存有一片船帆，幸存者相互依偎，躲到船帆下面。他们没有食物，也没有淡水，只好相互汲取对方的血液，用鞋子做器皿饮血。其中有三个人死去，其他人都得救了。5月2日，一个船员离开甲板的船帆准备自杀，突然看到两艘丹麦双桅船。除了船长，其他幸存者全都有冻伤。一位北极捕鲸史学家写道："这次获救是十分凑巧的事件之一，这些事件有许多都值得记录下来。"

我想到了最后一个灾难意象：人们在死人堆后面发现几个因寒冷而神志不清的幸存捕鲸船员，这些高高堆起的尸墙保护了狂风巨浪和浮冰肆虐环境中的少许几个幸存者。

这些骇人的灾难和人员的死亡现在已经离我们很遥远。如今，我们对北极海况的评估大多是在飞机上和破冰船温暖的舰楼里进行的。飞机配有无线电通信设备，破冰船离不开回转罗盘不停歇的转动和卫星导航系统的导航，这些机械设备节省了时间，使空间似乎也变小了，而且因其的确能使我们远离危险而让我们备感欣慰。从这些方面看，北极地区的时空缩小了，我们对这片景观的评价也大不相同。

然而，当今在北极海域航行的人，对前辈在此海域活动的历史很少有不重视的。不需破冰船协助就可在严重冰况区航行的船只，能以5节的稳定航速穿越4英尺厚的海冰区，但这样的船只即使在伦敦劳埃德保险公司入了保险，其船主也不能高枕无忧，因为他们太了解北极的航海史了。无视北极航海史的只有这一类人——在他们看来，这片土地的桀骜不驯只能让人分心，只是一种妨碍，用机械完全可以征服。

冰冻的海洋在沉睡中仍像一条巨龙一样在翻腾。

马克思·邓巴是一位北极海洋学先驱，他在描述北冰洋时带着些许遗憾。由于缺乏地震和地磁研究以及海床核心样本，北极盆地的演变仍是一个谜；由于北冰洋大部分水域都被冰层覆盖，它是世人了解最少的海洋。与富饶多产的亚北极海域相比，北冰洋水域相对贫瘠。然而，北冰洋物产不丰富与其说是因为严寒或光线不足，不如说是因为该水域的垂直稳定度。这一海域没有海底无机盐（磷酸盐、硝酸盐、硅酸盐）向上涌，阳光可以照射的上层水域因而少有生物生存。（在顿巴看来，地方性物种缺乏，浮游生物种类和数量稀少，不仅是海洋贫瘠的标志，也是其稚嫩的标志。）

海洋学家根据北冰洋各个区域为数不多的生物类型，将其划分为五个区域。最北端是北极高纬度地区的深海区，常年被冰层覆盖，人们对其了解最少。深海区与海岸之间是一个每年都漂浮着冰块的浅海区，该区夏季会有一段时间的阳光照射，也有上升流。沿北美和欧亚海岸的水域属盐水区，由于来自两大陆北部边缘的大量淡水河水的注入，该区的温度和盐度会上下浮动。（春季勒拿河注入拉普捷夫海的融水，比北半球其他任何一条河流注入北冰洋的融水都多。）

北极大部分地区没有潮池，也没有海草、巨藻和藤壶之类的生物，因为近岸海底每年都被海冰涤荡。然而，一些水域确实存在少量潮间带生物，这些水域即北冰洋的第四个区域——北方沿海动物区。苏联科学家无疑是经验最丰富的北极海洋学家，他们在沿岸的盐水区与北极高纬度地区的浅海区之间发现了第五个区域，并将其称为北极低纬度浅海区（本身是宽广的陆架海，位于俄罗斯北部的大陆架是世界上最广阔的陆架）。

极地海洋中的生命活动根基是：春季，水面浮游植物开始大量生长；然后是食草浮游动物纷纷前来觅食。正如我们所看到的那样，食肉浮游动物、各种各样的甲壳纲动物，以及为数不多的鱼类，主要是极地鳕鱼和北极鳕鱼，拓展了这个食物链。[1]海冰阻挡了

1 北极鱼类以几种惊人的方式适应不同寻常的环境。北极鳕鱼的嘴向前上方张开，以便在冰的底部寻觅食物。由于处于光线较暗的环境，北极鱼类的眼睛相对较大；又因为冰冷的水比温度较高的水密度大，北极鱼类游动的力度通常大于南部的同类。

99%的太阳光线，使之无法到达冰下的水域，但同时也使该区域食物链上的生物免受严寒侵袭，它深刻影响了这些生物的进化和成长过程。事实上，如果无视海冰，就无法从生态角度来解释北冰洋。正因为如此，许多海洋学家已把北冰洋视为一处独特景观，一处需要用特殊视角去审视的景观。

西方生态学的基础，几乎完全是由研究温带地区生态系统的科学家奠定的。北极生态系统剧烈变动的特征，对生态学原初概念的建构没产生任何影响，北极生态系统的一些典型状况，并没有被视作生命成长的正常环境，反而被当作障碍。例如，冰雪起初被视作该环境中暂时的、相对不重要的条件，而不是被视作这一生态系统中不可或缺的组成部分。然而，正如菲律宾的降雨和阿拉伯沙漠的阳光对当地动物有重大影响，雪对北极动物的生存具有同等重要的影响，这一点已得到证明。雪为一些动物创造了稳固平台，使它们能吃到夏季吃不到的嫩枝。它为觅食种子的鸟类设置了阻碍，迫使它们在秋季南飞，其作用比低温所起的作用更大。它为貂和其他类似鼬鼠的动物提供藏身处，使它们遇到食肉动物时能钻到里面挖出长长的通道，并潜伏下来。它为雷鸟提供栖身处，使其在晚上能钻到里面睡觉。它还为捕食者捕捉猎物提供掩体，也可以阻碍捕食者的追捕，使长腿和宽脚的猎物有机会逃跑。旅鼠体形小，冬季仍可走动，但它们毛的长度不足以保暖，雪可以为它们提供避寒栖身之处。雪在春天可为一些植物创造温室效应，在冬天则使它们免受干冷寒风侵袭。是雪决定了不能迁徙、居住在地面的松鼠只能冬眠，而栖息于地面以上的树鼠在整个冬天都很活跃。

对进化生物学家来说，北极的冬天比夏天更重要。在研究北方环境的生态学家眼里，雪与土壤一样，是环境不可或缺的一部分。冰雪阻断了一些动物的食物来源，使另一些动物消耗更多能量，给其他动物提供了避寒栖身之所。

对生态学家而言，冰只不过是雪的一种极端形态，它深刻而又微妙地改变着地貌，影响着动物的生存方式。正如地形起伏和植物性食物的分布对陆地动物的迁移起着决定作用，冰的属性和类型对北极海洋哺乳动物的生存方式有着至关重要的影响。海豹和海象依赖浮冰的漂移被动地到达新的觅食区，并将浮冰作为休息、换毛和生崽平台。浮冰还可以充当临时岛屿，使这些动物免遭逆戟鲸和陆地食肉动物袭击。作为陆地向海洋的延伸，海冰成了麝牛、北美驯鹿、北极熊和北极狐的迁徙大道。冰山和冰压脊残留的巨大冰块在海湾沿岸地区搁浅，整个冬季都在潮汐中移动，为海象春天之前在新觅食区的生存劈开了充足的无冰水域。11月份，河流完全冻结，河道干枯（上游结冰后，便无水注入河道），有时你可以穿过冰面，在干枯的河床上来回走动——这是北极熊最喜爱的冬季露宿地之一。

也许冰与极地生命之间最引人注目的联系——而且在很大程度上也是仍旧无法解释的神秘事件，即冬春两季在冰间湖发生的事件。冰间湖既有沿海岸分布的（长而窄的海岸冰间湖），也有出现在外海的（更像湖一样的裂缝冰间湖）。这些无冰水域每年都出现在同样的地方，为一些动物提供了过冬场所，也成为另一些春季向北迁徙动物的集结地。（毫无疑问，无冰水域基本不变的分布，对许多海鸟和海洋哺乳动物迁徙路线的形成起着关键作用。）

冰间湖整个冬天都不会出现坚冰，其原因在于外力的复杂交互作用。这些外力包括盛行风、洋流、潮汐，可能还包括该水域的上升流。冰间湖对海象和髯海豹尤为重要，因为它是这些动物的冬季栖息地，但它对环海豹、独角鲸和别卢哈鲸却没那么重要。黑海鸠、绒鸭、长尾鸭、楔尾鸥和象牙鸥等海鸟，也在冰间湖过冬，因而也从中受益，但科学家们尚未解释清楚，这个食物链在这黑暗、酷寒的条件下是如何运作的。

春天，冰间湖呈现出一派繁盛景象。与毗邻的海冰覆盖的海域相比，每一年，冰间湖浮游植物繁茂期的开始时间要早两个月，这为迁徙而来的海鸟（暴雪鹱、三趾鸥、海鸽和海鸭）提供了非常好的栖息地。对较早迁徙回来的独角鲸、弓头鲸和别卢哈鲸来说，冰间湖发挥着至关重要的作用，因为它是这些动物的觅食区。

当然，人们提到冰间湖时，一定会想起独角鲸和别卢哈鲸被困于冰牢中的致命情景，想起海冰正常冻结模式的突然变化，后者会使成千上万早到或换毛的海鸟遭殃。（1964年春，10万只王绒鸭被冻结在波弗特海，这个数字约占当地种群数量的十分之一。）然而，面对大灾难，一种强烈的失落感会使人们忽视这样一个事实：死亡是北方生态系统固有的部分，海冰年复一年的形成只不过凸显了死亡的想象。

秋天的一个下午，我的一位鸟类学家朋友在阿拉斯加北海岸迪马凯申湾附近的宾格克拉里克（Pingokralik）统计迁徙鸟类的数量。他也在跟踪观察几个苔原水塘里的三四窝红喉潜鸟和北极潜鸟。潜鸟不能在陆地行走，需要足够开阔的水面起飞。9月初，红喉潜鸟的幼雏还没有成年鸟的一半大，海岸一带就接连遭雪飑袭击。几天之内，苔原水塘全部封冻。一天早上，我的朋友从营帐里走出来，看到一只红喉潜鸟和雏鸟在一个水塘中四处游荡，尽力维持一小片无冰水面。另外一只在海上过夜的成年鸟，每半小时左右飞来一次，嘴里衔着食物，但它已无法降落，而其他鸟儿却无法起飞。

次日，天气变得暖和起来，水塘里的成年鸟可以起飞，另一只成年鸟也可以衔着为雏鸟准备的食物降落。附近具有相似天气条件的海峡里，还有其他潜鸟在栖息；不久，我那位朋友为天气所迫，搬到了一个更为固定的住所，潜鸟仍然以这种方式在坚持。我的朋友不知道那些雏鸟的命运（成年鸟很可能会抛弃它们）。他记得自己看到的景象是，那些来自海上的成年鸟儿坚强地飞来飞去，在视线中变得越来越小，最后成为黑点，消失在雪飑中。即使运气不佳，潜鸟也还是那么坚定，不愧是一种成功的动物。

有一年夏天，我在加拿大政府的极地大陆架营地度过了一段时间。该营地位于康沃利斯岛的雷索卢特，是北极科学研究的集结待命区。在几周的时间里，我有机会和许多科学家交谈——包括考古学家、生物学家、地质学家、鸟类学家。但我印象最深的是，一个晚上，我与退休地理学家莫里斯·海科克谈论绘画。我遇到他时，他已80多岁。作为地质学家，他曾长期为加拿大政府效力，职业生涯很成功；他还在渥太华交响乐团演奏法国号多年。他偶尔与加拿大风景画家A.Y.杰克逊一起旅行，两人在加拿大西北地区做地质学考察，并一同画画。

一天下午，我和海科克一起步行到巴罗海峡边沿，去观看远方的萨默塞特岛的模糊幻象，这一海市景象出现在海平面上方，看上去非常壮观。（爱斯基摩人把海市称作Puikartuq，意为“浮出水面”。）我们还一起仔细查看一个图勒人营地遗迹。他向我讲述了他20世纪20年代在北极的数次经历，当时，人们乘坐狗拉雪橇旅行。他特别描述了其中的一次旅行：春光明媚，他乘着雪橇，一英里一英里地穿越平滑的海岸冰；时光在不知不觉中流逝。他说，他在那种超然状态中感到如此平静，脑海中积存的不少问题顿时迎刃而解。他讲述这一经历的语气，酷似一个人回忆自己陷入爱河时的语气。他虽已接近丰富而纯粹的生命的最后时刻，当时的表情看起来却无比可爱。

那天傍晚，我来到他在营地的房间里。他躺在床上，一只胳膊放在前额上，另一只手里握着几支画笔——他正要去清洗当天使用的画笔。他试图用语言来表达自己对这片土地的敬慕。他回忆起自己在大峡谷作画时，站在峡谷的南部边缘，感到无论如何也无法描绘出宽广的峡谷两岸之间的空气。

他谈到了描绘空气的困难，又说自己喜欢在康沃利斯岛作画，因为他喜欢清淡的气氛，该岛布满了冰碛，几乎没有植物生长。

“这是一片色调简洁的土地。”他说。他手中的几支画笔拢在一起转动时发出咔哒声。他默默思考了一会，然后说：“这片土地的色调比正午天空的颜色还要淡。”

我聆听着，感觉到傍晚的阳光从窗玻璃透过来，照着我的头部一侧。房间充满了红红的阳光，宛如爱德华·霍珀一幅画中空荡的夏日卧室。我能看得到，海科克回忆自己丰富的阅历时，炯炯有神的眼睛是多么明亮；他的双手大而粗糙；那天早晨他在一小片桦木胶合板上所作的画光泽明亮。我专心致志地听他说话，尽管我们两个很长时间都在沉默。他追忆起自己和杰克逊一起在大奴湖附近的苔原作画的日子；杰克逊是加拿大激进的风景画流派“七人团”的成员之一，这些风景画家因其作品中地道的加拿大风格曾在20世纪第二个十年享誉一时。他还谈到为什么人们会像他两人那样外出作画。那是人与土地的对话——他解释说。

不知不觉已到深夜。最后他去清洗画笔，我回到自己的房间躺下，浮想联翩。假如我也是个画家，我也会为这里充足而淡雅的光线着迷。一天24小时你都有可以选择的理想色彩；都有理想的流线——寥廓的大草原天空配以清晰的沙漠景深，才能产生这样的线条；都有适宜画画的清澈空气。冰和水把光反射到悬崖下面，反射进其他应出现阴影的地方，反射回天空——这就使空中异常亮丽。在特定时段，这一片土地会有抛光钻石般的分解光线的效应。

奇怪的是，这种显而易见又让人释怀的美，在19世纪欧洲风景画家的北极画作中却没有体现出来。当时，几乎所有北极画作的题材都是英国的北极探险，主题也惊人的一致——一个受上帝保佑的国家，与一片暗藏危险的土地上的种种敌对因素抗争着。他们描绘出的北极是一个没有文明的地方，是一头欲吞噬道德和事业心的野兽。在最著名的北极画作中，卡斯帕·大卫·弗里德里希的《极地之海》（1824），描绘了一只被挤压碎的探险船（早期素描中称之为“希望”号）散落在巨大的重叠式浮冰中；威廉姆·布拉德福德的

《北极夏日，穿越梅尔维尔湾浮冰》（1871），描绘了一艘远景中的三桅杆船，尽管沐浴在光中，却朝着前景中有云影的海冰驶来，船上载着另一艘船的船桅上的十字架残骸；埃德文·兰西尔的《谋事在人，成事在天》，描绘了两只雄壮的北极熊，正撕扯着另一艘被海冰挤压碎的船的残骸。

美国19世纪风景画的外光派画家很少受北极景观影响，但是更能启迪其绘画风格的是北极，而不是欧洲绘画传统。外光派画家追寻抚慰性的、静谧的光线，他们在新英格兰海岸的一些地方找到了这种光线，马萨诸塞州的普罗温斯敦就是这样一个地方。艺术评论家约翰·拉塞尔论及美国内战后的社会氛围，并把这种光线称作“弥复之光”。我想到这些新英格兰画作，是因为其中描绘的具有外光派特征的光线在北极司空见惯。在来往于雷索卢特的旅途中，尤其在午夜时分，我看到的景色让自己情不自禁地想起菲茨·休·莱恩这样的外光派画家的作品。一天晚上，在德文岛的维拉角，我发现，琼斯海峡的海水乌黑而无光泽，犹如焦土一般，而漂浮在上面的冰山却格外明亮，我的目光无法在其表面停留。另一次，在埃勒夫·灵内斯岛的西海岸，我觉得，无反差而带着气息的光线的源头好像是空气，而不是太阳；在空气中我只看到长而静谧的线条：光秃的海滨与黑色的海水相接，海水又与天空空洞的蓝色相接。还有一次，在班克斯岛，凌晨两点钟，我看到一群麝牛在强光中穿过长满青草的缓坡，空气像是刚刚被夏日的雨水洗刷过一样明亮，近景中，颗颗闪闪发光的紫色马先蒿和白色水杨梅历历在目。那景象就像新英格兰画作中描绘的一样：“眼前的一切都很祥和。”

与海科克谈话的那个晚上，在撰写关于光线的笔记时，我偶然想到一个罪犯回忆其孤寂的监禁生活经历的文字。他说，自己见过的唯一光线是紧闭双眼时“突然出现的清晰亮光”。他身处黑暗之中，就“像浸泡在墨汁里”，而那束亮光就“像燃放的烟花”。他写道：“我的眼睛渴望光，渴望色彩……”没有那种渴望，你无法观赏西方绘画，更不用说外光派的画作。我认为，西方文明向往亮光就像向往神赐、向往安详或向往上帝一样。

那天夜里，我与海科克在康沃利斯岛的一座建筑内交谈，在那里居住的只有科学家（科学是海科克的主攻方向）。由于他的艺术爱好，我深感人类探究领域之广阔。我们不仅渴望知道科学论文所揭示的那些东西，而且渴望知道遥远地方那既美丽又富有启迪意义的景观。考虑到远途旅客的传统、兴趣范围及其乡村人一样的求知欲，政府建在康沃利斯岛的营地看起来恰如贫穷的边远居民点。那个营地不给画家、音乐家和小说家提供食宿。那里也没有历史学家的身影。从平等主义的角度来看，在偏远地方求知应该有利于所有人，如此看来，雷索卢特科考营地的情况很奇特。但是，它与世界上其他许多偏远地方的勘探情况没什么两样。每当我们要快速有效地占据一个对我们而言是全新的地方，一个我们既未拥有也不了解的地方，我们通常会先从科学角度作出评估。因而我们的评价是不全面的。

无论我们最终对一片土地作出什么样的评估，无论这一评估多么深刻或精确，我们都会发现它是不充分的。这片土地不会轻易显露其本质特征，它比我们知道的要深奥和精妙得多。我们对它的义务因而变得简单明了：用无私的心胸和敬重的态度对待它。具体地说，要尽力觉察这片土地表情的变化范围和多样性——比如，它的天气、颜色和动物；要从一开始就保护这片土地的一些神秘性，把这些神秘性当作一种需要体悟的智慧，而非需要质疑的对象；要对这片土地的表白保持警觉，要警觉平凡的现象中显现神圣东西的那一时刻——这样你就会感觉到，这片土地知道你在场。

最初你会觉得，除了秋季的短短几周，北极是没有色彩的。其颜色似乎与沙漠的颜色无异：层积土壤呈赭色和黄土色；裸露土壤上生长的稀疏植物呈灰绿色。然而，仔细观察，你会发现，极地荒原单调岩石的地衣颜色各异：有各种绿色，也有红、黄、橘黄等颜色。苔原上天鹅般的白色和黑水中被太阳照射的海冰的白色，是那么纯洁，那么优雅。偶尔会有亮丽色彩——比如，夏日野花的色彩，或秋天一处山坡的柳树和熊果呈现的色彩；又如，一层植物油在闪闪发光，其色彩犹如苔原水潭表面的石油呈现出的彩虹般的色彩；又如，王绒鸭鲜艳的脸颊。但这些亮丽色彩更多只是季节的点缀，而不是浓妆艳抹，它们全被这片土地寥廓的苍白背景所吞噬。

北极的醒目色彩更常见于天空，因为天空中经常出现鲜艳的晨暮光和北极光。（极光的主色调是浅绿与柔和的玫瑰色。有一次，我在苔原上把一只风化的驯鹿角翻过来，发现其白色表面染有同样两种色彩。这种巧合就像一只浮出水面的海雀和坐在皮艇中上下颠簸的爱斯基摩人，共同构成了这一片风景。）

冬季的北极天空，晨昏光的色彩会保持数个小时。有些日子，正午时分，南方天空变亮还没多大一会儿，深紫罗兰色、青紫色和深蓝色层层叠加，在与地平线成80度角的天空中延伸，比这一角度低的天空中是熟悉的薰衣草色，以及最纤细的金黄色线条。春季的第一次日出或日落会出现“洋红色和朱红色，然后褪为深红色、黄色和橙黄色”，一位海军外科医生在他的冬季日记中这样写道。春秋季节，日出和日落的间隔较长，天空淡淡的玫瑰色和粉橙色，或浅青色、杏黄色和靛蓝色中，会泛出鲜红色、橙黄色和黄色，这与其他纬度的景象相同。夏季，天空有一种珍珠质感，犹如鲍鱼壳的内侧。夏日天空的色彩很柔和；然而，光线照射的温度各不相同，致使午夜时分天空中的黄色明显变淡，蓝色加深。

对一位初来乍到者而言，北极天空令人惊奇的景象，是那出人意料而变幻多端的日环和月环、晕圈、日冕和北极光本身，以及出现在海上、包括海市蜃楼在内的种种幻象。这些景象在极北地区尤为常见，原因有以下几点：北极大气层常常包含能形成太阳和月亮折射光的冰晶；该地的空气很洁净；低层大气的轻微逆增现象，夏季海洋表面温度的巨大反差——这些引起海市蜃楼的因素在北极很常见；北极地区位于能看到极光或北极光的那部分大气层的正下方。

1819年与1820年之交，威廉·帕里在梅尔维尔岛海岸度冬时，画了一张有关太阳晕圈、光弧和幻日的图，该图现在非常有名。在这一幅图中，他画出了在北极经常看到的许多太阳光学效应，这些效应有时是单独出现，有时是一起出现。那时，太阳位于东南，与地平线形成22度夹角。太阳周围有两个晕圈，一个与地平线成44度角；另一个与地平线成92度角，它下面的一部分被地平面切去。（根据两个晕圈与地平线交叉形成的弧形角的度数，它们被称作22度晕和46度晕。）这些晕圈还对着其他光弧或与其他光弧相切，而另一条光弧由西向东横穿太阳，与地平线平行（此即幻日光弧）。幻日光弧与22度晕相交处，出现了两个明亮的幻日。在太阳下方地平线的位置，第三个幻日隐约可见（其实是日下晕）。

这张图物理学家可以从光线力学的角度做出很好的解释，这是太阳光穿越以独特方式组合的特定类型的冰晶时被折射的结果。事实上，一位名为罗伯特·格林勒的物理学家根据相关公式，在电脑上几乎全部重绘了帕里图画的基本部分——这是对帕里所做工作的精确性和完整性的礼赞。

1857年12月，另一位英国探险家弗朗西斯·麦克林托克在巴芬湾的海冰上主持葬礼时，看到了一轮满月。“[一个]完整的晕圈环绕着月亮，”麦克林托克写道，“一束水平的浅色光线横穿月亮，并环绕整个天空。月亮上面出现另外两个晕圈的一部分，而且幻月的数量多达6个。雾蒙蒙的大气给这种罕见的现象增添了一种十分可怕的氛围。这种景象持续了一个多小时。”

阳光被冰晶和小水滴折射和反射的物理过程，以及被空气颗粒物衍射的物理过程都是相当复杂的。形成的光弧和晕圈有时非常模糊；二者还以出人意料的方式相结合一起出现。然而，看光弧和晕圈在很大程度上就是在训练自己的观察力。一个春日，在兰开斯特海峡，我看到一根柔和、不透明的白色光柱或羽状物（形状类似一只雀鸟的尾巴羽毛）伫立在太阳和东南地平线之间（一根日柱）；那天晚上，午夜后几分钟，两个长长的彩虹色盾状物出现在太阳对面的地平线上，这是一对非同寻常的幻日。[1]

北极光犹如浅色的薄纱帘子在北极天空飘动，它之所以迷人，部分是因为其羞怯特质。“如果没有敬畏之心，就不可能观赏到如此美丽的景象，”英国南极探险家罗伯特·斯科特写道，“然而激发这种感情的因素，不是北极光的光辉，而是其光线和颜色的雅致，其透明性，尤其是其形态的飘忽不定和短暂性。北极光并不像人们经常描绘那样，具有耀眼的闪亮光彩，其魅力在于能使人们通过联想到纯粹是精神上的一些东西而驰骋想象……”

在探险文学中，很难发现不同的人对相同的自然景象会有完全一致的反应。但涉及极光景象时，几乎每一个人描绘的感受都有共性：首先，都感到言不尽意；其次，都感到有一种能抚慰人心的精神力量在弥漫。看到北极光，爱斯基摩人联想到的通常是地球上生命的前生和来世——或是未出生胎儿在玩游戏，或是死者拿着火炬帮助活人在冬季狩猎。在北半球比较靠南的地区，偶尔可以看到极光，其含义却有很大不同；这主要是因为，在遥远的南部，极光的主色调是深红色。在中世纪，幻影似的极光对欧洲人来说意味着战火和浩劫。维京人认为，极光显示着火神在空中锻造器具。19、20世纪之交的阿拉斯加矿工的科学意识比较明显，却比较缺乏诗情，

1　一旦养成了观察北极天空中太阳对面的“空旷”部分，以及横跨了60多度角的天空的那部分，我就开始在温带天空中发现更多的奇观——比如，云层中日冕和月冕呈现出的彩虹般的珍珠母色，或是深夜平流层中的夜光云。我看到过的最复杂瑰丽的日弧和日晕，出现在一个冬季的洛杉矶上空。起初，我用眼睛的余光去看，还以为它们只是被风吹乱的喷气飞机尾迹。我几乎没有抬头看。

他们认为，极光或是闪电的气化形态，或是从镭矿放射出的光线。

我第一次看到北极光是在西雅图飞往安克雷奇的飞机上，在兰格尔山脉上空看到的。那是个晴朗的夜晚，起初，我还以为是一片被月亮照亮的长长的地形云，就是我们在山的上空经常看到的那种独自悬挂的云。然后我看见它在移动。那淡淡的光线犹如长长的旗帜，在雪白的山脉上空横向展开，我完全着迷了，直到看不见为止才收回视线。那北极光的运动仿佛是太极拳练习者的运动姿势——优雅，精力内敛，肢体向外舒展。

极光下边界距地球很少小于100英里。然而，肉眼观看会觉得，那薄薄的光墙有时好像接触到了地球，原因是，人们对于空间中大小无法判断的物体会产生深度知觉。由于极光充斥的范围巨大，运动不断，对它的精确描述变得更为复杂。光墙通常有数百英里长，150多英里高；随着极光活动强度的增加，光“幕”开始沿水平方向摆动，向中间折叠成巨大的S型曲线，然后再展开。

观看极光的视角和极光的规模会产生其他一些特殊效果。在处于极光下面的人看来（光墙的顶端向南倾斜），极光可能会像大量光线向一个顶点汇聚。从侧面看（直接从其下界面的边缘看），极光就像发光的烟雾从地面升起。从远处看，极光可能会像一幅几乎没有重量的巨大丝绸帷幕，垂直地挂在夜空中，并不断飘动。

北极光出现在一个叫作极光椭圆区的狭窄长廊，该椭圆区以北磁极为中心。极光是由地球电离层的放电过程造成的，这一过程释放的部分能量是可见光，因而我们才得以看到极光。它最常见的灰白色、白绿色和粉玫瑰色是由氧原子发出的光线。极光活动频繁时，氮分子会发出深红色光，这种光通常在极光幕的下界面边缘才能看到。

假想你从太阳那儿向地球眺望，地球表面左边是黎明时黑夜与白昼的交界线，正对面是正午的亮光，右边是白昼与黑夜的界线。太阳可散射出电离粒子或带电粒子流，这就是太阳风。这些粒子主要是氦粒子和氢粒子；它们经过地球时，就像一块岩石扔进溪流中一样；它们使地球面向太阳的半球（昼半球）的磁场（磁层）变平，使地球背离太阳的半球（夜半球）的磁场膨胀。太阳风漫过地球时，从左至右释放出电流。承载这一电流的带电太阳粒子阻力最小的路径，是沿着地球磁场的磁力线，这些磁力线在两极地区向下弯曲，直抵地表（其形状就像苹果果柄所在的凹面）。从左边，亦即从电流的正极释放出的粒子在两极地区下沉，形成极光。这些粒子随后上升并流向右边的负极时，会变成截然不同的、看不见的粒子流，这样就又恢复到太阳风状态。

粒子流在极地沿着磁层漏斗状的表面向东运动时，会在氧原子和氮分子中激发电子，这些原子和分子在恢复稳定状态时，会释放能量，即释放出X射线、红外线、紫外线、无线电波和可见光。

我们看到的在东西方向上弯曲的静止光墙，是最稳定的一种极光。太阳释放粒子流的强度越大，粒子流渗入地球电离层就越深，光墙就会越高。太阳风形成的电场强度的变化，以及太阳风自身磁场强度的变化，会使光墙形成一系列纵向波纹和皱褶，与东西方向的墙面成直角，或使光墙向不同方向涌动，或使光墙裂成数片。太阳磁暴导致电场和磁场发生变化，这两种变化分别引起极光的颜色变化和运动变化。每隔11年就会出现一次大型磁暴，这一现象与太阳黑子附近和日冕洞的太阳耀斑有关。次磁暴则更为普遍，它会引发一连串的极光显现过程。身处北极的观赏者认为，这一过程是北极冬夜里的典型景象。首先，突如其来的亮光变成透明的极光光幕。接着，精美的波纹（光线）凸显出来。东西延伸的光幕出现横向运动，并开始形成深深的皱褶。然后，整个光幕会一直向北移动。黎明时分，光幕裂成云片似的分散发光物。

这个过程产生的能量极为惊人——伴有100万安培电流的1兆瓦电量。最剧烈的太阳风暴会影响罗盘辨别方向，严重破坏无线电通讯及某些导航系统，并在跨阿拉斯加输油管道那样的长导体中产生感应电流。

许多人声称，极光会发声，听起来像模糊的嗖嗖声，或如塞缪尔·赫恩写的那样，是“口哨声或噼啪声，就像大旗在大风中飘扬的声音”。一些爱斯基摩人说，“这些光”对轻柔的口哨声会有回应，并渐趋接近。极光容易使人产生敬畏感和轻柔感；然而，它们产生的最不寻常的效果，似乎是让观赏者能从感情上超越自我，因为它们用如此美丽的方式使大片天空增添了第三个维度，使人们不可能产生自怜心态。

我还记得从普拉德霍湾飞往菲尔班克斯的那个冬日夜晚。天空晴朗，北极光极强。月亮挂在南天，大地上白雪皑皑，地面起伏形成的阴影格外醒目。即使是白雪覆盖的苔原与白雪覆盖的寒冰之间的模糊界线也变得清晰可见。北极光光幕顺着我的视线向西延伸，直至温赖特村和楚科奇海。它处于初期阶段，光线是半透明的，并保持平静状态，犹如一条长长的灰白色鬼火。我能看到布鲁克斯岭的边缘，以及北坡下边的平原。我回想起曾经在山间宿营、在苔原上游历的日子，还有那段在普拉德霍湾以西海岸露营的时光。我能清晰地看到这些地方，但正是高悬在地球上空的北极光，才使原本只能是地图一般的模糊现象变成了实实在在的风景，使记忆中的景象变成了现实中近在眼前、切实可感的真景。

第一批欧洲人到底是有意还是无意地到了冰岛，然后由此前往格陵兰岛和北美洲，至今仍无人知晓。一种合理的看法是，在法罗群岛，冰岛以隐隐约约的壮丽蜃景形式，偶尔出现在人们面前，正如那天我看到的萨默塞特岛蜃景那样。只要暖气团笼罩在冰冷的海面上，这种蜃景就会经常出现。在其他情况下，光线会直射入太空，但在上述天气条件下，相关光线穿过不同温度的大气层时，经过一系列小步骤，会向后弯曲，或向地面折射，从而形成蜃景。

蜃景通常分为两类：上现蜃景和下现蜃景。前者像前文提到的萨默塞特岛蜃景那样，是出现在实物之上的虚幻景象；至于后者，虚幻景象常常出现在实物下方。上现蜃景常见于夏季的北冰洋海面，尤其常见于晴朗下午较晚的时段。通常地平线之外的遥远岛屿、轮船、海岸线和冰山，似乎都比其实际位置要近得多，海面本身显得有些凹陷，所看到的地平线似乎异常遥远。

光波从大气层底部密度较高（或温度较低）的空气层进入密度较低（或温度较高）的空气层时，就会形成上现蜃景。温度递升的等间距空气层（即数个空气层的温度按照均衡的梯度逐级上升）的运作机制，就像一层层眼镜片，每层的矫正性能都在逐级减弱。穿过这些空气层的光线经光滑的弧面反射至地球。这样，观察者就能看到远方实物独特的清晰映像。

然而，如果矫正性能较好的镜片恰巧夹在两个矫正性能较弱的镜片之间，光线就会朝自身方向反射。假若光线得以充分折射（因为大气层底部存在着强烈的温度逆增），观察者不仅可以看到主映像，而且还会看到它的上面有另一个倒立映像。另一个系列的乱序矫正镜片（大气层底部存在两个温度逆增层）会导致第三个映像，其右侧朝上，位于第二幅映像上面。若这些镜片的顺序以其他方式发生变化，主映象就会完全消失，在地平线与第二幅倒立图景之间留下一片空白。

不仅映像的出现数量和映像的明显增大，而且映像“下缩”的程度（上现蜃景常出现纵向萎缩），都取决于大气温度在垂直方向上的变化速率，以及气温变化速率逆转的出现。当然，蜃景总是不精确的。映像出现扭曲的原因有二：一是光线的闪烁（由于空气轻微振荡）；二是整个大气层透镜式的散光效应——大气层在某一方向（垂直方向）比在另一方向（水平方向）弯曲度更大。因此，所有蜃景在垂直方向上都较模糊。正是由于大气层的散光性，以及海冰之类亮度一致的物体上方出现的复杂大气逆温现象，才形成了最令人难忘的北极蜃景——海市蜃楼。由于数种光学现象的综合效应，各式各样的“山脉”和“城市天际线”即使对最清醒的观察者而言，也显得真实无疑。

在蜃景条件下，经海冰反射的阳光，穿过数层温度递增且包含温度逆增层的空气，在远方就会形成高高的浅灰色壁垒的映像。大气层的散光性，使白色冰面分解成数片光影交错的部分，垂直方向的模糊效应把所有能辨认的特征都消除了，结果，壁垒的轮廓和细节，看起来酷似透过地球上的岚光所看到的远方岩壁。假若微风拂过，数个空气层都会微微倾斜，然后回归水平状态（由于重力作用），这种有节奏的反复更迭，会在已经稳定的映像上产生永久性尖顶，而且这类幻象是完整的。这一壁垒式蜃景的顶部呈锯齿状，像山脉险峭的山脊；灰壁好像是被雪覆盖的山坡，山坡延伸到黑色的山脊线，那儿的雪好像是被风吹走了；陡峭山涧的V形裂口依稀可见。

对许多北极旅行者而言，蜃景是快乐和愉悦感受的一个来源。进行海岸勘察、测定航线是严肃认真的事儿，有时会使人感到沉闷乏味，蜃景则可以使勘测者心情愉快，给他们带来离奇的惊喜。而海市蜃楼在某种意义上超出了蜃景只给人带来奇趣这一传统。一味相信自己眼睛的资深探险家，在海图上标出了实际上并不存在的山脉和岛屿。这些幻影是如此令人信服，其他探险家（甚至是同一探险队中的成员）的怀疑只会遭到鄙视。后来被派去证实这些新陆地的远征队，有时会看到同样的海市蜃楼，这就使问题变得更令人困惑。远征者只有延续其艰辛航程，直到眼前的陆地幻景渐渐消失，才能证明那儿的确不存在陆地。

“麦克米伦远征队”（1913）就属于这类情况。罗伯特·皮里描述说，在阿克塞尔·海伯格岛北部的托马斯·哈伯德角的西北端，存在一块“克罗克地”，派出这个远征队就是为了确认这块陆地是否存在。1818年，约翰·罗斯描述道，“巴纳德山”横贯琼斯海峡，从德文岛延伸至埃尔斯米尔岛；然而，1852年，爱德华·英格尔菲尔德证实，这座山并不存在。美国探险家查尔斯·弗朗西斯·霍尔发现的“总统之地”被证明为子虚乌有。1884年，来自法兰士·约瑟夫地的菲力格力角的一位奥地利军官描述说，他看到了“奥斯卡国王地”和“彼特曼地”，但这两块陆地从未再现。北极人类学家维尔加尔默·斯蒂芬森曾两次前往波弗特海寻找“基南地”。

一些研究北极的专家推测，这些“海市蜃楼”，尤其是斯蒂芬森所探寻的目标，实际上是平顶冰山或浮冰岛。1715年，哥萨克探险家阿列克谢·马科夫在亚纳河三角洲最北端发现的，很可能就是面积达数百平方英里的平顶冰山。这些阻挡他道路的“巨大山岳”此后从未被再次报道过。

北极地区一成不变的地表结构，经常造成目标大小和深度等感知方面的问题，在阴天尤其如此。在白雪的映衬下，北极野兔和柳松鸡仅仅在两三码之外就看不见了。即使能在雪地或冰上看到色差对比鲜明的北美驯鹿或棕熊等动物，有时也难以断定是远处的大动物还是近处的小动物。斯蒂芬森在《和爱斯基摩人一起生活》一书中回忆说，他花费一个小时去跟踪苔原灰熊，结果却发现跟踪的是旱獭。一位瑞典探险家在笔记本中描述所看到的崎岖海岬，说该海岬是一个大岛的一部分，其两侧的山谷冰川异常对称，在这则笔记的结尾部分，他才发现看到的实际上是一头海象。约翰·米耶兹荆与麦克卢尔一起搭乘“调查者”号勘察船旅行，他写道，当捕猎队接近时，一头北极熊“腾空而起，迅速飞逝”。其实那只是一只雪地猫头鹰。“这些有趣的骗局屡见不鲜。”米耶兹荆写道。

雪盲是另一种令人迷惑的现象。这种现象通常出现在阴天或大雾中，因为在这种天气里，以一定的角度朝着一个方向运行的光线，其通量或力度和以任何角度向任何方向运行的光线的通量或力度相同。其效果是，没有阴影，空间没有深度，也没有地平线。徒步行走，你会趺趺撞撞，大有踏空楼梯的感觉。地面从视野中消失，你仿佛乘坐在快速运行的雪地机动车上，心跳几乎要停止。

在北极的一些海岸地区，人们在深度知觉方面常常会犯错误，威廉·斯科斯比在1820年出版的《北极地区述记》中，为这些错误提供了原创性解释。他所审视的海岸，全然是贫瘠的岩壁与广阔的冰雪世界形成鲜明对比。没有任何中间色调，人的眼睛很难把二维景象处理成三维景观。肉眼通常用空气中散布的蓝光的相对密度判断距离（这种光使远山的边沿变得模糊）；但北极地区空气清澈，散射的光很少。面对这些对比鲜明、黑白相间的海岸，人们根本不知道其真实高度。透过极其清澈的大气层进行凝视，早期的航海家搞不清自己离海岸是5英里还是25英里。16世纪，莫恩斯·海因松被丹麦的腓特烈二世派去探寻格陵兰岛所失去的殖民地；他克服了寒冰和暴风雪造成的重重险阻，在北大西洋航行数周，终于发现了格陵兰岛东南岸。清风吹拂，晴空万里，航行非常顺利；他向所看到的高高海岸进发。航行了数小时后，他与海岸的距离似乎还是与开始航行时一样远。眼前的景象是如此令人信服，导致他相信，他的船是被海底天然磁石所吸引，所以才纹丝不动。由于深受惊吓，他调转船头急速后撤，直到格陵兰海岸远去；然后确定航向，驶回丹麦。

在旅行时，我习惯于注意相似性，特别是形态和颜色方面的相似性。例如，我注意到苔原上的旅鼠骨头与旁边的鹿角地衣的相似之处。当地人用海象肠制作的鼓发出的声音，与水中的海象发出的声音非常相似。我也留意从未见过的物体与熟悉的物体之间的相似性。比如，北极野兔肋骨的前端与大教堂蛇发女怪造型的排水口就有相似之处。斯科斯比的看法值得注意，因为黑白之间的鲜明对比是北极最具共性的现象。暗黑、无光泽的海面上漂浮着阳光照亮的冰山，就是最普通的例子。不过，抬头看到北极野兔在背阴山坡觅食时，我也会想到黑白对比。所有白色夏鸟与浅黑色山丘或土壤之间是白黑分明，象牙鸥与苔原天鹅就是这样的鸟类。相反，黑色海雀从白色冰面上飞过，是黑白相映。其他例子包括：自身黑白分明的北极鸟类，如雪鹀、雪鹀、短翅小海雀、普通潜鸟、雪雁；拥有白色下巴的黑色弓头鲸；浮冰上的海象；春季海冰上的冰间水道。

这些意象中存在的惊人对比让我意识到，自己通常只记录了这片严酷土地上一半的景观，而无视另一半，这要么是因为另一部分景观人类很难到达，要么是因为那些景观令人不安，让人不愿多想。海冰下光线黯淡的大海，人们难以企及，因而一直无法了解；同样，人们对许多动植物的冬季活动情况一无所知。环海豹在海冰上的生存方式倒是广为人知，但其深海生存方式则不然。冬日游客能听到爱斯基摩人美妙悠扬的喉音唱腔（katajak）；当地人中的萨满教巫师让助手用海象皮条将其捆绑起来，并在恍惚状态下“云游”，这时，他们发出的吼声游客不可能听到。暴风雪中，北美驯鹿像熏烟一样穿越奥吉尔维山脉，我记录了这一景象，而隐去另一景象——母驯鹿产崽时被许多渡鸦啄食。

我还记得，一群低飞的乌黑海雀掠过白色的海冰。

仲夏时节，躺在温暖的苔原上，我会想到冬季，因为如果只看夏季的话，我们仅能看到平和安宁的一面，而我想搞清这片土地的整个面貌。冬季犹如铁一般冷漠，产生一种可怕的凝重氛围，诠释了为何夏季能带来狂喜。冬季的影响令人忧虑不安，使人不敢多想。这样的影响不是来自寒冷，尽管寒冷能够让你痛苦得哭泣，而且像人们说的那样，能使岩石屈服从而碎裂。造成这种影响的原因是压抑，是随黑暗和冬季风而来的压抑。黑暗要持续数个月。冬季风好像发狂一样，掀翻村里的小船，使其连续翻滚，滚过封冻的海滩。在爱斯基摩人的口述文学中，充斥着与冬季数个月有关的梦魇意象，包括离奇死亡、凶残的野兽，以及伤残和痛苦。在冬季居住区的房子之间微弱的光线中，你会听到心如冰霜之类的低语。

我还记得，有一年的1月份，在费尔班克斯，整整一周温度都维持在零下45华氏度左右。空气中有一点点湿气就会凝成水晶，形成冰雾。一群北美驯鹿呼出的气息像云一般飘浮在它们上方，一只飞翔雪鸮身后拖着它呼出的气息，这美丽的景象使人难以忘怀。但在费尔班克斯，炉子、汽车、柴火释放的烟雾悬浮在街道上空，使人感觉压抑。烟雾使建筑物的轮廓变得模糊，使本已看不清楚的过往车辆的声音变得低沉。像混凝土那样坚硬的厚厚积雪，高过并掩盖了街道两旁的镶边石。在呆滞的隐晦光线中，庞大的渡鸦在商店后的小巷中慢行，撕扯着片片垃圾。还有些渡鸦蹲在弥漫着白色烟雾的电线杆上向下凝视，发出刺耳的呱呱叫声。我从没有过这种恍若回到史前时代的体验。

在冬天的黑暗中，远方的景象消失不见了。寒冷使你不得不穿上厚厚的衣服，裹得严严实实，缩在家里。甚至连你的思维都倾向于内省。

在冬天，我尽量回想春天：春光是如此明亮，闭上眼睛你还是感到亮光刺眼。睡觉时你需要用一长条毡制品缚住眼睛。（我会想到，由于太阳镜会使颜色有所改变，威尼弗雷德·佩特歇·马什戴着雪地护目镜，在爱斯基摩波因特附近的苔原上画画。）空气如此清新，视野如此开阔，你会觉得如果站得高一些，就能从科尔维尔河的岸边看到爱荷华州。但在冬天，我也会思索黑暗。比如说，有一种黑暗使卡米努里亚克一带的北美驯鹿痛苦不堪：现代爱斯基摩人的过度屠杀。人人都不敢谈论此事，怕被扣上激进主义者的帽子。比起与我们人类社会的黑暗面进行对峙，让这些动物牺牲所带来的麻烦似乎是最小的。长期以来，政治黑暗在这片黑暗的土地上肆虐，并激起愤怒情绪。

我会想到爱斯基摩人。人类精神的阴暗面并未随文明的进步而消除。我们并未完全摆脱这种阴暗面。根据我的经验，爱斯基摩人对自己运用暴力的潜力还是非常清楚的，但他们不愿向白人提及此事，因为他们从小接受的教诲是，类似潜力体现了原始人的情感和冲动。我们把原始与不能理解电灯泡的工作原理混为一谈。我们还把原始与精神错乱混为一谈。我们与爱斯基摩人身上都具有的真正原始的特性，是野蛮的渴求和道德沦丧，这两点我们却极力回避，或者只期待爱斯基摩人去做改变。这样一来，他们可能会用一个表情来羞辱你，该表情的意思是，他们对相关问题了如指掌。

下述情景是对一个偏远村庄现代状况的讽刺：该地卫星电视的运动节目正在播放这样的镜头——一个小男孩身穿着哈佛大学运动衫，在浸礼会教堂聆听完鞭挞某种激进思想的训诫后，衬着布质餐巾在吃晚餐——意大利面食。甚至在这些讽刺中（尤其是在这些讽刺中），也就是在为狩猎而做的准备活动中，你可能会看到教士的原始冲动、超人类的力量和无畏的热望。他是凡人和黑暗力量之间的仲裁者。他拥有萨满神光（qaumaneq）、明亮的火焰、不可思议的探照灯，这使他在真正意义上和隐喻意义上都能看清黑暗中的东西。他要扼住黑暗的喉咙，要征服黑暗，这便是原始性的体现，就像导致血液四溅那样原始。外出打猎，在血淋淋的场面中，猎人依然在迅猛射击，在这一既极度兴奋又充满暴力的情境中，有时局外人可能会感受到原始的野性。这类行为没有约束，令人恐惧。它还使人忘掉了饥饿感。这种对生活中具体活动的狂热，可以使人丧失感情和灵魂。

冬季的黑暗使人感到极度压抑，极地爱斯基摩人把这种冬季的极度压抑称为“perlerorneq”。根据人类学家吉恩·马洛里的解释，这个词意味着感到“生活的压力”。想着所有必须完成的事情，然后回到当前，感受到挫败，无能为力，极其愤怒，悲惨伤心。有个叫伊密纳的人告诉马洛里说，这叫“厌倦生活”。受害者间歇式地撕扯自己的衣服；一个妇女在冰屋里挥舞着刀子到处乱砍；还有人在刺骨的寒夜里半裸着身子在村子里狂奔，一边跑一边尖叫，甚至吃狗屎。最后，其家人以极大的同情心抚平了他的心情，帮助他入眠。这就是极度压抑。这就是北极的冬季。

我脑海中还会浮现极其痛苦的回忆。我回想起曾经犯错的日子——在波弗特海的冰面上捕猎海豹。我觉得，我们那天遇到的麻烦都是由我的态度引起的，虽说这不过是自我纵容的态度。我与另外一个人在浮冰上默默地剥着髯海豹皮，冰面就像一大块玻璃那样平稳，只听得到潜鸟的一声鸣叫。我思索着，自己脚下的那块浮冰会不会突然融化；那样的话，我的脚下就全是海水了。我的心提到了嗓子眼上。随后我们开始进食。我吃了海豹肉。

夏季再长，冬季也不会消失。冬季总会来的。你想尽量体验生活的方方面面，想面对一切。一个动物死了。你面对两个主要哲学问题：死亡是什么？动物的本质是什么？你躺在夏季的苔原上，在阳光的沐浴下入眠。你在鸟叫声中醒来——那是千鸟和铁爪鹀在鸣叫。几英寸之外有一簇稠密的巴黎兰花。再往前几英寸，一只大黄蜂压得一朵罂粟花频频点头。天空中，积云像夏季熟透的水果，使人爽心悦目。你翻过身去拥抱大地。

一只黑色海雀掠过白色的冰面，在浅黑海水的映衬下消逝了。

在搭乘“苏德克”号舰船向北穿过戴维斯海峡，前往小康沃利斯岛的途中，我养成了在前端式装载机的驾驶室里度过下午的习惯。装载机和其他重型机械一起被固定在甲板上。我坐在那儿躲避海风和偶尔降下的雨水，透过宽敞的窗户瞭望海洋和冰面。有时我会读读《加拿大北极地区的领航员》一书；或者读读北极历史，间或查阅膝上摊开的地图。

在众多冰山间穿越的那几天过得很慢。我或坐在甲板上装载机里那个临时的有利位置，或站在船首观望，又或站在高高的桥楼里用望远镜瞭望，并在素描簿上写生。

座座冰山犹如大山的裂块纷纷漂浮而去。我觉得，这与我长大过程中学到的地理知识有所不同。

冰山使人产生了一种奇异的空间感。冰山后的地平线似乎变得遥远了，天空似乎变高了，却看不出冰山有任何缩小的迹象。当年，最先到达没有树木的北美大草原的家庭，看到类似的景象会很惊恐。那里空间辽阔，偶尔才能看到一片长着大果栎的草原。唐宋时期（7至12世纪）的风景画就是运用这种空间布局来营造旷远意境。实际上，这些画的主旨就是凸显空旷。

让我们进一步审视前文曾经提及的一个观点：美国19世纪的风景画非常注重光线与空间的运用，这使其最终与欧洲同时代的田园画派分道扬镳；欧洲19世纪的田园画家以马车窗口为观察点，描绘的主要景象是田园里的树木。美国画家意在使所描绘的北美风景能体现出一种精神性内涵。根据当时的艺术史学家的看法，这些风景画的灵感来源是，作者——无论男女——在大草原上、深山里、河谷中“目睹了上帝的尊容”。以这种理念重新理解风景，其最为显著的表现形式之一，就是外光派画家极其简约的画作。这些画作体现的氛围是宁静和沉思。它们显示的是与大地的私密约会，而不是与大地大张旗鼓的接触。一些批评家还评述道，这些风景画中透露出一种独特的“自我消逝”感。芭芭拉·诺瓦克就是这样一个批评家，其著作《自然与文化》研究了19世纪的美国艺术。这些批评家认为，这个时期美国风景画的特征是：看不到画家的任何影子；画作的感染力取决于大地的力量；画中的光线就像一个生物，是整个风景不可或缺的有机组成部分；风景本身是神圣的，是壮观的，是真实存在的，它不再像欧洲风景画所显示的那样，只是一种象征。

弗雷德里克·艾德温·丘奇是最著名的外光派画家之一。1859年，他在批评界和大众中的声誉都达到了巅峰。这一年，他乘船前往纽芬兰附近海域，意欲粗略地画出那儿的冰山。在他眼中，这些闪闪发光的冰山，最恰切地体现了大自然中的光照效果。巡游三周后，丘奇回到纽约的画室，开始画一幅巨大的画作。

丘奇勾勒的小幅野外素描，有的还没有手掌大，给人一种奇妙、便捷的亲切感。他既描绘出了冰山奇特的整体景象，又描绘出了冰山漂浮到拉布拉多海这样偏南的海域后，呈现出的千疮百孔的面貌。细察丘奇1859年7月1日画的一张素描，我发现他用铅笔在下面写着“奇异的超自然现象”。

丘奇根据这些素描创作的一幅油画名曰《冰山》。这幅油画长10英尺，宽6英尺，看上去非常宏大，观赏者几乎可以感觉到走进画中，而这正是丘奇所期望的效果。油画前景是一座冰山的冰架，这个冰架占据了大部分的前景，并从左前景突兀地升起。前景的右边，一个冰架部分被淹没，另一部分被海浪噬刻成冰洞。中景的中间是一个平静的港湾，向左变成颜色较暗的海面，这处海面向后延伸至有风暴的地平线和一些远处冰山。画的后景大部分是港湾对面一堵高高的冰雪墙，这堵墙一直延伸至画的右端。海洋上空云雾翻腾。对冰山明暗与形态的描绘非常专业——丘奇是热诚的自然学家，在这些细节问题上非常认真；画的色彩虽略有润饰，却极为逼真。

如今，这幅美国风景画非常有名，它有两个奇特之处。1861年4月24日，这幅画在纽约古比尔艺术馆（Goupil's Gallery）首次展出时，观众的反应比较冷淡，大大出乎已被奉为著名画家的丘奇的预料。但《冰山》与丘奇的其他作品有一处很关键的差异：这幅画中没有人类的踪迹。丘奇确信自己可能犯了一个错误，于是，他把这幅画重新拿回画室，在其前景上添加了一艘失事船的少许漂浮残骸——带有瞭望台的那部分主中桅。之后，这幅画在波士顿展出，观众反应依然冷淡，与在纽约展出时没什么两样。唯有拿到伦敦展出时，才受到评论家和观众的高度评价。一位评论家在英国的《曼彻斯特卫报》上评论说，这是“一幅极其奇妙、美丽的画作”。英国在北极探险和捕鲸的历史较长，而且，英国人对约翰·富兰克林爵士数年前在北极发生的海难记忆犹新，因而英国观众至少比较赞赏这幅画的题材。

丘奇这幅画的第二个奇特之处是它“消失”了116年。在伦敦展出后，这幅画由爱德华·沃特金爵士买了下来；他将其挂在自己位于曼彻斯特城外名为“玫瑰山庄”的宅邸里。后来，沃特金的儿子继承了这幅画，并将其一起转卖给了该处宅邸的买主。之后，该买主又把这幅画捐赠给附近的圣·威尔弗雷德教会（因为画太大，教会又将其返还给“玫瑰山庄”）。1979年，“玫瑰山庄”成了“玫瑰山男生工读学校”，没有画框的《冰山》挂在楼梯井，一个男生在上面签上了自己的名字。工读学校的所有者没有意识到这幅画的价值，为了给学校筹集运转经费，他们将其出售。于是这幅画被重新带回纽约，1979年10月25日在拍卖会上以250万美元拍卖成功，成为美国当时市价最高的画作。如今，这幅画悬挂在德克萨斯州达拉斯美术馆。

丘奇为其画作《冰山》添加桅杆残骸的决定，无疑显示了其营利本能。但我认为，究其原因并非这么简单，因为上述判断似乎既过于玩世不恭，又过于草率简单。

无论我们如何努力，如果不诉诸调动人的情感之类的策略，我们最终很难认识自然万物的意义。无论这些策略是用类似教堂十字架的桅杆凸显人在自然中的存在，还是用对比、回忆、类比等隐喻性隐晦手法来暗示人的因素的影响，我们都是把自己所认知的世界带入陌生的景观中，以便看懂这些景观。很难想象出我们还会采用其他什么策略。我们的风险是在隐喻中寻找我们的最终权威，而不是在大地上寻找。这样，对远处风景纷繁难懂之处的探索，就是激发对自己心中的风景和记忆中熟悉的风景的思索。这片土地促使我们自省。

在为冰山寻找隐喻时，许多西方人想到了教堂；就是说，在他们心目中，冰山犹如教堂。我想，其原因不仅仅局限于二者在线条和规模方面都恰到好处。它们与我们对亮光的酷爱有关。

教堂建筑是欧洲文明出现巨大飞跃的标志。哥特式教堂有着宽敞的光照空间，其飞拱使窗户增高，而增高部分之前是石头墙壁；其内部结构也十分和谐——这样的“亮光建筑”对于中世纪建立起来的新的宗教体系来说，具有里程碑式的意义。“上帝是光，”法国研究中世纪的文化史学家乔治斯·达比写道，“每一种生物都源于原初的、固有的、有创造力的光。”12世纪，牛津大学的创建者罗伯特·格罗斯泰斯特写道：“在所有存在物中，自然光是最好的，最令人愉悦的，最美丽的。”

从智力角度来看，11世纪和12世纪是一个重视逻辑论证的时代，人们注重搞清事物之间的具体关系，这一实践方式达到了较高水平——建造教堂所需要的数学知识就是明证。不仅上帝是光，上帝和人也是通过光产生联系。从教堂充分采集阳光的方式来看，教堂不仅是上帝的体现，也是上帝和人的关联的体现。达比写道，这个时代的审美观“基于光、逻辑、明晰，以及渴望看到上帝以人的形体显现”。经院修士做出诠释研究，没有文化的人们建造教堂，把教堂建得直插天空（在法国的博韦，他们建造的教堂高达157英尺，落成之前就塌了）——达比认为，这两种人都“通过对光的渴慕，奋力超越物质贫困的烦扰”。

那是一个神秘主义者的时代。多明我会修士海因里希·苏索夜里在教堂祈祷时，“经常感觉到好像飘浮在空中，或扬帆于今生和永恒之间的大海，上帝不可捉摸的奇迹犹如大海深不可测的潮水”。那个时代又不乏幻想者，他们大谈《圣经·启示录》中所预言的“新耶路撒冷”——那个没有黑暗的乐土。

教堂——这些精神觉醒的里程碑的建造，标志着城市的复兴；如果没有城市的复兴，这些宏伟的教堂也不会存在。(建造教堂所用资金主要来自大大小小的商人等新兴阶级，而非皇室。)然而，教堂后来却变得越来越封闭，沦为高度心智化的场所。如今，其最原初、最本色的精神渴求似乎已消失殆尽。当代参观者对采光方式更为灵巧和有创意的现代建筑太过熟悉，反而觉得教堂里光线暗淡。

教堂的石头墙体已受到工业气体里酸性物质和腐蚀物的侵蚀。建造这些教堂的神秘时代很快就为理性时代所代替，后者有着宏大的、巴洛克式的抽象神学体系。

最后一点颇具讽刺性：使建造教堂成为可能的数学知识，是由阿拉伯人和摩尔人传承下来的，而他们却成了所谓异教徒。

到13世纪时，欧洲人开始感受到亚洲的广袤和其他文化的影响力。达比写道："知识的传播和文化领域内取得的巨大进步开阔了（欧洲人的）视野，迫使他们面对这样的事实：与其先辈所处的世界相比，他们所处的世界似乎极其广大，更加多样，而且并非那样温顺；他们的世界有太多的人没接受上帝之道，甚至拒绝聆听上帝之道，而且这些人不易被武力征服。在欧洲，圣战时代已寿终正寝。探险家、商人和传教士的时代已拉开帷幕。通过商业贸易与和平布道的方法去搞定，去尽力渗入那些不可战胜的王国，当这种方式显得棋高一筹时，为什么还要苦苦坚持与那些老练的勇士殊死搏斗？"

这种观念使葡萄牙人来到了印度，使西班牙人来到了秘鲁，使法国人和英国人踏入北美北部腹地。数百年后，这种渐进方式获得观念的升级版，让美国人、加拿大人和俄罗斯人进入了北极。

如今，我们习惯于认为，自大教堂时代以来，欧洲人取得了巨大进步。他们登上了月球，治愈了天花，学会了利用原子能。然而，有人可能会持截然不同的看法。在他们看来，欧洲人在过去900年所取得的成就，都是对物质方面更为复杂的操控，对物质物理属性的掌握尤为惊人。形形色色的表达风格使我们眼花缭乱。我们的时代不是神秘主义者的时代，而是单一的专家和履行者的时代。建立教堂是欧洲人重新陷入思维局限之前所取得的最后非凡的成就。

在当代科学中，似乎只有量子物理学与隐喻能互相阐发、相得益彰，而隐喻是想象力的根基。其他科学分支间或受到理性分析的严重束缚，或是对隐喻避之唯恐不及，以至于把人格化等同于学术毒药，并加以谴责，而不是将其作为比较型探究的一种方式。需要指出，比较型探究或许是思维运作的唯一方式，与此类似的探索方式我们可称之为叙述法。

大教堂时代留下了一个词：无私之爱（agape），用以表达深深体验到精神上达到一种神秘状态——“和所有生命共生共存”。“Agape”即爱，该词有“看在上帝的份上，爱他者”之意。其更为宽泛和更为本质的意义是，以我们所说的上帝的名义，谦逊地与自我之外的东西融为一体，而身体之外的东西既包含自我，也包含上帝。聪颖显然是我们人类这个物种的立足之本；我们的未来如何，取决于我们是否聪颖；但我们不清楚聪颖是理性呢，还是像神学家和物理学家所说的上帝那样，渴望包容和被包容。换句话说，我们不清楚聪颖是否就意味着爱。

有一天，我坐在“苏德克”号货轮甲板上常坐的地方，扭头看到大管轮端着两杯买来的咖啡走过来。他来自圭亚那。我们聊起了他的国家，以及周围的四五十座冰山。他抬头示意了一下，然后问道：“你是否想住在那些冰山上？人们可以在上面扎营，随其漂移到纽芬兰，然后在圣约翰斯走下冰山。这个主意怎么样？”他被自己的奇想逗笑了。

我们一起大笑。接着，我们用双筒望远镜在地平线上搜寻蜃景，却一无所获。休息时间一结束，他便回到甲板下面。我留在船头，凝视着尖尖的船头在梅尔维尔湾的平静水面上平滑推进激起的波浪。我抬头看着周围的冰山；它们体现着这片大地的特色：严峻，难以抚慰，严酷但不对抗。北极海域中生活着适应了暗淡光线的生物。有一次，在阿拉斯加布鲁克斯岭中部的阿纳迪透克谷宿营时，阳光在远处的图鲁伽克湖和阿纳克图乌克河上摇曳。一位朋友凝望着呈现淡绿色和棕褐色的宽阔冰川谷底，感慨地说，这儿的美景能把人感动得想哭。

我眺望着冰山。它们的美丽也让人敬畏。

七
心中的乡土

海冰消融季节，宾格克岛狭窄海滩上潮汐的每日涨落周期很难辨认。在北冰洋的这一区域，波弗特海的海水拍打着阿拉斯加北部海岸。潮汐上涨很少，只能用指尖测量。无风的日子里，海边水面映出的云彩一如原物，没有变形。如果你有足够的耐心，在水边站6个小时，水面才会上升到你靴子的跟部。这片土地还有另外一种特性。北极东部，在昂加瓦湾和加拿大群岛的海湾，潮汐涨幅很大，可以上涨40英尺。

宾格克岛位于北纬70° 35′、西经149° 35′，距阿拉斯加北部海岸几英里处，在科尔维尔河三角洲东约30英里。该岛是琼斯群岛的最西部分，受到迁徙野鸭的青睐。琼斯群岛像一个长条形屏障，保护着名为辛普森潟湖的沿海浅水区。

这部分北极海岸很少有西方人造访，直到最近，这一情况才有所改变。1968年2月，在宾格克岛以东40英里的普拉德霍湾发现了油田。在晴朗的日子里，东边的地平线上，油田冒出的乌云般的黑烟依稀可见。该岛西南几英里，在大陆上的奥里克托克角，建有远程预警系统的站点。宾格克岛上出现了现代探索者的废弃物：工业勘察和军事行动留下的遍地碎屑；近期爱斯基摩人和科学考察营地遗留的垃圾——黄色聚乙烯绳子、空木箱、白色汽油桶和外装马达零部件。

宾格克岛长约4.5英里，有几处宽度达0.5英里。那里最明显的人类迹象是，岛的西端屹立着一座小屋和两个淡黄色隔板建筑物，岛的东端屹立着一系列沿海勘察标识物。连续两个夏天的部分时间，我和几位海洋生物学家，住在该岛西部海滩边的一个单间小屋。我们大部分时间都在海上；但遇上“坏天气”，比如，8月常见的暴风雪或波涛汹涌的海面，我们无法在小船上有效作业时，我就会在岛上的苔原平原漫步。

在这片土地上缓缓行走，体验着它带来的直观感觉，期待着它可能隐藏的东西，这是我的老习惯了。眼睛突然被草丛里闪亮的东西吸引——那是昆虫的外壳。鼻子凑近小花，闻着北极特有的清香。双手翻起一块奇形怪状的骨头，推断是什么动物，直到脑海中出现它的样子，和它从前在岛上活动的情景。发现不规则的石头，就会引发遐思。遇到脚印和破碎的蜘蛛网，就想弄清这里究竟发生过什么事儿。

在那两个夏天，我还发现，野鸭蜕下的毛被冲上长长的海岸线，成堆地留在海滩上。在潟湖区一边的浅水中，我发现了北美驯鹿完好的蹄印，清晰得就像驯鹿刚刚在黏土上跑过。它们肯定是春末踩着最后的冰层，从这里穿过。苔原上动物痕迹非常明显的地方，我都会蹲下来仔细研究：加拿大黑雁在淡水池塘边吃过草；环斑海豹的头骨被海冰或食腐动物向陆地上移动了几百码；草丛被一只休息的狐狸压平了。

在海岸阶地底层临海的一面，我看到苔原下闪闪发光的冰层边缘。悬在它上面的是土壤表层和像眉毛一样浓密的植物。我一直小心翼翼地尝试，但最终也没能成功靠近进食的雁群。因为雷鸟近乎完美的伪装，它们在地面上神出鬼没，时隐时现。我把下列东西带回小屋，放在床边的架子上，保存一段，沉思一番——它们是这片土地的遗迹：别卢哈鲸鱼脊椎骨的碎片，疑似史前海洋等足类动物的甲壳，数捧羽毛。在我温柔的审视下，这些有形的东西依旧洋溢着某种原始的神秘气息。

从某些时段的照片上看，宾格克岛似乎荒凉凄惨，毫无生气，令人失望。冬天里，它消失在茫茫白色之中，向海一边融入波弗特海白色的海冰中，向陆地一边融入沿海平原白茫茫的苔原，看不清任何界限。6月，岛屿才显露出灿烂面孔，鲜花、昆虫和鸟类随处可见，但短短几个月后暴雪初临，眼前又是白茫茫一片。在西方人的想象中，矗立的全冠树令人鼓舞，云雀的飞翔和叫声令人欣喜，风吹拂着高高草丛的景象更令人舒心，这样看来，宾格克岛相当贫瘠。初抵岛上时，我也把荒凉看成是它的一个特征——我读过或听过此类描述。然而，在开始熟悉这个岛的短短几周里，我发现它并不荒凉。我们把这类景观想象成原始、荒芜和异教之地，这明显是一种偏见。就是在类似这样的地方，我们轻率地存储毒物或实验武器；我们会把它看成像沙漠一样的地方，我们曾往那种地方流放异教徒，释放出背负我们僭越罪名的替罪羊。

我们很难理解地球上各不相同的景观，就像我们听不懂野生动物的交流。我们对故乡的亲近和自信等复杂情感，很难在其他地方复制。

西方思想传统认为，所有文化类型的人都不得不去探寻，人类因为经济驱动去寻求新土地。迷失在这一有效却缺乏人情味的观念之中的，是这样一种思想：比较简单地去渴望，渴求不太复杂的生活，渴求新鲜的亲密接触和不断更新。这些渴求也驱动我们进入新土地。渴求使想象对所发现的东西产生曲解。对财富、复兴和胜利的渴求，与科学测量和描述，或经济扩张的迫切需要一样能决定——或者比这些因素更能决定对新发现土地的地理判断。

1893年，弗雷德里克·杰克逊·特纳在美国历史协会的芝加哥会议上宣读一篇论文，改变了美国史学的进程——转变了历史学家的观念，使他们重新认识把过去的基本材料按因果关系联系起来的编史方式。特纳的观点被称为“边疆假说”，如今，它已经成为我们看待一个国家的过去的重要方式，似乎成了不言而喻的东西。但在当时，它因过于独特，没有得到认可。

1893年之前，大多数历史学家认为，美国是由脱离欧洲影响的渴望塑造的，或者说，是由导致内战的经济和社会问题塑造的。特纳提出了第三种观点：美国是由它事实和观念上的西进边疆塑造的。特纳认为，以进取心、首创精神和艰苦努力为显著特征的美国民族特性，可以从其公民在边疆的种种经历中看出一些端倪。历史学家普遍接受了特纳的假说，并在之后的近一个世纪内不断对此加以改进和推断。

特纳的观点至少表明了两点：第一，一个国家的历史的叙述方向可以修正；第二，历史展开的场所——地理景观既是真实的，又是不真实的。原因是：一方面，它的确对人类产生了实实在在的深刻影响；另一方面，它只不过是一种心理投射，是人类感知的产物。在北美历史上，19世纪的西进运动最能说明这一现象。针对低草草原还是高草草原适合耕种，政客、投资人、报纸编辑和商人进行了激烈争辩。在大多数争论中，赶往新兴地区安家的人和爱唱反调的人的政治伪言，以及农业理论家的抽象概念，压倒了当地实际的降水记录证据和当地居民的陈词。

也许这是显而易见的。在现代，北美地区最令人厌烦而又最具讽刺性的政治问题之一是，华盛顿和渥太华在颁布法律法规时，似乎对这些法律条文要推行的地区的实际条件全然无知。然而，无论是谁，即使不厌其烦地在一片土地上漫步，也不能完全了解这片土地。我们的认知会受到先入之见和欲望的影响。自然景观是空间和时间未加雕饰的寓所，不可能完全看透；但这不一定使我们在寻求了解它的过程中处于不利境地。各种自然景观在形式和色彩上，在固有的生命多样性方面，在土壤的触觉品质、暴雨拍地的声音、花蕾的气味等方面，本来就是神秘的，相信这一点——相信各种自然景观是神秘的种种组合，就比较容易探讨它们。我们需要的只不过是承认它们的神秘本质，就像承认生活中的其他神秘现象那样；需要指出的是，这种神秘不同于不解之谜。

此刻，我记起两件事。在阿纳克图乌克帕斯，我问一个男士：你造访一个新地方通常会做些什么啊？他回答说："我就是倾听。"没有别的。他的意思是，倾听这片土地在诉说着什么；在这片土地上四处走走，长时间开启各种感官，集中注意力，欣赏它的方方面面，自己不说一句话。他相信，以这样一种尊重态度进入，这片土地就会敞开心扉。另一件相似的事儿，是一批美国画家的经历。为了寻求一种不同于其19世纪欧洲同行的价值认同，这批画家开始把这片土地想象成本身就具有非凡力量：令人着迷又让人恐惧，永远引人瞩目又丰富得不可捉摸，充满未知而又野性十足。正如"上帝的面孔"。他们如是说。

当我迈出宾格克岛的小屋，映入眼帘的是向南部和东部蔓延的普普通通的苔原平原。几只绿灰色海鸥从地面飞起又降落；我感到湿冷空气犹如从冰箱里涌出，直扑我的面颊。离小屋的门几码处，一只死去的普通雌绒鸭，僵硬地、孤零零地躺在苔原上。再往西几码，一张髯海豹皮被老练地拉伸在短木桩间进行干燥化处理。几码之外，一只北方瓣蹼鹬在淡水池塘水面猛烈地转来转去，捕食浮游生物。

西南风已经吹了两天，所以今天我们没出海。天空阴沉，暴风雪即将来临。我往南穿过苔原，走向浅海峡，想着在那儿会不会看见野鸭。我心里有个大概的计划：走到那儿，然后向东沿着海岸走到排水较好的苔原地，那样更容易走些；返回时先横穿小岛，然后沿着靠波弗特海一边的海岸回到住所。

这里地形平坦，即使天幕低沉，这片广袤的区域还是让我陷入沉思。然而，广袤是一种假象。北极探险家的日记中有很多这样的例子：许多信息都隐藏在那儿，迫切期待被发现。原因是，在这片平淡无奇的景观中，突出的地方太显而易见了。这样的地方人的眼睛马上就会注意到。另外，这样的景观让人们的活动受到限制，就像在沙漠中穿行一样，碰见陌生人的可能性不大。这里人迹罕至，而且，即使偶尔碰到一个人，他们的意图是探求隐秘怪异的信息，这些信息就像偏远地区流淌的潜流一样诡异，因而，你想了解他们的期望也不高。有一次，我在育空河上游宿营，远远地看见一个人待在独木舟上。看到他举起望远镜向游隼筑巢的悬崖瞭望，我就猜出了他是谁（研究游隼种群数量的生物顾问）；这是我一周前在费尔班克斯的小餐厅的谈话中听说的。他很可能也知道我在这里的差事。那一刻，这一地区的某些陌生感不复存在。

如果你不像看待投资那样去看待花费时间，不像发放珍贵商品那样烦躁不安地去支出时间，而是把时间看作像平坦的大地那样浑然一体，没有任何区分，你就可能忘掉距离感——轻松自如地走到很远的地方，而不会被这片土地的辽阔吓倒。如果我们着装得当，带了一点食物，而且有办法获取更多食物、建造住所，我们就能从容地运用感官去体验、欣赏这片原野。我记得，这看似无吸引力的苔原平原，却是当地动物的食物和便捷工具的宝库。

我沿着结霜区的边缘朝西南方向走，意识到有鸟儿在飞。远远的黑点从天空穿过，那是潜鸟的飞翔轨迹。稀树草鹀轻快掠过地面。鸟儿飞来飞去——到海上觅食或是去浅海峡休息——似乎遵循一个固定日程表。科学家说，鸟儿来来往往觅食和休息的程式，每24小时循环一次。但对这个程式的描述，像解析任何有节奏的运动一样，变得比个人体验更参差不齐，更错综复杂。

从微湿地面走到全湿地面，从全湿地面到干燥地面，我的脚步声不断变化。这儿是生物生存的微生境。我翻开脑海里北极植物的索引页，试图想起哪些植物是这些边界区所特有：哪些植物乍一看就能让人区分半湿苔原和多水苔原、多水苔原和干燥苔原？我记不得了。无论如何，这样的共性概括在我脚下的具体事实面前显得苍白无力。一个更精确的本土知识体系，更谨慎的确定的边界，内涵是很丰富的；这些微生境，如同大景观一样，难以察觉地相互融合。另一个是记忆中的景观，它可以使具体的一片土地看起来不那么陌生；在一个区域生长的动物的习性，可引发对另一区域中其亲属动物习性的猜测。但是，没有一个地区和另一个地区完全一样。共性概括属于抽象概念。我们的地形图上的种种线条不仅显示我们体察的空间的比例，也显示出我们对自然的差异性的认可。

一位苔原生物学家曾向我描述，她耐心地在约18英寸高、1英尺左右宽的苔原草丛中拆分一簇植物。她将活的植物组织和死的植物组织分开，并记下许多植物的数量和种类。她查看浆果的壳和里头的昆虫，甚至细究小得看不见或者一碰就会碎的细微东西。整个过程花了几个小时，其间，她的注意力凝固了，时间感消失了。她说，她记得自己曾一度抬头看，看到苔原上广袤的草丛一直延伸到地平线，那样的景象让她好大一会儿不能收回自己的目光。

在我正穿越的苔原上，生物看上去很丰富，但我知道，因为我感官不敏锐，缺乏分辨力，对此地又不大熟悉，所以许多东西都没有注意到。如果我通晓土著人的语言，就会有很大帮助。当地语言能够明辨当地的现象，而且可以揭去当地景观的面纱，彰显其真面目。

我知道自己漏掉了多少——我不会忘记跟我一起行进的爱斯基摩人的面孔，不会忘记他们的眼睛在走过的原野中不断闪亮。甚至在家里，男人们喜欢坐在窗边说话。他们总是瞭望远处的土地，或是抬头看天，预测天气。走近浅海峡时，看见一群雷鸟在吃东西，我想知道它们在吃什么。忽然，我又想到一件事儿，并禁不住苦笑：曾经有一种说法，认为坏血病是北极沿海地区的荒凉引起的。

浅海峡里看不到野鸭的踪影。我用望远镜隐隐看到远处水面避风的岸边，鸭群排成黑压压的一行。我躲进苔原背风的凹褶处，理顺衣服，开始举起望远镜观察远处的海岸。10到15分钟后，我发现了两只北美驯鹿。斯蒂芬森把望远镜首次拿给一个爱斯基摩人看时，对方问他能否用望远镜“看到明天”。斯蒂芬森感到乐不可支，他只是从字面上理解这个问题。这个因努克（爱斯基摩）人问的意思很可能是：这些玩意真的那么有威力，让你看到下一天才能到来的某种东西，比如迁徙中的驯鹿？或者说让你看到这片土地上你下一天才能到达的一处合适的宿营地？一些爱斯基摩猎人有着天生的惊人视力，他们能够指出三四英里外斜坡上吃草的驯鹿。仔细审视土地是好猎人的标志，当爱斯基摩人使用望远镜时，这一点表现得最为明显。大多数最有探究心的外来人，已经厌倦了用望远镜观察当地动物的活动踪迹，此后很久，一位爱斯基摩猎人仍在用望远镜搜索这片土地上的各个边缘和缝隙。他用望远镜360度全方位地观察完看似寂静的一片苔原，可能会花上一个小时，每换一个角度只检视很小的一块区域。

你可以学着这么做；这样观察的话，你总会看到一只地松鼠，一只来回跑的狼獾，或是一只筑巢的鸟儿——它们会使你意识到你在哪儿，周围正在发生着什么。当你养成习惯，找到类似的方式来克服焦躁情绪，你就会觉得自己在这片土地上并不那么显而易见。

我沿着海滩走了好久，才走到苔原的干燥地带，然后转向进入岛屿腹地。半路上，我发现一只雁的头骨，看似随机地出现在这里，就像小屋旁草地上死去的绒鸭。思维更为缜密的调查者，可以凭着这些零碎信息，以某种方式找出这些鸟死在特定地方的原因，可我不是这样的调查者。在西南方向，我可以看到暴风雪的预兆——我想在下雪前赶到本岛靠海的一面，以防此后遇上更糟糕的局面。沿海滩走是我预定的回住所的路线。我把纸一样薄的头骨放回地面。我向东方望去，看到远处屹立着一根破旧的尖头浮木，那是1910年欧内斯特·莱芬韦尔在这一带海岸测绘地图时所竖的标识。该标识物稍微倾斜，架势有点像任由风吹的歪斜的废弃建筑。这是渴望控制广袤地域的见证。这是确定边界和界限的标识物，而这些边界和界限使旷野得到合适的划分和标记，以确定归属。

西方历史上宾格克岛发生过几件事。年轻英国海军军官约翰·富兰克林，曾在1826年率领一个陆路勘察队，从马更些河口登陆，一路向西，想在250英里外的巴罗角集结，但只走到接近宾格岛的地方——因为天气恶劣和队员身体劳损，他们“走到了无法再坚持的极限点”，在那年秋天返回了。1850年8月，罗伯特·麦克卢尔派一批考察队员上岸，向一小批爱斯基摩人求援。爱斯基摩人把“调查者”舰看成是“一个游动岛屿”。上岸人员中一位33岁的摩拉维亚传教士写道：“虽然从爱斯基摩人所在地划船到‘调查者’舰需半个小时，但他们从远处望到舰体每动一下，都非常震惊，好像有电流穿身。”

19世纪后期，美国捕鲸者来到这座岛上，从岛上的池塘提取淡水。1913年9月，斯蒂芬森在这附近放弃了不幸的“卡勒克”号。（这艘由双桅捕鲸船改装成的科学考察船被冻在冰里，后来向西漂了很远，结果被冰挤碎沉没，一半考察队员丧生。）像莱芬韦尔这样的商人和探险家，这些年也出现在这一地区。1952年，一位名叫威廉·欧文的考古学家最先发掘了岛上的史前遗址。几年后，他在欧里特克角建了远程预警系统站点。20世纪60年代，美国海军建了两个棚屋和一个10×18英尺的小屋，供巴罗海军北极研究实验室的野外科考团队使用，之后还用于联邦外大陆架环境评估项目和其他项目。爱斯基摩人沿海岸旅行时，偶尔也住在这些屋子里；我们住的小屋门口的苔原上所钉的髯海豹皮，就来自这些海岸。

岛上原住民的历史更久远，也更为模糊。因为该岛的地理位置，它可能已经为猎人们服务了几个世纪，虽然这种服务很可能无法持续下去。如今，从苔原上露出的浮木杆和弓头鲸肋骨，可以推测出十几处400多年前的居所遗址的大概位置，这些遗址是该岛很久以前便有土著人居住的仅存证据。这段北美海岸线显然从未有较多人口居住。然而，宾格克岛上的这些房屋遗迹，1981年被认定为阿拉斯加北部海岸最大的史前遗址。

机敏的考古学家预测到这里有露营残留。宾格克岛得名于一个因纽特方言中的一个词，意思为“圆顶状冰上地面的隆起”。它具体指的是该岛向海一边的长长沙丘，这一沙丘可抵御风暴潮的侵害。这一屏障在海岸边很罕见，因此会被发现和利用。猎人在宾格克岛扎营，也可以早一些在科尔维尔河口附近捕到髯海豹和环斑海豹，因为这儿的淡水冰在海冰破裂前就开始碎裂。在辛普森潟湖峡，他们会发现迁徙的雁和鸭。沿着海滩，还有大量的浮木（从马更些河冲下来），一些树干有30到40英尺长。岛上有大淡水池塘；该岛附近有大量红点鲑和成群别卢哈鲸鱼，9月，弓头鲸由此向西到白令海峡。浅海峡朝内陆的一侧，猎人有望发现驯鹿。

宾格克岛上房屋遗址的发掘表明，1550年到1700年生活在这里的人捕杀过上述所有动物，还捕杀过海象和北极熊。在出土的物件中，让人比较感兴趣的有：一个由北极熊牙（？）制成的鱼饵，一张儿童用的微型狩猎弓，一片驯鹿角（？）铠甲。

站在这些屋子的遗迹旁，你会感到非常惊讶——在北极地面上，这么多人类历史竟不为人所探究。相比之下，包括我们白人居住区的其他地区的历史，更容易被彰显。这儿有个捕鸟叉的叉齿，那儿有个海象牙吊坠，但这些物件蕴含着什么理念呢?

宾格克岛上还发现了其他距今时间较短的爱斯基摩人居所的遗迹，那是他们20世纪20年代以后，用草皮和鲸鱼骨搭建的屋子。近年来，人种史学家带着曾经在这些屋子居住的人，造访了这些岛。在这些人工制品旁，在其曾经生活的景观之中，这些爱斯基摩人接受访谈，以便钩沉“记忆中的文化”。与这种文化紧密联系的工具，人们如今已不再使用。最准确地体现该文化的，是一种因纽特方言，但其词汇在迅速减少。

1981年夏天一个周日的下午，几个巴罗村的爱斯基摩人来到宾格克岛拜访我们。他们正在进行土地使用情况调查，这是个复杂的土地评定过程，土著人以此来证明他们对某些土地的所有权。我们谈了点宾格克岛上爱斯基摩人的“历史”（好像拿不出确切的，并为使用地图的人所接受的详细史实，这个岛的归属就是不确定似的）。只有某种可接受、可核实的历史，才能使他们现在拥有对该岛的所有权。然后，我们彼此更加自如和积极地把话题转向打猎。这样的偶然性对话远离了政治和种族关系紧张的村子，往往非常友好。没有人轻易坚持可能会导致分歧的观点，或去询问可能被看作是窥探性的问题。谈论打猎总是可以接受的和适宜的。这类交谈会涉及许多有关当地景观的信息。讲述动物生活的细节，让他们感到有足够凭证去确保对相关土地的所有权，这类凭证就像400年前的老屋遗址中发现的东西一样重要，一样有法律效力。

他们离开该岛，乘小船向东边驶去（在大多数外来观察者看来，他们来拜访我们，着装似乎过于简朴，所带给养也显得不足）。此后，我们几个人谈论了爱斯基摩人的文化史。拜访我们的爱斯基摩人带着借来的历史观，并以此去梳理其传统的和没有记录的历史那没有区分的时间段。他们对这样的历史认知体系越来越熟悉，运用越来越熟练。爱斯基摩妇女坐在宾格克岛的浮木上，回忆爱斯基摩人许多年前的生活细节，并让人录音，此时她们显得既有尊严，又有权威。很容易想象，由于存在着真切渴望知道讲述内容的聆听者，讲述者的记忆会非常活跃。她们兴奋地回忆爱斯基摩人过去在这片土地上生活的故事，同时不忘用事实来佐证。

整个北极地区已经开始实施土地使用和占有调查计划，实施者或是土著居民，或是土著居民及相关机构和人员，以此来确认土著居民的土地产权，并保护他们的狩猎权。这些调查表明，土著居民的各个分支及其居住的特定北极区域之间，有着漫长而且显然是没有中断的联系。把他们的文化同这些地域分开是不可能的。这些土地依时间顺序见证了他们的一系列活动。大地之于他们，就好像建筑物之于我们。大地给他们带来居所意识、规模意识和历史意识，让他们有一个信念——他们所惧怕的毁灭和消逝将不会发生。

“我们在这儿[即，现在生活在这个特别的地方]，是因为我们的祖先仍然在这儿。”一个男性爱斯基摩人这样对采访者说。祖先仍然在这儿，是因为他们了解并使用过这片土地，而且深爱着这片土地。一位土著妇女独自住在医院的病房里，郁郁寡欢；她告诉另一位采访者，她有时会把双手放在眼前盯着看：“就在我的手上，我可以看到我曾经去过的海岸线、海滩、湖泊、山脉和丘陵。我还可以看到海豹、鸟类和猎物……”另一位爱斯基摩人发觉，他们的文化已经与这片土地分离，他们古老的狩猎经济模式已被另外的经济模式代替。他对采访者说，如果因纽特人成为“这片土地的智囊”，那就再好不过了。他认为，因纽特人对这片土地的方方面面都非常熟悉，他们非常清楚如何对待这片土地。正如土地使用和占有情况的调查所昭示的那样，他像绝大多数爱斯基摩人一样，无法理解脱离大地的生活的意义——在他眼里，大地包括动物、天气、海冰发出的声音，以及“关键食物”的味道和营养。

弗朗兹·博厄斯在《中部爱斯基摩人》（1888）一书中，用较长的篇幅，描述了一个孩子的出生，以及出生后一段时间内所穿服装的类型——北极野兔毛皮帽子，鸟的羽毛做的内衣，带耳朵外皮的小驯鹿毛皮做的风帽。这位母亲的巨大努力给人留下了深刻印象，尤其是，她的努力证明，孩子一出生就与“这片土地”产生了错综复杂的联系；这片土地是孩子未来精神健康、心理健康和身体健康的基础。大约100年后，北方民族学家理查德·尼尔森在《为乌鸦祈祷》（1983）一书中，描述了现代库育空人（Koyukon）对自然史的一种相似认识。尽管许多事物都发生了变化，但有明显证据表明，土著人与本地环境仍保持着亲密关系，这些证据包括：对本地环境的实际了解，对其所处环境的敏感，为环境进行祈祷。明显的证据还有，土著人把这片土地纳入传统故事；这是他们与这片土地紧密联系的证据，也是人类行为与土地的细微之处存在着怪异和莫名其妙的对应关系的证据。他们中的许多人并没有背离大地，大地也没有抛弃他们。来自遥远南方的城里人很难察觉，更不用说深入了解这种联系的丰富性，或者说评估其价值。但我相信，与大地这种古老的密切联系是消除孤独的良方；在我们的文化中，我们认为，孤独和个人疏离以及绝望有关。

我把望远镜的视野从莱芬韦尔屹立的尖头浮木标识物移开，转向北边紧邻海滩的沙丘，在沙丘脊上发现了一只北极狐。这种动物像北极熊和狼一样，冬季会行进到很远的地方。夏季，海水淹没了北极狐的沿海栖息地，它们就会待在一个地方，比如我们所处的宾格克岛。北极狐总像是在匆匆赶路，然后突然蹲下来休息。它会跑到稍高一点的地方，用鼻子四处嗅闻。

夏季，北极狐的皮毛看上去泛出些许棕色，下部皮毛则呈象牙白色。（冬季，其皮毛呈亮白色，或是浅黄色中透出些许灰蓝色，后者被视为“蓝色”。）像所有动物一样，北极狐的种种生活习性既错综复杂，又神秘莫测。它储藏的冬季食物种类很多，存放得井然有序；它的耐寒能力很强，这些特征给人留下了深刻印象。同样引人瞩目的，是它与北极熊的尾随关系。许多探险考察类杂志把北极狐描述成“厚颜无耻”，嘲弄其“固执的厚脸皮”，将其贬抑为“寄生虫”和食腐动物。尽管如此，在北美狐狸中它最为友善，也最信任他人。北极狐精力充沛，坚持不懈地寻觅食物。它彻底清理所经过的海岸线一带的腐肉，而且像北极熊那样，能够从方圆数英里聚集到有腐肉的地方。一旦发现一个厨房营帐，三四十只北极狐就会从四面八方赶来，见到东西就疯狂撕咬。这样，原本期望获得娱乐感的探险考察队，至此兴致尽失，留在记忆中的只剩下暴力。维他斯·白令第二次到堪察加半岛探险时发生了海难，北极狐一次次地袭扰失事船，愤怒的船员折磨和杀掉捕获的狐狸，这种极其野蛮的行为只有被一群群昆虫逼疯的人才会有。

不过，自从现代人踏入北极之后，北极狐效率较高的生活方式有时会断送其性命。（虽然遭遇现代爱斯基摩人时，北极狐也会丧命，但它与他们相处得还比较和谐。以前北极狐很少受到人们注意，但随着毛皮贸易的兴起和村落交易站的出现，它成了北极地区被人们无情追杀的头号皮毛动物。）

我在观察沙丘脊上那只正在行进的北极狐，其运动着的短腿显得模糊不清。迄今为止，在沿着海滩的好几个地方，我都发现了它的（或者另一只狐狸的）踪迹。我想象着它不停地在岛上走来走去，在这儿捉一只旅鼠，在那儿找到海豹残骸，寻觅没有北极鸥大的鸟类，以便攫取它们的鸟蛋。我设想着北极狐在岛上的活动路线网，这些活动路线就像一条条浅黑色网线，结点就是岛上较远处可以看到的那些稍微凸起的地点，那儿要么是繁茂的绿色植被，要么是簇簇野花。

北极狐如此贴近地面，其身体总体上又比人类身体小很多，因而在它的头脑里，宾格克岛肯定“长于”四英里半。它在岛上到处跑，小跑一会儿就休息一会儿，再跑再休息，主要用它的黑鼻子去“观察”——对它来说，宾格克岛是什么样子呢？我想知道，一年当中一只动物对该岛的认识有哪些变化。在矛隼、狼蛛和海滨靠回声定位的弓头鲸的头脑中，该岛的形状有哪些不同？潜鸟主要在水面和空中活动，在岸上的话，它只在池塘边一个隐蔽的地点笨拙地行走，那儿是它的窝——在它眼里，这个岛又是什么样的？大黄蜂夏天深藏在花冠里过夜，花冠里的温度比外面高8华氏度——对它来说，该岛是什么样的呢？对短尾鼬鼠之类的小巧而灵敏的生物来说，地面是什么样的呢？驯鹿和北极熊这样的远行者，又是如何运用对相关空间特征的记忆来指引旅行呢？

一年夏天，一位朋友在巴瑟斯特岛的波拉尔贝尔帕斯附近作业，看到一只狼嘴里叼着野鸭向远处跑去。他看到狼把野鸭埋了起来；狼离开后，他向埋藏处走去，却怎么也找不到那只野鸭。那片原野很开阔，看起来并不复杂。他原路返回，判明了方位后再去寻找，并试了第二次、第三次，但一直都没能找到野鸭的埋藏处。他认为，狼记忆相关空间特征、过后回想返回埋藏处的途径，用的肯定是某种更敏锐，或至少是更独特的方式。他认识到，那片土地要比他所知的复杂得多。

一天，我走出一座临时建筑物，沿着一束电缆线走进暴风雪，站在海冰上。狂风的风速高达40节，温度低至零下20华氏度。我背对着暴风雪站了很长时间，在1月的微弱光线里顺风张望，害怕被风刮倒，害怕看不到绑扎靴子的靴带。靴带的两端消失在纷飞的雪花中。周围的能见度是40英尺，我只能看见一些冰丘。我想知道，如果一只北极狐站在这儿，对它来说“方向”是什么概念？食物需求和栖身处需求对我们的影响有何不同？

动物如何把大地转换成它们眼里的有意义区域，我们只能推测。它们感知的世界，就是说它们的自我世界，是各不相同的。[1]探知并阐明动物所感知的世界，需要极大的耐心和巧妙的实验，需要不同观察者之间自由交换信息，需要对动物进行数小时的直接观察，也需要避免贸然对动物做概括性的判断。根据我的亲身经历来判断，这是爱斯基摩猎人的方法论。在理想的情况下，西方科学的方法论也是如此。[2]

许多西方生物学家都欣赏他们所观察的动物身上固有的神秘

---

1 我们感知的动物周围的世界，是其环境；动物自身体察到的世界，是其自我世界。一个具体环境包含许多自我世界，没有哪两者完全相同。这一观点是雅各布·冯·尤科斯卡尔1934年提出的。他认为，不同类动物的感知器官结构、获取认知的重点、敏感度、分辨力各不相同。

2 事实上，这两种方法论通常是有区别的。爱斯基摩人的方法没有科学家的方法正式，但严谨性未必就逊色。相比之下，西方科学家观察时间要少得多；他们通常只选取动物生活的少许方面进行仔细研究。 然而，爱斯基摩人的生态方法，是更为广泛地考虑动物与其环境的许多方面的相互作用，其中一些方面看起来微不足道；这种方法越来越为西方接受。西方科学更了解迁徙动物的生活史，尤其是其分布和迁移方面。然而，爱斯基摩人显然不愿像西方科学家那样，由单个动物推断所有这类动物。近年来，一些科学家比爱斯基摩人更了解某些动物，原因是，最后一代见多识广、经验丰富的土著猎人已经离开人世。

性。他们领悟到，从客观上讲，他们观察的动物看起来很复杂；从主观上讲，这些动物本身有自然而然的生活方式。他们明白，虽然可以设计实验来揭示动物的某些方面，但任何系列实验所揭示的所有信息都不能涵盖动物本身的情况。他们明白，尽管他们的实验过程滴水不漏，但并不能保证实验结果绝对正确。他们还明白，个体动物的行为和这一动物物种公认的行为会有明显差异，而且，同一物种的动物在不同地域、不同年份的行为差异也很大。

要想比较全面、准确地了解动物生活是很不容易的，尤其是在北极，因为那里的野外条件造成诸多难题，限制了人们的观察。这种情况使许多在北极研究驯鹿、麝牛、狼和北极熊的生物学家非常苦恼。工业部门为北极科考提供了许多资金，但它对整个动物的研究并不太感兴趣，它更感兴趣的，是动物有可能使工业开发复杂化或对其造成妨碍的那些方面——说得更明白些，它所感兴趣的，是工业开发在一些情况下，会对动物的生活方式造成哪些负面影响。让生物学家感到困扰的，是狭隘的研究面，被迫匆忙进行研究的状况，以及动物生活越来越多地变成了数字。貌似客观的统计数据，掩盖了所有野生动物所处状况固有的复杂性和伦理关系。生物学家担忧“统计数据决定一切”和“[计算机]模拟推演者越来越多”，担忧工业部门渴求“标准化动物”——总会按可预测方式活动的动物。

一位加拿大科学家告诉我：“作为生物学家，我讨厌不得不把动物行为变成数据。我讨厌这样做。但是，如果我们坚持自己的立场，反对[轻率冒险的发展]，我们必须拿出数据，因为他们只听数据。我毕生探索的问题——他们两个月就要答案。哦，只要是土著人口述的动物信息，他们一概嗤之以鼻，认为那仅仅是无用的奇闻轶事。”

北极环境评估报告中经常出现截然相反的态度：相信统计数据的权威，摒弃爱斯基摩人的口述信息，认为它是“奇闻轶事”。当然，统计数据可以被操纵——一位鲸鱼生物学家曾对我说：“如果你非常严格地处理数据，你可以得到它所能提供的所有答案。”环境统计数据肯定在环境“数据图”的形成过程中发挥了作用。爱斯基摩人的故事被婉拒，并不是因为爱斯基摩人不是好的观察者，也不是因为他们说谎，而是因为他们的口述不能简化成一种易于处理的形式，或不能归结为概括性的论断。同时也是因为他们的话很难转换成数据。

在北极，那些经验不足的科学家缺乏的，并不是有关这片土地如何运作的看法，也不是关于它较大的组成部分如何整合的宽泛理论知识，而是长时间身处野外，是长期接触产生相关认识的具体源泉。一些西方科学家，包括人类学家理查德·尼尔森，海洋哺乳动物生物学家约翰·彭斯、弗朗西斯·费伊、克里·芬利，以及陆地哺乳动物生物学家罗伯特·斯蒂芬森，都曾经找爱斯基摩猎人作为野外考察同伴，以便更好地理解北极生态。尼尔森20世纪60年代初来到温赖特时，相当怀疑土著猎人向他描述的种种动物行为；他跟随这些猎人在野外考察一年后，写出这样一句话：“[他们的]描述刚开始似乎让人难以置信，后来几乎总是被证明是正确的。”任何有类似经历的人也许都会写出这样的话。

沙丘脊上的那只狐狸从视野中消逝了。我朝沙丘走去。我意识到，在这片排水不良的酸性土壤中，脚下这些不醒目的植物，有效地蕴含了矿物质、养分和水分。这些植物紧密相连，均匀承重，所以雪、路过的驯鹿和我，都不至于把它们压垮。这里的柳树树干比南方柳树矮，上面长着更多枝叶，从而能充分利用阳光。单独一株植物要花上数年才能长出种子植株。这些植物在梦中轻声低语，它们在交流着什么样的提醒和梦想呢？

开始下小雪了，雪花从东南面斜斜地飘来。我继续走着，眼睛看着地面，接着向远方的地平线望望，然后再看地面。哥伦布海上航行的目的地本来是中国的“刺桐城”（泉州），却进入了西大西洋，当时他是怎么想的？科罗纳多在前往魁维亚的途中，遇到了在他看来是最荒凉的德克萨斯州斯达科德平原，他在心中是如何评价的？蒙哥·帕克探寻尼日尔时，对非洲景观是怎样看待的？人们如何看待旅行经过的区域，至少取决于三个因素：已经了解的相关知识，个人想象，个人性情。

人们已经了解的相关知识，要么是从个人亲身经历中直接获得，要么是从书本或土著观察者那里间接获得。然而，获取这些信息的方式因人而异，原因是，人们的文化倾向和个性各不相同。例如，在北极旅行的西方人，倾向于（只）寻找因果关系，或捕食者与被捕食者的关系；或者（特别）关注能够填补西方分类学“空白”的植物和动物。此外，在了解新的地区时，相比其他感官感知的信息，人类更偏爱视觉信息，更易于注意和自己身材差不多的动物。我们总是从距离地面一定距离的高度来观察。每到一片新的原野，我们都期望看到全景图。

人们对一处新景观的想象，是由各种猜想组成的。例如，附近的小山丘后会有什么，或者远处地平线后有什么。通常，这些都是人们在旅程中“希望看到的”景观——也许是一只灰熊站在荒芜的苔原上，或者是小河的冲积淤泥中有猛犸的残骸。这些期待基于对他人在这片土地上的亲身经历的了解。然而，在更深层面上，想象体现出人们渴望发现未知的、独特的、遥不可及的事物——一动不动地停在麝牛臀部的雪鹀，从未有人提及的、颜色可爱的鲜花，冬季在苔原冰沼湖里游泳的天鹅。

想象还会催生一些问题，这些问题使一片新的土地增添了时间维度。这些狼獾的踪迹是这个夏天留下的，还是之前的夏天留下的？这片橙色地衣已长了多少年？在这片沼泽地平静吃草的驯鹿会不会被远处行走的狼发现？曾经在这里露营的人们为何留下了这块有雕饰的海豹骨？

我们对一片土地的感情倾向更是扑朔迷离，难以界定。不情愿的旅行者，一直想着乡土上发生的事儿，对新的景观兴味索然。没有人会像饥饿的土著猎人那样机警。如果一个人一看到某种美景就有热望或怜惜之感，或者对某些意想不到的事件感到兴奋不已，他们可能会对这片土地产生乐观的情感。如果一个人的朋友在北极空难中曝尸野外，或者在北方煤矿的投机性投资中破产，那么他可能对这片土地充满敌意，认为它没有任何价值。

个人渴望去了解，正如任何形式的感官灵敏一样，会让我们每个人在这片土地上发现别人发现不了的东西。

久而久之，有关某个地区的零星知识，会以故事的形式在本地居民当中积存下来。这些故事在社区中流传下去；甚至是那些不同寻常的故事也没有失传，从而变得无关紧要。这些叙事包含了当地人对特定景观复杂、长期的看法。即使社区中游走于确切知识和仅仅是想象的或未被怀疑的事情之间的人，也在不断地改造着这些故事，这些故事每天都在被证实着。在当地社区之外，这种复杂却易于共享的“现实”，如果不被简化为概要性论断，简化为误导的或不准确的抽象知识，将很难被理解。

所有人对这片土地的认识，像洪水一样冲过该地，相关思想被挂在灌木丛上，犹如潮湿的纸片一样等待着人们来收集和解码。没有人能解析出完整的思想。

我必须迎风向西走，以返回棚屋。我往低处走，直到海边沙滩，那儿的沙丘可以遮风。长尾鸭和绒鸭在近岸背风处的涌浪中漂游，它们的喙暴露在风中。透过沙丘的空隙，我瞥见风雪席卷下的深色苔原。我的思绪提前飞回了小屋，寻思温暖的饮用品，然后又回到现实。我一边走一边看着那些野鸭。观察动物总会让你放慢脚步。我想起探险者被困在附近海冰中数个月的情形，其中一些人被困在船上长达三四年。他们想早日离开，不过都没成功；但是，他们的航海日志显示，他们很少谈论周围的动物，即使有少许谈论，也是把动物视为食物、威胁或公害。这些人远离家乡，深感无助；他们等待救援时，很少描述这一片景观，即使提及，也是将其视为障碍。我们现在对此片景观的漫不经心则另当别论。当今，我们坚持要生活在更为短暂的时间段里。当我们得知，动物的生活妨碍我们的日程时——当动物仅仅是坐在那儿“无所事事”时，我们就变得怒不可遏。我又望了望左边的茫茫苔原，以及右边成群棕色海鸭所在的海面，想找寻出乎意料的东西，或异常醒目的东西，但什么也没看到。在我行走了数小时之后，苔原和野鸭已消逝在暴风雪中。我只好让自己的思绪继续漂游。

一位名叫伊莱恩·加纳的拉科塔妇女曾写道：狩猎民族宗教信仰的核心观念是，自然景观中蕴含着一种精神景观。也就是说，人们偶尔会看到，大地上有某种转瞬即逝的东西，或者说，有那么一个瞬间，线条、颜色、动作的效果大大强化，好像有某种神圣的东西显现了，这就让人相信，存在着另一种与有形世界相对应却不相同的实在领域。

理性、科学地探讨大地，这一态度得到了较为广泛的认可。在这种大的氛围中，以神秘方式感悟的洞见以及推测通常会黯然失色，由此造成的损失是难以估量的。大地如诗：它具有难以阐释的关联性，它的意义难于把握，它具有升华人们对人生的思考的奇效。

大风在吹，雪花飞扬，棚屋不知不觉地出现在前方地势较高的地方。它好像置身于一个白色的洞穴中，又像是坐落在一个峡谷的尽头。远处的鸟鸣声消失了，我只能听到身边的声音。我听见自己的靴子在沙滩发出咯吱咯吱的声音。海水的微波在轻拍着沙滩。大风从耳边呼啸吹过。

透过被发黄灯光照亮的窗户，我看见朋友坐在桌旁，用上蜡细绳绑系船缆的末端。我会喝杯热茶，然后躺到自己的小床上，尽力去回忆自己认为在这次环岛漫游途中没能想起的事情。

20世纪30年代，一个名叫本杰明·李·沃尔夫的人，开始阐述他对霍皮语语言结构的深刻见解。沃尔夫指出，霍皮语中的时态非常有限，从未把时间视为与空间截然不同的实体。而且，尽管名词匮乏，动词却很丰富。这种语言所展现的世界的根本特征是，运动和变化存在种种关系，时间和空间是不可分的“机体”。这种语言比英语更适合描述量子力学。英语使用多种时态，将时间分为线性片段；多用名词，少用动词，在固定的空间和延续的时间之间形成鲜明对比，产生疏离。英语是种静态空间语言，可以说，更适合描述建筑物。在语言以外其他条件都等同的情况下，霍皮人的孩子较容易理解用他们的语言讲述的相对论，而美国孩子更容易领会历史。霍皮人对时间从过去延续至今这一理念感到困惑不解。

1936年，沃尔夫写道，许多土著语言“在起因、行动、结果、动态活力、直接经验等方面，都做了精细的、完全合乎逻辑的区分……”他让人们认识到，根本不存在所谓原始语言，也根本不存在所有民族都能从中引申出其形而上学的共同思想库。沃尔夫警告说：“所有观察者并非从同样的实证出发，进而得出同样的有关宇宙的结论。”

在某种程度上，人类学家弗朗兹·博厄斯的相关观点是这些观点的先驱。博厄斯强调不同土著文化的自足性。他的观点颠覆了维多利亚时期的主流观点：所有文化都可以简化成对世界的一系列“真实”评价。（博厄斯的“功能主义”的方法已被“结构主义”观点取代，后者有意地把抽象的和主观的模式强加到文化上。）

进入20世纪后，沃尔夫、博厄斯和其他功能主义学者，力倡将人类文化视为一种梳理现实的机制。这些现实是互相分开的，虽然它们可能被同时投射到同一景观上。而且，根本不存在什么终极现实——无论是哪种文化，当用以评价另一种文化，尤其是自己传统之外的文化的看法时，都应该谨慎行事。

近年来，约瑟夫·坎贝尔和克洛德·列维-施特劳斯等人的著作，阐明了人类感性经验的全景，不仅凸显了我们对包含我们自己的背景（景观）的不同感知方式，而且凸显了我们之间好像存在的相似之处。列维-施特劳斯举例说，对狩猎民族来说，他们崇拜某种动物，将其视为自己的图腾，不仅仅因为这种动物是可口的食物，而且因为这种动物“容易想象”。动物是人们“容易想象”到的东西。

在北极地区，理查德·尼尔森、埃德蒙·卡彭特和休·布罗迪等研究者，分别探究爱斯基摩人生活的不同方面，他们在研究这片土地时重申了类似观点。他们所做的工作阐明了对北极的不同想象的真实性和连贯性。当我们假定人们对现实的看法和我们的看法相似时，就会产生误解；爱斯基摩人看待这片土地的方式，给我们带来越来越多的伦理、政治和经济问题，因为我们更希望我们自己的方式成为描述那片土地的主导。

尼尔森有关自然史和狩猎的著作我已经提到过。布罗迪对土地使用和占有研究的发展产生了不小影响。卡彭特中肯地评价了爱斯基摩人的艺术和他们的空间认知。不出所料，他们每个人都强调，了解语言——相关的当地方言，对于理解爱斯基摩人谈论这片土地时所表达的内容至关重要。尼尔森说，温赖特近岸的海冰活动非常活跃，但认识此处的海冰活动是“非常困难的，尤其是在不能充分理解”爱斯基摩人的术语的情况下。布罗迪谈论爱斯基摩人对土地的亲近感的观念时明确表示，“关键术语不可译”。

卡彭特觉察出因纽特语和爱斯基摩雕刻之间的相似之处：两者都强调动态，都强调从多种不同的视角进行观察。卡彭特说，在我们的语言中，我们特别关注种种时间的概念；爱斯基摩人则把注意力放在各式各样的空间上。我们想当然地认为，整个人类在空间中的方向感是相似的，因而会从同样的视角去看相关物体——上就是上，下就是下；那个方向是北，这个方向是南。而卡彭特指出，爱斯基摩人描述远方的一个地方时，绝不会涉及他与该地之间的那片土地（夹在中间的这片土地给我们留下深刻印象，我们通常用表示距离的词来描述），他们只是提到地理上的一些点，而且不一定是从意欲前往的角度去看的点。因而，爱斯基摩人以外的观察者可能会认为，爱斯基摩人似乎没有"任何方向感"。而且，因为爱斯基摩人的行走方式有点儿像北极狐——突然偏离原定途径去探寻某种不寻常的东西，或前行时不断地停下来喝茶，而不是朝着"目标"不间断地向前走——他们可能被视为缺乏自律，或者没有远见。但是，这一特点只涉及爱斯基摩人如何看待他们在时空结构中的位置，如何想象在这个世界里的"行进"——在连绵不断的时空中他们只考虑了线和点。

如果不借助其语言，我们在很大程度上很难领会爱斯基摩人不同却复杂的思维。当然，反之亦然。两者互为前提。

爱斯基摩语言在描写大地和人类在其中的活动时达到了极致。现代爱斯基摩村庄，尤其是北极东部村庄里的年轻人说，他们和父母一块儿走到野外时，就很难说好因纽特语，尽管他们在家一直都在说。让他们感到困窘的，与其说是词汇量缺乏，不如说是句子结构、习语运用和话语流畅方面的欠缺。在野外，在狩猎营地，或在海冰上行走时，爱斯基摩人才把语言运用到了极致。[1]爱斯基摩语言具有季节性特征——表示多种多样的雪的词在冬季使用，而那些与捕鲸有关的词在春天用。爱斯基摩语言里有些方面的词汇，已开始整批整批地消失，这是因为，它们指涉的一些活动，比如带着狗旅行，已很少出现；或者，它们指涉的一些动物的许多部分不再被食

1 有些爱斯基摩人在能力表现方面也是如此。在北极村庄，你不难遇上这样的人——他看起来笨拙、不负责任、昏昏欲睡，几乎不能很好地照顾自己。但是在丛林里，你会惊讶不已——同一个人却突然变得技术精湛、活力四射、聪颖敏锐。

用或使用，海象就是这种情况；或者，它们指涉的有些活动，比如巫师代祷，已被劝阻。

在沃尔夫看来，语言是人心中产生并投射到现实上的东西，是人强加给景观的东西，好像大地是人的想象的收集器。我认为，这种观念可能有两点错误。首先，景观不是被动的；正因为大地具有自主性，它最终会拒斥强加的而不是来自自身的那种现实。其次，语言不是人强加给大地的产物。语言是在人与大地的互动中逐渐形成的，这些互动包括：因纽特人用传统皮靴尖部测试海冰，吃野莓果子，在海豹油灯的灯光下修雪橇。历时长久的探究产生了能够分辨事物的语言。语言体系本身，语言的声音和含义系统，均来自人心和大地的交流。因而，学习土著语言，实际上就是了解操持该语言的人如何对待大地的过程。

美国地理学家段义孚在其著作中，区分了空间和居所意识（sense of place）等概念。他说，人类从不同的居所出发，前往无固定界限的空间旅行。在居所里，他们有一种依恋感、家园感、领悟感；而在空间中，他们感到的是自由或冒险，以及未知。“在广阔的空间中，”段义孚写道，“人们会强烈地意识到[记忆中的]居所；在有遮蔽的居所里独处，人们会不时领悟到空间的浩瀚。”我们通过拓展原有居所的界限，努力纳入新居所，把这些令人振奋、有时是令人生畏的新居所转变成地理。我们一直渴望在熟悉的居所和未知的空间之间，寻求平衡与和谐。我们这样做为的是让陌生事物更容易理解，或仅仅是更容易接受。

无论是就进入大房子里的未用房间而言，还是就在北极旅居一段时间而言，段义孚的看法都有道理。在北极旅居时感受最明显的，是内心一直在尽力，以便与大地这一神秘实体建立和谐关系，而这一点似乎是所有在人迹罕至的地方旅行的人，都能感受到的。

段义孚还提出一个观点：一种文化中最珍贵的一些居所不一

定是眼睛可以看到的；也就是说，不一定是大地上可以指出来的地点。这样的居所可以出现在戏剧中，就是说，可以通过口述、演唱和表演表现出来。然而，正是大地上这些看不到的东西，才使一个人眼里空空如也的空间，在另一个人眼里却是居所。某个特定的居所弥漫着回忆——神圣的和世俗的故事的核心，整个景观是此类居所的集合体，这两种感觉就是土地的本地感的含义。认为土地只是一种空间，只有在界定之后才能获得意义，而且，这种界定指的是政治划界、所有权分配或工业开发——这一观点暴露出了殖民主义心态。

人与大地的长期联系所产生的影响易于被低估。不仅是与具体地点的联系，而且是与记忆和想象中的整片土地的联系，比如，一个人是如何不断地想象某片土地的。对一些人来说，他们的存在并非以自己的皮肤为界限，而是随着感官所能感受的范围延伸到身体以外的大地。如果大地被草率地损毁，或被改造，他们将会从心理上感到痛苦。而且，好像有一些光纤维把这些人与大地连接起来。他们并非生活在当下的时间里，而是生活在记忆时间里，这一时间很漫长，是用一生的时间来衡量的。切断他们与大地的联系，不仅会给他们带来痛苦，而且会使他们产生脱离应有位置的感觉。

一些国家在边界之外的土地上扩张，在观念和实际意义上对这些土地进行重组，以服务这些扩张国家的一己之私，这是当代最棘手的政治问题。然而，旅行者和民族国家不同，他们不想扰乱国界外的任何事物，而只是想去异域造访，并通过不可避免的对比，最终从某种角度重新意识到自己居所的价值，意识到应该竭力崇尚最初从根本上影响了他们的那些景观。

然而，旅行一开始，旅行者马上就遇到了地图问题，因为绘制地图的根据是对空间的某种认识，以及对空间中各种地理因素重要性的评估。我无论到哪里旅行都会带上地图，但是没有哪张地图是完全精确的。地图体现着绘制者的愿望，这些绘制者认为，按照他们的理解去组织空间是理想的。当然，你不能指责地图，但你也不能不带着地图旅行。我乐于从背包里或者裤子后兜里拿出地图，来查对所在位置。我曾经把头伸过C-130飞机领航员的肩膀，以便看清我们要飞往何地、此刻我们在哪儿。我曾在笔记本上勾勒地图，向别人解释我都去过哪里，想看看他能不能证实或者详述我看到的东西。我明白，人们满足于并且渴望搞清自己在浩瀚空间中的位置，也希望能够充分理解地图所标志的、设定了边界的空间。但我会尽量谨慎。一幅好地图通常布满表示各种地理内容的手绘线条和符号，在这样的地图上，段义孚所说“空间”都变成了“居所”——即使这样的地图并不是绝对精确，也并非权威。我们手里拿的地图，只是外边真实景观近似准确的轮廓图。它是精心缩略的模拟图。

首先，大多数地图的整体构图是一种抽象表达，因为它体现的是用移动的眼睛，而不是用静态的眼睛综观大地所得到的印象。地图是二维的，而地球是三维的，并且向两个方向弯曲，所以无论是透视图还是投影图都不会很准确。而且，如果比例尺很大的话，地图失真情况会变得极其严重。（最常见的世界地图是用墨卡托投影法绘制的，在那上面，北极显得比整个俄罗斯还大，格陵兰岛和北美大小差不多。这种地图造成的错觉，人们需花费相当长一段时间，并通过对相关知识的思考，才能矫正。）地图用数学方法去建构空间；它们在种种坐标上标上许多略图，并给其配上名称，来概括地体现真实的景观。这样的概括有时很得体，有时却令人惊讶。当然，地图呈现方式的整齐、简洁、清晰，往往引人瞩目。

北极地图种类繁多，提供的信息也很惊人。如果你能安静地坐在一个房间里，细察种种地图，消化它们呈现出来的各种信息，你将成为北极的马可·波罗。许多地形图由卫星和U-2侦察机拍摄，经电脑处理清晰度增强，拥有不出所料的高分辨率。除此之外，有些地图有着非常精美的覆盖层，显示出驯鹿的迁徙路线；有些地图显示了北白令海之类的军事敏感地带的电子监控网；另一些地图显示了夏季航线冰层覆盖情况的每日变化，这类地图通过电子传送，用红外辐射热影印法打印。还有一些地图分别显示了等温线（温度梯度）、等值线（磁场梯度）和等始花期线（开花时间梯度），需要观看者仔细研究。北极考古遗址、北极熊的穴居地、北极砾石资源的分布等信息，也分别被绘制成了地图。[1]

其中让我印象最深的是一张北极投影地形图，这幅图以北冰洋为中心，将欧亚大陆和北美洲的北部以及整个格陵兰岛围在四周。格陵兰岛和斯瓦尔巴群岛之间进入北冰洋的狭窄入口凸显出来，因为该图显示，那里的深海水呈现的蓝色比大陆架上海水的蓝色要深。（这里是深层流可以进出北极海盆的唯一通道。）而且，所有模糊不清的地方——比如，新西伯利亚群岛、喀拉海、法兰士·约瑟夫群岛等，这些在墨卡托投影世界地图中变得扭曲的地方——都恢复了应有的比例。

看着墙上挂的这幅地图，我想起了这一区域独特的地理连续性——不论你向东或者向西走多远，你都是在北方，都是向南走。我可以看出，从鹿特丹穿过白令海峡到横滨的路线，要比穿越巴拿马运河短很多。看格陵兰岛的全图，而不是通常的扭曲或截断图时，格陵兰岛的北部显得很遥远，也更有吸引力。我可以用手指指出没有人烟的埃尔斯米尔岛，该岛上有阿加西冰盖和奇特的高原景观，是我年轻时的梦想之地。爱斯基摩人把巴芬岛称作ooming-mannuna，意思是“麝牛的领地”。

早期的北极地图，反映了绘制者所属社会时期的技术和观念（以及错误观念）。在地图制图学成为野外考察科学之前很早的年代，地图绘制是一种冥想臆测式的行为：制图员画出来的是传说中

1 砾石是北极地区继碳氢化合物（石油和天然气）之后最重要的资源。因为在永冻土上施工非常困难，所以需要大量的砾石来修建飞机跑道和施工基垫。

的景观和自己预言的想象地域。他们描绘的北极，是一个黑暗的多山冰封区域，“那儿的人酷似野兽，既无语言，亦无理性，发出鹅一般的叫声”；或者相反，是一个有着永恒的阳光、温暖的海洋的乐土。要么是北欧神话中的仙宫，和风吹拂的挪威城堡，有着灿烂的阳光和至高无上的权威；要么是死人之国，散发着死人恶臭、无尽黑暗的冰冷荒原。

16世纪，荷兰捕鲸人发现了斯瓦尔巴群岛；威洛比和钱塞勒（1553）以及巴伦支（1596）向北和向西边的新地岛方向探险；弗罗比舍（1576—1578）、戴维斯（1585—1587）、哈得孙（1607—1610）和巴芬（1616）向西探险——通过这些人的努力，初步把北极置于实证方法的审视之下。随后几个世纪，掩盖在冰雪下的北极被一点点地发现。人们开始绘制那里陆地和海洋的地图。挪威的“弗拉姆”号完成了壮观的环北极航行（1893—1896），彻底改变了北极的传统形象。1892年，罗伯特·皮里宣布格陵兰是一个岛。从1915年到1917年，斯蒂芬森发现了遥远北方最后一批面积较大的土地。二战期间及战后初期，军事侦察导致加拿大群岛的大部分海岸线被重新绘制。在比较靠南的区域——巴芬岛以西的福克斯湾，发现了最后一个大群岛（包括艾尔福斯岛，面积大约500平方英里）。

北极各部分界限的不确定性一直是其部分魅力之所在。这片平坦区域的一部分冬天冻结在海冰里。夏天，在一些地区，地势低的陆地延伸到浅海里，让人难以分辨陆海的界限。不难想象，可能还有一些小片陆地藏在海冰里，这种猜想最近被戏剧性地证实了。1968年，地理学家经过数学推算确认，位置最靠北的陆地是1900年皮里发现的一个名为卡菲克卢本岛的小岛，而不是格陵兰岛的莫里斯·杰塞普角。然而，1978年，在卡菲克卢本岛北部1 500码的海冰中，又发现了一座新的小岛，这座岛被命名为邬达克岛，以纪念

1909年陪同皮里前往极点探险的爱斯基摩人。[1]

早期北极地图上标出的陆地是人们想象出来的。如今，更加先进的卫星测绘技术不断提高北极地图的准确性，地图上所标的各块陆地都是经证实确实在那儿存在的。1587年，在乔治·贝斯特的地图上，有一个“弗罗布舍尔斯海峡”（Frobussher’s Straights）横穿加拿大北部，贯通大西洋和“西部海洋”（the Western Ocean）；1607年，亨利·哈得孙满怀信心地开船驶往“开放极地海”（the Open Polar Sea)；从挪威到斯瓦尔巴群岛有一个陆桥——所有这些错误在当代的地图上已不复存在。

许多北极旧地图上绘有虚构的岛屿，表达了当时人们的美好愿望。他们想缓解当时面临的痛苦，因而想找到“幸福岛”，或找到通向“香料岛”——摩鹿加群岛的航路，以便规避西班牙舰船或土耳其中间商。把这些旧地图叠好，轻轻地放回抽屉，以表示对人类历史的一种尊重——长久以来，人们有一种渴望，渴望寻求走出自己家乡带来的满足感。

把这些地图收起来，并不能减少它们所体现的殖民悲剧的属性，并不能削减对绘图者专横妄想的指责的尖锐性，也不能掩饰真实景观的证据的脆弱性。我们的后代一定会发现，我们和从事探险的祖先一样既固执又贪婪，我们的种种计划，像祖先追求物质繁荣的一些规划在我们眼里那样，是无礼的和愚蠢的。或许我们的后代也会原谅我们。

---

1 邬达克（Oodaaq），生于1878年或1879年，活到了20世纪50年代中期。他帮助过许多探险家和科学家，其中大部分人用不同的拼写把他的名字载入史册——皮里用的是Ootah，米留斯·埃里克森用的是Odark，拉斯姆森用的是Odaq，吉恩·马洛里用的是 Uraq。邬达克岛是乌弗·彼得森1978年7月26日发现的，当时丹麦大地测量学会在格陵兰北部地区进行区域地形调查研究。“这是一个非常小的[一片砾石]，”彼得森的一位同事给我写信说，“直径只有30米（98.4英尺），小岛最高点超出海平面还不到1米（3.28英尺）。位于北纬83° 40′ 32.51″，西经30° 40′ 10.12″。”

我们之所以会认为北极地区很辽阔，是因为在我们熟悉的墨卡托投影世界地图上，北极从世界一端延伸到另一端。然而，这类地图给人的印象是，北极地区从来都不是一整片区域，它的各个部分相隔的距离“是从世界这端到另一端”——这一印象是错的。实际上，这片区域就像任何国家一样，内聚成一个整体。它的构成模式是，周边的陆地环绕北冰洋，这与澳大利亚相似——该国边缘性的沿海地区环绕着中部海洋似的浩瀚沙漠，大部分人生活在沿海地区。北极地区没有太平洋那么广阔，其广阔程度只相当于亚洲大草原。打个比方，其面积与中国的面积不相上下，人口却只有西雅图那么多。

北极地理上的一体性，表现在该地区在气候和季节性光照方面具有相同性，从东到西在动物种群方面具有相似性——都生存着北极熊、弓头鲸、北极狐、环斑海豹和雪鸮。像独角鲸这样仅在某一区域栖息的北极物种非常少；同一种动物之间出现较大差异，因而被划分为几种亚种动物，这种情况（如海象）在北极很少见。[1]

在现代旅行者看来，北极景观似乎有些呆滞、单调，但我认为，这一印象主要是由于盯着空旷的地图看，并乘机飞越这一地区产生的。飞机像地图一样，会让人产生错误的空间感；然而，飞机在视觉上产生简化和压缩的效果，其原因不是视角有了限制，而是时空关系发生改变。飞机里用灯光照明，不受天气影响，稀薄的空气弥漫着汽油味和烟草味，比地面的噪音要大得多。许多乘飞机来北极的人，总是和雪橇犬、货物箱挤在一起，因而出现轻微头痛；许多人还有某种形式的时空错乱感。来自加拿大南部某地的政府官员和记者，乘坐喷气式飞机到达北方村庄，听不清人们对他们说的

1　从白令海峡到格陵兰岛北部几乎占北极地区的一半，这里的土著居民所操的语言几乎相同，进一步显示了北极地区的统一性。语言上的这种连贯性是世界其他地区都不曾有的。操不同方言的爱斯基摩人可相互沟通，这促进了政治实体——因纽特人北极圈理事会的形成，这个组织目前致力协助阿拉斯加、加拿大和格陵兰的爱斯基摩人解决土地所有权和民族自治。

话，就坚决要求当天离开——这样的事例不胜枚举。他们的匆忙、感觉迟钝和权力光环，在一定程度上似乎都是飞机造成的。飞机对时间和空间造成的压缩效果，在北部村庄是史无前例的。因而，这些人带回去的有关这片土地的知识，往往是错误的，他们得出的结论受到人们的鄙视。

乘飞机是一种很大的诱惑；但要了解大地，要体验相关地图所包含的具体内容，你就必须离开飞机。你必须走进这片原野，躺在地上休息，或花一个下午时间仔细查看草丛。跟着麝牛群走走；到海边露营，在海鸭迁徙的日子里对其进行观察。你需要站在科伯克河以北玉山山脉蜿蜒青翠的崖壁前，或在冬天走到海冰上的冰间裂缝近旁，听浮冰推挤、刮擦的声音，那声响用美国探险家以利沙·肯特·凯恩的话说，就像"小狗的呜呜声或者成群蜜蜂的嗡嗡声"。春季，在冰面上一只被屠杀海象的胃里，你会发现海底沉淀物。你会慢慢意识到，白令海和楚科奇海里的25万头海象，每天会搬运数吨沙子和细砾。你会想到，旅鼠和田鼠在苔原上会翻动成千上万吨泥土。你会想到图勒人，他们把大石头搬进营地，摆成图案，做类似跳房子那样的跳跃游戏。你会想到图勒人建造的巨石北极熊陷阱，及其可滑动的石门。这些常驻居民把石头搬来搬去。

当你在广阔的天空下行走数日，当你在班克斯岛的汤姆森河附近的原野上感受到了北极的偏远，当你看到雪橇狗在冰冻的河谷兴高采烈地跑数英里，或者意识到铁爪鹀吃旅鼠骨头这类微不足道的景象，让这片原野活力四射时，你就会开始体会到这片内涵丰富的景观的永久活力和难以概述的特征。

每一天，飞机都像流弹一样迅速进出北极，但你必须保证远离飞机，靠步行去观察。

克里斯蒂安·韦伯给我讲过一个故事。当时，他在格陵兰岛北部活动，出行时坐着海斯半岛的小村庄乌玛纳克（因纽特）村的狗拉雪橇。1940年春天，他沿着埃尔斯米尔岛东海岸旅行，靠数月前储藏在那里的食物生存。韦伯的一位爱斯基摩朋友来自乌玛纳克，得知他是丹麦人后，认为5月份传到乌玛纳克村的信息对他很重要。那位朋友坐雪橇穿过史密斯海峡，找到韦伯即将前往的食物储藏处，用爱斯基摩文字把下述信息刻画到干肉饼罐子上：

德国人拿了丹麦的肉

国王仍然活着

店里没了汽油

韦伯看到后，几乎马上就明白了怎么回事。德国与丹麦开战（亦即“拿走了她的食物”）；丹麦国王的政府没有被废黜；而且，因为战争，当年春天，船舶将不会向乌玛纳克村运送供应物资。韦伯说，他戴着手套抱着罐子，在强光下看了四周，看了看他的狗和所剩不多的物资，明白很长一段时间自己将无法回家了。

早期的一些探险家，非常重视爱斯基摩人以及他们有关这片土地的知识，并请他们绘制附近地区的地图。[1]爱斯基摩人同意帮忙。这些地图对北极旅行和探险都大有裨益；如今，又让我们深入了解当时爱斯基摩人对周围空间的认知。

熟悉当地景观与绘制出详细地图是两种截然不同的认知能力。然而，许多爱斯基摩男女，绘制出了他们家乡沿海和内陆地区高度精确的地图。1865年，罗伯特·麦克卢尔告诉他的传记作者，维多利亚岛西部的爱斯基摩人用铅笔和纸熟练地绘制地图，“他们好像熟知水文地理学”。1826年，爱斯基摩人在威尔士亲王角的沙滩

1　当时，欧洲人绘制北极地图遇到了几个难题。首先，乘船旅行的时间非常短，而且在夏季这几个月，大多数海岸线不是被大雾笼罩，就是被海冰阻隔。其次，当船只试图确定自身位置时，产生海市蜃楼的自然因素会使海岸线产生扭曲，导致测定数据不一致。海岸线非常漫长，测绘队又必须上岸，但岸上的地面非常荒芜和崎岖，这些因素使本已艰巨的测绘任务变得更加艰难。

上，为另一位英国海军军官制作了一幅地图。他们利用石头、树枝和鹅卵石，用“非常巧妙、容易理解的方式”，按照一定的比例复制了该地区的地形图，这位军官对这样的三维地图感到非常惊讶。弗朗兹·博厄斯描述说，北极东部地区的爱斯基摩人地图画得非常好，其地图上所标的地点，在他自己的地图上都能找到。“太不可思议了，”博厄斯写道，“他们对相距很远的海岸的相对位置和方位非常清楚。”地图上涉及区域的直线距离长达1 000英里，面积多达15万平方英里。爱斯基摩人还能轻易看懂欧洲人有关爱斯基摩人地区的地图和图表，无论这些图是以哪个方向递给他们——倒着或者侧着。他们绘制地图时，可以自如地转换地图比例的大小，或保证地图比例一致。

早在遇见欧洲人之前，爱斯基摩人就已经制作和使用地图，这些地图既可以梳理各种各样的地名，以便于记忆，又有助于水上航行。一些用于导航的地图用木版雕刻成形——以三维方式显示海岸线，非常适于航海（在北极东部很有用）。这种地图露天使用时不受天气影响，万一落入水中，还可以在水面漂浮。

爱斯基摩人与众不同，他们对某一部分空间比较青睐，对空间中的方向则无偏爱。埃德蒙·卡彭特对爱斯基摩人的这一特点特别感兴趣。他注意到，在埃维利克选区（the Aivilik）为他准备的南安普顿岛的地图上，唯一不成比例的区域是爱斯基摩人经常狩猎的地区——这些地区绘制的比例大于人们不常去的地区。在当代的爱斯基摩地图上，特殊地区显示出同样的准确性和丰富性，这表明，仍然受上述绘制地图传统影响的爱斯基摩人一直保留了当地的地理知识。生活在这些人当中可以大大增进记忆力，这些人一直偏爱到陆地上和海冰上做长途旅行。尽管这些爱斯基摩人在大多数情况下已搬进定居点，但他们仍保留着上述特点。

像地图一样，人类在这片土地上留下的痕迹，以某种方式转化了没有任何区分的空间，使其呈现出生机，并产生抚慰人心的效果。这种效果在开阔的原野上尤为显著。一系列的多塞特营地遗址使这片土地产生了特色感和方向感；人们在这些地方看到相关物品肯定会感到欣喜。驯鹿留下的痕迹会产生同样效果，这些踪迹包括：驯鹿数百年来所用的渡口，或在山间行走的路径。

在北极，方便旅行者和削除空旷感的独特地标，以及完成一些特定任务时无意中在地面上留下的突出标记，总是显得格外醒目。最令人难忘的，是散布于北极东部地面上的人形石堆（用石头垒成人的形状）。这一地区的先民曾把成群驯鹿聚拢到洼地里或石头畜栏里，或在湖边的良好钓鱼点做一些标记。人们还能看到图勒文化时期留下的石头围鱼坝和雷鸟栅栏。欧洲早期探险家在这片土地上垒起的石堆纪念碑，至今依然清晰可见。它们分布在山丘上和海岬上，以及海岸线的转折点。直到今天，这些石堆还被丛林飞行员和其他人员当作航标。

现代人在这片土地上留下的痕迹更多、更普遍，却没有那么迷人。例如，近期，加拿大出现了北方能给人带来好运的迷信潮流，从而引发了当代的石堆纪念碑建造热，这一热潮至今仍在汹涌。目前，地质勘测人员、石油钻探人员和各种官僚政要，常常热衷于在北极地区建造一些石堆纪念碑。一根简单的雪茄烟筒内可能包含数个做鬼脸朋友的宝丽来一次成像照片，一个坚固的金属盒里可能装着政府官员及其家人的大幅彩色照片——这些物品会被放在纪念碑里。（这些行为无形中贬损了真正的探险史，并激怒了一些北方人。他们认为这类纪念碑建造工程纯属炫耀，或者愚蠢荒谬，因而看见这些纪念碑必拆无疑。）

比这些没有必要的纪念碑更不堪入目的是，不断地钻探石油和天然气导致了数万英里的地震裂痕，成千上万的飞机汽油空桶散落在苔原上的临时营地旁——这些营地的使用者包括科学家和技术人员，近年来，还包括爱斯基摩猎人。随着地震勘测学研究的深入，同一些区域被再次勘测。带有防滑履带的牵引列车在苔原上留下的轨迹又开始延伸。轨迹上不再有植被生长，被压陷的土壤不再反弹回来，春雨也冲刷不掉压痕。更有可能的是，情况偶尔会更糟糕。由于裸露土壤吸收了更多阳光，下面的永冻土开始融化，牵引列车的压痕开始下沉、分离，很像草原上没有根基的土壤下陷形成的沟壑。

加罗林群岛的土著普鲁瓦丹人（Puluwatan），因其在南太平洋相隔很远的群岛间的大洋上准确的航行而闻名。他们主要根据某些星星的方位掌握航向，同时注意海上特定种类的鸟、海水盐度、洋流流向，以及浪涌状况。同样，爱斯基摩人在北极的黑暗环境、暴风雪和没有地标的海冰和雪地上旅行时，也是充分、有效地利用了可以获得的少量线索。在夏天的茫茫雾气中，他们在附岸冰上行进时，一边听着海岸悬崖边海鸟的叫声，一边听着附岸冰靠海一边海浪汹涌的声音。当他们开始在开阔地带旅行时，他们先是确定风向，然后周期性地扫视大衣领皮毛在微风中飘拂的角度，以此检查自己的行进方向。当他在黑暗或飞雪里辨不清方向，就会蹲下来观察雪脊的走向（顺着盛行风形成的坚硬雪脊）。在穿越海冰时，他们会注意冰上任何裂缝的走向。海冰裂缝可以透露，远处看不见的地方存在着海角或海岬，或者能够证明，他们到达了已知区域，这儿的裂缝走向年年相同。注意细微线索是绝对必要的——比如，海冰上的一个深色物体可能是一块石头，暗示着此处也许就是海岸线。

经常注意此类细节，回忆地表特征，记住其他旅行者或猎人所讲的相关区域的故事，并细察动物尤其是鸟类运动的轨迹，以及“云底亮度图”[1]，这些努力可以使旅行者一直沿着正确方向前进。

---

1 海冰上远处的一片开阔水面经常会在云层上投上阴影，形成“水照云光”。而地平线上的冰层反射到上空常常产生的柔和白光，称作“冰映光”。“云底亮度图”指的是这两种现象的其中一种，或者指这两种现象同时在天空中形成的明暗交织景象。眼光敏锐的人能够辨出数种不同的冰映光。白雪覆盖的陆地反射到天空呈黄白色，冰原冰反射到天空呈泛出些黄色的亮白色，浮冰反射到天空呈纯白色，海湾的海冰则呈灰白色。

寻找这些细微却至关重要的线索，尤其是在春季光线耀眼的情况下（因为光照良好，海冰坚固，这是传统的长途旅行季节），或在冬天对比度低的环境里，会使面对种种现象不知取舍的观察者筋疲力尽。

这些判别方向的技巧至今仍是一些北极村民生活技能的一部分。以前，他们乘坐狗拉雪橇旅行或者徒步旅行时，会经常运用这些技巧。如今，他们乘雪地机动车长途旅行时通常还在运用这些技巧。这些技巧仍然是旅行成功的关键，甚至比最好的地图和导航设备都要管用，这一点在海冰上旅行时体现得尤为明显。大雾和暴风雪会遮掩靠地形图航行必须观察的重要参照点——在这一地区甚至不能一味依赖指南针。越靠近磁极，电磁场中的垂直磁性越强，水平磁性越弱，造成指南针在磁北极以东和以西的区域胡乱摆动。在一定的经纬度修正指南针的磁偏角是没用的。包括地磁暴和“极冠吸收”现象的电离层干扰，会对无线电测向设备产生负面影响。夏季，逆温现象频频出现，使在无畸变地平线上调准六分仪变得非常困难。显示海冰范围的卫星地图可通过电子手段传送到航船上，但这样的地图超过24小时就过时了。

在北极地区，太阳不是每一天都能从东方升起，从西方落下；而且越往北边走，能看到既升起又落下（或反之）的星星的机会就越少。夏夜，月亮朦胧不清，人们几乎感觉不到它的存在。因此，对大多数爱斯基摩人来说，辨别方向最可靠的参照物，是风向和洋流流向，海冰上冰间水道通常的走向，以及河流的流向，等等。你几乎听不到土著人说要往“东”去打猎，去造访，或去随便看看。

9月的一个清晨，我和几个朋友乘着小船，从接近加拿大边境波弗特潟湖附近的科考营地出发，向着东边行进（我觉得是东边）。那天天气很好，令人振奋；此前一周，尽管寒风劲吹，秋雨连绵，天空阴沉，我们还是坚持到海上进行科考作业。我们正朝着加拿大育空地区边界行进，那儿有我们所有人的浪漫憧憬。我们沿着海岸行驶了大约25英里，然后在沿岸冰间水道中，被冰层挡住了去路。意外的是，我们离育空地区边界还不到100码。

我们脱下大衣，在苔原上漫无目的地漫游。附近数堆饱经风霜的浮木，标志着美国与加拿大的分界线。驯鹿的踪迹，迁徙海鸭和雪雁的景观，没有任何边界管理者，与此同时，阳光在万里无云的天空闪耀，所有这些，都让我们把穿越边境当成了随意的事情。我们在苔原的干草茎上发现了北极熊的数簇皮毛，在陡坡上发现了熊的脚印，这头熊就是从那沿海的陡岸下到海冰上面，走向大海。

在这种祥和的境况中，很难想象其他一些国家的边界上存在的你死我活的紧张氛围。我们所有人从孩提时代开始就产生了奇异的想法——到育空地区去。我们更多地受到了这种想法的影响，才来到这儿。现在，我们在梦寐以求的国土上思索着——是一种意愿促使我们来到苔原上的这个地点，而且从这一地点向东1英里处于加拿大的苔原，或向西1英里处于美国的苔原，两处的动植物或地形特征很难看出有何差异。无论从何种角度看，来到这里都是一种无忧无虑、天真无邪的行为。我们在附近转悠了近一个小时，为彼此拍了照片。我们在宜人的天气里实现了自己“到育空地区去”的意愿，感到非常快乐。

数百年前促使欧洲探险家来到北极的那些意愿，也是同样真切，但更为感人。他们要去寻找那些自己已经确认是存在的，却从未目睹的陆地和海峡；他们即使没有找到，也不相信这些陆地和海峡不存在。他们想，既然合恩角附近有麦哲伦海峡，那么，也应该有个北部海峡——亚尼安海峡（Strait of Anian），就像有西海、东海、北海和南海一样。难道当时最有见地的参考资料——海图没有描绘这样的通道吗？西班牙人在热带地区发现了金子，弗罗比舍应该在北极发现金子，这难道不是合乎情理的吗？

早期的北极探险家在正式回忆录中书写其见闻时，不愿意批评当时的学识——当时的权威地图所显示的信息。事实上，为了让自己显得更可信，他们更倾向于润色修饰。明明什么都没有的地方，他们偶尔甚至会相信他们感觉到存在一些东西，因为当时似乎注定要出现些什么——大雾弥漫之前，眼睛不是隐隐约约地看到海岸了吗？在暮色降临和转为逆风之前，耳朵不是听到远处传来的拍岸海浪的声音了吗？他们认为，大地应该证实，而不是证伪人们从托勒密等人的著作中获得的有关世界轮廓的知识。这类探险家的叙述被人阅读，并流传给后代。这些作家无法置身事外的欲望和观察，加上制图师为了维护自己的声誉所做的从宽阐释，使欧洲西部存在于期望中的岛屿和海峡的地理知识持续了很长一段时期；这样的知识永远得不到证实，只是人们心中的地理。

当然，这些图像的影响是相当大的。这种心理层面的地理，变成了社会适应层面的地理，甚至比真实的地理状况更具影响力。J.里福德·沃森写道，以前未知区域的图像之所以受欢迎，是因为“这些图片是人们希望找到并且想要找到的，其中还包括他们寻找的过程，发现的事物又是如何符合他们的思维框架，以及这些发现最后得到怎样的表达”，这些实际上就是在新大陆上的“发现”。

另一位地理学家约翰·L.艾伦对我们探寻新景观的方式进行了思考。他写道：“如果探险被看成是一个过程，而不是一系列不同的事件，那么其主要内容（看起来好像如此）就和想象力明确相关。所有的探险都是从某些目标开始的，这些目标存在于想象的自然和待开发的土地上。”之后，发现过程受先入为主的观念影响。艾伦写道：“[野外观测]被这些想象扭曲。探险结果，通过书面润色，按照已有的幻想体系去解释，然后让新信息符合错误的地理认识体系。”

在过去二十年中，学术地理的一些重点研究远离了对土地的描述，转向人类心中存在的景观。这些被称作心理地图的地理意象的范围和复杂性非常可观。例如，在一个城市居民眼里，他在城市空间所处的地方附近有着特定的商店、停车场和公共交通站点。如果让他选择一个和朋友偶遇的地点，他更钟情于某条街道或者某座建筑。他熟悉两个地点之间最稳妥的线路，即使不知道沿途所有街道的名称，也能到达某个饭店。爱斯基摩人的心理地图可能就是他对经常打猎的区域的总体印象，在这一区域里，春天驯鹿可能出现的地方，能够找到浆果的地方，成群的红点鲑持续出现的地方，处于沼泽状态、6月份不能在上面走的地方，有着好皂石的地方，或定期会漂来浮木的地方——所有这些地方，他都很熟悉。

从空间角度来看，城市居民和爱斯基摩人的心理地图，与用测绘工具和制图设备绘制的地图不完全对应。但事实证明，这些心中的地图在相关区域可以提供准确的指导。它们是逼真的想象，以独特的方式创制出来，摒弃了冗余，即刻就可以用于实践。其效度毋庸置疑。

我们对一个区域的整体文化感知，需要另一个术语。心理地图太个人化了，而且这个术语没有充分表达无形景观的丰富性。这种景观是一个区域的意象的组成部分，在土著居民心目中，这一组成部分至少与该区域的地形特征一样重要。加纳的术语“精神景观”，更为具体地指称有形景观中固有的那些关系，这些关系让我们意识到我们的宗教中所饱含的那些力量和关系。如果人们能用“心中的乡土”这一措辞，来意指感官明显感知到的景观，意指留存在人类记忆里并能口口相传的景观，意指既含想象成分又含真实成分的景观，那么或许这一措辞堪当重任。

段义孚和卡彭特对“居所”（place）这个词的意义很感兴趣，澳大利亚建筑师阿摩斯·拉普卜特亦是如此。他在库尔那人、奥伦达人、沃尔比利人等土著居民中做了具有里程碑意义的研究，描述了这些土著居民那里带有神话传说色彩的景观。他认为，构成一个部落神话背景的故事，该部落的起源以及在宇宙中的意义和目的，都是“不可见”的现实，这些现实通过“可见的现象”体现出来。换句话说，某一片土地使相关神话成为现实存在。这片土地也使其中生活的人成为客观存在。

拉普卜特说，在某一景观中发生的、体现了生命的种种联系的故事，对景观中的人来说，犹如食物和水一样重要。拉普卜特得出结论：神话景观不是自然景观，但神话景观和自然景观在某一片土地上的某些可见地点是重叠的。他强调，某一区域景观的界限，是通过神话传说固定下来的，而不是政治协商决定，而且不能随意调整。拉普卜特的研究突出地阐明了一点——用他的话来说——欧洲人可能“完全误解了景观的本质，其原因在于他们的视角”。

从一种土著文化推断另一种土著文化，总存在着一定的风险。然而，对北极景观的研究者来说，拉普卜特对澳大利亚土著人居住区域景观的研究无人能及，而且他的看法和我认识的所有人类学家的看法一样，基本上具有普适性。一些最敏锐的北极探险家既有善于倾听的天资，又有不假判断地记录隐喻式的印象的倾向，他们的日志频频述及出现在特定地方的神话传说。爱斯基摩人不像其他地区的土著居民那样，有着强烈的土地意识；他们的海洋意识浓厚，而海面是多变的，每年都不一样。不过，还是有迹象显示，北极存在着一个相关科学报告无法涵盖的景观，该景观的内涵，比美国地质调查局的四边形地图所显示的内容，要丰富得多。这一景观是爱斯基摩巫师赋予了灵光（qaumaneq）的那片乡土。

世界各地的土著居民全都渴望与大地达成契合关系，以便很好地适应大地。他们渴望偶尔能进入与大地高度和谐或共鸣的状态。这一超验式契合的梦想，包括与大地结成打猎和采集关系。一般认为，这种关系主要是一种互敬关系。但这种梦想也意味着保存可以使人依恋大地的故事。

我想起了一个场面。有一次，英国探险队到北极考察，一群高级船员不无悠闲地站在海滩上，看着三四个爱斯基摩人在沙子上为他们画地图。这些年轻船员觉得他们所画的地图异乎寻常，很有意思，就是有点过于做作，过于夸张。我可以想象，爱斯基摩人绘制地图并不是让人不折不扣地遵从，以作为航行或旅行的指南，而是着重再现自己在已知世界中的位置。因此，他们放了一排石头代表山脉，画出海岸的走向；他们还画出似乎是很不起眼的小海湾，那里是捕雁的最佳场所；或者特意画出河流的一段，在那里人们必须遵循一些要求，以确保白北鲑产卵增殖。他们绘制的地图是一种助记手段，梳理和整合了相关的一些地名以及与之有关的故事，以帮助人们记忆相关信息。这些绘图者向这些船员展现的，是自己的人生意义和目的。他们不知道，对这些没耐心的船员来说，地图的哪些部分是应该省去的。他们绝对不会把有关故事和本土生活哲学与自己居住的土地分开。英国年轻船员后来只记得爱斯基摩人的地图非常有趣。当时，如果爱斯基摩人告诉这些船员，“摩西五经”只是非常有趣，他们肯定会认为爱斯基摩人傻瓜透顶。

在这片土地上产生的、使空间最终成为居所的故事有两类。第一类产生于神话时代，其背景是神话传说式的景观，通常被完整地流传了下来。（一直有种可能，故事讲述者本人并没有完全领会经久不衰的故事里所蕴含的智慧，尽管实践反复证明了这些智慧的价值。）

第二类故事包括旅行故事，以及在可以回忆起的岁月里发生在所有人身上的故事。比如，这里是我女儿出生的地方；或者，这儿是我姐夫那年冬天杀死两头驯鹿的地方，还是在那年冬天，一只熊咬死了我所有的狗；或者，提提拉里克（Titiralik）是我的雪地机动车抛锚、我只能雪地上步行的地方；西纳萨鲁克（Seenasaluq）是自从我出生前我们家就开始宿营的地方。

这里的宁静景观见证着这样的两类故事。所有这些故事以神圣的形式和世俗的形式不断流传，才使爱斯基摩人的生活一直充满活力，也使得这片土地一直装在爱斯基摩人的心中。语言，以故事的形式，蕴含着一种洞见。

我们不是猎人，我们生活在城市里而没有深深的遗憾，而且，我们喜欢的理念，爱斯基摩人几乎都不愿谈论，因而对我们来说，爱斯基摩人对乡土的情感好像充满了神秘主义色彩，这几乎难以理解。我们可能觉得这些情感没有任何价值，但我认为，是我们自己远离了智慧之源。有时候，我们错误地认为，生活简陋就意味着头脑简单，吃生肉就意味着野蛮，缺少沟通就意味着缺乏想象。我认为，来到北极的游客远离飞机，耐心等待，直到爱斯基摩人结束阵阵豪饮，直到他们在村子里摒弃防卫性的冷漠，摒弃有意的装腔作势，这时，这些游客对爱斯基摩人最重要的印象是，在这些土著居民身上可以发现智慧。偶尔还会出现一个能营造出使智慧得以彰显的氛围的人（isumataq）。

这是一种永恒的智慧，在人类社会历经种种灾难之后仍熠熠生辉。它不是任何战争能消灭的。它也不是任何定义能涵盖的。它是一种无名的智慧，为所有人所敬重。它是一种领悟，使人们懂得如何得体地生活，如何恰当地对待他人、对待大地。

而且，这种智慧不属于任何人，也没有哪种文化对这种智慧理解得更深刻，表达得更清晰。我很容易想象到托马斯·默顿那样的人，他们不是我们这个时代的名人，但受人敬重——这样的一个人和一两个爱斯基摩男女坐在沿海的村庄里交流，他们环视群山、海冰、鸟类，看看有什么东西可以触发他们说出相关感悟。这充分表明，在这个世界的另一个地区，同样存在着这样的智慧。

7月的一个傍晚，我和两个古生物学家从埃勒夫·灵内斯岛出发，前往西南方向400英里外他们在班克斯岛卡斯特尔湾的新营地。近些年，他们阐明了北极历史上的些许奇妙之处。他们从埃尔斯米尔岛厚厚的煤层和被称作“尤里卡构造层”的易碎岩石之间，收集到一些化石。这组化石表明，在四五千万年前的始新世，北极地区生长着红杉林和银杏树林。当时，那里气候温和、湿润，动物种类和当时欧洲大陆生存的动物物种相似。那时候，欧亚板块和北美板块在大西洋北端刚刚开始分离，动物刚停止在两个板块之间来回迁徙。

我和罗伯特·韦斯特、玛丽·道森一起，坐在“双水獭”号飞机的折叠座椅上，周围放的全是他们的野营器材和收集到的化石。在数小时的飞行中，我倾听他们解释自己的工作性质。野外考察季节，他们的梦想有的实现，有的落空。他们想象着，在始新世，飞机下的这片土地上生活着三趾马、始祖飞狐猴、史前鳄鱼。这些原始景象当然不是亲眼所见，全是他们的想象。我对他们的工作、梦想和其中一些想象很感兴趣。他们还回忆到，他们在北极冻裂的碎石中苦苦搜寻，寻找零星的矿化骨头、牙齿、贝壳，寻找石化的木头碎片、些微落叶残留；这些零碎的证据透露了一个不同的古时北极景观。

那是一次漫长的飞行。引擎的噪声很大，要想听清彼此的话，我们的喊话声必须高过噪声，或者在纸上勾画要表达的意思。大致在梅尔维尔岛上空，飞行员邓肯·格兰特也转过身听我们说话，让副驾驶接着开。格兰特开始给我们讲北极探险历史，他对此话题很感兴趣，了解得也很多。我们即将靠近迪利岛的南海岸，就在那儿，1852年，凯利特和他的船员在皇家海军“坚毅”舰上度过了冬天。格兰特想让我们看看那个地点，还想让我们看前方的另一地点——帕里海峡现在被称作“冬季港湾”的冬季停泊处。

飞机从梅尔维尔岛飞往班克斯岛时，我们往下看去，发现许多巨大的冰脊，那是麦克卢尔海峡凌乱的厚堆积冰。当我们接近海岸时，格兰特开始大叫，试图让我们看看当年皮姆接近班克斯岛曾经看到的景象——1853年春天，皮姆急匆匆从迪利岛出发，来这儿营救被困在“调查”号船上的麦克卢尔及其船员。虽然已是7月份，景象与春天时完全不同，你会明白格兰特的初衷，以及我们接近此地时，那一救援事件在他心中的分量。我们不再说话，最后半个小时，只看着窗外。

我们飞过一群群麝牛。斜阳照着山坡，烘托出一片田园风光，这些麝牛就像英格兰牧场上吃草的黑色安格斯牛群。我们飞过汤姆森河河口，然后开始盘旋。韦斯特和道森在研究勘察地形，商量着要在哪里扎营。格兰特把飞机降落一个沙砾脊上，这里植被稀少——是“尤里卡构造层”的典型外露部分。我们卸下科考设备，站在那儿四处观望。这个黄昏太美丽了。我们微笑着，默默祝愿两位古生物学家的科考工作取得成功。

道森交给我一包信，那是他们写给家人的，他拜托我回到雷索卢特后帮着寄出去。我们带着遗憾和美好祝福挥手告别。接下来几个小时的返程中，我把信放在旁边的空位上。我想，旅途中相遇的朋友、同事和旅行者，都非常渴望把自己知道的、看到的、想象到的分享给大家。他们并非渴望达成共识，而是渴望分享自己的见识。在这种相互尊重的氛围中，每个人都可以展开自己的心理地图，丝毫不怕相互矛盾、相互质疑，或被人剽窃——在如此的氛围中，人们有可能想象到，人类的历史会以优雅的步伐阔步前进。

在返回雷索卢特的旅程中，我一直在思索这一问题；阴云从西边涌入，梅尔维尔岛和巴瑟斯特岛相继消失在云层之下。

八
修士的意图

一天早上，我们离开宾格克岛的营地。我们知道，暴风雪将从西南袭来，但并不太担心。我们计划去海滩与浮冰群边缘之间的开阔水面考察，从20英尺长的敞舱船向下放置水底拖网。这片水域离海岸只有几英里。我们四人像往常一样，穿着厚重的衣服和防护服。

在这种境况中，死亡随时都有可能发生，我们必须做好准备，然后把死亡抛在脑后。除了全部的科考设备，我们还携带了紧急援救和救生设备——信号弹、救生衣、帐篷；而且，每人都带了一个大包，里面装着额外的衣服、睡袋和一周的食物。每天早晨，我们都检查船、填写安全清单，向远处的大本营发电报，汇报当日的计划。我们离开宾格克岛时，在棚屋的桌子上留下一张手写纸条，写上离开的时间、罗盘方位，以及预计回来的时间。

我的同伴都是科学家，在这方面非常认真，但并不阴郁或沉闷。他们未雨绸缪，对考察中固有的危险加以防备，却不因此缩手缩脚。和这些人一起旅行是一种快乐。在各行各业，我们都不希望接触这样的人：他们刻意夸大危险还觉得理所当然；或者自鸣得意，或者急不可耐地展示其生存技能。

我们的同志情谊源自对相关考察的热忱，对北极景观的陶醉，以及每天共同面对海鸟、海豹和鱼类。这一切我们彼此间很少用言语表达出来；但在这极其潮湿寒冷的环境中艰苦作业时，每一句相互鼓励或谅解的话语，都体现了我们的感情。我们的彼此尊重在完成任务的过程中体现了出来，这种尊重就像安装在操舵台前方蓝盒子里的应急设备一样，对我们的生存至关重要。

我们忙了一个上午，整理水底拖网和垂直拖拉浮游生物网里的生物。中午时分，我们吃午餐时关掉了引擎，让船在阴沉的天空下随意漂浮。波涛开始拍打船体，但几个小时后波浪才会涨到三四英尺高——那才是我们的劲敌；在此之前，我们还可以舒服地在海面上作业。于是，我们决定在返回前到冰崖旁寻找海豹。浮冰不知不觉地移动，1小时后，等我们明白过来为时已晚——我们与无冰海面之间的通道全被阻断。在风的吹拂下，浮冰封堵了之前经过的静谧冰间水道。我们与无冰水面之间突然出现了200码的障碍，而且，一块巨大的浮冰脱离了西南风的吹拂，转了个弯从西边径直漂来，似乎要把我们的小船封堵得离无冰水面更远。我们已经失去舵效航速——此刻，小船四周的水道全被浮冰堵死了。

刚开始的几个小时，我们沉默无言，不停努力，以摆脱困境。所有人都明白面临的危险。即使有人收到我们发出的无线电求救信号，我们也不能准确地告知自己所处的位置，因为小船正在随浮冰群向东漂移。为期三天的暴风就要来临。浮冰很有可能把小船挤碎，使其沉入海底，或者把船挤出水面，使我们失去以厚冰作为遮挡所形成的狭小避风处。

只要浮冰群中还有暂时的开口，我们就尽力向无冰水面移动；我们四个人用冰凿拓宽开口，船上两台90马力的引擎同时开动加力时，我们就在船尾和船舷喘息。至此，我们周围已经出现了一小片水域。在冰面上步行向前迅速勘察后，我们发现，从这里似乎有可能突出去到达无冰水面。离我们所在小片水域不到30英尺，有一大块特殊的风化挤压冰挡住了通道，我们觉得用冰凿去凿是不明智的。因为那块冰的断裂方向不合适，如果我们去凿，其重心偏离导致翻转，很可能把船打翻。因此，绕过它的唯一办法，就是把这艘重达3 000磅的船完全从水里拉出来。我们用冰锚、绳索、滑轮临时组合成拖拉设备，怀着渴望脱险的强烈信念，开始把船拉上浮冰，拖过冰面，然后放回水中。

如果这就是无冰水面，我们一定会欢呼雀跃。现实却是，我们只能迅速交流一下目光，暂时保持适度乐观。就在用临时拖拉设备把船拖过冰层时，我们把船放进去的那一小片水域又被浮冰堵住了通道。仍有一大块浮冰将船和无冰水面隔开。在无冰水面一侧，海浪拍击着这块浮冰，但浮冰块的这一侧较厚，其表面离海面有4英尺高，即使我们能把船拖上这块浮冰，也不能从这么高的顶部把它放入无冰水域。

两人留在船上，我和另一人沿着这一大块浮冰朝相反方向走。在向东几百码的地方，我找到了一个通道。经过迅速核实，我高举冰凿杆向其他人发出信号。我们不由分说，马上开动小船；就在我们使船靠近通道的几分钟内，通道却闭合了。我们把船头对着紧临无冰水面的浮冰，把两个引擎开足马力，试图使这块浮冰顶风不动。这块浮冰旁的其他冰块继续向东移动。通道开始出现。引擎在隆隆作响，通道变成了6英尺宽。我们在默契中果断采取行动。掌舵人调转方向，把船侧转过来，冲向通道。我们飞快前进了20英尺，船体倾斜着，转了个120度的弯。我们中有一个人跑到船首，迅速用冰凿大力砍劈靠近的浮冰。我与另外一个人气喘吁吁，跳出船外，又跳进来，清除黏附到船体推进器上的冰块。剩下一个人驾驶小船；他猛加油门，使右边的推进器脱离浮冰。船首的那个人将他的冰凿扔到船上，跳过来帮忙抬高左船舷。我们感觉到无冰水面已在近旁。船的右舷首先滑离浮冰，进入开阔水域。整个小船又能在无冰海面上昂首前进了。我们再也不需用腿奔波。我们挣扎着翻过船舷，一屁股坐到船上，双腿像灌了铅一样沉重乏力，个个筋疲力尽。我们出来了。

我们终于出来了，这时海浪已高达6英尺。现在看不到海岸，它离我们有数英里远。被困在浮冰群的几个小时里，风力已变得很强，我们不知道随着浮冰向东漂了多远。海浪高度达到了船所能承受的极限，小船无法斜对着浪头行驶，只好迎着浪头前进。我们匆匆地向浪头后方望了望，什么也没看到。迎着席卷而来的雨夹雪和浪花，我们看不了多远，而且，这一带的北极海岸也太低了。我们只能希望，自己处在数个屏障岛屿的最西边——宾格克岛的东部，而不是在其西部驶向哈里森湾，因为那里的风更大，离海岸更远。

我们把船头的水排出去，在狂风的怒吼声和引擎的轰鸣声中大声商量对策，船只的推进器在海水里依稀可见。我们在船首搭起帆布帐篷，以遮挡荡起的海水，并把所有重物从船首挪走。船体终于变得平稳，并向前进发。我们也安全了。如果不是侧面迎向风浪，而且是在宾格克岛东部很远的地方，我们会驶进某一处背风海岸，在那儿等待暴风雪过去。

小船破浪前行。我们三人背对着风雪弓身站着。

在持续稳定的境况中，我开始感受到另一种平静感或解脱感。我的身体和思绪之间的距离慢慢拉长，这段距离极其静谧，宛如铺着地毯的黑暗走廊。我感觉到了寒冷，冻得直打哆嗦。我感受到衣服干燥部分带来的温暖，与之相对，一阵阵寒气直袭胸口上方。我就像在梦中那样平静地意识到，整个身体的右上侧全湿透了。防护服的肩缝也开裂了。

我意识到必须找干衣服换上，但我的意识控制不了手脚。衣服放得离我太远。我盯着一个人看，然后机械地动了动；他把我的湿衣服换了下来。我冻得什么也说不出来。我觉得自己好像悬浮在地下的某个竖井里，又觉得仿佛独自一人坐在光秃秃的地面上。我又感觉自己像是船底的一个木箱，被晃来晃去，但这种感觉随即消失了。

穿着干燥的毛料衣服，防水帆布遮挡了海浪，我意识到自己没有大碍，但记不清时间是如何流逝的。眼前的所有东西我全都分辨不清。我集中精力感受船的存在，感受自己的肌肉有节奏地紧张和放松。我一直保持着这一状态，这样才知道时间的流逝。又过了一会儿，我听到一声呼叫。我自己试着叫了一声，随即听见了一声回应，这才知道自己又回到时间的边缘，回到时间王国里。我记得自己坐了起来，勉强支撑着观看波涛汹涌的海面。

同伴兴奋的呼喊是因为看到了海岸。我们看到了宾格克岛。

我们把船停在背风岸，走进小木屋，换了衣服，开始做饭。我们就这次出行中各自的狼狈状态，喋喋不休地开彼此的玩笑。静静地吃完饭，我们开始睡觉，睡得像冬眠的熊一样安稳。

暴风狂吼了两天。狂风把小船的锚索吹开了，差点儿把船卷走。我们费力把锚索重新束紧，结果又让衣服变湿，直打哆嗦。但这似乎不过是我们选择来这儿必须要面对的挑战之一。第二天下午，暴风减弱为阵风，云层较低，但不厚，阳光几乎就要显露出来。我走出小屋漫步，走了很长时间。

顷刻之间，身强力壮的我就变得不省人事，进入恍惚状态，这让我一直觉得很尴尬。但我不再多想这件事。海浪落下去后，我们还要出海，还要进入浮冰区。我们会更加仔细地观察；但其实什么都没有变化。

这一经历在我脑海中挥之不去，我沿着海滩漫步，联想到爱尔兰的“卡尔罗”（carraughs）和挪威的“克纳尔”（knarrs）等弱小的敞舱船只，迎着随东格陵兰洋流源源不断地漂来的浮冰，运载着人们横跨大西洋。我的天啊，是什么力量在驱动着他们？我们知道的，都是从早期历史学家的记录推断出来的。这些历史学家对古典时期的前辈托勒密、索林诺斯和伊西多尔的承袭，他们自己的民族特性和宗教信仰，他们的虚荣心，他们那个年代的具体理念——这一切都影响了他们记录的内容。这些记录经人翻译，或者他们自己翻译他人的文献，使相关历史记录中出现了更多的添加、改写和明显错误，因而北极探险的早期记录有待澄清。这些经过润饰的历史，比起我们不久前在小船上的亲身经历，就不是那么真实，不是那么悲惨。那不过是些经过润色和增删的记录。

我想沿着宾格克岛沿海一侧的沙滩走到尽头，心里明白风暴正在消失。我冥思着那些早期移民的命运，他们的名字不为人知，他们所乘的船没有文字描述，也没有图画描绘，他们所穿越的浮冰和风暴与我们经历的相似——但他们离海岸更遥远；我只能想象他们的意图和梦想。

最早的北极航行，记录在冰岛的家族故事和爱尔兰的冒险故事（imramha）中。但这些故事并不是航行的亲历者所写，而是几百年后听说这些故事的人记录的。北极探险家和历史学家弗里乔夫·南森写道，挪威人的《诗集》和冰岛家族故事“是带有些许历史传奇色彩的叙事，基于民间传说和多少有些不确定的口述故事”。这一看法同样适用于爱尔兰的冒险故事和圣·布兰登航海记录，尽管从笔调和所描述的事件来看，这两者与冰岛的家族故事有所不同。

在下文的内容中，通往中国之路的概念——西北航道，开始出现了，其最早出现的时间早于冰岛的家族故事。这条通道是通往财富之道，必须通过充满危险的地区；对这一通道的探寻，是数个时代的梦想。这种探寻是人类最古老的一个渴望的根源，这个渴望是，发现存在于人类争斗区域之外的物质财富，找到大家所期盼的和平。

我要强调两点。很少有原始文献记录当时参与北极探险的人们的本色性格和本真情感。而且，对于这些探险航行，人们最常用的比喻是，它们犹如宇航员的太空航行，但这种比喻并不恰当。宇航员工作时着装得体，受过专业训练，在航天过程中受到精心呵护，赢得全民敬重。他们还拥有最先进的导航、观测工具。但是，最早来到北极探险的人们，出发前没有北极海岸的照片。他们搭乘简陋船只，使用原始的导航工具，所带的地图又不权威。他们的船经常发生海难，但很难找到他们的死亡记录，因为海难和死亡在当时是再寻常不过的事。大多数情况下，他们不受欢迎，也没有经济资助。他们承受着极大的痛苦和死亡威胁：严酷的天气、致命的坏血病、饥渴难耐，还有爱斯基摩人的敌意。在一些情况下，他们的勇气和决心过于极端，显得怪异、独特，但绝非英雄主义。对成就的憧憬驱动着他们。在最艰难困苦的时候，他们通过相互尊重、坚持不懈、严守航海纪律而团结一致。一批年轻的爱尔兰修士乘坐“卡尔罗”号，开始横跨大西洋的信仰之旅；16世纪，一批世俗水手与约翰·戴维斯一起探险；1819年到1820年，威廉·帕里在梅尔维尔岛舒适营地里度过冬季。在这些人中，在这些地方，都会发现这种机智勇敢的精神，这是人类的优秀品质。

在我读过的关于这些航行的日志和历史记录中，有关人类精神的描述有一种明显倾向让我印象深刻，那就是纯粹的欲望——具体地说，是错综复杂的人类激情和贪欲。例如，总会有人资助这些北极航行，而且他们期盼着航行会带来更大的物质回报。增加人类地理知识的目的，很少像北极航行的目的这样自私。北极航行的目的是探寻未知财富，或探寻通往已知财富的新通道。这些航行对投资者来说意味着有形财富，对船长或操舵手来说则意味着名誉和社会地位。而对于普通水手来说，这些航行也许仅仅意味着见识异域风情，或者有机会获得财富——最起码意味着获得好的故事，甚至很可能是某种惊心动魄的东西。有这些就足够让人们签约，接受雇佣。

读着这些材料，我努力去想象人们对那些东西的渴望，想象那些人如何仅仅靠着心中的渴望，驶入这片恐怖的海洋。实现渴望的目标，能够透露出人们内心的道德观，也显示了个人生活的渴求和方向，以及时代的主旋律。从这个角度，我们更容易理解一些人在北极精神崩溃的原因——比如，1728年，白令在楚科奇海精神崩溃的原因——他只不过是没有彼得大帝拓展俄罗斯东部边疆那样的强烈欲望。我们也更容易理解，在北极探险的人们为何如此看重他们自己取得的成就——他们极不情愿提及爱斯基摩人、不知名的同伴以及不知疲倦的狗给予的帮助。

在我看来，北极历史给后人留下的遗产是渴望——首先，个人渴望实现其目标。同时，它还是这样一种渴望：超越哗众取宠的豪言壮语——许多人却心知肚明——探寻一条安全可靠、声誉卓著的世界航道。

沿着海滩漫步，我不时地停下，在饱受风暴侵袭的坚硬海岸上捡拾一些东西：鲸鱼椎骨的碎片、浸满水的羽毛、无处不在的奇怪塑料片——这些东西丝毫没有浪漫气息。

那天下午，我一直想着历史上的北极探险故事，并不是因为这些故事记录了地理发现的成就，也不是因为它们可以用来证实尚存争议的两种观点中的一方——比如，是弗雷德里克·库克，还是罗伯特·皮里最先到达北极点。这些故事让我难以忘怀，因为它们体现了人类为了梦想竭力奋斗的精神。英国海军军官文雅、简短的航海日志，闯劲十足的探险家充满自我意识的散文，都体现了他们勇敢坚强，虽迷茫困惑而又充满梦想的生活。一些航海记录显示，当时人们勇敢航行的许多动机有其合理性。这些记录表明，因为北极探险行为本身，有时在有些人看来是极不理智的，所以这些人竭力在其北极地区的所作所为中找出一些意义。他们努力让自己相信，他们的所作所为很有必要，如果不是为了一己私利的话，也是为了国家，为了全人类。

北极探险文献通常被视为探险者面对充满危险的环境时表现出的坚强意志的记录。我想，最好摒弃下述观念：这片土地只是人类的对手，来往于此的人们在与其做斗争的过程中或者成功或者失败。最好多想想探险者渴望获得具有重要意义的东西的记录，以及渴望摆脱生活中一些负面因素的影响的记录。这些因素包括愚昧无知、精神空虚、好逸恶劳以及对贫困和默默无闻的恐惧。这片严酷的土地集中体现了探险者渴望远离并克服这些负面因素的努力。这样看来，北极探险叙事中包含着对我们所有人都有益处的梦想。

罗伯特·斯科特的同伴阿普斯利·彻里-加勒德曾经说过，探险是心智激情的具体体现。他这一言论的背景是维多利亚时代，当时，皇家学会和政府部门出于责任感、好奇心和正统观念，承担了大部分探险费用。截至那个时代，探险活动更多是受商业、战争和宗教等因素驱动，目的是商业利益、民族征服或宗教征服。当然，人们同时也获取了更多的地理知识。尽管如此，彻里-加勒德的言论简明扼要，具有理想主义色彩，因而值得铭记。这一言论突出了辛劳和信仰的关系，暗示了进入未知世界的主要驱动因素是希望得到精神报偿。乍一看，这似乎不是好幻想的伊丽莎白时代商人的口号，也不能解释爱尔兰修士多次探寻“圣徒应许之地”的航行。“圣徒应许之地”是一个传说中的神佑圣地，来到这个地方，人们就跨越了世俗和神圣之间的黑暗深渊。但是，从某种意义上讲，彻里-加勒德的概括性言论适用于所有北极旅行，因为心智激情涵盖了人们能想象得到的、可能在北极出现的所有情况。

对物质财富、精神或情感陶醉状态以及名誉地位的向往，这三个方面是几乎所有北极探险的驱动力。然而，从一开始，对经济回报的承诺无疑是最持久的驱动力。1911年，南森指出，所有北极探险只不过证明了，未知世界对人心有很强的影响力。他写道：“在其他任何地方，我们的进展都不会如此缓慢；在其他任何地方，我们每前进一步都不会这么麻烦，这么困窘，这么痛苦；在任何地方，我们最后获得的物质利益肯定不会少得如此可怜。”

暂且不论爱尔兰精神游历者和古挪威人，早期的欧洲探险家很快就明白，除了亚北极地区的动物毛皮和北极周边地区的渔业，这片土地根本不会产出其他有形财富。卡迪亚对拉布拉多南部地区的评论，代表着人们对整个北极地区的指责：它就像是“上帝给该隐的土地”。一位早期探险家写道：“我在此只看到了荒凉之地。”然而，在一次次重大海难之后，在一个个资助者破产之后，新的探险者还是抱着最渺茫的希望，怀着最乐观的期待，不断地扬帆启程。品格高尚的人因为他人的贪婪不断地踏上不归路。各类肆无忌惮的赞助机构和好大喜功的个人，继续操弄和利用任何可能的新发现去推动探险活动。

人们对这种热衷探险的举动无法做出合理解释——无论如何，北极探险好像意义不大，这就好像皮萨罗寻找理想中的黄金国，或者科罗纳多以离奇的方式在西南部大草原上漫游。对这些西班牙人来说，他们的征服之旅至少还发现了金银——这是些史无前例的高品位矿石。沿着宾格克岛空旷的海滩漫步，我的脑海中涌现出了哈克卢特的《航海全书》、塞缪尔·艾略特·莫里森渊博的航海著述，以及约翰·戴维斯和威廉·帕里的个人叙述。这些著述总让我感到不安：西方对新大陆每一个角落的探险史，都包含着遥远地方的财富的形象。黄金、动物毛皮、木材、鲸鱼、“极乐世界”以及对通往东方贸易通道的掌控——这些利益必须得到确认，必须获得、处理、分配，必须被捍卫。这些分布很广的事业一定要有利可图，一定要被宣传得有利可图，或一定要被资助，直到盈利。这一任务有违常理，且异乎寻常。让问题更为复杂的是，在我们到达之前，北美就已经有人居住；我们的到来，必须使他们失去对原有财富的所有权。

我想，从哲理角度来看，我们入侵新大陆遇到的最麻烦的问题，源自我们对“财富”的认知——如何获取财富，何种财富可以被真正地拥有和转让。全新的景观会让我们产生敬畏，萌发欲望，出现疑虑。但像北美这样的未开发地区，也会在我们心中激发出一种模糊不清的情感，那就是，我们在这里可能会使自己的生活变得辉煌，也可能一无所获，而这完全取决于我们的所作所为。当然，我们和当地原初居民的对话并未结束。我们仍在问自己：这里有哪些值得获取的东西？

在下文中，我要表明的，不仅仅包括一些人对不同类型财富的欲求，而且包括这样的想法——北美给予人们的不仅仅是物质财富。该地区给予人们的财富，有的不是可以被个人独占的，比如干净清新的空气，以及30万只雪雁在库克约亚克大平原上安静地觅食这样的风光。我们不能改变的历史事实是，波托西市附近大山里的银矿开采已进入第五个世纪，当地人生活在绝望和穷困的城市氛围中；一些地方的空气不再清新，在库克约亚克河沿岸地区觅食的雪雁数量也不再众多；而且，土著居民一直遭受虐待。

我们对这些事情的忧虑是发自内心的，但让人非常难以理解。我想，我们的困难部分是由于，我们坚持给予新发现的财富有关的术语下全方位的定义。我们不愿在相关概念的界定上让步，从而让一些东西恢复其本来面目。如果让我们转而相信，像暴风雪一样从巴芬岛飞起的一群雪雁，对人类来说，与玻利维亚安第斯山脉波托西附近挖出来的银、锡、铜有同样价值，或更有价值，我们似乎会隐约地感到有些不安。这些疑虑不是现代才有。在北美洲，它们可以追溯到哥伦布和约翰·卡伯特时期。

每一种文化最终必须决定——经过激烈辩论后做出决定：其所有的有形环境和无形环境，哪些可以被利用，从而转化成物质财富；它的文化财富——从在宁静的山坡找到平静心态的传统，到为企业合并而融资的知识，哪些需要努力去维护。

那天，沿着宾格克岛长长的海滩漫步，有关我们与北美的相遇，我还明白了其他一些道理，只是骤然之间不知用哪些言词来表达。它是与宽容有关的道理。我明显地感觉到，在生活中，我们需要宽容不同类型的感知。岛上的不同动物对其有不同感知，这对我们是个提醒。而且，我们需要宽容地对待未经改造和未被占有的景观。但是我也明白，我们需要理解宽容和不同类财富之间的关系，理解对地球上未被改变之物的宽容和真正富足的生活是如何相互联系的。

古希腊地理学家皮西亚斯从马赛启航，穿过赫拉克勒斯通道（直布罗陀海峡），转而向北，去探寻锡和琥珀。他可能不是向北极地区航行的第一人，迦太基人的航行可能比他早。他的航海日志和地图都遗失了。后来，罗马历史学家出于嫉妒，贬低他的成就，但他的航行很可能是一次环不列颠岛航行，而且他很可能发现了奥克尼群岛。他的航行远至挪威北海岸，甚至可能远达冰岛，这两地在他的日志中均被称为“图勒”[1]。皮西亚斯的航行（前330—前325）通常被视为北极探险史的开端，但这是以地中海为中心的历史观。在同一时期，北欧凯尔特人的祖先和挪威人的祖先，无疑也在皮西亚斯在西北欧经由的水域航行过。

一直到伊丽莎白时期，地中海中心论者对北极的看法包含着两种有些许对立的倾向，那就是，北极既象征着威胁，又象征着救赎。在传统观念中，即在中世纪大多数有学问的欧洲人心中，入侵和破坏都来自北方的游牧好战民族。例如，公元前800年前后，鲜为人知的西米里族人就开始南侵；后来，日耳曼各部落与罗马人作战；在随后几个世纪，挪威人、撒克逊人又曾相继南侵。北方地区遍布凶猛、不可思议的野蛮人，他们就像希腊神话中的亚马逊人和狗头人身之人。那儿是野蛮的西徐亚人（Scythians）的领地，紧临阴冷凄凉的“北部海洋”。人们会去那里获取锡、琥珀、马匹或毛皮，但是这些“旋转于众星之下”的土地，受控于“鲁莽和脾气极坏的种族”，他们有着“熊一般的本性”。他们吃生肉、生脂肪以及“沼泽飞禽”的蛋（珩鸟、海鸥和鹅），其好奇心和危险性犹如梦魇。

“北部海洋”本身遍布纷乱的大漩涡（混乱和大漩涡）和回卷

1　在皮西亚斯的作品中，“图勒”一词指从不列颠岛向北航行6天所到达的地方。

流。（地中海的水手离开内海才发现潮汐。）6世纪，一位修士写道，北极海洋，“只有创造它的上帝真正了解它”。地图上标识着，这一海洋无法通航。它是笼罩在黑暗之中的冰封海洋。然而，在北部海洋彼岸，在各路北风之神居所的另一边，在“暴雪肆虐”的利派昂山脉的另一侧，是一片美丽的乐土，比任何人知道的好地方都更为平和、富饶。那里牧草茂盛，“如果让牛每天多吃一点儿，它就会被撑爆”。流水声就像一曲美妙的弦乐四重奏那样动听。葡萄藤一年结果12次，土地上直接产出面包。人们的生活一派祥和，“远离暴政和战争”。一群群白云般的天鹅笼罩着他们的祈祷之所。

这片“极北乐土”位于恶毒的野蛮人领地之外，以数种不同的形式存在着，包括“西部海洋”里各式各样的“神佑岛屿”和古挪威人的“葡萄酒之乡”（Wineland），后者是西方人想象中最美好的地方之一。“没有战乱纷争”的土地（比如极乐世界、金苹果园、西方乐土岛、黄金国、爱尔兰传说中的巴西岛）所体现的相关理念，也是早期北极探险追求的梦想之一。[1]

爱尔兰人的航海传奇，叙述了修士探寻“神佑岛屿”的航行，这些航行事实上是去寻找“凄凉的海洋”中更适合冥想的荒凉、偏远之地。这些传奇中最广为人知的，是写于9世纪到10世纪的某个时段的《修道院院长圣·布兰登航行记》。这本书描述了修道院院长圣·布兰登与17名修士，乘坐“卡尔罗”号在海上航行7年的故事。公元489年左右，布兰登出生于克里郡，后来在东戈尔韦的克朗弗特修道院担任修道院院长，在此期间，他开始了他的航行（或一系列航行）。

1　大多数地图把这些传说中的岛屿标在欧洲以西，但这些岛屿也关涉人们对北方的想象。15世纪，葡萄牙人发现了亚速尔群岛和马德拉群岛（腓尼基商人早先可能知道这些岛屿），这使得人们相信，在此以西还存在其他岛屿。

他们的“卡尔罗”船形状狭长，敞舱，但适于航海。整体框架像个柳条篮，外表覆以深棕色牛皮，接缝处用动物油密封完好。布兰登和修士们带着葡萄酒和冰冷的食物，睡在欧石楠垫子上，靠船桨划动和单桅杆扬帆前进，靠岸探险时在海湾抛下石锚。他们的航程是一部异乎寻常的史诗，遇到了众多使人心醉神迷的景象，也充满了令人震惊的事件。他们遇上异乡人会礼貌地打招呼，也会用医术为其治病。他们很少提及自己面临的困难。该书的主题是同情、奇妙和尊重。（与此截然不同的是，稍晚出现的冰岛家族故事的明显主题是财产、家世、流血和放逐。）

通过慢慢地阅读，我们不难想象，布兰登一行到过法罗群岛和冰岛，甚至可能看到了扬马延岛东端贝伦火山高耸的山顶。在某一时刻，修士们发现前方有一座冰山，但他们奋力划桨，划了整整三天时间，才到达跟前。美丽的冰山让他们深深震撼。冰山上有个大洞，在夜光下看起来就像“上帝之眼”，布兰登建议他们的船从这个冰洞里穿越过去。

必须承认，布兰登等人没有过错，他们慷慨大度，心底纯真，乐意助人，不失为优秀旅行者。

在5、6世纪，爱尔兰是欧洲高雅文化的中心，其部族修道院是学识思考和精神修炼的净土。然而，罗马教廷欲使这些修士改信正统的基督教，野蛮的北欧海盗也常常袭扰，出于无奈，这些修士像狂热的艾赛尼派信徒一样，开始迁移到北方的法罗群岛和西北方向的冰岛，在面临西部海洋的海角和平原，建造了修行小屋和修道院。传统认为，他们先于挪威人到达格陵兰岛，并由此前往拉布拉多半岛、纽芬兰和圣劳伦斯河流域，但这些说法缺乏可靠的历史记录。

挪威人继爱尔兰人（属凯尔特文化）之后来到北极地区，再一次将欧洲文化带到这里。他们经常被视为掠夺者和浪荡子，其实这种描述并不准确。根据冰岛的家族故事，该岛是在瑞典出生的丹麦人加达·斯瓦瓦尔森于860年发现的。许多前往冰岛的挪威人，是为了逃离哈拉尔一世的暴虐统治，或是为了躲避爱尔兰、苏格兰和诺曼底的挪威占领区当地居民的反抗。这些挪威人大约在870年之后开始来到冰岛，大多是农民和渔民，而不是海上掠夺者。格陵兰岛可能是挪威人贡比约恩·伍尔夫松发现的。982年，埃里克·罗德因为在冰岛两次无故杀人被流放到格陵兰岛，该岛于是闻名于世。罗德在此流放三年，这个“红发埃里克”的流放地，位于当今格陵兰岛尤利安娜霍布区的埃里克峡湾。[1]

986年，埃里克再次从冰岛启程前往格陵兰岛。这一次，他带领着25艘船组成的船队，其中14艘船载着500人抵达埃里克峡湾。移居者用石头和草皮建造房屋，在浮木框架上覆以草皮做成屋顶。他们养了一些牛、绵羊、山羊，捕猎海豹、海象，而且捕鱼。埃里克峡湾的定居点被称为东殖民地，由此沿海岸向北175英里处的定居点被称为西殖民地。这两个殖民地在11、12世纪发展势头良好。当时，这里的居民与北欧经常有贸易往来，用海象牙、矛隼、北极熊皮和海豹皮换取铁、粮食、器具和简单机械。这里是一个自我管理的自由地区，但由于经济基础脆弱，政治上从未稳定过。1261年，这一地区地被置于挪威的统治之下。该地所依赖的贸易由挪威的贸易规则严格规范，最终却日渐衰落。其原因是多方面的，比如，汉萨同盟崛起，1397年挪威迁都哥本哈根，卑尔根市财务危机——经营与格陵兰岛的贸易的船只就是从卑尔根市启航的。格陵兰岛上的两个殖民地很快被遗忘。这些挪威殖民者主要依赖的贸易无法继续，养殖、渔猎又非他们的强项，结果，继续在这两个殖民地生活的挪威人逐渐消亡，或被迫与其近邻爱斯基摩人通婚。格陵兰岛最后残留的为数不多的挪威人，可能在16世纪被英国奴隶贩子绑架并贩

1 格陵兰岛上大多数挪威和丹麦地名，都已经改成了格陵兰爱斯基摩名称。为了避免混乱，我沿用更为人所知的旧名称。新名字大多出现在地名词典上。

往异地。[1]

有两则家族故事与北极探险有关，那就是“红发埃里克”（又称为“托尔芬·卡尔瑟弗尼的家族故事”）和“格陵兰人的传说”。根据对这两则故事的普遍认可的诠释，986年，一个叫比雅尼·赫尔约夫森的人在前往格陵兰岛的航程中，被风暴吹到遥远的西方，他先后到达拉布拉多半岛沿岸和巴芬岛沿岸水域，最后抵达埃里克峡湾。1001年，埃里克的儿子列夫驶往比雅尼曾看过的岛屿，寻找珍贵物品和木材。列夫首先到达巴芬岛（赫鲁兰，Helluland，意指平石之地），然后抵达拉布拉多半岛海岸，可能还到达北纬54° 附近，那儿的沿岸地区有一条密集的森林带（马克兰，Markland，意指森林之地）。最后，他抵达贝尔岛（文兰，Vinland）海峡附近的纽芬兰东北海岸。[2]

20世纪60年代，赫尔格·英斯塔发掘了位于纽芬兰的兰塞奥兹牧草地的挪威人定居点。直到1014年被放弃，列夫和他的兄弟，以及托尔芬·卡尔瑟弗尼，可能一直居住在此。显然，当时与印第安人和爱斯基摩人的小冲突，令挪威人非常头疼，而且损失惨重。列夫的弟弟索尔斯坦的遗孀古德利德（Gudrid）嫁给了卡尔瑟弗尼。1009年秋天，他们的孩子斯诺里（Snorri）在兰塞奥兹牧草地出生。

格陵兰岛的殖民地衰落后，欧洲人对北极地区的认识，缩小到与欧洲大陆保持经常性贸易往来的冰岛。事实上，进入16世纪很长一段时间后，西欧人还是更了解圣·布兰登的航道，而不太了解格陵兰殖民地和列夫·埃里克的存在。

1　17世纪，冰岛主教吉斯利·奥德森的《年鉴》里，有一条刻骨铭心的记录。他写道，挪威人在1000年左右皈依基督教，但最终背弃了自己的道德规范、信仰和优越文化，“转化成了美洲人”。

2　故事发生200年后，才有人把它们记录下来。故事的作者喜欢把自己听来的故事写得与自己信以为真的故事（读到的故事）一致，可能杜撰“文兰”这个名称来指这样一片土地：生长着酿酒的好原料野生小麦和野生葡萄。

13世纪到15世纪，欧洲人对于世界地理的认知仅仅来源于轮形地图和古老的T形地图。轮形地图将世界描绘成一个盘子似的，地中海位于一大块陆地的中央，陆地周围全是海洋。陆地的外部边缘分布着“外部海洋”三个犬牙交错的海湾——红海、波斯湾和里海。在T形地图中，地中海是中垂线，水平方向上，尼罗河通过黑海与顿河相连。在轮形地图上，岛屿“几乎是随心所欲地画上去的，哪里有空就往哪里画”。在世界的尽头，天上世界、海洋和地下世界相交合——当然，这只是制图方面的抽象处理。许多人已认识到地球是球形的。（地球是球形的现代观念，直到1492年才被介绍给欧洲人，正因为对地球的球形形体缺少认知，人们谈论地球时往往把它当成一个平面。）

从14世纪开始，根据托勒密制图法所描绘的世界地理逐渐发生变化。随着指南针和海图的改进，人们较为准确地确定了海岸线。想象中的“幸运岛”有多个名称，在地图上被移到更为偏北和偏西的鲜为人知的水域。（巴西岛在地图上的位置被移来移去，在1873年的英国海军海图上仍能看到它。）15世纪，格陵兰岛就是欧洲人心目中最为遥远的北极地区。当时，它被画入了地图和最早的地球仪，并被绘成从斯堪的纳维亚半岛向西北延伸的另一个半岛（1459年的弗拉·马罗世界地图就是如此）；或者被绘成从亚洲中部向北延伸的陆地（1472年的克拉弗斯·南希世界地图）；或者被绘成亚洲的最东端延伸出去的土地（1506年的康达里尼世界地图）。北极点周边地区或被绘制成无冰水域，或被绘制成一块孤立的大陆（被称为“北方之地”或“部分极地”）。在其后的15世纪，磁罗盘被欧洲人广泛采用，北极点周边地区又被绘制成黑色的磁力山。

15世纪的欧洲人既不注重实证，对鱼龙混杂的地理知识也缺乏鉴别力。人们如饥似渴地读着约翰·曼德维尔爵士虚构的消遣性地理读物《游记》（1356年），以及马可·波罗的纪实性读物《马可·波罗游记》（1298年），而且两者受到了同样的推崇。正如航海者所用的罗盘和航海图所遭遇的情况一样，在欧洲引进真实的新地理知识并不意味着这些知识会在欧洲受到欢迎并且被运用。约翰·卡伯特从布里斯托尔启航去探险，结果发现了纽芬兰。当时，他握有亨利七世的授权书，但英国人对他的发现不太感兴趣，并且很快就忘掉了。塞缪尔·艾略特·莫里森写道，卡伯特的远见卓识在英国“就像盛开在荒野上的异域花朵”。

根据美国地理学家卡尔·索尔的观点，布里斯托尔的渔民在卡伯特到达纽芬兰之前，就已经在纽芬兰近岸捕鱼多年，但是他们并没太在意谁拥有这片土地，或者其主权归谁。他们只顾捕鳕鱼。然而，卡伯特的到来，开启了欧洲人更加严谨地认识北极的现代时期。他的航程（1497年）激发了欧洲人认真探寻西北航道的第一波兴趣：穿过把北美洲和马可·波罗笔下的中国亚尼亚（Ania）省分开的海峡，船队就毫无阻碍地到达中国港口、摩鹿加群岛以及印度港口。

英国人在卡伯特发现纽芬兰的地点以北探寻西北航道之前，韦拉扎诺和卡迪亚为法国人探索了这个地点以南的地区。韦拉扎诺是来自托斯卡纳的意大利人，像来自热那亚的哥伦布和卡伯特分别为西班牙和英国服务一样，他是一个自由探险家。在他生活的时代，君主和商人并不像欧洲人预期的那样热衷新大陆。欧洲君主和商人最关心的，是发现一条受到保护、没有阻碍的通往中国的商道。当时西班牙控制着加勒比海，葡萄牙垄断着绕过非洲南部的航道，而经由中东的陆上通道又使土耳其作为中间人赚得金银满屋。（在英国看来，西班牙对英国与欧洲大陆之间的贸易亦造成威胁。）

因此，对于法国和英国而言，可行的航道需要去探寻。要么沿着卡伯特发现的海岸线向南探寻（如果他新发现的岛屿是他们所期盼的亚洲海角）；要么从卡伯特发现纽芬兰的地点向北探寻，前提是北美是块大陆；要么是向西探寻，前提是，纽芬兰只是组成“西部陆地”的许多岛屿之一。英国人也知道环绕挪威北部海岸的东北航道的可能性：奥塔及其挪威同伴的船绕过挪威北端进入白海；在880年左右，阿尔弗雷德国王曾转译有关这次航海的严谨、准确的记录。由于英国正在为其西部地区的羊毛制品开拓市场，东北航道对其极具吸引力，但直到1553年英国才开始尝试探寻这条航道。

1524年，法国人派韦拉扎诺向西探索。法国人和英国人一样，受到了控制南部海洋的西班牙和葡萄牙以及地中海以东的各国的遏制。他们也和英国人一样，渴求东方的"香料"——不仅包括保存食品的防腐剂（或改善即将腐败的食品的味道），而且包括药品、染料、油料、化妆品和芳香剂。韦拉扎诺沿着北美洲的东海岸向南航行，排除了佛罗里达与新斯科舍之间存在向西通行航道的可能性（除了北卡罗来纳州的外滩群岛，在那里，韦拉扎诺感觉到，帕姆利科湾就像是太平洋）。10年之后，卡迪亚第一次进入圣劳伦斯海湾；西班牙人、法国人、葡萄牙人和英国捕鳕鱼人，在他之前就已经到过那里，更不用说艾斯特瓦·戈麦斯（为西班牙服务的葡萄牙人），以及具有殖民思想的葡萄牙船主若昂·阿尔瓦雷斯·法贡德斯。

卡迪亚的第二次航海（1535年）探寻了"萨格奈"（这是休伦人栋纳康纳为了糊弄法国人杜撰的一片土地），并勘察了圣劳伦斯河。具有讽刺意义的是，他把该河流最西端的湍流命名为"中国湍流"。（法国人对通往中国的西部航道极其感兴趣，这使得他们继续在北美中纬度地区探寻通向西部的河流通道，这一愿望在接下来的300年里成为北美探险的指导方向。）

葡萄牙人认为，卡伯特发现的纽芬兰可能位于《托尔德西里亚斯条约》划分的子午线以东（大约位于西经45°），因而这块土地属于他们。于是，他们从里斯本和亚速尔群岛启程前去勘察。若昂·法贡德斯是个农场主，或者说是像西班牙的绅士那样的小农场主。他于1500年扬帆出海，最远到达格陵兰岛的法韦尔角。（他抵达的这个地点最初以他的名字命名，英语拼写是Labrador——拉布拉多，后来，这一地名被地图绘制者移到了西边，成了一个半岛的名称。）同年，加斯帕尔·科尔特·雷亚尔登上了纽芬兰岛，发现了卡伯特第二次探险（失踪）的遗迹。他还绑架了57名比沃苏克印第安人，并带回里斯本。雷亚尔于1501年又一次来到这一地区，但这次他失踪了。1502年，他的一个兄弟米格尔沿着近似的路线航行，其小帆船及船上人员也最终下落不明。

英国商人罗伯特·索恩认为，可以通过两条海上通道到达中国：一条是直接穿过北极，另一条是向西穿越纽芬兰岛以北某个地方的海峡；后者被称作“三兄弟海峡”（至于是指科尔特·雷亚尔三兄弟，还是指约翰·卡伯特的三个儿子，就不得而知了）。亨利八世相信了索恩的看法，于1527年派出两艘船，其中一艘“神佑”号宣告失踪；另一艘“吉尔福德之玛丽”号，船长是约翰·鲁特，只向拉布拉多海岸行进了三分之一的航程，便丧失勇气，转而驶向西印度群岛。

亨利八世对发现西北航道明显不感兴趣，但探寻这条航道的想法在北欧企业家那里很有市场，他们即便不是极度乐观，至少也是抱有希望。在韦拉扎诺和卡迪亚探险航行的前前后后，英国人把美洲视为一片偶然发现但值得勘探的土地。由于海冰的原因，北部航线并不被看好。依然赞成巴门尼德地球温度带理论的人认为，寒带地区是不能通行的，用作商路会带来极大风险。而罗伯特·索恩这种人则认为，最可怕的海冰位于北极圈之内，在此之外，洋面无冰，天气宜人，能见度好，船只可直达西部与“三兄弟海峡”对称的“亚尼安海峡”。

英国和荷兰急需一条安全且无需关税的通往东方的海上通道，但这两个国家的投资者对此类航道的前景持谨慎态度。地理学家认为北美大陆的轮廓即将清晰，他们的观点颇具说服力。塞巴斯蒂安·卡伯特魅力非凡，气魄十足，靠着父亲的声誉从事贸易活动，他编造了数次自己参与的北方航行，在为北方航行争取风险投资时同样具有说服力。1553年，作为所谓莫斯科夫公司的主管，他派出了以休·威洛比爵士为统领的三艘船驶往东北海域。（他们将三艘船的外部镶了铅，希望在抵达温暖的南部海洋时能够免受海虫侵蚀）。威洛比和其中两艘船的所有船员在科拉半岛的北部海岸被活活冻死，第三艘船在理查德·钱塞勒的带领下抵达白海。在冬季，钱塞勒长途跋涉600英里到达莫斯科，开辟了与俄罗斯进行毛皮贸易的陆上通道。

1556年，莫斯科夫公司的一艘船经过了喀拉海峡，船长斯蒂芬·博罗成了第一个看到喀拉海的欧洲人。位于新地岛以东的这片海域布满大量令人生畏的海冰。博罗畏缩了，调转船头返回英国。如果经由莫斯科的话，中国似乎意外地近了许多。

荷兰人也在尝试探索这条通道。威廉·巴伦支是以雅各布·万·希姆斯科尔克为船长的航船领航员，1596年，这艘船与以扬·科内利斯·利普为船长的另一艘船一同航行。此次航行中，巴伦支发现了一个群岛，他与同行的人将其命名为斯匹次卑尔根岛（500年前，挪威航海者很可能就知道这些岛屿，他们把该区域的一块土地命名为斯瓦尔巴，意为“寒冷海岸”。）这两艘船后来分开航行，利普返回阿姆斯特丹；巴伦支则向西航行到新地岛。他认为，在该岛的北部也许会发现一条穿越喀拉海的航道。他的船绕过了新地岛的北端。此后，由于厚重海冰无法行进，他们一行人被迫就地建立营地，准备在此过冬。在名为艾斯港的地方，他们用浮木建造小屋，点燃北极熊的油脂用来照明，与好奇的狐狸不断交锋。北极熊令他们胆战心惊，坏血病使他们极度虚弱，与此同时，他们还需忍受着严酷得令人难以承受的寒冷。小屋里持续燃烧的火堆散发出的热量，连几英尺外的地面上的寒冰都不能融化。春天，他们整修了大船上携带的其中一艘小船（大船在冬天被海冰挤压碎裂，那一景象“恐怖得令我们毛骨悚然”），然后开始了长达1 600英里的悲壮旅程，穿越海冰和无冰海面抵达科拉半岛。巴伦支在途中死于坏血病。格里特·德·维尔在其《三次航行之完美纪实：无比奇妙，闻所未闻》一书中，记录了此次探险的可怕境况，描述了一些噩梦般的经历，特别是历险者对野兽的恐惧。

从此，荷兰人或其他人对探寻东北航道不再感兴趣；直到哥萨克骑兵开辟了俄国的远东边疆，开拓了斯特罗加诺夫家族的毛皮帝国，以及彼得大帝的领土扩张，这一局面才发生改变。[1]

在亨利八世和安妮·博林的女儿伊丽莎白一世的领导下，英国变成了一个强大的海洋国家，而且形成了以伊丽莎白一世为象征的国家认同感和目标感。正是在这个时期（1558—1603），莎士比亚写出了不朽的世界经典，弗朗西斯·培根创立了科学的方法体系，理查德·哈克卢特写作了《航海全书》，女王的"西部乡村海员"极大地拓展了英国的政治影响范围。弗朗西斯·德雷克完成了环球航行，沃尔特·雷利在弗吉尼亚建立了英属殖民地。约翰·霍金斯像德雷克和环球航海家托马斯·加文迪西一样，是海上掠夺者，他对舰船设计做了许多改进，从而使自己在打败西班牙无敌舰队时声名鹊起。在此次海战中以同样方式扬名的，还有包括马丁·弗罗比舍在内的其他一些人。在这些人当中，约翰·戴维斯最不好战，最不像海盗。1587年，此人沿格陵兰岛西海岸北上，悄悄地驶入巴芬湾。

在伊丽莎白时期，认为西北航道可以航行的信念非常盛行。地位显赫的商人迈克尔·洛克积极资助西北航道探寻，哈克卢特和哲学家约翰·迪这样备受尊敬的智者也大力支持。女王的亲信汉弗莱·吉尔伯特爵士（德雷克、雷利和戴维斯的另一个德文郡邻居，尽管没有参与海上航行）在其著述《为探寻通往中国的新航道一辩》

---

1 开辟横穿亚洲并向南穿过"捷佐海峡"（Strait of Jezzo）的东北航道的一种推动力，是日本天皇限制堪察加半岛附近来自南方的船只的贸易往来。日本从堪察加半岛获益匪浅，一般认为，它主要受益于银矿开采。荷兰人确信能找到这样一条东北航道，原因是，那些年在朝鲜海岸失事的荷兰商船发现，一头搁浅的鲸鱼背上带有斯匹次卑尔根渔场的鱼叉——这头鲸鱼只能从亚洲和北美洲之间的海峡游过来。

中，极力倡导探寻西北航道。最后，在当时的英国，至少有两个宣扬亚尼安海峡存在的故事受到热捧，并广为流传。其一，安东尼奥·乌尔达尼塔修士声称，他15世纪50年代海上航行时经过了该海峡；另一个故事是，葡萄牙航海家马丁·查克宣称自己在1556年穿过了这一海峡，而且像乌尔达尼塔一样，是由西向东穿越的。（这两个故事都没有任何事实根据。）

在这种狂热的氛围中，迈克尔·洛克建立了中国公司，并于1575年为马丁·弗罗比舍的海上发现之旅提供全面资助。弗罗比舍从伦敦启航，乘坐一艘“加布利埃尔”号三桅小帆船，船上有18名船员。随行的还有一艘三桅小帆船“迈克尔”号，以及一艘更小的无名快艇，艇上只有4名船员。他们在海上遭遇狂风，快艇沉没，“加布利埃尔”号的主桅断裂，前中桅被吹走。“迈克尔”号的船长和船员在接近格陵兰岛时，“不相信这样的事实”，他们“私自脱离”弗罗比舍返回英国，谎称“加布利埃尔”号帆船在风暴中失踪了。

8月11日，弗罗比舍进入了他所认为的一个海峡（实际上是巴芬岛的弗罗比舍湾）。他花费了15天探索两侧的海岸，认为西海岸就是北美洲，东海岸是亚洲。此后，他返回英国，确信这就是西北航道的东口。“为了纪念他们曾经到过的地方”，一名船员从东海岸捡了一块石头。这块石头落到了迈克尔·洛克的手中，他找人将它测定成一块金矿石，从而获得了资金支持，并于1577年派出第二支探险队。弗罗比舍相信西北航道的存在，作为一名船长也非常渴望找到这条航道。所以，他很可能对开矿计划不太感兴趣，但还是按指示前去开矿，并把探寻航道的范围局限在弗罗比舍湾。

9月23日，“加布利埃尔”号、“迈克尔”号和“艾德”号三艘船，满载200吨没有价值的青铜色云母（闪岩和辉岩）返回英国，其中“艾德”号是旗舰，大小是其他两艘船的十倍。洛克希望能够筹到新的投资，于是就做了安排，让人把这种岩石鉴定成具有很高价值。尽管聪明人没有上当，洛克在某种程度上还算成功——吸引到了一些投资者，但他资助的第三次航行以悲剧收场。1578年5月，15艘船启航。到达开矿区时，“丹尼斯”号已在风暴中失踪。在返航途中，满载1 350吨虚假矿石的船遭遇了更大的风暴，40人被淹死，大部分是来自康沃尔郡的矿工。

伊丽莎白女王自始至终都相信洛克的事业。他的船队初次启程，从泰晤士河上经过时，女王在格林尼治的宫殿中通过窗户向船队挥手送别。第二次启航前夜，她让弗罗比舍亲吻了她的手。第三次启航前，女王把一个金链挂在弗罗比舍的脖子上，并伸出手，允许每一个船长亲吻。在第二次航行中，在伊丽莎白女王命名的梅塔因克格尼塔半岛上，弗罗比舍的船员发现了一只严重腐化的独角鲸，并取下了长牙。戴奥尼斯·塞特尔在航行记录中写道，船员们把蜘蛛放进长牙的空隙中，蜘蛛却死了。他写道：“我未见这个实验，但其他人把这个事实汇报给我——由此我们认为，这应该是海生独角兽。”弗罗比舍把鲸牙作为礼物献给了伊丽莎白女王。

海外投资使洛克陷入债务危机，中国公司随后宣告破产。一些投资者赤裸裸的贪欲，使开矿工程得以继续所施的阴谋诡计，以及许多雇员生命的丧失，让洛克等人在几个月内臭名远扬。弗罗比舍后来在对外战争中重建了自己的名声，被封为骑士，并于1594年在与西班牙的战斗中牺牲。

约翰·戴维斯8年后开始了类型迥异的海上航行。他也许是伊丽莎白时代水平最高的航海家。与浮躁的弗罗比舍相比，他是一个比较镇静的人；但他不是一个厉行纪律的人，在业绩上也不太贪求，不善自我标榜——这是他作为西部乡村航海者的一员，却从未被授予爵位的部分原因。

戴维斯得到了德文郡的名医艾德里安·吉尔伯特以及伦敦的商人冒险家威廉·桑德森的支持，得到了沃尔辛汉姆公爵的赞助，他装备了“阳光”号和“月光”号两只小船，“阳光”号上还有一个四人管弦乐队。1585年6月7日两只船从德文郡海岸的达特茅斯启航。

他们最先看到的陆地接近今天格陵兰岛东南海岸的瓦尔罗角，但大雾和东格陵兰洋流的冰流阻挡了他们。“海冰发出的烦人噪音使我们产生了奇怪的错觉，于是我们认定这是一片广袤却毫无生机的荒岛，因而我把它看作‘荒无人烟’。”两只船驶离法韦尔角（这是戴维斯第二次航行到达此地时命的名），7月29日，最终在挪威人戈特霍布的旧殖民点附近上岸。在这里发生了一个事件，是所有北极文献记载中不同文化之间最有名的相遇事件之一。

戴维斯一行人在他命名的吉尔伯特海峡的一个岛的最高点勘察时，被岸边的一群爱斯基摩人发现，一些爱斯基摩人登上了皮艇。他们发出了“一阵悲伤的声音，”约翰·简写道，“那声音是大声疾呼、尖叫：我们听了还以为是狼嚎”。戴维斯让管弦乐队演奏，指挥船员们跳舞。爱斯基摩人划着皮艇小心翼翼地接近他们，其中两人把小艇划得离海滩很近。简继续写道：“他们嗓子里发出沉闷的声音，他们的话我们听不懂；我们只能做出友善的拥抱和礼貌的姿势让他们靠近。最后，他们中的一个人用手指太阳，然后用力拍击胸部，以便使我们听到拍击声。”“月光”号船长约翰·埃利斯开始模仿他们，用手指太阳，然后拍击胸部。一个爱斯基摩人上岸了，船员给了他一些衣服——除了衣服没什么可给的，然后在乐队伴奏下继续跳舞。

第二天早晨，船员们被同一群人吵醒，他们站在船员们前一天站的小山丘上。爱斯基摩人打着鼓跳着舞，向来客致意。

（在早期的北极叙事中，戴维斯对爱斯基摩人的礼貌和尊重是独一无二的。他发现，他们“是非常温顺的人，没有心机，言行一致……”他第二次航行时回到了同样的地点；他们彼此很快就认出了对方，他受到了非常热烈的欢迎。）

与爱斯基摩人相遇两天之后，戴维斯横渡以后以他的名字命名的海峡，向西北航行到达坎伯兰湾。他根据海冰很少、水面宽阔、潮汐特征、有鲸鱼向东而去以及海水的“颜色、类型和属性”等特点断定，这里就是西北航道的入口。他心满意足地返航回家。（这些早期的航海者没打算在异地过冬，他们的船太小，无法携带一年的给养。）10月3日，戴维斯在给沃尔辛汉姆的信中写道，该航道“毫无疑问在一年中任何时候几乎都可以通行，海上没有冰，适合航行，气温尚可，而且水非常深”。

戴维斯取得的进展让吉尔伯特、桑德森和沃尔辛汉姆感到满意。此外，他还得到了埃克塞特市一些商人的支持。1586年5月7日，戴维斯再次扬帆出海，这次他带了四艘船：一艘“美人鱼”号大船，两艘小帆船“阳光”号和“月光”号，一艘“北极星”号小艇。戴维斯分派“阳光”号和“北极星”号沿格陵兰岛东岸北上，尽可能地去探寻穿越北极点的通道。戴维斯则带领另外两艘船驶向戈特霍布，在那里，他用所带的预制构件组装了第二艘小艇，在40名爱斯基摩人的帮助下把它放下水。

戴维斯一行人与戈特霍布居民交往的初期，双方都比较友好。但随着这些爱斯基摩人变成“不可思议的小偷，尤其是偷铁”，双方的关系开始恶化。戴维斯尽力缓解这种局面。他继续慷慨地与爱斯基摩人做交易，并劝导自己的人克制忍让。一天下午，一次石块伤人事件升级成群殴事件，他的一名船员受伤。戴维斯忍无可忍，于是乘着南风继续北上探险。

7月17日，戴维斯率领的两艘船和小艇遇到了一座巨大的扁平冰山，“使每个人心中油然而生无比敬仰之情”。这一景象让他们感到不可思议，戴维斯不愿用文字描述，只是说：“我想我从来没见过此类景象。”他们绕着冰山周围航行一圈花了13天时间。后来被人冠名的戴维斯海峡，此时到处都是海冰，前一年他们在此却没看到一点海冰。如此之多的海冰使船员们忧心忡忡，他们纷纷请求戴维斯返航。戴维斯只好同意转向。他们在格陵兰岛靠岸，拆卸了小艇，分配了所带的给养，让那些愿意回家的人乘“美人鱼”号返回英国。然后，他带领其余船员乘“月光”号驶向巴芬岛。经过坎伯兰湾的入口时，他并没有认出来，于是就在暴风雪中通过了哈得孙海峡，然后沿拉布拉多半岛的东部海岸南下。在那里，他们用临时编织的渔网捕获了许多鳕鱼。

（可能是）在特伦莫尔湾，他们停泊下来去晒鱼，却遭到了“当地野蛮人”的袭击。戴维斯的两名船员被杀，三名船员受伤。紧接着，因为锚索在风暴中被吹开，他的船差点儿被吹上岸。9月11日，戴维斯掉头返航，回去后才发现，“阳光”号和“北极星”号因为海冰太多，向北航行没走多远就不得不返航，而且，“北极星”号及船员在风暴中沉没。

尽管不如前两次那样积极，戴维斯的支持者还是赞助了1587年的第三次航行，同时达成协议：戴维斯驶向他认为有海上通道的地方（戴维斯海峡、坎布兰湾、哈得孙海峡以及拉布拉多海岸的汉密尔顿湾），随从船只可以顺便捕获鳕鱼，以补偿探险开支。戴维斯所乘的“艾伦”号小船是由木板搭造的轻型帆船，出海的第一天船舵就出了毛病，从此以后，航行起来“就像牛拉的马车”。

在戈特霍布，戴维斯来到峡湾里面勘察。其中一艘随行船的船员在海滩上组装了第四艘船——这是另一只小艇。（戴维斯想用这只小艇勘察，而让另外三艘船南下捕捞鳕鱼。）爱斯基摩人从小艇组装工那儿偷走钉子，冲突再次爆发。戴维斯无法处理这一局面。炮手发射了一枚炮弹示警之后，戴维斯下令拆卸组装一半的小艇，装到“伊丽莎白”号上。“阳光”号船严重漏水，该船和“伊丽莎白”号的船员们离开此地的愿望是如此强烈，以致几乎发生暴动，戴维斯只好与他们分手。之后，他乘“艾伦”号小艇沿着格陵兰岛海岸向北行驶，最终抵达北纬72° 46′ 这样遥远的北方，他把那个地方命名为“桑德森希望之地”。由此向北向西，海面都很开阔，海水“深不可测”。但这里没有风，以至于靠风帆行驶的小艇无法向北或向西行进。他只好往西南方向行驶。当他试图穿过浮冰区时，被浮冰困了两天；脱险后，他绕过默西角（God’s Mercy Bay，戴维斯第一次航行时命名的海角，当时，这个海角指引他驶向他认为存在的航道），向北驶入坎伯兰湾。风停之后，他又驶回该海湾的入口处，然后向南经过弗罗比舍湾，并将其命名为拉姆利斯湾。（当时，没有可靠方法来确定经度，人们普遍使用的地图又是存在很大问题的齐诺地图，该地图把弗罗比舍湾标在格陵兰岛南端附近，受此影响，戴维斯认为他是第一个来到弗罗比舍湾的人。）

像前一年一样，戴维斯再次记录了哈得孙海峡“狂怒湍流”般的潮汐，“就像伦敦桥下肆虐的流水在狰狞地咆哮”。戴维斯所乘的小艇沿着拉布拉多海岸巡游，试图寻找“阳光”号和“伊丽莎白”号两艘船；由于“艾伦”号船航海性能差，这两艘船本应为其护航，但它们没等到与“艾伦”号会合就自行返回英国了。8月15日，戴维斯扬帆驶向达特茅斯，花了一个月时间才回到家乡。

戴维斯的考察之旅成就惊人。他把拉布拉多半岛的大部分海岸、格陵兰岛约700英里的西海岸，以及巴芬岛西南的大部分都标到了航海图上。其有关海冰状况、植物、动物、洋流、格陵兰岛内陆的笔记，以及对爱斯基摩人民族特征的描述，都是史无前例的。他不仅使这些土地进入了地图，而且使其进入了科学领域。他在航海途中写的“游历之书”，已经成为标准航海日志的典范。他研制的背测杆是象限仪和现代六分仪的雏形。《航海秘诀》（1594年）的大部分内容就是基于他的三次航行，这本书成了17世纪英国航海者的《圣经》。

随后几年，戴维斯发现了福克兰群岛，并进入太平洋航行，希望发现西北航道的西部入口。1605年，戴维斯在新加坡附近的马六甲海峡被日本海盗杀害，年仅55岁。戴维斯是个忠诚、勇敢的人，宽容其他民族的差异。他的航海知识体现了科学的敏锐和实践经验的完美结合。他在《世界水文地理述略》（1595年）中，思索了遥远北部地区夏季的光照。他写道，由于光照如此充足，北极星之下的这片土地是地球上“最尊贵的地方”。

和当时其他所有探险活动一样，戴维斯的探险没有投保险，原因是，由于仪器原始、海图有错误、指挥经验缺乏，海难的风险非常高。像戴维斯这样的船长可以通过象限仪、星盘或背测杆来确定所在纬度；他也会利用赤纬表来弥补罗经误差。他可能非常幸运地拥有曾到过自己航行海域的其他领航员的日志，或了解他们的先例，这些信息可以提醒他暗礁的位置，或针对潮汐提供一些有益的建议。但直到约翰·哈里森1735年制成了第一个航海经线仪，人类才获得确定经度的可靠方法。

当时，探险者能够从地图和海图获得的帮助并不大，对向西航行的航海者来说尤其如此。原因是，上面有太多的信息都是异想天开、毫无根据的。更新地图通常又意味着要和地理学的理论、概念抗争，而注重实践的航海者对此缺乏耐心。而且，由于无法确定经度，又缺乏西半球不同地区的磁偏信息，他们很难给新发现的陆地准确定位，因而很难改进旧地图。另一方面，齐诺地图（1558年）包含了一些臆测式内容，包括显示北大西洋西部还有许多大岛，但在当时非常权威，甚至连约翰·戴维斯都承认，自己不得不“使他的行为顺应普遍接受的错误观点”。

能力非凡的航海者细察天气，留意海洋的细微变化和船体的移动，特别是熟悉的船，他通常能直观地感觉到自己该干什么，即使行驶在陌生的海岸也能如此。如果说他的航行是“靠推测和靠上帝”，他的推测多半是正确的。他更喜欢小型的、机动性强的船，而不是大型货船，这一点经常与探险赞助人的意见相左。如果可能的话，他会尽力争取与另一艘船一起探险。（1821年，帕里率领“赫克拉”号和“弗里”号两艘船，开始了他的第二次北极探险之旅。直到这时，人们才意识到，搭乘两艘型号相同、零件可以互换的船旅行是明智的。）

优秀海员都拥有让船继续航行的惊人能力，他们像爱斯基摩人一样足智多谋，能用少量零星材料对船体进行临时修复。他们经常让小船完全脱离海水，拉到陌生的海滩上，把船翻过来修补船壳。他们在北极航行时，经常由于海冰阻遏而延误行程，这时他们的遭际就非常悲惨。他们的食物极其简单，仅有的食物是咸牛肉和腌鳕鱼，面包和干豌豆，奶酪和黄油，以及啤酒。所有食物都是冷冰冰的，没有咖啡和茶这样的热饮。船员们睡在备用品和给养之间的空隙；衣服湿了或冷的时候，能有一两件替换衣服就感到很幸运。坏血病与船只失事一直"如影随形"。[1]

船上条件缓慢地得到改善，地图变得越来越精确，更好的航海仪器也研制出来了。戴维斯《航海秘诀》这样的书使航海的技术性知识得到传播。到了17世纪，地图绘制师再也不会仅仅因为推测就添加一两个岛屿；他们把类似北极这样的大片地区留为空白，这可能会让他们的前辈震惊。过去像迷宫一样的海岸线图，至此变成了标识有32个风向的环形海岸图，画得像花瓣一样——如风向玫瑰或罗经花。然而，银行家与梦想家继续达成探险投资协议，然后由坚韧、聪慧的领航员和船员付诸实施。因为贷款必须偿还，对于希望经营探险航行的人来说，他们一直渴望着从新发现的土地上得到回报。

戴维斯最后一次北极探险后不久，又出现了几次重要的北极探险航行。1607年，亨利·哈得孙与十名船员和一名男孩，乘坐一艘小艇，前往北极探险。他们沿格陵兰岛东海岸到达北纬73°，哈

1　坏血病的起因尚不明确，它是一种维生素C缺乏症，导致毛细血管出血，牙齿松动，贫血，浑身乏力。患者的症状是"走路摇摇欲坠，体态消瘦，面无表情"。1747年，海军外科医生苏格兰人詹姆斯·林德用橘子和柠檬成功治愈了患坏血病的海员。尽管柠檬汁有时在长途航行中的预防作用并不明显，但截至1795年，配给柠檬汁都是英国海军预防坏血病的标准方法。

得孙把那儿的一个海角命名为“期望角”。返航途中，他们发现了扬马延岛和斯匹次卑尔根岛附近的捕鲸区。之后，他驶往新地岛做了一次探险。他第二次前往新地岛时，途中改变了航向，转往北美洲东海岸，发现了哈得孙河。1610年，他再次扬帆前往北极水域探险。那一年，他在詹姆斯湾过冬，这个海湾位于如今以他的名字命名的海峡和海湾以南。春季，因为害怕饿死，一些船员发起暴动。他们把哈得孙和他的儿子、三个忠心的船员以及四个患病船员，放逐到一条小船上，让他们随波逐流。此后，再没有人见过这些受害者。这次暴动的元凶后来被爱斯基摩人杀死；活下来的人境遇也非常惨，沦落到靠吃蜡烛、草和鸟皮碎片维持生命的地步，最后驾驶“发现”号回到了家。

雇佣哈得孙的经营者对暴动者的审判不太感兴趣，他们更看重下次航行。1612年，他们派托马斯·巴顿率领整修过的同一艘船再次出海。巴顿到达了哈得孙湾的彼岸，发现“哈得孙海”其实是一个海湾，并且把那里的一个地点命名为“霍普斯切克德”（Hopes Checked）。[哈得孙以为他航行到了太平洋，把哈得孙海峡入口处南岸的一个海岬命名为“霍普斯阿德万斯”（Hopes Advance）。]巴顿在纳尔逊河河口过冬，在那里，他损失了很多船员，但发现了科茨岛、南安普顿岛和曼塞尔岛。第二年春季，巴顿航行到罗斯·韦尔卡姆湾北纬65°的地方。

1615年，领航员威廉·巴芬和船长罗伯特·拜洛特一起，完成了两次重要航行的第一次，到达了哈得孙湾以北的福克斯海峡和弗罗曾海峡，并在那儿作出判断，通过哈得孙海峡无法找到西北航道。巴芬是一个天资聪颖的航海家，一个敏锐、精确的观察者。他注意到，潮汐从东南涨起，在西北回落。他正确地推测出，西北航道会穿过戴维斯海峡；1616年，他与拜洛特去了那里。（哈得孙的航行，巴顿的航行，以及巴芬的两次航行，都是乘坐“发现”号完成的。那是一艘三桅帆船，大小和戴维斯的“阳光”号差不多。）

拜洛特和巴芬的第二次航行到达北纬78°，越过了戴维斯海峡，此后200年之内没有人能比他们航行得更靠北。[1]他们用投资人的名字，命名了许多海峡、港湾、海角——史密斯、琼斯、兰开斯特、迪格斯、沃尔斯滕霍姆；这些投资人此前派遣了哈得孙和巴顿前来探险。然后，两人转向靠南的区域。巴芬勘察了将以他的名字命名的岛屿的东部海岸，并把自己的发现绘进了海图，直到与约翰·戴维斯的海图完全拼接。

巴芬的航海日记和海图准备出版时，遭到严格审查。他的发现受到怀疑，并且被禁止绘入当时的地图。（直到1818年，约翰·罗斯爵士证实了巴芬的所有发现。）巴芬的成果以及巴顿的日记和地图，很可能是遭到了投资者的压制，因为他们不希望竞争对手去巴芬湾探寻航道。1612年巴顿在哈得孙湾航行之后，这一区域的早期历史是一部悲惨史，人们为了探寻西北航道，追逐黄金和毛皮所能带来的财富，不断来这里冒险，因而不断遭遇灾难。1670年，查理二世授予鲁伯特王子和其他“赞助哈得孙湾公司的绅士冒险家”永久特许状。实际上，他为这个公司提供了特许权，让其拥有所有注入哈得孙湾的河流沿岸的土地。然而，授予这个涵盖面广的特权，是让该公司去探寻西北航道。绅士冒险家发现，一包包泛着光泽的毛皮被皮埃尔·雷迪森和梅达尔·格罗塞莱尔从亚北极腹地运出来，于是，他们马上摒弃任何形式的地理探险，转而紧盯财富。为了保护自己的贸易以便造成垄断，哈得孙湾公司（起初）故意阻遏在这一地区探寻西北航道，这样一来，沿着这条通道经营的面向中国的所有贸易都会避开他们。据说，他们曾贿赂克里斯托弗·米德尔顿，让他伪造航海考察记录，导致英国海军部在1734年撤销为发现西北航

1　挪威海员曾到达苏尔洛尔苏阿克海峡(Sullorsuaq Strait，北纬70° 12′)附近的挪斯尔瑟图尔（Norðrsetur），他们可能航行得更远。挪威工艺品曾经在埃尔斯米尔岛贝奇半岛的一个图勒文化期的村庄遗址（北纬79°）被发现，但还不清楚那些东西是如何到了那里。

道所设的高达2万英镑的巨额奖励。

哈得孙湾公司是一个实力非常强大、几乎是自治的特殊利益集团，数百年来对一个地区的政治、社会、经济和环境都产生了很大影响，这个地区的面积甚至超过了多数主权国家。它在新大陆获得利益的稳定基础是诱捕皮毛动物，这改变了整个北极探险的主旋律。这片土地非常荒凉，没有人去推测这儿年复一年产出了多少高质量的毛皮，以及这种局势能持续多少年。[1]

捕鲸业是商人冒险家早期在北极地区发现的另外一项财富来源。最初，捕鲸活动集中在斯匹次卑尔根岛附近，以海岸为依托，竞争激烈，荷兰人和英国人之间的竞争尤其如此。后来，捕鲸活动扩展到外海的“鲸鱼湾”，那是斯匹次卑尔根岛西部的北格陵兰海的一大片水域。那里冬天也不结冰，是墨西哥湾流到达的最后一片水域。[2]春天，在“鲸鱼湾”以西的“西部海冰”上，人们也经常猎捕海豹。（捕鲸业和猎捕海豹业在格陵兰海和挪威海繁荣了一百多年，之后，捕鲸者转移到戴维斯海峡，北美捕猎海豹者也开始在纽芬兰岛以北和以东的海冰上，开辟了和捕鲸海域面积同样大的海豹捕猎场。）

1607年，亨利·哈得孙返回英国，带回了斯匹次卑尔根岛以西海域有鲸鱼的消息。人们第一次意识到，北极地区本身拥有价值，而不仅仅是通向太平洋尚存疑问的航道要经过的地区。雷迪森和格罗塞莱尔抱着从加拿大亚北极地区获取的貂、水獭、猞猁和狼獾毛皮，走进查理二世的王宫，至此，在高层眼里，北极地区的经济潜

1　1769年到1868年间，哈得孙湾公司在伦敦拍卖毛皮或动物皮的情况如下：狐狸皮891 091张，猞猁皮1 052 051张，狼獾皮68 694张，熊皮288 016张，狼皮467 549张，水貂皮1 507 240张，天鹅皮94 326张，獾皮275 032张，海狸皮4 708 702张，貂皮1 240 511张。在同一时期，其他两个公司，西北公司和加拿大公司，所做皮毛交易的数量基本相同。

2　确切地说，这里的洋流是西斯匹次卑尔根海流。它是北大西洋洋流尾流——温暖的挪威海流的尾流。海洋学家认为，在这一海域，墨西哥湾流从严格意义上来说已不复存在。温暖的西斯匹次卑尔根海流经过斯匹次卑尔根岛的西北角。在那里，其中一部分海流在极地冰之下穿越1 500英里，出现在新西伯利亚群岛附近——这意味着这一海流中包含有大量来自加勒比海域的海水。

能再清楚不过了。此前，人们一度认为，在未来的300年内，北极地区除了像斯匹次卑尔根岛那样的地方能产出一些煤，不会有其他物产。现在，在这片如此荒凉的地区，毛皮贸易的发展和日益兴盛的海豹、鲸鱼和鳕鱼捕捞业，似乎可以给投资人带来丰厚回报。但这些投资人有时会感到自己是被迫赞助地理探险，而他们的所有愿望只是自己的（巨额）投资能有收益。随着哈得孙湾公司毛皮帝国的壮大和水产业的发展，北美巨额的财富被转到欧洲。同时，南大西洋的航道也逐渐开放，对贸易的限制越来越小，这样一来，西北航道的商业价值就不再引人注目。从此，探寻西北航道就变成了只是为一个地理难题寻求答案。

欧洲人最初到北极航行时，亚洲和北美的北部边缘尚未为世人所知。1725年，彼得大帝派荷兰人维图斯·白令去勘查西伯利亚的东部边缘，看西伯利亚和北美洲是否相连。1728年，白令驶过如今以其名字命名的海峡，继续向西北行进到北纬67°。[1]虽然环绕楚科奇半岛以及向西行驶到科雷马河河口的道路畅通，但白令没有继续往前行驶。在海峡的大雾中，他没有看到北美海岸。1732年，一位名叫格佛兹德夫（Gvozdev）的测量技师，乘坐白令留下的船来到这里，在今天的波因特霍普附近登陆。1741年，白令尝试了第二次航行，以确定北美海岸的走向，这次同行的包括博物学家格奥尔格·威廉·斯特勒。[2]在返航途中，白令的船在科曼多尔群岛附近搁浅，白令病死在岛上，从而使这次航行的死亡人数达到30人。

1733年到1742年间，俄罗斯探险者对整个亚洲北部海岸进行了

1 宋朝的年鉴记录了在这片海域里的更早的航行。458年，一位名叫慧深的和尚和另外四个和尚，乘船驶过千岛群岛，来到堪察加半岛沿岸，后来向东穿过阿留申群岛，来到阿拉斯加大陆。

2 这次航行中，斯特勒发现并命名了许多新动物，包括斯特勒蓝鸦（证明它们曾在北美登陆）和斯特勒海牛——后来科学家再也没看到过这种动物。探险队的幸存者带回的海獭皮，导致俄罗斯自由捕猎者来到这片区域，他们随后开始血腥镇压沿海的土著民族。

惊人的、基本上是成功的勘查，并且绘制了地图，勘查范围从鄂毕河河口和一直到白令海峡的东岸。直到1824年，费迪南德·冯·弗兰格尔才完成了从贝尔角到白令海峡东岸这最后一部分海岸的勘查。（1867年，美国捕鲸船长托马斯·朗把附近的一个岛屿命名为弗兰格尔岛。）

根据一些历史学家的观点，把两大洲分开的那个海峡（西北航道的西入口），最早是1648年由哥萨克人西蒙·杰日尼奥夫发现的。西班牙人也曾派探险家在这个方向探索，但他们从未到达这遥远的北方。1595年，希腊领航员胡安·德·富卡在威尼斯告诉迈克尔·洛克，他三年前就已经航行到北纬47° 的亚尼安海峡（Strait of Anian）。许多人怀疑他根本没到过那么远的北方，但是在那个纬度确实有个海峡。后来，在1788年，那个海峡以他的名字命名。此外，有人声称，马尔多纳多（1588年）和德·冯特（1640年）也曾到过亚尼安海峡，但这些说法都没有事实根据。到达白令海峡的第一艘欧洲航船的统领是詹姆斯·库克，他1778年抵达该海峡后，继续向西和向北航行，直到看到艾西角（Icy Cape，北纬70° 20′）。（英国海军部预料到相关进展，已经修订了奖金为2万英镑的西北航道发现奖的条件，奖励范围除了皇家舰船，还包括私人船舶，以及所有可通行路线，而不一定要经过哈得孙湾——这表明，探寻西北航道已经成为国家大事，而不是商业活动。而且，巴芬认为哈得孙湾不存在西北航道的看法，最终得到重视。）[1]

库克的航船驶入楚科奇海时，北美北部边沿和加拿大群岛的大部分还不为世人所知。1771年7月14日，陆上旅行家塞缪尔·赫恩不

---

1 第二个奖项奖金为5 000英镑，奖励第一次驶入北纬89° 以北的船。第三个奖项奖金也是5 000英镑，奖励第一次驶过西经110° 以西的船。到那时，经度能够准确测量。库克为了准确确定格林尼治子午线以西的经度位置，把约翰·哈里森的航海经纬仪带上船。专横的英国海军部认可了这种航海经线仪，但是不相信一介平民竟能解决这个航海难题，因而细木工匠哈里森一直等了37年，才得到应得的2万英镑奖金（另一个奖项）。

畏疲劳，坚韧不拔，经过长途跋涉，抵达科罗内申湾的科珀曼河河口附近的一个地点。同行的还有一些斯拉维印第安人和契帕瓦印第安向导玛拓纳比（Matonabbee）。这是他第三次尝试前来这一地区。他设置了北部海洋北美海岸的第一个地理参照点。1789年，亚历山大·马更些到达现在以他的名字命名的河流三角洲的一个岛屿，在那里设置了第二个地理参照点。在1819—1822年期间和1825—1827年期间，英国陆海勘察队在约翰·富兰克林的统领下，绘制出北美北部从瑞滕群岛（Return Islands，西经149°）到肯特半岛特尔纳根角（Turnagain Point，西经107°）的沿岸地图。赫恩和马更些的陆路勘察，乔治·温哥华（1792年）对不列颠哥伦比亚省南部海岸的考察，以及库克对哥伦比亚河以南到艾西角之间北美海岸的勘察，排除了西北航道可从大约北纬68°以南区域通过的可能性。如果真有这样一个通道，它应该位于北美已勘察过的海岸以北的未知区域。

欧洲人持续在其西面探寻航道的主要原因是，他们认为东面，也就是俄罗斯北面的海冰太厚、太广袤，其他相关原因随着岁月流逝也在改变。直到1820年，还没有人支持过西北航道在商贸方面的可行性。威廉·斯科斯比在《北极地区述记》中，对此作了简要解释：每年的海冰状况变化莫测，纬度太高，适宜通航时间太短。但是获得新的地理知识的可能性，在北极进行科学调查的机遇，以及对自然史的开拓意识，再加上单纯的好奇心，和在北极发现矿藏的微弱可能性，这些都足以使人们对西北航道的兴趣能持续下去。

1815年，英法战争终于结束，作为英国海军部的副部长、皇家地理学会的创始人，约翰·巴罗爵士可以将他的全部精力投入到他所喜爱的地理探险当中，特别是对西北航道的探寻。他奉命派遣英国舰船和海军官员去执行自己制定的探险计划，并使这次探险具有一种崇高的目标意识。巴罗对任何粗俗动机都怀有一种鄙视——他谴责哈得孙湾公司的北极霸权，说那是“一种本末倒置状态”。他还天真地相信，等级和社会地位比实际经验更有价值。当然，这是他那一代人及此后多代英国人的特性。

斯科斯比是一个经验丰富的捕鲸者。1820年，当他针对实施巴罗探险计划的皇家海军军官“缺乏有冰海域的航行经验”，委婉地提出异议时，事实上，他可能已考虑到巴罗的妄自尊大。“理解力，无论多么深邃；天资，无论多么敏锐，”斯科斯比写道，“都不能替代必要的实践。”巴罗肯定看到了这些词句，但他没有完全在意。在他领导北极探险事业的27年中，尽管只出了一次大灾难，但斯科斯比对那些在北极追求“不朽功名”的人的总的看法值得注意。

毫无疑问，出海作业的渔民肯定早于卡伯特到达纽芬兰岛近岸，早于弗罗比舍到达弗罗比舍海湾，早于哈得孙到达哈得孙海峡，早于罗斯抵达兰开斯特海峡。事实上，这些渔民只是把“首次发现”这些地方的荣誉让给了那些绅士。绅士们离开后，渔民回到这些水域继续捕鱼。渔民和捕鲸者往往只把此类地理“新知识”记在自己心里；这类知识对特定社会和知识阶层的人来说，意味着政治资本或社会回报，但渔民和捕鲸者很少与这些阶层的人打交道。

比如，地图制作者和普通水手之间通常并无交往，因而他们对北极地区的勘探状况有着不同看法。1652年，住在阿姆斯特丹的英国制图师约瑟夫·莫克森，在一家酒馆遇到一个荷兰水手。他在无意中听到水手与同伴的谈话。水手说，他在一艘区间穿梭船上工作，在这个季节，把鲸脂从斯匹次卑尔根岛运往南方。因为他们来得太早，没有足够鲸脂装满船舱，船长决定趁海面无冰向北航行。斯匹次卑尔根岛的捕鲸者记录了他们航行到北纬80°以北海域的经历，但这个水手认为，他们已经航行到北极点另一侧的北纬88°以北的地方。莫里森无疑感到不可思议，但海面上海冰较少的年份里，捕鲸者有可能航行到北纬83°的海域。莫克森因这些信息竟然没有传开感到震惊，水手则因莫克森对此这么有兴趣明显感到不解。

不仅这些拥有不同背景和追求的人很少交流，渔民和捕鲸者或者普通水手的野外观察，也被上层阶级认为不太适合科学的发展目的，对在政治或是商业方面富有经验的人的普通教育是无用的。这异常的傲慢无礼压制了早期对北极地区的深刻理解，并且导致了第二个问题——使特殊利益群体带有偏见的、毫无经验基础的知识永恒化。地图绘制者、强壮的水手、捕鲸船长、爱斯基摩人、英国海军军官，他们各自的知识领域因人为因素被相互隔离，这些因素包括轻蔑和傲慢，以及基于教育、种族、社会等级、国籍将人们分成三六九等的社会制度。尽管这种不宽容模式长期以来一直是人类生活的模式，但在地理知识方面，不同群体之间的知识隔阂显得尤为可悲。没有哪一个阶层或哪一种文化能够声称完全把握了一片土地的本相。

这些早期的分隔，预示了当今大多数北极常驻居民的日常愿望，与实业家和社会政策设计者的渴望和观念之间的鸿沟。布里斯托尔的渔民认为，卡伯特的第一次航行是英国王室娱乐活动的延伸。英国海军军官认为，普通水手完全没头脑，非常幼稚，他们对穿越浮冰航行的看法全都不着边际，无足轻重。哈得孙湾公司老练的代理商嘲讽刚来到北极地区的谨慎之人，因为他们自作聪明地把新来者的不熟练和不适应看作是不称职和愚笨。而且也没有西方人把爱斯基摩人放在眼里。

有关北极的历史，尤其是经济史，存在着一些争议。不过，像斯科斯比这样的人在北极历史上能够留下美名，其原因有以下几点：作为北极捕鲸船的船长，拥有广泛的实践经验，能够客观公正地进行科学观察；在剑桥大学接受过教育，具有尊重他人看法的意识。如今，这样的人在北极的科学、商贸和公共事务等领域明显不足，这与斯科斯比时代的情况一模一样。如果一个国家在种族、社会、学识方面的隔阂持续存在，其未来的整个环境将处在危险之中。在这样的国家，那些有才智的人还是很少去了解彼此的看法。

约翰·巴罗派遣舰船前往北极地区的目的，是认真地积累科学知识，对此他坚定不移，心无旁骛。他热切希望他的事业能给所有相关人员带来荣誉，更不用说增进英国的国际威望。1818年，他向北极地区派出4艘舰船，所有的船都设备精良、给养充足、适航性强，与当年戴维斯和巴芬的小船相比有天壤之别。船上的高级职员包括能够使用所携带的系列科学仪器以及做相关记录的人，这些仪器包括气压计、航海经线仪、人工水平仪、经纬仪、摆钟、海水采样瓶和数种温度计；同行的高级职员还包括外科医生、绘图员、航海家。（另外，船上还带有斯匹次卑尔根渔场的一个技术能手和一个助手，前者有时被称为冰区领航员或冰区引航员。）

4艘舰船于4月份启航，在北大西洋分手，信心十足地期待着在太平洋再会。皇家海军“多尔西”舰和“特伦特”舰，计划向北行驶前往斯瓦尔巴特群岛；“伊莎贝拉”舰和“亚历山大”舰驶向巴芬湾。“多尔西”舰和“特伦特”舰遭到大风和大块浮冰群的重创，停靠在斯匹次卑尔根岛的马格达莱纳湾和费尔哈文等待整修，然后返航。约翰·罗斯爵士和威廉·帕里中尉率领另外两艘舰船，在约40艘捕鲸船的伴随下，驶过戴维斯海峡，进入他们命名的梅尔维尔湾，然后到达此行的“最北端”——史密斯海峡的南入口。在格陵兰岛沿岸，他们遇到了一群极地爱斯基摩人。通过从格陵兰南部上船的一名翻译，他们与这些爱斯基摩人进行了一次令人吃惊且难忘的对话。在对话中，其中一个爱斯基摩人突然转向“伊莎贝拉”舰问道：“你是谁？你是什么？你从哪儿来？是从太阳上还是月亮上来？”

罗斯认为史密斯海峡作为航道前景不佳，于是向西和向南行驶，去勘查琼斯海峡和兰开斯特海峡的入口。他在报告中声称，兰开斯特海峡只是一个周围环山的海湾。（这一断言没有得到其他船员证实，不知道他为什么还执意坚持，但这差点儿毁了他的前程。）沿着巴芬岛东海岸向南航行，高级船员证实了巴芬受到质疑的报告和遭到压制的海图的准确性和完整性，发现了一个海湾并把它命名为“庞氏海湾”。（他们的报告说，在这片新发现的“西部水域”有大量鲸鱼，这引发第二年捕鲸船第一次大规模涌入巴芬湾的那片水域。）帕里性格坚毅但谨言慎行，他一回到国内就透露，兰开斯特海峡周围没有山脉，海军部应该从那个方向继续探寻西北航道。

第二年，帕里驶入兰开斯特海峡勘查，这次勘查是所有北极航行中最值得称赞、最引人注目，也是最成功的航行之一。英国皇家海军“赫克拉”舰和“格利波尔”舰，满载能够维持两年的给养，暮春时节从英格兰出发，驶往法韦尔角。“格利波尔”舰是一艘双桅横帆炮舰，在风中行动迟缓，为了不延误勘查时间，途中大多时间只能让其余舰船拖着走。帕里每天都要向船外扔一个密封的瓶子，瓶子上有白棉布标记，里面装有一封短笺，上面写着他们的方位和一些科学数据，并示意发现者（用六种不同语言）把信息单带给英国海军部，并告知发现它的时间和地点。他们在北纬57°、西经30°的位置探寻传说中的“巴斯岛”，但无果而终。1578年，来自布里奇沃特的“伊曼纽尔”号与弗罗比舍的船队一道返航，前一艘船的船员声称发现了一个“巴斯岛”。帕里的舰队穿过北大西洋蓝色的海水，驶入东格陵兰洋流，进入混杂着泥土的冰流水。他们绕过法韦尔角，看到了熟悉的海鸟群：海鸠（厚喙海鸭）、格陵兰鹦鹉（大西洋角嘴海雀）、海燕（白腰叉尾海燕）、海鸽（黑海鸽）、格陵兰燕（北极燕鸥），等等。在戴维斯海峡，他们杀了一头马鲸（海象），“赫克拉”舰上的助理外科医生亚历山大·费希尔仔细剖检了它的尸体。人们为海象的生命力感到震惊：一根鱼叉刺透了心房，它仍然勇猛地与捕鱼艇搏斗了10分钟，最后鱼叉的尖儿也断在其心房中。他们还探寻到并杀死了几头北极熊，费希尔都对它们进行了彻底检查且做了详细记录。

帕里一行穿过巴芬湾中部的浮冰，驶往兰开斯特海峡，最终比他们1818年的那次航行提前一个月到达该海峡。这次他们在途中曾被浮冰围困，但受困时间很短。这个海峡看不到海冰，西边一望无际，根本不是所谓“海湾”。一个高级船员在日记中暗示，尽管每个船员对罗斯在这里看到山脉的断言都毕恭毕敬，但看到开阔水域时，还是无法“掩饰（其）内心的快乐”。

在兰开斯特海峡西部，海冰再次阻挡了他们的行程。帕里在继续西进之前，利用这段时间向南部进发，去勘查摄政王湾。8月21日，他们惊讶地发现，水里漂浮着帆桁的一个断头。有人在他们之前来过这里吗？没有。一个船员回记，他们开始向南航行进入这个水湾时，帆桁断头掉水里了。帕里向西航行的速度惊人。如同300年前意大利航海家韦拉扎诺和在白令海峡航行的库克，他遇上了极好的天气，因而一帆风顺。接近德文岛的费尔福特角（Fellfoot Point）时，一位高级船员愉快地耸了耸肩，开始计算艾西角的方位和离此地的距离。他们碰上了大群别卢哈鲸鱼，帕里推测它们来自马更些河河口，这表明前方是无冰水域。船员们划着小船接近鲸鱼群，“不断敦促对方巧妙划船”以便距别卢哈鲸更近些，好倾听“鲸之歌”——那声音就像“润湿的手指拂过平底大玻璃杯发出的声音”。

9月4日上午9点15分，帕里率舰队横跨西经110°，获得英国海军部的奖励。几乎每个小时，帕里都会给相关岛屿和海岬命名。他在那片海域停留了足够长的时间，船员在数个地点上岸，发现了几处原始遗迹（多塞特文化？），并把遗迹处的麝牛头骨带到船上。他们还在拜厄姆·马丁岛上发现了独角鲸的长牙。

帕里发现罗盘箱里的指针缓缓地胡乱摆动，正确地推断出他们的舰船来到了磁北极以北区域。他下令把罗盘箱取下来，开始靠天文导航驾船——在北极的夏天，靠天文导航是良策。9月初，沿梅尔维尔岛邓达斯半岛行驶时，天气开始恶化，海冰几乎要将他们的船包围。帕里意识到，这一年的航行要结束了。9月17日中午，他们到达其航程最靠西的地点——西经112° 51′，然后回撤50英里，停泊在海峡北岸他们命名为“冬季港湾”的地方，进入那儿的停泊处过冬。

冬天很快来临，船员们只好在7英寸厚的新结冰上，开凿出4 082码长、35英尺宽的通道，让两艘船进入可提供庇护的停泊处。两艘船停泊在5海寻[1]深的水里，相距120码，离海滩500英尺。岸上建起了一座小屋，探险队的科学家爱德华·萨宾在里面装配了他的实验仪器。船和小屋之间用绳连着。在两起几乎是灾难性的事件（因冻伤手指和脚趾截肢）发生之后，帕里下令，任何人都不能走到看不到舰船的距离之外。

帕里是个非同寻常的人，在航行中度过了29岁生日。他为过冬做好了精心准备。他们取出帆布，围着桅杆在甲板上圈出一块全封闭式的空间，以便在里面锻炼。11月5日，喜剧《妙龄女郎，或形形色色的情侣》（*Miss in Her Teens*, *or The Medley of Lovers*）在后甲板上上演。整个冬天，许多类似的轻喜剧陆续演出，其中《妙龄女郎》在冬末还被要求重演。在帕里的安排下，自11月1日起，萨宾编辑出版了《北乔治亚公报暨冬日纪事》，之后每周一定期发行一份，一直持续了21周。[2]该报刊登的随笔、诗歌和文章完全是匿名发表的，实际上是彼得·普莱·阿布、约翰·斯楞德尔·布莱恩等人写的。报上还刊载有关普通法院各类判决的专题。仔细阅读你会发现，有几个高级船员根本不关心演出，而针对不参与这些大众娱乐的高级船员，其他人也会做一些恶作剧。

最初几周，他们在此看到的动物很少。帕里认为，北美驯鹿、

---

1 海寻，计量海洋水深的长度单位，1海寻等于1.852米。——编者

2 为了纪念国王乔治三世，帕里把帕里海峡北边的第一排岛屿命名为北乔治亚群岛，以区别于南极洲的南乔治亚群岛。现在这一群岛改名为帕里群岛。

雷鸟等动物，肯定是穿越海冰去北美洲靠南的地方过冬了。这里只剩下狼和北极狐。他们捕获了一只狐狸当宠物养，这只名叫“杰克”的狐狸变得很温顺，能够从每个人手上衔东西吃。船上的狗与来到船上的狼试着建立了关系。一只名叫“卡洛”的白色猎犬出走了，再也没有回来。帕里的黑色纽芬兰犬“波兹旺恩”跟狼干了一仗，结果两败俱伤。

各级船员的生活都比较舒适，每天都能享用刚出炉的面包和鲜酿啤酒（除非天太冷不能发酵）。烹饪和呼吸凝结在舱壁和隔板上的冰晶，必须定期清除。衣服似乎从未干过。寝具每周用火药和醋熏蒸消毒，也总是潮的。每人每6天发一根6英寸的蜡烛，因而，光线就变得弥足珍贵。帕里和高级船员担心三件事：北极地区常年都会出现坏血病；无所事事可能会诱发坏血病和不满情绪；他们的命运吉凶未卜。他们也在日记中表达了对家人的挂念，担心家人会过分替他们操心。

船员定期接受检查，看有没有坏血病的症状；每天早上，都要给每个船员分发四分之三盎司[1]的加糖柠檬汁，以预防坏血病。（更有甚者，富有进取心的帕里还在房间的烟囱旁种芥菜和水芹。他要求船员每天都到甲板上锻炼，天气好时还要上岸锻炼，每人每天都有许多任务要应对——到仲冬时，船员们抱怨说这一冬天任务太多了，这让帕里感觉欣慰。）

晚上，高级船员聚在一起看书、听音乐，帕里拉着小提琴，另一位高级船员吹长笛。周日还举行宗教活动。尽管他们生活规律，“聚在一起时尽量显得很开心”，他们还是感到很脆弱，“有时最坚强的内心也会对迷茫前景流露出不安”。

普通船员在室外通过以下方式自娱自乐：用海冰制作研磨臼，或从夏天杀死的海洋哺乳动物的油脂中炼油，用于冬季照明。许多

1　盎司，重量单位，1盎司约等于28.35克。——编者

人会上岸进行长途漫步。“这里的宁静和田园景观的安静大不相同：这里是与世隔绝般的死寂，根本没有任何生机。”帕里记下了一些欣喜时刻：凝视雪地里的一块石头，眼睛顿感轻松许多；听到一英里外有个人在独自歌唱；极寒天气里听见木质舰船发出咔嚓咔嚓的爆裂声。

大家急切盼望着极夜结束，太阳再现。有时因为折射现象，太阳幻象会早于太阳的正常再现时间出现。这样的日子，船员们会在“赫克拉”舰的主桅杆上不间断地进行观察。这一天终于来了——2月3日，瞭望台上，观察人员每10分钟交替一次。冬季港湾时间上午11点40分，太阳幻象终于出现了。

2月13日，两名水手因为醉酒被鞭笞36下。14日，温度低达零下55华氏度，费希尔从“赫克拉”舰40英尺高的桅杆上的滤器往下倒水，想看看水会不会在落到甲板之前就结冰。2月24日上午10点15分，萨宾先生小屋里的衣服因挂得离炉子太近着火了，并引燃了整个小屋。烈火很快被扑灭，但一名船员在抢救实验仪器时双手严重冻伤，结果失去了手指。一只幼小的宠物北极鸥在大火中丧生，随后发行的报刊登载了一篇庄严悼词来缅怀它。

3月、4月接踵而至，天气依然寒冷。普通船员开始恐慌，这个时节他们若在英格兰北部，也会有这种感受。他们盼望着太阳的再现能带来温暖，盼望着春天的迹象。4月9日，帕里画完了著名的日晕和日弧图。4月16日，一层羊毛状的稀薄云朵从太阳下通过时，闪亮的日冕出现了：“朵朵薄云的边沿透出最柔和、最细腻的湖水般的蓝绿色以及黄色，这一景象几乎要超出人们的想象。”6月16日，出现了三重彩虹。[1]

帕里并没打算在这里停留这么久。他开始担心，如果离开这里

---

1 第一、二道彩虹和太阳呈180° 角，第三、四道彩虹离太阳太近几乎看不到。帕里在这里发现的第三道彩虹，其实是折射的第五层。

的时间太晚，就不能在入秋之前到达艾西角。帕里断定，如果他们在6月底之前出发，就没什么问题。5月份，普通船员开始带上黑色绉线面纱以预防雪盲。看到黑色船体周围出现第一片融化水域，大家都欢呼喝彩。5月24日下了雨，但海冰并没有彻底开裂消融的迹象。

6月1日，帕里带领11名船员离开港湾，前往北部和西部考察。普通船员拉了一辆载有800磅补给和设备的双轮车，车上装配有风帆，以便在通过潮湿、有雪地面时让风助一把力。帕里用高级船员和见习军官的名字给许多标志性地貌命名；采集了一些地质标本；考察了一个古爱斯基摩人营地遗迹；垒起了数个石堆纪念碑——那几乎是他们每次上岸都要做的事情。石堆纪念碑大约12英尺高，底部直径12英尺宽。他们会用一个锡筒或铜筒，有时用船上某位先生保存的盛汤罐头，装入写有上岸考察者名字、考察日期、简短旅行记等信息的材料，可能还放入某个高级船员口袋里的硬币，或是制服上的扣子，然后把它埋在石堆纪念碑的底部。

他们6月15日回到船上，海冰还是没有完全开裂的迹象。帕里派一些人外出狩猎以补充食物，每次外出10天（带回了黑雁、驯鹿、麝牛和雷鸟），而且每天都派人出去采集酸模。

8月1日，两艘船终于驶离冬季港湾，开始向艾西角进发。与前一年相比，他们没能向西航行更远。麦克卢尔海峡的积冰坚不可摧，浮冰群让人感到自己无比渺小——浮冰块层层叠加，形成了42英尺厚的大面积浮冰群。8月7日，他们看见西南方很远的地方有一片陆地，就将其命名为班克斯地，以纪念支持探寻西北航道的约瑟夫·班克斯爵士。1815年，约翰·巴罗正是继承了这位爵士的衣钵，开始大张旗鼓地推进西北航道探寻事业。

帕里已经下令，每天给全体船员分发的食物减少三分之一，以防备他们被迫在这一带度过第二个冬天。他试图先是掉头向东行驶，再向南行驶。直到8月30日，他才断定，这一年的继续探寻是彻底没有希望了，于是开始筹划回国之路。驶出兰开斯特海峡时，他用“格利波尔”舰舰长利顿中尉家乡的名字，把现在的萨默塞特岛命名为北萨默塞特，用自己家乡的名字把现在的德文岛命名为北德文。9月4日和5日，他们遇上了来自赫尔市的几艘捕鲸船。第二天，他们在克莱德湾附近遇见了四个爱斯基摩人，大家在一起待了几天，然后驶往英格兰。

帕里写道，他没有想到航途中的气候是那么恶劣，也没想到通航季是如此之短。但他取得的成功是引人瞩目的。在随后的80年里，没有人像他那样，一次航行就在北极地区发现那么多新陆地——在他之前也没有人取得这样的成绩。

9月14日，“赫克拉”舰遭遇了风暴，舰尾放置的小船被大风卷走，前桅艏楼以上的部分被刮断了2英尺，主中桅和船首斜桅整个都被刮断。为了清除损坏的部分，他们不得不摒弃右舷锚。27日，他们看见了设得兰群岛的富拉岛。29日，帕里在彼得黑德上岸，然后乘马车前往伦敦。他携带了远征队员的所有收获——日记、绘图、素描、记录，都经过密封，“至于如何处置，从此全由海军部定夺”。

第二年春天，帕里再次远航，去探寻摄政王湾的南部入口，那次帕里发现了弗里-赫克拉海峡。

沿着宾格克岛的海滩漫步，我想到了这一系列航海经历的来龙去脉。在浮冰区遇到一点儿小麻烦的次日，我才有可能想象，上述航海者每一天在未知海域所取得的进展是那么艰难。也许我的想象还不够全面。我想到了布兰登睡在其“卡尔罗”船底板上的欧石楠草垫上，想到了13世纪埃里克峡湾绝望的殖民者。我想到了堪称楷模的约翰·戴维斯乘“艾伦”小艇探险的情景。我们很难想象他们内心的恐惧，以及他们那种超越自我的执着信念。针对他所勘查的荒凉海岸，戴维斯写道，他相信上帝创造的土地都能经得起检验，世界上不存在荒原。

漫步海滩，回想布兰登的虔诚之心，以及帕里和戴维斯的航行，我不禁感到，他们所经历的那些时刻一定精彩纷呈。渴望升华精神境界，或渴望理解——渴望领会未知世界，这些因素战胜了无法避免的艰难险阻。我想到了和帕里一起在冬季港湾过冬的那些普通船员。他们的梦想一定有没被记录下来的，因而没有随帕里的马车前往伦敦的海军部，而是永远留在他们的心中。那种梦想使他们的整个人生顿时有了意义：看到那些海岸，他们顿时有了梦想——如何规划其人生的梦想。

九
北方航道

帕里第一次探险的经历一点儿都不顺利，这与其《从大西洋到太平洋：西北航道发现之旅日记》所描述的情况完全不同。《北乔治亚公报》上的报道暗示，“格利波尔”舰上的高级船员没有了权威。探险队外科医生关于一位名为威廉·斯科特的人的死亡报告表明，水手的命运更悲惨——这位水手死于酗酒外加急性抑郁症。此外，亚历山大·费舍是“赫克拉”号的助理外科医师，他在2月28日的日记里写道：“在后甲板上，我们宣读了战时条款第二条、第十九条和第二十二条的部分内容，接下来宣读了一份很长的裁决书，主要裁决前些天两个高级船员的意见分歧。”

帕里日记描述的探险航行的情形，与史料上对这次航行的通常描述略有不同；帕里的些微掩饰如果不能预示一种模式的话，可能只是为了含糊其辞。此后，呈现给公众的这些北极探险记录，越来越主观化，以服务于以下目的：支持以前就存在的这一地区没有人情味的观点，以及人类在其中扮演的角色。北极成了个人为国效力的典型环境，而各国则纷纷吹捧其探险之旅的成功。后来，北极成了像罗伯特·皮里、弗里乔夫·南森，还有维尔加尔默尔·斯蒂芬森这些人探索和展现个人英雄主义的舞台。19世纪末的地理探险成就竞赛，变得与此前的商业优势竞争一样激烈，运用媒体宣传这些探险航行的手法也变得日益高超。

海军部控制帕里所有探险记录的要求源于欲望——有人怀疑主要是约翰·巴罗爵士的欲望——旨在保持一个成功、一致、健康、催人奋进的探险事业形象。巴罗强调，这些航行纯粹是为了科学与地理发现，没有任何私念，任何因此获得的商业优势都无足轻重。他在1818年带着贵族施舍式的姿态写道，“任何可能的新发现”，都是为了使其他国家受益，“无须这些国家支出探险费用，或承担探险风险”。

为了捍卫帕里的探险之旅所绝妙地体现出的崇高理想，巴罗总结说：“知识就是力量。”国际声望的提升，以及未来的经济霸权前景的诱惑，对刚从拿破仑战争脱身的英国也起了一定作用。当俄国似乎要准备完成英国在北极开创的航道探寻事业时，巴罗通过自己的言论，成功地阻止了这一事件的发生。他写道，“在西北航道两端的大门被我们自己的船打开后[詹姆斯·库克（1778）和威廉·巴芬（1616）]”，把该航道的打通“让给外国的海军去完成，这无异于国家的自杀行为”。

当然，像巴罗这样的人努力去影响公众在开辟西北航道方面的情感，会在很大程度上决定公众对相关地区地理的构想。然而，把这些努力称之为计谋是不准确的——即使该计谋像以前那样，不可避免地涉及一些个人，他们为了私利做出欺骗行为；或者，像现在这样，涉及实业部门不露痕迹的诉求，要求科学顾问以有利于这些部门的方式，去建构环境数据。约翰·L.艾伦等地理学家暗示，这里的关键，是渴望准确地确定着手探寻的航道位置——并调整探寻结果，以满足自己的需要。即使这样的调整遇到抵触，也在所不辞。

我想，重要的是不要忽视这些事件的初衷。人们了解未知事物的欲望很强烈。而且，希望用新知识为人类谋利，这是西方文明的一个特点——无论这些新知识如何被曲解。很少有历史学家能够说清，像巴罗和罗伯特·皮里这样的人，在何种程度上不再是为社会效力，而仅仅是为了其个人；或能够说清，工业化的计划在何处越界了，以至于更着眼于国家的经济，而不是着眼于该国人民的福利。

在北极旅行就意味着等待。当地的交通运输系统是非常不便的，尤其是在冬天，或者夏季雾蒙蒙的海岸。旅行者可能会在一个小型机场附近滞留好几天，为飞机即刻来临的承诺，或者仅仅为不可变更的计划所束缚。在此类情况下，我经常读一些探险日记，特别是那些描述我所在之处的日记。我的这类阅读，部分是为了了解这些人迹罕至的景观区的人类踪迹。在阅读过程中，康沃利斯岛岬角上的一个石堆纪念碑，或是弗里海滩上一艘船的贮存物的散乱残片，或是许多人丧命于此的威廉王岛荒芜的海岸线——这一切都可以从飞机上看到——对我来说拥有了更深刻的意义。看到它们，我感觉兴奋、移情、同情——还有遐思，也就是对历史的敏感——不仅是自然史因素，而且是这种敏感，使我们居住的地区具有了特殊意义。

在所有的旅行日记里，在探险者的自传里，在近现代的叙述性历史中，出现了探寻与失败、抱负与成就这类共同的主题。然而，客观说来，这些主题与当地的实际景观几乎毫不相干。这片土地，无论其特征是什么，都被赋予特定的角色，而且常常是负面角色。也就是说，它是人们的梦魇。具有讽刺意义的是，这片土地对人类的冷漠，却为其加了分。在被赋予的极其不相干的角色中，这片土地几乎成了一个舞台，用以展现一种个性，推出科学理论或经济理论，上演国家竞争或个人竞争的剧目。人们不难发现，在让约翰·戴维斯的旅行变得不同凡响的那片土地上，不乏专横的规划；戴维斯的旅行是深思熟虑后才出现的奇迹。在19世纪，与这片土地打交道的方式缺乏的是温情，流行的是野蛮。与这片土地的交往方式被维多利亚时期的世界观所左右：渴望竭力与可怕的逆境抗争，使性格崇高化；在异域旅居，收集物品并树立标石。没有修道士那种怀有友好访问的意图，在领悟与敬畏之间来回穿梭；没有旅行不带占有欲和功利性的想法。而且，很少有旅行者不为建功立业的日程表所囿。

然而，人们每次来到这片地区探索，总抱着可能有新开始的希望：希望这片土地会透露真容，或者相关地图将被证明是精确无误的，或者能深深地体验到美感或孤独感。只有极少数人认为，这片土地是智慧的可靠源泉，但他们也渴望体察其光明面和阴暗面。

所以我读了那些带有使命感或目的性，或者为了迎合其时代的历史记载，希望看到一些可能透露这片面纱尚未揭去的土地之优势的意外评说，或希望发现可以把这片土地感受成某种有生命的存在的那种直露的人类情感。

紧随帕里之后的对北美北极地区的探索，几乎都是由英国人组织的，直到19世纪中期不幸发生在约翰·富兰克林爵士身上。每个越冬探险队都像被锁在浓雾之中——杳无音讯，直到一年之后，或三四年后，在某个地方再现；或者永不再现。海岸线和水道在地图上被有条不紊地标了出来，但相关日记显示，富兰克林勋爵的勘探之旅，在勘探者心中激起了一股可怕的力量。许多被斗胆带到那儿的人都想不明白，为什么要遭受如此多的艰难困苦；高级船员则逐渐厌倦了试图开导那些有怨言而又愠怒的人的努力。

由于寒冷，越冬船上的船员惨遭冻伤和截肢，头部麻痹，神思恍惚。没有任何衣服或遮蔽处能够完全抵御寒冷。寒冷使与铁的接触变得难以忍受，让所有任务变得更为困难，更为复杂，甚至获得饮用水都很艰难。而且，阴暗、酷寒的船上居所产生的令人窒息的无聊感，加剧了对坏血病和饥饿的恐惧。就像帕里此前所做的那样，人们能够防止衰弱乏力；但普通船员仍然大喝违禁威士忌，以至酩酊大醉。有些高级船员则精神失常。

冰冻的海可以突然摧毁一艘船，就像两块石头顷刻就可以夹碎坚果。这一认识会让人心力交瘁，坐以待毙。一连几天，冰层似乎在玩弄船，把它慢慢举出水面几英尺，或把它翻转15度，然后将它卡在那儿。人们一连几周和衣而睡，随时准备弃船，他们知道船头部分可能突然崩裂，碧绿海水会漫过裂缝把他们淹没。在漫长的极夜，要么是冰体刮擦着船体，不断发出沉闷的噪音；要么是远处的冰体像一个报丧女妖在尖叫，在黑暗中隆起随即碎裂。

春天，光明来了，这给他们带来“一种难以言表的放纵和解脱之感”。但由于无知和放纵，他们患上了雪盲症。他们的眼睛感觉针扎般疼痛，眼眶就像塞满了沙子。他们拖着雪橇越过冰沟和碎冰带，穿过松软的雪集成的巨大雪坑。跋涉在这片广袤土地上，使人筋疲力尽。他们漫无目的地拖着沉重的步伐行走着，随时可能倒地而亡——死于极度疲惫、绝望或失算；也可能死于突然张开的潮汐裂缝中，或死于一场看似滑稽的简单事故。饥饿的人先是吃掉带来的狗，然后吃衣物，最后竟吃起了人。

其中的一些伤亡本来是可以避免的。英国海军探险的优势在于严格的纪律，而且纪律执行者都绝对自信。它的失败源于民族优越感——认为其道德和技术水平都优于爱斯基摩人，认为这片土地是被遗弃的无名之地。当时，英国人没有认识到，毛皮制作的衣服、雪屋子、新鲜肉比海军制服、纤维帐篷、罐装食品有优势，因而，19世纪他们给北极探险带来的少许技术进步——橡胶材质做的铺地防潮布、折叠式帆布艇及便携式酒精炉——就显得无足轻重了。实情是，英国船只带的人数，常常超出他们探索的土地所能产出的毛皮衣服和鲜肉；但是，他们考虑的只是庞大的队伍——无论是否必要，而不是更适应这片土地的小而精干的队伍。[1]

特别值得注意的，是英国这次探险失败的原因：这次经历的所

1　在富兰克林带队探索的那些年，英国人一直相信他们糟糕的冬衣的优良性。他们拒绝使用狗拉雪橇，因为他们觉得让狗做人能够做的事情，会有损人的事业的声誉。其他的探险家，特别是约翰·瑞伊和稍早的塞缪尔·赫恩这些来自哈得孙湾的人，则采用了爱斯基摩人更为适用的衣物，更有营养的食物，更高效的出行方法。皮里和斯蒂芬森崇尚当地人的智慧，将其视为他们探险成功的必要条件。

有参与者的素质和渴望并不一致。经济效益和军事任务的复杂性，以及像约翰·巴罗那样的人的识见，把其他人置于这样的境地——他们在一片土地上需要竭力领会和理解的东西，和他们的渴望恰巧相反。我们现在所知道的地理知识是以一些人的生命为代价的，但认为他们毙命时都相信自己是为了某种比较伟大的目标而献身，则有失唐突。

1837年9月，乔治·巴克使严重漏水的皇家海军“惊恐”舰得以在爱尔兰西海岸靠岸。他被困在福克斯海峡的海冰中，遭受强风扫荡，熬过了令人伤透脑筋的冬天。“惊恐”舰的舱壁翘起，甲板开裂，螺栓脱落，船头被火炉烤着——它遭受冰体如此强烈的挤压，以至松节油竟从船体的木头上滴落。查塔姆的修船工人说，在这样的挤压下，其他任何船只可能早就碎裂沉船了。

巴克这次是被派去绘制从弗里-赫克拉海峡到肯特半岛的美洲北海岸的地图，这在英国根本就不被看好。船上所有人员只是与死亡擦肩而过，这多亏有一艘坚固的船，和一个平易近人、处变不惊的船长。西北航道当时已经不再有诱惑力——帕里已经为捕鲸船探明了从彼得黑德和敦提进入“北部水域”的航道，但捕鲸船能走此航道，原因是当时多数人在这些航行中看到了利益（且不说为了纯科学和应用科学研究，以及国家荣誉）。另外，酿酒者菲利克斯·布斯这样的公共捐助者也在资助探险；哈得孙湾公司也派出了探险者——议会打算让其为这次探险埋单，并占有可能获得的任何收益。

然而，巴罗巧妙而成功地争取到另一次航行机会，这次航行装备完好精良，目标明确，看似不可能失败。于是，1845年5月19日，皇家海军“惊恐”舰和“幽冥”舰从伦敦起航，船载134人，听命于约翰·富兰克林爵士。他们的目标是，通过兰开斯特海峡和巴罗海峡，把帕里的航路和北美海岸连接起来，然后往西驶向白令海峡。

从艾西角（库克1778年航行的最远地点）到布西亚半岛的整个海岸当时都已探明。对大多人来说，这次探险航行有敷衍之嫌。

除五人在“惊恐”舰和“幽冥”舰遇到海冰之前转船，富兰克林一行人1845年与1846年之交在毕切岛过冬，三人死在那里，死因不明，被就地掩埋。1846年，富兰克林沿着惠灵顿海峡向北航行到北纬77°，然后沿着康沃利斯岛的西海岸南下，穿过巴罗海峡进入皮尔海峡。他被困在充满多年浮冰的维多利亚海峡，1846年与1847年之交在那儿度过了冬天。富兰克林不知道，而且也不可能知道，他选错了航道。他本该沿威廉王岛东岸的航道，经由詹姆斯·罗斯海峡、瑞伊海峡和辛普森海峡，进入毛德皇后湾，这样，他只会遭遇年度冰。而且，那里是唯一行得通的航道。[1]

这一悲剧性的错误是由于詹姆斯·罗斯的错误观察引发的。罗斯1831年曾在布西亚半岛西岸探寻航道。“幽冥”舰和“惊恐”舰一直未能从海冰中脱困，包括富兰克林在内的21个人在维多利亚海峡度过第二个冬天时死亡。罗斯认为，威廉王岛与布西亚半岛是相连的，他把后来被命名为瑞伊海峡的地方在地图上标成了地峡。

到1848年，对失踪人员的关切热度不断上升，最终由于关切度太高，当局派出了搜救船。海军部持续搜救富兰克林——政府、私人机构和国际机构组织了大约40次搜寻，持续了10年之久——直到1854年3月，当局正式宣告富兰克林和他的随行人员死亡。除了冬天在毕切岛宿营的证据，没有发现这次探险的其他任何踪迹。1854年春，哈得孙湾公司的雇员约翰·瑞伊博士，在佩利贝附近遇见一群爱斯基摩人。爱斯基摩人告诉他，他们以前见过一群到威廉王岛的人，这些人放弃了船。并且还说，他们后来发现了这些人的尸体。

1　大量海冰每年从北冰洋，通过麦克卢尔海峡、梅尔维尔子爵海峡和麦克林托克海峡进入维多利亚海峡，这一漂流模式在富兰克林时代是未知的。可替代航道是1903—1906年阿蒙森航行的路线，这也是第一次成功地经由北部航道的航行。

瑞伊从爱斯基摩人那里购买了这些人的一些遗物，包括刻有富兰克林名字的一个小银盘。英国政府奖励约翰·瑞伊1万英镑，因为他的这些发现揭示了探险队的命运。但约翰爵士的妻子富兰克林夫人对这个结论并不满意。她想知道，这支装备精良的队伍（在她看来）是如何失败的，又为什么会失败。她继续花费自己很大一部分财产，并且向公众筹资，资助个人探险队去寻找她丈夫的船队。其中最后一次探险，是由一个小型的、改装过的游艇完成，由弗朗西斯·麦克林托克率领。1859年春，他找到了有关这次灾难的原始记录，而且是被发现的唯一记录：在威廉王岛西海岸的两座锥形石堆纪念碑里的两册笔记，还有一捆因冰冻而破损得无法阅读的信件。

对富兰克林的搜寻激发了英国人的想象力，这在巴罗探寻西北航道时从未发生过。以英国和美国为出发点的数十次探险，搜寻了加拿大群岛所有未经探寻而必须探寻的地方，尤其是海岸线。这一方式标志着北极探险发生了根本性变化。此前，探险目标仅仅是通过一条航道去往某个地方，此后则是准备在此地区过冬，并将该地自身作为其关注的焦点。春天，小分队带着人拉的雪橇，向各个方向进发，探寻数百英里，所到之处几乎都发现了新的岛屿、海峡、海湾。具有讽刺意义的是，这一努力诞生了第一批涵盖范围广、精确度高的北极高纬度地区地图。然而，六年后，英国人不再抱幻想。1854年，愚蠢的统领爱德华·贝尔彻爵士凭着个人的直觉认为，海军部对花费昂贵却没有结果的探寻越来越不耐烦，于是草率地把皇家海军搜寻船“坚毅”舰、“无畏”舰、“援助”舰和“先锋”舰丢弃在冰域中，离开了北极。[1]此刻，英国人的注意力是西克里米亚，其腹地有英国人丧命。[2]

1 多亏皇家海军“菲尼克斯”舰和“塔尔博特”舰及时到达毕切岛，否则，这四艘舰及皇家海军“调查者”舰的所有船员，就不得不乘坐贝尔彻的一艘“北极星”舰回家。

2 搜寻富兰克林一事呈现了多面性，搜寻者为直觉和创新所驱使，且各怀目的。一些高级船员在寻找快速升职的途径，另一些人则沉迷于描绘新土地的轮廓。在某些时刻，富兰克林的命运远非许多人关注的重点。其中一个被实施的最古怪计划是，霍雷肖·奥斯丁船长活捉了一些北极狐，并给其安上金属信息牌，以指引富兰克林一行人找到搜救船，或者找到那些为他们安排的食物隐藏处。船员看中了狐狸的珍贵毛皮，又感到高级船员的计划荒诞不经，就把一些狐狸悄悄处死了。

富兰克林的灾难终结了英国人，乃至几乎所有人寻找西北航道的兴趣。约翰·理查德森爵士说，富兰克林的船员“用生命促成了西北方向航道的打通”。麦克林托克写道，他们“死在执行任务的途中”，而对他们来说，那次探险是一项“光荣使命”。这些评论被广泛认可。海军部颁发了第一次成功通过这条航道的奖励，得主是罗伯特·麦克卢尔及“调查者”舰的船员——尽管对此不无异议。麦克卢尔一行人1850年穿过了白令海峡，1851年与1852年之交、1852年与1853年之交的两个冬天被困在班克斯岛，然后徒步穿过冰地来到位于迪利岛的“坚毅”舰，该岛正好在帕里曾待过的冬季港湾西边。接下来的一个冬天，他们被困在巴瑟斯特岛附近，1854年9月与贝尔彻一起航行回家。（具有讽刺意义的是，“坚毅”舰上的雪橇名曰“约翰·巴罗”，该舰曾到过停在默西湾的“调查者”舰，并于1853年春护送这些人回去。）

为了不贬损富兰克林付出的努力，海军部奖给麦克卢尔1万英镑，只有原来为发现一条西北航道而设的2万英镑奖金的一半。

搜寻富兰克林的那些探险队，成功地测绘了帕里群岛南部和西部几乎所有北极岛屿的海岸线。（阿蒙森和斯蒂芬森分别于1905年和1916年完成了对维多利亚岛东北海岸的勘察，这一地区最难到达。）帕特里克王子岛在这些岛屿里面最靠西，是为了铭记参与搜寻的爱尔兰人而命名。[1]有几个岛屿用为这次搜寻提供资金的团体的名字命名，包括在富兰克林海峡一端的塔斯马尼亚群岛，是为了铭记（富兰克林曾当总督的地方）富兰克林夫人的探寻队捐助者而命名。班克斯地和威廉王地被探明是岛屿。贝洛特海峡也被发现。所有这些勘察工作几乎都是通过雪橇小分队完成的，而雪橇勘察技术是由麦克林

1 他们的搜寻行动绕得最远。这个岛以阿瑟·威廉·帕特里克·阿尔伯特的名字命名，此人是维多利亚女王和阿尔伯特亲王的第七个孩子，生于1850年。给他起帕特里克这个名字，是为了纪念母亲1849年对爱尔兰的一次访问。

托克完善的，此人1853年在105天内旅行1328多英里，创造了一个记录。

随着对富兰克林命运的兴趣开始衰减，人们的注意力慢慢转到了其他两个目标上：一是发现有人宣称的无冰北极海洋，二是到达地理北极点。这两个目标主要是由美国人完成的。实际上，通往这两个地方的主要通道——格陵兰岛和埃尔斯米尔岛之间的海峡，开始被称作美国通道。而且，这个地区本身也开始被一些人极其谬误地认为是美利坚合众国的一部分，尤其是皮里把此地区作为探险基地的那些年。

到1850年，北美北部已变成了一个非常重要的区域。哈得孙湾公司继续靠出口加拿大亚北极地区的毛皮赚钱；一些北极勘察队宣告发现了煤矿；美国捕鲸船凭其“进取精神”在楚科奇海获得了新的成功——投资者认为，也许这个地区有着巨大的深入勘察潜力。这也向任何可以帮助“拓展航海图”的人，向任何可以绘制帕里群岛以北地区的地图，或到达北极点的人，抛出了获得声名的承诺。1853年，由于到处充斥着这样的观点，美国船舶巨头亨利·格林内尔、慈善家乔治·皮博迪以及一些科学社团，决定赞助一个名叫埃利沙·肯特·凯恩的美国探险家，此人性格坚定，名气不小。

事实上，在向北航行时，凯恩本来可以成为搜寻富兰克林行动的一员。但因为除了毕切岛的宿营地，其他什么东西都没找到，凯恩觉得有必要朝一个不可能的方向搜索——北上史密斯海峡，并进入凯恩湾。1853年与1854年之交，他在格陵兰岛西北部的伦斯勒港过冬。1854年至1855年，他的船又被困在那里。他的雪橇队沿格陵兰海岸向北推进到北纬80°。[1]1855年春，凯恩一行人整理好日记和

1 当时，威廉·帕里保持着到达北纬82°45′的北极最北点记录，此地在斯瓦尔巴特群岛以北，他是1827年乘雪橇到达的。

地图，吵吵嚷嚷，徒步走出了北极，一直到戈德港，在那里他们遇上了救援队。

在巴罗统领下的北极探险具有军事和科考双重特征，就是说这是在无私地为上帝和国家服务。美国人进入北极却完全不抱这样的幻想。从凯恩到皮里，美国人探险行为的特征既受其指挥者个人的影响，又受到赞助人目标的影响。

凯恩身材瘦小，体弱，痴迷于北极探险。加拿大北极历史学家L.H.尼特比评价说，他是“最后一批机警灵敏、多才多艺的业余探险家之一”。他不寻常的表现，他的勇气和多愁善感，他的浪漫想象力和品德极具美国特点。他去世时年仅37岁，但他的葬礼在当时与林肯的葬礼一样隆重。正是因为他的身体虚弱，才凸显了美国人非常崇拜的品质——干劲、毅力和勇气。凯恩的船又在海冰中被困了一年，他用船上的老鼠熬汤，烧掉船上的一些东西取暖，用镜子把阳光反射到船舱里——当时他的船员患上了坏血病，躺在那里。在与偶遇的当地猎人交涉时（爱斯基摩猎人到他的船上偷东西，他们遇到陌生人时，往往会试探对方，看有无可乘之机），他先是态度严厉，同时还有点报复心理，但最后事情处理得很得体。他成功地和当地的猎人达成协议，让他们为他的船员提供食物。

凯恩跟随英国探险家爱德华·英格尔菲尔德去过史密斯海峡，他重申了英格尔菲尔德早些时候的报告（1852），认为凯恩海盆的海冰以北存在着无冰水域，这一信息激起了外界的极大兴趣。无冰北极海洋的理论在此以前的300年里已经被提起过很多次，但在地理学家约翰·柯特兰·莱特看来，19世纪支持这一理论的人“出于一厢情愿的商业目的，怀有民族主义的扩张野心”。人们有合理的理由去推测，遥远北方存在着一大片无冰水域。早在1810年，俄罗斯探险家赫顿斯托姆已经描述了冰间湖。斯瓦尔巴群岛以西“鲸鱼湾”的无冰水域，某些年份可延伸至北纬82°。海面结冰的范围，尤其是在格陵兰海，每年的确有很大不同。但北极存在一片海洋的推测，在很大程度上只是建立在一些零星的信息基础上——洋流形式，特定海域出现从遥远海岸漂来的浮木，海洋气温和陆地气温的级差分布，海洋哺乳动物的迁徙模式。即使按当时的标准来说，那也是不严密的科学推理。

19世纪末，随着更为严谨的科学的兴起，探寻无冰北极海洋的企图不再受到重视，但也没有遭到公开指责，因为公众不会接受这样的批评。从内战到一战伊始这段时间，美国公众极其渴望了解和阅读有关极地探险的经历。凯恩和查尔斯·弗兰西斯·豪尔，以及稍晚的斯蒂芬森和皮里，这些在远离美国工业基地的异域旅行的人，成了人人追捧的英雄。[1]尤其是皮里作为果断品质的化身，一直受到人们尊崇，直到其贪婪、傲慢的品行暴露无遗，最后引起大众反感。

卡尔·韦普雷希特是一名奥地利军官，1873年，他和朱丽叶斯·冯·佩叶一起发现了法兰士·约瑟夫地群岛。1875年9月，他促使一批科学家在奥地利的格拉茨会晤，以便对北极做一个同步的也更有价值的考察。韦普雷希特认为，近期前往北极的尝试只是一些噱头而毫无价值；他批评那些热衷到北极发现新岛屿的国际竞争。他想搞清楚，极地气候的特质是什么，对欧洲的天气有何影响，能否撇开沙文主义，积极推进国际合作，以便共同解答上述问题，以及其他涉及北极的科学问题。他的同行认为，这些目标极有可能实现。韦普雷希特的草案日渐修改完善，成为第一个国际极地年的计划方案。到1882年，有11个国家建立了12个考察期为一年的北极考察站。

最靠北的北极考察站是美国人在埃尔斯米尔岛的康吉堡建立

1　豪尔是个小商人，耽于幻想，以近乎神经质的漠然态度，长期在北极承受艰难困苦。1862年，由当地的爱斯基摩人口述，他写下了弗罗比舍造访巴芬岛的故事。这些故事的细节通过爱斯基摩人口头传承，完好地保存了275年。1871年，他在格陵兰岛北部谢主港（Thank God Harbor）的冬季住所中死去，显然是砷中毒谋杀案的受害者。

的，由中尉阿道弗斯·格里利负责。根据一位历史学家的说法，格里利是一个非常严肃的普通指挥官，“一个不稳重的……脾气急躁的严厉军纪官”，并且没有北极生活经历。秉承美国传统，他选择的是博人眼球的探险而不是乏味的科学观察——他派遣詹姆士·洛克伍德少尉沿格陵兰海岸北上，尽可能超越当时英国人所创造的到达北纬83° 20′ 的记录。1883年5月15日，洛克伍德和大卫·布雷纳德中士以及一个爱斯基摩同伴，成功抵达北纬83° 24′，比曾经在同一海岸探险的内尔斯远征队向北推进了4海里。“我们兴奋地互相握手，”布雷纳德后来写道，“甚至拥抱了爱斯基摩人，他因为莫名其妙而感到非常吃惊。”非常遗憾的是，在返程之前，布雷纳德中士在岩石上刻了一些单词，为知名的麦芽酒做广告。

格里利被派到埃尔斯米尔岛上建造康吉堡考察站，进行气象和地磁观测，并且对埃尔斯米尔岛和格陵兰岛北部进行勘察。原计划在1883年夏把他们接回，但是那一年救助船没有出现，直到1884年夏天还是没有出现。格里利绝望了，他带领考察队沿着海岸南返，来到萨宾角，希望能够发现一个地窖——或者是他们的施救者留下的，或者是1875—1876年曾到过此地的内尔斯探险队留下的。（两类地窖他们都找到了，可惜的是，前者储藏物不足，找到后者又费尽周折。）那年冬天，他们一行25人中有16人在萨宾角附近的皮姆岛上饿死，包括年轻可爱的爱德华·伊斯雷尔。

格里利活了下来，但没有救出考察队的所有人，这是美国历史上最为耻辱的事件之一。1883年和1884年的两次援救活动既不专业，又没有竭尽全力。也许最可悲的是，格里利频频遭到那些不愿支持认真救援行动的政客的毁谤。在美国，人们只看重结果的成功，而无视采用的是何种手段。在这种大环境中，没有成功的英勇尝试显然是无足轻重的。格里利既没有绕过格陵兰岛的最北端，也没有发现新陆地，只是比英国人多北进了4海里，这一结果是不够的。格里利竭尽全力去保护其考察队员的生命，却被贬为一个残忍的、没有人性的人。对格里利谴责得最厉害的人之一就是罗伯特·皮里，但后来他为自己的肆无忌惮深感自责。

截至1900年，北极探险史在很大程度上可以说是两个人的故事——弗里乔夫·南森和罗伯特·皮里的探险故事。两个人当中年长的皮里是一个精明的推销员，极其渴望获得赞誉。他的成就是名副其实的——多次勘探格陵兰岛北部，而且于1909年抵达北极点，这些艰难的旅程所需的决心超乎人们的想象。他的咄咄逼人和统领能力掩盖了孤独感和不安全感；他还试图通过事业成就以及设法得到权势人物的青睐，并通过与其交往，来缓解自己的孤独和不安。西奥多·罗斯福是他的坚定支持者之一，皮里的气质，包括他的理想，在一定程度上，都与罗斯福相似。

南森是挪威的科学家和人道主义者，他是另一种类型的人——几乎和皮里一样拥有紧迫感，但不爱炫耀，处事低调。与皮里相比，他以豁达的胸怀看待世界，对人类活动限度的理解恰如其分，在多个领域都做出了持久的贡献。他是第一位穿越格陵兰冰盖的探险家；他推断出并证明了极地漂移理论；他写了两卷关于北极早期探险的学术著作——《北方迷雾》。1923年，他因在一战后为难民争取权益被授予诺贝尔和平奖。

尽管皮里具有不求回报的探险爱好者这一光环，但南森似乎在生活的各个方面都兼顾得比较理想。然而，南森并没有经受皮里所遭遇的烦扰；皮里陷入了一系列令人困惑的不幸之中，最为不幸的是，他陷入了一场自我毁灭的争论——他与弗雷德里克·库克博士谁最先到达北极点。

1884年，南森读到一条信息，一艘名为“珍妮特”的船的部分残骸出现在格陵兰岛西南海岸，由此，南森开始思索北冰洋的极地漂移现象。[1]

南森和苏格兰船舶设计师科林·阿彻一起，建造了“弗拉姆”号三桅帆船。该船长128英尺，船幅较宽，以便能在极地浮冰区安全航行。[2]“弗拉姆”号配备了五年的给养。1893年6月24日，南森和11个同伴一起从挪威启航，他预定的航线与“珍妮特”船的航线相交叉。9月末，不出所料，“弗拉姆”号被困在德朗群岛北面的浮冰中。该船被恰到好处地托举在浮冰表面；南森随浮冰安全地漂流了两年，做了大量的观测。这种漂流尽管很慢，却正如南森所预期的那样，从德朗群岛附近开始，按顺时针方向西前进。南森后来厌倦了这种状态，渴望奋力尝试一下，于是1895年3月14日离开了船，和弗雷德里克·约翰森一起，带着26条狗，试图到达北极点。他们越过了北纬86°，但春天来了，他们不敢再往前走。结果，他们带着两条狗，勉强到达法兰士·约瑟夫地群岛。他们在那里过冬，非常幸运地偶遇英国探险家弗雷德里克·杰克逊。8月，他们一起驶向挪威。

1896年8月，“弗雷姆”号船长奥托·斯弗德鲁普把船安全地驶出了浮冰区，驶入格陵兰海。两年后，在另一次探险中，由于埃尔斯米尔岛东海岸的厚重积冰，斯弗德鲁普和“弗拉姆”号被迫进入可以过冬的地方。多疑的皮里突然出现在斯弗德鲁普的营帐里——

---

1 “珍妮特”号是美国船，1881年在拉普捷夫海的海冰中被摧毁，包括指挥官海军中尉乔治·德·朗在内的大部分探险队员遇难。然而，他们证实弗兰格尔岛是一个岛，并发现了德朗群岛和新西伯利亚群岛，这暗示着西伯利亚大陆架向海洋延伸的区域很大。几乎在同一时期，1879年7月20日，瑞典地理学家和探险家阿道夫·埃里克·诺尔登斯基沃尔德 ，乘蒸汽航船绕杰日尼奥夫角航行，完成了东北航道的探寻。（1913年，北极最后的一个群岛北地群岛被一位俄国军官发现，从而完成了西伯利亚北极高纬度地区陆地的勘测。）诺尔登斯基沃尔德的航行为西伯利亚的毛皮、木材、矿石打开了商业通道，这促使后来苏联研制大批货运船和核动力破冰船。相比之下，阿蒙森1906年完成了西北通道的探寻，却几乎没有引起加拿大和美国的兴趣，这一局面直到1968年在北美北极地区发现石油之后才被改变。

2 “弗拉姆”号外壳光滑，圆底，这样就不存在海冰能卡住的凸出部分。船舵和自动引擎的铁铸推进器放在防护性的井栅中，而且能在紧急情况下快速吊上来放到甲板上。橡木船壳足有4英尺厚，而且用额外的龙骨以及内置的木质和铁质构件加固。厚厚的毡制品、软木和驯鹿毛隔离层把狭小的起居室布置得非常舒适。甲板上的一台风车为电灯提供能量。

他想了解斯弗德鲁普的意图。这位挪威人说，他是向西探索，而不是去北极点。皮里拒绝了挪威人热情地端上来的咖啡，突然向他请辞。这是皮里日后必将后悔的另一个怠慢之举。

1898年至1902年期间，斯弗德鲁普及其同伴勘察了埃尔斯米尔岛的南部和西部，并在西面发现了阿克塞尔·海伯格岛、阿蒙德·灵内斯岛、埃勒夫·灵内斯岛。[1]自帕里的首次探险以来，还没有人一次性发现这么多新陆地，并且将其绘制到地图上。这是一次认真的、成就非凡的勘察，但在美国基本上未被人预料到，丹麦人对东格陵兰的勘察也是如此。

有一年冬天，在西北地区的耶洛奈夫，一连7周气温都没超过零下40华氏度，我有了大量的时间进行阅读。在我脑海中萦绕的，是我和理查德·戴维斯有关景观认知的对话。这次对话发生在他位于卡尔加里的北美北极研究所的办公室。我向他解释了自己对一些人的日记的迷恋，这些日记描写了耶洛奈夫以北和以西苔原上的旅行，作者包括塞缪尔·赫恩、约翰·富兰克林、沃伯顿·派克和欧内斯特·汤普森·西顿。[2]赫恩在前往北部海洋的旅行（1770—1772）中，像斯拉维印第安人和契帕瓦印第安人旅伴一样，全靠在这片土地上就地取材以维持生活。在他的日记里，这片土地既称不上是敌人，也远非毫无生机。富兰克林的日记对这片土地有着完全不同的理解。在他的日记里，这块土地正如它此后的名字“拜伦斯”（the Barrens，荒漠）所反映的那样，是一片荒漠。（富兰克林在1819年至1822年期间的探险途中，不时目睹处决、饿死人、谋杀、食人等惨象）。在派克的日记中（1890），苔原被理解为等待着智慧超群、坚忍不拔的人去征服的荒野，意味着便于这些人维持生存。

---

1 阿克塞尔·海伯格伯爵和两个富有的酿酒商——阿蒙德·灵内斯和埃勒夫·灵内斯，对南森和斯弗德鲁普的探险给予了大量资助。

2 日记标题和出版日期请参照本书正文后的注释5。

对于西顿（1907）来说，同一片苔原却是如此宽厚，有着如此显著的经济潜力，他甚至试图把苔原的名字由“拜伦斯”改为“北极大草原”。

人们不难推测，不同时代、不同背景的人，对同一片土地——包括该地区的植物、动物、矮树、天气、低丘、河流、湖泊，会有不同看法。我和戴维斯思索了这些日记里相似的和截然不同的部分。此前，戴维斯写了一篇论文，比较了20世纪的旅行者在亚北极地区游历的日记。他说，通过比较这些日记可以看出，前人对这片土地的描述在多大程度上影响了后人对同一景观的描述。换句话说，确认像派克日记中描述的那处北方景观的存在——“地球表面上存在的最荒芜的地方”——部分地取决于在旅行出发之前，选择阅读哪一位作家的作品。

我坐在耶洛奈夫的住所阅读时，非常注意这一点：要谨慎看待自己阅读的任何日记，不要以为一个人对一片土地的动人描述，就能代表人们对这片土地的所有体验，甚至可以代替对这片土地的体验本身。我还感觉到一种优越感，因为我去过这些探险者走过的原野。尽管我并非总是在意人类心灵的结构，但我可以感到这些探险者的体验一直在发挥作用。赫恩的日记描述了真实的细节，其中有一些描绘细致入微。那一周我在耶洛奈夫一直反思：我们阅读描述遥远地方的作品时，对这个地方产生了一种印象，却很少有人能够通过前往同一地方旅行，证实这一印象；读完三四本涉及同一区域的日记，我们会更清晰地看到，人们对一些事情的认识存在着空白，出现了一些莫名其妙的缺漏。还有，人们想了解这片土地的本相，想知道它的本质，却又不可避免地对曾经在这里旅行的人感兴趣，因而既想理解这片景观，又想理解曾经抵达这片景观的人。

19世纪的北极探险文献充满了巧合和戏剧性，包括最后一刻的紧急救援，为了给濒临饿死的人弄到食物而肆无忌惮地开枪，还有写给苦苦思念的挚爱之人的秘密信件。这些文献中描述了一些梦幻般的寂静时刻，正如帕里日记里所说的那样，他听到大地上回荡着人类的声音。他们还描述了死亡无可避免之时的温柔照料和静静忍耐的场景。就像维多利亚时期精彩小说的情节，船和人经常在意想不到的环境中反复出现——被困于摄政王湾的海冰中达四年之久之后，约翰·罗斯爵士于1831年为“伊莎贝拉”号所救。自从成为捕鲸人之后，他在1818年曾经乘这艘船进入史密斯海峡。1837年，乔治·巴克乘“特罗尔”号差点儿在福克斯海峡丧命，这近于灾难的事件差点儿结束了英国的极地探险活动。然而，同一艘“特罗尔”号，1845年成了富兰克林探险的旗舰。

1859年，在威廉王岛上，弗朗西斯·麦克林托克第一个发现富兰克林探险的记录。此前，麦克林托克也参与了麦克卢尔西北航道探寻的活动。1851年春，他在梅尔维尔岛冬季港湾的一块石头下留了一张便条，上面写着他的船冬季停泊的位置。第二年春天，麦克卢尔发现了这张便条，意识到上面的信息已经过时，就又添加“调查者”号在默西湾的位置和那里的严酷环境的信息。1852年秋，一个同行核实了麦克林托克便条提供的信息，于是，这艘船的命运首次为人所知。人们准备1853年春前去救援。（1853年8月24日，皇家海军“菲尼克斯”供给船离开毕切岛返回伦敦时，“调查者”舰上只有一个名叫塞缪尔·克雷斯韦尔的船员，幸运地搭乘该船。于是他成为“调查者”号上第一个穿越西北航道的人——其他船员在北极又待了一个冬天。）1915年，在帕特里克王子岛北岸，斯蒂芬森发现了麦克林托克留下的另一张便条，字迹依然清楚，于是他在1921年将便条寄给了麦克林托克的妻子。

在诸多戏剧性事件中，有一些是我终生难忘的。

1900年，皮里在格陵兰岛东北海岸北纬82° 37′ 的地方垒起一座石堆纪念碑。在此前的25年中，丹麦人已对格陵兰岛遥远的东海岸做了系统勘察。他们地图上唯一的空白，就是皮里的石堆纪念碑与俾斯麦角（北纬76° 45′ ）之间大约400英里的区域。1906年8月，丹麦探险队到达俾斯麦角，完成了格陵兰岛的海岸勘察。1907年5月1日，米留斯·埃里克森、赫格·哈根和一个名叫约尔根 ·布朗伦德的爱斯基摩同伴，在与J.P. 科赫及其团队一起从俾斯麦角向北旅行一段路程后分道扬镳，前往不同方向勘探。科赫前往皮里的石堆纪念碑。埃里克森转而向西，前往独立峡湾。（皮里宣称，该峡湾是可以通往格陵兰岛西海岸的一条海峡的东部入口。）5月27日，此前分开的两个勘察队意想不到地相遇。科赫发现了皮里的石堆纪念碑，埃里克森也已行进了125英里，进入丹麦峡湾，发现无法继续向前。他告诉科赫，他将沿独立峡湾北上到学院冰川附近，从那里他可以西进到皮里海峡勘探。他认为这用不了几天时间。

埃里克森的勘察队再也没有回来。科赫和其他的人秋天去寻找他们，但没有结果；科赫返回时沿着海岸放置了紧急供给物品。第二年春天，他们开始仔细检查补给站。在兰伯特地海岸上用来贮藏给养的一个小型洞穴里，他们发现了布朗伦德的尸体。在死者的脚旁有一个瓶子，里面装着哈根的所有地图和死者的日记。除了最后一页，其余各页都用爱斯基摩音节主音写成。在日记最后一页，布朗伦德用丹麦语写道：

> 11月，试图越过内陆冰返回。经过79个峡湾后精疲力竭。我在几乎消失殆尽的微弱月光下到达这里，脚已冻僵，光线越来越暗，不能继续往前。其他人的尸体在冰川附近的峡湾当中（大约7.5英里）。哈根死于11月15日。米留斯大约10天后死去。

原来，他们三人在返回路上遇上了暖和天气，因此无法穿越海冰。他们的食物耗尽，狗也全都死亡。他们遇到的地形与皮里所描述的完全不同。哈根在所带的地图上纠正了绘制错误，这些地图由爱斯基摩人布朗伦德一直保存到生命最后一息。

根本不存在所谓“皮里海峡”。他们发现，皮里宣称的格陵兰海的冰封北部海域，实际上是两个面积广大的半岛，即王储基督徒地（Crown Prince Christian Land）和后来命名的埃里克森地。（皮里的“发现”无可厚非，其他探险家也犯过此类错误，但极少以这样一种惨重代价进行纠正。）

皮里自己的旅程同样充满了绝望时刻，其中一次是极地文献记录的最为悲惨的时刻之一。1906年，皮里没能成功到达北极点，只好从海冰上向南回撤，但他发现，归途被半英里宽的冰间水道阻断了。他的勘察队在水道北侧扎营，派人向东和向西探寻，日复一日地盼望水道弥合或结冰。他们所带的给养即将告罄，最后只能杀狗充饥，拆散雪橇点燃取暖。冰间水道已增至2英里宽，但距营地一段距离的水面上，形成了一层薄冰。冰面还不能承载不穿雪鞋的人通行——蹒跚而行，甚至短暂停留，将意味着冰层断裂。他们小心翼翼地穿上雪鞋，并排站立，默默出发。每个人都有节奏地移动着。新结冰面还不坚硬，他们所踩的部分下沉，雪鞋前面的冰面涨起，整个冰面上下晃动。其中有两步，冰面都是在后一只雪鞋的前端断裂，皮里感到生命即将结束了。他听到身后有人大叫，但他不敢停下，也不敢回头。“上帝！救救他吧！”他心里默默祈祷。到达水道另一侧的坚固冰面时，所有人鸦雀无声。皮里听到离他最近的两个人的颤抖叹息声。刚才叫喊的那个人像皮里一样，雪鞋下的冰断裂了，但所有人都安全地走了过来。

皮里所经历的那一紧张时刻，与一个名叫理查德·柯林森的人成功完成却不被称道的北极旅行，形成了鲜明对比。柯林森于1850年1月乘皇家海军“进取”舰离开了英国，他的同伴麦克卢尔乘的是“调查者”舰。他们绕过合恩角，经过夏威夷。在驶往白令海峡的航途中，麦克卢尔下定决心，这次去搜寻约翰·富兰克林爵士，他的舰船应该成为穿越西北航道的第一艘船。他已经43岁，获得升职的前景不太乐观。于是，他并未报告上司，就悄悄地指挥舰船先行驶往目的地。

柯林森比麦克卢尔晚几周（麦克卢尔做了一个大胆决定，从阿留申群岛无人勘测过的水域穿过）到巴罗角，这时已太晚了，巴罗角附近海域已结冰，挡住了他的去路。他又转而向南，驶往香港度过了冬天。1851年夏，他绕过了巴罗角，而且在毫不知情的情况下，沿着麦克卢尔1850年的航线北上到威尔士亲王海峡。在大公主群岛的一个岛上，柯林森发现了一张便条，上面简述麦克卢尔试图穿越梅尔维尔子爵海峡，前往帕里的冬季港湾，但由于厚重冰层阻遏未能成行。柯林森也尝试了一次，但也未能通过。他又转而向南航行，绕过尼尔森角，北上航行到班克斯岛的西海岸。（他又一次没想到，自己仅仅比麦克卢尔晚两周抵达这一海岸。）然而，海冰又成了他最大的障碍，他不得不再次转而向南。他驶往维多利亚岛的西南海岸，在那里停泊过冬。

1852年，柯林森展现出令人称奇的船舶驾驶技术，他熟练地驾驶300吨重的“进取”舰通过多尔芬和尤宁海峡，到位于维多利亚岛东南海岸的剑桥湾过冬。如果他带了翻译（翻译与麦克卢尔在一起），就极可能会得知富兰克林发生悲剧的地方。不出所料，他仅仅从当地爱斯基摩人那里收集到富兰克林探险队的一些遗物。1853年春，他又一次探寻维多利亚岛的东海岸，一直走到远至盖茨黑德岛的地方，结果发现1851年瑞伊先于他来过这里。（瑞伊1854年在佩利贝爱斯基摩人那里收集的遗物被带回英国，这比柯林森带着收集到的遗物回到英国早了一年。）柯林森1853年夏季启程回英国。他再次以高超的技能，驾驶船舶通过维多利亚岛南部变幻莫测的浅水区，却被迫在阿拉斯加的卡姆登湾停泊过冬。1855年5月，他总算通过好望角回到英国。

在这5年中，柯林森率领的64人中只有3人死亡。正如一位历史学家所说，在照顾船员的健康和鼓舞士气方面，柯林森超过了同时代的所有人。他的创新之一，是在剑桥湾的海冰上，用雪堆砌成台球桌娱乐，用以驱散冬日因无所事事而产生的倦怠。台球桌减震物用海象皮制成，用麻絮填充，桌面是精心修整过的一层淡水冰，台球用愈疮树木材削成。“我想这些船员以前都没打过台球，”柯林森写道，“因而他们就不会抱怨台球桌不好。但这一活动收到了极好效果。”

从旅行穿过的区域、航程距离、航行难度、遵守秩序以及船员们在归来时的整体健康状况等方面来看，柯林森的旅行都是非凡的。然而，由于缺乏困难处境的映衬，其前所未有的成就就显得有些逊色，这反而助长了麦克卢尔那种多少有点儿做作的名声。或许应当指出，贝尔彻非常清楚“调查者”舰所做的事情，于是在1854年背弃了柯林森，以避免同样的命运。

1853年，柯林森向北行驶到维多利亚岛的东海岸时，带着两个雪橇。他打算派出一个雪橇小组跨越维多利亚海峡到威廉王岛，在那里他本来可能找到麦克林托克六年后发现的证据——揭示富兰克林及其船员命运的骨骼、石堆纪念碑及丢弃的贮藏物。但是，55英里宽的海冰看上去令人生畏，于是他放弃了派遣雪橇小组的决定。

1848年4月25日，富兰克林的副手，皇家海军“幽冥”舰的克罗泽舰长，在威廉王岛西北海岸的石堆纪念碑里放置便笺，上面明确说明，他带着104名船员越过大约30英里变幻莫测的海冰后来到这里。“幽冥”舰和“惊恐”舰被冻结在维多利亚海峡已经两年，富兰克林与其他23人已经丧命。克罗泽打算带领这些幸存者向南、然后向东，前往250里外的巴克斯菲什河河口。显然，他希望从那里前往一个居民点。

在威廉王岛南部海岸的约翰·赫歇尔角附近，克罗泽和大约40个饥饿、疲惫不堪的船员，遇上了四户爱斯基摩人家。克罗泽走上前去，用手势乞求他们打开给养包裹。他们递给他一些海豹肉。他接过肉，开始吃起来，并示意爱斯基摩人也应该给他的同伴一些肉。他们照办了。他们和克罗泽一行一起度过了夜晚。次日早晨，克罗泽请求他们留下来，一遍遍地说着他认为是爱斯基摩语里的“海豹”一词，但这几户人家还是走了。爱斯基摩人明白，北极的那个地区资源匮乏，不足以供养这四户人家和一支40人的队伍。

克罗泽的恳求场面是北极历史上最引人瞩目的时刻之一；这个细节是多年后从爱斯基摩人那里得知的。克罗泽1845年从英国出发时满怀成功希望。这当然是一个军官所期望的，然而在相关技术和英国海军的传统方式被证明不能保证实现目标时，他的自满情绪被彻底粉碎。他不得不向自认为社会发展阶段和道德水准都比自己低的人乞讨。在他看来，无论从哪方面的成就来看，这些人与自己的民族都有着天壤之别。

自那次与爱斯基摩人在海滩相遇之后，克罗泽一行在各方面都变得更为匮乏。他们继续赶路，但可悲的是，他们在很大程度上不知道自己身在何处，也不知道自己面临什么处境，就迷迷糊糊地在路上倒毙了。后来，麦克林托克在海滩上发现了一条遗弃的小船，船上有一只小山羊皮手套，每个套指上都沾有一些火药。还发现一本《威克菲尔德的牧师》，一个用草编织的烟盒，一幅折叠起来放在锡盒里的蓝色太阳镜，一双系着红丝带的牛皮衬里卧室拖鞋，几个蓝白相间的代尔夫特陶瓷茶杯和一枚1831年的六便士。

在最后30人一起死亡的地方，有迹象表明，他们试图杀死并食用从南方飞来的第一批雪雁。

这个地点位于阿德莱德半岛上的巴罗湾附近，后来被称为饿死湾（Starvation Cove）。1923年，克努兹·拉斯姆森在此地短暂停留，为这些人举行了葬礼仪式，并发现了遇难探险队员的日记。这些日记被水浸泡过，又被风吹散，已经无法辨读。

在拉斯姆森之后（或者之前），其他人也探寻了可以解释这次重大失败的线索。从爱斯基摩人的证词可以推测，其中一艘舰船在维多利亚海峡沉没，其余舰船在阿德莱德半岛的格兰特角沉没。1967年，加拿大军方对这一地区进行了全面搜索，以期发现一些记录、遗迹和不为人知的坟地，结果一无所获。然而，在北方依然存在着为这一不幸事件撰写一个准确评述的愿望。

大约在1856年，也就是对富兰克林的搜寻活动正式结束两年后，一个叫基拉尔苏亚克（Qillarsuaq）的萨满教徒确信，在遥远北方的某些地方，生活着一些不为外人所知的爱斯基摩人，于是就带着大约40人离开巴芬岛向北前进。他们行进到萨默塞特岛，越过巴罗海峡至康沃利斯岛，然后沿着德文岛的海岸向东。但走到半路，大半的人又返回了。沿途打猎很困难，而且他们并不完全赞同基拉尔苏亚克的看法。基拉尔苏亚克仅凭自己脑海中所装的地图，带着追随者行进了数年，最后在1863年从埃尔斯米尔岛的萨宾角越过海冰，到达格陵兰岛海岸。在这里他们确实遇到了一些人。他们在伊塔附近遇见了两个人，其中一个叫阿卡塔，他有一条木腿，那是英国捕鲸者送给他的礼物。巴芬岛爱斯基摩人从未见过这种东西，因而感到非常惊讶。

在接下来的五六年里，巴芬岛爱斯基摩人生活在极地爱斯基摩人当中，通常在肖拉帕卢克一带居住。这两个爱斯基摩人群体，在被称作新北方气候期或小冰期（1450—1850）的时期中分开。随着气候回暖，动物的种类和数量发生了变化，但极地爱斯基摩人在捕猎方面并不是很成功，因为他们在小冰期丧失了必要的捕猎技能。巴芬岛爱斯基摩人重新教他们如下技能：建造和驾驶皮艇（这种艇像只篮子一样轻，一个人仅把前臂插进驾驶座舱处就可携带）；使用弓箭远射北美驯鹿；捕获迁徙中的红点鲑。

欧洲人在探索北极时，爱斯基摩人也在探索并重新适应他们自己的土地，但欧洲人对此毫无意识。欧洲人认为北极是一成不变的——它是一片原始景观，一幅画，居民稀少。他们把这里的寂静和寒冷误解为生物学上的静止。他们认为这里的任何事情都没有变化。他们认为这里是荒凉之地，是荒原。

斯蒂芬森等人责怪克罗泽没能在一个“充满猎物”的地区幸存。他们的论据是，后来一个美国骑兵部队的中尉在这一地区成功幸存。[1]这种批评有失公允，但有启迪作用。如果说克罗泽了解打猎的话，他仅仅知道这是一种“户外运动”，而不是一种严肃的谋生本领。除非是在一个确实充满驯鹿和麝牛的地方，否则克罗泽和随行的任何人都不可能幸存，但显然在威廉王岛至阿德莱德半岛一带不存在这种先决条件。这里唯一能够供养他们的食物是海豹，但是他们没有捕猎海豹的技巧——而且根本不可能有足够的海豹让这么多人生存。这就是这个地区爱斯基摩人极少的首要原因。斯蒂芬森夸大其词，把北极各地区都说成是遍布动物，这显示了他对这一地区极不了解，与英国人误认为该地区是生物学意义上的荒原如出一辙。斯蒂芬森也曾公开批评格里利没能用当地的动物供养他的船员。

极地动物的行动路线并不明确。然而，考古研究发现，北极文化发展的核心地区，像白令海和福克斯湾周边地区，在相当长的历史时期有着稳定的动物种群。但即使在这些地区，动物的出现也是季节性的。北美驯鹿有其祖传的产崽区，鸟类也有其祖传的群栖地，独角鲸一定会去阿德默勒尔蒂湾。但如果你选错了观察时间，这些地方就好像什么事情都未发生过。

这片土地的一些地方的确空无一物，另一些地方却是貌似空无一物。在对动物迁移不感兴趣的人眼里，整个地区似乎都空无一物。他们不能领悟一个重要事实——这里生活着极少数的半游牧民族，这就暗示着动物本身也在游动。要么是动物不会在一个地区久留，要么是动物的数量本来就不多，要么是捕杀这些动物非常不易，否则的话，这儿会有很多居民，而且会住在相对稳定的居住

1　1879年，弗雷德里克·施瓦特卡和两个同伴乘雪橇在55周内行进3 200英里，从哈得孙湾出发行进到威廉王岛，然后返回。在此期间他们几乎完全远离陆地。

点。这片土地并非空无一物，但这里的动物只能供养一定数量、非常有限的人群。要想明白这一点，你要么需要住在那里，要么需听从住在那里的人的忠告。

克罗泽及其船员的死因在于，他们事实上不知道自己身在何处。他们赖以旅行的种种防护设备完全碎裂，让他们不得不直面恶劣的自然环境。在此，他们熟知的权威知识失去了效用。他们人数太多，而且根本不知道该怎么办。

在北极，爱斯基摩人愿意伴随像皮里和拉斯姆森那样与众不同的人，这种人鼓舞人心的领导才能和驾驭狗的技能，令爱斯基摩人敬佩。爱斯基摩人喜欢与打猎的人和能够融入这片土地的人同行。在这些旅行中，对他们来说唯一奇怪的时段是，当他们行进到空无一物的地域，也就是在前往北极点以及跨越格陵兰冰盖的途中，他们不得不吃锡罐装的食物。他们对这些地方并无多大兴趣；实际上，他们对这些地方还充满恐惧。他们一同前往，仅仅是因为他们敬佩与其同行的那些人。

回到海岸，回到他们生活的环境中，爱斯基摩人体验到了无比强烈的如释重负之感。许多这样的场面都洋溢着动人、奇妙的情愫。在拉斯姆森第二次图勒探险结束后回到乌玛纳克镇时，这次饥饿之旅的爱斯基摩同伴之一阿亚扣（Ayako)，第一个走到水边。“阿亚扣弯下腰，”拉斯姆森写道，“手捧峡湾里的水，举到自己的脸前，去感受并吸入海水带着咸味的清爽气息。在这些水滴中，他嗅到了海象、独角鲸和海豹的肉味——所有这些富含脂肪的动物的鲜肉将会使我们的日子美好起来。美丽的大海！我认出了你，现在我到家了。”

1909年4月7日，罗伯特·皮里离开地理北极点附近地区，前往埃尔斯米尔岛的哥伦比亚角以及他的“罗斯福”号；船停泊在更远的谢里丹角附近。他带着五个人、五辆雪橇、38只狗，于前一天到达北极点。后来，他被严厉地询问；因为没有能够确保其确定纬度的太阳观测者随行，而受到了批评。对此，他回应说，他不打算与无法拥有处在那里的权力的人分享荣耀——在他看来，这样的人根本不存在。

那天和他一起到达北极点的人，他认为没有一个人可以对他的威望构成威胁。在一张照片中，五个人站在一片海冰前的冰丘上，皮里在上面插上了美国国旗，邬奎（Ooqueah）举着海军联盟的旗帜，邬塔（Ootah）手中拿着皮里大学生联谊会的旗帜，埃荆瓦（Egingwah）举着美国革命女儿会的旗帜，西格卢（Seegloo）拿着一面红十字旗。皮里的黑人男仆马修·亨森所举的一面旗帜，对皮里来说意义可能最为重大。这是一面自制的北极旗帜，在此之前的九年中，皮里从这面旗帜上裁下来几小片，放置在他到达的其他四个“最远的北方之地”。

皮里到达北极点时53岁，留着八字胡，蓝眼睛，金棕色头发，身体健壮。从近处看，这张眯着眼睛、饱经风霜的面孔，显示了在北极活动23年的岁月留下的印记。他毕生渴望取得一个能够使他脱颖而出的成就，一件了不起的、别人无法超越的业绩。他终于实现了这样的愿望。但是这个如此陶醉于功名、渴望被人羡慕的人，也渴望得到人们的喜爱。他从鲍登学院毕业后，曾给心爱的女人写过这样的话：“我希望拥有迷人的个性，当我和别人在一起的时候，无论他们是否有此想法，他们总会情不自禁地喜欢我。”事实却并非如此。

随着年龄增长，由于他总在交厄运，在探险旅程中总是遇上坏天气，他变得越发刻板，越发孤僻。他表现出了那些妄自尊大的人常有的那种愠怒，这些人暗自认为他们也许并未成功。由于弗雷德里克·库克声称比他早12个月到达北极点，皮里遭受到了精神创伤，程度之深无人知晓。晚年，他变得极其自负和暴躁。

皮里的私人日记已经出版了。其中一小部分显示，皮里不仅仅是个追逐功名和自负的人，他还有另外一面——关爱妻子，特别是在婚姻生活早期，无疑非常体贴、怜惜妻子。他知道，由于经常顾不上家庭，持续地去探寻北极点，由于没有尽到家庭责任和义务——用他自己的话来说，他被人认为是“毫无意义地犯傻”。他被自我怀疑所困扰，而且至少有一次，似乎考虑过自杀。当时，他成名的前景显得太渺茫了。

同所有伟大人物一样，皮里遭遇过一些怪人的纠缠和一些不满者的烦扰。他开始痛恨对自己进行拙劣模仿，这些模仿是从他众多的公共演讲和访谈中衍生出来的。尽管他不屑一顾，认为自己与众不同，尽管他尽量视而不见，也想尽了办法，但仍有一种强烈的孤独感挥之不去。在备受感动之下，人们开始以比较宽容的方式看待他的生活。他内心里的一些东西也许只有妻子能理解。1902年以后，由于冻伤，他的十个脚趾头的关节全都变得不灵敏。但即使是走过参议院走廊，或穿过华盛顿特区的街道时，他也是以独特的方式拖着脚前行。他争取成功的决心，他对探险的迷恋深度和强度，毫无疑问，是所有面对他所旅行过的地方的人无法想象的。

皮里和维尔加尔默·斯蒂芬森是20世纪最引人瞩目的北极探险家，他们在一些方面很相似。两人都是个人主义者，把一生的声誉建立在北极探险的功绩上。两人干劲十足，有时为了事业和成就会显得肆无忌惮。两人都认为，为了北极探险而屠杀动物无可厚非。两人都屡遭小人诽谤。在成名过程中，他们变成了善于言说而不善于倾听的人。他们忘记或否定成就他们声望的那些人的牺牲和艰辛工作。实际上，和其他许多探险者一样，他们的成功不仅是聪敏和精心计划的结果，在很大程度上也是因为运气好。

斯蒂芬森对北极生物和气候的理解有偏颇，但是他武断地坚持自己的错误想法。这些想法在其《友善的北极》这本书里表现得尤为明显；在书中，他宣称，人，特别是白人，可以到北极的任何地方旅行，这片土地供养得起。这本书的出版使斯蒂芬森名声大噪。他陶醉于自己的观点，因而永远不会意识到，其观点与这片土地的实际情况不符。为了向那些质疑它的人证明他的正确，他每到一处都会屠杀动物，只放过那些不易运输的动物。

斯蒂芬森还是一个社会达尔文主义者，相信种族优越论和经济决定论。1908年，在前往北极的途中，他被阿萨巴斯卡河岸的天然气火焰深深吸引。“这是科学的火炬，”斯蒂芬森写道，“照亮了文明和经济发展向未知的北方推进的道路。”对他来说，苔原是北美大草原的延伸，他为“数十亿吨的可食用植被”不能喂牛，每年都浪费在北方草原上的事实深感惋惜。他认为，像北美驯鹿之类的野生动物“妨害了这片土地”，必须被清除，因为它们阻碍了大牧场的经营和农业的发展。西奥多·罗斯福努力挽救被捕食的动物，斥责食肉动物；像罗斯福一样，斯蒂芬森想让自然符合他关于人类使命的信念。尽管他广受欢迎，他对这片土地的理解却是有选择性和以服务自我为目的。

斯蒂芬森是一个有巨大决心的探险者，却不是一个鼓舞人心的领导者。他直率地承认，他不善于判断人的个性；他不能让所雇的人相信其工作的价值；他忽略了计划中的一些重要细节。然而，他是一个有预见力的人。尽管身患重病，被可怕的孤独感包围（在邮袋里，他一年只收到一封私人信件），身体不断地承受艰难困苦，还遭到一些同伴的无礼和蔑视，但他在1913年至1918年期间，成功完成了自己设定的探险任务。（在那些年里，他在北极高纬度地区的西部发现布洛克岛和博登岛，在北部发现了米恩岛，明确了金·克里斯琴王岛和芬德利群岛令人困惑的地理分布，并在波弗特海做了大量首创性的水深测试。）

1919年，斯蒂芬森从北极归来时，比以前更加确定，加拿大经济的未来依赖于北极，北冰洋注定会变成一个“极地地中海”。它即将拥有大型的海岸港口、海冰下的水下交通和跨极地飞行路线网。为了说服怀疑者，他启动了在巴芬岛南部饲养驯鹿的工程，这个没有经过深思熟虑的工程最终惨败，以无可辩驳的说服力显示，斯蒂芬森对北极的认识是多么不切实际。

在他人生的这一阶段，由于忙着做巡回演讲、著书和写文章，斯蒂芬森几乎精疲力竭。他还犯了一个严重的错误，坚持要加拿大宣称，俄国领地弗兰格尔岛是加拿大的领土，以便作为未来北极交通网的一处基地。加拿大对这件事的处理使其在国际社会中陷入尴尬境地，这一败绩以悲剧收尾——太多的人知悉了“卡罗尔”号的悲惨结局：斯蒂芬森私自派探险队乘“卡罗尔”号到弗兰格尔岛去确立占有权——包括四个年轻大学生和一个爱斯基摩妇女（以便为他们制作和缝补毛皮衣物）。四位男士遵从斯蒂芬森的指示没有住在岛上，结果丧命。只有那位女性活了下来。

在渥太华，斯蒂芬森意识到自己在加拿大不受欢迎。此前，人们在背后把他叫作“饶舌之人”，因为他在兜售其观点时既饶舌又轻率。斯蒂芬森基于对北极地区的扭曲认识，鲁莽地坚持开发这片土地。鉴于他在北极的广泛旅行经历，他的行为极具讽刺性。他在当时成了一个不合潮流的人，但最终，在提倡石油开发、矿物开采、麝牛饲养和其他北方经济发展项目的人眼里，他成了某种英雄人物。

尽管性格傲慢，斯蒂芬森却是一个易于接近和关心他人的人。他乐意分享地理发现的荣耀时刻。他赞美别人的技能，而且欣然承认自己的策略和计划的缺陷。他对雪橇狗的同情在极地探险者中是独一无二的。（他鄙视南森和皮里杀狗、用狗肉喂狗以减轻长途旅行携带物重量的习惯。斯蒂芬森《友善的北极》一书有一个段落写得非常动人，非常痛切，透露了自己的孤独感。他带着巨大的宽容和同情之心，评价了一条名为林迪的狗的个性，结尾处这样写道：“它走了，我失去了这个世界上最要好的朋友，我永远也不会忘记它。”）

晚年时，斯蒂芬森成了年轻人的偶像，因为他使妄自尊大和喜欢浮夸的人深受鼓舞，而且他始终坚持自己的理论。他乐意分享自己知道的东西，乐意从自己巨大的图书馆里向人推荐书目。正如一个朋友所说，他拥有“毫不掩饰的永恒青春哲学，该哲学用反叛精神和乐观主义写就”。斯蒂芬森喜欢年轻人的原因和皮里一样——年轻人相信这些探险者的目标，会毫不犹豫、活力四射地投入到工作中，而且很忠诚。

斯蒂芬森很长寿，他的干劲和独立精神激励了很多人。皮里的生命在1920年就痛苦地宣告结束。他的强敌对其最先到达北极点的说法提出异议，他公开嘲弄过这些人——包括美国的格里利以及挪威人斯弗德鲁普和南森。关于他的公众形象众说纷纭，部分是由于，很多人不能理解他投身的目标的重要性。1910年，声名显赫的宾夕法尼亚人J.汉普顿·摩尔，在美国众议院的发言中，支持皮里是第一个到达北极点的人的说法，导致很多人向皮里发来贺电。其中包括塔夫特总统有些幽默的褒扬贺电，以及西奥多·罗斯福从非洲狩猎营地发出的海底电报。后者在言语之间显示了美国的自豪和夸张色彩。

皮里和斯蒂芬森都因为北极而成名。这片土地的实际情况和斯蒂芬森观念中的这片土地之间的鸿沟，或者说，这片土地不可占用的特性与皮里对它的利用之间的鸿沟（这些鸿沟被诡计多端的公关活动有效地填平了），是我们这个时代的灾祸的共同根由。我们时代的观念是，这片景观可以被定性，然后被操弄；通过持续发展的、客观理性的技术，这片土地所有的固有秩序和尊严都有可能被否定。

皮里和斯蒂芬森都是公众人物，他们因其干劲和预见力而受人们仰慕。然而，不安全感和孤独感困扰着他们，使他们试图在北极找到一条出路。这种不安全感和孤独感促使人们思考几个困境。一个人不超过一定限度的“悲剧性”孤独感，可以促使他取得成就。但超过了这个限度，这种孤独感就不再有利于，而是有害于社会的安康。这个限度如何确定？如何对待这片景观？是一直按我们的意愿去利用它，还是在某一天赋予它一些尊严？最后，如果这片景观受到威胁，“英雄”的内涵应该做出哪些改变？

1918年，美国艺术家和插图画家罗克韦尔·肯特同9岁的儿子一起，到达阿拉斯加基奈半岛附近的福克斯岛。“我们来到这块新的土地上，一个成年男子和一个小男孩，来到这儿完全是为了寻找梦想。”他写道，“在我们的想象中，北极就是‘北方乐园’，于是我们来此探寻。”他来到此地是想抚慰自己疲惫的心灵，同时进一步了解他的儿子。他相信，这片土地会帮助他实现愿望，且抚慰他们父子两人。

肯特是美国20世纪的一个非凡人物。他是一个社会主义者，信奉西奥多·罗斯福的奋斗人生论，以蔑视社会成规为乐。他认同冰岛家族传奇里的情节和人物，迷恋于寒冷、艰苦和极具挑战性的环境。他脾气粗暴，自以为是，偶尔对自认为不如他的人很无情。但他也是一个浪漫的人，一个理想主义者。尽管他的社会主义理念和作为一个艺术家、商人的成功之间存在明显矛盾，但他是一个正直的人。他在艺术作品和具有英雄主义色彩的散文中主张，人类拥有最基本的尊严，拥有像上帝一样的品质。他对生活的热情是发自内心、不受约束的，他完全投身于体现了其信念的工作。

在福克斯岛，肯特沉迷于开垦一片土地，创造一个公园似的环境。他很高兴能远离“现代社会令人困窘的纷乱繁杂”。他对荒野的幻想总是与岛上的日常生活需要有些矛盾，这使他反思道：“[这次]奇异经历的浪漫之处常有消失之险。”肯特意识到，这种北方景观给他以鼓舞的，与其说是这片土地本身，不如说是经过他建构过的土地——带上了他想象中的颜色、轮廓和色差的土地。他对这片景观有深深的依恋；面对阿拉斯加土地上的美景，以及前往格陵兰岛的旅行途中所遇到的美景，他都如痴如醉。但是他的依恋几乎完全是隐喻式的；使这种依恋得以持续的，是肯特对自己不愿摒弃的文明的种种依赖——他会收到邮件；为了获得做素食的原材料他需要到苏厄德市去；住在离他的小屋子只有几码远的这个岛的主人，给他提供了友好的帮助。

他和他的儿子六个月后离开时，他的邻居说："你在阿拉斯加看到的景色，实际上到纽约的山里面住上几个月也可以看到。"但是肯特觉得没有必要再去旅行。他感到身心愉快，对荒野的重新体验使他对艺术又有了灵感，这些已经足够让他重新面对在纽约的婚姻生活和职业方面所遭遇的困难。

肯特对这片土地隐喻式的体验，他想象这片土地的方式，与斯蒂芬森和皮里在这片土地上显而易见的艰难遭遇有着显著不同；但它同样是真实的。肯特的体验——在这片土地上发现自我，感受到某种内在的、特别合乎情理的秩序，并融入这种秩序——是20世纪许多到如此偏远的地方旅行的人的目标。像肯特那样，与这片土地之间具有很强隐喻性的那些关系，是人类心智的高层次成就。这些关系是一种深奥的反应，犹如地图的绘制，或者像在某一片土地上形成的一种语言。心灵能够想象出美，触发亲密感。面对同样的东西，严格分析之下，看到的只是树木、岩石和草，心灵却能从中找到安慰。

1929年7月，离开福克斯岛11年后，肯特和两个同伴所乘的船在格陵兰岛多山的西海岸卡拉伽克峡湾失事。走上内陆后，他们来到一个"像月亮那样圆"的湖边。导致他们船失事的强风还在吹。肯特写道，这个湖——

> 多卵石的湖岸，在深绿色湖水的映衬下，显得光滑、干净和明亮。[我们]下到湖边，站在那里，仰望湖畔山脉陡峭的悬崖。暗黑的悬崖从湖畔直上天空。一湍急流从高高的悬崖边倾泻而下。强风把急流掀入半空，吹散成水雾。

> [我们]站在那里看这些景象：群山，雾气腾腾的瀑布，随着阵风吹过水面，荡漾的水波呈银白色，朵朵鲜花如点点繁星装饰着鹅卵石湖岸。

其中一个人说："也许我们活着只是为了现在可以来到这里。"

皮里的北极旅行日记里有一个显著特点，它使我想起了这次船舶失事后遇到的静谧美景。据我所知，这一特点与其他大多数北极探险家的体验和情感是一致的。探险家首次到那遥远的北极地区旅行，可能是为了获得声望、金钱、社会地位，或获得奖励和别人的推崇。在以后的几次旅行中，尽管这些意图并未消失，但旅行者不再像首次旅行前那样，只是怀有这些意图，或把这些意图置于很高位置。他们在旅途中不断体验到越来越强的惊骇感和敬畏感，这减轻了上述意图的分量。好像这片土地慢慢地对旅行者产生了影响，通过自己的品质的感染，使旅行者原初的动机黯然失色。这片土地变得更有威力了，像动物一样活力四射。它以难以言传的方式使旅行者自身显得很渺小。这片土地不仅仅是美丽的，而且很有威力，其威力源自它显而易见的美丽和它可以夺走生命这两者之间的张力。旅行者意识到这片土地上的黑暗和光明是如何紧密相连，并感到这片土地是创造的基础，这时，他们才领会这片土地的威力。

我们三人开着小卡车，沿着横跨阿拉斯加的管道运输道路向北行驶，车上拉着一条小船。一连数英里路，我们没遇到一辆车。此后，一辆牵引式大卡车挑衅似的从我们旁边疾驰而过，致使沙尘飞扬。从费尔班克斯到普拉德霍湾的道路，与闪亮的高架输油管道平行。两条人工通道静静地躺在这一走廊地带，虽然整齐，却显得很不自然，就像丘陵地区夏日草场的白色栅栏。一天晚上，我们路过一个撒种—施肥作业现场，有些工人独自在道路旁的斜坡和护道带上播撒草籽和肥料，以防道路被水冲蚀。所撒的是优良的肯塔基草种；这一带将不再有不受操纵的苔原。

有一天，我们的车胎爆了。我们中间两人负责换胎，第三个人站在一边，拿着一支上了膛的点308步枪，瞄准30码外柳林沼泽地里的一头雌性灰熊及其一岁幼崽。我们看见一匹狼——费尔班克斯的几个生物学家请我们替他们观察。他们说，卡车司机已猎杀了沿途的大多数狼；由于目前通行车辆稀少，一些狼可能又回来了。在我们的车通过时，短耳猫头鹰飞了起来。公驯鹿群就像害羞的水鸟一样一溜小跑，不一会就消逝了。驼鹿站在萨加瓦纳克托克河畔，在柳树嫩枝旁晃动着。数只红狐在我们前面的道路上迅疾向前奔跑，并不时回头张望，它们的腿较长，呈黑色。当天晚上，我回想起这些动物，思索着这样的问题：这一带有这么多动物，这条道路是怎么修的呢？

我们到达普拉德霍湾的油田是在一个下午。当时，苔原上熠熠生辉，天鹅在路堤之间的长方形水塘中安详地游动。但这片景观比我在北极见到过的任何景观都要朴素。建筑物很小，也很稀疏，远远望去，地平线上的建筑物最多是两个一组，零零落落地在那儿屹立着。这一景观使我想起了德克萨斯州西部的广袤平原，人们为了找水和钻油，也在那儿建了许多设施。眼前，大型设备闲置在到处都是石油油污的场地里，犹如一个个低垂的拳头。这不关我的事。我只在这儿待一夜。次日早晨，我们将把带来的小船放到海中，划着它向西边的琼斯群岛进发。

我们夜宿的平房里充斥着迅速发财的渴望：工程监管戴着鸭舌帽，肤色苍白、憔悴，挺着将军肚；年轻员工满心思都是对身段美妙的女人的欲望，他们还渴望赢牌，渴望一晚喝上一瓶酒而不被发现；年龄稍长的男性则咕哝着所欠的债务，独自在自助餐厅里体验着绝望情绪，很可能还没有摆脱悲惨的处境，却听到年轻人在奢谈容易发财的门路。

第二天早晨，我们离开此地，前往另一个完全不同的世界，去那儿进行科考，采集数据用于计算和咨询。这些计算和咨询将使这一钻探基地的人员怀着同样的自负，前往另一个地方钻探。

几个月后，3月的一个寒冷早晨，我来到普拉德霍湾进行正式访问。一个谦恭的年轻公关人员到机场接我，他诚挚地同我握手。当我们开车驶离机场时，他递过一枚徽章让我佩戴，这是我要戴的数枚徽章中的第一枚。在路口检查站和大楼入口处，警察检查了相关证件，然后只是例行公事地微笑一下。此刻，你的尊严暂时掌握在有一定权力的人手中，你心里明白，如果没有耐心或是发呆，你就会像小石头一样被弃置一旁，等待进一步检查。这时你心里会像往常一样发怵。他们用道歉的口气向你解释，心怀不满的前雇员可能回来做工业间谍，毒品贩运者也会来，以环保为由从事破坏的人也会来。

我们沿着海冰边缘驱车向前，从远处检查一个近岸的钻探设备——接待的人说，海冰上太冷，不能走过去；好像我们从远处检查就算完成了他和我应尽的责任。

我们在石油公司总部的自助餐厅吃了午餐。餐厅的中厅屋顶透明，用自然采光，非常安静，具有贵族氛围。就餐者轻松自如，服饰上散发着香气，举止优雅。栽培的植物受到精心呵护，食物也是精心准备。（我想起了低屋顶的自助餐厅，那沾有食物污渍的破旧地毯，被烟头烧坏的桌子，缺乏营养的食物，以及其他人吃东西时餐具发出的声响。）

在前往1号石油采集站的路上，我们把车开到路边，让一辆大货车先行，其载重量是我所见过的货车中最大的：货车的拖车载着活动房屋朝库帕鲁克河行进。在路边的沟里有一辆刚刚开下去的起重机，驾驶室的轮子仍在阳光中转动。我的同伴笑了。气温是零下28华氏度。

在1号石油采集站，四个井区的石油已冷却。水已去除，气体已分离出来。原油首次上升到地面，快速流过管道，然后通过压力注入附有简易荧光刻度盘的储油罐中。上了漆的混凝土地板一尘不染。没有散落工具和擦拭用抹布。所有能造成伤害和磨损衣服的东西，都被加了软垫并包裹起来。色彩柔和的房间很明亮，所用供热来自地层深处，各个房间相通，犹如一系列的气闸，或巨大轮船底仓的一个个锅炉房。我一个人也没看到，只能从机器的存在、对未提炼油的操控、管道网中流淌的液体这些现象中，看到人类的影子。在这里，所有设备的运作都纳入了自动控制系统。

经过处理的原油流向1号泵站。

泵站栅栏外的凉亭里雪花飞扬。在这个季节，没有人来到这里。我爬过风吹积成的雪堆，擦去树脂玻璃封着的展示窗上的雪，看到里面展示着本地的植物和动物。附带的注解文字很优美，无意冒犯任何人。所有事物——动物、石油、命运——似乎都是天然组合在一起。注解文字里没有提到人。透过气旋形栅栏和带刺铁丝网，我仰望着1号泵站。苔原上带有保温层的建筑物内正在运作的油泵，管道区，冷漠的卡车，所有高效的工程设计，抽取、采集和输送原油的维京波纹管，这一切使原油流向这看似无辜的管道中——这种管道像不锈钢线一样向南延伸，穿过冷漠的布鲁克斯岭——原油通过直径为48英寸的管道开始了向南的旅程。这看起来似乎不可思议。

好像毫不费力，也毫无野性特征——在有人陪同的参观者看来，似乎没有任何景象比眼前的景象更安静、更无害、更文明。

眼前没有哪些事物与其他物事是和谐的。我站在冷风吹过的亭子里，看着远远近近的建筑。我想起了卡纳维拉尔角发射基地的类似景象。在那儿，不仅有类似这儿的庞大设备缓慢地在路上行进，而且威胁和隐藏的敌人被人为地夸大。我的脸开始感到有些麻木。坐在开着暖气的蓝色雪佛兰箱式货车里的那个人在笑；没有向导会像他那么高兴。又到了吃饭时间——我想那就是他想说的。我回头看了看输油管，它是所有工序中最后被装饰的部分。我一直在想，此处的工作人员是如此之少。在这些人迹罕至的冷漠建筑物中，唯一与生命有关的就是管道里流淌的泥盆纪的黑色液体。

在回自助餐厅的路上，那个人问我对石油工业的看法。他尽力表现得不像是在刺探我，但这已是他第三次问我这一问题了。我缓缓地说："我对石油工业一窍不通。我感兴趣的主要是这一带的景观，我们来这儿的原因，以及我们所看到的景象。我不是一个商业分析家，不是一个经济学家，也不是一个社会规划者。这个工程令人吃惊。我想，真正的花费肯定不为人知。"

吃晚饭的时候，他给我讲了一个故事。几年前，这座建筑物的大厅的一个中厅里有三棵桦树。9月，它们的叶子变黄，并卷了起来。因为这一封闭空间里的空气是静止的，叶子就悬在那儿。没有一丝风。一个负责建筑物维护的人走进去摇了摇树，叶子才落下来。

我们驱车赶往普拉德霍湾的戴德霍斯机场前，我的接待人说，他想带我去看看基地管理大楼的其余部分。大楼里有一个电影院，层级式分布的一排排座椅，面料全是豪华红色丝绒。有数个电子游戏室。有数个宽屏电视凹室。有数个台球桌。有一个举重室。有一个游泳池。有数个壁球场。有一个跑道。有更多的电视凹室。还有涡流理疗浴池和按摩设备。不同活动场所里的气温不同，却适合相应的活动。所有活动室都铺有地毯，都有软垫，所有器材都用衬垫包裹着。没有不悦耳的声音，没有任何瑕疵和污点。一切都是免费的。他还带我看了他的几个房间。

此后，我们站在一排栏杆旁，透过保温玻璃层，眺望外面苔原上的蓝色傍晚景色。我感谢他带我参观。我们相处得很愉快。我为相关投资感到吃惊，也为这儿提供的种种便利设施感到吃惊。他望着外面的雪。"金色链铐。"他苦笑着，只说出了这两个词。

在北极旅行时，不想碰见工业开发景象很难。许许多多的后勤保障线、交通线和通信线路经过这一地区。我在几年之内经过普拉德霍湾四五次，并参观了加拿大群岛的铅锌矿、巴芬岛斯特拉斯科纳湾的纳尼西维克矿，以及小康沃利斯岛的北极星矿。有一年冬天，我还参观了梅尔维尔岛瑞伊角附近泛北极石油公司的设施，及其在马更些王岛和洛希德岛附近位于海冰上的钻井架。

为什么要去上述那些地方参观，我自己也说不太清楚。我在普拉德霍湾的感受，在极大程度上代表了自己的复杂情感——对那里使用的尖端技术入迷；对那里的许多雇员的凄凉生活感到悲哀——那种凄凉不是红色丝绒、免费电子游戏和随意进出的快餐店就能驱散的；对他们面对土地的愠怒、轻蔑态度和粗暴方式深感不安。我也对有些人自以为了解北极深感不安，他们的了解是通过阅读公关小册子和低俗小说获得的。我问一个孤立的钻井架的主管，员工在非工作时间是否离开驻地。他苦笑着说："关心外面景观的人屈指可数。"这句话很能代表在北极大多数军事基地和工业区生活的人的态度。

一个公司的管理中心的作息环境，犹如展示橱窗一样，被精心呵护。离开这一地点，其他工业生产区的景象要凄凉得多。在最偏远的工人宿营地，至少就我的感觉来说，人们所过的生活的某些方面是我所知道的最凄惨的。那儿的员工全是男性。作息日程的单调乏味从未得到改善。毒品和白酒被偷运进来。黄色杂志到处都是。起初，人们感觉这一切无关紧要，后来才意识到，它们几乎成了离不了的东西，而且成了对家庭生活责任的仇恨态度的部分体现。不信任女性，诅咒女性，这种态度令人不安。人们用同样的方式谈论女性、机器和土地——认为她（它）们是诱惑、驯化、支配和控制的对象。当然，这种看法绝非是对西方文化中的发展心理学的新洞见，然而也并未脱离实际。这种看法是实实在在的，就像我在阿拉斯加采访过的空服人员脸上的伤疤那样真实。这些人员遭受了来往于普拉德霍湾的失意工人的身体虐待和性侵。

一些工人宿营地里的气氛，同小型国家监狱的环境几乎没什么两样。这种气氛也是产生种族隔阂的原因。这种气氛是美国工厂生活的一部分，体现了这个国家组织形式的丑陋一面，这种困境有待经济上和政治上富有远见的人来消除。在我访谈的工人中存在一种潜伏的怀疑心态，那就是：虽然薪水不错，但他们还是莫名其妙地被骗了。对他们大多数人来说，摆脱自己的卑贱处境获得晋升的任何机会都是幻想。他们确信，这应归咎某些人、某些方面。可想而知，他们的不满指向他们的雇主、学历很高的工程师或石油地质学家，以及他们认为糊涂、不切实际地批判发展和进步的模糊政治团体和民族群体。他们中的一些人觉得，北极就是一大片"生活着一些傻鸟的"荒原，它太广袤了，不会受到什么伤害。他们坚持认为，强壮的人与这种地方的种种因素抗争去获得任何东西，都是天经地义的。许多类似争辩的结语，无论是热讽冷嘲，还是怀疑，都可以概括为——这片土地还有其他什么用呢？

北极的许多石油工人和矿业工人，常常被迫去解释他们通常不感兴趣的问题：除了地下蕴藏的东西，北极还有什么益处？它的未来取决于什么？当地人和当地动物的命运会怎样？"技术是不可避免的，"有一天，一个钻井队的主管用确定的口气告诉我，"人们必须接受这一观念。"说得极端一点，许多工头和领班者的情感都是殖民主义的。他们说话的语气很不耐烦，所用词汇也都和经济有关。他们的心智状态是，基本上对历史和北极的生态一无所知，对人类的心理需求漫不经心，对任何东西都秉持操纵态度。至少就这一点而言，极端态度的影响越来越大。其他一些工人感到面对批评者的指责需要自卫，于是就重复极端的言论。说出这些极端言论的人通常给人的印象是，他们没有认真考虑过自己的言论。他们这样说只是想保住自己的工作，或使自己不再疑惑。

当然，在矿区和油田也有一些与众不同的人，他们私下交谈时批评"只是为了钱"而去做事。作为一个群体，他们感到应对自己所做的事情负责。他们并不把工作仅仅视为收入的来源。许多人告诉我，在赚够了能够回学校学习的钱之后，他们还要回到北极。他们想在北极旅行，想更多地了解北极。他们无意伤害北极景观，并为可能造成的伤害感到不安。在加拿大，他们担心的是工业和政府相互串通所发挥的影响——担心抑制这种影响的力量太弱了。这些人大都是年轻人，而且这类年轻人并不少见。

不知为何，令我难忘，而且从根本上来说使我感到更为欣慰的，是几个年龄较大的人在不同场合向我讲述其工作环境时所透露的想法。（他们中的一人曾暗示，其作息环境如同监狱。）这些人四五十岁，经验丰富，举止优雅，无论在什么场合，你都会立刻对其肃然起敬。他们谈论自己的看法时，既不任性又不武断，让你与他们交流时更容易有自己的思考。他们给人留下的印象是，既深思熟虑，又有自知之明。

他们对工业管理不善颇有微词。在他们看来，这些呆板的、脱离实际的管理者的无知，使人与大地的关系恶化，结果使两者都遭殃。他们毫不谦虚地直言，那些雇佣他们的公司有时明显犯了错误，其行为专横，有时甚至违法。他们只是讲出了事实真相，而不是在批评。他们也谈到自己的家庭，谈到妻子和儿女，在谈到这些时他们滔滔不绝，言词中情不自禁地透露出赞赏之意。这些人通情达理，言行得体，你可以凭此做成任何事。

在与他们谈话之后，我感到世界似乎是平衡的，或至少是善意的。这些人的魅力部分在于，他们对这片土地的健康的关心和对人的命运的关心是相联系的。我的看法也是如此。一天晚上，我躺在床铺上，清晰地意识到，所有这些人的命运都取决于同样的因素，就是说，取决于其尊严的来源，取决于这种来源是否是自身固有的。

他们的尊严——不是他们在自己的小圈子中的尊严，而是在一个更大的社会中的尊严——源自地位更高的人的认可，这种认可不是同等地位的人所能给予的。（这些人基本上不熟悉现代爱斯基摩人的生活，然而，他们对爱斯基摩人不断遭受外来者的审查和评判这一困境，表现出发自内心的同情。）他们身为工人的尊严，以及由此而来的自尊，是不完整的。在旁观者看来，他们就像这片土地一样，仍受到一些人的操控。他们的尊严仍是他人赋予的，取决于他们如何回应他人的指示。

依我的经验，在北极，大多数操控雇员行动的人，或试图让摄取资源的过程更加高效的人，并不考虑其行为会对这片土地造成什么损害。他们认为，他们的目标是值得追求和值得赞赏的，是所有人的目标。实际上，他们自己的尊严源自这样的信念——他们这样做是“为了大众的福祉”。在他们看来，工人一定要欢快地劳动，要守时，要明确认同上层为了更大的利益而精心规划的蓝图。就爱斯基摩人来说，他们要么必须成为清醒的、有上进心的中产阶级雇员，要么必须做“本真、传统的爱斯基摩人”，也就是说，做外界想象出来的那种理想化的、不现实的爱斯基摩人。这片土地，包括地面本身、植物和动物，要想获得任何尊严，也必须能够提供一些东西——石油，药材，食物，或者拍电影的场景。如果不能，那它就是荒地，是苔原荒漠，人们即使来到此地也是浪费时间。

当然，如果没有尊严，人只能逆来顺受。剥夺了一个人或一片土地的尊严，你就可以随意地对其进行处置，你的任何行为都有了冠冕堂皇的理由，都享有豁免权。在一些人看来，这种高明、高效的行为是一种现代技能，可悲而不可恶。对另一些人来说，这种行为是一种有损元气的贬黜，丧失了真诚和灵魂，任何形式的经济福利都无法为其开释。

我问接受我访谈的人，如何解决这一古老的、令人困窘的问题。他们给出的解决办法比较理想化。他们把希望寄托在好人的意愿上。他们认为，会找到一些办法，使无知、贪赃枉法和缺乏想象力的人不能参与影响人们生活的决策。他们说，不错，固有的而不是他人赋予的尊严，让人处于最佳行动状态，让人想清楚如何对待践踏了人和土地的种种技术。但他们不知道从何做起，不知道从何处开始做一些大幅度的变革。

有一次，我与一个朋友在巴芬岛北部旅行，我们和大约30个爱斯基摩人住在海冰边缘的狩猎营地。天气阴冷，既潮湿又有风。一天早上，天空中飞来了一架直升机，降落在营地附近。我们已在海冰边的狩猎氛围中待了很长时间，直升机的到来最初使我们有点儿局促不安。一个人走出飞机，朝我们的营帐走来。他是一个船运公司的老总。他担忧的是，一艘破冰而行的矿砂船最近在阿德默勒尔蒂湾行驶，可能对爱斯基摩人狩猎产生了不利影响，或使他们在海冰上行走更加困难。（货船的航道改变了海冰的压力分布状况，进入春天之后，海冰会因此以不寻常的模式开裂。这条航道可能诱使独角鲸进入一个致命的冰牢。或者，轮船发动机的噪音可能会把独角鲸从浮冰边缘吓跑，而这里是爱斯基摩人正在猎捕独角鲸的地方。）

这个人的来访有几个不同寻常的方面。第一，爱斯基摩人实际上始终未能直接与“那位老总”对话，但此人的决策对他们的生活有很大影响。他们常常被很多中间人阻挡而不能直接与相关负责人对话。第二，重要人物通常有非常紧迫的日程安排和随行人员，这使他不可能进行长时间的或认真的对话。第三，很少有人显示出如此有针对性、如此有见识的关切。这个人主动请几个猎人搭乘他的直升机，沿着货船40英里的航道巡查。直升机能在他们想要下来的地方降落。猎人们同意了，他们乐于趁此机会从空中查看海冰的情形。

做完这件事情以后，这个人感受到爱斯基摩人由于他的体贴关心而产生的强烈的由衷感激之情。他本来可以离开，但他暂且留了下来。他坐在狩猎营地的一个营帐里，吃着当地的“乡村食物”，享用了燕麦饼和茶。他没有试图去总结或解释什么，也没有问很多问题以显示他很有兴趣。他只是静静地坐在那里吃东西。他递给一个呆呆望着他的小孩一块燕麦饼，说了几句有关天气的话。只是由于乐于与大家为伴，接受不熟悉的环境，他使营帐里的每个人都觉得很坦然。这个场合里的尊严，源于他一个人就营造起来的一种彬彬有礼的氛围。

他在营帐里坐了一个多小时，然后他说了声再见就离开了。这仅仅是这片广袤土地上的一个偶发事件。但这是个美好的时刻，为人们提供了一种可以学习的榜样。

7月的一个明媚的早晨，我乘飞机从康沃利斯岛的雷索卢特前往加拿大埃尔斯米尔岛北部的尤里卡气象站。我膝盖上放着一张飞行地图。带着这张地图，我从这个高度目睹自己所了解的这片土地。此前，我了解这片土地的途径包括——历史书籍，在土地上面漫游，与这里的常住居民谈话，吃这块土地产出的食物，与感到这块土地对其有决定性影响的人一起旅行。惠灵顿海峡的北部有海象。我们飞过格林内尔半岛，它以慷慨的亨利·格林内尔命名，曾长时间被人认为是个岛屿。在遥远的西边，我看见了佩尼海峡海冰中一个终年冰间湖里的深色海水；至于东面，如果有机会，我希望有一天，能从地面去看琼斯海峡的东端，以及西蒙斯半岛的南端——在冬天去看。

我们飞临阿克塞尔·海伯格岛的东南角，奥托·斯弗德鲁普曾在这里探索过。耶稣受难日湾，惊喜峡湾，沃尔夫峡湾，这些峡湾尽头的冰川没有延伸到沿海低洼海岸——巨大的冰川在这些峡谷的褐色地表上犹豫不前。在朝霞映照下，这些峡湾的景色使我想起了亚利桑那州的山脉，想起了科罗拉多高原峡谷的色彩——褐赭色，浅黑色，淡黄色。我被阿克塞尔·海伯格岛的景色迷住了：澄明的空气中，远山历历在目；陡直的灰色岩屑斜坡紧邻白色冰川，植物淡绿色的舌形叶子在浅黑色山脉的映衬下显得异常醒目，在晨光中，这一景象就像透过抛光玻璃展示窗所看到的风景画。我意识到，这个岛是我所能想象的最靠北的地方。我在北方度过的所有时间里，第一次体验到越过了进入远北地区的界限，这种感觉就像下山时从其中的一堵峭壁上下来后的感受。眼前，相关地理景观的分布情况非常清晰，这使我膝盖上的那张粗略地图显得既奇异又陌生。我向西面眺望摩卡峡湾，看到两座圆顶雪山之间的峡湾里有一系列的冰间湖。再往西可看到湿地型苔原那图案状的地貌。那片苔原上的褐色、黑色、白色是如此浓艳，好像近在手边，可以被触摸到。这一带的美是你全身都可以感觉到的美。你的整个身体都感受到了美，这就是为何它有时让你不敢靠近。其他的美只能让你的心灵或精神有所触动。

我好大一会儿没有意识到时间的流逝，也忘了我是去干什么的。在阿克塞尔·海伯格岛的山壁上，我看到了自己孩提时代间接了解到的山的景象。看到这些真实的山景，我懂得了一些不是用文字表达的东西，也感到自己似乎在不停地感谢上苍。那一刻，我内心充满了作为一个人所具有的爱——爱父母，爱妻子，爱孩子，爱朋友，脸上泛出了激动的红晕。我体验到冬天苔原上处于悬置状态的生命的热切信仰，想起了黄昏在巴芬岛上漫步时有种入定似的感觉，仿佛听到冰面上有长尾鸭连续发出“阿哈—俐克”（ahaalik）的叫声。突然看到摩卡峡湾褐色地表上的白色雪堤，我的脑海中清晰地浮现出一大群北极野兔的形象——数百只3英尺高的北极野兔，前腿腾空，只用后腿着地，在苏厄德半岛上奔跑。在寂静的阿克塞尔·海伯格岛上空，我第一次体验到一片无人涉足的景观的非凡魅力。

我之所以产生种种狂想，是因为当时光线独特，空气清澈澄明，当然也是由于渴望领悟那一景象。无论我如何努力去抑制那种渴望，结果总是徒劳。我在这片土地的预示中，在这片景观的暗示及其所蕴含的所有讯息中，发现了人类梳理自身生活以及追求理想生存的种种方式。观看大地肯定会想到作为大地的一部分的人类。

要想使人类和大地之间的关系能够持久，这种关系必须是相互的。大地给我们提供食物，这一层面不难理解，这种相互性在饭前饭后的谢恩祷告中体现了出来。大地以其美丽的或骇人的景象对我们产生影响，它可以给我们提供一窥其神秘的隐喻和象征符号，但这一层面的相互性很难定义。带着感激的态度走近大地，情愿以难以言说的礼仪对待大地——可能只是做一个手势——如果这样的话，人们开始尊重大地，大地也就有了尊严。如果人们与大地建立了能确保对方尊严的关系，就有可能去想象把这种模式的关系推广到自己生活的各个方面。大地上的每一种关系都体现出同样的适切性，这种适切性给人的第一感觉就是：大地上的事物尽管总在变化，相互之间却配合得非常完美。我希望，我的生活秩序能师法自己亲眼看到的那些自然现象：光的组合，风的轻吹，鸟的啭鸣，植物种荚的成长。我希望，这种没有瑕疵、毋庸置疑的完美秩序能融入自己的生活。

人类最古老的梦想之一，是找到一种方式，以便使所有生物都拥有尊严。人类最伟大的憧憬之一，是让这种尊严成为自己梦想的目标，让每个人都发现自己的生活在某一方面堪称楷模。做到这一点很困难，因为成人必须找到一种方法，使自己能够克服生活中的所有陋习。达成目标的一个方法，就是留意一片没有被人类计谋染指的土地上所出现的现象，因为在那儿运行的是大地固有的秩序。

我们寻求的尊严不是启蒙运动时期的哲学家所说的尊严。我们需要一个更激进的启蒙运动，通过这次启蒙，尊严应被理解为固有的属性，而不是由他人所赋予。这种共同的尊严必须赋予大地及生存于其上的植物和动物，否则，它只是虚构的东西，而不是如其本相那样，是对有生命的物质本性的一种感知。

我们乘坐的“双水獭”飞机设计精良，安全可靠，是加拿大北极地区无处不在的运载工具。现在，它掠过福希姆半岛。这儿是一片起伏的高地，是远北地区的绿洲。向北，我可以看到麝牛在吃草。飞机正飞向尤里卡的简易机场。

巴芬岛的南端有一个女王伊丽莎白一世命名的半岛——梅塔因

克格尼塔半岛（Meta Incognita）。“Meta Incognita”这两个词常被翻译为“未知边沿”或“神秘之地”。（弗罗比舍误认为这个半岛是北美海岸。）然而，伊丽莎白的命名也可能有其他意思。严格来说，“meta”一词的意思是“圆锥体”。在古罗马时期，位于罗马圆形大剧场跑马道尽头，参赛马车绕其转弯的塔被称作“metae”。伊丽莎白的意思也可能是暗示一个相似的通道，伦敦是meta cognita——已知的存在物，而弗罗比舍发现的土地是未知的存在物——meta incognita。这样，北美就是这条长长通道的尽头的转弯处，是英国人觉得自己正在前往的地方；在这个地方，在回家之前，它最终会转一个弯儿，这个弯儿的意义不得而知。

我想，我们很多人的祖先所承继的欧洲文化，现在也必须转向。这种文化必须理解在北美保存下来的智慧，这种智慧存在于一片内涵丰富、神圣不可侵犯的自然景观中。它还必须理解这种智慧对人类生活的意义，以及对抚慰困惑不安的人类精神的意义。

我脑海中浮现的另一个短语更加模糊。它是《北乔治亚公报》的头版通栏大字标题，是一句拉丁语格言：per freta hactenus negata，意思是顺利通过了一条被人认为是不存在的海峡，但它也暗示正在穿越未知水域。这是同时蕴含着恐惧和成就的一个措辞，是一个高瞻远瞩式的表达，体现了人类生活最为丰富的内涵。

飞机降落了。斯利德勒峡湾的海面上波光荡漾。到达气象站时，六条狗像狼一样狂叫着向我们靠近，那架势意味它们足以扑倒一头水牛。我伸出手，试着轻轻地拍了拍一条狗的脑袋。

尾 声
圣罗伦斯岛和白令海

远处的那座山叫塞沃库克山（Sevuokuk）。它是白令海圣劳伦斯岛西北角的标志。从我们在海冰上所站的地方向东看，这座山是人所能看到的最远景观。海面止足于它的脚下，东边的天空也被它遮住了一小部分。这座山的西侧是陡峭的玄武岩山壁，部分地方被条带状积雪覆盖，山壁下的海滩布满了大鹅卵石。这些鹅卵石本是山体的一部分，后来从山壁上脱落，在海边反复滚动，被海冰磨光。甘伯尔村就位于那侧山壁下，我和尤皮克人一起从那个村庄出来，在春季的海冰上捕猎海象。

我相信，我们此刻处在苏联海域中。而且，对这片水域来说显得更加武断的是，我们处于“明天”的区域，在国际日期变更线的东侧。国家之间无论有何种不恰当的限制政策，对尤皮克人来说都没有多大意义，在他们捕猎时尤其如此。鲜血染红了海冰上的白雪，成堆的海象肉、大块大块的象脂、一张张海象皮越积越多，海象牙像奇异的引火物一样被收集到一起——我站在这样的地方，向苏联高高的海岸凝望。我想，就心智类型、具体渴望和对历史的理解而言，住在那里的人的情况与我自己的有所不同，我和我的尤皮克人同伴之间的不同也大抵如此。

像这样在海冰上屠杀海象，我感到有些不自在。眼前的景象不堪入目，捕猎海象所用的小船很脆弱，被捕猎的动物大而有力，所有这些增强了我的不安全感。尽管我尊重本地人简单的生存方式，但杀戮还是使我感到很不舒服。

我们装完了船。一个船员救了两条狗，它们要么是从苏联的村庄跑出来的，要么是被人遗弃在附近的海冰上。数只小船聚拢过来，船员们争相观看这两只狗。它们的毛极短，块头不大，比西伯利亚爱斯基摩犬小，似乎拉不了雪橇。但船员们深信不疑地对我说，这些狗是典型的俄罗斯雪橇狗。

我们以远处的塞沃库克山为参照点，测量了所在位置的方位，然后调头回家，船上装载的东西包括海象肉、海象皮和一些海豹、冠毛小海雀和厚喙海鸦，以及海象牙和俄罗斯狗。小船靠岸后，我们中的四人用肩膀顶着船，把它推上海滩。我客居的那户人家的一个年轻男子，把我们运回来的东西装到一个雪橇上。他把雪橇挂在他的丰田三轮汽车后面，开车穿过雪地向家里驶去。该吃饭了。枪和设备，鱼叉、浮标和细绳，额外的衣服和便携式收音机，都被收起来带走了。我是最后离开海滩的人之一，仍在默想着海上捕猎的情景。

无论你以多么世故的心态去面对这些捕猎事件，无论你的人类学知识有多么宽泛，无论你对相关食物有多么喜爱，无论你是多么渴望参与捕猎——无论如何，你还是看到动物被杀了。周围弥漫着从海象的冰面栖息处散发出的、类似畜栏里的恶臭味，弥漫着刺鼻的火药味。目睹海象流血、急促喘息、猛烈荡水等惊心场面，你想到了一些错综复杂的问题——动物是什么？死亡是什么？这些场面触目惊心，很不和谐，但也很平静。猎人们嘴里咕哝着祈祷语，把一些碎肉丢进暗绿色的海水中——在我脑海中，这一景象与庞大动物受惊时突然睁大眼睛的情景一样恐怖。

我循着一组雪橇轨迹，越过海滩的隆起部分，向村里走去。雪橇滑板在雪地上留下的划痕中间，有一条细细的鲜血痕迹。这条血迹通向一簇用来晾晒动物的肉与皮的支架。雪地上的鲜血是生命在延续的标志——另一种生命在延续的标志。人们常常把鲜血和残忍相混淆。

我把戴着手套的手指放在浮木做的晒肉架上。你很容易对尤皮克人产生好感，尤其是当你被邀请参加基本上是按他们的传统办事的活动时。这次活动的整个过程——动身前往捕猎，猎捕，回家，在家里共享食物——让人感觉到一起分享幸福并不难。从这个角度来看，这些人似乎是很能干的人，他们所做的事情无可厚非。一起旅行时，他们丰富而准确的知识，在精神上和技能上的自信，使你清醒地意识到自己文化中的平庸之处和不合理之处。

我经常思索狩猎活动。它是爱斯基摩人和大地的关系最引人瞩目和最简洁明了的体现。然而在局外人看来，这却是最令人困惑和最令人不安的方面之一。因为要应对以货币为基础的经济模式的压力，又因为可以很容易买到现代武器，打猎方式改变了。许多爱斯基摩家庭仍旧从这片土地上获取很多食物，但他们现在获取食物的方式变了。对他们获取食物的方式最常见的批评措辞是“不是本真的”，好像许多年前，时间对尤皮克人来说就已经停滞了。

但是，我为狩猎担忧，还有另一个原因——我希望，雅各代表的农牧文明和他的兄弟以扫代表的原始狩猎文明必须永远和解。吉尔伽美什与恩奇都已和解并成了朋友，他为恩奇都的死亡感到极度痛苦。我们不知道究竟如何才能弥合文明人和狩猎社会之间的鸿沟。卡拉哈里沙漠的狩猎部族是我们的偏见的典型受害者，荷裔南非作家劳伦斯·凡·德·波斯特对此非常熟悉，他把我们与狩猎文明之间的鸿沟称作我们所创造的“欺骗和谋杀的深渊”。这种社会的存在是我们的警世钟。在某种程度上，狩猎文明是我们书写自己的历史时遇到的棘手问题。为了彰显我们优于周围的其他民族，我们调整自己的历史。我们剪断了自己同狩猎祖先的关系，因为他们让我们感到不自在。他们看起来与粗野、狂暴的食肉动物太接近。狩猎文化对我们来说太野蛮了。在谴责他们时，我们将其生活方式的衰落看作是不可避免的。然而，这些狩猎部族的造访者里不乏思维敏锐的人，包括凡·德·波斯特和我在北极提到的其他人。他们提供的证据使我们明白，仍然有一些有价值的东西保存在猎人那里。

我满怀同情心，把爱斯基摩人看作hibakusha（“被爆者”）——这是个日语词，意思是“核爆炸幸存者”，也就是持续遭受广岛和长崎原子弹爆炸影响的人。爱斯基摩人被困在一个漫长的、缓慢的爆炸过程中，他们所熟悉的健康生活方式正在瓦解。老于世故的文明人以讽刺的口气坚称，爱斯基摩人的见识微不足道，但事实并非如此。

我记得那天，自己观察着海里的一群海象并默想：人类使海象变得更通人性，是为了让它更加易于理解，还是为了缓解自己的孤独？在这片土地上被疏离意味着什么呢？

我曾想，就是在这片土地上，人们努力探寻并最终发现了美。这种深刻、罕见的美的一个特色，首先是要接受复杂的、充满矛盾的景象，并且宽恕他者。这意味着你已经与万物融为一体。

我长时间凝视着雪地上的血迹，然后走出村子。我向北走，走向村里房子建立其上的沙砾岬向外延伸并没入海冰的地方。在北极旅行，有可能只关注实体景观——动物，明暗景象，以及一些运动形式。这些运动形式可以激发我们思索自己看待相关问题的方式，这些问题包括时空、历史、地图和艺术。例如，人们可以只是观察北极熊错综复杂的生存方式。但这片土地看不见的永恒力量，其美丽与恐怖并存的模式，却是永存的。它深刻地影响了从远古到现代的所有文化。土地深刻地影响着我们。无论如何我们必须断定这意味着什么，我们将如何对待土地。

我们与爱斯基摩人之间长期存在的一个文化差异是：接受土地的固有状态，还是发挥人的意志力把它变成其他状态？传统爱斯基摩人的生活重任依然是顺应已经存在的现实。这已然存在的现实，这本真的景观，用阿尔伯特·史怀哲的话说，就是“壮丽中有恐惧，可知中有荒谬，愉悦中有苦楚”。我们并非高度赞赏这些自相矛盾的警句。我们更看重土地的可塑性和可变性。我们认为，地球的状态可以改变，以保证人类的幸福，为人类提供工作，创造出物质财富和舒适。然后，每一种文化在土地上都可以发现不同种类的崇拜对象，不同种类的感悟和慰藉。

对我们来说，爱斯基摩人的所有潜在智慧，都被我们改变土地的非凡能力遮蔽了。然而，长期存在的、纯粹是针对生物的进化范式强烈暗示，人类的意愿同自然秩序不变的那些方面产生深刻矛盾是不可避免的。在土著文化中探索一些问题，这本身就好像很有道理。这些问题包括：时间和空间以及其他的一些二元对立（杜撰出来的）的本质；期望和发挥意志力之间的关系；梦想和神话在人生中的作用；和大地保持长期密切关系对健康的影响。

我们往往把北极、南极、戈壁沙漠、撒哈拉沙漠和莫哈韦沙漠等地方，看作是原始景观，但事实上根本不存在什么原始的或远古的景观，也不存在永恒不变的景观。没有空无一物或未经充分发展的地方。景观是不能通过技术手段改良的。大地充满活力，是有生命的，它是容纳其他动物的一个庞大动物。在触及有关土地的事情时，我们面临的艰巨任务是接受宇宙论者不断创造的理念，接受物理学家对空间和时间自相矛盾的理念，以便看到不同景观的细微之处和易变特性。景观都是神秘的熔炉，酷似它们所包含的各个小部分——诸如北极狐，矮桦树，π介子；也酷似包含着它们的更大的存在物——与看似不变的猎户座马头星云等存在物并驾齐驱的太阳系。景观不仅仅是人类活动的场所。不与景观进行有根本改观的对话，认识不到人与景观之间的相互性，而是试图驾驭景观，或贬抑景观中不如人意的状态，这些都显示了人类缺乏些许勇气，显示了人类过分偏爱自己的策划。

离塞沃库克山下的村庄越远，我感觉到风越大。我把脸又往派克大衣里缩了缩。积雪在我的靴子下发出吱吱的响声。当我跨过数处被风吹拢积聚的厚雪层，走到浅黑色的鹅卵石上时，我的身躯禁不住踉跄了一下。海滩上的鹅卵石在潮湿的寒气中“咔嗒”“咔嗒”直响。天空上的紫罗兰色和橙黄色条状晚霞早已开始变暗淡了。它们变成了淡而柔和的色彩，就像潺潺流水，或者星际气流，在缓缓移动。它们已变成了朝霞的颜色。啊，北极上空的天光。

我平稳地站在海冰边缘的卵石上，向北眺望白令海峡，那是真正的亚尼安海峡。它的东边是美国的苏厄德半岛，西边是西伯利亚马加丹地区的楚科奇半岛。两个地方都有古代白令海文化时期居民的墓地，附近的文化遗迹是所有史前北极文化遗迹中最丰富的。1976年夏天，由M.A.奇列诺夫率领的苏联考察队，在楚科奇东南海岸谢尼亚温海峡伊特格兰岛的北岸，发现了一处具有500年历史的文化遗迹。这处遗迹包含一系列弓头鲸的头盖骨和颌骨，它们在海滩上被排成2500英尺长的一列。这处遗迹同数个石头和陶土建筑结构以及藏肉坑遗迹有关。许多头盖骨现在还笔直地竖在地上，呈现出准确的几何图形。奇列诺夫及其同事认为这个地区是个“神圣的地方”，并把它和一批挑选出来的、技艺熟练的捕鲸人的礼仪生活联系起来。这些捕鲸人代表的文化影响所及，从北面的杰日尼奥夫角一直到普罗维登斯湾，并包括圣劳伦斯岛，这一文化阶段被命名为普努克文化。

众所周知，鲸骨巷的一些普努克猎人也许过着一种堪称典范的生活。也许他们很清楚该对鲸鱼说些什么话，以便他们在走开时不会感到沮丧，或不会感到鲸鱼的死对他们有什么影响。我想起了我们杀死的海象的面孔，但不知道该对它们说什么话。

还没有哪种文化解决了随着人类意识的增强所要面临的困境：当人们充分意识到所有生命现象中固有的血腥和恐怖时，当人们发现不仅自己的文化，而且他们自身也存在着黑暗面时，人们如何过一种有道德、有同情心的生活？如果个人生活存在一个真正的成熟期，那时这个人肯定能领会生活过程中的尴尬之处，并接受自相矛盾的生活过程中的责任。人必须生活在矛盾之中，原因是，如果所有矛盾马上都被消除了，生活也将不可持续。一些紧迫的大问题原本就没有答案。面对矛盾，你得继续生活下去，让你的生活变得有价值，走向光明。

我在圣劳伦斯岛的西北角站了很久，注视着海冰和远处冰间水道里浅黑色的海水。在暮光下，在寒风和潮冷天气里，白天的景象像挥之不去的气息围绕着我。这些景象不断地困扰着我，其他相关的记忆像强烈的光线在我周围到处闪烁。我眼前浮现了不同层次的景象——垂死的海象穿过冰冷的绿色海水，这种景象掠过在场的各个猎手的脑海，也掠过一个旁观者的脑海。我想到了这样的观念：即使我在吃海象肉时，这头海象的生命仍在继续。我还想到书中关于海象的文字；想到系在鱼叉上的海象皮绳，在海上拖着用海象皮做的皮艇。我脑海中浮现重重的弧形海象獠牙，这些海象牙来自一个头骨密集的脑袋，头骨像卵石一样坚实。在村里的房子中，海象肉已经炖熟，热气腾腾的，正等着我回去食用，我却站在这越来越强的寒风中。在塞沃库克山山脚下，拉布兰铁爪鹀把它们的巢穴建在被弃置的海象头盖骨里。

蓝绿色的海鸥飞了过去。在近岸的冰间水道中可以看到瓣蹼鹬，它的腿犹如树枝。远处，天空中飞翔着数群长尾鸭，还有几只鸬鹚。远方的天空中还可以看到一片阴影，那可能是数千只冠毛小海雀——它们离我们太远了，很难说清楚。那儿还有鲸鱼——这个傍晚漫步时，我看到了6到8头灰鲸。海冰宛如灰白色的天空。风在水面掀起了波浪。在近岸冰间水道中，一只海豹的尾迹渐渐消逝。我不禁鞠躬，向不知道深思熟虑的立法机构或议会、宗教、争辩不休的经济学理论等为何物的那些存在物鞠躬，以表达自己对生命的神秘之处的高度认同。

我眺望白令海，然后双手合一，放在穿着派克大衣的胸前，弯下腰向北方深深地鞠躬，向那个充满生命、海冰和海水的伟大海峡鞠躬。我的头低至大地北部边沿上方的那片淡黄色天空。我保持这一鞠躬姿势直到感觉背部疼痛，脑海里的范畴和意向、计划和思索全被清空。在我生命的某个瞬间，我处在地球上一个能给人以丰富体验的美丽地方，我为此鞠躬，以示感激之情。

站在这里，我感到我瞥见了自己的愿望。这片景观和有关动物就像在一场梦的结尾出现的一些景象。真实景观的边沿和我梦见的一些景象的边沿融合了。但我梦见的仅仅是一种模式化景象，某种充满亮光的美丽景象。我想，想象的持续作用使现实和梦想得以结合，这是人类发展的一种表现。人们有意识的愿望是达到一种状态，即使是暂时达到亦可，这种状态像光一样不受约束、滋养万物，洋溢着智慧和创造力。在这种状态下，人们包容了以前被视为失败的永久性标志的那种黑暗面。

无论那种状态是什么样的世界，它就在前方。那一世界的轮廓，它的蓝图，在大地上清晰可见。基于这一蓝图，我们真的可以期望找到出路。

我再次鞠躬，朝着北方深深地鞠躬，然后转身向南，穿过浅黑色的鹅卵石海滩，向我客居的那一户人家走去。我对自己看到的所有景象充满感激之情。

注 释

1.北极地区更加令人担忧的问题和发展趋势有以下几种。加拿大泛北极石油公司是政府支持的企业，因为向北冰洋倾倒工业废渣而被定罪。魁北克省政府最终宣布三个爱斯基摩人村庄不是政治实体，只因为他们拒绝放弃土地以支持能源开发。有人鼓吹实施构想拙劣的大型工程项目，诸如，在白令海峡修筑堤坝以改善美国的恶劣天气，或者是使用核装置在阿拉斯加的汤普森角建造一个深水港。野生动物研究项目计划不周而且仓促，只着眼于在最后期限之前得到环境数据，从而造成相关动物死亡或受伤。例如，一个采用“因微不足道的增量而造成破坏”的模式的研究项目，研究了弓头鲸在西部的迁徙通道，就对弓头鲸造成了伤害。石油和矿产勘探人员、政府官员、科学家和富人们对北极考古遗址造成大范围的破坏。对北极国际水域控制污染的责任在法律层面上认识不清。加拿大政府不愿保护北极高纬度地区关键的野生动物栖息地，以免人们在利用自然资源时对其造成破坏。最后一点，北极地区的研究从纯粹的科研项目转向与工业扩张有关的研究项目。还有人担心从俄罗斯北中部散发的空气污染物污染北极。有关这些问题的详细阐述，请参阅：约翰·利文斯通的《北极石油》（1981年）；博伊斯·理查德森的《陌生人吞噬土地》（1976年）；托马斯·伯杰的《北部边疆，北部家园》（1977年）；加斯顿·戴克斯的《未来的选择》（1981年）；米尔顿·弗里曼的《关于可再生资源和北方经济的第一国际研讨会文献汇编》（1981年）；大卫·N.内特尔希普和波林·史密斯主编的《加拿大北部的生态区》（1975年）。

2.“爱斯基摩”这个单词来自法语中的“Esquimaux”，也可能来自一个阿尔冈琴语词“eskipot”，意思是“吃生肉的人”。一些爱斯基摩人觉得，这层含义使他们在现代人面前显得不光彩，因此使用其他名称。其中，用得最广的是“因纽特人”这个词，它尤指加拿大北极地区东部的爱斯基摩人。相反，白令海地区的爱斯基摩人喜欢被称为“尤皮克人”，而北坡阿拉斯加爱斯基摩人更喜欢“因纽皮特人”这个名称，马更些河三角洲的爱斯基摩人更喜欢“因努维阿勒伊特人”这个称呼。我则始终选用“爱斯基摩人”这个词，用来指16世纪以来欧洲探险家遇到的北极土著居民。（对“爱斯基摩人”这个词语的起源及目前名称的使用的较全面解释，载于大卫·达马斯为《北美印第安人系列手册》的第5卷《北极》所写的“前言”，第5—7页，1984年。）

这一历史时期的爱斯基摩人个子矮，很敦实，手和脚较小，胳膊与腿也较短。他们的面部丰满，通常呈现出内眦的眼皮褶皱，标志着他们相对晚近的亚洲血统（比美国印第安人更近）。他们的面部特征和身体比例表现出对严寒气候的生理适应，一如他们基础新陈代谢的细微进化（与白种人相比）。然而，他们传统饮食中脂肪含量高，他们的衣服特别具有保温性能，这使他们可以更成功地适应北极的严酷环境。史载爱斯基摩人的其他显著特点是下颚较大，鼻梁较低。有关爱斯基摩心理和思想的文献，可参阅：克努兹·拉斯姆森的《伊格卢利克爱斯基摩人的智性文化：1921—1924年对图勒文化第五次考察报告》，第7卷，第1期（1929年）；让·布里格斯的《从不愤怒》（1970年）；埃德蒙·卡彭特的《爱斯基摩的现实生活》（1973年）；理查德·纳尔森的《北部海冰上的猎人》（1969年）；休·布罗迪的《人民的土地》（1975年）；弗朗兹·博厄斯的《中部爱斯基摩人》（1888年）；米尔顿·弗里曼编的《因纽特人的土地使用和所有权项目》的第1卷（1976年）；让·布洛杰特、温尼伯艺术馆的《萨满教巫师的来来去去：爱斯基摩人的萨满教与艺术》（1978年）；埃德温·S.霍尔的《爱斯基摩故事讲述者：来自阿拉斯加诺阿塔克的民间故事》（1975年）。

3. 光照不均匀是由地轴的倾斜和两种运动造成的：一种是地球24小时一个周期的自转（形成"一日"），另一种是地球每年一个周期绕太阳的公转（形成"季节"）。

想象一下，左手握一个球并伸开手臂。再用右手垂直地握一把尺子并伸直手臂。将尺子朝球倾斜。现在交叉你的手臂变换双手的位置。假如尺子是地轴，球是太阳，在北半球，你刚刚从夏至转动到冬至。夏至时，地球的北极地区朝向太阳。6个月之后的冬至，北极则同样以23.5度的倾角背向太阳。（在春分和秋分，不仅是极地地区，事实上，地球上所有地区的昼夜时段都相等。）

昼夜长度的比例在热带地区始终一样，在温带存在季节性变化，在远北地区，这一比例每天都有变化，其原因是地球随地轴倾斜和地球自转。由于地球自身倾斜，在任何一天的24小时之内，北半球的光明与黑暗之间的比例是变化的（除了春分或秋分）。在北方，冬夏两季的极夜和极昼时段，地球每日自转对昼夜时段比例的影响一般察觉不到。在温带，一年中地球的自转和公转对于光照时间长度的影响则有明显规律。

4. 与努纳缪特人相关的代表性科学著作包括：尼古拉斯·古布泽的《努纳缪特爱斯基摩人：北美驯鹿狩猎者》（1965年）；刘易斯·宾福德的《努纳缪特民族考古学》（1978年）；赫尔格·英斯塔的《努纳缪特：造访阿拉斯加内陆的爱斯基摩人》（1954年）；罗伯特·劳施的《阿拉斯加布鲁克斯岭阿纳克图乌克帕斯地区的努纳缪特爱斯基摩人和哺乳动物笔记》，《北极》（第4卷，第3期[1951年]：第146—195页）；劳伦斯·欧文的《科伯克河谷的阿纳克图乌克帕斯的鸟及老乌鸦》，美国国家博物馆，217期公报（1960年）；《阿纳克图乌克帕斯：土地的长期使用价值》，格兰特·斯皮尔曼，不定期期刊，第22期，合作公园研究组，人类学和历史遗存研究所，阿拉斯加大学（1979年）。

5. 相关日记包括：塞缪尔·赫恩的《从哈得孙湾的威尔士亲王港到北部海洋的旅行》（伦敦：A.斯特拉恩和T.卡德尔，1795年）；约翰·富兰克林的《前往北极海洋海岸旅行记》（伦敦：约翰·穆雷，1823年）；沃伯顿·派克的《加拿大北部的荒芜之地》（伦敦和纽约：麦克米伦和公司，1892年）；欧内斯特·汤普森·西顿的《北极草原》（纽约：查尔斯·斯克里布纳之子出版公司，1911年）。

附录1

地理名称

	北纬（N）	西经（W）
阿德莱德半岛	68° 08′	97° 30′
阿德默勒尔蒂湾	72° 45′	86° 10′
阿基米斯基岛	53° 00′	81° 20′
阿加西冰盖	80° 30′	6° 20′
阿克塞尔·海伯格岛	79° 30′	90° 00′
阿拉斯加州	65° 00′	152° 00′
阿勒涅尔克	69° 24′	81° 48′
阿留申群岛	52° 00′	174° 00′
阿蒙德·灵内斯岛	78° 15′	96° 50′
阿蒙森湾	70° 30′	123° 00′
阿姆奇特卡岛	51° 32′	179° 00′ E
阿纳德尔湾	64° 00′	178° 00′
阿纳迪透克谷	68° 09′	151° 15′
阿纳克图乌克河	69° 34′	151° 28′
阿纳克图乌克帕斯	68° 08′	151° 45′
阿萨巴斯卡河	58° 27′	111° 04′
埃布尔小溪	73° 42′	120° 02′
埃德蒙·沃克岛	77° 08′	104° 05′
埃尔斯米尔岛	79° 30′	81° 00′
埃尔温湾	73° 27′	83° 45′
埃勒夫·灵内斯岛	78° 35′	102° 00′
埃瑞克斯峡湾（今图努里亚菲克）	60° 55′	46° 04′
艾伯特王子湾	70° 25′	115° 00′
艾尔福斯岛	68° 00′	74° 30′
艾格河	72° 28′	124° 05′
艾斯港湾	75° 40′	63° 30′ E
艾西角	70° 20′	161° 52′
爱斯基摩波因特	61° 10′	94° 15′
安德森河	69° 41′	128° 57′
安克雷奇	61° 13′	149° 53′

	北纬（N）	西经（W）
昂加瓦半岛	60° 00′	74° 00′
昂加瓦湾	59° 30′	67° 30′
昂马沙利克（现称“塔西拉克”）	65° 36′	37° 38′
奥吉尔维山脉	64° 25′	133° 30′
奥克尼群岛	59° 00′	3° 00′
奥里托克角	70° 30′	149° 51′
奥嫩波蒂奇	67° 07′	158° 18′
奥维力河	57° 50′	92° 45′
巴芬岛	68° 00′	72° 00′
巴芬湾	74° 00′	67° 00′
巴罗	71° 17′	156° 45′
巴罗海峡	74° 25′	95° 00′
巴罗角	71° 23′	156° 28′
巴罗湾	68° 05′	96° 45′
巴瑟斯特岛	75° 40′	100° 00′
巴瑟斯特角	70° 35′	128° 01′
巴特岛	70° 07′	143° 40′
白海	68° 00′	38° 00′ E
白令海	55° 00′	175° 00′
白令海峡	66° 00′	169° 00′
白手帕角	59° 16′	63° 23′
拜厄姆·马丁岛	75° 13′	104° 12′
拜洛特岛	73° 15′	79° 00′
班克斯岛	73° 00′	121° 00′
斑马崖	82° 45′	77° 26′
卑尔根	60° 23′	5° 20′ E
北冰洋	85° 00′	180° 00′
北部海洋（见北冰洋）		
北部水域	75° 30′	75° 00′
北地群岛	79° 30′	98° 00′ E

北极湾	73° 01′	85° 08′	
北坡	68° 30′	152° 00′	
贝尔岛海峡	51° 30′	56° 30′	
贝尔角	55° 11′	162° 00′	
贝克湾	73° 38′	120° 04′	
贝利角	74° 59′	115° 00′	
贝洛特海峡	72° 00′	94° 45′	
贝奇半岛	79° 08′	75° 25′	
贝亚尔吉湾	73° 19′	84° 37′	
比切岛	74° 44′	91° 55′	
俾斯麦角	76° 45′	18° 30′	
宾格克岛	70° 35′	149° 35′	
宾格克拉里克	69° 43′	141° 28′	
冰川学院	81° 30′	33° 30′	
冰岛	65° 00′	18° 00′	
波弗特海	73° 00′	140° 00′	
波弗特潟湖	69° 52′	142° 12′	
波拉尔贝尔帕斯	75° 45′	98° 30′	
波拉里斯矿	75° 30′	96° 40′	
波因特霍普	68° 20′	166° 50′	
博登半岛	72° 45′	83° 00′	
博登岛	78° 29′	111° 00′	
博根谷	78° 54′	28° 05′	E
捕鲸人峡湾	76° 00′	5° 00′	E
布鲁克斯岭	68° 00′	152° 00′	
布罗德半岛	72° 30′	88° 00′	
布洛克岛	77° 50′	114° 15′	
布西亚半岛	70° 30′	94° 30′	
楚科奇半岛	66° 00′	174° 00′	
楚科奇海	69° 00′	173° 00′	
达尔角	61° 35′	166° 00′	
大奴湖	61° 30′	114° 00′	
大熊湖	66° 00′	120° 00′	
戴德霍斯机场	70° 18′	148° 19′	
戴维斯海峡	65° 00′	57° 30′	
丹麦峡湾	81° 00′	23° 07′	
德朗群岛	76° 30′	153° 00′	
德雷姆海山	71° 23′	179° 39′	E
德文岛	75° 00′	86° 00′	
邓达斯半岛	74° 45′	112° 00′	
迪格斯岛	62° 35′	77° 50′	

迪利岛	74° 58′	108° 45′	
迪马凯申湾	69° 41′	141° 20′	
迪斯科湾（今凯凯塔苏瓦克湾）	69° 00′	52° 00′	
迪斯雷利峡湾	83° 00′	74° 30′	
东角（参见杰日尼奥夫角）			
东殖民点（见尤利安纳霍布）			
冬季港湾	74° 47′	110° 39′	
独立峡湾	82° 08′	28° 00′	
顿多法亚河谷	71° 30′	180° 00′	
多尔芬-尤宁海峡	69° 00′	114° 30′	
鄂毕河	66° 45′	69° 30′	E
法兰士约瑟夫地	81° 00′	55° 00′	E
法罗群岛	62° 00′	7° 00′	
法韦尔角（今乌姆-曼纳苏阿克）	59° 46′	43° 55′	
费尔班克斯	64° 50′	147° 43′	
费尔福特角	74° 30′	88° 41′	
费尔港湾	77° 34′	14° 40′	E
芬德利群岛	77° 20′	104° 50′	
弗兰格尔岛	71° 00′	179° 30′	
弗里海滩	72° 49′	91° 54′	
弗里-赫克拉海峡	69° 56′	84° 00′	
弗利格利角	81° 45′	59° 15′	E
弗罗比舍湾	62° 40′	66° 20′	
弗罗曾海峡	65° 50′	84° 25′	
福克斯岛（今勒纳尔岛）	59° 55′	149° 20′	
福克斯海峡	65° 00′	81° 00′	
福克斯湾	67° 00′	77° 00′	
福希姆半岛	79° 45′	84° 00′	
富拉岛	60° 10′	2° 05′	
富兰克林海峡	71° 30′	96° 30′	
盖茨黑德岛	70° 30′	100° 23′	
甘伯尔	63° 47′	171° 45′	
上帝仁慈角（默西角）	64° 56′	63° 40′	
上帝仁慈湾（今默西湾）	74° 15′	118° 10′	
戈德港（今凯凯塔苏瓦克)	69° 15′	53° 33′	
戈特霍布（今努克）	64° 11′	51° 45′	
哥伦比亚角	83° 09′	71° 11′	
格兰特角	68° 22′	98° 42′	

格林内尔半岛	76° 45′	95° 00′	
格陵兰（今卡拉尔里特·努纳特）	72° 00′	40° 00′	
格陵兰海	75° 00′	10° 00′	
归鱼河（现称“回河”）	67° 10′	95° 20′	
国王岛	64° 58′	168° 05′	
哈得孙海峡	62° 30′	72° 00′	
哈得孙湾	60° 00′	85° 00′	
哈里森湾	70° 40′	151° 30′	
哈森海峡	77° 10′	110° 00′	
哈森湖	81° 48′	71° 15′	
海军局湾	73° 13′	80° 52′	
海斯半岛	77° 00′	65° 00′	
海斯河	67° 20′	95° 02′	
海伊角	73° 42′	79° 58′	
汉密尔顿湾	54° 18′	57° 42′	
洪堡冰川（今塞尔穆尔苏阿克）	79° 30′	63° 00′	
胡德河	67° 24′	108° 53′	
惠灵顿海峡	75° 15′	93° 00′	
霍顿河	69° 57′	126° 53′	
霍尔湾	81° 30′	63° 30′	
霍赫施泰特半岛	75° 37′	20° 30′	
霍普斯阿德万斯角	61° 05′	69° 33′	
霍普斯切克德角	60° 30′	94° 30′	
饿死湾	68° 14′	96° 35′	
基奈半岛	60° 10′	150° 00′	
吉尔伯特海（今库苏克）	64° 30′	51° 23′	
加里湖	66° 00′	100° 20′	
加拿大群岛	76° 00′	100° 00′	
剑桥湾	69° 07′	105° 02′	
教士之子群岛	69° 34′	91° 50′	
杰戈河	70° 07′	143° 16′	
杰日尼奥夫角（东角）	66° 05′	169° 40′	
惊喜峡湾	78° 14′	90° 00′	
喀拉海	76° 00′	80° 00′	E
喀拉海峡	70° 30′	58° 00′	E
卡菲克卢本岛	83° 36′	29° 48′	
卡克托维克	70° 08′	143° 38′	
卡拉加克峡湾	70° 25′	51° 10′	
卡姆登湾	70° 09′	144° 45′	
卡斯科奎姆河	60° 05′	162° 25′	
卡斯特尔湾	74° 11′	119° 36′	
凯恩湾	79° 30′	69° 30′	
堪察加半岛	56° 00′	159° 00′	E
坎伯兰湾	65° 20′	66° 00′	
坎宁河	70° 04′	145° 30′	
康杰堡	81° 45′	64° 54′	
康沃利斯岛	75° 10′	95° 00′	
科伯克河	66° 54′	160° 38′	
科茨岛	62° 35′	82° 55′	
科尔维尔河	70° 27′	150° 07′	
科拉半岛	67° 20′	37° 00′	
科雷马河	62° 20′	154° 50′	E
科罗内申湾	68° 00′	112° 00′	
科曼多尔群岛	55° 00′	167° 00′	E
科珀曼河	67° 49′	115° 05′	
可可里克河	69° 45′	163° 00′	
克拉弗灵岛	74° 16′	21° 00′	
克莱德湾	70° 15′	68° 50′	
克里斯琴王岛	77° 52′	101° 40′	
克鲁森施滕角	67° 08′	163° 44′	
肯德尔岛	69° 29′	135° 15′	
肯尼迪海峡	80° 45′	66° 30′	
肯特半岛	68° 35′	107° 00′	
空索亚岛	78° 55′	29° 00′	E
库克约亚克大平原	66° 25′	72° 50′	
库克约亚克河	66° 44′	73° 02′	
库帕鲁克河	70° 25′	148° 52′	
库普塔纳遗址（皮拉-18号）	73° 39′	120° 03′	
拉布拉多半岛	54° 00′	62° 00′	
拉布拉多海	55° 00′	57° 00′	
拉格尔斯河	81° 42′	68° 13′	
拉克·圣让	48° 30′	72° 00′	
拉姆利湾（见坎伯兰湾）			
拉普捷夫海	76° 00′	126° 00′	E
兰伯特地	79° 15′	20° 30′	
兰格尔山脉	62° 00′	143° 00′	
兰开斯特海峡	74° 10′	85° 00′	
兰塞奥兹牧草地	51° 36′	55° 30′	
勒拿河	72° 25′	126° 40′	E
雷索卢特	74° 41′	94° 54′	

里丘斯山	78° 54′	28° 20′ E
林肯海	83° 00′	58° 00′
路易莎女王地（现毛德皇路易丝地）	76° 30′	24° 15′
伦斯勒港	78° 51′	71° 06
罗伯逊海峡	82° 00′	62° 00′
罗斯・韦尔卡姆湾	64° 50′	86° 40′
洛希德岛	77° 30′	105° 00′
马格达莱纳湾	79° 35′	10° 58′ E
马更些河	69° 20′	134° 00′
马更些王岛	77° 45′	111° 00′
马加丹地区	65° 00′	160° 00′ E
马门角	77° 36′	110° 02′
麦克林托克海峡	72° 00′	103° 00′
麦克卢尔海峡	74° 45′	118° 00′
曼塞尔岛	62° 00′	80° 00′
毛德皇后湾	68° 25′	101° 30′
梅尔维尔半岛	68° 00′	84° 15′
梅尔维尔岛	75° 15′	110° 30′
梅尔维尔湾（今奇姆塞里阿苏阿克）	75° 45′	61° 00′
梅尔维尔子爵海峡	74° 15′	105° 30′
梅塔因克格尼塔半岛	62° 55′	68° 40′
米恩岛	79° 55′	99° 00′
米留斯・埃里克森地	81° 10′	26° 30′
敏捷峡湾	71° 15′	73° 00′
明托湾	71° 20′	117° 00′
摩卡峡湾	79° 41′	87° 17′
莫里斯・杰塞普角	83° 38′	32° 31′
纳尔逊海德	71° 02′	122° 40′
纳尔逊河	57° 04′	92° 30′
纳纳西维克矿	73° 02′	84° 33′
纳诺塔利克	60° 07′	45° 13′
纳瓦林海盆	63° 00′	174° 00′
南安普敦岛	64° 30′	84° 00′
内尔斯海峡	80° 10′	68° 30′
牛顿山	79° 02′	17° 30′ E
纽芬兰	52° 00′	56° 00′
努尼瓦克岛	60° 10′	166° 30′
努瓦	73° 08′	85° 25′
诺顿海盆	63° 30′	164° 30′
诺顿湾	64° 00′	164° 00′
诺姆	64° 30′	165° 25′
诺姆河	64° 29′	165° 18′
诺姆角	64° 26′	165° 00′
诺斯角	71° 11′	25° 48′ E
帕里海峡	74° 30′	105° 00′
帕里群岛	76° 00′	100° 00′
帕特里克王子岛	76° 40′	119° 30′
庞德莱特定居点	72° 42′	78° 00′
庞德因莱特	72° 47′	77° 00′
佩利贝	68° 50′	90° 10′
佩里邦克	48° 46′	72° 03′
佩尼海峡	76° 37′	97° 15′
皮尔湾	73° 00′	96° 10′
皮拉-18号（见古巴塔娜遗址）		
皮里地	82° 38′	32° 30′
皮姆岛	78° 44′	74° 25′
普尔湾（见庞德因莱特）		
普拉德霍湾	70° 22′	148° 22′
普罗维登斯湾	64° 23′	173° 18′
期望半岛	73° 45′	21° 05′
期望角（布罗尔・瑞斯角）	73° 32′	20° 18′
千岛群岛	46° 00′	150° 00′ E
琼斯海峡	76° 05′	85° 00′
琼斯群岛	70° 32′	149° 36′
丘吉尔港	58° 46′	94° 10′
丘吉尔堡	58° 45′	94° 00′
丘吉尔河	58° 47′	94° 11′
丘吉尔角	58° 46′	93° 12′
瑞滕群岛	70° 27′	148° 47′
瑞伊海峡	68° 50′	94° 55′
瑞伊角	75° 22′	105° 35′
萨宾角	78° 44′	74° 20′
萨德勒罗奇河	70° 03′	144° 26′
萨弗迪湾	64° 29′	164° 45′
萨格奈河	48° 08′	69° 43′
萨加瓦纳克托克河	70° 18′	147° 52′
萨里切夫角	54° 35′	164° 55′
萨默塞特岛	73° 30′	93° 00′
萨维西维克	76° 01′	65° 05′
赛尔角	67° 14′	62° 28′
塞隆河	64° 16′	96° 05′

塞沃库克山 63° 46′ 171° 42′
三兄弟海峡（参见哈得孙海峡）
桑德森希望之地 72° 43′ 56° 11′
摄政王湾 73° 00′ 90° 30′
圣劳伦斯岛 63° 30′ 170° 30′
圣劳伦斯湾 47° 00′ 62° 00′
圣马修岛 60° 24′ 172° 42′
圣帕特里克峡谷 72° 51′ 86° 41′
圣约翰斯 47° 34′ 56° 11′
史密斯海峡 78° 25′ 73° 50′
史密斯角 74° 58′ 115° 32′
斯弗德鲁普湾 77° 37′ 94° 40′
斯格路易斯角 75° 09′ 88° 50′
斯科茨比湾 70° 30′ 21° 58′
斯利德勒峡湾 79° 58′ 85° 50′
斯匹次卑尔根岛 78° 45′ 16° 00′ E
斯匹次卑尔根群岛（参见斯瓦尔巴）
斯特拉斯科纳湾 73° 05′ 84° 30′
斯瓦尔巴群岛 78° 00′ 19° 00′ E
苏厄德半岛 65° 00′ 164° 00′
苏尔洛尔苏阿克海峡 70° 12′ 53° 00′
塔斯马尼亚岛 71° 13′ 96° 30′
泰迪熊岛 68° 47′ 114° 45′
泰梅尔半岛 76° 00′ 104° 00′ E
汤姆森河 74° 05′ 119° 49′
汤普森角 68° 08′ 165° 58′
特伦摩尔湾 53° 53′ 57° 10′
特纳盖恩角 68° 38′ 108° 15′
提提拉里克 73° 15′ 80° 48′
天文学会群岛 69° 48′ 91° 37′
图克托亚图克 69° 27′ 133° 01′
图克托亚图克半岛 69° 30′ 132° 30′
图勒（乌玛纳克）（1949年以前） 76° 30′ 69° 00′
图勒（现夸那） 77° 29′ 69° 21′
图里湖 41° 54′ 121° 31′
图鲁伽克湖 68° 17′ 151° 28′
托儿苏卡塔克湾 69° 58′ 51° 05′
托克角 69° 39′ 132° 50′
托马斯·哈伯德角 81° 21′ 94° 07′
瓦尔罗角 60° 35′ 42° 50′
王储基督徒地 80° 30′ 22° 00′
王妃群岛 72° 46′ 118° 03′
威尔伯福斯瀑布 67° 07′ 108° 45′
威尔士亲王岛 72° 45′ 99° 00′
威尔士亲王海峡 72° 45′ 118° 00′
威尔士亲王角 65° 36′ 168° 05′
威廉王岛 69° 00′ 97° 30′
韦尔伯恩埃雷 64° 37′ 172° 36′
维多利亚岛 70° 30′ 110° 00′
维多利亚海峡 69° 30′ 100° 00′
维拉角 76° 13′ 89° 14′
温赖特 70° 38′ 160° 01′
沃德·亨特冰架 83° 10′ 76° 00′
沃尔夫峡湾 78° 30′ 88° 40′
邬达克岛 83° 41′ 30° 40′
乌鲁克桑半岛 73° 05′ 85° 25′
乌玛纳克 76° 30′ 69° 00′
乌尼马克岛 54° 45′ 164° 00′
乌尼马克帕斯 54° 20′ 164° 50′
乌佩纳维克 72° 47′ 56° 10′
乌特恰格维克 71° 17′ 156° 47′
乌图考科河 70° 03′ 162° 21′
伍尔斯滕霍姆角 62° 34′ 77° 30′
西北地区 65° 00′ 105° 00′
西伯利亚 60° 00′ 100° 00′ E
西部水域 74° 00′ 76° 00′
西蒙斯半岛 76° 42′ 89° 05′
西纳萨卢克 72° 45′ 77° 27′
西沃德 60° 06′ 149° 26′
西殖民点（见戈特霍布）
肖拉帕卢克 77° 47′ 70° 43′
小康沃利斯岛 75° 35′ 96° 30′
谢里丹角 82° 29′ 61° 26′
谢尼亚温海峡 64° 45′ 172° 40′
谢主港 81° 36′ 61° 10′
辛普森海峡 68° 33′ 97° 30′
辛普森潟湖 70° 30′ 149° 12′
新地岛 74° 00′ 57° 00′ E
新西伯利亚群岛 75° 00′ 142° 00′ E
猩红崖 76° 08′ 67° 45′
亚纳河 71° 31′ 136° 32′ E

亚尼安海峡（见白令海峡）		
扬马延岛	71° 00′	8° 20′
扬马延岛	71° 00′	8° 20′
耶洛奈夫	62° 27′	114° 21′
耶稣受难日湾	78° 32′	92° 30′
伊格卢利克	69° 24′	81° 48′
伊丽莎白女王群岛	77° 30′	95° 00′
伊凌诺拉克岭	68° 45′	162° 00′
伊塔	78° 19′	72° 38′
伊特格兰岛	64° 37′	172° 36′
英格尔菲尔德地	78° 40′	70° 00′
英格尔菲尔德湾	77° 27′	67° 45′
尤里安纳霍布（今卡夸托格）	60° 43′	46° 02′
尤里安纳霍布区	60° 40′	46° 10′
尤里卡	80° 00′	85° 55′
玉山山脉	67° 14′	158° 03′
育空地区	63° 00′	137° 00′
育空河	62° 32′	163° 00′
育空-卡斯科奎姆（育卡）三角洲	61° 30′	163° 00′
约翰·赫歇尔角	68° 39′	98° 02′
约翰兄弟冰川	78° 17′	72° 17′
约克角	73° 48′	86° 58′
詹姆森地	71° 10′	23° 30′
詹姆斯·罗斯海峡	69° 45′	96° 20′
詹姆斯湾	53° 30′	80° 30′
特鲁拉夫低地	75° 33′	84° 40′

附录2

动植物名称英汉对照

MAMMALS 哺乳动物

Bear 熊

black 黑熊

brown 棕熊

grizzly (see brown bear) 灰熊（见棕熊）*

1polar 北极熊

Beaver 海狸

Caribou 北美驯鹿

Alaskan barren-ground （阿拉斯加）荒地驯鹿

Canadian barren-ground （加拿大）瘠地驯鹿

Peary 皮里驯鹿

woodland 林地驯鹿

Coyote 草原狼

Ermine(see weasel, short-tailed) 貂（见黄鼠狼，短尾貂）

Fox 狐狸

arctic 北极狐

red 赤狐

Hare 野兔

arctic 北极野兔

snowshoe 雪鞋野兔

tundra 苔原野兔

Killer whale(see orca) 虎鲸（见逆戟鲸）

Lemming 旅鼠

brown 西伯利亚旅鼠

collared 环颈旅鼠

Lynx 猞猁

Marmot, hoary 灰白旱獭

Marten 貂

Mink 水貂

Moose 驼鹿

Muskox 麝牛

barren ground or mainland Canadian 瘠地麝牛加拿大大陆麝牛

high arctic or Greenland 高纬北极麝牛或格陵兰岛麝牛

Narwhal 独角鲸

Orca 逆戟鲸

Porcupine 豪猪

Reindeer 麋鹿

Sea cow, Steller’s 史特拉海牛（已灭绝）

Sea mink 海貂（已灭绝）

Sea otter 海獭

Seal 海豹

bearded 髯海豹

gray 灰海豹

harp 格陵兰海豹

hooded 冠海豹

ribbon 环海豹

ringed 环斑海豹

spotted 斑海豹

Sheep, Dall 多尔羊

Squirrel 松鼠

arboreal flying 树栖飞鼠

arctic ground 北极地鼠

Vole 田鼠

Alaska 阿拉斯加田鼠

---

* 术语“苔原灰熊”和“瘠地灰熊”可互换使用，指生活在名称所示的栖息地的灰熊（棕熊）。

tundra 苔原田鼠
tundra redback 红背鼠
Walrus 海象
Pacific 太平洋海象
Atlantic 大西洋海象
Weasel 鼬鼠
least 伶鼬
short-tailed 短尾鼬
Whale 鲸鱼
belukha 别卢哈鲸*
1bowhead 弓头鲸
gray 灰鲸
Greenland right (see bowhead) 格陵兰鲸（参见弓头鲸）
humpback 驼背鲸
minke 小须鲸
Pacific right 太平洋鲸
Polar (see bowhead) 北极鲸（参见北极露脊鲸）
sei 鳁鲸
Sperm (see Narwhal and Orca) 抹香鲸见独角鲸和逆戟鲸
Wolf 狼
Wolverine 狼獾

BIRDS 鸟类

Auklet 凤头海雀
Bluethroat 蓝喉歌鸲
Brant, black 黑雁
Bunting, snow 雪鹀
Canvasback 灰背野鸭
Cormorant 鸬鹚
Pallas' (extinct) 白令鸬（已灭绝）
pelagic 海鸬鹚
Crane, sandhill 沙丘鹤
Curlew, Eskimo（nearly extinct） 爱斯基摩杓鹬（几乎绝迹）
Dovekie 海鸠
Dowitcher, long-billed 长嘴半蹼鹬
Duck 鸭
Labrador (extinct) 拉布拉多鸭（已灭绝）
ruddy 棕硬尾鸭
Dunlin 黑腹滨鹬
Eagle 老鹰
bald 秃鹰（白头海雕）
golden 金雕
Eider 绒鸭
common 欧绒鸭
king 王绒鸭
spectacled 眼圈绒鸭
Steller's 小绒鸭
Falcon, peregrine 隼，游隼
Fulmar, northern 暴风鹱
Gadwall 赤膀鸭
Goldeneye, Barrow's 白颊鸭
Goose 鹅
Canada 加拿大雁
emperor 皇雁
lesser snow 小雪雁
Ross's 细嘴雁
white-fronted 白额雁
Guillemot 海鸠
black 黑海鸽
pigeon 鸽海鸟
Gull 鸥
glaucous 北极鸥
ivory 象牙鸥
Ross's 楔尾鸥
Thayer's 泰氏银鸥
Gyrfalcon 矛隼
Hawk 鹰
marsh 白尾鹞
red-tailed 红尾鵟
rough-legged 毛脚鵟

---

* 美国海洋生物学家最近开始使用“别卢哈鲸”来区分白鲸。在俄罗斯“白鲸”指的是白鲟（鲟鳇）。

Jaeger	贼鸥
long-tailed	长尾贼鸥
parasitic	短尾贼鸥
Jay, Steller’s	暗冠蓝鸦
Kittiwake	海鸥
black-legged	黑腿海鸥
red-legged	红腿三趾鸥
Lark, horned	角百灵
Longspur, Lapland	铁爪鹀
Loon	潜鸟
arctic	北极潜鸟
common	白嘴潜鸟
red-throated	红喉潜鸟
Mallard	绿头鸭
Merganser	秋沙鸭
common	普通秋沙鸭
red-breasted	红胸秋沙鸭
Murre, thick-billed	厚嘴海鸦
Oldsquaw	长尾鸭
Owl	猫头鹰
boreal	北方猫头鹰
short-eared	短耳鸮
snowy	雪鸮
Phalarope	瓣蹼鹬
northern	红颈瓣蹼鹬
red	灰瓣蹼鹬
Pintail, northern	针尾鸭
Plover, golden	金斑鸻
Ptarmigan	雷鸟
rock	岩雷鸟
willow	柳雷鸟
Puffin	海鹦
Atlantic	大西洋海鹦
horned	角海鹦
tufted	簇绒海鹦
Raven, common	渡鸦
Redhead	美洲潜鸭
Redpoll	朱顶雀
common	白腰朱顶雀
hoary	极北朱顶雀
Robin	知更鸟
Scaup	斑背潜鸭
greater	大潜鸭
lesser	小潜鸭
Shoveler, northern	琵嘴鸭
Sparrow, Savannah	稀树草鹀
Storm-petrel, Leach’s	白腰叉尾海燕
Swan, tundra	小天鹅
Teal, green-winged	绿翅鸭
Tern, arctic	北极燕鸥
Turnstone, ruddy	翻石鹬
Wagtail, yellow	黄鹡鸰
Warbler, arctic	极北柳莺
Wheatear, northern	穗鵖
Whimbrel	杓鹬中杓鹬

FISH 鱼类

Char, arctic	北极红点鲑
Cod	鳕鱼
arctic	北极鳕
Atlantic	大西洋鳕
polar	极地鳕
Halibut	大比目鱼
Greenland	格陵兰大比目鱼
Pacific	太平洋大比目鱼
Herring	鲱鱼
Atlantic	大西洋鲱鱼
Pacific	太平洋鲱鱼
Pollock	青鳕
Redfish	红鲑鱼
Salmon	鲑鱼
chinook (king)	大鳞大马哈鱼
chum (dog)	大马哈鱼
coho (silver)	银大马哈鱼
pink (humpback)	驼背大马哈鱼
sockeye (red)	红大马哈鱼
Shark, Greenland	格陵兰鲨
Sheefish	白北鲑

Sole, yellowfin	黄盖鲽
Trout, lake	湖红点鲑

PLANT 植物

Avens, mountain	山水杨梅
Bearberry	熊果
Birch, dwarf arctic	圆叶桦
Blueberry	蓝莓
Bluegrass	兰草
Campion	剪秋罗
bladder	白玉草
moss	苔藓剪秋罗
Cinquefoil	委陵菜
Coltsfoot, sweet	蜂斗菜
Cotton grass	羊胡子草
Cowberry (see mountain cranberry）	越橘（见山蔓越莓）
Cranberry, mountain (cowberry)	山蔓越莓（越橘）
Crowberry	岩高兰
Fireweed, dwarf	宽叶柳叶菜
Foxtail	狐尾草
Heather, arctic white	四棱岩须
Grass, pendant	吊坠草
Lousewort	马先蒿
Lupine, blue-spike	羽扇豆
Milkvetch, alpine	阿尔卑斯黄芪
Oxytrope	棘豆
Poppy, arctic	北极罂粟
Saxifrage	虎耳草
Sedge, water	水生苔
Sorrel, mountain	酸酱菜
Sweetbroom, northern	北野甘草
Tamarack	美洲落叶松
Tea, Labrador	拉布拉多茶树
Willow	柳树
arctic	北极柳
barren-ground	瘠地柳
blue	蓝柳
diamond	楔形柳
feltleaf	绒叶柳
Richardson	理查森柳
tea-leaf	茶叶柳
vein-leafed	纹叶柳
Willow herb	柳草
Woodrush	地杨梅

附录3

人类文化与文明

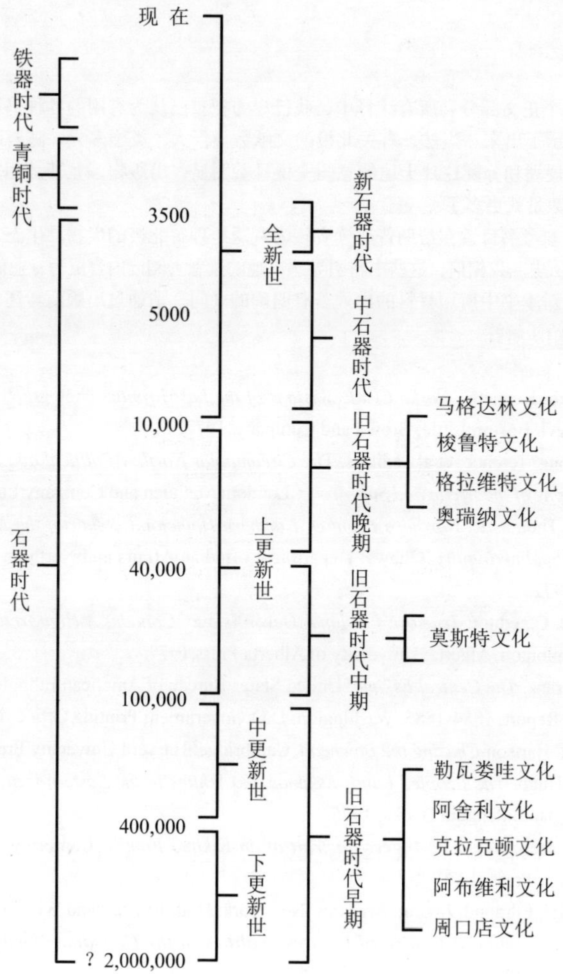

注意：此处所示时间包含此前的年代，而且取近似值。代表性文化期仅选自欧亚文化。

参考书目

在整个正文部分和所有注释中，我已尽力把自己认为有用的各种书籍、文章和报告标示了出来。当然，有关北极的文献数量巨大，类型多元。随着政界和实业界试图规划和分配这片土地的意图变得日益明显，出版物，尤其是相关的专业文章，其数量就更多了。

以下参考书目旨在帮助普通读者较为宽泛地理解北极的生物、生态、考古、民族志和历史。我相信，这些书将引导感兴趣的读者去阅读内容更为专业的著述。

读者对本书中所用材料的出处若有明确的疑问，请通过出版商转述给我，我将很乐意给予解答。

1. Andrasko, Kenneth. *Alaska Crude: Visions of the Last Frontier.*Photographs by Marcus Halevi. Boston:Little, Brown and Company, 1977.

2. Armstrong, Terence, et al., editors. T*he Circumpolar North: APolitical and Economic Geography of the Arctic and Sub-Arctic*. London: Methuen and Company Ltd., 1978.

3. Berger, Thomas R. *Northern Frontier, Northern Homeland. Reportof the Mackenzie Valley Pipeline Inquiry.* Ottawa: Department ofIndian Affairs and Northern Development, 1977.

4. Bliss, L. C., editor. *Truelove Lowland, Devon Island, Canada: A HighArctic Ecosystem.* Edmonton, Alberta: University of Alberta Press,1977.

5. Boas, Franz. *The Central Eskimo.* United States Bureau of American Ethnology, Sixth Annual Report, 1884-1885. Washington, D.Q:Government Printing Office, 1888.

6. Bodfish, Hartson.*Chasing the Bowhead*. Cambridge: Harvard University Press, 1936.

7. Brody, Hugh. *The Peopled Land: Eskimos and Whites in the EasternArctic.* Middlesex, England: Penguin Books, 1975.

8. Briggs, Jean. *Never in Anger: Portrait of an Eskimo Family.* Cambridge: Harvard University Press, 1970.

9. Carpenter, Edmund. *Eskimo Realities.* New York: Holt, Rinehartand Winston, 1973.

10. Dacks, Gurston. *A Choice of Futures: Politics in the Canadian North.*Toronto: Methuen, 1981.

11. Damas, David, editor. *Arctic.* Handbook of North American Indians,Vol. V. Washington: Smithsonian Institution, 1984.

12. Dunbar, Max. *Ecological Development in Polar Regions: A Study inEvolution*, Englewood Cliffs, N.J.: Prentice-Hall, 1968.

13. Freeman, Milton. *Inuit Land Use and Occupancy Project.* Vol. I.Ottawa: Department of Indian and Northern Affairs, 1976.
14. ———,editor. *Proceedings: First International Symposium on Renewable Resources and the Economy of the North.* Ottawa: Association of Canadian Universities for Northern Studies, 1981.
15. Giddings, Louis. Ancient Men of the Arctic. New York: Alfred A.Knopf, 1967.
16. Hall, Edwin S., Jr. *The Eskimo Storyteller: Folktales from Noatak,Alaska.* Knoxville, Tenn.University of Tennessee Press, 1975.
17. Hopkins, David M., John V. Mathews, Jr. Charles K Schweger,and Steven B. Young. *Paleoecology of Beringia.* New York: Academic Press, 1982.
18. Irving, Laurence. *Arctic Life of Birds and Mammals.* New York: Springer-Verlag, 1972.
19. Kent, Rockwell. *Salamina*. New York: Harcourt, Brace and Company, 1935.
20. Kersting, Rudolf, editor. *The White World.* New York: Lewis,Scribner, 1902.
21. Kimble, George, and Dorothy Good. *Geography of the Northlands.*Special Publication Number 32. New York: American GeographicalSociety, 1955.
22. Livingston, John. *Arctic Oil: The Destruction of the North?* Toronto:Canadian Broadcasting Corporation, 1981.
23. Lubbock, Basil. *The Arctic Whalers.* Glasgow: Brown, Son and Ferguson, Ltd., 1937.
24. Malaurie, Jean. *The Last Kings of Thule.* New York: E. P. Dutton,1982.
25. McClintock, Francis. *The Voyage of the "Fox" in the Arctic Seas:A Narrative of the Discovery of the Fate of Sir John Franklin andHis Companions.* London: John Murray, 1859.
26. McGhee, Robert. *Canadian Arctic Prehistory.* Toronto: Van NostrandReinhold Ltd., 1978.
27. Mirsky，Jeannette. *To the Arctic: The Story of Northern Exploration from Earliest Times to the Present.* Chicago: University ofChicago Press, 1970.
28. Morison, Samuel Eliot. *The European Discovery of America: TheNorthern Voyages, A.D. 500-1600,* New York: Oxford UniversityPress, 1971.
29. Muller, Fritz. *The Living Arctic.* Toronto: Methuen, 1981.
30. Nansen, Fridtjof. *In Northern Mists: Arctic Exploration in EarlyTimes.* London: W. Heinemann, 1911.
31. Neatby, L. H. *In Quest of the Northwest Passage.* New York: ThomasY. Crowell, 1958.
32. Nelson, Richard. *Hunters of the Northern Ice.* Chicago: Universityof Chicago Press, 1969.
33. Parry, William Edward. *Journal of a Voyage for the Discovery ofthe North-West Passage from the Atlantic to the Pacific.* London:John Murray, 1821.
34. Rasmussen, Knud. *The Intellectual Culture of the Iglulik Eskimo.Report of the Fifth*

Thule Expedition. Vol. VII. Copenhagen:Gyldendalske Boghandel, 1929.

35. Remmert, Hermann. *Arctic Animal Ecology.* New York: Springer-Verlag, 1980.
36. Scoresby, William. *An Account of the Arctic Regions, with a Historyand Description of the Northern Whale-Fishery.* Vol. I. London:Archibald Constable, 1820.
37. Stefansson, Vilhjalmur. *The Friendly Arctic.* New York: Macmillan, 1921.
38. ———.*My Life with the Eskimo.* New York: Macmillan, 1923.
39. Vibe, Christian. *Arctic Animals in Relation to Climatic Fluctuation.*Copenhagen: C. A. Reitzels Porlae. 1967.
40. Weems, John Edward. *Peary: The Explorer and the Man.* Boston:Houghton Mifflin Company, 1967.
41. Zaslow, Morris, editor. *A Century of Canada's Arctic Islands: 1880-1980.* Ottawa: Royal Society of Canada, 1981.

参考文献

1. Ecological Sites in Northern Canada. David N. Nettleship and PaulineA. Smith, editors. Ottawa: Canadian Committee for the International Biological Programme, 1975.

2. The Exploration of Northern Canada. Alan Cooke and Clive Holland,editors. Toronto: The Arctic History Press, 1978.

3. Illustrated Glossary of Snow and Ice. Terence Armstrong et al., editors. Cambridge, England: Scott Polar Research Institute, 1973.

4. Pilot of Arctic Canada. Ottawa: Department of Energy, Mines andResources, 1970.

索　引

N

S

译后记

经过半年多的努力，近500页的《北极梦》终于翻译完毕。该部作品的篇幅在美国自然散文名作中是最长的，描写的景观是最偏远的，涉及的学科较多，较庞杂，描写得也很精微，很专业。作者在“致谢”中坦言，他在写这部作品时，请教了数十位相关专家。第一次在国内翻译这样的作品，困难可想而知。但该作品不仅具有很强的文学性，而且蕴含着丰富的生态意识。此外，它还涉及许多与北极相关的地理、生物、人类学、航海、绘画等方面的知识。在实施科学发展观、建设生态文明、提倡海洋意识的今天，广西师范大学出版社大胆引进这部生态散文经典，其意义之重大不言而喻。因而，我非常敬佩该出版社相关领导和编辑的眼光，同时，衷心感谢他们对我的信任。

我对描写大自然的散文情有独钟，从2003年起，开始用生态批评视角研究美、英自然散文，至今已在《外国文学研究》《当代外国文学》《四川外语学院学报》《外国语言文学》《广东外语外贸大学学报》《西安外国语大学学报》《天津外国语学院学报》《广西社会科学》《浙江师范大学学报》《河南大学学报》《河南社会科学》《前沿》《鄱阳湖学刊》等刊物上发表相关论文30余篇。2008年，我开始研究《北极梦》，用汉语写了篇论文《重建生态存在理想：洛佩兹〈北极梦〉之意蕴》；2009年至2010年，我在美国生态批评的重镇内华达大学（里诺校区）英文系访学时，经著名生态批评家斯洛维克教授的授意，把该论文全部译成了英文，与来自法国、韩国、南非、土耳其、我国台湾和大陆其他院校的访问学者，以及该校的一些博士生进行了交流，得到了好评。

时隔六七年之后，当我受委托把《北极梦》翻译成汉语时，发现这一任务比单纯欣赏它、写论文、把论文翻译成英语的难度都大，也更艰辛——因为这需要百分之百地理解近500页的《北极梦》。为此，我在翻译过程中，认真查阅了相关的地理、生物、爱斯基摩人历史、航海史、绘画等方面的材料，并参阅了中国地图出版社出版的《美国地图册》、《加拿大地图册》、《英国地图册》、《俄罗斯地图册》、《世界地图册》、三维《世界地形图》乃至地球仪。翻译时，我首先力求准确传达原作的信息，但力求表达的是作者要表达的意思，而不仅仅是拘泥于其字面意思。其次，使译文尽量有些文采——这是文学翻译的基本要求，但同时尽力忠实原文风格，避免过分华丽或情感化的表达。再次，充分注意英语、汉语的区别，力戒翻译腔，尽量少用长句，少用副词“的”“地”及介词“在”等，努力使译文语言清澈、澄明，做到一字不多，一字不少。

在翻译过程中，我得到了自己所指导的翻译硕士生和英美文学硕士生的大力相助，她们是：徐冠培，张妍，程萌，焦晓楠，赵莹。她们的帮助在一定程度上加快了我的翻译速度。在此，谨向她们表达深深的谢意。

最后，我要感激我的妻子刘红。在我从事该书翻译的半年多时间里，她承担了全部家务。没有她任劳任怨的奉献，我肯定不能如期完成翻译任务。

由于作为国家社科基金一般项目“美国当代科学散文的生态批评”的主持人，我承担有繁重的研究任务，翻译时间很紧，《北极梦》的译文中可能会有一些疏漏，谨此敬请相关专家和广大读者不吝批评指正。